L'ABOMINABLE

DU MÊME AUTEUR

chez le même éditeur

Collines noires, 2013
Flashback, 2012
Drood, 2011
Terreur, 2008
Olympos, 2006
Ilium, 2004
L'Éveil d'Endymion, 1998
Endymion, 1996
La Chute d'Hypérion, 1992
Hypérion, 1991

DAN SIMMONS

L'ABOMINABLE

roman

traduit de l'anglais (États-Unis) par Cécile Arnaud

Robert
Laffont

Titre original : THE ABOMINABLE

Traduction française : Éditions Robert Laffont, S.A.S., Paris, 2019
ISBN 978-2-221-21868-6
(édition originale : ISBN 978-0-316-19883-7, Little, Brown and Company, Hachette Book Group, New York)
Dépôt légal : octobre 2019

Ce livre est dédié, avec respect,
à la mémoire de
Jacob « Jake » William Perry
2 avril 1902-28 mai 1992

De grandes choses s'accomplissent
quand les hommes et les montagnes se rencontrent.

William BLAKE

Introduction

J'ai rencontré Jake Perry pendant l'été 1991.

L'exploration et les explorateurs de l'Antarctique m'intéressaient depuis longtemps – très exactement depuis que les États-Unis avaient établi des bases permanentes là-bas, à l'occasion de l'« année géophysique internationale » de 1957-1958, ce qui avait enflammé mon imagination de gamin de dix ans. Vers 1990, il m'est venu la vague idée de situer un roman au pôle Sud. Une quinzaine d'années ont passé avant que j'écrive et publie *Terreur*, en 2007, le récit d'une tragique expédition dans l'Arctique (et pas, en fin de compte, dans l'Antarctique). Mais avant cela, au cours de cet été 1991, j'avais dû me creuser la tête pour proposer une série de trois nouveaux livres à mon éditeur, à une époque où le pôle Sud m'intéressait beaucoup plus que le pôle Nord (même si j'ai fini par y situer une histoire), d'autant qu'entre-temps j'avais lu tout ce que j'avais pu trouver sur les aventures d'Ernest Shackleton, de Robert Falcon Scott, d'Apsley Cherry-Garrard et d'autres héros et martyrs de l'Antarctique.

Au cours de l'été 1991, une amie de ma femme lui a appris qu'elle connaissait un authentique explorateur de l'Antarctique. Ce vieux monsieur – installé dans une résidence pour personnes âgées à Delta, petite ville de la région ouest du Colorado – se trouvait avec le contre-amiral Richard Byrd lors des expéditions américaines en Antarctique au cours des années 1930.

C'était, du moins, ce que Mary avait dit à Karen. Personnellement, je soupçonnais Alzheimer, un mensonge, un affabulateur ou les trois à la fois.

Mais à en croire Mary, ce gentleman de quatre-vingt-neuf ans nommé Jacob Perry avait réellement participé à l'expédition antarctique américaine de 1934 – une aventure foireuse durant laquelle l'amiral Byrd, toujours avide de gloire, avait passé cinq mois d'hiver seul au fond d'un trou de glace, dans une station météorologique avancée où il avait failli mourir d'une intoxication au monoxyde de carbone due à un poêle mal ventilé. (Byrd allait plus tard raconter cette expérience dans son best-seller intitulé, comme il se doit, *Seul*.)

D'après ce que Mary avait dit à ma femme, ce vieux Jacob Perry faisait partie du groupe de quatre hommes qui avaient parcouru cent soixante kilomètres dans l'obscurité totale et les tempêtes mugissantes de l'hiver 1934 au pôle Sud pour porter secours à l'amiral Byrd. Puis ils avaient tous dû attendre le mois d'octobre et l'arrivée de l'été austral pour être secourus à leur tour. « C'est la personne idéale pour te donner des informations sur le pôle Sud, m'a dit Karen. Tu pourrais peut-être écrire tout le livre sur ce M. Perry. Si ça se trouve, il s'agit du même Perry qui a conquis le pôle Nord !

— Perry, ai-je répondu. Perry de l'Antarctique. Pas le contre-amiral Robert Peary qui a affirmé être le premier homme à atteindre le pôle Nord en 1909.

— Pourquoi pas ? a demandé Karen. Ça se pourrait.

— Eh bien, pour commencer, leur nom ne s'écrit pas pareil », ai-je dit, légèrement agacé d'être poussé à l'action, ou agacé tout court comme chaque fois que quelqu'un, n'importe qui, me suggère quoi écrire. J'ai épelé la différence entre l'amiral « Peary » et le petit vieux de Mary à Delta, M. « Perry ».

« Ensuite, ai-je ajouté, le contre-amiral Peary aurait aujourd'hui dans les cent trente ans…

— D'accord, d'accord, a dit Karen, levant les mains en un signal mis au point au fil de dizaines d'années de mariage – et qui, en théorie, empêche l'une des parties de sauter à la gorge de l'autre. Je me suis trompée. Il n'empêche que ce M. Perry a peut-être une histoire passionnante à raconter et…

— En plus, ai-je insisté, me montrant assez minable, l'amiral Robert Peary est mort en 1920.

— Alors que ce Jacob *Perry* est encore vivant à Delta. Enfin, tout juste.

— Tout juste ? Tu dis ça à cause de son âge ? » Pour moi, toute personne de quatre-vingt-neuf ou quatre-vingt-dix ans était subclaquante. À vrai dire, pour moi, en 1991, toute personne de plus de *soixante* ans s'approchait dangereusement de la fin. (Par souci de transparence, j'admets qu'à l'heure où j'écris cette préface, en 2011, j'ai soixante-trois ans.)

« Pas seulement à cause de son âge, a dit Karen. Dans son e-mail, Mary précise aussi qu'il a un cancer. Il est encore valide, apparemment, mais… »

Quand Karen était entrée, je réfléchissais vaguement à des idées de livres et tapais des titres possibles sur mon clavier. J'ai éteint l'ordinateur.

« Mary a vraiment dit qu'il était avec Byrd en Antarctique en 1934 ? ai-je demandé.

— Oui, vraiment. Je savais bien qu'il t'intéresserait. » Ma femme a toujours le triomphe modeste. « En plus ça te ferait du bien de sortir de ton bureau pendant quelques jours. Le trajet devrait prendre cinq ou six heures, même en restant sur l'autoroute jusqu'à Grand Junction. Tu pourras passer la nuit chez Guy et Mary à Delta. »

J'ai secoué la tête. « Je vais prendre la Miata. Et je quitterai l'I-70 pour passer par Carbondale et par le col de McClure.

— La Miata va réussir à grimper par là ?

— On parie ? » Je pensais déjà aux vêtements dont j'aurais besoin pour deux jours, prévoyant de m'entretenir avec M. Perry le matin du deuxième, puis de rentrer. J'avais un petit sac de voyage North Face qui logeait parfaitement dans le coffre exigu de la Miata. J'ai pris mentalement note d'emporter mon appareil photo Nikon. (C'étaient des années prénumériques pour moi, du moins en matière photographique.)

Et c'est ainsi que, poussé par mon désir de conduire ma nouvelle Mazda Miata 1991 dans les montagnes, j'ai fait la connaissance de M. Jacob Perry.

La ville de Delta, dans le Colorado, ne comptait pas plus de six mille habitants. Lorsqu'on y arrive par l'itinéraire que j'ai emprunté – après avoir quitté l'I-70 à Glenwood Springs en direction du sud, j'ai pris la Highway 65 à Carbondale et franchi les hauts cols sur cette étroite route à deux voies, en dépassant les avant-postes isolés de Marble et Paonia –, on se rend compte à quel point la ville est enclavée dans les montagnes. Delta se situe dans un large bassin fluvial au sud de la Grand Mesa, « une des plus grandes montagnes à sommet plat du monde », d'après les gens du coin.

La résidence où vivait Jake Perry ne ressemblait pas du tout à un centre pour personnes âgées, et encore moins à un établissement offrant des soins médicaux vingt-quatre heures sur vingt-quatre. Grâce à plusieurs subventions de l'État, Mary avait rénové un ancien grand hôtel décrépit et annexé le magasin vide voisin. L'espace ainsi créé tenait plus du quatre étoiles 1900 que de la maison médicalisée.

Jacob Perry disposait d'une chambre particulière au deuxième étage. (Des ascenseurs avaient été installés au cours des travaux de rénovation.) Quand Mary a eu fait les présentations et réexpliqué le but de ma visite – « Dan est un romancier qui travaille sur un projet de livre situé au pôle Sud, et il a entendu parler de vous, Jake » –, M. Perry m'a invité à entrer.

La pièce et l'homme étaient bien assortis. La taille de la première m'a surpris – un lit double fait avec soin ; trois fenêtres donnant sur les toits des boutiques du centre-ville, sur les montagnes et la Grand Mesa au nord ; de hautes bibliothèques remplies de livres reliés, dont beaucoup consacrés à la montagne ; divers souvenirs : des rouleaux de corde d'alpinisme à l'ancienne, des lunettes de protection Crooke en verre, utilisées autrefois par les explorateurs de l'Arctique, un casque de moto en cuir usé, un antique appareil photo Kodak, un vieux piolet dont le manche en bois était bien plus long que ceux des modèles actuels.

Quant à Jacob Perry… jamais je ne lui aurais donné quatre-vingt-neuf ans.

L'âge et la gravité ne l'avaient pas épargné : la scoliose et un tassement de la colonne vertébrale lui avaient dérobé plusieurs centimètres, et pourtant il dépassait encore le mètre quatre-vingts. Comme il portait une chemise en denim à manches courtes, j'ai vu qu'il conservait des muscles sculptés et des avant-bras impressionnants, même si ses biceps avaient un peu fondu ; malgré les ravages du temps, il avait le torse puissant et les épaules larges, modelés par une vie entière d'exercices physiques.

Il m'a fallu quelques minutes pour remarquer qu'il lui manquait deux doigts à la main gauche – l'annulaire et l'auriculaire. La blessure paraissait ancienne : la peau recouvrant les moignons, juste au-dessus de l'articulation, était brune et aussi tannée que celle de ses mains et de ses avant-bras. Les doigts manquants ne semblaient en rien diminuer sa dextérité. Plus tard, pendant que nous parlions, M. Perry a joué avec deux lacets de cuir, qu'il tenait chacun dans une main et avec lesquels il faisait des nœuds compliqués. Ce devait être des nœuds marins ou d'escalade, parce que même avec mes deux mains et l'aide d'une troupe de scouts, j'aurais été incapable de l'imiter. M. Perry, lui, les faisait sans regarder, ses mains bougeant indépendamment l'une de l'autre, puis il les défaisait d'une manière tout aussi distraite, avec le pouce et les deux doigts de sa main gauche. Ça semblait être une vieille habitude, peut-être apaisante : il ne prêtait aucune attention aux nœuds finis ou à l'exercice lui-même.

Quand nous nous sommes serré la main, mes doigts ont disparu dans sa poigne puissante. Le geste n'avait pas pour but de m'impressionner : sa force était naturelle. Le visage de M. Perry trahissait de trop nombreuses années passées au soleil de haute altitude – les UV n'avaient pas ménagé son épiderme – et, entre les taches brunes permanentes, on voyait des cicatrices laissées sans doute par d'anciens mélanomes.

Le vieux monsieur avait encore des cheveux, quoique fins et coupés si court que son crâne bronzé apparaissait sous le gris. Lorsqu'il a souri, je me suis rendu compte qu'il avait ses vraies dents, sauf deux ou trois molaires en bas.

Ce sont ses yeux dont j'ai gardé le souvenir le plus vif. Ils étaient d'un bleu étonnamment lumineux et, m'a-t-il semblé, sans âge. Ce n'étaient pas les yeux chassieux ou lointains d'un homme frisant les quatre-vingt-dix ans. Il avait un regard plein de curiosité, attentif, hardi, presque... enfantin. Lorsque je travaille avec des apprentis écrivains de tout âge, je leur déconseille, pour décrire leurs personnages, de les comparer à des stars de cinéma ou des célébrités : c'est paresseux, daté, et ça fait cliché. Pourtant, quinze ans plus tard, alors que ma femme et moi regardions *Casino Royale*, le premier *James Bond* avec Daniel Craig, je me suis exclamé à voix basse : « Là ! Les mêmes yeux bleus intenses qu'avait M. Perry. En fait, Daniel Craig ressemble beaucoup à mon M. Perry, en plus jeune. »

Karen m'a jeté un coup d'œil dans la salle de cinéma obscure avant de me faire taire d'un : « Chut ! »

Dans la résidence pour personnes âgées de Delta, en 1991, ne sachant trop que dire, j'avais passé un moment à admirer les quelques objets posés sur les étagères et le bureau de Perry – le long piolet à manche en bois appuyé dans un coin, quelques spécimens de roche en provenance de différents sommets montagneux, comme il me l'a expliqué ensuite, et des photos en noir et blanc devenues sépia avec le temps. Le petit appareil photo sur l'étagère – un modèle Kodak qu'il fallait déplier pour s'en servir – était très ancien mais pas rouillé, et paraissait bien entretenu.

« Il contient une pellicule datant de... d'un certain temps, m'a dit M. Perry. Jamais développée. »

J'ai touché le petit appareil et me suis tourné vers le vieil homme. « Vous n'êtes pas curieux de voir ce que donnent vos clichés ? »

M. Perry a secoué la tête. « Ce n'est pas moi qui les ai pris. L'appareil ne m'appartient pas. Mais un spécialiste m'a dit qu'on pourrait probablement encore développer la pellicule. Je m'en occuperai un jour. » Il m'a fait signe de m'installer sur une chaise à côté du bureau. De méticuleux dessins de plantes, de pierres et d'arbres étaient éparpillés dessus.

« Cela fait très, très longtemps que je n'ai pas été interviewé, m'a dit M. Perry avec un sourire un peu ironique. Et à l'époque déjà, il y a plusieurs dizaines d'années, je n'avais pratiquement rien à raconter à la presse. »

J'ai supposé bêtement qu'il parlait de l'expédition Byrd de 1934 et, sur le coup, je n'ai pas eu la présence d'esprit de lui demander des éclaircissements. Ma vie et ce livre auraient été très différents si j'avais eu l'instinct journalistique élémentaire de rebondir sur sa réponse.

Au lieu de quoi j'ai ramené la conversation sur moi et dit modestement (pour un égoïste) : « Je réalise rarement des interviews. La plupart de la documentation pour mes livres, je la trouve dans des bibliothèques, des archives. Vous permettez que je prenne des notes ?

— Je vous en prie, a dit M. Perry. Donc, ce qui vous intéresse, c'est uniquement ma participation aux expéditions Byrd dans l'Antarctique entre 1933 et 1935 ?

— Je crois. Voyez-vous, j'ai l'idée d'écrire un thriller à suspense situé au pôle Sud. Tout ce que vous pourriez me raconter sur les expéditions là-bas me serait utile. Surtout si ça fait peur.

— Si ça fait peur ? » Perry a de nouveau souri. « Un thriller ? Vous faudrait-il par hasard une entité malfaisante, en plus du froid, de l'obscurité et de l'isolement, qui tenterait d'éliminer vos personnages ? »

Même si je lui ai rendu son sourire, je me sentais un peu gêné. Les intrigues romanesques paraissent souvent idiotes lorsqu'on les sort de leur contexte narratif. Soyons honnêtes : parfois, elles sont idiotes même en contexte. Et il est vrai que j'avais pensé à un être géant et terrifiant qui traquerait, tuerait et mangerait mes personnages. Sauf que je n'avais pas encore d'idée sur la nature de la bête.

« Plus ou moins, ai-je admis. Un truc vraiment énorme et menaçant qui s'en prendrait à nos héros – un truc sorti du froid et de l'obscurité, justement. Qui, toutes griffes dehors, s'attaquerait à leur cabane dans l'Antarctique ou à leur navire bloqué dans les glaces. Une créature inhumaine et affamée.

— Un pingouin tueur ? » a suggéré M. Perry.

Je me suis efforcé de rire avec lui, bien que ma femme, agent et éditrice, m'ait posé la même question chaque fois que j'avais évoqué l'idée d'un thriller antarctique – *Alors, ce sera quoi, ton monstre tueur, Dan ? Une espèce de pingouin mutant géant ?* Les esprits caustiques se rencontrent. (Et j'admets en exclusivité que j'avais bel et bien envisagé l'hypothèse d'un manchot mutant géant.)

« En fait, a repris Perry, sans doute en me voyant rougir, la puanteur du guano d'une colonie de manchots peut très bien se révéler mortelle.

— Ah ! Alors, vous en avez visité ? » ai-je demandé, le stylo levé au-dessus du mince carnet que j'utilisais pour prendre des notes. Je jouais les Jimmy Olsen.

M. Perry a hoché la tête, souriant toujours, mais son regard clair semblait perdu dans un souvenir. « La troisième et dernière année, j'ai passé l'hiver et le printemps dans l'abri du cap Royds… où j'étais censé étudier la colonie de manchots voisine et leur comportement.

— L'abri du cap Royds, ai-je répété, stupéfait. La cabane de Shackleton ?

— Oui.

— Je croyais que c'était un musée… fermé à tout visiteur. » Je parlais d'une voix hésitante. J'ai été trop surpris pour écrire quoi que ce soit.

« C'est le cas… aujourd'hui », a dit M. Perry.

Me sentant idiot, j'ai baissé la tête et pris des notes pour cacher ma nouvelle rougeur.

Jacob Perry a parlé très vite, comme pour me soulager de la gêne que j'aurais pu ressentir. « Shackleton était un tel héros national pour les Britanniques que la cabane était déjà une sorte de musée quand l'amiral Byrd m'a envoyé observer les colonies là-bas, durant l'hiver arctique de 1935. Les ornithologues anglais l'utilisaient de temps en temps, et des vivres y étaient entreposés en permanence pour que les Américains de la base voisine ou d'autres puissent utiliser la cabane en cas d'urgence. Mais à l'époque où on m'y a expédié, personne n'y avait passé l'hiver depuis des années.

— Je m'étonne que les Britanniques aient autorisé un Américain à passer plusieurs mois dans l'abri de Shackleton. »

M. Perry m'a souri. « Ils ne l'ont pas autorisé. Et ils ne l'auraient sûrement pas fait. L'amiral Byrd ne leur a pas demandé la permission. Il s'est contenté de me faire déposer là-bas, en traîneau, avec sept mois de vivres – les types qui m'ont emmené sont repartis dès le lendemain à la base, avec leurs traîneaux et leurs chiens. Oh, ils m'ont aussi laissé un pied-de-biche pour forcer la porte et les volets des fenêtres. J'aurais bien gardé un des chiens pour me tenir compagnie. La vérité, c'est que l'amiral ne voulait plus m'avoir dans son champ de vision. Il m'a donc envoyé le plus loin possible, dans un endroit où j'avais tout de même une chance de survivre à l'hiver. Byrd aimait jouer les scientifiques, mais en réalité, il se moquait comme d'une crotte de pingouin de l'observation ou de l'étude des manchots. »

Je notais tout sans vraiment comprendre, mais avec l'intuition que ça pouvait être important. Je n'avais aucune idée de la façon dont j'utiliserais l'abri de Shackleton dans ce qui demeurait un embryon de roman à suspense sans titre.

« Shackleton et ses hommes ont construit l'abri en 1906 », a continué M. Perry. Sa voix douce était légèrement enrouée, conséquence de l'ablation d'une partie du poumon gauche lors d'une opération l'hiver précédent, comme je l'ai appris plus tard dans la conversation. Il n'en avait pas moins un agréable timbre de ténor qui, avant sa chirurgie, devait faire de lui un conteur merveilleux.

« Les compagnons de Shackleton l'ont quitté en 1908... quand je suis arrivé, il restait une carcasse de voiture qu'ils y avaient abandonnée. Elle y est probablement toujours, vu la lenteur avec laquelle les choses rouillent et se dégradent là-bas. Je doute que cette guimbarde ait jamais parcouru trois mètres dans la neige épaisse, mais les Britanniques adorent ce genre de gadgets. L'amiral Byrd était pareil, d'ailleurs. Bref, ils m'ont largué au vieil abri à l'automne antarctique. C'était en mars 1935. Et ils sont revenus me chercher au début du printemps, c'est-à-dire début octobre chez nous. Mon boulot consistait à étudier les manchots Adélie de la grande colonie du cap Royds.

— Mais c'était l'hiver en Antarctique. » J'ai marqué une pause avant d'ajouter, sûr que je m'apprêtais à dire une énormité : « Je croyais que les manchots Adélie ne... enfin... qu'ils ne passaient pas l'hiver là-bas. Je pensais qu'ils arrivaient vers octobre et repartaient avec leurs petits – ceux qui avaient survécu – au début du mois de mars. Je me trompe ? Je dois sûrement me tromper. »

Jacob Perry avait recommencé à sourire. « Vous avez parfaitement raison, monsieur Simmons. On m'a déposé là-bas juste à temps pour que je voie les deux ou trois derniers manchots s'éloigner en se dandinant puis nager vers le large – l'eau était sur le point de geler au cap Royds, et l'abri allait bientôt se retrouver à des dizaines de kilomètres de la mer – et on m'a récupéré en octobre, avant qu'ils ne soient revenus pour s'accoupler et élever leurs petits à la colonie. Pour ce qui est du comportement des manchots, je n'ai rien vu du tout. »

J'ai secoué la tête. « Je ne comprends pas. On vous a obligé à passer... mon Dieu, plus de sept mois, presque huit... à observer les colonies au cap Royds, à une période où il n'y avait pas de manchots. Et pas non plus de lumière une grande partie du temps. Êtes-vous biologiste, monsieur Perry, ou un scientifique quelconque ?

— Pas du tout, a répondu M. Perry, avec un petit sourire en coin. J'avais fait des études de lettres à Harvard : littérature américaine des XVIIIe et XIXe siècles, avec pas mal de littérature anglaise en plus. Henry James était très à la mode à l'époque où j'ai eu mon diplôme, en 1923. James Joyce avait publié *Ulysse* l'année précédente et son *Portrait de l'artiste en jeune homme* six ans plus tôt. J'étais en Europe, où je m'accordais une année de ski et d'alpinisme – j'avais touché un petit héritage à mes vingt et un ans –, quand j'ai lu une nouvelle dans la *Transatlantic Review* de Ford Madox Ford. Aussitôt j'ai décidé de faire le voyage jusqu'à Paris depuis la Suisse pour rencontrer son auteur, un jeune type du nom de Hemingway. Je voulais lui montrer certains de mes textes.

— Vous l'avez fait ?

— Ouais, a répondu M. Perry en souriant. Hemingway était alors le correspondant pour l'Europe du *Toronto Star*, et il avait un truc infaillible pour se débarrasser des emmerdeurs dans mon genre. Je l'ai rencontré dans le réduit crasseux qui lui servait de bureau, et il m'a tout de suite proposé de descendre boire un café au bistrot du coin. Au bout de quelques minutes avec moi, et comme il l'avait fait avec beaucoup d'autres, il a jeté un coup d'œil à sa montre, déclaré qu'il devait retourner travailler et laissé l'apprenti écrivain que j'étais assis seul à la table.

— Vous lui avez montré vos nouvelles ?

— Évidemment. Il a lu en diagonale la première page de trois d'entre elles et m'a dit que je ferais mieux de m'en tenir à mon boulot habituel. Mais c'est une autre histoire, pas vrai ? Nous, les vieillards, nous avons tendance à nous égarer.

— C'est intéressant », ai-je marmonné, alors que je pensais : *Ma parole, rencontrer Hemingway et s'entendre dire qu'on n'est pas un écrivain. Qu'est-ce que j'aurais ressenti à sa place ? À moins que Perry ne se paie ma tête ?*

« Donc, pour en revenir au sujet qui vous intéresse, monsieur Simmons, l'Antarctique des années 1933 à 1935, l'amiral Byrd m'avait engagé comme homme à tout faire et parce que j'avais une expérience d'alpiniste. Voyez-vous, les scientifiques du groupe comptaient effectuer des recherches sur différents sommets au cours de cette expédition. Je n'avais aucune connaissance scientifique et j'ignorais tout des manchots – je n'en sais pas beaucoup plus aujourd'hui, malgré toutes les chaînes documentaires sur la nature que nous offre la télé par câble ici au centre. Mais en 1935 ça n'avait aucune importance, puisque l'amiral Byrd voulait seulement se débarrasser de moi jusqu'au printemps antarctique, quand nous quitterions tous le continent.

— Vous êtes resté tout seul là-bas pendant sept mois, dans le froid et l'obscurité, ai-je dit bêtement. Qu'aviez-vous fait pour qu'il vous déteste à ce point ? »

M. Perry coupait une pomme à l'aide d'un canif court mais très aiguisé, et il m'en a offert une tranche.

« Je l'avais sauvé, a-t-il répondu doucement, avant d'enfourner un morceau dans sa bouche.

— Oui, Mary m'a dit que vous faisiez partie du petit groupe qui avait porté secours à l'amiral Byrd dans sa base avancée en 1934.

— C'est exact.

— Donc, comme ça lui déplaisait d'avoir un de ses sauveteurs dans les parages, il vous a exilé à la cabane de Shackleton, au cap Royds, pour que vous fassiez à votre tour l'expérience de la solitude. » Pour moi, ça n'avait aucun sens.

« Quelque chose comme ça. Sauf que contrairement à l'amiral, je ne me suis pas empoisonné au monoxyde de carbone… et je n'ai pas eu besoin de sauveteurs. En plus il disposait d'une radio avec laquelle il communiquait tous les jours avec notre base, Little America. Moi, je n'avais pas de radio. Et pas le moindre contact avec la base.

— Lorsque vous êtes allé secourir Byrd au mois d'août précédent, ai-je dit en regardant les notes que j'avais prises après avoir parlé à Mary et consulté des ouvrages de référence (Google n'existait pas en 1991), vous avez parcouru cent soixante kilomètres à travers le pôle Sud, alors que les quelques drapeaux signalant le labyrinthe de crevasses avaient été soufflés par le vent ou recouverts de neige… cent soixante kilomètres quasiment dans l'obscurité de l'hiver, sur un tracteur à neige qui n'était guère plus qu'un modèle T équipé d'un toit en métal. Vous étiez quatre. »

M. Perry a hoché la tête. « Le docteur Poulter, M. Waite et mon chef direct, responsable des tracteurs à neige, E. J. Demas. C'est Demas qui a insisté pour que je les accompagne afin de conduire le tracteur.

— C'était votre boulot dans l'expédition ? Merci. » Perry m'avait donné une autre tranche de sa délicieuse pomme.

« En tant que factotum, je bricolais beaucoup ces fichus engins et j'ai fini par les conduire pendant l'été, pour emmener les différents scientifiques qui avaient des choses à faire à l'extérieur de Little America. M. Demas a dû penser que j'étais le plus qualifié pour nous éviter de finir au fond d'une crevasse, même dans le noir. Nous avons dû faire demi-tour une première fois en constatant que la plupart des drapeaux de signalisation avaient disparu, puis nous avons réessayé presque aussitôt – alors que le temps s'était encore dégradé.

— On a tout de même l'impression que l'amiral Byrd voulait vous punir de quelque chose », ai-je dit. J'avais de nouveau cet agréable goût de pomme dans la bouche.

Jake Perry a haussé les épaules. « L'amiral avait honte d'avoir dû être "secouru" – il détestait qu'on utilise ce mot. Il ne pouvait rien contre le docteur Poulter ou M. Waite, c'étaient des types importants dans l'expédition, mais il a assigné Demas à des tâches où il aurait rarement l'occasion de le voir. Et moi, il m'a envoyé dans les expéditions d'été puis consigné au cap Royds pendant tout l'hiver antarctique. Pour finir, l'amiral Byrd ne m'a même pas mentionné dans son rapport sur son sauvetage. Mon nom ne figure dans pratiquement aucun livre d'histoire sur l'Antarctique. »

J'étais stupéfait que l'amiral Byrd se soit livré à un acte aussi vil. « Vous envoyer passer l'hiver seul au cap Royds, c'est comme condamner un prisonnier à l'isolement cellulaire, ai-je dit, laissant percer ma colère. Et sans radio ? L'amiral Byrd était devenu dingue après trois mois de solitude, alors qu'il avait un contact quotidien avec Little America. »

M. Perry a souri. « Sans radio. »

J'avais beau faire, je ne comprenais toujours pas. « N'y avait-il pas un but… une raison quelconque de vous faire passer sept mois à l'isolement, dont cinq dans l'obscurité totale, à l'intérieur de l'abri de Shackleton au cap Royds ? »

M. Perry a secoué la tête, mais ni son expression ni sa voix ne trahissaient la moindre colère ou le moindre ressentiment. « Comme je vous le disais, j'ai été engagé dans l'expédition pour escalader des montagnes. Après le sauvetage de Byrd – et nous avons dû rester tous les quatre avec lui dans cette petite cellule souterraine qu'il avait creusée à la base avancée, du jour de notre arrivée, le 11 août, jusqu'au 12 octobre, date où Byrd et le docteur Poulter se sont envolés à bord du *Pilgrim* –, j'ai enfin eu l'occasion de participer à des sorties d'été où j'ai pu aider des scientifiques grâce à mes compétences d'alpiniste.

— Le *Pilgrim* était un avion ? »

M. Perry aurait été en droit de lancer une blague du genre : *Que voulez-vous que ce soit – un très grand albatros ?*, mais il s'est contenté de hocher poliment la tête en disant : « Ils ont commencé l'expédition avec trois avions, le grand Fokker... » Il s'est interrompu et a souri. « C'est "Fokker", monsieur Simmons. *F-o*, deux *k*... » Il a épelé le nom à mon intention.

J'ai grimacé un sourire. « C'est bon. Mais appelez-moi Dan.

— Si vous m'appelez Jake. »

Étonnamment, ça n'a pas été facile – de l'appeler Jake. Je suis rarement impressionné lorsque je me retrouve avec des célébrités, des pontes ou des personnes haut placées, mais en présence de Jacob Perry, je l'étais profondément. Si j'ai réussi à dire plusieurs fois « Jake », j'ai continué à le considérer dans ma tête comme « M. Perry ».

« Donc, a-t-il poursuivi, il y avait le grand Fokker, dénommé *Blue Black*... qui s'est écrasé la première fois qu'ils ont essayé de le faire décoller sur la glace, après notre arrivée en Antarctique. Et il y avait un hydravion encore plus grand, le *William Horlick*, qui semblait toujours cloué au sol pour maintenance. Si bien que c'est le *Pilgrim*, un petit monoplan, qui a été envoyé pour chercher l'amiral Byrd et le docteur Poulter dès que le temps s'est amélioré en octobre. Après notre arrivée, nous avions réparé la ventilation dans le petit abri de Byrd et, pendant les semaines que nous avons passées à attendre, le docteur Poulter s'était chargé de l'observation des étoiles et du travail barométrique que Byrd était trop malade et confus pour accomplir. L'excès de monoxyde de carbone n'avait pas franchement aiguisé les neurones de l'amiral. Ensuite, après que le *Pilgrim* a eu rapatrié l'amiral Byrd et le docteur Poulter, Waite, Demas et moi avons repris le tracteur pour retourner à Little America... où je suis arrivé juste à temps pour pouvoir accompagner le groupe en partance pour les monts Haines.

— C'est pour ça que vous avez participé à l'expédition ? Pour pouvoir escalader des montagnes en Antarctique ? » Mary venait de frapper à la porte et d'entrer pour nous apporter de la citronnade, mais son interruption a été brève. De plus, la citronnade maison était excellente.

M. Perry a hoché la tête. « C'était ma seule compétence réelle. La seule raison de ma présence. L'escalade. Oh, je savais réparer un moteur et j'étais assez bon bricoleur… c'est comme ça que j'ai fini par m'occuper des tracteurs à chenilles pour Demas pendant l'hiver, quand on ne pouvait pas faire d'escalade… mais je suis allé en Antarctique pour ses montagnes.

— Vous en avez gravi beaucoup là-bas ? »

Perry a souri et son regard bleu est devenu pensif. « Le McKinley au cours de cet été 34… pas le mont McKinley, bien sûr, mais le pic du même nom près du pôle Sud. Plusieurs sommets sans nom de la chaîne Haines… les scientifiques cherchaient de la mousse et du lichen à cet endroit, et après les avoir déposés en sécurité sur leur vire, je me faisais le sommet avant de redescendre pour les aider avec leur équipement. J'ai atteint la cime du mont Woodward dans la chaîne Ford cet été-là, puis le mont Rea, le mont Cooper et les montagnes Saunders. Aucun n'était très intéressant d'un point de vue technique. Beaucoup de neige et de glace. Beaucoup de crevasses, de parois glacées et d'avalanches. Jean-Claude se serait régalé.

— Qui est Jean-Claude ? ai-je demandé. Un autre membre de l'expédition Byrd ? »

Le regard de M. Perry, perdu très loin dans ses pensées, est revenu se poser sur moi. Il m'a souri. « Non, non. Un alpiniste que j'ai connu il y a très longtemps. Quelqu'un qui adorait tous les problèmes impliquant de la neige, de la glace, des glaciers ou des crevasses. Oh, j'ai aussi escaladé les monts Erebus et Terror.

— Deux volcans, ai-je dit, tentant de montrer que je n'étais pas totalement ignare. Ils doivent leur nom à des navires anglais, c'est bien cela ? »

M. Perry a hoché la tête. « Ils ont été nommés en 1841 par James Clark Ross – on lui attribue la découverte de l'Antarctique, bien qu'il n'ait jamais posé le pied sur le continent. Le HMS *Erebus* était son navire amiral, et le HMS *Terror* était commandé par son second, un certain Francis Crozier. »

Je prenais des notes sans savoir en quoi tout cela pourrait nourrir un livre sur des manchots mutants géants attaquant l'abri de Shackleton dans l'Antarctique.

« Quelques années plus tard, Crozier était commandant en second lors de l'expédition de sir John Franklin, durant laquelle l'*Erebus* et le *Terror* se sont perdus sur la banquise au pôle Nord, a dit M. Perry d'un ton presque absent, comme s'il allait seulement au bout de sa pensée. Je parle des navires brise-glaces britanniques, a-t-il ajouté avec un sourire. Pas des volcans. Eux, ils sont toujours là. »

J'ai levé les yeux. « Ils ont coulé ? Les deux navires qui ont donné leur nom aux volcans, l'*Erebus* et le *Terror*… ils ont coulé quelques années après ?

— Pire que ça, Dan. Ils ont totalement disparu. Sir John Franklin, Francis Moira Crozier et cent vingt-sept hommes. Ils tentaient de forcer le passage du Nord-Ouest et, quelque part au nord du Canada, les deux bateaux et tout leur équipage se sont… volatilisés. On a bien découvert quelques tombes et des os ici et là sur des îles inhabitées, mais jusqu'à ce jour on n'a pas retrouvé la moindre trace des navires ou des dépouilles de la majorité des équipages. »

Je m'étais mis à griffonner comme un fou. Je n'avais pas du tout l'intention d'écrire sur le pôle Nord ou les expéditions là-bas, mais plus de cent hommes et deux navires qui… disparaissaient ? J'ai demandé le nom complet de ce capitaine Crozier, et M. Perry me l'a épelé avec beaucoup de patience, comme s'il s'adressait à un enfant.

« Bref, a-t-il conclu, l'amiral Byrd ne tenait pas à me voir dans les parages pendant le dernier hiver là-bas – je suppose que je lui rappelais la négligence presque criminelle dont il avait fait preuve en manquant de s'intoxiquer tout seul dans cette "base avancée" dont il a fait si grand cas et en obligeant d'autres hommes à risquer leur vie pour lui sauver la mise. Au lieu de me laisser à la base avec les autres, il m'a donc envoyé "observer les manchots", seul dans l'abri de Shackleton au cap Royds. De mars à octobre 1935.

— Observer les manchots qui étaient déjà partis.

— C'est ça. » M. Perry a croisé les bras en ricanant, ce qui m'a permis de voir à quel point ses avant-bras demeuraient puissants. Ils révélaient aussi plusieurs cicatrices violacées. De vieilles cicatrices. « Mais en automne, avant que le froid ne devienne épouvantable, je sentais tous les jours la puanteur suffocante du guano de leurs colonies. Même si on s'habitue aux mauvaises odeurs.

— Vous avez dû le vivre comme une vraie punition, lui ai-je dit une fois encore, mesurant l'horreur d'une telle situation et éprouvant une réelle colère devant la mesquinerie de l'amiral Byrd. Enfin, je ne parle pas du guano. Mais de la sensation d'être un prisonnier à l'isolement. »

Perry s'est contenté de me sourire. « J'ai adoré ça, m'a-t-il dit. Ces mois d'hiver dans l'abri de Shackleton comptent parmi les plus merveilleux de ma vie. Sombres et froids, certes… très froids à certains moments, dans la mesure où l'abri du cap Royds se chauffait mal pour une seule personne, et où le vent s'insinuait par des milliers de fissures et d'interstices…, mais merveilleux. J'ai utilisé de la toile et les vieilles caisses de Shackleton pour me construire un petit réduit, où je pouvais me maintenir relativement au chaud, même si certains matins, la fourrure de carcajou autour de l'ouverture de mon sac de couchage était couverte de givre. Mais l'expérience elle-même… fantastique. Absolument fantastique.

— Avez-vous gravi des montagnes cet hiver-là ? » ai-je demandé. Dès que j'ai eu posé ma question, je me suis rendu compte qu'elle était idiote. Qui peut escalader des montagnes dans le noir quand la température avoisine les moins cinquante degrés ?

À mon grand étonnement, il a de nouveau hoché la tête. « Les hommes de Shackleton avaient gravi le mont Erebus, du moins jusqu'au bord du volcan, en 1908. Moi, je l'ai escaladé trois fois en solo, par différentes voies. Une fois de nuit. Oh, et bien qu'on ait attribué la première ascension hivernale de l'Erebus à un alpiniste anglais, Roger Mear, il y a six ans, en 1985, je l'ai réalisée deux fois au cours de l'hiver 1935. Ça ne figure dans aucun livre des records, mais il faut avouer que je n'ai pas pris la peine de le faire homologuer. »

Il s'est tu et je suis resté silencieux moi aussi, me demandant une fois encore si ce charmant vieux monsieur ne se fichait pas de moi. Puis il s'est levé, a pris son piolet à manche de bois et dit : « Il y a quelques mois… en janvier dernier… un métallo de la station McMurdo, un certain Charles Blackmer, a réussi l'ascension en solitaire du mont Erebus en dix-sept heures. Plusieurs revues d'alpinisme en ont parlé, parce qu'il a établi un record officiel. En battant l'ancien de plusieurs heures.

— Vous savez combien de temps vous avez mis ? lui ai-je demandé.

— Treize heures et dix minutes, m'a-t-il répondu, tout sourire. Il est vrai que je l'avais déjà fait. » Il a ri et secoué la tête. « Mais cela ne vous aide pas pour vos recherches, Dan. Que voulez-vous savoir à propos de l'exploration du pôle Sud ? »

J'ai soupiré, me rendant compte à quel point j'étais mal préparé en tant qu'interviewer (et, dans une certaine mesure, en tant qu'homme). « Racontez-moi ce que vous voudrez. N'importe quoi que je ne trouverais pas dans les livres. »

Perry a gratté son menton hérissé de poils blancs. « Eh bien, a-t-il dit doucement, quand on regarde les étoiles proches de l'horizon... en particulier quand il fait très froid... on a l'impression qu'elles sautillent. Un coup à gauche, un coup à droite... tout en ballottant de haut en bas en même temps. Je crois que c'est à cause des masses d'air super froid au-dessus du sol ou de la mer gelée, qui agissent comme une lentille qu'on déplacerait... »

J'avais recommencé à noter frénétiquement.

M. Perry a pouffé. « Ce genre de détail peut-il vous servir à écrire un livre ?

— On ne sait jamais », ai-je répondu en continuant d'écrire.

De fait, les étoiles sautillant près de l'horizon sont apparues dans une phrase à cheval sur la première et la deuxième page de mon roman *Terreur*, sorti seize ans plus tard, qui parlait de la débâcle de sir John Franklin dans le passage du Nord-Ouest, bien loin de l'Antarctique.

Mais M. Perry est mort de son cancer bien avant la parution de *Terreur*.

J'ai découvert plus tard que M. Perry avait participé à plusieurs célèbres expéditions en haute montagne, notamment en Alaska, en Amérique du Sud ou au K2, en plus de son aventure de trois ans au pôle Sud avec l'amiral Byrd dont nous avions parlé ce jour de l'été 1991. Notre « interview » – avant tout une merveilleuse conversation sur le voyage, le courage, l'amitié, la vie, la mort et le destin – avait duré environ quatre heures. Et durant tout ce temps, je ne lui avais pas posé la moindre question pertinente : une question qui aurait pu me révéler son incroyable expérience himalayenne de 1925.

À la fin de notre longue discussion, j'ai bien vu que M. Perry se fatiguait. Il parlait aussi avec une sorte de sifflement dans la voix.

Remarquant que je le remarquais, il a dit : « On m'a retiré une partie d'un poumon l'hiver dernier. Le cancer. L'autre est peut-être bien en train de me lâcher aussi, mais le mal a commencé à métastaser ailleurs, si bien que ce n'est peut-être pas le poumon qui aura ma peau.

— Je suis désolé », ai-je dit en sentant à quel point mes mots étaient dérisoires.

M. Perry a haussé les épaules. « Écoutez, Dan, si je passe la barre des quatre-vingt-dix ans, j'aurai déjà déjoué tous les pronostics. Plus que vous ne pensez. » Il a ricané. « L'ironie, c'est que je n'ai jamais fumé de ma vie. Pas une fois. »

Je ne savais pas quoi répondre.

« Et le pire, c'est que j'ai déménagé à Delta pour être à quelques minutes des montagnes, a ajouté M. Perry. Mais maintenant, je souffle comme un bœuf dès que je monte une petite colline. Grimper quelques centaines de mètres de prés à la sortie de la ville me fait le même effet que de respirer au-dessus de 8 500 mètres. »

Je ne savais toujours pas quoi dire – la perte d'un poumon à cause d'un cancer doit être une chose épouvantable – et je n'ai pas eu la présence d'esprit de lui demander où et quand il aurait pu grimper à une telle altitude. Au-delà de 8 000 mètres, on parle de « zone de la mort » pour une bonne raison : à chaque minute passée là-haut, le corps s'affaiblit, l'alpiniste tousse, halète, suffoque, et il ne peut même pas récupérer pendant la nuit (de toute façon, il lui est pratiquement impossible de dormir). Plus tard, je me suis demandé si M. Perry avait cité cette altitude de 8 500 mètres uniquement pour illustrer ses difficultés respiratoires, ou s'il s'était déjà aventuré aussi haut. Je savais que le mont Vinson, la plus haute montagne de l'Antarctique, ne culminait qu'à 4 900 mètres.

Avant que j'aie pu lui poser une question intelligente, M. Perry m'a serré l'épaule. « Je ne me plains pas. J'adore l'ironie. S'il y a un Dieu dans ce pauvre et triste chaos qu'est l'univers, le nom de ce salaud est Ironie. Dites… vous êtes un écrivain publié.

— Oui », ai-je répondu. Si mon ton a pu sembler méfiant, c'est que les écrivains publiés sont très souvent sollicités par des apprentis romanciers. On leur demande trois choses en général : une aide pour trouver un agent, pour trouver un éditeur ou les deux.

« Vous avez un agent littéraire et tout ça ? a insisté Perry.

— Oui ? » J'étais de plus en plus réticent. Quatre heures de conversation m'avaient suffi à admirer grandement le bonhomme, mais l'amateurisme en écriture ne pardonne pas. Les néophytes sont presque impossibles à publier.

« J'envisageais d'écrire quelque chose… »

Et voilà. D'une certaine façon, j'étais désolé d'entendre ces mots par trop familiers. Mais je ressentais aussi une forme de soulagement. S'il n'avait pas encore écrit son livre, quelles chances avait-il de le faire maintenant, à presque quatre-vingt-dix ans, et atteint d'un cancer ?

M. Perry a vu mon visage, lu dans mes pensées et éclaté de rire. « Ne vous inquiétez pas, Dan. Je ne vais pas vous demander de faire publier un texte de moi. D'ailleurs, je ne suis pas sûr de vouloir que ça soit publié.

— Quoi, alors ? » ai-je demandé.

Il s'est gratté les joues et le menton une fois encore. « J'ai envie d'écrire quelque chose et je voudrais que quelqu'un le lise. Vous comprenez ?

— Je crois. C'est la raison pour laquelle j'écris. »

Il a secoué la tête, presque avec impatience, m'a-t-il semblé. « Non, vous, vous écrivez pour que des milliers ou des dizaines de milliers de gens lisent dans vos pensées. Moi, je ne recherche qu'un seul lecteur. Une personne susceptible de comprendre. Et d'y croire.

— Un parent, peut-être ? »

Il a de nouveau secoué la tête. Je sentais qu'il lui était difficile de faire cette requête.

« Ma seule parente est une petite-nièce ou arrière-petite-nièce, vivant à Baltimore ou je ne sais où. Je ne l'ai jamais rencontrée. Mais Mary et le foyer ont ses coordonnées quelque part… une adresse où envoyer mes affaires quand je casserai ma pipe. Non, Dan, si je réussis à écrire ce récit, je veux que mon lecteur soit capable de le comprendre.

— C'est une fiction ? »

Il a souri. « Non, mais je suis sûr que ça se lira comme un roman. Un mauvais roman, probablement.

— Avez-vous commencé à l'écrire ?

— Non, j'ai attendu pendant des années et des années… bon sang, je ne sais pas ce que j'attendais. Que la mort vienne frapper à ma porte, j'imagine, histoire de me motiver. Eh bien, c'est peu dire que je l'entends frapper.

— Je serais honoré de lire tout ce que vous voudrez bien partager avec moi, monsieur Perry », ai-je dit. Mon émotion et la sincérité avec laquelle j'avais fait cette offre m'étonnaient moi-même. En général, j'accueillais les manuscrits d'amateurs comme s'ils étaient porteurs du bacille de la peste. Mais je m'apercevais que j'aurais volontiers lu tout ce que ce monsieur avait envie d'écrire, même si je croyais à l'époque que cela porterait sur l'expédition Byrd des années trente.

Pendant un long moment, Jacob Perry est resté assis là, immobile, à me regarder. Ses yeux bleus semblaient me toucher – comme si ses huit doigts carrés et couturés appuyaient fortement sur mon front. La sensation n'était pas agréable. Mais du moins était-elle *intime.*

« Très bien, a-t-il fini par dire. Si jamais je réussis à écrire ce truc, je vous le ferai parvenir. »

Je lui avais déjà donné ma carte, sur laquelle figurait mon adresse.

« Seulement, j'ai un petit problème.

— Lequel ? »

Il a levé ses mains, très agiles malgré les deux doigts presque entièrement amputés de la gauche. « Je suis infoutu de taper à la machine. »

J'ai ri. « Si vous vouliez soumettre un manuscrit à un éditeur, nous vous trouverions une dactylo. Ou je le taperais moi-même. Mais en attendant… »

J'ai sorti de ma serviette usée un cahier Moleskine vierge – les deux cent quarante pages blanc crème n'avaient jamais été touchées. Il était inséré à l'intérieur d'une couverture de cuir lisse, avec une double boucle pour accrocher un stylo. J'y avais déjà glissé un crayon à papier taillé.

M. Perry a touché le cuir. « C'est trop dispendieux… », a-t-il commencé, faisant le geste de me le rendre.

Tout en me délectant de l'usage archaïque du mot « dispendieux », j'ai secoué la tête.

« Ce n'est rien comparé aux heures que vous m'avez consacrées », ai-je dit. J'ai voulu ajouter « Jake », mais je n'ai pas réussi à l'appeler par son prénom. « Sincèrement, ça me fait plaisir de vous l'offrir. Et quand vous aurez écrit quelque chose que vous voudrez me confier, je le lirai avec joie. Je vous promets de vous donner mon avis sincère. »

Sans cesser de tourner et de retourner le cahier dans ses mains noueuses, M. Perry m'a adressé un sourire. « Je serai probablement mort quand vous recevrez le livre… ou les livres, Dan, alors soyez aussi honnête que vous voulez dans votre critique. Je ne me vexerai pas du tout. »

Je n'ai pas su que répondre à cela.

Cette rencontre avec Jacob Perry a eu lieu en juillet 1991 ; cela fait donc vingt ans, à l'heure où j'écris cette préface à son manuscrit.

Vers la fin mai 1992, Mary m'a appelé pour m'annoncer que M. Perry était décédé à l'hôpital de Delta. Le cancer avait gagné la partie.

Lorsque je lui ai demandé si son pensionnaire avait laissé quelque chose pour moi, elle a paru surprise. Toutes les affaires de M. Perry – peu de choses, en vérité, ses livres et ses objets – avaient été emballées et envoyées à sa petite-nièce à Baltimore. Mary n'était pas présente au centre à ce moment-là, puisqu'elle se trouvait dans un hôpital à Denver. C'était son assistante qui s'était chargée de l'envoi.

Cependant, il y a neuf semaines, à la fin du printemps 2011, soit presque vingt ans après mon voyage à Delta, j'ai reçu par UPS un colis d'un certain

Richard A. Durbage (Jr.), de Lutherville-Timonium, dans le Maryland. Supposant qu'il s'agissait d'un lot de mes vieux livres à dédicacer, envoyé par un lecteur – une pratique qui a le don de m'irriter quand on ne me demande même pas l'autorisation –, j'ai été tenté de renvoyer directement le colis à l'expéditeur, pour finir par l'ouvrir à coups de cutter inutilement vigoureux. Regardant le bon de livraison, Karen m'a fait rire en remarquant que c'était bien la première fois que nous recevions des livres à dédicacer en provenance de Lutherville-Timonium, avant d'aller aussitôt chercher la ville sur Internet. (Karen adore la géographie.)

Mais il ne s'agissait pas de livres à dédicacer.

Dans le carton se trouvaient douze cahiers Moleskine. En les feuilletant, j'ai vu que chaque page recto verso était couverte d'une petite écriture manuscrite précise, tracée par une ferme main masculine.

Même à ce moment-là, bêtement, je n'ai pas pensé à M. Perry. Jusqu'à ce que j'arrive au dernier cahier, au fond du colis.

J'ai alors reconnu la couverture en cuir, à laquelle était encore fixé le bout d'un crayon HB, même si le cuir s'était usé et patiné au contact répété des doigts de M. Perry. Il avait manifestement transféré le protège-cahier d'un volume à l'autre au cours des dix mois d'efforts qu'il avait consacrés à écrire ce long récit.

Un message dactylographié accompagnait le colis.

Cher monsieur Simmons,

Ma mère, Lydia Durbage, est décédée au mois d'avril. Elle avait soixante et onze ans. En triant ses affaires, j'ai trouvé un carton. Il lui avait été envoyé en 1992 par la maison de retraite où l'un de ses lointains parents, M. Jacob Perry, avait passé ses dernières années et où il était mort. Ma mère, qui n'avait jamais rencontré son grand-oncle, n'a apparemment jeté qu'un bref coup d'œil au contenu du carton ; elle a choisi un ou deux objets qu'elle a vendus à un vide-grenier et n'a pas touché au reste. Je ne crois pas qu'elle ait jamais ouvert les cahiers que je vous envoie aujourd'hui.

Sur la première page du premier, il y avait un message, adressé non pas à ma mère, mais à une certaine « Mary », qui dirigeait le foyer pour personnes âgées de Delta, demandant que ces cahiers ainsi qu'un appareil photo Kodak Vest Pocket vous soient envoyés. Votre adresse était indiquée, ce qui m'a permis de vous adresser ce colis très tardif.

Si vous vous attendiez à recevoir tout ça il y a vingt ans, je vous prie d'excuser le retard. Ma mère a toujours été distraite, même avant de vieillir.

Puisque les cahiers vous étaient destinés, j'ai décidé de ne pas les lire. Je les ai néanmoins feuilletés et j'ai remarqué que le parent de ma mère était très doué : les cartes et dessins de montagnes, ainsi que les autres croquis, me semblent d'une qualité digne d'un artiste professionnel.

Une fois encore, veuillez accepter mes excuses pour ce retard bien involontaire, qui vous a empêché de recevoir ce colis aussi vite que M. Jacob Perry l'avait sans aucun doute espéré.

Bien cordialement,
Richard A. Durbage, Jr.

J'ai emporté le colis dans mon bureau et j'en ai sorti la pile de cahiers, que j'ai lus d'une traite dans l'après-midi et la nuit, terminant à neuf heures du matin.

Finalement, j'ai décidé de publier le manuscrit de Jacob Perry en deux éditions. Après m'être interrogé pendant des mois, j'ai conclu qu'il aurait voulu voir imprimer cet ouvrage sur lequel il avait durement travaillé pendant les dix derniers mois de sa vie. Je pense aussi que c'est la raison pour laquelle il m'a choisi comme premier lecteur. Il savait que je saurais juger si le manuscrit méritait ou non d'être publié. Et j'ai la certitude que le manuscrit de Jacob Perry – ce livre – le mérite totalement.

Une deuxième édition très limitée reproduira l'écriture manuscrite de l'auteur et contiendra les dizaines de croquis, portraits, cartes minutieuses, paysages de montagnes, vieilles photographies et autres éléments ajoutés par lui. La version que vous avez entre les mains ne contient que le texte. Je pense qu'elle réussit à raconter l'histoire que Jacob Perry (1902-1992) voulait me faire entendre. Voulait *nous* faire entendre. Dans mon rôle d'éditeur, je me suis contenté d'apporter quelques corrections orthographiques et d'ajouter de rares notes explicatives à son texte. Je ne peux que croire et espérer qu'en me permettant d'être son premier lecteur et son éditeur, M. Perry comptait sur mon propre désir de permettre à d'autres de lire ce testament étrange et beau.

Je crois sincèrement que c'est ce qu'il voulait.

Je peux seulement espérer ne pas me tromper.

Première partie

LES ALPINISTES

Au sommet du Cervin le choix est clair : un faux pas à gauche et on meurt en Italie ; un écart à droite et on meurt en Suisse.

Nous sommes tous les trois en train de déjeuner au sommet du Cervin, quand nous apprenons la disparition de Mallory et d'Irvine dans l'Everest.

C'est une journée splendide de la fin du mois de juin 1924, et l'information se trouve dans les pages d'un journal anglais vieux de trois jours avec lequel une employée de la petite auberge du Breuil, en Italie, a emballé nos sandwichs de bon pain frais au rosbif et raifort. Sans le savoir, j'ai porté cette nouvelle encore immatérielle – mais qui va bientôt nous peser lourdement – jusqu'en haut du Cervin dans mon sac à dos, à côté d'une outre de vin, de deux bouteilles d'eau, de trois oranges, de trente mètres de corde d'escalade et d'un gros salami. Nous ne remarquons pas tout de suite le journal, ni ne lisons la nouvelle qui va changer notre journée, absorbés comme nous le sommes par le sommet et la vue qu'il nous offre.

Ces six derniers jours, nous n'avons fait qu'escalader encore et encore le Cervin, en évitant toujours le sommet pour des raisons seulement connues du Diacre.

Le premier jour, partant de Zermatt, nous avons exploré l'arête du Hörnli – la voie empruntée par Whymper en 1865 – en délaissant les cordes et les câbles fixes qui balafrent la paroi de la montagne comme autant de cicatrices. Le lendemain, nous avons traversé pour passer par l'arête de Zmutt. Le troisième jour, une longue journée, nous avons une fois de plus escaladé du côté suisse via l'arête du Hörnli, traversé la face nord friable juste au-dessous du sommet que le Diacre nous avait interdit, avant de redescendre par l'arête italienne pour regagner au crépuscule nos tentes sur les hauts pâturages verdoyants du versant sud, vers le Breuil.

J'ai compris, après le cinquième jour, que nous marchions dans les pas de ceux qui avaient fait la renommée du Cervin – Edward Whymper, l'artiste-alpiniste de vingt-cinq ans, et ses trois compagnons anglais : le révérend Charles Hudson (« le pasteur de Crimée »), son protégé, Douglas Hadow, un grimpeur novice de dix-neuf ans, et lord Francis Douglas, le fils du huitième marquis de Queensberry, un jeune homme de dix-huit ans tout récemment classé premier à l'examen de l'armée britannique (avec cinq cents points d'avance sur le plus proche de ses 118 concurrents), et alpiniste néophyte qui fréquentait les Alpes depuis deux ans. Pour accompagner ce groupe hétéroclite, aux aptitudes et niveaux si différents, Whymper avait engagé trois guides : le « vieux Peter » Taugwalder (considéré comme un vieillard, alors qu'il n'avait que quarante-cinq ans), le « jeune Peter » Taugwalder (vingt et un ans) et Michel Croz, un guide de Chamonix hautement qualifié. En vérité, Croz leur aurait largement suffi, mais Whymper avait promis aux Taugwalder de les embaucher, et l'alpiniste anglais tenait toujours parole, même au risque de surcharger le groupe et d'avoir deux guides presque superflus.

Et puis sur l'arête italienne, j'ai compris que le Diacre voulait nous faire prendre la mesure du courage et des efforts qu'avait dû déployer l'ami, rival et ancien partenaire de cordée de Whymper, Jean-Antoine Carrel. Les voies difficiles que nous suivions étaient les siennes.

Nous plantions nos tentes – appelées des tentes Whymper et conçues par le célèbre alpiniste de l'âge d'or pour cette même montagne – dans les prés au-dessus des glaciers à basse altitude, sur l'un ou l'autre versant, que nous rejoignions le soir juste avant le crépuscule ; après un dîner léger, nous conversions autour d'un petit feu, puis dormions profondément pendant quelques heures avant de repartir grimper.

Nous avons escaladé l'arête de Furggen, mais évité l'impressionnant surplomb proche du sommet. Ce n'était pas une défaite. Pendant une journée entière nous avons exploré des approches de ce surplomb encore invaincu, puis décidé que nous n'avions ni l'équipement ni les capacités pour l'attaquer directement. (Il serait finalement conquis dix-huit ans plus tard, en 1942, par Alfredo Perino, Louis Carrel, dit « le petit Carrel » en hommage à son illustre prédécesseur, et Giacomo Chiara.) Cette prudence, qui nous retenait de risquer notre vie – compte tenu du matériel et des techniques de 1924 – dans cette tentative d'escalade du grand ressaut de Furggen, m'a alors rappelé ma première rencontre avec l'Anglais Richard Davis Deacon, trente-sept ans, et le Français Jean-Claude Clairoux, vingt-cinq ans, au pied de la face nord encore vierge de l'Eiger – la mortelle Eigerwand. Mais je raconterai cette histoire une autre fois.

Sachez seulement que Richard Deacon – « le Diacre », comme l'appelaient en général ses amis et partenaires d'escalade – et Jean-Claude Clairoux, tout juste admis dans la Compagnie des guides de Chamonix, l'un des cercles d'ascensionnistes les plus exclusifs du monde, avaient accepté de m'emmener avec eux dans leurs expéditions alpines au cours de cet hiver et de ce printemps. Jamais je n'aurais pu rêver plus beau cadeau. J'avais apprécié Harvard, mais ces quelques mois d'apprentissage auprès du Diacre et de Jean-Claude – que j'ai fini par surnommer « J.-C. », puisque le diminutif ne semblait pas le gêner – ont compté parmi les plus exigeants et exaltants de ma vie.

Du moins jusqu'au cauchemar de l'Everest. Mais j'anticipe beaucoup trop.

Lors de nos deux derniers jours sur le Cervin, nous avons effectué une ascension partielle de la montagne par sa dangereuse face ouest, avant de descendre en rappel pour explorer des itinéraires et élaborer des stratégies d'approche de la très épineuse face nord – l'un des derniers et des plus difficiles problèmes non résolus des Alpes. (Franz et Toni Schmid allaient la vaincre sept ans plus tard, après y avoir bivouaqué une nuit. Ils ont fait le trajet depuis Munich à bicyclette et, une fois leur ascension surprise réussie, sont repartis chez eux par le même moyen.) Nous trois nous sommes contentés de faire une reconnaissance.

Le dernier jour, nous avons réussi à découvrir des voies sur le « Nez de Zmutt », d'aspect imprenable, en surplomb de la partie droite de la face nord, puis nous sommes revenus sur nos pas pour traverser vers l'arête italienne et – quand le Diacre nous a autorisés d'un hochement de tête à gravir les trente derniers mètres – nous nous sommes enfin retrouvés sur l'étroit sommet en cette radieuse journée de la fin juin.

Au cours de cette semaine sur le Cervin, nous avions grimpé par tous les temps : averses, soudaines tempêtes de neige, pluie verglaçante et vents violents. Ce dernier jour, au sommet, le ciel est dégagé, le temps chaud et calme. Les vents sont si dociles que le Diacre réussit à allumer sa pipe avec une seule allumette.

La cime du Cervin est une arête étroite d'environ cent mètres de long, reliant le « sommet italien », plus bas et légèrement plus large, au « sommet suisse », une pointe plus haute et plus fine. Au cours des neuf derniers mois, le Diacre et Jean-Claude m'ont enseigné que toutes les bonnes montagnes nous offrent des alternatives. Et en effet, au sommet du Cervin, le choix est clair : un faux pas à gauche et on meurt en Italie ; un écart à droite et on meurt en Suisse.

Le côté italien est une paroi abrupte de trois cents mètres se terminant sur des rochers et des arêtes qui, en cas de chute, vous arrêteraient au milieu de la face ; le côté suisse donne en bas sur une pente raide enneigée et des blocs de roche, plusieurs dizaines de mètres sous le repère de mi-parcours, qui stopperaient peut-être la chute d'un corps, mais peut-être pas. Sur la ligne de crête elle-même, la neige est suffisamment épaisse pour que nos bottes ferrées laissent des empreintes visibles.

L'arête sommitale du Cervin ne correspond pas exactement à ce que les journalistes exaltés se plaisent à qualifier d'« arête en lame de couteau ». Nos empreintes de pas le prouvent. Sur une lame de couteau, nous en aurions laissé *des deux côtés*, puisque le meilleur moyen de traverser ce genre de crête consiste à marcher en canard, une jambe de part et d'autre de l'arête. En cas de glissade, on en serait quittes pour des testicules endoloris, sans risquer – Dieu et le destin nous en préservent – une chute de mille deux cents mètres.

Sur une arête légèrement plus large qu'une « lame de couteau », un peu comme une corniche de neige verticale, nous nous serions encordés et préparés à ce que Jean-Claude appelait une « partie de bascule ». En cas de chute d'un grimpeur, vu qu'on ne peut pas compter sur l'assurage, celui qui le précède ou le suit doit avoir le réflexe de sauter de l'autre côté de l'arête – réflexe seulement acquis à force d'exercices. On est alors deux à se balancer au-dessus d'un vide de mille deux cents mètres ou plus, avec l'espoir fou que a) la corde ne cassera pas, ce qui condamnerait les deux, et b) le poids de l'un contrebalancera celui de l'autre.

Et ça marche. Nous nous sommes entraînés de nombreuses fois sur une arête enneigée du mont Blanc. Mais là-bas, un échec – ou une rupture de corde – ne se soldait que par une glissade de quinze mètres jusqu'à un champ de neige plat, pas par une chute de mille deux cents mètres.

Comme je mesurais un mètre quatre-vingt-huit et pesais quatre-vingt-dix-neuf kilos, la logique aurait voulu que, dans une « partie de bascule » avec ce pauvre Jean-Claude (un mètre soixante-dix pour soixante et un kilos), il vole par-dessus la ligne de crête enneigée, tel un poisson accroché à l'hameçon, et nous entraîne tous deux dans une glissade incontrôlée. Mais Jean-Claude transportant toujours un chargement plus lourd que nous autres (il était aussi le plus rapide et le plus habile dans le maniement du piolet à long manche), l'équilibre se faisait en général, la corde de chanvre sous tension s'enfonçant dans la neige jusqu'à trouver de la roche ou de la glace solide.

Mais comme je l'ai dit, cette longue arête au sommet du Cervin est un boulevard en comparaison des arêtes en lame de couteau : suffisamment large pour qu'on puisse marcher dessus, en file indienne, voire, si l'on est très courageux, extrêmement agile ou complètement idiot, les mains dans les poches et l'esprit occupé ailleurs. C'est précisément ce que fait le Diacre, qui sort sa vieille pipe de sa veste et l'allume tout en arpentant l'étroit passage.

Le Diacre, taciturne au point de rester parfois silencieux plusieurs jours d'affilée, paraît d'humeur expansive en cette fin de matinée. Tirant sur sa pipe, il nous fait signe, à Jean-Claude et moi, de le suivre jusqu'à l'autre extrémité, d'où l'on peut voir l'arête italienne, la voie choisie lors des premières tentatives d'ascension de la montagne – même par Whymper, jusqu'à ce qu'il décide de passer par l'arête suisse en apparence plus difficile (mais en réalité plus simple en raison de l'inclinaison des immenses dalles).

« Carrel et son groupe étaient là-bas, dit-il en pointant le doigt vers une ligne à un tiers du chemin en partant de l'étroite arête de pierre. Tant d'années d'efforts, et Whymper qui finit par arriver au sommet deux ou trois heures avant son vieil ami et guide italien. »

Il parle, bien sûr, de la première ascension du Cervin, réalisée par Whymper et ses six compagnons le 14 juillet 1865.

« Il paraît que Whymper et Croz leur ont jeté des cailloux », dit Jean-Claude.

Le Diacre regarde notre ami français pour voir s'il plaisante, et tous deux sourient.

Il montre ensuite le précipice à notre gauche. « Whymper voulait absolument attirer l'attention de Carrel. Croz et lui ont crié et lancé des cailloux du côté de la face nord – très loin de l'arête où les Italiens grimpaient, bien sûr. Mais à cause de l'écho, Carrel et son équipe ont dû croire entendre des coups de canon. »

Notre regard s'attarde en contrebas, comme si nous voyions le guide italien et ses compagnons, les yeux levés vers le sommet, sous le choc de leur défaite.

« Carrel a reconnu le large pantalon blanc de son ancien client, dit le Diacre. Il pensait être à moins d'une heure du sommet – il avait déjà franchi les pires obstacles de l'arête –, mais après avoir identifié Whymper là-haut, il a fait faire demi-tour à son groupe et ils sont redescendus. » Le Diacre soupire, tire sur sa pipe, et son regard embrasse les montagnes, les vallées, les prairies et les glaciers qui s'étendent en dessous de nous. « Carrel a gravi le Cervin deux ou trois jours plus tard, toujours par l'arête italienne, dit-il à voix basse, comme s'il se parlait à lui-même. Il a ouvert cette deuxième voie, même après l'évidente victoire des Anglais.

— Évidente victoire, d'accord… mais tellement tragique », dit Jean-Claude.

Nous retournons à l'endroit où nous avons laissé nos sacs à dos, contre des rochers à l'extrémité nord de l'étroite arête. Jean-Claude et moi commençons à déballer notre déjeuner. C'est notre dernier jour sur le Cervin, et peut-être la dernière fois avant longtemps que nous grimpons ensemble… voire la dernière fois tout court, même si j'espère ardemment que non. Rien ne me plairait davantage que de passer le reste de mon *Wanderjahr* européen à gravir les montagnes des Alpes avec mes nouveaux amis, mais le Diacre doit bientôt retourner à ses affaires en Angleterre et Jean-Claude remplir ses devoirs de guide et assister à la réunion annuelle de sa fraternité de la cordée, dans cette vallée de Chamonix pétrie de traditions.

Chassant toute triste idée de fin ou d'adieu, j'oublie un instant mon casse-croûte pour admirer la vue encore une fois. Mes yeux sont plus affamés que mon estomac.

Il n'y a pas un nuage dans le ciel. Les Alpes maritimes, à deux cents kilomètres de là, sont clairement visibles. Le massif des Écrins, dont la pointe a été vaincue par Whymper et le guide Croz, se détache contre le ciel telle une grosse truie blanche. Me tournant légèrement pour regarder vers le nord, je vois les hautes cimes de l'Oberland vers la source du Rhône. À l'ouest, le mont Blanc domine tous les autres, et les neiges de son sommet réfléchissent si fort la lumière que je dois plisser les yeux. En pivotant à peine vers l'est, je vois tout un alignement de pics – j'en ai gravi certains au cours des neuf derniers mois avec mes nouveaux amis, et j'en gravirai d'autres –, des cimes blanches qui s'étagent en dents de scie pour n'être plus au loin qu'un horizon bosselé enveloppé d'une brume lointaine.

Le Diacre et Jean-Claude ont attaqué leur sandwich. M'arrachant au spectacle et à ma rêverie je commence à manger. Le rosbif froid est délicieux et le pain croustillant. Le raifort me fait monter les larmes aux yeux, et le mont Blanc devient une masse indistincte.

Regardant vers le sud, j'admire le paysage dont Whymper a parlé dans son livre *Escalades dans les Alpes de 1860 à 1869*, devenu un classique. Je me souviens parfaitement de la description que j'ai lue pas plus tard qu'hier soir, à la lueur de la bougie, dans ma tente au-dessus du Breuil, de ces mots décrivant le panorama découvert par Whymper le 14 juillet 1865 depuis le sommet du Cervin, et dont je me repais à mon tour en cette fin du mois de juin 1924 :

Je vois encore d'épaisses et tristes forêts, de fraîches et riantes prairies, des cascades furieuses, des lacs tranquilles, des terres fertiles et des solitudes sauvages, des plaines fécondées par le soleil et des plateaux glacés ; les formes les plus abruptes, les contours les plus gracieux, des rochers escarpés et à pic, des pentes doucement ondulées ; des montagnes de pierre ou des montagnes de neige, les unes sombres, solennelles, ou bien étincelantes de blancheur, ornées de hautes murailles, de tours, de clochetons, terminées en pyramides, en dômes, en cônes, en aiguilles, semblables aux flèches hardies des cathédrales gothiques ! Toutes les combinaisons de lignes que l'univers peut offrir, tous les contrastes que l'imagination peut rêver[1].

Eh oui, Edward Whymper avait l'âme romantique, comme tant d'alpinistes de l'âge d'or, dans la seconde moitié du XIXe siècle. Et son écriture fleurie paraît surannée, comparée au style dépouillé qui est la norme aujourd'hui.

Mais je suis moi-même, je l'avoue, un incorrigible romantique. C'est dans ma nature. Et malgré Harvard, ma licence de lettres et mon envie d'écrire moi aussi de grands romans et des récits de voyage – dans le style dépouillé si cher à la modernité, cela va de soi –, je me surprends à être de nouveau ému aux larmes par la lyrique description de Whymper.

De sorte qu'en ce jour de juin 1924, ces mots écrits depuis plus de cinquante ans résonnent dans mon cœur, et la vue qui les a inspirés au sentimental Edward Whymper résonne plus encore dans mon âme. Ce grand alpiniste avait vingt-cinq ans lorsqu'il a pour la première fois gravi le Cervin

1. Edward Whymper, *Escalades dans les Alpes de 1860 à 1869*, traduit de l'anglais par Adolphe Joanne, Hachette, 1873, p. 393.

et contemplé cette vue ; j'ai fêté mon vingt-deuxième anniversaire il y a deux mois, et voilà que je me l'offre à mon tour. Je me sens très proche de Whymper et de tous les alpinistes – qu'ils soient cyniques ou bien romantiques comme moi – qui ont regardé vers l'Italie, assis sur ce même trône rocheux.

Au cours des mois passés avec le Diacre et Jean-Claude dans les Alpes, chaque ascension a été suivie d'une séance de questions-réponses, comme une sorte de catéchisme dédié à une montagne particulière. Le ton n'en est jamais condescendant, et j'ai pris goût à cet exercice qui m'apprend tant de choses. J'étais déjà un bon grimpeur à mon arrivée en Europe ; sous la supervision tranquille, parfois blagueuse mais jamais pédante, du Diacre et de Jean-Claude, je suis en train de devenir un excellent grimpeur. Un grimpeur de *classe internationale*. Membre d'une toute petite confrérie. Plus que ça, ce parrainage – et ce catéchisme des sommets – m'a appris à *aimer* la montagne que je viens de gravir. À l'aimer, même si elle s'est montrée perfide et traîtresse dans les moments intimes que j'ai passés avec elle – roche friable, avalanches, traversées sans la moindre prise pour les doigts, chutes de pierres mortelles, bivouacs forcés sur des saillies trop étroites pour y poser un livre et où l'on doit pourtant se tenir, dans le froid glacial, sous la grêle ou l'orage, par ces nuits où la pointe métallique du piolet étincelle de bleu à l'approche de la foudre, et les jours de chaleur sans une goutte d'eau à boire, et encore les nuits de bivouac où, en l'absence de piton auquel s'attacher, on en est réduit à tenir une bougie allumée sous le menton pour s'empêcher de s'endormir et de basculer dans le vide. À travers toutes ces épreuves, le Diacre et surtout Jean-Claude m'apprenaient à aimer la montagne, à l'aimer pour ce qu'elle était vraiment, à aimer même les instants les plus rudes aux prises avec elle.

Le catéchisme du Cervin, conduit par Jean-Claude, est assez bref.

Il y a quelque chose à aimer en toute bonne montagne. Le Cervin est une bonne montagne. Avez-vous aimé ses faces ?

Non. Les faces du Cervin, en particulier la face nord où nous avons passé la plus grande partie du temps, ne méritent pas d'être aimées. Ce sont des éboulis. Des chutes de pierres et des avalanches constantes.

Mais vous avez aimé la roche dont elle est faite ?

Non. La roche est instable, elle se délite. On ne peut pas s'y fier. Quand on y plante un piton à l'aide d'un marteau, jamais on n'entend le son de l'acier contre le fer, du fer contre le roc, et une minute plus tard, on peut retirer le piton à deux doigts. Sur le Cervin, la roche est épouvantable. Les montagnards savent que toutes les montagnes sont en voie d'effondrement – leur verticalité étant sapée en permanence et inéluctablement par le vent, l'eau, la météo et la gravité –, mais plus que toute autre, le Cervin ressemble à une pile instable de gravats. Si j'ai aimé la roche ici ? Sûrement pas. À aucun moment.

Mais vous aimez ses arêtes ?

Non. Les célèbres arêtes du Cervin – l'italienne et la suisse, celle de Furggen et celle du Zmutt – sont soit trop dangereuses, en proie aux chutes de pierres ou aux avalanches, soit trop domestiquées, criblées de câbles et de cordes fixes pour les alpinistes en jupons et les Anglais de soixante-dix ans. Aimer les arêtes de cette montagne ? Impossible. Du moins plus depuis l'époque d'Edward Whymper, où tout était nouveau.

Mais vous aimez cette montagne. Vous le savez bien. Qu'aimez-vous chez elle ?

Oui. Le Cervin est une montagne qui offre à l'alpiniste de nombreux problèmes à résoudre, mais – contrairement à la face nord encore vierge de l'Eiger ou à certains autres pics que j'ai vus ou dont j'ai entendu parler – elle propose aussi une solution claire et nette à chaque problème.

Le Cervin est un amas d'éboulis, mais ses faces et ses arêtes sont belles à contempler de loin. Cette montagne ressemble à une comédienne vieillissante qui, sous son maquillage tristement apparent, garde encore les pommettes saillantes de sa jeunesse et laisse entrevoir par instants la beauté presque parfaite qu'elle était autrefois. La forme même du pic – qui se dresse seul, sans être relié à ses voisins – est peut-être la plus mémorable de toutes les Alpes. Demandez à un enfant qui n'a jamais vu de montagne d'en dessiner une, et c'est le Cervin qui apparaîtra sous son crayon. Telle est sa force symbolique. Et avec le haut de sa face nord légèrement incliné vers l'extérieur, comme une vague qui se brise, la montagne paraît toujours en mouvement. Cette abrupte face en saillie crée son propre microclimat, produit ses propres masses nuageuses. Telle est sa puissance.

Et vous aimez les fantômes qui la hantent.

Oui. On ne peut pas éviter de penser au passé. La trahison patriotique de Jean-Antoine Carrel, ancien guide loyal de Whymper, qui, le 14 juillet 1865, choisit d'emmener Felice Giordano par l'arête du Lion, pour la gloire d'une première toute italienne. La course désespérée d'un Whymper de vingt-cinq ans vers Zermatt – pour tenter l'arête opposée – avec un groupe composé à la hâte du jeune lord Francis Douglas, du révérend Charles Hudson, de Douglas Hadow, âgé de dix-neuf ans, de Michel Croz, le guide de Chamonix, et des deux guides locaux, le « jeune Peter » et le « vieux Peter » Taugwalder.

Ce sont les voix des quatre hommes morts ce jour-là qui résonnent le plus fort. Tout alpiniste doit apprendre à les entendre, à aimer et respecter le fait d'escalader les mêmes rochers qu'ils ont foulés naguère, de dormir sur les mêmes dalles qu'eux, de triompher sur le même étroit sommet où les sept de Whymper ont crié victoire, puis redescendre prudemment par les périlleuses voies où les quatre hommes ont trouvé la mort en chutant de plusieurs centaines de mètres.

Et, mon ami, vous aimez la vue depuis le sommet.

Oui. C'est vrai que j'aime cette vue. Elle justifie à elle seule les courbatures et les mains ensanglantées. Mieux, même, elle les fait oublier. La vue vaut tout.

Pendant que je mange mon sandwich en contemplant le spectacle, Jean-Claude, sa leçon terminée, déplie le journal qui enveloppait l'étamine couvrant nos sandwichs.

« Mallory et Irvine tués dans une tentative de conquête de l'Everest », lit-il à voix haute, avec son doux accent français.

Je cesse de mâcher. Le Diacre, qui était en train de taper sa pipe contre sa botte ferrée pour vider le fourneau, se fige lui aussi, la botte sur le genou et la pipe vide contre la botte, le regard braqué sur Jean-Claude.

Notre ami poursuit : « Londres, 20 juin 1924. C'est avec un profond regret que le Comité de l'Everest a reçu le câble suivant… » Il s'interrompt et me passe le journal froissé. « Jake, c'est votre langue. À vous de lire. »

Surpris par la réticence de Jean-Claude – jusqu'à preuve du contraire, il lit l'anglais aussi couramment qu'il le parle –, je prends le journal, le défroisse sur mon genou et commence à lire tout haut.

Londres, 20 juin 1924. C'est avec un profond regret que le Comité de l'Everest a reçu le câble suivant, envoyé par le colonel Norton du dzong de Phari, le 19 juin à 16 h 50.

« Mallory et Irvine tués dans dernière tentative. Reste du groupe revenu sain et sauf au camp de base le jour même. Deux alpinistes non membres de l'expédition morts dans une avalanche le dernier jour, après le départ des autres. »

Le Comité a télégraphié au colonel Norton pour présenter ses condoléances aux membres de l'expédition. La disparition de leurs deux vaillants camarades, certainement due à des conditions météorologiques et d'enneigement des plus défavorables, qui depuis leur arrivée sur les lieux ont entravé l'escalade cette année…

Je poursuis ma lecture de l'article, moitié compte rendu affligé, moitié hagiographie :

La mort tragique de ces deux hommes – George Leigh Mallory, le seul de ce groupe ayant participé aux deux précédentes tentatives d'ascension de l'Everest, et A. C. Irvine, l'une de ses recrues – conclut tristement cette histoire de conquête débutée il y a trois ans. Il y a quelques jours seulement, nous publiions le récit fait par Mallory du deuxième revers subi par la présente expédition…

Un revers imputable au vent et à la neige, qui avaient chassé les hommes de leurs camps supérieurs – « déçus, mais très loin d'être vaincus », d'après le message envoyé par Mallory au *Times.* Suivaient encore plusieurs paragraphes, résumant le refus de Mallory d'abandonner, malgré le froid, les vents violents, les avalanches et le début imminent de la mousson qui mettrait un terme à la saison d'escalade pour l'année.

Je m'interromps et regarde mes deux amis, cherchant à savoir si je dois arrêter ma lecture et passer le journal à la ronde, mais Jean-Claude et le Diacre se contentent de poser sur moi un regard fixe. Ils attendant la suite.

Une légère brise s'est levée, m'obligeant à serrer plus fort le journal alors que j'aborde la longue deuxième colonne.

Mallory se trouvait dans l'état d'esprit de celui qui s'apprête à se lancer dans une lutte désespérée. « L'action, disait-il, est seulement suspendue avant l'effort plus intense nécessaire à l'assaut ultime. L'issue sera bientôt décidée. La troisième fois où nous monterons au glacier du Rongbuk est sera la dernière, pour le meilleur ou pour le pire. » Il avait évalué les risques et était prêt à les affronter. « Nous n'espérons de l'Everest aucune pitié », écrivait-il plus tard dans sa dépêche. Et l'Everest, hélas, l'a pris au mot.

Je marque une pause. Le Diacre et Jean-Claude n'ont pas bougé ; ils attendent. Très loin derrière l'épaule du Diacre, un grand corbeau plane, immobile, sur la brise légère, suspendu dans l'air au-dessus de mille mètres de vide.

Me gardant de toute critique du style de cette prose, je continue ma lecture : l'article rappelle le passé de « brillant alpiniste » de Mallory et sa détermination absolue à gravir l'Everest (« Hélas ! », pensé-je, sans le dire), ainsi que les exploits du général C. G. Bruce, du major E. F. Norton et d'autres, qui ont battu le record d'altitude de 6 700 mètres établi par le duc des Abruzzes sur une montagne nommée le K2.

D'après le compte rendu, George Leigh Mallory, trente-sept ans, un vétéran de l'Everest, et le jeune Andrew Irvine, vingt-deux ans seulement – exactement mon âge ! –, ont quitté leur campement en haute altitude le 8 juin au matin, sans doute munis de bouteilles d'oxygène ; quelques heures plus tard, Noel Odell, un autre membre de leur expédition, a aperçu les deux héros « se dirigeant résolument vers le sommet ». Après quoi les nuages ont tout recouvert, la tempête de neige a éclaté, et on n'a plus revu Mallory et Irvine.

Le soir de leur disparition, raconte le *Times*, Odell a parcouru tout le trajet jusqu'au précaire camp VI et passé la nuit à crier dans les vents rugissants, au cas où Mallory et Irvine auraient été en train de redescendre dans l'obscurité. Mallory avait laissé son feu de détresse et sa lanterne au camp VI. Même s'il avait été en vie, il n'aurait eu aucun moyen de se signaler aux autres en bas.

Au bout de cinquante heures, selon le récit du *Times*, même l'optimiste Noel Odell a abandonné tout espoir et disposé deux sacs de couchage en forme de T, à l'intention des observateurs munis de télescopes aux camps inférieurs. Le signal préétabli signifiant qu'il était inutile de poursuivre les recherches – les deux alpinistes étaient perdus à jamais.

Enfin, je baisse la page du journal. La brise naissante l'agite. Le corbeau a disparu du ciel bleu, qui s'obscurcit en ce début d'après-midi. Je secoue la tête, percevant la forte émotion de mes camarades, mais sans en comprendre la profondeur, ni la complexité. « Et ça continue dans la même veine », conclus-je d'une voix rauque.

Le Diacre finit par sortir de son immobilité. Il range sa pipe froide dans la poche de poitrine de sa veste de tweed et déclare : « Ils ont dit qu'il y en avait deux autres.

— Quoi donc ?

— Dans le premier paragraphe, il est dit qu'il y avait deux autres morts. Qui ? Comment ?

— Oh. » Je reprends le journal et fais courir mon doigt le long de la dernière colonne. Il n'est question que de Mallory et d'Irvine, d'Irvine et de Mallory, et encore de Mallory. Mais là, tout à la fin, je lis :

L'explorateur allemand Bruno Sigl, alors en mission de reconnaissance en vue d'une tentative allemande d'ascension de l'Everest, rapporte avoir vu lord Percival Bromley, trente-deux ans, frère du cinquième marquis de Lexeter, ainsi qu'un alpiniste allemand ou autrichien qu'il a identifié comme étant Kurt Meyer, être emportés par une avalanche entre les camps V et VI. S'il n'était pas un membre officiel de l'expédition Mallory menée par le colonel Norton, le jeune Bromley – lord Percival – l'avait suivie depuis Darjeeling jusqu'au camp de base au pied de l'Everest. Bien que la mousson ait commencé et que l'expédition du colonel Norton ait déjà quitté la montagne, on suppose que lord Percival et Meyer menaient d'ultimes recherches pour localiser Mallory et Irvine. Les corps de lord Percival et de l'alpiniste allemand ou autrichien n'ont pas été retrouvés.

Une fois encore je pose le journal.

« Lord Bromley, un pair de votre royaume, trouve la mort sur l'Everest, et les journaux en parlent à peine, marmonne Jean-Claude. Il n'y en a que pour Mallory et Irvine.

— En Angleterre, on dit "lord Percival" ou "lord Percy", le corrige gentiment le Diacre. "Lord Bromley" est son frère aîné, le marquis. Et même s'il avait été le suivant dans l'ordre de succession, Percy Bromley aurait fait un bien piètre pair. Le vrai monarque de cette expédition, c'était George Mallory, malgré ses origines modestes. » Le Diacre se lève, enfonce les mains dans les poches de son pantalon et s'éloigne sur l'étroite arête, tête baissée. Il me fait penser à un professeur distrait, déambulant sur un campus en réfléchissant à quelque problème ésotérique.

Une fois qu'il est hors de portée de voix, je demande tout bas à Jean-Claude : « Il connaissait Mallory ou Irvine ? »

Jean-Claude se penche vers moi et, bien que le Diacre soit à plusieurs mètres de nous, chuchote lui aussi : « Irvine, je ne sais pas. Mais Mallory... oui, le Diacre le connaissait depuis des années. Avant guerre, ils ont fréquenté le même petit *college* à Cambridge. Et pendant la guerre, leurs chemins se sont souvent croisés sur les champs de bataille. Mallory a invité le Diacre à participer aux expéditions de 1921 et 1922 dans l'Everest, la première pour reconnaître le terrain, la seconde pour tenter l'ascension, et il y est allé. Mais il n'y a eu aucune invitation de la part de Mallory ou de l'Alpine Club pour l'expédition de cette année.

— Grands dieux ! » Avant aujourd'hui, je croyais commencer à connaître mes deux nouveaux amis et partenaires de grimpe. Or il semble que je ne sais – et ne savais – pratiquement rien. « Ç'aurait pu être Mallory et le Diacre, à la place de Sandy Irvine, les disparus de l'Everest », dis-je dans un murmure.

Jean-Claude mord ses lèvres gercées et vérifie que le Diacre est toujours là-bas, sur le côté italien du sommet ; notre ami paraît regarder dans le vide.

« Non, non, répond-il à voix basse. Pendant les deux premières expéditions, Mallory et le Diacre ont eu plusieurs… comment dites-vous en anglais ?… désencordements. »

L'espace d'une seconde, j'imagine la corde qui se rompt entre les deux alpinistes, puis je comprends. « Des désaccords ?

— Oui, c'est ça, de graves désaccords, j'en ai peur. Je suis sûr que Mallory n'a plus parlé au Diacre depuis leur retour de l'expédition de 1922.

— Des désaccords à propos de quoi ? » Le vent, qui s'est de nouveau levé, nous souffle du grésil au visage.

« La première expédition… officiellement, c'était une expédition de reconnaissance, mais l'objectif réel était de trouver le chemin le plus rapide vers la montagne, à travers tous les glaciers et les cascades de glace à sa base, puis de commencer l'ascension le plus tôt possible. Le Diacre et Mallory estimaient tous deux avoir des chances de vaincre le sommet dès cette première tentative, en 1921.

— Ambitieux », dis-je dans un souffle. Le Diacre est toujours perché à l'extrémité italienne de l'arête sommitale. Le vent soufflant encore plus fort de cette direction, je doute qu'il nous entendrait même si nous criions. Pourtant, Jean-Claude et moi continuons notre conversation à voix basse et précipitée.

« Donc, Mallory affirmait que le meilleur moyen de rejoindre le col nord – la voie la plus évidente par la face nord de l'Everest – était de passer par l'est, en remontant la vallée de Kharta. En réalité, c'était un cul-de-sac, mais Mallory persistait, et les faisait explorer des chemins qui se terminaient toujours en impasse. Il a même envoyé Guy Bullock si haut sur le Rongbuk ouest qu'ils ont failli franchir la frontière avec le Népal ; de là, examinant les approches de l'Everest par le sud, ils ont conclu que les glaciers et les cascades de glace à l'approche de la face et des arêtes sud étaient totalement impraticables. La solution devait donc forcément se trouver sur cette face nord.

— Je me demande… »

J'ai dit ça dans un murmure, plus pour moi-même que pour lui.

« Bref, ils ont perdu des mois, poursuit Jean-Claude. Du moins, du point de vue du Diacre – des mois passés à explorer des voies vers l'est et vers l'ouest, à tout mesurer, tout photographier. Sans jamais trouver d'approche praticable vers le col nord.

— J'ai vu certaines des photos », dis-je, jetant un coup d'œil vers l'autre extrémité de l'arête. Le Diacre n'a, semble-t-il, pas bougé un muscle. « Elles sont splendides.

— Oui. Mais pour la première série qu'il a voulu prendre, en escaladant un pic difficile afin d'avoir un point de vue parfait, Mallory a mis les plaques à l'envers dans l'appareil photo. Évidemment, il n'y avait rien sur le tirage. Ce sont Bullock et les autres qui se sont chargés du vrai travail photographique.

— Quel rapport avec les désaccords entre Mallory et le Diacre ? Devenir presque des ennemis après tant d'années de collaboration et… je suppose… de respect mutuel ? »

Jean-Claude soupire. « Ils ont établi leur premier camp de base à l'entrée d'une petite vallée, où coulait une rivière. Ils ont dû passer devant cette vallée des centaines de fois, mais sans jamais l'explorer. Dès le début, le Diacre a proposé de chercher par là une approche vers le col nord, mais Mallory a rejeté l'idée, affirmant qu'elle se prolongeait uniquement jusqu'au glacier du Rongbuk est puis s'arrêtait. Ils distinguaient l'entrée d'une vallée secondaire – aisée à traverser, avec son sol de gravier et ses pinacles de vieille neige comme seuls vestiges de l'ancien glacier – et le Diacre a suggéré qu'elle s'incurvait peut-être de nouveau vers l'ouest – en quoi il avait raison – et pourrait leur offrir un chemin facile et sûr vers le col nord et le début de leur ascension. Mallory a encore dit non… et pendant des semaines, ils ont continué leurs reconnaissances inutiles vers l'est et vers l'ouest. En plus, Mallory et l'Alpine Club avaient décrété que la saison de la mousson d'été était la meilleure pour tenter d'escalader l'Everest, mais dès le mois de juin, M. Mallory a dû admettre qu'avec ces chutes de neige interminables, c'était une très, très mauvaise période… une mauvaise période pour reconnaître la montagne, encore pire pour tenter l'ascension – vu que les tempêtes étaient beaucoup plus… comment on dit ?… beaucoup plus féroces en altitude.

— C'était donc là leur désaccord de 1922 ? »

Jean-Claude sourit presque tristement. « La gorgée d'eau… non… comment dites-vous, déjà ? L'eau qui fait déborder le vase ?

— La goutte d'eau.

— La goutte d'eau, ça a été l'insistance du Diacre, qui voulait absolument qu'ils escaladent le Lhakpa La pour voir le terrain d'en haut. Mallory considérait que ce serait une épreuve inutile et il a refusé la requête du Diacre pendant des semaines.

— C'est quoi, le Lhakpa La ? » Ma connaissance de la géographie de l'Everest était alors quasi inexistante. Tout ce que je savais, c'est que la plus haute montagne du monde partageait une frontière entre le Népal et le Tibet et qu'on ne pouvait l'atteindre que par ce dernier pays – compte tenu de la situation politique de la période. Si ascension il devait y avoir, elle se ferait donc par la face nord. Ou plus précisément par l'arête nord-est, au-dessus de l'arête nord et de la face nord, si l'on en croit toutes les photos prises pendant l'expédition.

« Le Lhakpa La est un col d'altitude à l'ouest, qui sépare le glacier de Kharta du glacier du Rongbuk est, m'explique J.-C. Ils y sont montés sous un blizzard aveuglant, en tapau… en tapaugeant… c'est bien le mot, Jake ?

— Pataugeant.

— En pataugeant dans la neige de plus en plus épaisse, sans rien voir du tout, même lorsqu'ils ont atteint le terrain plat qu'ils ont supposé être le sommet. Le montage de leurs tentes a été un cauchemar, et Mallory était furieux de cette perte de temps. Mais au matin, le ciel s'est complètement dégagé, et de leur campement couvert de neige sur le Lhakpa La, ils ont découvert une voie parfaite vers le col nord – elle partait de la vallée secondaire que le Diacre avait tant insisté pour explorer, montait jusqu'à l'autre côté du cirque à travers la neige et la glace, puis sans difficulté visible jusqu'au col nord lui-même. À partir de là, il fallait grimper l'arête nord tout du long jusqu'à la haute arête nord-est. Mais les neiges de mousson tombaient dru, les vents étaient épouvantables et, bien qu'ils aient reconnu la voie jusqu'à un mur de glace de trois cents mètres sous le col nord, il était trop tard dans la saison pour tenter d'atteindre le sommet. Ils ont quitté la montagne le 24 septembre, sans même avoir posé le pied sur l'Everest lui-même. »

Après avoir fumé sa pipe, le Diacre est maintenant en train de la vider de ses cendres. Il ne devrait plus tarder à nous rejoindre.

« Voilà donc la raison de leur brouille, dis-je dans un murmure. Et c'est pour ça que le Diacre n'a pas accompagné Mallory cette année.

— Une des raisons », dit Jean-Claude. Il chuchote d'un ton de plus en plus rapide. « Il y a eu aussi un incident à la fin de la deuxième expédition... la vraie goutte d'eau. Bref, le groupe était rentré en Angleterre depuis quelques semaines à peine, après l'expédition de 1922, quand les préparatifs ont commencé pour la suivante. Le Diacre a été invité à participer, mais de mauvaise grâce. Un extrait d'une lettre de Mallory à sa femme a circulé, je ne sais comment, dans les cercles d'alpinistes en 1923. Je m'en souviens dans les grandes lignes : "J'ai beau connaître M. Deacon depuis des années – nous étions amis à Cambridge et sommes allés grimper ensemble au pays de Galles, après nos études –, je ne l'apprécie pas beaucoup. Il aime trop jouer au professeur, au grand seigneur, au poète. Ses préjugés conservateurs transparaissent par moments, mais aussi son mépris, frisant parfois la haine, pour les gens qui ne sont pas de son monde. Notre ami Richard Davis Deacon adore se faire appeler par le surnom que lui ont donné nos camarades, une cinquantaine au total, lors de sa première année à Magdalene College – « le Diacre » : je suis sûr que ça flatte son ego surdimensionné. Quoi qu'il en soit, Ruth, après la dernière expédition, j'ai eu le sentiment que jamais plus je ne serais à l'aise avec lui. Il est cultivé, il a des idées très arrêtées sur tout et ne supporte pas que d'autres sachent des choses qu'il ignore. Et quand par hasard il devine juste, comme à propos de la piste découverte depuis le sommet du col de Lhakpa La, il tire orgueil de sa chance – comme si c'était lui le leader et non pas moi."

— Vous avez une sacrée mémoire, mon ami. »

Jean-Claude paraît surpris. « Mais bien sûr ! En Amérique, les élèves ne doivent-ils pas apprendre par cœur des centaines de pages de vers et d'autres belles œuvres littéraires sous peine d'être sévèrement punis ? En France, l'apprentissage par cœur est le cœur de l'apprentissage. »

Le Diacre regarde vers nous, impassible, apparemment toujours plongé dans ses réflexions. Mais je me doute qu'il va bientôt nous rejoindre.

« Vite, dis-je à Jean-Claude. Dites-moi ce qui, lors de l'expédition de 1922, a été la vraie goutte d'eau qui a fait déborder le vase de leur amitié. »

J'avoue que ce n'est pas la plus belle phrase que j'aie jamais construite, mais Jean-Claude me regarde comme si je m'étais soudain mis à bafouiller en araméen.

« En 22, ils pensaient tous avoir une bonne chance d'atteindre le sommet, dit-il, alors que le Diacre commence à revenir vers nous sans se presser. Ils ont gravi l'imposant mur de glace jusqu'au col nord, ont traversé le col pour rejoindre l'arête nord, ont escaladé cette crête jusqu'à l'arête nord-est et de là ont pris le chemin du sommet – mais des vents terribles les ont contraints à s'écarter de l'arête, et ils se sont retrouvés sur la face nord elle-même, où leur progression était lente et périlleuse. Ils ont dû rebrousser chemin jusqu'au camp de base. Le 7 juin, Mallory a pourtant insisté pour qu'ils retournent au col nord – imaginant encore, après des jours de neige de mousson, qu'ils pourraient tout de même vaincre le sommet.

» Le Diacre a tenté de le dissuader d'emmener une fois de plus les porteurs et les alpinistes sur le col nord. Il a fait remarquer que le temps avait changé, et qu'il fallait faire une croix sur le sommet pour cette année. Le Diacre en connaissait bien plus sur la neige et la glace que Mallory – qui avait passé peu de temps sur les glaciers et dans les Alpes –, or d'après lui, les conditions étaient très propices aux avalanches. Pas plus tard que la veille, de retour d'une reconnaissance au col nord et alors qu'ils redescendaient vers l'échelle de corde qu'ils avaient laissée sur le mur de glace, certains des alpinistes avaient trouvé une zone de cinquante mètres de large où un glissement avait effacé toutes les empreintes qu'ils avaient laissées deux heures plus tôt. Le Diacre a refusé d'y aller. »

Ce même Diacre est maintenant à quinze mètres de nous et, sans le mugissement du vent qui noie certainement nos paroles, nous devrions interrompre cette conversation. Jean-Claude se dépêche de terminer son récit.

« Mallory a traité le Diacre de lâche. Le matin du 7 juin, il a conduit un groupe de dix-sept hommes en haut du col nord. Tous les Sherpas étaient encordés. L'avalanche les a frappés à environ 200 mètres du col, précisément sur le genre de pente contre lequel le Diacre les avait mis en garde. Neuf des porteurs ont été emportés. Il s'en est fallu de quelques mètres seulement pour que Mallory soit lui aussi balayé par la vague. Deux porteurs ont pu être dégagés, mais les sept autres étaient morts. Ils ont été enterrés dans la crevasse où l'avalanche les avait presque précipités. Comme le Diacre avait tenté de l'expliquer, c'était de la folie d'essayer de marcher sur les plaques de neige instables de ces pentes dans des conditions pareilles.

— Mon Dieu…

— Comme vous dites. Les deux vieux amis ne se sont plus adressé la parole depuis ce jour de juin, il y a deux ans. Et le Diacre n'a pas été convié à l'expédition de cette année. »

Je suis sans voix. Sonné à l'idée que, sans ce « désencordement » entre Mallory et lui, le Diacre aurait pu participer à cette grande aventure. Peut-être l'aventure du siècle. Certainement la tragédie héroïque du siècle, si l'on en croit les journaux. Je songe alors à l'immortalité, que les Britanniques ne paraissent gagner qu'après une mort violente. Celle de George Leigh Mallory est en train d'être forgée par le *London Times*, le *New York Times* et des milliers d'autres journaux.

Nous avons raté tout ça ces quatre derniers jours, occupés comme nous l'étions à escalader, descendre, dormir et recommencer à escalader.

« Comment est-ce que… » Mais je ne termine pas ma phrase. Le Diacre nous a presque rejoints. Le vent agite sa veste de tweed et sa cravate. J'entends le crissement de ses bottes ferrées – sans doute presque identiques à celles portées par Mallory et Irvine la semaine passée –, qui laissent des empreintes fraîches dans la fine couche de neige sur l'arête sommitale du Cervin.

Les mains toujours dans les poches de son pantalon de lainage, sa pipe froide rangée dans sa poche de poitrine, le Diacre adresse à Jean-Claude un regard appuyé et lui demande : « *Mon ami**, si vous aviez la chance de tenter l'ascension de l'Everest, la saisiriez-vous ? »

Je m'attends à ce que Jean-Claude fasse une plaisanterie – ce serait bien dans son caractère, malgré la triste nouvelle dans le journal –, mais au lieu de ça, il lève la tête vers notre leader et l'observe pendant un long moment en silence. Les yeux gris clair du Diacre, à la limpidité troublante, rompent le contact et paraissent se concentrer si fort sur un point dans le lointain que je ne peux m'empêcher de regarder derrière moi pour voir si le corbeau est revenu.

« *Oui**, finit par répondre Jean-Claude. L'Everest est immense et très éloigné de la vallée de Chamonix où mes devoirs de guide m'appellent et mes clients m'attendent. C'est une montagne plus britannique que toutes celles qui ont été conquises, et je crois qu'elle continuera de tuer, cher Richard

* Tous les mots et expressions en italique suivis d'un astérisque sont en français dans le texte. *(N.d.T.)*

Deacon. Mais, *oui, mon ami**, si jamais j'avais l'occasion d'escalader la bête, j'irais. Oui. Absolument. »

J'attends que le Diacre me pose la même question, sans trop savoir quelle sera ma réponse – mais rien ne vient.

Le Diacre hausse la voix pour être entendu par-dessus le vent : « Redescendons par la face puis prenons l'arête suisse vers Zermatt. »

C'est une petite surprise. Nos meilleurs tentes et sacs de couchage, ainsi que la plus grande partie de nos provisions se trouvent sur le versant italien, sur les hautes pentes au-dessus du Breuil. Oh, bon… Voilà qui exigera un long aller et retour supplémentaire par le col Théodule. Une tâche qui m'incombera sans doute, en tant que plus jeune membre du trio. J'espère seulement pouvoir trouver une mule à louer à Zermatt.

Nous commençons à descendre l'à-pic de l'arête pour rejoindre le toit sans soleil et presque vertical de la montagne – le « passage délicat », comme l'a qualifié Edward Whymper lors de leur ascension, ce qui s'est vérifié tragiquement à la descente – et le Diacre nous surprend, Jean-Claude et moi (je le vois à l'infime hésitation de ce dernier) en disant : « Et si nous nous encordions pour ce passage ? »

Nous avons effectué la plus grande partie de l'escalade sans être encordés. Si l'un de nous chute – eh, bien, il chute. Sur la plupart des arêtes et des grandes dalles d'ici, l'assurage n'est pas nécessaire, et les dalles inclinées de la face nord sur lesquelles nous allons nous engager sont trop traîtresses pour offrir des points d'ancrage. Il n'y a pratiquement pas de saillies ou de projections auxquelles le dernier de cordée peut arrimer une boucle de sécurité, comme le faisaient couramment les alpinistes en 1924.

Après avoir dénoué les différentes cordes que je porte à l'épaule, je déroule la plus courte. Nous nous attachons tous à la taille, ne laissant qu'environ six mètres de distance entre chacun de nous. L'ordre de la cordée ne se discute pas. Jean-Claude est le premier – c'est le meilleur sur la neige et la glace, mais il est tout aussi brillant sur les dalles à pic que nous allons rencontrer dans une minute –, je suis deuxième, moi qui pallie mon manque d'expérience par la force de mes bras, et le Diacre ferme la marche. Le Diacre sert d'ancre de veille. Le Diacre, troisième homme de la cordée, chargé de nous assurer, Jean-Claude et moi, si nous chutons… un assurage sur cette roche friable qui dépasserait les capacités de presque tout homme sur terre, et irait sûrement au-delà du point de rupture de notre fine corde de chanvre.

Mais la fraternité de la cordée donne un puissant sentiment de sécurité, même quand la corde est fine au point de n'être guère plus que symbolique. Tout comme le fait de savoir que Richard Davis Deacon est là en dernier recours. Nous rejoignons l'extrémité suisse du sommet et commençons la descente.

Quand je ne suis pas occupé à regarder où je place mes pieds sur les dalles mouillées et inclinées, je remarque que des vieilles cordes fixes et un câble métallique pendent un peu plus loin sur la paroi : certaines de ces cordes ont été accrochées par de généreux guides cet été ; la plupart, présentes depuis des années, tombent en poussière, la météo hivernale et le soleil de haute altitude accélérant le processus physique et chimique de leur inéluctable désintégration. Les « clients » – les touristes qui s'aventurent sur ces pics, ignorant tout de la roche, de la glace, de la corde et du ciel – s'arriment à ces cordes fixes et les utilisent parfois pour faire un rapide rappel leur permettant de descendre ce « passage délicat », presque vertical et dangereusement exposé, mais s'il est possible qu'une corde résiste, une autre peut tout autant se rompre et envoyer l'alpiniste s'écraser sur les rochers ou dans les crevasses du glacier des centaines de mètres plus bas.

Il est presque impossible de voir à l'œil nu quelles cordes de chanvre sont neuves et fiables et lesquelles sont vieilles et promettent une mort certaine. C'est à cela que servent les guides.

Nous évitons ces cordes, et Jean-Claude nous oriente plus près du bord de la face, là où les chutes de pierres et les petites avalanches sont plus fréquentes, même en juin. Néanmoins ce faible risque d'éboulis ou d'avalanche pendant les quelques minutes que nous passons sur cette paroi vaut bien l'avantage d'avoir de meilleures prises de pied.

Mais pourquoi avoir choisi cette voie ? Pourquoi refaire le trajet fatal de lord Francis Douglas et des autres membres de l'expédition d'Edward Whymper, le 14 juillet 1865 ?

Si tout le monde sait, même les non-spécialistes, qu'il y a plus d'accidents graves à la descente qu'à la montée, on ignore souvent qu'un alpiniste n'a pas la même relation à la montagne dans les deux cas, surtout quand il s'agit de roche. Pendant l'ascension, le grimpeur se trouve face à la paroi, son corps se colle intimement à elle, sa joue la touche, ses doigts la palpent pour trouver une saillie ou une prise, son corps entier explore chaque fissure, chaque cale, chaque dévers et chaque dalle – comme s'il faisait l'amour à la montagne. Durant la descente, l'alpiniste se tient le plus souvent dos à la paroi, de manière à *voir* plus facilement les minuscules saillies et prises de pied à quelques centimètres ou mètres à côté de lui ; le visage (et l'attention) tourné vers la pente, il fait face à l'immensité du ciel et au vide, sans plus sentir la solidité rassurante de la masse de neige ou de roche.

De sorte que descendre une montagne est presque toujours plus effrayant pour le novice, et plus exigeant en termes de concentration pour le grimpeur confirmé. Les descentes sont responsables de plus de morts que les ascensions. Pourtant, alors que je fais très attention à l'endroit où je mets les mains et les pieds en suivant J.-C., et alors que je me demande pourquoi le Diacre a proposé cette voie où la moitié du groupe de Whymper a péri, mon esprit ne cesse de retourner à la question suivante : *Pourquoi le Diacre ne m'a-t-il pas demandé si j'accepterais de gravir l'Everest ?*

Bien sûr, ç'aurait été une question idiote et inutile : je n'ai pas les moyens de participer à une expédition de l'Alpine Club dans l'Himalaya. (C'est un club sportif réservé aux hommes fortunés, et j'ai déjà dépensé la plus grande partie du petit héritage reçu à ma majorité pour financer mon long séjour en Europe.) Par ailleurs, il s'agit du *British* Alpine Club – les Américains ne sont pas conviés. Les alpinistes anglais et leur société d'anciens étudiants d'Oxford et de Cambridge considèrent l'Everest – nommé en l'honneur d'un cartographe britannique par un géomètre britannique – comme leur chasse gardée. Jamais ils n'inviteraient un Américain, aussi bon montagnard fût-il.

Plus simplement, je n'ai pas l'expérience exigée des héros qui s'attaquent à l'Everest. J'ai fait beaucoup d'escalade pendant mes années à Harvard – pour être honnête, j'ai plus escaladé qu'étudié, et j'ai même participé à trois petites expéditions estivales en Alaska –, mais même en y ajoutant les mois passés ici avec Jean-Claude et le Diacre, je n'ai pas une maîtrise technique suffisante pour m'attaquer à la plus haute montagne encore vierge du monde – et peut-être la plus impitoyable. Tout de même, le grand George Leigh Mallory vient de mourir dans l'Everest, et il n'est pas impossible que ce soit son jeune partenaire, Andrew « Sandy » Irvine, certes en grande forme physique mais relativement novice en matière d'escalade, qui ait dévissé et l'ait entraîné avec lui dans la mort.

Alors que nous descendons encore de quelques mètres, en donnant à la corde le mou nécessaire, je dois finalement admettre que je n'aurais sans doute pas le cran de tenter l'Everest, quand bien même l'Alpine Club déciderait soudain d'inviter un Yankee inexpérimenté, inquiet et sans le sou à participer à la prochaine expédition. (Et je sais qu'il y aura une prochaine expédition. Une fois que les Britanniques se lancent dans un défi héroïque, ils ne lâchent jamais le morceau, même quand leurs grands hommes – Robert Falcon Scott, George Mallory – y laissent leur peau. Un peuple obstiné, ces Anglais.)

Et soudain, Jean-Claude et moi nous retrouvons à l'endroit précis où quatre des membres du groupe Whymper ont connu une mort terrible.

Je dois ici interrompre mon récit, pour préciser que j'ai conscience de la bizarrerie qu'il y a à décrire un accident survenu en juillet 1865, soit soixante ans avant l'aventure que je m'apprête à vous raconter. Mais comme vous le verrez, l'un au moins des détails en apparence secondaire de la tragédie du groupe Whymper, lors de la première ascension réussie du Cervin, a rendu possible l'expédition Deacon-Clairoux-Perry dans l'Himalaya en 1925 – une expédition très officieuse et presque complètement ignorée.

Les sept membres du groupe Whymper s'étaient encordés tous ensemble pour gravir la montagne, mais ils commencèrent la descente en deux cordées. Peut-être à cause du vertige et de l'épuisement. La première cordée était constituée de Croz, le meilleur alpiniste du lot, suivi de Hadow, l'ami de Douglas et véritable néophyte, de Hudson, un grimpeur assez expérimenté, et enfin du jeune lord Francis Douglas, un amateur doué.

Les trois autres, qui se tenaient toujours sur l'extrémité suisse du sommet quand leurs camarades entamèrent la descente, s'encordèrent à leur tour : le « vieux Peter » Taugwalder d'abord, puis le « jeune Peter » Taugwalder, et enfin Edward Whymper. Deux guides médiocres et un excellent grimpeur. Selon toute logique, le très expérimenté guide Croz aurait dû diriger l'expédition – prendre les décisions en plus d'ouvrir le chemin –, mais bien qu'il pilotât la descente dans ce « passage délicat » au-dessus du surplomb à pic, c'était toujours Whymper qui commandait les opérations. Et Croz avait déjà largement de quoi faire ; même si Hudson stabilisait par moments lord Francis Douglas, Croz se chargeait d'un Hadow beaucoup plus anxieux et beaucoup moins agile, et devait placer les pieds de ce dernier dans les bonnes niches et prises à chaque pas ; tout ça en cherchant la voie la plus sûre dans la descente puis à droite pour rejoindre l'arête plus facile.

Et ainsi les sept entreprirent de descendre le « passage délicat » entre le sommet et le surplomb recourbé que Jean-Claude, le Diacre et moi venons de franchir.

Mais juste au-dessus de l'endroit où nous nous tenons – l'endroit fatal –, lord Francis Douglas, le plus jeune, eut le courage et l'intelligence de suggérer qu'ils s'encordent tous et descendent ensemble, en une seule équipe, ainsi qu'ils l'avaient fait dans la montée. J'ignore pourquoi Whymper ou Croz ne l'avaient pas proposé avant.

En réalité, cela n'offrait pas beaucoup plus de sécurité. Ce « passage délicat » de la descente du Cervin, sous le sommet et au-dessus du surplomb en forme de vague, est difficile aujourd'hui, en 1924, malgré les cordes fixes et les voies clairement établies, et bien que la plupart des pierres disjointes aient déjà été délogées par les précédents grimpeurs. À l'époque de Whymper, il l'était encore davantage, en particulier en termes de « dangers objectifs » telles les chutes de pierre. Mais le plus grand danger ici – autrefois et maintenant – tient au fait que si les niches, prises de main et de pied, sont minuscules et difficiles à trouver, il n'y a pratiquement aucun rocher ou surface plate auxquels s'accrocher pour l'assurage.

De sorte que si les sept grimpeurs, en particulier les amateurs, se sentaient plus rassurés une fois Whymper et les deux Taugwalder attachés à la cordée – alors même que la corde reliant le vieux Peter à lord Francis Douglas était inadaptée, comme on le découvrit plus tard –, le nouveau système n'offrait guère de sécurité supplémentaire.

Puis tout arriva d'un coup. Malgré l'interrogatoire des témoins quelques jours plus tard à Zermatt, dans le cadre d'une enquête judiciaire, malgré les récits de Whymper et des autres survivants parus dans la presse ou dans des livres, malgré les milliers d'articles que les journaux consacrèrent à l'événement, personne n'est parfaitement sûr de ce qui s'est passé, ni dans quel ordre.

Le plus probable est que le jeune Douglas Hadow, le moins expérimenté du lot, ait fait un faux pas et soit tombé, heurtant violemment le guide qui perdit l'équilibre. En moins d'une seconde, leur poids combiné dut arracher le révérend Charles Hudson et lord Francis Douglas de leurs minuscules prises. Presque instantanément quatre des sept hommes encordés furent précipités vers leur mort.

Les trois autres – le « vieux Peter » Taugwalder, encore relié à lord Francis Douglas par un pauvre bout de corde, le « jeune Peter » et Whymper lui-même – réagirent aussitôt, par réflexe et grâce à des années d'expérience.

Seul le vieux Peter avait une réelle chance d'arrêter la chute grâce à un puissant assurage. Il avait une bonne prise de pied relativement large. En plus, il se tenait sous l'un des rares affleurements de roche de ce « passage délicat » de la descente, et y avait enroulé la corde sans même y penser. Au-dessus de lui, le jeune Peter et Whymper se raccrochèrent d'une main aux rochers à leur portée et se cramponnèrent de l'autre à la corde pour tenter un assurage désespéré.

La corde se tendit comme une flèche en vol. La chute brutale des quatre corps eut un impact terrible sur les trois hommes arc-boutés – surtout sur le vieux Peter. La corde lui entailla les mains, lui laissant une affreuse cicatrice qui ne s'effaça pas avant des semaines. (Dans son désarroi et sa culpabilité, il n'allait cesser de la montrer à qui voulait la voir.)

Mais bien qu'elle eût été enroulée autour du petit affleurement au-dessus du vieux Peter – ou peut-être à cause de ça –, la corde se rompit brusquement. Vingt-cinq ans plus tard, Edward Whymper avoua à un journaliste que le bruit épouvantable de cette cassure lui était resté en mémoire et qu'il s'en souviendrait jusqu'à sa mort.

Dans son livre, Whymper écrivit :

Pendant quelques secondes nous pûmes voir nos infortunés compagnons glisser sur le dos avec une vitesse vertigineuse, les mains étendues pour tâcher de sauver leur vie en se cramponnant à quelque saillie du rocher. Ils disparurent un à un à nos yeux sans avoir reçu la moindre blessure et roulèrent d'abîme en abîme jusque sur le glacier du Cervin, à mille deux cents mètres au-dessous de nous[1].

Une chute de plus d'un kilomètre dure longtemps. Par chance – si c'est bien le mot – les victimes sont presque toujours mortes et en grande partie démembrées bien avant de terminer leur course. Combien de fois n'ai-je entendu des alpinistes, aussi bien aux États-Unis qu'en Europe, décrire l'horrible épreuve que constituent les heures de descente après la chute d'un ou de plusieurs camarades ? Ce n'était pas beau à voir. Tous racontaient avoir suivi, sur la roche, la neige ou la glace, une piste jonchée de sang – tellement de sang –, de piolets fracassés, de lambeaux de vêtements et de bottes ensanglantés et, toujours, de morceaux de corps arrachés.

Quand enfin les trois hommes rassemblèrent assez de courage pour repartir – une demi-heure après la chute de leurs amis, d'après Whymper (qui impute ce délai à des Taugwalder sanglotants et terrifiés) –, ils descendirent sur les dalles de l'arête. Ils distinguaient parfaitement la trace sanglante

1. Edward Whymper, *Escalades dans les Alpes*, *op. cit.*, p. 397.

laissée par leurs amis dans leur chute violente – des corps rebondissant d'un rocher à l'autre, ricochant d'un précipice à l'autre – tout le long de l'abrupte face nord du Cervin jusqu'à la surface dure du glacier.

Whymper eut toutes les peines du monde à convaincre les guides de Zermatt de retourner sur le glacier pour « récupérer les corps ». Pendant deux jours, il dut les supplier, les menacer, en appeler à leur orgueil et leur proposer de l'argent. À l'évidence les guides locaux – tous membres d'une puissante confrérie – savaient mieux que l'amateur anglais à quoi seraient réduits les « corps » après une telle chute. Ils évaluaient aussi beaucoup mieux ce que représentait la « simple escalade jusqu'au pied de la montagne » décrite par Whymper. L'ascension jusqu'au glacier à la base de la face nord du Cervin était une dangereuse aventure – aussi dangereuse, à certains égards, que l'ascension de la montagne elle-même –, avec des crevasses cachées, des séracs susceptibles de s'effondrer à tout moment, des aiguilles instables et des tours penchées de glace ancienne, des labyrinthes de blocs de roche glacés dans lesquels des hommes pouvaient se perdre, et se perdaient en général, pendant des heures ou même des jours.

Mais Whymper finit par rassembler ses volontaires – « volontaires » payés, pour la plupart des guides ayant accepté à contrecœur de partir le lundi (le dimanche, il n'était pas question de rater la messe à Zermatt) – et ils retrouvèrent les corps.

Plus tard Whymper admit avoir espéré que, par quelque miracle, grâce à la neige molle et une improbable glissade de plus d'un kilomètre sur une pente quasi verticale, il retrouverait un ou plusieurs de ses partenaires de cordée vivants.

S'il avait su !

Les restes de trois cadavres étaient éparpillés sur la glace et les rochers au pied de la face nord. Pendant presque tout le temps que les « secouristes » passèrent sur place, des pierres tombèrent autour d'eux, mais alors que les guides allaient se mettre à l'abri, Whymper et les autres Anglais qui l'accompagnaient tenaient leur position. Ou, pour être précis, les Britanniques restaient bêtement et obstinément sur le glacier, bombardés par des cailloux et des blocs de roche comme par une pluie de météores.

Au début personne, pas même Whymper, ne put identifier les morceaux de corps. Puis l'Anglais parvint à reconnaître un bout de la barbe de son ami et guide Michel Croz. Les bras et les jambes de Croz avaient été arrachés, ainsi que la plus grande partie de son crâne, mais il restait un fragment de sa mâchoire inférieure avec une touffe de poils de la couleur de sa barbe. L'un des guides qui revint après l'averse de pierres, un vieil ami de Croz, reconnut des cicatrices sur un avant-bras brisé, échoué à plusieurs mètres, et d'autres sur une main posée au sommet d'un bloc de glace.

Étrangement, des lambeaux de pantalon étaient dispersés autour du torse arraché de Croz, et six pièces d'or étaient restées dans une poche durant toute la descente.

Quelqu'un remarqua que la croix de Croz – sans laquelle il ne grimpait jamais – s'était enfoncée dans le fragment de mâchoire, aussi profondément et solidement qu'une balle de fusil. Robertson, l'un des membres de l'équipe, ouvrit son canif pour l'extraire, songeant que la famille de Croz voudrait peut-être la récupérer.

Les restes de Hudson ne furent identifiés que grâce à son portefeuille et une lettre de sa femme qui avait terminé la descente avec lui, contrairement à ses bras, ses jambes et sa tête. Whymper retrouva l'un des gants de Hudson et, en s'aventurant plus loin sur le glacier ensanglanté, ramassa un chapeau anglais à large bord qu'il avait lui-même donné à Croz peu de temps avant.

Les membres de Hadow étaient, pour la plupart, éparpillés entre ceux de Croz et Hudson.

Alors que les guides couraient s'abriter d'une nouvelle avalanche de pierres, Whymper demeura près des corps et nota que la corde était toujours attachée entre ce qui restait des torses de Croz et de Hadow, ainsi qu'entre Hadow et Hudson.

Il n'y avait pas trace du corps de lord Francis Douglas. D'après certains comptes rendus, l'une des bottes du jeune Anglais fut retrouvée – sans pied à l'intérieur –, d'après d'autres, ce fut une ceinture, que Whymper avait remarquée sur Douglas pendant l'ascension. Un autre témoignage parlait d'un gant.

Whymper comprit à ce moment-là que les trois premiers hommes étaient attachés par une corde épaisse et solide, tandis que celle qui reliait le vieux Peter Taugwalder à Douglas était plus fine et légère, et d'un modèle rarement utilisé pour s'encorder. Pour Whymper, il ne fit alors aucun doute que le vieux Peter avait délibérément choisi une corde moins fiable, au cas où les quatre premiers hommes auraient chuté. Des années plus tard, le célèbre alpiniste britannique irait presque jusqu'à en accuser ouvertement le vieux guide, par oral et par écrit.

À la vérité, cependant, *toutes* les cordes – même la plus fine que le vieux Peter portait à l'épaule lorsqu'il avait fallu relier lord Francis Douglas au reste de la cordée – avaient été utilisées indifféremment, et sans susciter d'inquiétude particulière, pour attacher les grimpeurs au cours de la descente ce jour-là et d'autres. Avant le drame qui avait endeuillé cette journée de triomphe sur le Cervin, Edward Whymper ne s'était tout simplement jamais préoccupé de l'épaisseur relative des cordes, de la résistance à la tension, ni des mathématiques des points de rupture selon les diamètres et les modèles.

Personne ne retrouva jamais les restes du jeune Francis Douglas, un fait qui donna lieu à une étrange petite note en bas de page dans cette tragédie.

La mère de lord Francis Douglas, lady Queensberry, « souffrit beaucoup de savoir que son fils n'avait pas été retrouvé », écrivit Whymper.

La réalité fut bien pire. Lady Queensberry acquit la conviction morbide que son jeune fils était encore en vie quelque part sur le Cervin – prisonnier d'une grotte de glace, peut-être, se nourrissant de lichens et de morceaux de bouquetin, et buvant la neige fondue qui tombait dans sa prison. Son bien-aimé Francis était peut-être – très probablement, songeait lady Queensberry – blessé, incapable de redescendre seul ou même de trouver un moyen d'alerter ceux qui se trouvaient en bas.

Des hommes d'honneur, tel le professeur John Tyndall, qui avait failli participer à la première ascension de Whymper, retournèrent alors au Cervin pour mener des recherches systématiques. Il écrivit à lady Queensberry la promesse suivante : « Je m'engage à faire tout ce qui est en mon pouvoir pour mener à bien la tâche difficile et dangereuse – quoique nécessaire à votre tranquillité d'esprit – de retrouver et de ramener la dépouille de votre courageux fils sur sa terre natale et le berceau de ses ancêtres. »

Mais la mère de Douglas ne se souciait pas qu'on lui ramène le corps de son cher Francis. Elle était persuadée qu'il avait survécu et voulait qu'on le retrouve.

Elle mourut en croyant que lord Francis Douglas respirait encore, coincé quelque part en altitude sur la face nord du Cervin, ou errant dans les cavernes froides et bleues sous le glacier, au pied de la montagne.

Le Diacre nous arrête donc au milieu du « passage délicat » de notre descente. Figés à quelques mètres au-dessous de lui, Jean-Claude et moi sommes de plus en plus frigorifiés (la face nord est à présent complètement dans l'ombre et le vent refroidit en hurlant de plus en plus fort), et nous nous demandons – du moins je me demande – à quoi peut bien jouer ce vieux Richard Davis Deacon. Est-ce le début de la sénilité ? Après tout, bien qu'en meilleure condition physique que je ne le suis à vingt-deux ans, le Diacre a atteint l'âge canonique de trente-sept ans (le même que George Mallory lors de sa disparition dans l'Everest.)

« C'est ici, dit doucement le Diacre. L'endroit précis où Croz, Hadow, Hudson et lord Francis Douglas ont chuté et sont tombés de l'à-pic… » Il pointe le doigt à seulement dix ou quinze mètres en contrebas, là où la crête voûtée du surplomb pittoresque du Cervin se transforme en précipice mortel.

« *Merde**, s'exclame Jean-Claude, exprimant notre sentiment à tous deux. Tout le monde sait ça, et vous le savez. Ne nous dites pas, Richard Davis Deacon, ancien professeur que vous êtes, que vous nous avez entraînés dans cette lamentable descente sans cordes fixes – alors qu'il y en a une dizaine à notre disposition à trente pas à droite, et que je serais ravi de planter un piton pour en accrocher une neuve si ça vous fait plaisir –, ne nous dites pas que vous nous avez fait passer par ici uniquement pour nous raconter une histoire que tous les amis des Alpes connaissent depuis qu'ils sont en culotte courte ! Ça suffit, tirons-nous de là. »

Aussitôt, nous traversons résolument vers la droite, en restant conscients du vide au-dessous de nous jusqu'à ce que nous nous retrouvions sur les dalles relativement sûres – une série de marches, ainsi que Whymper décrivit un jour l'arête après avoir abandonné le côté italien (en dalles positives) pour tenter cette arête suisse. Là, nous nous décordons et, malgré le danger permanent de chutes de pierres ou de glissade sur le verglas, la descente devient un « morceau de plaisir », comme le dit parfois Jean-Claude.

Nous savons maintenant que, à moins d'une mauvaise surprise, nous atteindrons le refuge du Hörnli, à 3 260 mètres, avant la nuit noire – cette cabane est assez confortable, considérant qu'elle est perchée sur une étroite saillie et collée à la montagne. Aux deux tiers du chemin, nous parvenons à une de nos caches, où nous avons déposé quelques vivres, de l'eau et des couvertures pour le refuge. (Elle se trouve à l'endroit même où Whymper et son groupe laissèrent leur sac à dos pendant leur ascension. Que durent ressentir et penser les trois survivants lors de leur silencieuse descente, lorsqu'ils prirent les quatre sacs de leurs amis décédés pour les remporter avec eux dans la vallée ?)

Je suis d'humeur morbide et déprimé comme jamais – ma semaine au Cervin touche à sa fin, concluant des mois d'escalade avec ces deux hommes. Que vais-je faire maintenant ? Rentrer à Boston et tenter de trouver un emploi ? Les études de lettres conduisent en général à enseigner la littérature à de jeunes étudiants qui s'en foutent comme de leur première chemise, et l'idée de gagner ma vie dans la cinquième bolge du huitième cercle de l'enfer scolaire achève de me décourager. Jean-Claude a également l'air très malheureux, même s'il a un formidable métier de guide qui l'attend à Chamonix. Proche ami du Diacre, il paraît désolé de voir s'achever ces longues vacances placées sous le signe de la grimpe et de la camaraderie.

De son côté, le Diacre sourit comme un bienheureux. Je ne suis pas sûr d'avoir jamais vu un grand sourire sur le visage de Richard David Deacon – un sourire ironique, oui, mais un sourire d'être humain normal ? Un grand sourire épanoui qui plus est ? Oh, oh. Ce sourire cache quelque chose. Si sa voix trahit son excitation, il parle lentement et d'un ton que son accent de Cambridge rend encore plus cérémonieux. Et il nous regarde dans les yeux l'un après l'autre, ce qu'il fait rarement.

« Jean-Claude Clairoux, dit-il. Jacob William Perry. Voudriez-vous m'accompagner dans une expédition tous frais payés pour gravir l'Everest au printemps et au début de l'été prochains ? Nous serons les trois seuls alpinistes du groupe, qui comprendra aussi les indispensables porteurs – dont quelques Sherpas pour nous aider à établir les campements en haute altitude. Trois grimpeurs uniquement – trois hommes pour attaquer le sommet. Nous trois. »

En réponse à cela, Jean-Claude et moi, sachant qu'il s'agissait forcément d'un pur délire ou d'une mauvaise farce, devrions nous écrier : « Ne dites pas n'importe quoi ! », ou « Allez raconter ça à des bleus, le Rosbif ! » Mais comme la proposition vient du Diacre, le jeune guide français et moi échangeons un long regard, avant de nous tourner vers lui. D'un ton solennel et presque à l'unisson nous répondons : « Oui, nous viendrons. »

Et c'est ainsi que l'aventure commence.

Ici, au milieu des trois mille huit cents hectares
les plus magnifiques du monde, vit un cœur brisé pour toujours
et un esprit à jamais tourmenté.

Le trajet en voiture de Londres jusqu'au domaine des Bromley, dans le Lincolnshire, nous prend environ deux heures, en incluant un arrêt à Sandy pour déjeuner puisque nous sommes en avance et ne voulons pas arriver trop tôt. En milieu d'après-midi, nous atteignons Stamford, avec une marge de quelques minutes. Nous ne sommes plus qu'à trois kilomètres de notre destination, et j'avoue que le trac me donne presque la nausée, bien que je ne sois jamais malade en voiture – surtout pas dans une voiture de tourisme à la capote baissée, qui traverse un paysage magnifique par une radieuse journée d'été, tandis qu'une agréable brise charrie le parfum des champs et des bois.

Au carrefour, un panneau annonce « Carpenter's Lodge », ce qui est bien dans la manière anglaise de tout compliquer, et nous tournons sur une petite route. Un haut mur de pierre nous bouche la vue sur la gauche pendant les derniers kilomètres.

J'interroge le Diacre qui conduit : « Pourquoi pareil rempart ?

— Pour clôturer le célèbre parc à cerfs du domaine des Bromley, répond-il. Lady Bromley ne veut pas que ses cerfs, très peu farouches, puissent s'échapper et risquer d'être blessés.

— Ni que les braconniers entrent trop facilement sur ses terres, j'imagine », intervient Jean-Claude.

Le Diacre hoche la tête, et je continue mes questions depuis la banquette arrière.

« Quelle est la superficie du domaine ?

— Hum, si mes souvenirs sont exacts, le précédent marquis, feu lord Bromley, disposait d'environ trois mille hectares de terres arables – laissés en jachère pour la plupart et utilisés pour la chasse à courre –, auxquels s'ajoutaient trois ou quatre cents hectares de bois, une forêt primitive remontant à l'époque de la reine Élisabeth. Le parc à cerfs, les jardins et le parc ne représentaient que deux cents hectares, entretenus à l'année par une petite armée de jardiniers et de gardes forestiers.

— Pas loin de quatre mille hectares, dis-je, impressionné, me tournant vers le haut mur comme si j'allais soudain voir à travers.

— Presque, acquiesce le Diacre. Quoique, en réalité, le domaine soit beaucoup plus vaste que ça. Le village de Stamford que nous venons de traverser en fait officiellement partie – comme en faisaient partie autrefois tous les gens qui vivaient là et dans les cent quarante autres habitations autour de Stamford et aux lisières du domaine. Lady Bromley possède et administre toujours plusieurs dizaines de propriétés qui lui rapportent des revenus, dans et autour de Stamford. Les seigneurs de jadis régnaient vraiment sur de petits royaumes. »

J'essaie de me figurer ce que ça représente. Certes, j'ai déjà vu d'immenses propriétés. Durant mes années d'études à Harvard, il m'est arrivé d'aller grimper dans les montagnes Rocheuses, et certains des ranchs que le train traversait pour aller à l'ouest avoisinaient ou dépassaient sans doute les trois ou quatre mille hectares. Quelqu'un m'a raconté que, dans mon État natal du Massachusetts, une vache avait à peine besoin d'un demi-hectare pour paître tout son soûl, tandis qu'il lui en fallait plus de quinze pour survivre dans les hautes plaines de l'est du Colorado ou du Wyoming. Dans la plupart de ces gigantesques ranchs ne poussent que de l'armoise, des broussailles et quelques vieux peupliers de Virginie au bord des ruisseaux, quand ruisseau il y a – la plupart n'en ont pas. Le domaine des Bromley, d'après le Diacre, jouit de trois cent cinquante hectares de vieille forêt servant à… quoi ? À la chasse, probablement. À s'y promener. À fournir de l'ombre aux cerfs peu farouches quand ils se lassent de se balader dans les zones ensoleillées de leur parc.

Nous continuons à longer le mur qui s'incurve vers le sud, tournons à gauche sur un chemin assez défoncé, puis passons sous une antique arche pour pénétrer dans le domaine. Il y a là un grand terre-plein gravillonné – pas de manoir, ni de jardins, ni rien d'intéressant en vue jusqu'à l'horizon vert et vallonné. Le Diacre se gare à l'ombre et nous emmène vers une calèche, avec ses deux chevaux blancs et son cocher moustachu, attendant près d'une étroite route asphaltée qui s'enfonce en sinuant dans les profondeurs verdoyantes du domaine. La calèche découverte est si richement décorée d'écussons et d'ornements divers à l'arrière et sur les côtés qu'on pourrait croire qu'elle a été conçue pour le défilé du couronnement de la reine Victoria.

Le cocher met pied à terre et nous ouvre la portière. Il a l'air suffisamment vieux pour avoir lui aussi participé au défilé. J'admire ses longues bacchantes d'un blanc immaculé, qui le font un peu ressembler à un morse très grand et très maigre.

« Heureux de vous revoir, monsieur Richard, dit le vieil homme au Diacre. Si je puis me permettre, monsieur, vous m'avez l'air en pleine forme.

— Merci, Benson, répond le Diacre. Vous aussi. Je suis ravi de constater que vous êtes toujours maître d'écurie.

— Oh, je ne suis plus chargé désormais que de la calèche de l'entrée. » D'un mouvement alerte, le vieux monsieur grimpe à sa place à l'avant, et attrape les rênes et le fouet.

Alors que la calèche s'ébranle, le bruit des roues ferrées sur l'asphalte et le clopinement des énormes sabots des chevaux empêcheraient sans doute M. Benson de nous entendre si nous parlions normalement, et pourtant nous chuchotons en penchant la tête les uns vers les autres.

Jean-Claude : « Il vous appelle "monsieur Richard" ? Vous êtes déjà venu ici, *mon ami**.

— J'avais dix ans lors de ma dernière visite, explique le Diacre. Et l'un des majordomes m'a administré une fessée pour avoir mis le poing sur le nez de lord Percival. Il avait triché à un jeu auquel nous jouions. »

Je tourne la tête de tous côtés pour ne rien rater des collines engazonnées, des arbres et des buissons harmonieusement agencés – un lac de quelques hectares nous renvoie des étincelles de lumière, tandis que le vent ride sa surface. Très loin vers le sud, je crois distinguer le début de jardins à la française et la silhouette d'un grand bâtiment. Mais l'ensemble paraît trop vaste pour être un unique édifice – plutôt un village.

« Vous étiez – vous êtes – issu du même milieu que les Bromley ? » dis-je dans un murmure. La question est déplacée, mais elle m'a été dictée par la stupeur. Le Diacre a insisté pour que je passe chez son tailleur, à Savile Row, me faire faire un costume sur mesure en prévision de ce rendez-vous – je n'en ai jamais possédé de mieux coupé et de plus agréable à porter –, et il a aussi insisté pour payer, alors que pendant les mois que nous venons de passer ensemble sur le continent, j'ai toujours supposé que mon ami ne disposait pas de fonds illimités. À présent je me demande si le domaine de trois mille hectares voisin a pour nom Deacon House.

Le Diacre secoue la tête, range sa pipe et sourit tristement. « Ma famille a un vieux nom, mais pas un fifrelin à léguer à son décevant descendant… moi. S'il n'était pas illégal de renoncer à un titre héréditaire, je le ferais sans hésiter. Pour autant, j'évite de l'utiliser ou d'en faire mention depuis mon retour de la guerre. Mais il y a très longtemps, au siècle dernier, il m'est arrivé de venir ici jouer avec Charles Bromley, qui avait environ mon âge, et avec son jeune frère Percy – Percival n'avait pas d'amis, ni de camarades de jeu pour des raisons que vous découvrirez bien assez tôt. Tout ça s'est terminé le jour où j'ai failli lui casser le nez. Après, c'est Charles qui est venu chez moi. »

Je savais que le Diacre était né la même année que George Leigh Mallory (en 1886), mais à cause de ses cheveux encore noirs, de son endurance et de ses superbes aptitudes physiques, surpassant (je crois l'avoir déjà mentionné) celles de Jean-Claude et les miennes lorsqu'il s'agissait d'escalader des montagnes, je n'avais jamais pensé au fait que Richard Davis Deacon avait vécu quatorze années au siècle précédent… quinze ans sous le règne de la reine Victoria !

« Est-ce que tous les visiteurs garent leur voiture au portail et prennent la calèche pour rejoindre la maison ? demande J.-C. à Benson en élevant la voix.

— Oh, non, monsieur, répond le vieux cocher sans tourner la tête vers nous. Lorsqu'il y a une réception ou une fête à Bromley House ou Bromley Park – même s'il n'y en a plus guère ces temps-ci, Dieu sait –, les automobiles peuvent aller jusqu'à la maison. C'est que nous avons d'estimables visiteurs. Nous avons reçu plusieurs reines et Sa Majesté actuelle.

— Le roi George V est venu à Bromley House ? dis-je, percevant la note de stupéfaction provinciale dans ma voix, soulignée par mon accent américain.

— Oh, oui, monsieur », répond gaiement Benson, effleurant la croupe du plus lent des deux chevaux blancs d'un léger coup de fouet.

Tout ce que je savais du monarque anglais, c'est qu'il avait changé son nom de famille, hérité de la maison de Saxe-Cobourg-Gotha, pour adopter celui de Windsor, à consonance plus britannique, pendant la Grande Guerre. L'empereur d'Allemagne n'en restait pas moins son cousin, avec qui il avait eu, dit-on, des relations chaleureuses. Physiquement ils se ressemblaient beaucoup. S'ils avaient échangé leurs médailles et leur uniforme lors d'une de leurs nombreuses visites mutuelles, ils auraient sans doute pu diriger le royaume de l'autre sans que personne s'en aperçoive.

J'ai un jour demandé au Diacre ce qu'il pensait de son roi, et il m'a simplement répondu : « Je crains qu'il ne passe la moitié de son temps à chasser et l'autre à coller des timbres dans ses albums. Si George – Sa Majesté – a une troisième passion ou compétence quelconque, nous, ses fidèles sujets, n'en avons pas encore eu connaissance. »

« D'autres altesses royales ont-elles visité Bromley House ? demande Jean-Claude assez fort pour être entendu de notre cocher.

— Oh, mon Dieu, oui, répond Benson en jetant un coup d'œil par-dessus l'épaule noire de sa livrée. Presque tous les rois et les reines sont passés à Bromley House depuis le début de sa construction en 1557, l'année du couronnement d'Élisabeth. La reine disposait ici d'appartements qui n'ont été utilisés que par des membres de la famille royale. Ce qu'on appelle les “George Rooms” ont été occupées pendant plusieurs mois de villégiature par la reine Victoria, en 1844, et elle y est revenue de nombreuses fois. On dit que Sa Majesté appréciait tout particulièrement les plafonds peints par Antonio Verrio. »

Nous continuons de clopiner un moment en silence.

« Oui, nombre de nos rois et reines, de nos princes de Galles et autres altesses sont venus à Bromley House pour des réceptions, de courts séjours ou de longues vacances, reprend Benson. Mais les visites royales se sont interrompues ces dernières années. Lord Bromley – le quatrième marquis, vous savez – est mort il y a dix ans, et Sa Majesté actuelle a des choses plus urgentes à faire que de rendre visite à des veuves... si je puis me permettre, monsieur. »

Je demande au Diacre dans un murmure : « N'y a-t-il pas un fils encore en vie, le frère aîné de Percy Bromley, notre disparu de l'Everest ? Le cinquième marquis de Lexeter.

— Si. Charles. Je le connais bien. Il a été gazé pendant la guerre et démobilisé, mais il n'a jamais guéri. Depuis plusieurs années, il est pour ainsi dire prisonnier de sa chambre et soigné par des infirmières. Tout le monde supposait qu'il n'en avait plus pour longtemps et que le titre de sixième marquis de Lexeter reviendrait à Percy au cours de l'année.

— Comment ça, gazé ? marmonne Jean-Claude. Où met-on les lords dans l'armée britannique ?

— Charles était major, explique le Diacre, et il a survécu aux combats les plus rudes, mais pendant la dernière année de guerre, il a fait partie d'une délégation de la Croix-Rouge chargée d'inspecter des positions avancées. Un cessez-le-feu de trois heures a été établi entre la section britannique et les Allemands à cet endroit du front, mais un problème est survenu, et il y a eu un tir d'artillerie presque sur leurs positions... du gaz moutarde. La plupart des membres de la délégation avaient omis de se munir d'un masque à gaz. Ça n'aurait pas changé grand-chose dans le cas de Charles, puisque ce ne sont pas ses poumons qui ont été les plus atteints mais sa chair, attaquée par la poudre de l'agent moutarde contenue dans les obus. Certaines de ces plaies ne guérissent jamais. Il faut les nettoyer tous les jours et la douleur est sans fin.

— *Foutus boches**, jette Jean-Claude. On ne peut jamais leur faire confiance. »

Le Diacre esquisse un sourire amer. « C'étaient des tirs britanniques. Du gaz moutarde anglais tombé un peu trop près. Quelqu'un n'avait pas été informé du cessez-le-feu. » Après une minute de silence, ponctuée seulement par le bruit des roues de la calèche et des sabots des chevaux, le Diacre ajoute : « En fait, c'est l'unité d'artillerie commandée par George Leigh Mallory qui a tué six importantes personnalités de la Croix-Rouge et transformé le pauvre Charles Bromley en invalide, mais j'ai entendu dire que Mallory n'était pas là à ce moment-là... Il était rentré en Angleterre pour soigner ses propres blessures ou une maladie quelconque. »

Le Diacre, plus fort : « Benson, pourriez-vous nous parler de la porte réservée aux membres de la famille royale sur la façade ouest ? »

Devant nous, je devine des jardins à la française, des prés et des vallons à l'herbe rase. De nombreux clochetons et flèches se dressent au-dessus de l'horizon. Beaucoup trop de flèches et de clochetons pour une simple maison ; encore trop pour un village. C'est comme si nous approchions d'une cité construite au milieu d'une campagne domestiquée.

« Certainement, monsieur Richard », dit le cocher. Sa longue moustache blanche frémit légèrement – je le vois même de la banquette arrière –, peut-être parce qu'il sourit.

« Depuis le XVIe siècle, la coutume veut que l'on fasse arriver les rois et reines en fin d'après-midi ou en début de soirée, s'il plaît à ces altesses, évidemment, puisque les centaines de fenêtres du côté ouest ont été spécialement conçues pour saisir le soleil couchant. Le verre a été traité pour ça, je crois. Toutes les fenêtres s'illuminent d'or, comme s'il y avait un grand feu derrière les carreaux. Très chaleureux et accueillant pour ces majestés, surtout par les soirées d'hiver. Et au centre du mur ouest, réservée à l'usage exclusif de nos altesses, se trouve la porte d'or – ou, pour être plus précis, le portail d'or sculpté, puisqu'il s'agit seulement de l'élément extérieur d'une série de somptueuses portes dessinées en l'honneur de la première visite d'Élisabeth. C'était un petit peu avant la mort du premier lord Bromley. La reine Élisabeth a séjourné chez nous avec sa suite pendant quelques semaines, en 1598. Il y a une magnifique cour au centre des ailes résidentielles – exclusivement privée, messieurs, même si vous l'apercevrez peut-être lorsque vous prendrez le thé avec lady Bromley. La troupe de comédiens de Shakespeare aurait, dit-on, joué plusieurs fois dans cette cour. Elle a été conçue – eu égard à l'acoustique, entre autres – pour accueillir des représentations théâtrales jouées devant des centaines de spectateurs. »

Je l'interromps avec une banalité : « Jean-Claude, Richard, regardez cette vieille ruine sur la colline ! On dirait un petit château médiéval – ou un donjon. Vous voyez la tour envahie par le lierre ? Elle est incroyable, avec ses pierres écroulées et l'arbre qui pousse par la haute fenêtre gothique. Je me demande à quand elle remonte…

— Très certainement à moins de cinquante ans, répond le Diacre. C'est une "fabrique", Jake.

— Une quoi ?

— Une fabrique. Très à la mode à certaines périodes, entre le XVIIe et le XIXe siècle. C'est l'avant-dernière lady Bromley qui a exigé, à la fin des années 1880, d'avoir sa fabrique médiévale sur cette colline, qu'elle pouvait admirer lorsqu'elle montait à cheval. Mais la plus grande partie de l'aménagement paysager est antérieur ; il a été réalisé, me semble-t-il, par Capability Brown, vers la fin des années 1700.

— Qui ? demande Jean-Claude. "Capability", ce serait un bon nom pour un bon alpiniste.

— Son vrai prénom était Lancelot, mais tout le monde l'appelait Capability Brown. Il était considéré comme le meilleur jardinier du XVIIIe siècle.

On lui doit les jardins et les parcs de presque deux cents propriétés et résidences de campagne anglaises parmi les plus belles, ainsi que de nobles édifices tels que le palais de Blenheim. Ma mère m'a souvent parlé de Capability Brown et de sa conversation avec Hannah More, dans les années 1770, alors qu'ils étaient tous deux déjà célèbres.

— Qui est donc Hannah More ? » demandé-je, sans plus avoir honte de mon ignorance. L'Angleterre est un pays plus étrange que ce à quoi je m'attendais.

« C'était une femme de lettres et moraliste dont les œuvres étaient très largement lues, et aussi une très généreuse philanthrope jusqu'à sa mort dans les années 1830. Bref, Capability Brown qualifiait ses jardins et ses parcs de *paysages grammaticaux*, et un jour qu'il montrait à Hannah More une de ses réalisations – c'était peut-être chez elle, quoique j'ignore si elle a jamais fait appel à lui pour sa maison de campagne –, il lui a décrit son travail paysager avec un vocabulaire d'écrivain. Je me rappelle très bien ce que m'en a répété ma mère, elle-même une jardinière passionnée jusqu'à sa disparition il y a vingt ans. »

Même Benson, sur le siège du cocher, doit attendre la suite, puisque, sans ralentir les chevaux, il se penche en arrière pour écouter.

« Regardez, a dit Capability Brown en montrant du doigt un paysage qui semblait avoir toujours été là alors qu'il venait de le créer. Ici, je mets une virgule, et là – montrant un rocher, un chêne abattu ou autre élément d'aspect naturel – où un tournant est nécessaire, je mets deux points ; à un autre endroit, où une interruption est souhaitable pour rompre la perspective, une parenthèse ; et là un point final, puis je passe à un autre sujet. » Le Diacre s'interrompt. « Ou quelque chose d'approchant. Cela fait bien longtemps que ma mère m'a raconté tout ça. »

À voir son regard perdu dans le vague, je devine qu'il entend encore la voix maternelle.

« Cette fabrique sur la colline est peut-être un point-virgule, dis-je bêtement. Ah non, attendez, ce n'est pas Capability Brown qui l'a bâtie.

— Il n'aurait jamais construit de fabrique, même pour tout l'or du monde, confirme le Diacre avec un sourire. Sa spécialité, c'était de concevoir des jardins si subtils que même un œil exercé ne voyait pas le travail paysager. » Le Diacre montre une colline en partie boisée, parsemée d'une incroyable variété d'arbustes, de troncs couchés et de fleurs sauvages.

La calèche passe alors une petite élévation, prend un léger virage à droite, et tous nos bavardages s'arrêtent.

Les jardins à la française s'étendent à présent devant nous, entourés et traversés par des allées droites ou circulaires de gravier d'un blanc immaculé, ou de coquilles d'huîtres concassées – mais il pourrait aussi bien s'agir de perles à mes yeux. Si ces jardins et leurs fontaines sont splendides, c'est l'apparition de Bromley House, à l'arrière, qui me fait me lever d'un bond dans la calèche. Je balbutie : « Mon Dieu. Grand Dieu. »

Pas la réflexion la plus sophistiquée qui soit, mais bien digne du bigot américain que je ne suis pas (car j'appartiens à une famille d'unitariens libres-penseurs).

La construction de Bromley House, aujourd'hui classée manoir Tudor, a été lancée au milieu du XVIe siècle par le premier lord Bromley, alors premier clerc et secrétaire de lord Burghley, le grand trésorier de la reine Élisabeth. D'après ce que le Diacre m'a raconté plus tard, la demeure figurait au nombre de ces *maisons prodigieuses* bâties par d'ambitieux jeunes gens en Angleterre à cette époque, bien que j'aie oublié le sens exact de l'expression. Il m'a aussi expliqué que si le premier lord Bromley et sa famille s'étaient installés dans les parties habitables dès 1557, les travaux avaient duré plus de trente-cinq ans.

Trente-cinq années auxquelles s'ajoutent trois siècles et demi, tant il semble évident, même à mes yeux inexercés en matière architecturale, que des générations de lords et de ladies ont procédé à des ajouts, des retraits, bricolé et expérimenté pour soumettre l'édifice à des milliers de transformations.

« La Maison… » J'entends distinctement la lettre majuscule dans la voix douce mais fière de Benson. « La Maison a été endommagée pendant la guerre civile – les hommes de Cromwell étaient des brutes, des brutes insensibles, indifférentes même aux plus belles œuvres d'art –, mais le cinquième comte a fait installer des fenêtres sur la façade sud abîmée pour créer une grande galerie. Baignée de soleil, m'a-t-on dit, et charmante, sauf pendant les froids mois d'hiver. Plus tard, au XVIIe siècle, cette galerie a été fermée et transformée en Grand Hall – bien plus facile à chauffer – par le huitième comte.

— Le comte ? demandé-je à voix basse au Diacre. Je croyais qu'il n'y avait que des lords, des ladies et des marquis dans la famille de Percival. »

Le Diacre hausse les épaules. « Les titres changent et se modifient légèrement au fil du temps, mon vieux. Le type qui a créé cet édifice au XVIe siècle s'appelait William Basil, premier lord Bromley. Son fils, Charles Basil, également lord Bromley, a été fait premier comte de Lexeter en 1604, l'année suivant la mort de la reine Élisabeth. »

Je ne comprends rien à tout ça hormis la partie sur la mort d'Élisabeth. Notre calèche longe la façade sud de la gigantesque structure pour se diriger vers une entrée côté est.

« Cette partie aveugle vous semblera peut-être intéressante », dit le Diacre en montrant un coin de la maison devant lequel nous passons. Sur la façade ouest, deux rangées verticales de belles fenêtres s'élèvent à une hauteur de dix-huit ou vingt mètres, mais les coins du bâtiment semblent moins élégants, comme s'ils avaient été couverts à la hâte de matériaux grossiers.

« Il y a quelques siècles, le lord Bromley de l'époque, quel qu'il soit, s'est aperçu que si son Grand Hall donnant sur la cour de l'Orangerie était magnifique et baigné de soleil, puisque presque toute sa surface était vitrée, il y avait bien trop de belles fenêtres et pas assez de murs porteurs. Le poids incroyable du toit de chêne, ajouté à celui des milliers de collyweston…

— Des collyweston, qu'est-ce que c'est ? demande Jean-Claude. On dirait le nom d'une race de chien.

— Ce sont des ardoises grises particulièrement lourdes, très souvent utilisées pour la couverture des vieilles demeures anglaises. Les Romains ont été les premiers à les produire, ici même. Aujourd'hui, on ne trouve presque plus d'ardoises de Collyweston en Angleterre, sauf à Bromley House et dans quelques autres sites. Quoi qu'il en soit, on voit l'endroit où, il y a quelques siècles, le comte inquiet a recouvert quelques beaux alignements verticaux de fenêtres pour ajouter de la pierre porteuse. Vous voyez les petites fenêtres, là-haut, au troisième étage ? Il y a des pierres juste derrière les vitres. Ce toit est un sacré gros morceau. »

Bromley House forme un ensemble stupéfiant – plus vaste, avec ses myriades de murs et de cours intérieures, que bien des villages du Massachusetts que j'ai visités –, mais c'est pour contempler la toiture que je me démanche le cou à cet instant. (J'ai sans doute la bouche béante, même si je suis trop absorbé par le spectacle pour m'en soucier – le Diacre se chargera de la fermer si j'ai trop l'air de l'idiot du village.) Benson saute avec agilité de son perchoir et fait le tour de la calèche pour venir nous ouvrir la portière.

Le toit – si loin là-haut – de cet immense manoir est une invraisemblable forêt d'excroissances verticales (et parfois horizontales) : des obélisques sans fonction apparente, une magnifique tour d'horloge dont le cadran est orienté vers la façade sud, d'innombrables rangées de hautes colonnes inspirées de l'Antiquité grecque dissimulant les conduits de toutes les cheminées de cette maison tentaculaire, des arches purement ornementales, des tours crénelées aux longs fûts percés de hautes et minces fenêtres et de petits hublots ronds sous leurs faîtes priapiques, d'autres fenêtres encore sur les étages supérieurs en encorbellement, dans le style de l'Old London Bridge, reliant ces massives érections, et enfin une collection de tours plus hautes, plus élégantes et encore sexuellement plus provocantes, ressemblant à des minarets chapardés à quelque mosquée du Moyen-Orient, éparpillées comme au hasard sur cette toiture extraordinairement surchargée.

Un autre majordome en livrée surannée – encore plus âgé que notre cocher, mais chauve et rasé de frais, et bien plus voûté – s'incline vers nous devant la porte ouverte de la façade est et déclare : « Soyez les bienvenus, messieurs. Lady Bromley vous attend et vous rejoindra sous peu. Monsieur Deacon, vous ne m'en voudrez pas de remarquer que vous avez l'air extrêmement en forme, bronzé et bien portant.

— Merci, Harrison, répond le Diacre.

— Plaît-il, monsieur ? » dit Harrison en mettant la main en cornet sur son oreille gauche. Il est presque complètement sourd et peu doué pour lire sur les lèvres. Le Diacre répète ses deux mots dans un cri étouffé. Harrison sourit – révélant une dentition parfaite –, puis nous précède en annonçant d'une voix rauque : « Par ici, messieurs. »

Alors que nous suivons le vieux majordome à la démarche traînante à travers des antichambres puis une enfilade de grandes salles pour aller Dieu sait où, le Diacre murmure : « C'est Harrison qui m'a donné la fessée quand j'ai cogné le jeune lord Percival il y a trente ans.

— J'aimerais bien le voir essayer aujourd'hui », marmonne Jean-Claude avec un sourire sardonique que je lui ai déjà vu et qui plaît si étonnamment aux femmes.

Le vieux majordome nous fait traverser une série de vestibules où foisonnent les tableaux, les tapis persans et les tentures rouges, puis au moins trois salons dont la taille, la couleur, la beauté et les œuvres d'art suffisent à couper le souffle.

Mais ce ne sont pas ces luxueuses antiquités qui me stupéfient.

Harrison réussit à esquisser un geste du bras gauche pour montrer le plafond, et plus généralement la pièce, et annonce de sa vieille voix éraillée : « La salle du Paradis, messieurs. Fort... »

Je ne saisis pas le dernier mot, mais c'était peut-être *célèbre.*

Je l'aurais plus volontiers appelée la « salle de foot », puisqu'elle mesure bien dix-huit mètres de haut et semble aussi longue et presque aussi large qu'un terrain de football américain. Je me dis qu'en installant des rangées de gradins contre les murs couverts de tableaux et de dorures, on pourrait disputer le match Harvard-Yale ici même.

Mais c'est l'immense plafond entièrement peint qui me laisse une fois encore bouche bée.

Je suis sûr que les centaines (les *centaines* !) de corps nus ou à moitié nus d'hommes et de femmes enchevêtrés représentent des divinités païennes occupées à d'innocents jeux, mais à mes yeux de barbare, ça ressemble à une gigantesque orgie. Plus incroyable encore, l'artiste a débordé du cadre du plafond, de sorte que ses personnages dégringolent le long des murs, accrochés ou accouplés dans la chute, s'empilent dans les coins en amas de cuisses, de seins et de biceps, tandis que d'autres corps sont peints sur les portes et les miroirs, comme s'ils voulaient empêcher leur masse emmêlée de tomber sur les tapis. L'effet tridimensionnel est vertigineux en plus d'être déroutant.

« Antonio Verrio a réalisé la plupart de ces fresques en 1695 et 1696, dit le Diacre, considérant manifestement que notre vieux guide ne l'entendra pas. Et ça n'est rien comparé à *La Bouche de l'Enfer* qu'il a peinte au-dessus du grand escalier – pour Verrio, la bouche de l'enfer est la gueule d'un chat géant dévorant les corps nus des damnés comme autant de souris.

« *Magnifique** », murmure Jean-Claude en contemplant le plafond de la salle du Paradis. Et dans un murmure plus discret encore, il ajoute : « Quoique... comment dit-on ? Ostentatoire. *Très* ostentatoire. »

Le Diacre sourit. « D'après la rumeur, Verrio aurait séduit toutes les domestiques du domaine pendant l'année qu'il a passée ici à peindre – y compris les paysannes qui travaillaient aux champs. Comme les murs n'étaient pas complètement terminés, on a fait venir un illustrateur de livres pour enfants – un dénommé Stothard, je crois – pour achever cet infernal paradis. »

Je regarde fixement les dizaines de silhouettes d'hommes et de femmes nus et enlacés, qui tombent du plafond pour poursuivre leurs corps-à-corps le long des murs, en pensant *Comment ? Un illustrateur de livres pour enfants a peint une partie de ces fresques ?*

En traversant la salle du Paradis derrière le majordome silencieux, je me félicite que le Diacre ait insisté pour que je me procure un costume digne de ce nom chez son tailleur de Savile Row. J.-C. ayant mentionné un jour que notre ami, dernier rejeton d'une famille désargentée, était sans le sou, j'avais protesté avec véhémence, mais le Diacre avait affirmé qu'il ne pouvait décemment pas me laisser rencontrer lady Bromley dans « cet informe machin en tweed, couleur de crottin ». Vexé, j'avais répliqué que ce machin « couleur de crottin » – mon plus beau costume de tweed – avait parfaitement rempli son office lors de tous les événements officiels à Harvard (du moins quand la tenue de soirée n'était pas exigée), mais l'argument n'avait pas impressionné mon ami britannique.

De sorte qu'en quittant la salle du Paradis, j'apprécie une fois encore le confort sur mesure de mon costume de Savile Row choisi et payé par le Diacre. Jean-Claude, quant à lui, porte un vieux costume dans lequel il a probablement conduit des expéditions alpines – mais il est vrai qu'il a assez d'assurance pour se le permettre.

Harrison finit par nous parquer dans une pièce séparée de la salle du Paradis par deux couloirs ridiculement imposants et une époustouflante bibliothèque. Après les vastes étendues que nous avons parcourues pour arriver jusqu'ici, cette petite pièce plus chaleureuse me rappelle une maison de poupée, bien qu'elle soit sans doute deux fois plus grande que la plupart des salons de la classe moyenne américaine.

« Je vous en prie, asseyez-vous, messieurs. Le thé et lady Bromley ne tarderont pas à arriver », annonce le vieux majordome, comme si le breuvage et la maîtresse d'un des plus grands domaines anglais étaient indissociables. Mais peut-être que l'un ne se déplace jamais sans l'autre.

L'espace d'un instant, la taille modeste et l'atmosphère intime de la petite pièce – seulement quelques meubles au centre d'un magnifique tapis persan entouré de parquets étincelants, un fauteuil à haut dossier tapissé d'un tissu datant apparemment du XIXe siècle, une table ronde sans doute destinée à accueillir le thé, deux délicates chaises qui semblent trop fragiles pour soutenir le poids d'un homme, et un canapé rouge disposé face au fauteuil tapissé – me font penser qu'il s'agit d'une des pièces *privées* de Bromley House, mais je réalise presque aussitôt mon erreur. Les petits portraits et photographies sur le mur représentent tous des femmes. Les quelques étagères, contrairement à l'immense bibliothèque que nous avons aperçue un peu plus tôt, ne contiennent que quelques volumes, d'aspect artisanal, tels des albums de photos, des cahiers de recettes ou de généalogie familiale.

Mais non, même si elle y ressemble, cette pièce n'est pas un salon privé. Lady Bromley doit plutôt l'utiliser pour recevoir des gens d'un rang inférieur, dans un cadre informel. Peut-être s'entretient-elle ici avec son paysagiste, son garde-chasse ou de lointains cousins venus en visite – des gens à qui l'on n'offre pas l'hospitalité pour la nuit.

Jean-Claude, le Diacre et moi attendons, assis très droits et très serrés sur le canapé rouge. Un meuble des plus inconfortables – peut-être encore une invitation à ne pas s'attarder. D'un geste nerveux, je fais courir mes doigts sur le pli du pantalon de mon nouveau costume.

Soudain, une porte dérobée dans le mur de la bibliothèque s'ouvre et lady Elizabeth Marion Bromley fait son entrée. Nous nous bousculons presque tous les trois dans notre hâte à nous lever.

Lady Bromley est grande et tout de noir vêtue, d'une robe en dentelle au col montant à froufrou qui paraît étrangement moderne bien qu'elle ait pu dater du XIXe siècle. Son port altier et sa démarche assurée, tout en restant très naturelle, ajoutent encore à son air important. Je m'attendais à rencontrer une dame d'un certain âge – lord Percival Bromley avait dépassé la trentaine lorsqu'il avait disparu dans l'Everest –, mais les cheveux de lady Bromley, remontés en un chignon compliqué que je n'ai vu que dans des magazines, sont encore noirs hormis quelques légères traces de gris aux tempes. Elle a les yeux noirs, brillants et vifs. À ma grande surprise, elle s'avance d'un pas rapide et contourne la table pour s'approcher de nous, souriant gentiment et avec une évidente sincérité, ses deux mains – élégantes, pâles, aux longs doigts de pianiste, pas du tout des mains de vieille dame – tendues pour nous accueillir.

« Oh, Dickie… Dickie…, dit-elle, prenant la grande main calleuse du Diacre entre les siennes. Quel bonheur de vous revoir. Il me semble que c'était hier que votre mère vous amenait ici pour jouer avec Charles… Oh, et comme vous vous agaciez, vous les deux grands, quand Percy essayait de vous suivre ! »

Jean-Claude et moi échangeons discrètement un regard amusé. *Dickie ?!*

« C'est un plaisir pour moi aussi, lady Bromley, même si les circonstances de nos retrouvailles m'attristent profondément », répond le Diacre.

Lady Bromley hoche la tête, baisse les yeux une seconde pour dissimuler ses larmes, puis sourit et nous fait face. « Charles regrette beaucoup de ne pas pouvoir vous accueillir lui-même – il est en très mauvaise santé, comme vous le savez. »

Le Diacre acquiesce avec compassion.

« Mais vous aussi, vous avez été blessé pendant la guerre, reprend lady Bromley, qui tient toujours la main du Diacre entre les siennes.

— Des blessures légères, depuis longtemps guéries, répond-il. Rien à voir avec la terrible épreuve de Charles. J'ai pensé à lui des milliers de fois.

— Et votre lettre de condoléances, après la disparition de Percival, m'a infiniment touchée, dit lady Bromley très doucement. Mais je manque à tous mes devoirs – je vous en prie, Dickie, présentez-moi à vos amis. »

Le Diacre s'exécute. Lady Bromley s'adresse à J.-C. dans un français courant et se dit impressionnée qu'un homme si jeune ait déjà une si excellente réputation de guide à Chamonix, ce à quoi J.-C. répond avec son plus beau et éclatant sourire.

« Et M. Perry », poursuit-elle lorsque vient mon tour, en prenant dans les siennes la main que je lui tends maladroitement. Un contact bref et pourtant électrisant. « Même dans mon isolement rural, j'ai entendu parler des Perry de Boston – une éminente famille. »

Je bégaie mes remerciements. Je suis issu d'une vieille et illustre famille de ce que l'on appelle les « Brahims de Boston », dont l'histoire remonte aux années 1630 et qui a compté parmi l'élite, du moins jusqu'à l'avant-dernière génération. Au nombre de mes ancêtres figurent de célèbres marchands et professeurs à Harvard, ainsi que quelques héros s'étant distingués sur les champs de bataille de Bunker Hill ou de Gettysburg.

Hélas, les Perry de Boston étaient désormais presque sur la paille. Une fortune déclinante n'empêchait pas mes parents d'appeler le match de football annuel opposant Harvard et Yale simplement « le match » ou de faire leurs emplettes de Noël chez S. S. Pierce Company, l'épicerie fine de sept étages fournissant les familles comme la nôtre depuis 1831. J'avais fréquenté les meilleures écoles privées, les courts de tennis, les greens et les salles à manger guindées du Brookline Country Club (que nous appelions évidemment « le country club », comme s'il n'en existait aucun autre), et mes parents avaient réussi à financer mes études à Harvard – ce qui avait siphonné les dernières ressources familiales. Tout ça pour que je puisse consacrer tout mon temps libre et toutes mes vacances d'été à escalader des rochers et à gravir des montagnes avec mes amis, sans jamais me soucier de la dépense. Quant au petit héritage de mille dollars laissé par une tante, dont j'avais pris possession à mes vingt et un ans, je n'avais pas songé à le donner à mes parents pour les aider à régler leurs factures – ou les miennes –, préférant m'offrir une année d'alpinisme en Europe.

« Asseyez-vous, je vous en prie », nous dit lady Bromley. Elle a contourné la table basse et pris place dans le confortable fauteuil à haut dossier. Comme par enchantement, trois femmes de chambre entrent par une autre porte avec des plateaux garnis d'une théière, de tasses et de soucoupes en porcelaine ancienne, de cuillères, d'un sucrier et d'un pot à crème en argent, ainsi que d'un plat de présentation à cinq étages, chargé de petits fours et de biscuits.

L'une des domestiques propose de servir le thé, mais lady Bromley dit qu'elle s'en chargera. Elle nous demande à chacun comment nous le prenons – sauf au Diacre, qui, elle s'en souvient, le boit avec un peu de crème, un petit morceau de citron et deux sucres. Sans réfléchir, je réponds « Sans rien, madame », et me retrouve avec une soucoupe et une tasse de thé nature, le tout accompagné d'un sourire. Je déteste le thé.

Après quelques minutes d'aimable conversation, principalement entre le Diacre et lady Bromley, elle se penche vers nous et déclare d'un ton plus sec : « Parlons maintenant de votre autre lettre, Dickie. Celle que j'ai reçue trois semaines après la belle carte de condoléances. Et qui me soumet votre proposition de partir dans l'Everest chercher Percival. »

Le Diacre se racle la gorge. « C'était peut-être présomptueux de ma part, lady Bromley, mais la disparition de lord Percival semble entourée de tant de mystères que j'ai eu envie de vous offrir mes services, afin de tenter d'éclaircir les circonstances de cet accident, chute ou avalanche… ou autre.

— Ou autre, en effet, dit lady Bromley d'une voix presque dure. Savez-vous que ce monsieur allemand – un certain Bruno Sigl – qui a été le seul témoin de l'"avalanche" qui aurait d'après lui emporté Percy et un porteur autrichien, refuse de répondre à mes câbles et mes lettres ? Il a envoyé un message désagréable disant qu'il n'avait plus rien à ajouter sur le sujet et s'obstine dans ce silence, malgré l'intervention de l'Alpine Club et du Comité de l'Everest exigeant de lui davantage de détails.

— C'est honteux, dit Jean-Claude. Les familles ont besoin de connaître la vérité.

— Je ne suis pas entièrement convaincue que Percival soit mort, dit lady Bromley. Il se pourrait qu'il soit blessé et perdu dans la montagne, en détresse, ou dans quelque village tibétain voisin en train d'attendre des secours. »

Et voilà, me dis-je. *La partie démente de l'histoire dont le Diacre veut que nous tirions parti.* Saisi d'une légère nausée, je repose ma tasse et ma soucoupe.

« Les chances que Percy soit encore vivant sont extrêmement faibles, messieurs, je m'en rends compte. J'ai conservé toutes mes facultés mentales. Je vis dans le monde réel. Mais sans une mission de sauvetage ou de récupération dans la montagne, comment pourrais-je jamais savoir avec certitude ? Percival menait une vie si… si secrète… si compliquée… je l'ai si peu compris ces dernières années. J'ai le sentiment que je dois au moins connaître les détails de sa mort… ou de sa disparition. Pourquoi se trouvait-il au Tibet ? Pourquoi sur l'Everest ? Et pourquoi était-il avec cet Autrichien… M. Meyer… quand il est mort ? »

Alors qu'elle s'interrompt, je pense à tout ce que j'ai entendu dire sur le jeune lord Percival Bromley : un libertin, un joueur invétéré ayant passé des années en Allemagne et en Autriche, un éternel nomade qui rentrait rarement en Angleterre et descendait dans les plus belles suites des plus beaux hôtels d'Europe ; d'après la rumeur (bien que je n'aie pas eu le courage d'interroger le Diacre là-dessus), c'était aussi un sodomite, habitué des bordels allemands et autrichiens réservés aux messieurs de ce genre. Secrète, compliquée – oui, avec des préférences et des activités pareilles, on ne pouvait qu'avoir une vie secrète et compliquée.

« Percy était un athlète si accompli… vous devez vous le rappeler, Dickie.

— Bien sûr, répond le Diacre. Est-il exact que Percy allait faire partie de l'équipe anglaise d'aviron pour les Jeux olympiques de 1928 ? »

Lady Bromley sourit. « À cet âge avancé – il a plus de trente ans –, ça paraît ridicule, n'est-ce pas ? Mais Percy avait vraiment le projet de participer aux neuvièmes Olympiades à Amsterdam dans quatre ans. Vous vous rappelez à quel point il excellait dans cette discipline lorsqu'il était à Oxford ? Il se maintient – s'est maintenu – en superbe forme physique, et s'entraînait avec les équipes anglaises de niveau olympique chaque fois qu'il venait ici en visite. Il a aussi pratiqué en Hollande, en France et en Allemagne. Mais l'aviron n'est pas le seul sport dans lequel il se distingue… se distinguait.

— Quelle était son expérience en alpinisme avant d'aller dans l'Himalaya ? demande le Diacre. J'ai perdu le contact avec Percival depuis longtemps. »

Lady Bromley sourit et nous ressert du thé. « Il a pratiqué pendant plus de quinze ans dans les Alpes avec les meilleurs guides, dit-elle fièrement. Il a commencé très jeune. Avant l'âge de vingt ans, il avait gravi les cinq sommets des Grandes Jorasses, dont le plus haut – la pointe Walker, je crois – par le côté sud. Le Cervin, bien sûr. Le piz Badile...

— Par le sud ? l'interrompt le Diacre.

— Je n'en suis pas sûre, mais je crois. Là, Percy et son guide ont fait un – comment ça s'appelle ? – un long déplacement latéral durant une ascension.

— Une traversée ? suggère Jean-Claude.

— Oui, merci, dit lady Bromley. Percy et son guide ont fait une traversée du mont Blanc, du refuge du Goûter aux Grands Mulets, dans ce qu'il a appelé un blizzard estival. Il m'a écrit, si je me souviens bien, qu'il avait fait le Grand Combin en très peu de temps – dans sa lettre, il décrivait surtout la vue depuis le sommet. J'ai des cartes postales de lui parlant de sa... de sa traversée, oui, c'est le mot... du Finsteraarhorn et de son ascension réussie du Nesthorn. » Elle nous sourit tristement. « Pendant toutes les années où Percy a pratiqué ces sports dangereux, j'ai passé de nombreuses heures, comme une maman inquiète, à chercher ces montagnes et ces pics sur des cartes dans notre bibliothèque.

— Mais il n'a jamais rejoint l'Alpine Club, dit le Diacre. Et il n'était pas non plus un membre officiel de l'expédition de l'Everest du printemps dernier, avec Norton, Mallory et les autres ? »

Lady Bromley secoue la tête, et j'admire une fois encore la complexe simplicité de sa coiffure. Elle n'en fait paraître que plus imposante cette grande femme assise très droite.

« Percival n'aimait pas les groupes, dit-elle, et une ombre de mélancolie traverse son visage quand elle se rend compte qu'elle a parlé de son fils au passé. J'ai reçu un court message de lui en mars, posté de la plantation de thé familiale près de Darjeeling, disant qu'il allait peut-être suivre de près ou de loin l'expédition de M. Mallory et entrer au Tibet, et ensuite plus rien... le silence... jusqu'à ce terrible bulletin d'informations en juin.

— Vous souvenez-vous des noms de certains de ses guides dans les Alpes ? demande le Diacre.

— Oh, oui, répond lady Bromley en retrouvant un peu d'animation. Ses trois préférés venaient de Chamonix… »

Elle donne leurs noms, et Jean-Claude plisse les lèvres en un sifflement silencieux. « Trois des meilleurs, dit-il. Des génies sur la roche, la neige et la glace. De grands guides et d'excellents grimpeurs.

— Percival les adorait, confirme sa mère. Un autre Britannique avec qui il avait l'habitude de grimper dans les Alpes s'appelait également Percy… Ferrou, Ferray ?

— Percy Farrar ? demande le Diacre.

— Oui, c'est ça, dit lady Bromley en souriant de nouveau. C'est étrange, n'est-ce pas, que je me souvienne des noms de tous ses guides français et allemands, mais pas de celui d'un compatriote ? »

Le Diacre se tourne vers J.-C. et moi. « Percy Farrar devait avoir seize ou dix-sept années d'expérience en alpinisme extrême quand il a grimpé avec Percy… avec le jeune lord Percival. » Fixant son regard sur moi, il ajoute : « Farrar est plus tard devenu président de l'Alpine Club, et c'est lui qui a suggéré d'inclure George Leigh Mallory dans la première expédition à l'Everest, en 1921.

— Votre fils a donc pratiqué avec les meilleurs, dit Jean-Claude à notre hôtesse. Même s'il n'a pas été invité à participer à l'expédition de cette année, ses compétences en alpinisme devaient être formidables.

— Mais Percy ne figurait pas dans les listes officielles de l'Alpine Club et du Comité de l'Everest, dit le Diacre. Avez-vous une idée de la raison pour laquelle il se trouvait là-bas au même moment que les alpinistes de Mallory ? »

Lady Bromley boit une dernière gorgée de thé et repose délicatement sa tasse sur sa soucoupe. « Comme je vous le disais, je n'ai reçu qu'un court message de Percy, écrit à la plantation de Darjeeling en mars, répète-t-elle d'un ton patient. Après avoir randonné dans plusieurs régions d'Asie, mon fils est arrivé sans prévenir à la plantation que dirige Reggie Bromley depuis de nombreuses années.

» Reggie a aidé l'expédition de Mallory à trouver des porteurs népalais – on les appelle des Sherpas – en puisant dans l'entourage des travailleurs de notre plantation. Comme vous devez le savoir, l'expédition était au départ dirigée par le général de brigade Charles Bruce… mais d'après ce que m'a dit le colonel Norton – qui a eu la bonté de me rendre visite à son retour en Angleterre –, le général Bruce a connu des ennuis de santé et a dû faire demi-tour deux semaines après le départ de Darjeeling. L'expédition devait traverser le col du Serpo La pour rejoindre Khampa Dzong et le Tibet. Si j'ai bien compris, le colonel Norton, qui faisait déjà partie du groupe, a été choisi pour remplacer le général Bruce à la tête de l'expédition, et c'est lui qui a nommé George Mallory responsable de l'escalade proprement dite. C'est vraiment là tout ce que je sais concernant les derniers jours de Percy. Il n'a pas campé avec l'expédition britannique et n'a pas entrepris l'ascension avec eux.

— Lord Percival voyageait-il seul ou avec des domestiques ? demande le Diacre.

— Oh, Percy voyageait toujours en solitaire, répond lady Bromley. C'était ridicule – de se charger ainsi lui-même de ses bagages –, mais c'était sa préférence, et, d'après le colonel Norton, il a campé seul pendant ses cinq semaines de randonnée jusqu'à l'Everest.

— Sans jamais se joindre au groupe officiel ? » insiste Jean-Claude avec une pointe d'étonnement dans la voix.

Lady Bromley secoue la tête de manière presque imperceptible. « Jamais, si j'en crois ce que m'ont rapporté le colonel Norton et l'Alpine Club. Reggie ignore également pourquoi Percy se rendait au Tibet et choisissait de marcher à proximité de l'expédition, mais pas avec elle.

— Et qu'en est-il des Allemands ? demande le Diacre. Le dénommé Meyer qui aurait été emporté par la même avalanche que lord Percival… Et ce Bruno Sigl, qui prétend avoir été témoin de la scène, plus bas dans la montagne… Savez-vous si Percival les connaissait ?

— Oh, grands dieux, non ! s'écrie lady Bromley. Je suis presque sûre que non. D'après les renseignements pris par l'Alpine Club et par mes amis du gouvernement de Sa Majesté, ce Meyer serait un inconnu. Quant à Herr Sigl… eh bien, disons que ce n'était pas le genre de personnage avec qui Percival aurait voulu frayer. »

Le Diacre se masse le front comme s'il avait mal à la tête. « Si lord Percival n'était pas avec l'expédition britannique quand Mallory et Irvine ont disparu, comment se fait-il que l'Autrichien et lui aient été emportés par une avalanche entre les camps V et VI, comme l'affirme Bruno Sigl ? Le camp V de Mallory se trouvait déjà au-dessus des 7 600 mètres – une très haute altitude, lady Bromley –, mais le camp VI, leur point d'attaque du sommet, se situait à plus de 8 000 mètres. À moins de neuf cents mètres de la cime de l'Everest. Les journaux avancent l'hypothèse que lord Percival essayait de retrouver Mallory et Irvine, alors que Norton et les autres membres de l'expédition les avaient déclarés disparus depuis plusieurs jours. Aucun d'eux, en redescendant de la montagne, n'a vu lord Percival, Meyer, ou le dénommé Sigl. Quelle autre raison, d'après vous, pourrait expliquer la présence de Percival à si haute altitude, après le départ de la zone du colonel Norton et des autres ?

— Je l'ignore, répond lady Bromley. À moins que Percival... mon Percy... n'ait tenté l'ascension de l'Everest tout seul, ou avec cet alpiniste autrichien. Ce n'est pas impossible. Percy était... est... était extrêmement ambitieux, vous le savez. »

Le Diacre se contente de hocher la tête et me jette un coup d'œil. Norton et les autres, après avoir laissé Mallory et Irvine pour morts, avaient renoncé à toute nouvelle tentative d'atteindre le sommet, non seulement par respect pour leurs camarades disparus, mais aussi par crainte de la mousson. S'ils avaient quitté le camp de base par un temps étonnamment dégagé, ils redoutaient que les violentes pluies ne les rattrapent d'un jour à l'autre. Sous cette menace, même un amateur tel que Bromley n'aurait pas pris le risque d'attaquer le sommet – ni même d'escalader en altitude pour retrouver les disparus. Il aurait fallu être particulièrement idiot pour aller dans l'Everest dans ces conditions climatiques : à ne tenter que par les candidats au suicide.

Le silence se prolonge jusqu'à en devenir gênant. Il n'y a plus de thé pour nous distraire, et seuls Jean-Claude et moi avons goûté aux petits fours. Enfin, le Diacre reprend la parole.

« Lady Bromley, souhaitez-vous que nous entreprenions tous les trois cette... il est trop tard pour parler de mission de sauvetage, un an après la disparition de lord Percival, mais ce peut certainement être une mission de recherche et de *récupération*... au printemps prochain, lorsqu'il sera de nouveau possible de grimper dans l'Himalaya ? »

Elle baisse la tête, et je vois ses dents blanches mordre doucement sa lèvre inférieure charnue. « Le Comité de l'Everest et l'Alpine Club ne prévoient pas d'expédition en 1925, n'est-ce pas, Dickie ?

— Non, madame. La disparition de Mallory et d'Irvine – et de votre fils, bien sûr – a tant bouleversé le Club et le Comité qu'il faudra peut-être attendre plusieurs années avant le lancement d'une nouvelle expédition officielle dans l'Everest. Sans compter qu'ils se sont apparemment mis à dos les autorités tibétaines, pour une raison qui m'échappe en partie. Le Premier ministre tibétain et les chefs locaux risquent de ne pas autoriser de nouvelle expédition avant longtemps. L'Alpine Club et le Comité considèrent l'Everest comme une chasse gardée britannique et n'imaginent même pas qu'une autre nation puisse le gravir en premier, mais la rumeur court, dans les Alpes, que les Allemands envisageraient de relever le défi. Quoique pas l'été prochain. Pas en 1925. Nous pourrions le faire tous les trois.

— Mais l'expédition de Mallory comptait plusieurs dizaines d'hommes, dit lady Bromley. Plus de douze hommes blancs, je crois, et des centaines de porteurs. Et un nombre encore plus important de bêtes de somme. Dans une lettre qu'il m'a envoyée de la plantation, Percy déplorait leur choix d'utiliser des mules de l'armée tibétaine, qui d'après lui étaient extrêmement rétives. Et le colonel Norton m'a décrit la lenteur des opérations quand il fallait établir les campements, d'abord sur le glacier, puis plus haut sur l'arête gelée entre l'Everest et les sommets voisins – croyez-moi, messieurs, j'ai bien étudié la configuration de la montagne. Les alpinistes ont dû tailler des marches pour les porteurs tous les quelques mètres afin de gravir le premier mur de glace de cette arête, à l'abord du col nord. Il leur a fallu des *semaines* de lente ascension, alors qu'ils étaient si nombreux. Comment, à vous trois, pourriez-vous réussir – non pas à vaincre le sommet, puisque ce n'est pas l'objet de cette expédition –, mais ne serait-ce qu'à atteindre les camps V et VI pour chercher mon fils ? »

C'est Jean-Claude qui répond. « Lady Bromley, nous grimperons très vite, dans le style alpin plutôt que dans cette forme d'assaut militaire privilégié par toutes les expéditions de Mallory. Nous n'engagerons que quelques Sherpas pour nous servir de porteurs, dont des porteurs d'altitude – peut-être trouverons-nous ces précieux hommes à votre plantation, avec l'aide de Reggie Bromley, dont vous nous avez parlé –, puis dès que nous aurons atteint la montagne proprement dite, la vitesse et l'efficacité seront nos principaux objectifs. Nous grimperons, dormirons et mangerons selon le style alpin – en emportant notre matériel de bivouac avec nous dans nos sacs à dos, sans nous préoccuper des campements préétablis. Ainsi nous devrions être en mesure d'effectuer une fouille complète de la zone allant du camp IV, sur le col nord, au camp VI et au-delà en une semaine ou deux… beaucoup moins que les cinq ou dix semaines nécessaires à une énorme expédition comme celle du général Bruce. »

Lady Bromley nous jauge l'un après l'autre, puis son attention se fixe sur le Diacre. Son regard est soudain devenu… non pas froid, à proprement parler, mais distant, sérieux. « Cette expédition de sauvetage… de récupération… combien coûtera-t-elle, messieurs ? »

Le Diacre répond d'un ton aussi direct que celui de notre hôtesse. « L'Alpine Club avait prévu dix mille livres pour les deux premières expéditions – la reconnaissance de 1921 et la tentative d'ascension proprement dite de 1922. D'après leurs estimations, la première ne devait coûter que trois mille livres, le reste étant consacré à la deuxième. Mais le budget a été dépassé dans les deux cas. Et l'expédition de cette année – durant laquelle votre fils, Mallory et Irvine ont disparu – leur a coûté presque douze mille livres. »

Le regard sérieux de lady Bromley ne quitte plus le Diacre.

« Donc, vous me demandez douze mille livres pour financer cette expédition ?

— Non, madame, répond-il. Si nous ne sommes que tous les trois, avec une vingtaine de bons porteurs d'altitude, et en comptant le trajet en bateau à vapeur jusqu'à Calcutta, les tentes, le matériel d'escalade, dont les appareils à oxygène conçus par Finch et perfectionnés par Sandy Irvine pour la dernière expédition, plus la location de quelques chevaux et de mules pour aller jusqu'au camp de base de l'Everest, j'estime le coût total de l'expédition à moins de deux mille cinq cents livres. »

Lady Bromley semble surprise par une estimation aussi basse. J'avoue que pour moi, ça représente beaucoup d'argent.

« Nous sommes des alpinistes professionnels, madame, ajoute le Diacre en se penchant vers la dame en noir. Nous grimpons vite et par tous les temps, nous mangeons peu, nous dormons dans des sacs de couchage en toile accrochés par une corde au flanc de la montagne ou, si ce n'est pas possible, passons la nuit assis sur une étroite saillie en tenant une bougie allumée sous le menton pour éviter de nous endormir. »

Une fois encore, la dame nous regarde l'un après l'autre, avant de fixer son attention sur le Diacre. Elle reste silencieuse.

« Comme vous l'avez fait remarquer, lady Bromley, l'expédition de Norton et de Mallory que votre fils a suivie dans l'Everest transportait des tonnes et des tonnes de provisions, insiste le Diacre. À elle seule, la Société coopérative de l'armée et de la marine a ajouté soixante conserves de pâté de caille, trois cents jambons de une livre et quarante-huit bouteilles de champagne Montebello. Notre expédition ne ressemblera pas du tout à ça – nous sommes trois alpinistes chevronnés, nous déplaçant vite, sachant dans quels endroits chercher votre fils, capables d'atteindre rapidement les hautes altitudes, de remplir cette mission puis de redescendre. »

C'est un long discours pour le Diacre, et je ne suis pas sûr qu'il ait convaincu lady Bromley jusqu'à ce qu'elle reprenne enfin la parole.

« Je financerai votre expédition à hauteur de trois mille livres, dit-elle. Mais à une condition. »

Nous attendons.

« Je veux qu'un membre de la famille vous accompagne. » Le ton de lady Bromley, presque royal dans sa douceur implacable, ne laisse place à aucune discussion. « Reggie Bromley a grimpé dans les Alpes – avec Percy, son cousin, et nombre des excellents guides que j'ai mentionnés tout à l'heure –, et semble parfaitement apte à vous accompagner, au moins jusqu'au pied de l'Everest, peut-être jusqu'au camp III, ou quel que soit le numéro du camp auquel vous parviendrez sur cette arête de glace entre les pics. C'est vous, Dickie, qui prendrez les décisions en matière d'alpinisme, bien sûr, mais Reggie aura la charge générale de l'expédition, des dépenses – pour payer les Sherpas et les vendeurs de yaks à Khampa Dzong – et vérifiera toutes les factures, chaque livre et chaque penny dépensé. Vous êtes d'accord ? »

Lorsque le Diacre se tourne vers Jean-Claude et moi, j'ai presque l'impression de pouvoir lire dans ses pensées. Un amateur dans le genre de Percy… risque de nous ralentir, voire de nous placer dans des situations dangereuses si nous devons le secourir sur le glacier ou la paroi de glace du col nord. Mais le ton de lady Bromley ne laisse aucune place à l'ambiguïté : pas de cousin Reggie, pas d'expédition. Au moins ne participera-t-il pas à l'ascension à très haute altitude.

« Oui, madame, nous sommes d'accord, répond le Diacre. Nous sommes ravis de cet arrangement. Il me libérera de la gestion du budget, une tâche pour laquelle je m'avoue peu compétent. »

Lady Bromley se lève soudain, et nous nous hâtons de l'imiter. Elle serre la main du Diacre, celle de Jean-Claude puis la mienne. Je vois ses yeux se remplir de larmes, mais elle ne s'autorise pas à les laisser couler.

« Combien de temps…, commence-t-elle.

— Nous devrions terminer l'expédition et vous fournir un rapport complet vers le milieu de l'été, l'année prochaine, dit le Diacre. J'emporterai un petit appareil photo, mais je vous promets que nous rapporterons tout ce que nous pourrons… toute affaire personnelle de lord Percival, ses vêtements ou des lettres…

— S'il est mort, le coupe lady Bromley d'un ton parfaitement neutre, je crois qu'il aurait préféré être enterré là-bas dans la montagne. Mais j'apprécierais énormément quelques-uns des souvenirs que vous avez mentionnés et… aussi douloureux que ce soit de les regarder… des photographies. »

Nous hochons tous la tête. J'ai soudain moi-même le plus grand mal à retenir mes larmes. Je me sens aussi très coupable. Et dans un état de surexcitation intense.

« Si mon fils Percy est en vie, reprend lady Bromley, se redressant de toute sa taille, ramenez-le-moi à la maison. »

Et sans ajouter un mot, elle se retourne et sort par la porte dérobée de la bibliothèque.

Il nous faut une seconde pour nous rendre compte que nous avons été congédiés et aussi que le Diacre nous a obtenu exactement ce qu'il avait promis – une expédition de trois hommes (plus un comptable) tous frais payés pour gravir l'Everest dans le style alpin. Si nous retrouvons le corps de ce pauvre Percy, tant mieux. Mais quoi qu'il arrive, nous aurons la possibilité de vaincre la plus haute montagne du monde.

Une toux discrète se fait entendre, et, nous retournant, nous découvrons Harrison, le majordome, près de la porte du fond, prêt à nous raccompagner à travers les couloirs, l'immense bibliothèque, d'autres couloirs, puis la salle du Paradis, des salons et que sais-je encore, jusqu'à la porte d'entrée et la liberté.

Le trajet en calèche jusqu'à notre voiture me paraît interminable. Benson, le cocher aux moustaches de morse, ne dit rien, et nous-mêmes restons silencieux. Mais nos émotions bouillonnent.

Benson nous dépose sur l'aire de stationnement gravillonnée, déserte à l'exception de notre coupé garé sous les arbres. Nous n'avons toujours pas dit un mot.

Soudain, Jean-Claude s'élance vers l'immense étendue de gazon soigneusement tondu, au-delà du gravier, pousse un cri de joie et exécute quatre roues parfaites. Le Diacre et moi éclatons de rire puis nous sourions tels les imbéciles heureux que nous sommes à cet instant.

Mais alors que nous reprenons la route, une pensée insistante tempère ma joie et mon impatience : *Ici, au milieu de trois mille huit cents hectares parmi les plus magnifiques du monde, vit un cœur brisé pour toujours et un esprit à jamais tourmenté.*

Sommes-nous en mesure d'apporter un peu de paix à cette femme ? Jamais, depuis que nous élaborons ce projet – depuis que nous « complotons », comme j'en suis venu à le voir –, cette question ne m'a effleuré. Je me rends compte que ç'aurait dû être ma première pensée quand nous avons commencé à discuter de cette invraisemblable expédition à trois dans l'Everest.

Pourrons-nous aider lady Bromley ?

Alors que nous roulons, le visage au vent, en ce bel après-midi d'été, alors que les ombres commencent à s'allonger dans les champs et sur la route déserte, je me dis que c'est possible – mener à bien cette ascension, retrouver les restes de Percy Bromley et rapporter quelque chose de cette montagne assassine, n'importe quoi susceptible de… de quoi ? Sûrement pas de guérir le cœur brisé de lady Bromley, puisqu'elle s'apprête à perdre son fils aîné rongé depuis huit ans par les effets du gaz moutarde lâché par un obus britannique, et que son fils cadet a disparu pour toujours sur l'Everest, mais au moins d'apaiser son esprit en lui confirmant la mort de lord Percival Bromley.

Peut-être.

Le Diacre conduit, un grand sourire aux lèvres. À côté de lui, Jean-Claude sourit aussi, la tête penchée pour humer le vent comme un chien, et je décide de sourire moi aussi.

Nous n'avons absolument aucune idée de ce qui nous attend.

Si nous pouvons retrouver la dépouille de lord Percival, pourquoi pas celle de Mallory ou d'Irvine… ou des deux ?

Parmi les nombreux offices religieux célébrés en mémoire de Mallory et d'Irvine en cette fin d'été et en cet automne 1924, le plus important, sans doute, se tient à la cathédrale Saint-Paul le 17 octobre. On y assiste exclusivement sur invitation, et le Diacre est le seul de notre groupe à y être convié. S'il nous parle peu de la cérémonie après coup, l'éloge funèbre prononcé par l'évêque de Chester s'étale dans tous les journaux londoniens. Le discours se termine par une référence à la complainte du roi David tiré de la Bible : « Aimables et chéris pendant leur vie, tels étaient George Mallory et Andrew Irvine ; ils n'ont point été séparés dans leur mort. »

Le lendemain, Jean-Claude me fait remarquer que si, comme c'est probable, l'un des deux est tombé au cours de l'ascension ou de la descente, ils ont certainement été séparés pendant leurs dernières minutes ou leurs dernières heures.

L'évêque de Chester ne fait qu'une allusion vague à la disparition de lord Percival Bromley et Kurt Meyer – « comme nous nous rappelons les autres disparus dans la montagne ce même mois » –, et lady Bromley n'organise pas de cérémonie commémorative pour son fils (peut-être parce qu'elle le croit encore en vie quelque part sur l'Everest ou le glacier du Rongbuk, et s'imagine vraiment que nous le retrouverons et le sauverons, un an après sa disparition). Elle a exhorté le Diacre à lancer l'expédition dès cet automne et à tenter le « sauvetage » dans l'Everest cet hiver, mais il l'a assuré que les voies d'accès à la montagne étaient impraticables et les sommets impossibles à escalader en cette saison. Au plus profond d'elle-même, lady Bromley doit savoir que notre future expédition sera, au mieux, une expédition de recherche et sûrement pas une tentative de sauvetage.

Le soir du 17 octobre se tient une assemblée où il est largement question de Mallory et d'Irvine. Cette fois, le Diacre réussit à nous faire entrer, J.-C. et moi, bien que l'affluence ait obligé les organisateurs à louer le Royal Albert Hall pour l'occasion. La Royal Geographical Society et l'Alpine Club font réunion commune pour « entendre les comptes rendus de l'Expédition de 1924 sur l'Everest ». La foule – surtout composée d'alpinistes et d'une cohue de reporters – se montre passionnée.

Le programme s'achève par la lecture du rapport établi par le photographe-alpiniste-géologue Noel Odell – qui, de l'avis de beaucoup, aurait dû accompagner Mallory à la place du jeune Irvine dans cette ultime tentative de gravir le sommet. Alors que lui-même se trouvait entre les camps V et VI, Odell a été le dernier à apercevoir les deux grimpeurs, lors d'une brève éclaircie, même s'il ne semble plus très sûr d'avoir distingué les « deux points noirs en mouvement » dans un champ de neige au-dessus du premier ressaut sur l'arête nord-est, au-dessus du deuxième ressaut, ou même après le troisième ressaut, sur la pyramide proche du sommet.

« L'Everest a-t-il été vaincu ? écrivait Odell dans son compte rendu. La question doit demeurer sans réponse, puisqu'il n'existe aucune preuve directe. Mais vu les conditions… et eu égard à leur position la dernière fois qu'ils ont été vus, je crois qu'il y a une forte probabilité que Mallory et Irvine aient réussi. Je n'en dirai pas davantage. »

Cette déclaration suscite murmures et chuchotements dans la foule des ascensionnistes. Pour nombre d'entre eux – dont certains partenaires de Mallory et d'Irvine dans l'expédition –, les informations disponibles ne permettent pas d'aboutir à la même conclusion. Même si Odell a bien vu, et si Mallory et Irvine ont réellement réussi à escalader le dangereux deuxième ressaut, il était trop tard dans la journée pour tenter une ascension du sommet : il leur aurait fallu ensuite redescendre dans l'obscurité, et leurs bouteilles d'oxygène devaient être vides ou presque à une heure aussi tardive. Pour la plupart des alpinistes de classe internationale réunis ce soir à l'Albert Hall, Mallory et Irvine se sont aventurés trop loin, trop tard ; ils ont fait demi-tour dans le noir – sans doute bien avant d'avoir approché le sommet – et ont trouvé la mort en chutant sur la face nord, dans la nuit venteuse et d'un froid lunaire, quelque part au-dessus des 8 200 mètres, ou dans l'irrespirable air martien autour des 8 500 mètres.

Je me souviens cependant de la puissante vague de protestations soulevée par la conclusion du communiqué d'Odell, selon lequel les deux hommes étaient morts de froid.

« Morts de froid » n'est tout simplement pas une fin assez noble pour ces deux héros de la nation, en passe de devenir des légendes anglaises. Même les alpinistes étrangers qui ont connu Mallory et ont grimpé avec lui – des hommes immunisés contre la fièvre patriotique qui s'est emparée de l'Albert Hall ce soir d'octobre – n'y croient pas. De l'avis général, l'un des deux hommes – sûrement Irvine – est tombé en redescendant du sommet, ou du point qu'ils avaient atteint ce soir-là avant le coucher du soleil, et a entraîné l'autre dans sa chute. Peut-être s'étaient-ils aventurés sur la face nord, dans l'obscurité, pour se mettre à l'abri du vent.

Même Edward Norton, le chef officiel de l'expédition fatale de 1924, a écrit du camp de base : « Je regrette beaucoup qu'Odell ait mentionné une mort par hypothermie dans son communiqué. » Et il ajoutait à l'intention du Comité de l'Everest : « Pour nous autres, il ne fait presque aucun doute qu'il s'agit d'une chute. »

Sur le trajet de notre hôtel ce soir d'octobre, après la réunion de l'Alpine Club, Jean-Claude demande au Diacre : « Richard, croyez-vous que Mallory et Irvine aient atteint le sommet ?

— Je n'en ai aucune idée », répond notre ami britannique, sa pipe serrée entre ses dents. Le parfum de son tabac laisse un sillage odorant dans l'air froid et humide, tandis que nous nous hâtons de rentrer.

« Vous croyez qu'ils sont morts de froid ? insiste J.-C. Ou qu'ils ont dévissé ? »

Le Diacre sort sa pipe de sa bouche et nous regarde ; ses yeux gris étincellent à la lumière du réverbère au coin de la rue. « Les informations rendues publiques par l'*Alpine Journal* et par les témoins ne suffisent pas pour se faire une opinion sur les circonstances ou le lieu de leur mort. Nous devons parler à Norton, John Noel, Odell, au docteur Somervell et à d'autres amis à moi qui ont participé à la dernière expédition. Ensuite il faudra aller en Allemagne – à Munich – pour interroger le dénommé Bruno Sigl, qui prétend avoir vu l'avalanche emporter Bromley et le mystérieux Autrichien. Vous n'êtes pas d'accord ? »

Jean-Claude et moi échangeons un regard. Je lis dans ses yeux qu'il n'acceptera jamais de mettre les pieds en Allemagne avec le Diacre et moi. Les

Allemands ont tué trois de ses frères, et il s'est juré il y a longtemps de ne jamais franchir cette frontière.

« Je sais, Jean-Claude, reprend le Diacre, bien que notre ami n'ait pas ouvert la bouche. Je comprends. Jake et moi nous rendrons à Munich le mois prochain, et nous vous raconterons ce que ce Sigl nous aura dit à propos de la mort de lord Percival et de Meyer. Peut-être aura-t-il aussi des détails à nous fournir concernant la disparition de Mallory et d'Irvine. Mais restez à Londres assez longtemps pour venir voir Norton et les autres avec nous.

— Et si ce Sigl ne dispose d'aucun détail sur quoi que ce soit ? dis-je d'un ton presque plaintif. Si nous perdons du temps à aller à Munich, sans rien apprendre de nouveau sur Mallory et Irvine ou – plus important pour *notre* mission – sur ce qui est arrivé à lord Bromley ?

— Eh bien dans ce cas, répond le Diacre avec un sourire presque carnassier, il nous faudra aller dans l'Everest au mois de mars prochain pour le découvrir par nous-mêmes. Si nous pouvons retrouver la dépouille de lord Percival, pourquoi pas celle de Mallory ou d'Irvine… ou des deux ? Les vents secs de l'Everest dessèchent et momifient les cadavres bien plus efficacement que les grands prêtres de l'Égypte antique. »

Les poneys avaient été tués d'une balle dans la tête.

Notre entretien avec le colonel Edward F. Norton, le médecin R. W. G. Hingston, le docteur Theodore Howard Somervell, le capitaine John B. Noel et Noel E. Odell a lieu en octobre, après l'office commémoratif en hommage à Mallory et Irvine. Tous ces membres de l'expédition de 1924 – et amis du Diacre pour ce qui est des trois derniers – doivent assister à une réception organisée par l'Alpine Club à la Royal Geographical Society, sise au 1 Kensington Gore, et nous sommes conviés à les retrouver dans la salle des cartes ce samedi après-midi.

« J'espère qu'ils ont prévenu à l'entrée que nous sommes attendus », dis-je alors que nous descendons du taxi en face de Kensington Gardens. Les ombres du soir s'allongent, et l'immense dôme de l'Albert Hall se dresse au-dessus du bâtiment en brique de la Société de géographie. Au soleil couchant, les feuilles aux couleurs d'octobre des innombrables arbres du parc, de l'autre côté du boulevard, semblent s'embraser sous l'effet de la lumière réfléchie par le dôme.

« Je suis membre, dit le Diacre. Nous ne devrions pas avoir de problème pour monter à la salle des cartes. »

J.-C. et moi échangeons un coup d'œil.

Hormis un buste de l'explorateur David Livingston posé dans une niche du mur à l'extérieur de la cour, rien ne laisse deviner que les géographes et les explorateurs considèrent ce vaste édifice comme le centre de l'univers.

À l'intérieur, on nous prend nos chapeaux et nos manteaux, et un vieil homme aux cheveux argentés, portant queue-de-pie et cravate blanche, dit :

« Monsieur Deacon. Bon retour parmi nous, monsieur. Cela fait trop longtemps que nous n'avons pas eu le plaisir de vous voir ici.

— Merci, James, répond le Diacre. Si je ne me trompe pas, le colonel Norton et quelques autres nous attendent dans la salle des cartes.

— Oui, monsieur. Leur réunion a pris fin il y a quelques minutes, et les cinq gentlemen patientent dans le salon adjacent. Voulez-vous que je vous y conduise, monsieur ?

— Nous nous débrouillerons, merci, James. » Les larges couloirs aux parquets cirés, garnis de vitrines d'exposition, me donnent envie de chuchoter comme dans une église, mais le Diacre n'a pas baissé la voix.

La salle des cartes est magnifique – mezzanines où s'alignent des livres reliés de cuir, longues tables présentant des cartes sur des pupitres en bois, un globe terrestre d'une taille telle qu'un acrobate pourrait dévaler Kensington Gore en équilibre dessus –, mais l'espace n'est pas aussi vaste que je l'avais imaginé. Nous pénétrons dans la pièce voisine, percée de hautes fenêtres, et où un feu brûle dans la cheminée. Hingston, Noel, Norton, Somervell et Odell se lèvent à notre approche. Le Diacre nous présente, J.-C. et moi, et nous prenons place tous les trois dans de profonds fauteuils de cuir disposés en arc de cercle devant la cheminée. Par les fenêtres derrière nous, la lumière du couchant s'est adoucie pour n'être plus qu'un halo doré.

Pendant les présentations et les poignées de main, je me rends compte que, si je n'ai jamais rencontré ces hommes en chair et en os, je croyais savoir à quoi ils ressemblaient grâce aux photographies publiées de leurs différentes expéditions. Mais sur les clichés, presque tous portaient la barbe, alors qu'ils sont maintenant rasés de frais – sauf deux qui arborent des moustaches bien taillées. Je ne les aurais probablement pas reconnus si je les avais croisés dans la rue.

Le colonel Edward Felix, dit Teddy, Norton est excessivement grand – il dépasse de quelques centimètres mon mètre quatre-vingt-huit –, et tout chez lui, de son air calme et compétent à son regard froid, trahit le militaire depuis longtemps habitué aux postes de commandement. Le docteur Richard Hingston, un homme mince de trente-sept ans, n'est pas un alpiniste – il a participé à l'expédition du printemps précédent aux titres de médecin et de naturaliste –, mais n'en a pas moins grimpé jusqu'au camp IV, sur le col nord, pour s'occuper de Norton, atteint de cécité des neiges, et d'autres malades coincés là-haut. Pendant la guerre, il a servi comme médecin en France, en Mésopotamie et en Afrique de l'Est, et a été décoré de la croix militaire pour sa bravoure. Même s'il n'est pas un ascensionniste, il m'inspire un grand respect.

Theodore Howard Somervell – appelé Howard par ses amis et présenté ainsi par le Diacre – est également médecin, et ancien missionnaire, bien qu'il paraisse aussi costaud qu'un docker. Par le Diacre nous savons qu'il n'est pas revenu vivre en Angleterre après l'expédition de 1922 dans l'Everest, choisissant de s'installer et de travailler dans une mission médicale à Neyyoor, dans le sud de l'Inde. Il se trouve à Londres uniquement pour assister à la cérémonie en mémoire de Mallory et d'Irvine et participer à cette série de réunions et de banquets de l'Alpine Club et de la Royal Geographical Society.

Somervell est un bel homme, même sans la grosse barbe noire qu'on lui voit sur les photos prises au Tibet ; ses cheveux bouclés, son visage bronzé, ses sourcils noirs expressifs et le sourire qui l'illumine soudain lui donnent une allure presque désinvolte, mais ce n'est pas sa nature. Le Diacre ne parle pratiquement jamais de ce qu'il a vécu pendant la guerre, mais l'année dernière, une nuit où nous bivouaquions sur un sommet dans les Alpes, il a mentionné son grand ami Somervell, devenu pacifiste lorsque, avec seulement trois autres médecins dans une tente médicale, il avait dû prendre en charge des milliers de soldats blessés, beaucoup mortellement et le sachant, le premier matin de la bataille de la Somme. Somervell avait parlé à nombre de ces hommes étendus à l'extérieur de la tente, sur des brancards ou sur leur cape ensanglantée ; tous savaient sans doute que sans soins médicaux d'urgence, ils risquaient de mourir, mais *pas un* n'avait demandé à être soigné avant les autres. Pas un seul.

En serrant la main de Somervell – calleuse pour une main de chirurgien – et en croisant son regard clair, je me demande si une telle expérience ne transformerait pas en pacifiste toute âme douée de sensibilité. Le Diacre nous a aussi dit que, tout fervent chrétien qu'il soit, Somervell n'était absolument pas dogmatique. « Le seul problème avec le christianisme, lui avait dit Somervell alors qu'ils partageaient une tente sur un col enneigé durant l'expédition de 1922, c'est qu'il n'a jamais été tenté. »

Le capitaine John Noel est un homme mince, au visage ridé et aux yeux caves en apparence inquiets. Et pour cause : il a déboursé huit mille livres sterling en contrepartie de tous les droits photo et cinématographiques – il a emporté jusqu'en haut du col nord des appareils photo et des caméras spécialement conçus pour pouvoir prendre des plans d'ensemble des alpinistes au moment où ils atteindraient le sommet ; il a monté une tente servant de chambre noire au camp de base et payé une équipe de coursiers pour acheminer ses photos développées de l'Everest jusqu'à Darjeeling, afin qu'elles soient envoyées aux plus grands journaux anglais. Il met actuellement la dernière main à son film, *L'Épopée de l'Everest* – mais des nuages ayant obscurci les ultimes images de Mallory et d'Irvine, du moins depuis le col nord, il se murmure que le capitaine Noel n'est pas satisfait de la fin de son documentaire. Il a réussi à ramener à Londres une troupe de lamas danseurs d'un monastère tibétain – pas le monastère du Rongbuk près de l'Everest – pour animer ses projections, mais cette initiative, s'ajoutant à des « scènes rebutantes montrant des Tibétains en train de manger des poux » dans son film, semble déjà créer des problèmes diplomatiques. À moins que son documentaire ne connaisse un très large succès ici, en Angleterre, et aux États-Unis, le pauvre Noel risque de perdre la plus grande partie de son investissement de huit mille livres.

Enfin, en saluant Odell, je me rends compte que lui aussi a de bonnes raisons de paraître soucieux et distrait en ce soir d'automne 1924. Si le capitaine John Noel a été le dernier à recevoir un message de George Mallory, c'est le géologue et alpiniste Noel E. Odell, autre grand ami du Diacre, qui restera dans l'histoire comme le dernier à avoir vu Mallory et Irvine vivants.

La nuit précédant leur tentative d'ascension du sommet à partir de leur abri précaire au camp VI, Odell se trouvait seul au camp V. Alors qu'il montait vers le camp VI ce jour-là – qui devait être celui de la victoire –, escaladant une paroi rocheuse de trente mètres, à environ 7 900 mètres d'altitude, vers 12 h 50, il avait « vu M. & I. sur arête, approchant la base de l'ultime pyramide », comme il l'écrivait ce soir-là dans son journal.

Mais était-ce vrai ?

Quelques jours seulement après la cérémonie commémorative en l'honneur de Mallory et d'Irvine, et la réunion de l'Alpine Club qui avait mis l'Angleterre en effervescence, des alpinistes – parmi lesquels d'autres membres de la même expédition – émettaient déjà des doutes sur le récit d'Odell. Était-il *possible* que Mallory et Irvine aient franchi ce qu'on appelait le troisième ressaut pour aborder la pyramide sommitale enneigée dès 12 h 50 ? Possible, certes, mais très improbable. Leur vitesse d'ascension, même avec de l'oxygène, aurait été sacrément impressionnante. Non, soutiennent certains, c'est le *deuxième ressaut* qu'Odell a dû les voir escalader. Non, non, affirment d'autres experts – qui, au même moment, se trouvaient à plus de huit mille kilomètres de là –, ce ne pouvait être que le *premier ressaut* que passaient Mallory et Irvine si tôt dans la journée. Odell devait se tromper – même s'il avait montré, photos et relevés topographiques à l'appui, que les arêtes et la masse de la montagne lui bouchaient la vue du premier ressaut de là où il se trouvait sur ce rocher escarpé. Mais le ciel ne s'était dégagé qu'une minute seulement, de sorte qu'il n'avait pu qu'apercevoir deux silhouettes humaines en train de grimper – s'il s'agissait bien de silhouettes humaines (« de simples rochers dans un champ de neige », disaient certains alpinistes).

Nous sommes tous assis, et un valet en queue-de-pie et cravate blanche vient de prendre notre commande quand le colonel Norton rompt le silence.

« C'est un plaisir de vous voir, Richard. Je regrette que nous n'ayons qu'une vingtaine de minutes à vous consacrer avant le dîner officiel de l'Alpine Club. Puisque vous êtes membre de la RGS et un ancien participant à l'expédition, nous pourrions toujours vous trouver une place… »

Le Diacre décline la proposition d'un geste de la main. « Je n'ai pas la tenue adéquate, Teddy, et ce serait déplacé. Non, mes amis et moi souhaitons simplement vous poser à tous quelques questions, puis nous prendrons congé. »

Nos verres arrivent : du whisky sec, de couleur ambrée, vieilli dix-huit ans dans un fût de sherry, et qui me réchauffe la gorge. Mes mains ne tremblent pas, mais je me rends compte qu'elles le voudraient. Jamais plus, sans doute, je ne me retrouverai en si auguste compagnie, d'où ma nervosité. Je n'ai pas peur de tenter l'ascension de l'Everest, mais je suis presque effrayé en présence de ces hommes qui ont acquis une renommée mondiale en tentant la même aventure – et en échouant.

« À propos de Mallory et d'Irvine, je présume ? » demande Norton, d'un ton légèrement plus froid, me semble-t-il. Combien de fois ce groupe n'a-t-il pas été interrogé sur les « héros » disparus, au cours des derniers mois ?

« Pas du tout, répond le Diacre. J'ai rendu visite à lady Bromley cet été et je lui ai promis de tenter d'en savoir le plus possible sur la disparition de son fils.

— Le jeune Percival Bromley ? demande Noel, le réalisateur de film. Comment pourrions-nous l'aider le moins du monde ? Vous savez, Richard, Bromley n'était pas *avec* nous.

— J'avais pourtant cru comprendre qu'il avait fait le trajet entre Darjeeling et Rongbuk avec vous. » Le Diacre sirote son whisky, son profil aquilin éclairé par le feu.

« Pas avec nous, dit Howard Somervell. Derrière nous. Seul. Il montait un poney tibétain, et son matériel était chargé sur un mulet. Toujours à un ou deux jours de distance. Il nous a rattrapés et s'est arrêté à notre campement... combien de fois, John ? demande-t-il à Noel. Trois fois ?

— Deux fois, je crois, répond le réalisateur. La première fois à Khampa Dzong, où nous avons passé trois nuits. La deuxième à Shekar Dzong, avant que nous prenions au sud vers le monastère du Rongbuk. Nous avons passé deux nuits à Shekar Dzong. Le jeune Bromley ne semblait jamais demeurer plus d'une nuit au même endroit. Il ne disposait que d'une simple tente Whymper. L'un des modèles les plus légers et les plus petits.

— Dans ce cas, est-ce qu'il n'aurait pas dû vous dépasser pendant le périple ? » demande Jean-Claude. Apparemment il apprécie son whisky. « Si vous couchiez plusieurs nuits dans certains endroits, contrairement à lui...

— Ah, je comprends, dit le docteur Hingston en riant. Mais non... Il semble que Bromley ait fait de petits détours. Il a longé la rivière Yaru Chu vers le sud, par exemple, après que nous avons passé deux nuits à Tinki Dzong. Peut-être voulait-il avoir un aperçu de l'Everest depuis les montagnes à cet endroit. En tout cas, il se trouvait encore derrière nous quand nous sommes arrivés à Shekar Dzong.

— Le plus étonnant, dit le colonel Norton, c'est que les deux fois où le jeune lord Percival nous a rendu visite, il a apporté sa nourriture et sa boisson. Il a absolument refusé notre hospitalité, Dieu sait pourtant que nous ne manquions pas de vivres ! Nous avons laissé des tonnes de conserves derrière nous en repartant.

— Il était donc bien équipé ? demande le Diacre.

— Pour un week-end de camping dans le Lincolnshire, répond John Noel. Pas pour une expédition en solitaire au Tibet.

— Comment a-t-il pu voyager seul, sans autorisation officielle du gouvernement tibétain ? » m'entends-je demander. Je sens le rouge me monter aux joues, aussi chaudes que le whisky dans mon ventre. Je n'avais pas prévu de parler ce soir.

« Très bonne question, monsieur Perry, dit le colonel Norton. Nous nous la sommes posée également. Le Tibet est en état de quasi-barbarie, mais les *dzongpöns* locaux – les chefs de tribu et de village –, ainsi que le gouvernement, postent des gardes et des soldats ici et là, et tout particulièrement sur les hauts cols impossibles à contourner. Les gardes vérifiaient nos papiers à ces endroits, je dois donc en déduire que lord Percival disposait d'autorisations officielles quelconques – peut-être obtenues par l'intermédiaire du gouverneur du Bengale. La plantation Bromley – Bromley-Montfort, à présent –, située près de Darjeeling, entretient depuis longtemps des relations cordiales avec les Tibétains, de même qu'avec les dirigeants du Bengale et du Sikkim.

— Je suis moi-même allé voir lord Percival à son campement une fois ou deux, dit Noel Odell. Au tout début de l'expédition, juste après avoir franchi le Jelep La pour entrer au Tibet. Le jeune Percival semblait très satisfait de sa solitude – pas franchement accueillant, mais assez aimable une fois que j'ai été assis devant son feu. Voyez-vous, je m'inquiétais pour lui – à ce stade, nombre d'entre nous souffraient déjà de dysenterie ou présentaient les premiers symptômes du mal aigu des montagnes –, mais Bromley m'a paru très en forme. Chaque fois que nous l'avons vu, il a semblé en bonne santé et avoir bon moral.

— Vous a-t-il suivis de Shekar Dzong jusqu'à votre camp de base au pied du glacier du Rongbuk ? demande le Diacre.

— Oh, grands dieux, non, répond le colonel Norton. Nous avons bifurqué vers le sud pour rejoindre l'Everest, tandis que Bromley a continué vers l'ouest, en direction de Tingri, situé à une vingtaine de kilomètres. Nous ne l'avons jamais revu. J'ai eu l'impression qu'il comptait explorer la zone située au nord-ouest de Tingri. Une grande partie de ce territoire demeure inexplorée. Comme vous le savez, Richard, Tingri est un village assez sinistre, avec son ancien fort de garnison tibétain perché sur une haute colline. Vous y étiez avec nous lorsque nous y avons fait un détour en 1922, si je me souviens bien.

— Oui, dit le Diacre, sans rien ajouter d'autre.

— J'ai cru comprendre, dit le docteur Hingston, et ce dès que nous l'avons vu à la plantation familiale des Bromley, qu'il allait au Tibet rencontrer quelqu'un. Il semblait avoir juste assez de provisions et de matériel pour atteindre le lieu du rendez-vous quelque part au-delà de Shekar Dzong.

— Du matériel d'escalade ? demande le Diacre. Bruno Sigl a raconté à la presse allemande que lord Percival et un autre homme étaient morts dans une avalanche à haute altitude, sur l'Everest. L'un de vous l'a-t-il vu transporter un équipement d'alpinisme ?

— Des cordes, répond Norton. On en a toujours besoin au Tibet. Mais il n'en avait pas assez pour tenter une ascension de l'Everest… pas assez de cordes, de nourriture, de tentes, de réchauds Primus, ni de tout ce qui lui aurait été nécessaire pour atteindre ne serait-ce que le camp III, sans parler du col nord… et encore moins du camp V ou de la face de la montagne.

— Ce Bruno Sigl…, commence le Diacre.

— Est un foutu menteur, le coupe le colonel Norton. Désolé, Richard. Je ne voulais pas être grossier. Mais tout ce que Sigl a raconté à la presse relève de l'affabulation.

— Vous n'avez donc jamais vu Sigl, ni d'autres Allemands, ni cet Autrichien nommé Meyer qui a prétendument trouvé la mort en même temps que lord Percival ? demande le Diacre.

— Jamais entendu parler d'une présence allemande à moins de mille kilomètres à la ronde, lorsque nous étions sur la montagne ou le glacier », confirme le colonel Norton. Des taches roses sont apparues sur ses pommettes saillantes. J'en déduis que le verre de scotch qu'il vient de terminer n'est pas son premier de la soirée. À moins que la simple idée que des Allemands aient pu se trouver à proximité lors de leur tentative d'ascension de l'Everest ne lui soit à ce point intolérable.

« J'avoue être un peu perdu, dit le Diacre. Les derniers membres de votre groupe ont quitté le camp de base… quand ? Le 16 juin, soit huit jours après la disparition de Mallory et d'Irvine, c'est bien ça ?

— Oui, confirme Odell. Nous avons laissé aux alpinistes exténués le temps de se reposer, avons bâti un tumulus en mémoire de George et de Sandy – et des porteurs disparus en 1922 –, et les derniers ont quitté la vallée du Rongbuk l'après-midi du 16. Tous les hommes étaient mal en point, sauf moi, étonnamment : problèmes cardiaques, séquelles de la cécité des neiges pour le colonel Norton, gelures, épuisement, mal des montagnes, maux de tête pour tous. Tout le monde toussait en permanence.

— La toux a bien failli me tuer là-haut, renchérit Howard Somervell.

— Nous sommes repartis par groupes – et invalides, pour la plupart. Le plus gros de la troupe a accompagné le colonel Norton dans la vallée de Rongshar, sous le Gauri Sankar, pour explorer cette région inconnue, comme nous y étions autorisés, et pour récupérer pendant dix jours à plus basse altitude, avant d'entamer la difficile marche de retour.

— Comme je devais rapporter mon film, explique le capitaine Noel, je suis retourné directement à Darjeeling avec les porteurs et les mulets.

— John de Vere Hazard, notre principal cartographe, voulait achever les relevés commencés par votre expédition de 1922, Richard, dit le colonel Norton. Nous l'avons laissé accompagner Hari Sing Thapa, du Survey of India, l'organisme chargé de la cartographie des Indes, dans la région du Rongbuk occidental pendant quelques jours. Ils ont pris la direction de l'ouest, avec quelques porteurs, le jour où la plupart d'entre nous sont partis vers le nord et l'est.

— Et moi aussi, je me suis offert une petite escapade, dit Odell. J'avais encore quelques travaux géologiques à terminer. »

Ce qui fait rire les quatre autres célébrités. Le zèle d'Odell, même à plus de 8 200 mètres d'altitude, est manifestement devenu un sujet de plaisanterie pour ces survivants d'ordinaire austères.

« J'ai dit à Odell qu'il pouvait s'accorder ce petit détour de cent cinquante kilomètres, à la condition qu'il se fasse accompagner par Edward Shebbeare, notre responsable du transport, explique Norton. Les collines du Tibet sont infestées de bandits. Au moins Shebbeare parlait-il un peu tibétain. »

Odell regarde le colonel. « Et vous l'avez averti qu'après cette petite excursion en ma compagnie, il ne pourrait plus me supporter. Shebbeare me l'a avoué une semaine plus tard. D'après lui, vos propos exacts étaient : “Mon cher Shebbeare, vous ne voudrez sans doute plus jamais poser les yeux sur Odell.” »

Le colonel Norton baisse la tête vers son verre, et les deux cercles roses sur ses pommettes semblent briller d'un rouge plus sombre.

« En fait, Shebbeare et moi avons beaucoup apprécié les quelques jours passés ensemble à faire ces relevés géologiques, poursuit Odell. Nous sommes même devenus très amis. Nous sommes arrivés à Darjeeling le même jour que le groupe principal, qui venait de profiter d'une longue semaine de récupération dans la vallée de Rongshar, et juste avant le retour de Hazard avec Hari Sing Thapa et les porteurs qu'ils avaient emmenés au Rongbuk occidental pour leur expédition cartographique. »

Consultant sa montre de gousset, le Diacre dit : « Il ne nous reste que quelques minutes avant votre dîner, mes amis. Et j'avoue que j'ai complètement perdu de vue lord Percival, sans parler des Allemands. L'annonce de la mort de Bromley – et du dénommé Meyer – est parue dans le *Times* la même semaine que le compte rendu complet concernant Mallory et Irvine. Je suppose que c'est vous qui l'avez télégraphié de Darjeeling. Si vous n'avez pas revu Bromley après le 24 avril, quand votre expédition est partie vers l'Everest par le sud, alors que Bromley a continué vers Tingri, alors comment…

— Désolé, Richard, dit le colonel Norton. C'est un récit un peu embrouillé, mais c'est ainsi que nous a été rapportée la mort de Bromley. Laissez-moi vous expliquer. En approchant de la région du Rongbuk occidental pour faire leurs relevés, John Hazard et Hari Sing Thapa ont croisé des pèlerins qui leur ont dit que deux sahibs anglais – l'un nommé Bromley, l'autre un “sahib anglais ne parlant pas anglais” du nom de Meyer – avaient loué six yaks à Tingri et comptaient se diriger vers le sud puis vers l'est en suivant la rivière jusqu'à Chobuk, et de là poursuivre vers le sud, le glacier du Rongbuk et le Chomolungma.

— Les Tibétains ont vraiment dit que Bromley et ce Meyer faisaient route ensemble vers l'Everest ? » Le Diacre a fini son whisky et pose délicatement son verre vide sur la table en rotin à côté de son fauteuil.

« Absolument, acquiesce le colonel Norton. Hari Sing Thapa traduisait leurs propos. Cela leur a été confirmé par deux autres pèlerins, en route vers le monastère du Rongbuk, que Hazard et Sing Thapa ont rencontrés alors qu'ils retournaient vers le col de Pang La et Shekar Dzong pour rentrer. Ces pèlerins ont ajouté que sept autres “sahibs anglais ne parlant pas anglais” étaient arrivés à Tingri le lendemain du départ de Bromley et Meyer, et qu'ils étaient repartis tout de suite vers le sud-est, comme s'ils les suivaient.

— Comme c'est étrange, commente le Diacre.

— En plus de cela, continue Norton, Hazard et Hari ont *vu* Bromley et Meyer. *Et* les sept hommes qui les suivaient.

— Où est John Hazard, maintenant ? » demande Jean-Claude.

John Noel fait un geste vague de la main gauche. « Oh, quelque part en Inde, je suppose, à poursuivre ses travaux officiels de cartographie.

— Et Hari Sing Thapa ? demande le Diacre.

— Lui aussi a dû reprendre son métier de géomètre là-bas, répond le colonel Norton.

— Pouvez-vous nous décrire ce que Hazard a vu ? » s'enquiert le Diacre.

Le docteur Hingston est le premier à parler. Je sens la tension dans mon cou et mon dos s'intensifier tandis que les dernières minutes défilent sans que nous ayons obtenu d'informations tangibles.

« Hazard et Hari, en route vers le nord-est, venaient de s'engager sur la vieille piste commerciale montant au col de Pang La quand Hari – il avait la meilleure vue des deux – a cru apercevoir deux groupes de cavaliers se dirigeant vers le sud. Ils étaient à des kilomètres, mais le temps était parfaitement dégagé – d'après Hazard, ils voyaient l'Everest fumer encore plus que d'habitude, et son panache de neige s'étendait sur des dizaines de kilomètres vers l'est. Ils ont alors fait un détour jusqu'à une colline voisine pour que John puisse utiliser ses jumelles militaires, afin d'en avoir le cœur net. Au loin vers le sud il y avait deux hommes – John a formellement reconnu le poney de Bromley et le mulet qu'il avait amené de Darjeeling, sauf que Bromley et son nouveau partenaire étaient aussi accompagnés de six yaks. Très loin derrière, à peut-être cinq ou six heures de chevauchée, sept hommes avançaient sur de plus grandes montures. Soit des chevaux, soit – selon Hari – ces grands poneys mongols hirsutes.

— Cela ressemblait-il à une poursuite ? demande le Diacre.

— Hazard a surtout trouvé ça foutrement étrange, répond Norton. Plus tard, il s'est dit qu'ils auraient peut-être dû retourner vers Rongbuk, pour voir de quoi il retournait – au cas où Bromley et ces autres hommes auraient été en train de braconner sur notre montagne. Mais il était déjà à plusieurs jours derrière nous à cause de ses travaux cartographiques. Comme il voulait nous rattraper avant notre arrivée à Calcutta, Hari et lui ont poursuivi leur chemin vers le col de Pang La, au nord.

— À quelle date les ont-ils vus ? demande le Diacre.

— Le 19 juin, répond Norton. Trois jours après que notre groupe s'est scindé en quittant la vallée du Rongbuk.

— Tout ça est passionnant, dit le Diacre. Mais ça n'explique pas pourquoi vous avez annoncé que lord Percival était mort dans une avalanche. Vous avez reçu davantage d'informations par une autre source fiable, je suppose ?

— Effectivement, confirme Odell. Alors que Shebbeare et moi terminions notre excursion géologique et nous dirigions vers le nord pour rejoindre la piste principale, nous avons croisé trois de nos Sherpas. Ils nous avaient accompagnés à l'Everest et s'étaient révélés précieux pour le portage à très haute altitude. Vous vous souvenez peut-être de Pemba Chiring, Richard ? Celui qui parlait très bien anglais… Tout le monde l'appelait Kami.

— Oui, je me rappelle bien Kami. Il a transporté de lourdes charges jusqu'au camp V… sans oxygène supplémentaire.

— Exactement, poursuit Odell. Et il s'est montré tout aussi compétent pendant la triste expédition de cette année. Mais Shebbeare et moi avons été surpris de voir Kami et ses deux cousins, Dasno et Nema, qui eux ne parlaient pas anglais, alors que nous retournions vers le nord-est. Ils cravachaient littéralement leurs petits poneys tibétains… et vous savez que ce n'est pas dans l'habitude des Sherpas. Ils étaient retournés au glacier du Rongbuk et s'enfuyaient à présent comme s'ils avaient le diable aux trousses.

— Quand était-ce ? demande le Diacre.

— Le 22 juin », répond Odell.

Le colonel Norton s'éclaircit la gorge. « Kami et ses cousins étaient repartis avec nous puis avaient demandé l'autorisation de quitter le groupe principal. J'ai accepté, pensant qu'ils comptaient rentrer chez eux tout seuls. En fait, ils avaient l'intention de retourner à notre camp de base… peut-être même aux camps en altitude.

— Pour les piller ? demande Jean-Claude. Ou du moins récupérer ce qui pouvait l'être ? »

Norton hausse les sourcils. « On pourrait le croire. Bien que nous n'y ayons rien laissé de valeur, à moins de compter les caches d'orge et de conserves de nourriture disséminée dans les différents camps.

— Kami m'a affirmé plus tard qu'ils avaient oublié un talisman religieux, dit Odell. Il pensait l'avoir laissé au camp de base ou peut-être glissé entre les pierres d'un des sangas au camp II. Il m'a dit qu'ils ne pouvaient pas rentrer dans leur village ou leur famille sans lui. Je l'ai cru.

— Qu'ont-ils raconté avoir vu ? » demande le Diacre.

Je jette un coup d'œil discret à ma montre. Il ne nous reste que trois minutes avant que ces éminents grimpeurs ne rejoignent le banquet officiel de la Royal Geographical Society, ici à Lowther Lodge. Dehors, les lampadaires électriques sont allumés dans Exhibition Road, là où elle croise Kensington Road. La nuit d'octobre est tombée.

« Kami et ses cousins ont atteint notre vieux camp de base le 20 juin, dit Odell. Ils ont cherché leur talisman, en vain. Ce qu'ils ont trouvé, en revanche, les a choqués… Sept poneys mongols entravés, en contrebas du tumulus, là où il y a un peu d'herbe, à quelques centaines de mètres en dessous de la mare de fonte.

— Personne ne gardait les poneys ?

— Absolument personne, dit Odell. Et un peu plus haut dans la vallée, avant de s'enfoncer trop profondément entre les pénitents de glace, ils sont tombés sur ce que Kami a aussitôt reconnu comme étant la tente Whymper de lord Bromley – celle dans laquelle il avait dormi les nuits où nous l'avions vu –, et sur deux poneys tibétains morts. Les poneys avaient été tués d'une balle dans la tête.

— D'une balle dans la tête ! » s'écrie Jean-Claude.

Odell hoche la tête. « Kami nous a dit que ses jeunes cousins et lui étaient inquiets. Nema a refusé d'aller plus loin ou de rester à côté des poneys morts, si bien que Dasno est reparti avec lui au camp de base, tandis que Kami continuait à escalader le glacier jusqu'au camp II. Il devait *absolument* retrouver le talisman, m'a-t-il dit. Il était également curieux et se faisait du souci pour Bromley, qui s'était montré aimable avec lui durant ses quelques visites à notre camp pendant le trajet.

— A-t-il revu Bromley ? dis-je.

— Non, répond Odell. Kami a retrouvé son talisman – glissé entre les pierres du sanga qu'ils avaient monté au camp II, pile à l'endroit où il pensait l'avoir oublié.

— Qu'est-ce exactement qu'un sanga, déjà ? demande Jean-Claude.

— Ce sont les murets de pierre que les porteurs et nous bâtissons au camp I et au-dessus, répond le Diacre. Ils protègent les tentes et empêchent les choses de s'envoler quand le vent se lève. Les porteurs dorment souvent à l'intérieur des sangas, sur une toile de sol, avec une bâche tenue par des pieux en guise de toit. » Le Diacre se tourne vers Odell. « Qu'a vu Kami ? »

Odell se frotte la joue. « Il nous a avoué qu'il aurait dû partir rejoindre ses cousins après avoir récupéré son talisman, mais que, par curiosité, il avait continué l'ascension vers le camp III.

— Ça devait être dangereux, avec la neige de la mousson dissimulant les crevasses, dit Jean-Claude.

— C'est ça qui est curieux, commente le colonel Norton. Nous nous attendions à ce que la mousson frappe la première semaine de juin… il y avait eu de violentes rafales les quelques jours précédant la dernière tentative de Mallory et d'Irvine. Mais la mousson n'était pas arrivée au Rongbuk lorsque nous sommes repartis le 16 juin et n'avait toujours pas commencé quand Kami est retourné là-bas le 20. De la neige, des vents très forts, mais pas de mousson proprement dite. Elle n'a pas vraiment débuté avant notre retour à Darjeeling. Très curieux.

— Kami nous a raconté que lorsqu'il était au camp II, bien avant d'avoir parcouru les six derniers kilomètres sur le glacier et à travers le dédale de hauts pénitents, il a entendu ce qui ressemblait à des coups de tonnerre, plus haut sur la montagne, au-dessus du col nord, dit Odell.

— Du tonnerre ? demande le Diacre.

— Kami a trouvé ça très étrange, dit Odell, vu que le temps était parfaitement dégagé – ciel bleu, panache de neige clairement visible au sommet de l'Everest –, mais d'après lui, ça ressemblait à un bruit de tonnerre.

— Une avalanche ? suggère J.-C.

— Ou des coups de feu et leur écho ? » dit le Diacre.

Norton paraît choqué par cette hypothèse, mais Odell opine. « Cette nuit-là, Kami a bivouaqué sur le glacier. À la lumière de l'aube, il a vu de nouvelles tentes sur le site de notre camp III et d'autres sur la vire du col nord, là où nous avions établi le camp IV. Il nous a également dit qu'il avait vu trois silhouettes plus haut sur la montagne, au-dessus du point où l'arête nord-est rejoint l'arête nord. Loin à l'ouest, a-t-il précisé, entre les premier et deuxième ressauts… là où il y a un bloc de roche en forme de champignon. Trois petites silhouettes se trouvaient à côté de ce rocher, puis, soudain, il n'en est resté qu'une. Plusieurs heures plus tard, il a vu des hommes descendre la paroi de glace du col nord, en utilisant l'échelle de corde que Sandy Irvine avait bricolée. D'après lui, ils étaient quatre ou cinq.

— Même un Sherpa doté d'une excellente vue n'aurait pas pu distinguer des silhouettes aussi haut sur la ligne de crête, fait remarquer le Diacre.

— C'est vrai, dit le colonel Norton avec un sourire. Kami a avoué avoir "emprunté" une bonne paire de jumelles Zeiss qu'il a trouvée dans une des tentes vides au camp III.

— Et vous aviez laissé l'échelle de corde d'Irvine en partant ? demande le Diacre à Norton. Sur la falaise de glace du col nord ?

— Nous avons envisagé de l'enlever, répond le colonel. Elle était effilochée et usée, et pouvait se révéler dangereuse. Mais c'était trop compliqué, et certains estimaient qu'elle pouvait tenir jusqu'à notre prochaine expédition. À vrai dire, nous l'avons aussi laissée là en mémoire de Sandy. »

Le Diacre hoche la tête. « Je sais que vous allez tous devoir partir dans un moment, mais que vous a dit Kami qui vous ait incités à annoncer la mort de lord Percival, telle que rapportée par cet Allemand du nom de Bruno Sigl ? »

Odell s'éclaircit la gorge. « Bien que ce bruit de tonnerre l'ait effrayé, Kami est resté près du camp III ce deuxième jour pour voir qui étaient les silhouettes qu'il avait aperçues – espérant qu'il s'agisse de Bromley –, mais juste au moment où il s'apprêtait à renoncer et quitter la zone du camp III, un homme lui a crié de s'arrêter. Il parlait anglais avec un accent très prononcé et tenait un pistolet noir. Un Luger, a cru Kami. Il s'est arrêté.

— Un pistolet sur l'Everest », murmure Jean-Claude. J'entendais dans sa voix le dégoût que lui inspirait cette idée. J'éprouvais le même.

« Au moins, ça répond à la question de savoir qui a abattu les poneys de Bromley et Meyer, dis-je.

— Pas forcément, objecte le Diacre. Les bêtes étaient peut-être blessées. Bromley et Meyer les ont peut-être tuées eux-mêmes, en projetant de marcher jusqu'à Tingri ou Shekar Dzong avec les yaks.

— Quoi qu'il en soit, le pauvre Kami a cru qu'il allait se faire tuer parce qu'il était entré dans les tentes ou avait volé les jumelles Zeiss, poursuit Odell. Il nous a dit qu'il espérait seulement que ses cousins auraient le courage de revenir pour retrouver son corps et l'enterrer sur place dans une crevasse avec les rituels d'usage. Mais l'Allemand lui a demandé en anglais – Kami a passé assez de temps à Calcutta pour reconnaître un accent allemand – qui il était. Kami lui a répondu qu'il était un Sherpa accompagnant l'expédition Norton-Mallory, qu'il était revenu avec d'autres rechercher des objets oubliés et que ses compagnons attendaient son retour. L'Allemand a voulu savoir combien ils étaient. “Neuf, a menti Kami, dont deux sahibs attendant au monastère du Rongbuk.”

— C'était malin de sa part, observe le Diacre.

— L'Allemand a rangé son arme, s'est présenté comme un explorateur européen du nom de Bruno Sigl, et il a précisé qu'il était venu ici reconnaître la région en compagnie de deux amis – un nombre auquel Kami n'a pas cru puisqu'il avait vu sept poneys mongols et quatre ou cinq silhouettes sur l'échelle de corde d'Irvine. Sigl a ensuite dit qu'il avait vu Bromley et un Autrichien du nom de Kurt Meyer périr dans une avalanche vingt heures plus tôt.

» Kami a eu la présence d'esprit de demander où le sahib Bromley était mort, et Sigl lui a répondu “dans la montagne, au-dessus du camp IV sur le col nord”. Kami nous a dit que la nouvelle l'avait beaucoup attristé – en fait, il a même pleuré devant Sigl, mais en partie, a-t-il admis, parce qu'il savait que l'Allemand lui avait menti à propos du lieu de la mort de Bromley et qu'il craignait toujours pour sa vie. Sigl lui a seulement fait signe de déguerpir en lui ordonnant de se tenir éloigné du Rongbuk.

» Kami a obéi, conclut Odell, redescendant presque en glissade certaines parties dangereuses du glacier, jusqu'à ce qu'il ait rattrapé Nema et Dasno. Les trois cousins ont ensuite cravaché leurs petits poneys et chevauché la nuit entière avant de nous croiser, Shebbeare et moi, qui nous dirigions vers le nord pour retrouver les routes commerciales.

— Nous avons donc mentionné l'accident mortel de Bromley, dans le premier compte rendu détaillé que nous avons télégraphié au *Times* depuis Darjeeling, dit le colonel Norton. Moins de deux jours après que nous avons tous pris le train pour Calcutta, Sigl est lui-même arrivé à Darjeeling et a télégraphié sa version de la mort de Bromley au *Völkischer Beobachter* en Allemagne.

— C'est un des journaux fascistes, n'est-ce pas ? demande Jean-Claude.

— Oui, dit Somervell. Le journal du Parti national-socialiste. Mais Sigl étant un alpiniste respecté, l'information a été reprise par la *Deutsche Allgemeine Zeitung*, puis le *Berliner Tageblatt* et ensuite par la *Frankfurter Zeitung*. L'histoire de Sigl a été reproduite presque verbatim dans le *Times* moins d'une journée après notre propre annonce sommaire – et insérée dans notre compte rendu d'une manière qui ne m'a pas beaucoup plu, pour être sincère. »

Norton et les autres acquiescent d'un mouvement de tête.

« Mais les propos de Hazard, de Hari Sing Thapa, des pèlerins tibétains et de Kami confirment la version de Sigl selon laquelle Bromley est bien allé à l'Everest et a commencé l'ascension, répond le Diacre. Je ne peux pas laisser lady Bromley espérer que les informations concernant la disparition de son fils dans la montagne soient fausses.

— Peut-être pas, dit Howard Somervell. Mais tout cela est diablement bizarre. Ça laisse un mauvais goût dans la bouche, vous ne trouvez pas ? Et pas seulement parce que le jeune Bromley était un aristocrate. » Somervell frappe les accoudoirs en cuir de son fauteuil. « Eh bien, messieurs, je crois qu'il est l'heure… »

Nous nous levons.

« Une dernière chose, dit le Diacre après avoir une fois encore remercié ses anciens partenaires pour le temps qu'ils nous ont consacré. Bruno Sigl n'est pas un inconnu – il pratique l'alpinisme depuis des années, bien qu'à ma connaissance, il n'ait jamais été un explorateur. Mais qu'en est-il de Kurt Meyer ? Pourquoi Bromley aurait-il choisi de tenter de gravir l'Everest avec lui ? »

Le colonel Norton hausse les épaules. « L'Alpine Club s'est renseigné auprès des clubs d'alpinisme allemands et autrichiens, qui disent ne trouver aucune trace d'un ascensionniste répondant au nom de Kurt Meyer. C'est étrange.

— Tout est très étrange, si vous voulez mon avis, renchérit le docteur Hingston, alors que nous traversons la salle des cartes en chemin vers la salle du banquet. Foutrement étrange. »

S'ensuivent des poignées de main et des adieux bien plus chaleureux que les premières salutations.

Dehors, un vent du nord, soufflant de Kensington Gardens, balaie la large avenue. Il charrie un parfum de plantes et de fleurs tardives, mais aussi celui, plus fort et plus triste, de feuilles tombées et pourrissantes. L'odeur pas désagréable de la mort en automne. Les nuages sont bas, et je sens qu'il va bientôt pleuvoir.

« Nous ferions mieux de trouver un taxi », lance le Diacre.

Aucun de nous n'ouvre la bouche pendant le trajet jusqu'à l'hôtel.

Quelle connerie, de laisser une pipe dans un endroit pareil

Après les cérémonies d'hommage en octobre, les réunions de l'Alpine Club et notre entretien avec Norton, Somervell, Noel, Odell et Hingston, mais avant notre voyage en Allemagne pour rencontrer Sigl, Jean-Claude et moi désirons commencer les préparatifs pour l'Everest. Le Diacre s'y oppose. D'après lui, nous avons deux choses à faire avant de prévoir le matériel et la logistique pour une telle expédition.

En premier lieu, dit le Diacre, nous devons en apprendre davantage sur George Mallory – ce qui nous enseignera quelque chose d'important sur le défi qui nous attend – et, pour cela, nous devons nous rendre au pays de Galles. (J'ignore tout du pays de Galles, croyant seulement me souvenir qu'ils n'utilisent pas de voyelles là-bas. Ou alors *que* des voyelles ? Je vais bientôt le découvrir.)

Nous disposons de quelques semaines avant que le Diacre et moi partions en Bavière. Il a organisé un rendez-vous avec Bruno Sigl à Munich en novembre. Entre-temps, il m'a rappelé que Jean-Claude n'avait pas seulement perdu ses trois frères aînés pendant la guerre, mais aussi deux oncles et six autres membres de sa famille.

Vu les circonstances, je trouve surprenant que Jean-Claude accepte des clients allemands dans le cadre de son activité de guide de Chamonix et qu'il se montre aussi prudent, protecteur et poli avec eux qu'avec ses clients français, italiens, britanniques, américains ou autre. Mais dans le fond, m'a confié le Diacre, J.-C. déteste les *boches**.

« D'abord, dit le Diacre une fois que nous avons rempli le coffre et presque tout l'arrière de l'auto qu'on nous a prêtée de sacs à dos et de matériel d'escalade, dont une grande quantité de la nouvelle corde onéreuse conçue par notre ami – la "corde miracle du Diacre", comme nous l'appelons, J.-C. et moi, puisque le mélange de brins qui la compose lui donne une bien plus grande force de tension que la corde d'escalade plus cassante que nous utilisons d'ordinaire dans les Alpes. D'abord, nous allons à Pen-y-Pass.

— À Penny Pass ? dis-je. On se croirait dans un western avec Tom Mix. »

Ignorant ma remarque, le Diacre démarre le moteur et quitte Londres par l'ouest, direction le pays de Galles.

Pen-y-Pass est une zone de rochers escarpés et de dalles verticales dans la région du mont Snowdon, dans le nord du pays de Galles. Au sommet du col, nous passons devant un hôtel qui, d'après le Diacre, a accueilli de nombreux groupes de grimpeurs quand la pratique de l'escalade s'est développée en Grande-Bretagne, dont beaucoup étaient amenés par le plus grand rochassier de l'époque, George Winthrop Young, un vieil ami de Mallory, qu'il avait rencontré en 1909.

J'aurais volontiers pris un bon déjeuner et une pinte à l'hôtel, mais nous continuons notre route. Si nous avons emporté des sandwichs et de l'eau dans nos sacs à dos, j'espérais secrètement quelque chose de meilleur.

Nous avons dépassé de nombreux escarpements rocheux tout à fait propices à l'escalade le long de la route de terre que nous parcourons depuis maintenant une heure, mais le Diacre nous emmène toujours plus loin, pour finir par se garer dans une zone isolée. « Prenez vos sacs à dos et sortez tout le matériel du coffre, les gars, déclare-t-il. Et fixez-les bien. Ce sera une longue randonnée. » Il ne ment pas : il nous faut deux heures de marche en terrain accidenté pour atteindre le rocher qu'il a choisi. (Je ne me rappelle plus aujourd'hui s'il s'appelait Lliwedd ou Llechog, mais c'est un *gros* rocher, avec une paroi verticale d'au moins cent vingt mètres et un redoutable surplomb courant sur toute sa largeur à environ quinze mètres du sommet.) Tout ce que nous savons, c'est que le Diacre a escaladé ici avant la guerre avec Mallory, son épouse, Claude Elliott, David Pye, Harold Porter – qui a réalisé beaucoup de premières ascensions et ouvert de nouvelles voies dans ces montagnes en 1911 – et le meilleur grimpeur de l'époque et peut-être le meilleur ami de Mallory dans ce milieu, Siegfried Herford.

Jean-Claude et moi sommes prêts à nous asseoir, étudier la face – très intimidante – du rocher et manger notre pathétique déjeuner, mais le Diacre insiste pour que nous marchions encore un peu.

Étonnamment, il nous emmène à l'arrière de cette roche massive, d'où l'ascension jusqu'au sommet serait un jeu d'enfant puisqu'il suffirait d'escalader des éboulis et des aplombs faciles. C'est précisément ce que nous faisons, ce qui m'agace. Je déteste choisir la voie de la facilité, bien que ce soit souvent la meilleure façon de reconnaître une paroi verticale. De nombreux grands grimpeurs le font et descendent même en rappel pour étudier le terrain avant d'entamer l'ascension – le Diacre nous raconte qu'après avoir fait cette vérification, Mallory avait laissé son partenaire d'escalade de l'époque, Harold Porter, prendre la tête de l'ascension.

Même après que nous avons monté avec notre chargement jusqu'en haut, le Diacre ne nous autorise pas à déjeuner. L'étroit sommet se révèle presque inutile pour une reconnaissance de la falaise, en raison de ce surplomb qui nous bouche la vue à environ quinze mètres en dessous.

« Assurez-moi », dit le Diacre, qui me tend un des plus longs rouleaux de corde que nous avons dûment transportés jusqu'en haut. Il est logique que je me charge de l'assurage – je suis de loin le plus lourd, le plus grand, et sans doute le plus costaud de nous trois, et il n'y a rien sinon qui puisse servir de relais –, mais c'est tout de même énervant. Je risque de gaspiller de l'énergie dont j'aurai besoin pour l'ascension de la paroi rocheuse que le Diacre a peut-être planifiée.

Par chance, il y a une petite arête rocheuse le long du sommet où je peux caler mes pieds, ce qui m'empêchera de glisser pendant l'assurage. Je sens que Jean-Claude ramasse la corde derrière moi, même si, étant plus petit et plus léger, il n'a pratiquement aucune chance de réussir à arrêter notre chute si le Diacre et moi devions basculer dans le vide. Il nous accompagnerait seulement dans notre dégringolade de mille mètres.

Le Diacre fume nonchalamment sa pipe en s'élançant en rappel et disparaît bientôt de ma vue. Il descend vite, de deux à trois mètres à chaque rebond, et la charge sur la corde est importante. Je suis tendu en position classique d'assurage, corde à l'épaule, et je me félicite de pouvoir planter les talons de mes bottes dans une fissure du rocher.

Tenant toujours l'extrémité de la corde, Jean-Claude s'approche du bord du précipice, se penche pour regarder en bas et dit : « On ne le voit plus sous le surplomb. »

Puis, brusquement, la corde devient molle. Le Diacre bouge toujours – je dois lâcher encore un peu de longueur –, mais il se déplace horizontalement le long d'une vire quelconque, et n'a pas besoin d'un assurage complet. Puis la corde s'immobilise. Je tiens ma position et Jean-Claude se penche davantage. « Je vois de la fumée qui monte au-dessus du surplomb. Bon sang, le Diacre s'est assis sur une corniche pour fumer sa pipe.

— Alors que je meurs de faim, dis-je.

— Et que je voudrais goûter le vin que j'ai apporté, dit Jean-Claude. Ce n'est pas drôle du tout. Qu'est-ce que cette escalade a à voir avec notre ascension de l'Everest – quoi que Mallory et le Diacre aient pu accomplir sur ces rochers avant la guerre ? L'Everest n'est pas un défi pour rochassiers – c'est de la neige, des glaciers, des crevasses, des murs de glace, de hautes arêtes et de profonds champs de neige. Ce voyage au pays de Galles est une perte de temps. »

Comme si le Diacre nous avait entendus, il tire une fois sur la corde pour m'avertir. Je reprends ma position d'assurage, me penchant en arrière pour soutenir son poids – qui n'est pas très important, Dieu merci, puisqu'il est maigre comme Sherlock Holmes – pendant qu'il remonte par-dessus le surplomb et escalade presque à l'horizontale les quinze ou vingt derniers mètres.

Une minute plus tard, il nous a rejoints au sommet et a défait les nœuds de la corde de rappel. Je remarque qu'il ne fume plus sa maudite pipe, qu'il a dû ranger dans la poche de sa chemise. « Mangeons avant de redescendre faire ce pour quoi nous sommes venus », dit-il.

« Je veux que vous l'escaladiez tous les deux, annonce le Diacre, alors que J.-C. et moi levons les yeux vers la sinistre paroi.

— Jusqu'au sommet ? » demande Jean-Claude, regardant le tas de cordes, de mousquetons, de pitons et autre matériel que nous avons portés jusqu'à ce site reculé. Il faudra enfoncer des pitons – à l'allemande – pour l'impression de sécurité, attacher des étriers et une échelle de corde quelconque pour tenir sous cette impressionnante saillie, puis progresser d'un anneau à l'autre et essayer de trouver une prise de main sur le large bord afin de se hisser par-dessus.

Le Diacre secoue la tête. « Jusqu'à l'endroit où j'ai oublié ma pipe, dit-il, montrant du doigt une vire herbeuse aux trois quarts de la paroi, juste sous le surplomb. Je veux la récupérer. »

Aussi tentés que nous soyons, J.-C. et moi, de lui répondre : « Eh bien, allez la chercher vous-même », nous restons tous deux silencieux. Il doit bien y avoir un lien avec Mallory et notre tentative d'ascension de l'Everest.

« Et pas de ferraille, ajoute le Diacre. Uniquement vous deux, des cordes et vos piolets si vous le souhaitez. »

Des piolets ? Jean-Claude et moi échangeons de nouveaux coups d'œil inquiets, avant de lever les yeux vers la paroi.

La vire herbeuse sur laquelle le Diacre a laissé sa maudite pipe se trouve à environ soixante-quinze mètres au-dessus de nous, bien protégée par le surplomb et suffisamment large pour qu'on puisse s'y asseoir, fumer sa pipe et admirer le paysage comme du vingt-cinquième étage d'un immeuble. Exactement ce que le Diacre a fait.

Il lui a fallu deux minutes pour descendre en rappel depuis le sommet jusqu'à cette corniche, en incluant le passage un peu retors du surplomb. Mais escalader d'ici ???

Le rocher constitue ce genre de défi « juste au-delà du possible » qui fait venir un langage fleuri aux lèvres des grimpeurs même les plus mesurés.

« Je sais, dit le Diacre, comme s'il lisait dans nos pensées. Il est intimidant, ce petit salaud. »

Sous la vire, la paroi de roche présente un renflement lisse et escarpé sur une largeur de quinze à vingt mètres – ça m'évoque le bas-ventre d'une truie géante ou un ancien boxeur qui se serait complètement laissé aller. Je suis un bon rochassier – j'ai fait beaucoup de varappe dans le Massachusetts et ailleurs, avant de m'attaquer à de plus grands défis dans le Colorado et en Alaska. Je me crois capable d'escalader toute paroi rocheuse, dès lors qu'il est possible de l'escalader.

Mais cette maudite face sous la vire est tout simplement impossible. Du moins avec l'équipement et les techniques de 1924. (Les Allemands pourraient peut-être réussir avec toute leur ferraille – mousquetons, pitons et autres, que nous avons portés jusqu'ici – mais le Diacre nous a interdit l'utilisation de cette quincaillerie teutonne.) Je ne distingue aucune arête, aucune fissure, aucune prise de doigts, ni aucun pli dans la roche où caler un pied, et le ventre lisse de la truie forme un gros bourrelet qui se creuse ensuite dans sa partie basse. Seules la vitesse et l'adhérence peuvent permettre à un grimpeur de tenir sur une paroi verticale – l'adhérence de chaque partie du corps, dont les paumes, la joue, le torse, les bras et les jambes écartés qui tentent de pénétrer la roche, pour éviter une chute mortelle de soixante mètres. Mais la forme du ventre de la truie exclut une escalade par adhérence sous son renflement – on se retrouverait en suspension presque horizontale, sans aucune prise. La chute serait inévitable. Même si on avait le droit d'utiliser des pitons, je ne vois aucune fissure ou crevasse, aucune zone plus tendre sur cette méchante surface de granite où l'on pourrait en planter un.

Il faut donc dire adieu à la *diretissima* – la voie directe jusqu'à la vire herbeuse où est posée la pipe du Diacre, à soixante-quinze mètres au-dessus de nous.

Ce qui nous laisse la fissure qui coupe à la verticale la plus grande partie de la paroi, à environ quinze mètres à droite de la corniche.

Jean-Claude et moi nous approchons de la base du rocher et levons les yeux. Nous devons nous pencher en arrière pour la voir monter tout là-haut puis se réduire à une mini-fissure qui se referme pas très loin sous le grand surplomb.

Les dix premiers mètres environ seront assez faciles à escalader – l'érosion a exposé des blocs de pierre et des arêtes – mais après il n'y a que cette étroite fissure et l'espoir de trouver des prises de doigts et de pied, invisibles de là où nous nous trouvons.

« Je déteste escalader de la chatte », marmonne Jean-Claude.

Je suis choqué. Jusqu'ici je n'ai jamais entendu l'un ou l'autre de mes nouveaux amis grimpeurs prononcer la moindre obscénité ou un commentaire aussi vulgaire. Sans doute Jean-Claude ne mesure-t-il pas à quel point le mot est inacceptable en anglais.

Mais en levant de nouveau les yeux, je comprends sa répugnance. Sur plus de soixante mètres, notre ascension dépendra de notre capacité à coincer nos mains, nos avant-bras, nos doigts en sang et la pointe de nos bottes dans une fissure de plus en plus étroite et zigzagante. Je doute de trouver plus de six relais corrects en tout et pour tout le long de cette minable petite fissure – et je ne vois toujours pas la moindre prise correcte pour les mains et les pieds de part et d'autre.

« À vous de jouer, Jake », dit Jean-Claude. Magnifique sur la neige et la glace, brillant sur les arêtes et les faces des montagnes, le jeune guide n'apprécie tout bonnement pas ce genre d'escalade en falaise.

« Est-ce que ça vaut la peine de s'encorder ? » demande-t-il.

Une fois encore, j'examine la paroi et la fissure – ainsi que les quinze mètres séparant la « vire de la pipe » de l'extrémité de la fissure, qu'il nous faudra traverser si tant est que ce soit possible –, en réfléchissant à la question. En vérité, nous serions plus en sécurité – surtout moi – si chacun de nous grimpait en solo. Avec si peu de relais, il n'y a pratiquement aucune chance qu'en cas de chute de l'un, l'autre puisse le retenir.

Mais « pratiquement aucune chance » vaut mieux que pas de chance du tout.

« Oui, dis-je. Dix mètres de corde entre nous devraient suffire. »

Jean-Claude grommelle. Dans l'hypothèse d'un dévissage, une longe aussi courte augmente légèrement les chances de pouvoir retenir un grimpeur – puisque cela limite l'amplitude de la chute et réduit donc l'énergie que l'assureur doit absorber. Mais une corde courte signifiera une ascension lente, avec de nombreux arrêts pour que chaque homme assure l'autre. Une grimpe lente, laborieuse et dangereuse, alors que la vitesse est le maître mot de ce genre d'escalade.

« Mais nous devrions monter une sacrée quantité de corde, ajouté-je. Pour la descente en rappel. »

Jean-Claude observe avec colère la « vire de la pipe », jette un regard noir au Diacre et dit : « Ça fera beaucoup de corde pour un rappel complet.

— On procédera en deux étapes, J.-C., dis-je en affichant beaucoup plus d'enthousiasme et de confiance que je n'en ressens. Il doit y avoir au moins un relais potable au milieu de cette fissure. Le grimpeur de tête descendra en rappel jusque-là, et y installera le second relais. Simple comme bonjour. »

Jean-Claude se contente de marmonner.

Je me tourne vers le Diacre. « Je suppose que vous allez nous expliquer ce que cette lamentable escalade pour sauver votre pipe a à voir avec Mallory et notre expédition dans l'Everest. » Je me rends compte que mon ton est aussi furieux que l'était le regard de J.-C.

« Je vous l'expliquerai une fois que vous m'aurez rapporté ma pipe, mon vieux », répond le Diacre, avec cette suffisance toute britannique qui donne aux Américains l'envie de frapper les Anglais.

Jean-Claude et moi nous asseyons, dos au rocher, et commençons à préparer des rouleaux de corde que nous porterons sur le dos, autour du ventre et dans nos sacs à dos. Le mien me servira surtout à fixer mon piolet, dont je pense avoir l'utilité, même si J.-C. me croit fou de l'emporter sur cette masse de roche sans glace et sans neige.

Et il me regarde avec stupéfaction – à présent convaincu de ma démence – retirer mes bottes pour enfiler une vieille paire de tennis toute trouée après avoir écumé tant de terrains en terre battue à l'université et pendant mes vacances d'été. Je comprends l'incrédulité de mon ami français. L'escalade en fissure requiert les bottes les plus lourdes et rigides possible : en coinçant le bout d'une botte dans le plus petit étrier ou la plus petite prise de pied, la semelle raide fournit une plate-forme stable sur laquelle s'appuyer pour trouver la prise suivante. Chaussé de tennis je suis presque sûr de finir cette escalade avec les pieds aussi abîmés et ensanglantés que les mains.

Mais tout ce que j'ai en tête, c'est cette traversée de quinze mètres pour atteindre la corniche, sur ce renflement de roche en forme de ventre de truie, d'apparence parfaitement lisse et sans appuis. Sur ce genre de surface, j'ai toujours utilisé les chaussures les plus souples possible – l'équivalent américain des chaussons à semelles adhérentes que la nouvelle génération de varappeurs allemands appelle des *Kletterschuhe.* Aujourd'hui, ce seront mes vieilles tennis.

Jean-Claude et moi nous encordons et commençons l'escalade. Au bout de quelques mètres, nous utilisons la fissure, qui se révèle encore plus retorse que je le pensais. Mes mains, déjà calleuses, saignent abondamment avant la fin de la première longueur. Mes tennis ont de nouveaux trous, et j'ai l'impression que mes pauvres pieds aussi.

Mais nous avons trouvé notre rythme et, bientôt, nous grimpons aussi vite que le permettent nos fréquents arrêts pour assurer le relais. Jean-Claude repère les endroits improbables où je fourre mes mains ou pose mes pieds pour avoir une prise, puis il m'emboîte le pas et nous poursuivons notre escalade à bonne allure. Seuls nos jurons occasionnels – en anglais américain ou dans un français plus expressif – résonnent jusqu'à l'endroit où le Diacre est adossé à un arbre, sans presque jamais lever les yeux vers nous.

Alors que nous avons grimpé une trentaine de mètres, une pensée qui me trottait vaguement dans la tête se précise : la plupart des varappeurs préfèrent pratiquer à proximité d'une route. Les chutes sur une paroi verticale peuvent se révéler terribles, et si la victime survit mais se trouve immobilisée avec des os brisés ou le dos blessé, il importe de l'emmener se faire soigner au plus vite, si elle est en état d'être déplacée, ou de faire venir des secours rapidement dans le cas contraire. Nos deux heures de marche pénible pour arriver jusqu'ici, et l'impossibilité de faire passer une voiture ou même une charrette tirée par un cheval entre les rochers, prouvent que Mallory, le Diacre, Harold Porter, Siegfried Herford et les autres possédaient une confiance en soi et un courage impressionnants en venant escalader ici avant la guerre. À moins qu'il ne s'agisse de stupide arrogance.

Je suis mal placé pour parler de stupide arrogance, me dis-je, alors que je serre ma main gauche douloureuse et en sang pour en faire une lame biseautée et l'enfonce aussi haut que possible dans la fissure. Puis, sans aucun appui pour les pieds, je me hisse une fois encore.

Quand je trouve un étrier où poser au moins l'une de mes tennis usées, ainsi qu'une vraie prise pour au moins une de mes mains – et non un simple point d'appui par adhérence –, je crie « Relais ! », et j'attends que Jean-Claude grimpe de dix mètres environ, jusqu'à ce que sa tête soit juste sous ma tennis libre.

À environ soixante mètres de haut, nous faisons une pause pour reprendre notre souffle – quelques secondes seulement, car tenir plus longtemps ce genre de prises nous fatiguerait encore davantage –, et Jean-Claude lance : « Mon ami, cette escalade c'est *de la merde**.

— *Oui** », opiné-je, utilisant la moitié de mes ressources linguistiques en français. Il est possible que le petit doigt de ma main gauche soit cassé – je *sens* qu'il l'est –, ce qui n'augure rien de bon pour notre tentative d'ascension de l'Everest, même si elle n'aura pas lieu avant huit mois.

« Nous allons devoir escalader jusqu'en haut de cette foutue fissure pour avoir une chance d'effectuer la traversée. Jusqu'au surplomb.

— Je sais, Jake. De là vous devrez rejoindre la vire, à moitié en escalade libre et à moitié en glissade. Mais ça fait presque vingt mètres à franchir sur cette portion de roche lisse et quasi verticale. Nous accrocherons une corde supplémentaire entre nous – si on réussit à me trouver un relais là-haut –, mais si vous voulez mon avis, c'est impossible. Lorsque vous glisserez sur le dôme, vous m'arracherez de mon ancrage dans la fissure comme on fait sauter le bouchon d'une bouteille de vin.

— Merci pour l'image et les encouragements. » Puis j'ajoute plus fort : « Parti ! » Je coince ma main gauche aussi profondément que je peux dans la fissure d'environ sept centimètres, très haut au-dessus de ma tête, et m'y accroche tout en cherchant une autre prise de main ou un étrier pour ma chaussure de tennis.

Le fait d'avoir le corps plaqué contre la roche, juste sous le surplomb de deux mètres, crée un sentiment oppressant, comme si ce plafond risquait de nous arracher à nos prises précaires dans cette fichue fissure, toute mince et horizontale à cet endroit. La vue d'ici est sans doute très belle, mais nous sommes trop concentrés sur l'exercice pour en profiter. Comme nous nous trouvons seulement douze mètres plus haut que la vire herbeuse – qui me semble distante d'un kilomètre par-delà le renflement lisse du rocher presque vertical –, la glissade que j'ai en tête sera plus compliquée que je l'espérais.

Avec précaution, et d'une seule main, je sors mon piolet de son attache sur mon sac à dos et plante le bout de la longue lame incurvée aussi profondément que je peux dans la fissure horizontale. Par chance, elle est creusée en V. Puis je lâche ma prise et tire de tout mon poids. La forme de la lame s'adapte parfaitement à celle de la fissure.

Ça tient, mais je ne parierais pas ma vie – quoique, en réalité, je sois en train de le faire – que ça tiendra longtemps.

« Voici votre relais », dis-je à Jean-Claude. Il a avancé sur ma droite le long de la fissure, m'a même légèrement dépassé, de sorte que nous nous regardons dans les yeux pour la première fois depuis le début de l'ascension.

« Suspendu. À votre piolet, dit Jean-Claude d'une voix blanche.

— Oui. Avec votre botte gauche dans cette partie de la fissure verticale qui vient d'arracher le devant de ma chaussure de tennis.

— Mes jambes ne sont pas assez longues pour atteindre la fissure tout en me tenant à votre piolet », signale J.-C. sans emphase inutile. Cette ascension nous a déjà pas mal épuisés. Je sais d'instinct que mon ami préférerait essayer de franchir cet impossible surplomb en escalade libre pour atteindre le sommet plutôt que de m'aider à descendre sur cette satanée vire.

« Rallongez une de vos jambes », lui dis-je, et je lui tends l'extrémité du deuxième rouleau de corde que j'ai porté jusqu'ici. En matière de nœuds, J.-C. est meilleur que moi.

Relié à lui par la nouvelle corde, je dispose de vingt-quatre mètres de longe. C'est nécessaire pour la quantité de roche nue que je dois traverser – dix-huit mètres jusqu'à la vire et un peu de mou pour des déplacements vers le haut ou le bas –, mais ça signifie que J.-C. devrait m'arrêter après une chute de vingt-quatre mètres. Je regarde son relais. Il a rallongé sa jambe gauche – et se tient presque à l'horizontale, une botte sur une arête située un peu plus haut que l'endroit où j'étais, la main gauche agrippée au piolet et l'avant-bras droit, supportant une grande partie de son poids, calé le long d'une arête de sept centimètres qu'il a découverte sous la fissure.

Je repense à l'image évoquée par Jean-Claude : si je chute, il sautera comme le bouchon d'une bouteille de vin – ou, dans ce cas précis, avec la violence d'un bouchon de champagne.

Mais si je veux pouvoir l'assurer, une fois sur la vire de la pipe, ce lien est nécessaire. Je me dis que si j'étais J.-C., j'aurais déjà mon canif ouvert dans ma main libre, prêt à sectionner la corde avant qu'elle se tende dans la chute. C'est peut-être le cas : le rocher et la position de son corps m'empêchent de bien voir sa main.

« OK, dis-je, quand faut y aller, faut y aller. »

D'habitude, mes deux amis goûtent mes expressions américaines, mais pas cette fois : le Diacre paraît somnoler à soixante-quinze mètres en contrebas, le dos collé à la chaleur d'un rocher, son chapeau de tweed baissé sur ses yeux ; quant à Jean-Claude, il n'est tout simplement pas d'humeur.

Je m'écarte de la fissure pour aborder la paroi lisse et quasi verticale.

Je glisse de trente ou quarante centimètres seulement avant que la friction ne m'arrête, bras et jambes écartés sur la roche. Ma chemise, mon visage, mon ventre, mes testicules, mes cuisses et le bas de mes jambes très tendues cherchent l'adhérence, que j'obtiens essentiellement grâce au bout de mes tennis qui est presque perpendiculaire au reste de mes pieds. Ce n'est guère confortable, mais pas aussi inconfortable qu'une chute de soixante-quinze mètres.

Je ne peux pas rester là. Je commence à glisser sur la gauche, vers cette foutue corniche, qui se trouve huit mètres plus bas et à environ dix-huit mètres de distance.

Mes doigts cherchent des prises, même la plus infime ride dans la roche, mais cette paroi en est complètement dépourvue. Je continue à progresser vers la gauche, ne tenant à la falaise presque verticale que par l'adhérence et la vitesse. Parfois, quand on est assez rapide, la gravité ne vous remarque pas tout de suite. Mes tennis assurent encore quatre-vingts pour cent du boulot.

Dérouler la corde pour J.-C. tout en me déplaçant en crabe vers la gauche est une affaire délicate. La plus grande quantité se trouve à l'intérieur de mon sac à dos, qui tente en permanence de me tirer en arrière et de me décoller de la paroi, mais j'ai dû aussi en nouer une partie autour de mon épaule droite. Le rouleau de corde entrave mon adhérence, et chaque fois que j'en lâche une longueur pour Jean-Claude, je glisse légèrement avant de pouvoir de nouveau plaquer les paumes, les doigts et les avant-bras contre le roc.

J'ai parcouru un peu plus de la moitié de la distance jusqu'à la vire quand je dérape. Mon corps se décolle sur une partie verglacée de la grande paroi.

Je fais tout ce que je peux pour me retenir, mes doigts tentant d'agripper la moindre prise, arête ou irrégularité dans la roche, mais je continue de glisser, lentement d'abord, puis de plus en plus vite. Je suis déjà plus bas que la vire, toujours loin sur ma gauche, et je me rapproche d'une partie de la paroi suffisamment incurvée pour mériter le nom d'à-pic. Si je tombe de là, c'est la chute assurée jusqu'à l'endroit où le Diacre fait sa sieste. En emportant J.-C. avec moi s'il n'est pas assez malin pour sectionner la corde avec son canif. Je voudrais lui crier de le faire – il n'est qu'à douze mètres de distance, dans cette position impossible –, mais je suis trop occupé pour crier. S'il la coupe, tant mieux. Sinon, il mourra avec moi. Tout se jouera en quelques secondes.

Je fais la roue dans ma chute et me retrouve la tête en bas, les bras et les jambes toujours écartés. Mon visage et mon torse s'écorchent sur la surface soudain plus rugueuse.

Une surface rugueuse.

Mes doigts en sang se transforment en griffes, cherchant une arête assez grande pour s'y accrocher et stopper cette glissade. Mes griffes perdent un ou deux ongles, mais ne m'arrêtent ni ne me ralentissent – le fait que je sois la tête en bas n'arrange rien.

La corde n'est toujours pas tendue, ce qu'il en reste se détache de mon épaule, donnant encore du mou à Jean-Claude, et quand on en sera aux douze mètres supplémentaires dans mon sac à dos, j'aurai dépassé le rebord, qui n'est plus qu'à quelques mètres, et je tomberai en chute libre.

Soudain, mes orteils droits trouvent une ride plus profonde dans la roche, juste au-dessus de l'à-pic, et je m'immobilise d'un coup. *Paff!*

Le sac à dos tente de passer par-dessus ma tête, mais ne m'entraîne pas avec lui.

Pendant de longues secondes – peut-être des heures – je reste suspendu la tête en bas, bras et jambes en étoile ; du sang dégouline de mes mains et de mes joues écorchées sur la roche en dessous de moi, et je commence le lent processus de réflexion visant à trouver le moyen de me remettre dans le bon sens puis à décider que faire après.

Pour la première partie, je n'ai qu'une solution, qui ne me plaît guère. En me retenant toujours par les orteils, je dois courber tout le corps en un

U le plus serré possible, en tendant les bras et les doigts à la verticale, et, avant que cette posture ridicule n'arrache ma tennis de la faille et nous arrache, J.-C. et moi, de la paroi, je dois y fourrer la main. Il s'agira alors de projeter mon corps courbé, à l'instant même où mon pied lâchera prise et où je recommencerai à glisser.

Pas très orthodoxe, selon les critères alpins. Je me réjouis soudain que le Diacre ne soit pas en train de regarder ce qui risque d'être mes derniers instants.

À chaque seconde passée à réfléchir, ma position la tête en bas sape mon énergie, et l'afflux de sang au cerveau me brouille les idées. Mon orteil droit ne va peut-être pas résister très longtemps.

Je me contorsionne autant que je peux contre la roche, utilisant les rugosités comme prises de doigts en me pliant en un U. Mon orteil lâche trop tôt et mes jambes se remettent à glisser, mais j'ai gagné de l'inertie pendant le demi-tour et, tout en tentant d'adhérer à la paroi je me projette vers la faille trouvée par mon pied.

Grâce à Dieu, ce n'est pas qu'une étroite arête mais une vraie fissure, suffisamment profonde pour que j'y loge mes deux mains. Alors que je suis suspendu la tête en haut, les mains à présent bien ancrées, et que mes tennis trouvent elles aussi des prises sur la paroi rugueuse là où était ma tête quelques secondes plus tôt, je vois que cette faille – d'environ quinze centimètres de large et quarante-cinq de profondeur – continue de courir vers la gauche jusqu'à un point situé à sept mètres sous la vire de la pipe. Elle a même le bon goût de monter un peu à son extrémité, me rapprochant de ma destination.

J'entends Jean-Claude m'appeler : « Jake ! Jake ? » La courbure de la paroi l'empêche de me voir.

« Ça va ! » crié-je en réponse, aussi fort que je peux. L'écho me revient, renvoyé par les rochers alentour.

Est-ce que ça va ? Je peux me déplacer vers la gauche en faisant glisser mes mains dans cette fissure, mais il y a une meilleure méthode alpine.

J'examine attentivement la roche et trouve les arêtes au-dessus de la fissure qui pourraient servir de prises suffisantes. Gardant une main dans la faille en cas d'arrêt d'urgence, je tends l'autre vers une des rides. Comme je n'ai pas le bras assez long, je dois me propulser vers le haut en m'aidant des genoux et des pieds, comme dans ces courts métrages de Disney où une

« Alice au pays des merveilles » en prise de vue réelle rencontre des personnages de dessin animé sommairement esquissés. En l'occurrence, je suis le personnage maladroit, aux jambes en caoutchouc qui pédalent dans le vide.

Je trouve la prise dans la ride, elle est suffisante, et je me hisse vers la gauche – la suivante est moins sûre, mais elle supporte mon poids tandis que je grimpe un peu plus haut, me servant encore une fois de la vitesse et de l'adhérence pour défier la gravité.

Ça marche. Mes pieds sont à présent dans la fissure, et je n'ai plus qu'à glisser lentement vers la gauche. Même en l'absence de prise fiable pour l'une ou l'autre de mes mains, le contact du haut de mon corps avec la roche incurvée suffit. Je suis sur une voie rapide à présent et, en quelques minutes, j'atteins l'extrémité supérieure de la fissure, même si cinq mètres de roche nue me séparent encore du bord de cette foutue corniche.

Je lève les yeux. Je ne veux pas retirer les pieds de cette fissure salutaire. Je ne veux pas devoir m'en remettre encore à l'adhérence et à la prière. À ma droite, la longue corde me reliant à Jean-Claude disparaît derrière la courbure du rocher. Celle-là même qui me cache à la vue de mon partenaire de cordée.

Petit à petit, je recouvre mon assurance. J'ai appris l'escalade sur des rochers – dans le Massachusetts et sur d'autres sites de varappe en Nouvelle-Angleterre, ainsi que dans les montagnes Rocheuses et lors d'une expédition estivale en Alaska. Dans mon groupe d'amis alpinistes de Harvard, c'était moi l'expert rochassier.

Là, il ne s'agit que de grimper cinq pauvres mètres d'une roche lisse. Allez, Jake, grâce à la seule inertie verticale, à tes genoux, tes orteils, tes dents même, au besoin, tu dois pouvoir trouver les prises nécessaires pour franchir ces cinq mètres !

Les bras écartés, les doigts recourbés, mes pieds abandonnent la sécurité de la merveilleuse fissure, et je me propulse vers le haut.

Je suis tellement fatigué quand j'atteins le bord de la corniche que je dois faire une pause, suspendu un instant, avant de me hisser sur l'herbe.

Foutu Richard Deacon. Il a risqué nos vies, à Jean-Claude et moi pour… quoi ?

Sa pipe est posée dans l'herbe, à trois mètres de moi, alors que je contemple la vue extraordinaire que le Diacre a admirée en profitant de *ma* force pour descendre en rappel. Il y a aussi un mince bloc rocheux de forme pyramidale qui fera un très bon relais. J'y noue la corde, je recule sur la gauche et fais signe à Jean-Claude, qui s'est rapproché de la fissure verticale, mon piolet à présent sous ses pieds. Sa nouvelle position d'assurage, un bras enfoncé dans la fissure, et en équilibre sur la courbe d'acier du piolet, aurait peut-être pu m'arrêter si j'avais chuté.

Sans doute pas.

Je m'accorde encore un instant pour reprendre mon souffle puis crie : « Prêt ! Relais ! » L'écho me revient.

Jean-Claude agite le bras en réponse. J'ai resserré les dix-huit mètres de corde qui nous relient.

J.-C. a quelques difficultés à quitter le maigre appui de mon piolet, en se servant de la fissure verticale pour passer dessous, récupérer l'instrument et le glisser dans le porte-piolet de son sac à dos.

Puis il me fait de nouveau signe de cette distance qui me paraît singulièrement grande, crie « Parti ! » et commence à se déplacer sur la paroi.

Il chute après la troisième longueur de traversée. Il se met à glisser comme je l'ai fait, mais au moins, la corde entre nous lui permet de garder la tête en haut pendant qu'il dégringole vers le surplomb et la chute libre.

Ça n'arrivera pas. Il y a moins de treize mètres de corde entre nous ; je plante un pied sur un rocher pour avoir plus de force de levier et le retiens facilement grâce au relais sur le bloc pyramidal derrière moi. La corde s'effilochera quand je remonterai Jean-Claude, mais on n'y peut rien. Nous l'examinerons et, si nécessaire, nous utiliserons une plus petite longueur pour le rappel.

Jean-Claude n'essaie même plus de s'arrêter de lui-même – épargnant pas mal de dégâts à ses doigts, ses ongles et ses genoux – et se balance en décrivant un large demi-cercle, jusqu'à ce qu'il se trouve juste au-dessous de moi.

Puis je dois m'arc-bouter, même avec la pyramide de roche en renfort, alors que J.-C. se redresse tout en tenant la corde jusqu'à ce que ses semelles se plaquent contre la paroi. Il commence à escalader comme ça – avec la corde tendue pour seule prise – et je le hisse aussi vite que je peux, pour éviter que la roche ne cisaille la corde. C'est de la bonne corde de chanvre, la plus chère que le Diacre a pu trouver, mais la vie de mon ami ne tient qu'à ses douze millimètres de diamètre.

Enfin le voilà qui se hisse par-dessus le rebord et s'effondre sur l'herbe.

J'enroule la corde en l'examinant avec soin.

« *Quel enfoiré** », dit J.-C. en français et en haletant.

Je hoche la tête, ajoutant l'expression à mon maigre vocabulaire français. Je partage son sentiment.

Jean-Claude se libère de la corde et va ramasser la pipe du Diacre. « Quelle connerie de laisser une pipe dans un endroit pareil ! » Il la range dans la grande poche boutonnée de sa chemise, d'où elle ne tombera pas.

« On se prépare au rappel ? dis-je.

— Laissez-moi deux minutes pour profiter de la vue », répond-il. Je me rends compte que son ascension l'a vidé de toute son énergie.

« Bonne idée. » Pendant presque dix minutes, nous restons assis là dans l'herbe molle, les jambes dans le vide, le dos collé contre la pyramide de roche réchauffée par le soleil que nous utiliserons comme relais pour le rappel.

La vue de cette altitude de 75 mètres – comme si nous regardions par une baie vitrée au vingt-cinquième étage d'un gratte-ciel de New York – est indéniablement superbe. En voyant d'autres rochers plus hauts, plus fins et représentant un plus grand défi pour des grimpeurs, je me demande si George Mallory et Richard Davis Deacon les ont aussi escaladés durant ces années-là, entre la fin de leurs études à Cambridge, en 1909, et leur départ à la guerre en 1914.

Quant à moi, un seul rocher gallois me suffit pour l'année – ou pour la vie entière. Très marrant une fois, mais pas plus, merci.

C'est agréable d'être en vie.

Après avoir admiré la vue pendant un moment et laissé Jean-Claude reprendre des forces, nous attachons les cordes pour le rappel. Bien que la portion que j'ai utilisée pour tirer J.-C. paraisse en bon état, nous la rangeons dans mon sac à dos et ne nous en servirons qu'en cas d'absolue nécessité.

La descente en rappel est amusante. Après les vingt-cinq premiers mètres, nous nous balançons en un mouvement pendulaire, les pieds courant sur la paroi lisse, jusqu'à ce que Jean-Claude agrippe le bord de la fissure verticale que nous avons suivie pour monter. Une seconde plus tard, il est dans cette faille, à l'endroit où nous avions repéré des prises et aspérités utiles – la seule plate-forme fiable dans toute la fissure verticale – et je m'élance bientôt pour l'y rejoindre.

J.-C. a noué un nœud solide pour notre rappel à deux cordes – une corde coincée peut être un cauchemar lors d'un si long rappel, et nous avons besoin de ces deux fois vingt-cinq mètres supplémentaires pour la dernière section de descente à une seule corde à partir d'ici.

« On retire la gauche ! » crions-nous tous deux à l'unisson. Il suffirait de tirer sur la mauvaise corde pour que le beau nœud de Jean-Claude se prenne dans la sangle de rappel que nous avons fixée, ce qui nous créerait des soucis.

Je vérifie les extrémités des cordes, défais quelques petits tortillons et les nœuds de sécurité que nous avons formés. Puis, prenant la corde de gauche, je tire dessus un bon coup. Alors qu'elle commence à se détacher, je crie « Corde ! » – une vieille habitude tout à fait nécessaire. Cinquante mètres de corde en chute libre sont susceptibles de faire tomber un grimpeur même d'une solide plate-forme.

Nous tirons le premier brin et l'enroulons, puis je crie de nouveau « Corde ! » et descends le second.

Il n'y a pas de blocage. Pas de débris tombant avec. Nous récupérons la deuxième corde, l'enroulons, et J.-C. commence à rabouter les deux de sa main experte de guide de Chamonix.

Cinq minutes plus tard, nous sommes en bas. Nous tirons sur la longue corde puis nous écartons pour éviter sa masse qui tombe par terre en soulevant de la poussière et des pommes de pin.

Au lieu de l'inspecter et de l'enrouler aussitôt, comme nous le devrions, nous nous dirigeons tous les deux vers l'endroit où le Diacre paraît encore endormi.

À mon avis, il fait semblant. Je pense qu'il nous a observés pendant que nous négociions les endroits difficiles de l'ascension et de la traversée.

Du bout de ma tennis déchirée, je lui donne un coup dans le genou pour attirer son attention.

Le Diacre repousse son chapeau et ouvre les yeux.

J'entends la hargne dans ma voix. « Bon D… Bon sang, allez-vous nous dire ce que ça a à voir avec l'Everest ?

— Oui, répond le Diacre. Si vous m'avez rapporté ma pipe. »

Sans sourire, Jean-Claude sort la pipe de sa poche. Je regrette à moitié qu'elle ne se soit pas cassée pendant le rappel.

Le Diacre la range dans la poche de poitrine de sa veste, se met debout et lève les yeux vers la paroi rocheuse. Nous la regardons tous les trois.

« Je l'ai gravie avec George Mallory en 1919, dit-il. Cela faisait cinq ans que je n'avais pas fait d'escalade – après quatre années de guerre et une à chercher du travail. »

Jean-Claude et moi attendons la suite, mécontents. Pas d'humeur à entendre de vieilles histoires d'héroïsme, que ce soit à la guerre ou en montagne. Notre cœur et notre esprit sont déjà tendus vers l'Everest, où il nous faudra affronter de la neige et des crevasses, gravir des murs de glace, des dalles verglacées, des arêtes balayées par les vents et une gigantesque face nord sur laquelle nous n'aurons pas envie de nous aventurer trop loin.

« Mallory avait fait la reconnaissance en rappel depuis le sommet et s'était arrêté pour fumer sa pipe sur la vire herbeuse, poursuit le Diacre. Il n'y avait que Mallory, sa femme, Ruth, et moi, et Ruth ne tenait pas à effectuer toute l'ascension. À gauche de la corniche, Mallory a trouvé la seule échancrure dans le surplomb que nous pourrions peut-être escalader sans pitons, échelles de corde et autres équipements modernes.

» J'y suis allé. Mais la traversée de la fissure à la vire, puis l'escalade pour remonter sur le surplomb, a épuisé toutes mes forces. Nous étions encordés, mais les relais étaient aussi impossibles que vous l'avez découvert.

— Quel rapport avec l'Everest, à part nous dire que George Mallory est… était… un bon grimpeur ? » Mon animosité n'a pas complètement disparu.

« Quand nous sommes redescendus par l'autre côté et revenus ici récupérer notre matériel avant de partir, répond le Diacre, Mallory nous a dit qu'il avait oublié sa pipe sur cette corniche. Et avant que j'aie pu lui faire remarquer qu'il en avait d'autres, ou que je lui en offrirais une neuve, voilà George qui s'élance et escalade jusqu'à votre point de relais, Jean-Claude. Puis il a effectué la traversée sur la paroi lisse… tout seul. »

En tentant de me le représenter, je n'imagine qu'une grosse araignée noire filant sur le rocher. Seul ? Sans aide et sans espoir d'être assuré ? Même en 1919, ce genre d'ascension en solo et sans aucune protection était mal vu : ça passait pour de la frime et c'était contraire aux protocoles de l'Alpine Club de la Royal Geographical Society à laquelle appartenait Mallory.

« Puis il a pris le rouleau de corde qu'il avait monté et il est redescendu en rappel, continue le Diacre. Avec sa pipe. Ruth était furieuse. »

J.-C. et moi attendons en silence, commençant peut-être à entrevoir la signification de cette journée.

« Le dernier jour, Mallory et Irvine ont quitté le camp VI, à 8 530 mètres d'altitude, à neuf heures du matin. Ils ont mis du temps à démarrer. Vous avez tous deux vu des photos et des cartes de l'Everest, mais il faut se trouver *sur* cette arête, dans les vents violents et le froid mortel, pour comprendre. »

Jean-Claude et moi ne disons toujours rien.

« Une fois arrivé sur l'arête nord-est, et si les vents permettent d'y rester, l'ascension consiste à gravir des dalles inclinées et recouvertes de glace. Sauf qu'il faut passer les trois ressauts. »

J.-C. et moi échangeons un regard. Sur les cartes de l'Everest que nous avons consultées, et sur les photos que nous avons vues, prises à une grande distance, ces trois ressauts ne nous ont pas paru former des barrières infranchissables.

« On peut contourner le premier ressaut en s'aventurant sur la face nord, juste en dessous, puis en escaladant la paroi pour rejoindre l'arête si on est bon, dit le Diacre. Le troisième ressaut, aucun vivant ne peut en parler. Mais le deuxième… je suis allé jusque-là. Le deuxième ressaut… »

Le Diacre a une étrange expression, presque douloureuse, comme s'il racontait une terrible histoire de guerre.

« Le deuxième ressaut, on ne peut pas le contourner. Le deuxième ressaut s'avance vers vous, émergeant des nuages tourbillonnants et des rafales de neige telle la proue grise d'un cuirassé. Le deuxième ressaut, Mallory et Irvine auraient dû l'attaquer en escalade libre – et nous le devrons aussi. Et ça, à 8 625 mètres d'altitude, où il faut s'arrêter à chaque pas pour reprendre son souffle pendant deux minutes.

» Le deuxième ressaut, mes amis, cette coque grise de navire de guerre qui se dresse en travers de votre chemin sur la voie du sommet par l'arête nord-est, mesure trente mètres de haut – bien moins que ce que vous avez grimpé pour récupérer la pipe aujourd'hui –, mais il est constitué d'une roche escarpée, friable et piégeuse. La seule voie possible que j'aie pu distinguer, avant que le vent et que Norton, mon partenaire d'escalade de plus en plus malade, ne nous obligent à rebrousser chemin – la seule voie possible que j'aie pu distinguer est une dalle perpendiculaire de quatre ou cinq mètres dans la partie supérieure, elle-même fendue verticalement par trois larges fissures montant vers le haut du deuxième ressaut.

» Cette escalade que vous venez de réaliser – et encore n'êtes-vous pas allés jusqu'au sommet en franchissant le surplomb – est évaluée "très difficile" dans le système de classement de l'Alpine Club. L'escalade libre du deuxième ressaut – au-dessus de 8 500 mètres, ne l'oubliez pas, là où, même avec des appareils à oxygène, le corps et l'esprit se dégradent à chaque seconde – est encore plus exigeante. Il est peut-être impossible de gravir une telle paroi rocheuse à une telle altitude. Vient ensuite le troisième ressaut, plus haut sur l'arête, le dernier véritable obstacle, à mon avis, à l'exception d'une pyramide de neige qu'il faut gravir juste sous la dernière arête sommitale – ce troisième ressaut est peut-être encore plus impossible. »

Jean-Claude se contente de dévisager le Diacre pendant un long moment de silence.

Puis il dit : « Vous vouliez donc vous assurer que nous… ou, plutôt, que Jake était capable de faire une escalade libre comparable. Puis de me hisser comme un ballot de linge sale. Et il a réussi… donc… Je ne comprends toujours pas. Cela signifie-t-il que vous nous jugez aptes à faire ce même genre d'escalade au-dessus de 8 500 mètres d'altitude ? »

Le Diacre affiche un franc sourire, cette fois. « Disons que nous pouvons essayer sans que cela s'apparente à un suicide. Je me crois capable de passer l'épreuve du deuxième ressaut et je pense à présent que Jake le peut aussi et que vous, Jean-Claude, ferez un excellent troisième partenaire. Cela ne nous garantit pas de vaincre l'Everest – nous ignorons ce que nous trouverons derrière le deuxième ressaut, sauf peut-être, qui sait ? les corps gelés de Mallory et d'Irvine –, mais cela nous donne des armes pour nous battre. »

Je finis d'enrouler la corde et la passe sur mon épaule en réfléchissant à tout ça. Malgré mon ressentiment, je pardonne au Diacre de nous avoir imposé cette mission ridicule. Mallory avait effectué cette escalade en solo, après avoir grimpé en suivant le Diacre – c'était plus « sport », lui aurait dit Mallory, puisqu'il avait l'avantage d'avoir fait la reconnaissance en rappel.

Nous reprenons le chemin de la voiture, soit deux heures de marche sur un terrain accidenté après une journée d'escalade, et je me sens pourtant tout léger. Mon cœur – ou mon âme, ou quel que soit le nom qu'on donne à ce qui fait de nous ce que nous sommes – a pris son envol.

Nous allons gravir l'Everest tous les trois.

Quelle que soit l'issue de notre recherche de lord Bromley – et je doute que nous retrouvions quoi que ce soit –, nous allons tenter ensemble d'atteindre le sommet de la plus haute montagne du monde. Et le Diacre nous croit maintenant capables d'escalader la proue de cuirassé qu'est la paroi verticale du deuxième ressaut. Il m'en croit capable.

À partir de ce moment, un feu tout neuf s'allume en moi et continuera de brûler pendant les semaines et les mois suivants.

Nous allons gravir cette maudite montagne. Il n'y a maintenant plus d'alternative.

Nous allons nous tenir tous les trois au sommet du monde.

Der Mann, den wir nicht antasten lassen

Je ne suis pas allé en Allemagne durant l'année que j'ai passée à grimper en Europe, mais j'ai croisé nombre d'alpinistes allemands, notamment en Suisse ; certains étaient amicaux, beaucoup ne l'étaient pas. Lors de ma rencontre avec Jean-Claude et le Diacre, alors que nous contemplions la face nord de l'Eiger et admettions qu'elle était inaccessible avec les techniques et la technologie de l'époque, une bande de cinq Allemands se trouvaient à proximité, très sérieux, très acharnés et fort peu aimables, et semblant déterminés à escalader *die Eigerwand* – le mur de la face nord. Inutile de préciser qu'ils n'ont pas réussi. Ils ont à peine dépassé la rimaye et franchi une trentaine de mètres de pente avant de renoncer à leur audacieuse quête.

Pour notre voyage en Allemagne, je repasse par la France avec le Diacre, qui doit y régler une affaire financière, puis nous traversons la Suisse, via Zurich, jusqu'à la frontière où nous changeons de train, puisque à l'époque les rails n'avaient pas le même écartement en Allemagne et dans les pays voisins. Il s'agissait, bien sûr, d'une mesure militaire défensive de leur part, même si l'ancien empire du Kaiser avait été très affaibli par le traité de Versailles. Parlant bas, bien que nous disposions d'un compartiment pour nous tout seuls (grâce à la note de frais de lady Bromley), le Diacre m'explique que le gouvernement de gauche de l'actuelle République de Weimar ressemble à un club de débat plutôt inefficace.

Puis, au matin, direction Munich.

C'est une journée pluvieuse. Des nuages bas et gris filent vers l'ouest, dans la direction opposée à celle du train, et mes premières impressions de l'Allemagne, en novembre 1924, sont assez confuses.

Les villages sont proprets – des avant-toits, quelques constructions modernes au milieu de maisons et de bâtiments publics paraissant dater du Moyen Âge. Des pavés mouillés de pluie reflètent la faible luminosité. Dans les rues, certains hommes sont vêtus comme des paysans ou des ouvriers, mais j'en aperçois aussi d'autres en costume croisé gris, une serviette de cuir à la main. Tous ceux que je vois par les vitres du train – paysans, ouvriers ou hommes d'affaires – semblent cependant… abattus. Comme si la gravité était plus forte ici, en Allemagne, qu'en Angleterre, en France ou en Suisse. Même les jeunes gens en costume qui marchent vite sous leur parapluie ont l'air légèrement courbés, légèrement voûtés, la tête basse, les yeux rivés au sol, comme s'ils portaient un fardeau invisible.

Puis nous traversons une région industrielle où s'alignent de longs bâtiments sales, en brique ou en parpaing, au milieu de grands terrils. Quelques tours et cheminées d'usines crachent de grandes langues de feu qui semblent braquer une lumière orange sur les nuages qui passent. Je ne vois aucun être humain dans ce paysage, tandis que je regarde défiler des kilomètres de ces affreuses structures industrielles avec leurs montagnes de scories, de sable et de déchets.

« En janvier l'année dernière, dit le Diacre, le gouvernement allemand a pris du retard dans le paiement des réparations imposées par le traité. La monnaie s'était effondrée, passant de soixante-quinze marks pour un dollar en 1921 à *sept mille* marks au début de 1923. Les Allemands ont demandé aux Alliés un moratoire sur le paiement des réparations, au moins jusqu'à ce que le mark regagne un peu de valeur. La réponse des Alliés est venue des Français. Poincaré, ancien président de la République et actuel président du Conseil, a envoyé des troupes françaises occuper la Ruhr et d'autres sites industriels en Allemagne. Quand ces troupes sont arrivées, en janvier 1923, le mark a chuté encore davantage, tombant à dix-huit mille pour un dollar, puis à cent soixante mille et jusqu'à un million pour un dollar au 1er août. »

J'essaie de comprendre, bien que l'économie m'ait toujours ennuyé, et si j'avais lu que des troupes françaises étaient entrées en Allemagne pour occuper une région industrielle, je n'avais prêté aucune attention à l'effet de cette occupation sur l'économie allemande d'après-guerre.

« En novembre de l'année dernière, poursuit le Diacre, se penchant jusqu'à ce que sa voix ne soit guère plus qu'un murmure, il fallait *quatre milliards* de marks allemands pour acheter un dollar. Les troupes françaises supervisant toute la production industrielle, le trafic fluvial et les exportations d'acier, l'Allemagne était de fait coupée en deux. Si bien que les ouvriers allemands, qui travaillaient le plus souvent sous la garde armée des soldats français dans des usines semblables à celles que nous venons de dépasser, ont lancé une grève générale – dans la plupart de ces usines, comme dans la Ruhr, la production s'est arrêtée du fait de la résistance passive, des sabotages et même de la guérilla menée par les ouvriers allemands. Les Français ont eu beau arrêter, expulser, voire exécuter les leaders présumés de ces actions, rien n'y a fait.

— Mon Dieu », dis-je.

Le Diacre désigne d'un mouvement de tête les hommes et les femmes dans la rue. « L'année dernière, ces gens savaient que même avec des millions de marks sur leur compte en banque, ils n'auraient pas eu assez pour s'acheter une livre de farine ou quelques carottes rabougries. Alors ne parlons même pas d'un peu de sucre ou de viande. »

Il prend une profonde inspiration et, derrière la vitre striée de pluie, me montre les faubourgs de Munich dans lesquels nous entrons. « Il y a ici beaucoup de colère et de frustration, Jake. Soyez prudent quand nous rencontrerons Sigl. Les Américains, même s'ils nous ont aidés à gagner la guerre, sont une curiosité ici. Mais beaucoup d'Allemands détestent viscéralement les Britanniques et les Français, et Jean-Claude n'aurait peut-être pas été en sécurité à Munich.

— Je serai prudent », dis-je, sans savoir ce que cela signifie ou exige d'être « prudent » dans ce pays étrange, triste et plein de colère.

Le Diacre ne nous a pas réservé d'hôtel. Nous avons des billets dans un train-couchette repartant pour Zurich à vingt-deux heures. Je m'en étonne, puisqu'il aurait été facile d'ajouter le prix de chambres, même luxueuses, à nos dépenses réglées par lady Bromley. Contrairement à Jean-Claude, le Diacre ne déteste pas l'Allemagne ni les Allemands – et je sais qu'il est souvent venu dans ce pays depuis la guerre –, si bien que ce n'est ni l'inquiétude ni la peur qui nous pousse à repartir dès ce soir, sans profiter d'une bonne nuit de sommeil. Je sens que ce simple entretien avec l'alpiniste Bruno Sigl tracasse le Diacre, même si je ne m'explique pas pourquoi.

Dans un bref télégramme, Sigl a accepté de nous rencontrer à Munich – rapidement, car c'est un homme très occupé (son expression) – dans une brasserie appelée Bürgerbräukeller, à la périphérie sud-est de la ville. Le rendez-vous étant fixé à dix-neuf heures, le Diacre et moi laissons notre bagage à la gare, passons nous rafraîchir dans les toilettes du salon des premières classes, puis déambulons sous nos parapluies pendant une heure ou deux dans les rues du centre-ville curieusement dépourvues de commerces, avant de prendre un taxi.

Munich me paraît vieux, mais ni pittoresque ni séduisant. La pluie s'abat toujours sur les toits d'ardoise, et les rues sont aussi sombres et froides que celles de Boston par une soirée de novembre. Pendant toute ma vie consciente, je me suis imaginé que ma première vraie rencontre avec l'Allemagne se passerait Unter den Linden, où je me promènerais dans la riche lumière estivale, croisant des Allemands aimables et élégants qui me salueraient d'un « *Guten Abend !* ».

Les essuie-glaces du taxi fouettent en vain la pluie qui ruisselle sur le pare-brise. Nous traversons un fleuve sur un large pont désert et, quelques minutes plus tard, le chauffeur bourru nous annonce dans son mauvais anglais que nous sommes « *hierr* » – à la Bürgerbräukeller, rue Rosenheimer, dans le quartier des Haidhausen – et nous réclame ce qui doit être trois fois le prix normal de la course. Le Diacre paie sans protester, comptant les grosses coupures de sa liasse comme s'il s'agissait de faux billets.

La grande arche de pierre marquant l'entrée de la brasserie porte les mots

Bürger-

Bräu-

Keller-

inscrits au milieu d'une grossière guirlande circulaire au-dessus de la voûte. De l'eau dégouline du toit d'ardoise pointu et de plusieurs gouttières débordantes. En passant sous l'arche pour atteindre la porte d'entrée, nous avons plus l'impression de pénétrer dans une gare que dans un bar ou un restaurant. Mais au moins, nous y sommes au sec.

Dès que nous posons le pied à l'intérieur de la Bürgerbräukeller, le Diacre et moi nous immobilisons, stupéfaits.

Deux ou trois mille personnes sont rassemblées là – des hommes surtout, sifflant de la bière dans d'énormes chopes de pierre, à des tables de bois si rudimentaires qu'elles paraissent avoir été taillées dans la forêt l'après-midi même. La salle est gigantesque et tellement sonore qu'elle m'évoque un vaste auditorium. Le bruit des conversations et de l'accordéon – à moins qu'il ne s'agisse de gens hurlant sous la torture – me frappe comme un coup de poing. Le second impact vient de l'odeur : trois mille Allemands pas lavés ou à peine, essentiellement des ouvriers, à en juger par leurs vêtements, et à cette vague de sueur qui déferle sur nous se mêle une puanteur de bière si forte que j'ai l'impression d'être littéralement tombé dans un tonneau.

« Herr Deacon ? Venez ici. *Ici !* » C'est un ordre, pas une invite, crié par un homme debout devant une table encombrée, à peu près au milieu de la salle bondée.

L'homme, que je suppose être Bruno Sigl, nous regarde approcher d'un regard bleu, froid et fixe. Sigl a la réputation d'être un bon grimpeur – particulièrement doué, d'après les journaux spécialisés, pour trouver des voies sur des faces vierges dans les Alpes –, mais mis à part ses avant-bras massifs révélés par ses manches retroussées, il n'a pas le physique d'un alpiniste. Trop ostensiblement musclé, trop charpenté, trop râblé. Il a les cheveux blonds coupés en brosse sur le crâne et rasés sur les côtés. Plusieurs hommes assis à sa table, parmi les plus costauds, arborent la même coupe. Elle ne sied pas à Sigl à cause de ses oreilles décollées semblant jaillir du bloc de granit qu'est son visage.

« Herr Deacon », répète-t-il quand nous approchons. Sa voix grave tranche dans le brouhaha de la salle comme un couteau fend la chair molle. « *Willkommen in München, meine Kletterkollegen.* J'ai lu beaucoup de choses sur vos brillantes premières ascensions dans l'*Alpine Journal* et ailleurs. »

Malgré l'accent allemand attendu, Bruno Sigl s'exprime dans un anglais fluide.

Je savais que le Diacre parlait couramment l'allemand, en plus du français, de l'italien et de quelques autres langues, mais je suis surpris de la vitesse et de l'assurance avec lesquelles il répond : « *Vielen Dank, Herr Sigl. Ich habe ebenfalls von Ihren Erfolgen und Leistungen gelesen.* »

Pendant le voyage de retour cette nuit-là, le Diacre me traduira de mémoire tout ce que Sigl et les autres Allemands auront dit, ainsi que ses propres réponses en allemand. Là, je devine qu'il retourne simplement son compliment à Sigl.

« Herr Jacob Perry, dit l'Allemand, me broyant la main dans une poigne de granit, à travers laquelle je sens sa peau calleuse. Des Perry de Boston. Bienvenue à München. »

Des Perry de Boston ? Que sait ce grimpeur allemand de ma famille ? Et sa prononciation à l'allemande donne à mon prénom une consonance juive.

Sigl porte le *Lederhose* – la culotte de peau traditionnelle – au-dessus de sa chemise brune d'allure militaire. L'accoutrement devrait paraître ridicule au milieu des tenues d'ouvriers dans cette gigantesque brasserie, mais ses cuisses massives, nues et bronzées, et ses grandes mains qu'on dirait sculptées par Rodin lui donnent plutôt une allure puissante – presque démiurgique.

Il nous montre le banc face à lui – plusieurs hommes se poussent pour nous faire de la place, sans pour autant cesser de boire – et le Diacre et moi nous asseyons, prêts pour l'entretien. Sigl interpelle un serveur et commande des bières. Je suis déçu. J'espérais être servi par une *Fräulein* en blouse paysanne à profond décolleté, mais il n'y a que des serveurs en culotte de peau, portant des plateaux chargés de chopes géantes. En plus, j'ai faim, et le déjeuner léger que nous avons pris dans le train remonte à de longues heures, or notre table et toutes les autres sont vides à l'exception des chopes et des avant-bras poilus des Allemands. À l'évidence, l'heure du repas est déjà passée ou encore à venir, à moins qu'on ne serve jamais à manger ici.

Nos bières arrivent presque tout de suite. J'avoue que c'est la première fois que je bois une bonne et forte bière allemande dans une chope de grès glacée. Après avoir soulevé la chose trois fois, je commence à comprendre pourquoi tous les hommes de ce côté de notre table ont de si énormes biceps.

« Messieurs, dit Sigl, permettez-moi de vous présenter certains de mes amis réunis ici. Hélas, aucun d'eux n'est suffisamment à l'aise dans votre langue pour parler anglais ce soir.

— Mais ils le comprennent ? demande le Diacre.

— Pas vraiment, répond Sigl avec un mince sourire. Tout de suite à ma gauche se trouve Herr Ulrich Graf. »

Herr Graf est un homme grand et mince, portant une épaisse et ridicule moustache noire. Nous nous saluons d'un signe de tête. Je devine qu'il n'y aura plus de poignées de main.

« Ulrich a été *son* garde du corps personnel et *lui* a servi de bouclier en novembre dernier, ce qui lui a valu plusieurs graves blessures par balle. Mais comme vous pouvez le voir, Herr Graf a bien récupéré. »

J'entends l'insistance étrange et presque révérencieuse sur le « son » et le « lui », mais je n'ai aucune idée de la personne dont ils parlent. Sigl ne semble pas disposé à m'éclairer, et plutôt que d'interrompre les présentations en cours, je me tourne vers le Diacre. Mais celui-ci regarde les hommes de l'autre côté de la table et ignore mon coup d'œil interrogateur.

« À la gauche de Herr Graf se trouve Herr Rudolf Hess, poursuit Sigl. Herr Hess commandait un bataillon de SA lors de l'opération de novembre dernier. »

Hess est un drôle de type aux oreilles énormes et aux joues couvertes d'une ombre de barbe – le genre d'homme qui doit probablement se raser deux ou trois fois par jour s'il a un métier sérieux ou des contacts avec le public. Il a des yeux tristes sous des sourcils épais et mobiles comme ceux d'un personnage de bande dessinée : il les garde haussés dans une attitude de surprise tout le temps que je l'observe, puis les fronce d'un air coléreux. Pour être honnête, Hess me rappelle un fou que j'ai vu un jour dans un jardin public de Boston quand j'étais enfant – un fou échappé d'un asile voisin, qui a été pacifiquement capturé par trois surveillants en blouse blanche à dix mètres de moi. Ce dément avançait dans ma direction en longeant le lac comme s'il poursuivait une mission qu'il était seul à pouvoir mener à bien et, en regardant Hess, je ressens la même frousse qu'en voyant cet homme venir vers moi en passant devant le pavillon des bateaux-cygnes.

Je ne sais toujours pas ce qu'était l'« opération de novembre dernier », mais je subodore quelque action martiale. Cela explique peut-être pourquoi tant d'hommes autour de cette table portent des chemises brunes quasi militaires avec des épaulettes.

Je fouille ma mémoire pour retrouver ce qui a bien pu se produire en Allemagne en novembre 1923, mais j'ai passé ce mois à grimper dans la région du mont Blanc, et je ne me rappelle pas avoir entendu des nouvelles à la radio, ou lu des articles de journal – essentiellement en français et allemand – les quelques fois où nous sommes descendus dans des hôtels suisses. J'ai vécu cette année d'alpinisme presque complètement hors du temps – jusqu'au jour où nous avons appris la disparition de Mallory et d'Irvine dans l'Everest –, et l'« opération » qui a eu lieu ici à Munich en novembre dernier n'a pas retenu mon attention. Sûrement une nouvelle explosion politique, de l'un ou l'autre bord, comme en a produit l'Allemagne depuis l'avènement de la faible République de Weimar après l'abdication du Kaiser.

Quoi qu'il en soit, c'est sans rapport avec notre long voyage jusqu'ici pour nous entretenir avec Bruno Sigl.

Ce qui n'est pas sans rapport, ce sont les noms des six alpinistes que Sigl est maintenant en train de nous présenter – les six hommes assis sur le banc de notre côté de la table.

« D'abord, laissez-moi vous présenter le plus éminent parmi nos collègues alpinistes, dit Sigl, paume ouverte en direction d'un barbu au visage fin et bronzé et à l'air sérieux, assis juste à ma droite. Herr Karl Bachner.

— C'est un véritable honneur de vous rencontrer, Herr Bachner », dit le Diacre, avant de le répéter en allemand. Bachner hoche légèrement la tête.

« Herr Bachner, poursuit Sigl, a été le mentor de nombre des meilleurs grimpeurs bavarois – c'est-à-dire, bien sûr, des meilleurs grimpeurs du monde – à l'Akademischer Alpenverein München, le club d'alpinisme de l'université de Munich… »

Combien de fois, pendant mes années à Harvard, n'ai-je pas souhaité que ma faculté ait un club d'alpinisme officiel comme celui de Munich ? Même si quelques professeurs pratiquaient et nous ont aidés à organiser nos expéditions en Alaska et dans les Rocheuses, il faudrait attendre quelques années avant la création du Harvard Mountain Club.

« Herr Bachner est aussi une des figures de proue du nouveau Deutscher und österreichischer Alpenverein », ajoute Sigl.

Ça, c'est de l'allemand que je suis capable de comprendre. Je sais, pour l'avoir lu dans des journaux spécialisés, que Karl Bachner a été à l'initiative de la fusion des clubs d'alpinisme allemand et autrichien.

Sigl désigne les deux jeunes gens à côté de Bachner. « Vous avez entendu parler, je présume, des récents exploits en escalade glaciaire d'Artur Wolzenbrecht… »

L'homme le plus proche de moi nous adresse un signe de tête.

« … et de son partenaire, Eugen Löwenherz. »

Ces jeunes gens se sont rendus célèbres pour avoir conçu des piolets très courts – des *marteaux* à glace, plutôt –, qu'ils utilisent avec des pitons et des broches. Cette ferraille bavaroise, tant moquée par les Britanniques comme le Diacre, leur permettait pourtant de gravir rapidement des murs de glace qui résistaient à notre technique traditionnelle consistant à tailler des marches.

« Artur et Eugen ont gravi la face nord de la dent d'Hérens par la voie directe en seize heures la semaine dernière », ajoute Sigl.

J'émets un sifflement étonné. Seize heures, pour une ascension directe de cette face nord qui compte parmi les plus difficiles d'Europe ? Si c'est vrai – et les Allemands ne semblent jamais mentir sur le sujet –, alors les deux hommes qui boivent de la bière à ma droite ont ouvert une nouvelle ère dans l'histoire de l'alpinisme.

« Avez-vous l'un de vos nouveaux piolets ici, messieurs ? » demande le Diacre dans son allemand rapide (qu'il me traduira plus tard.)

Artur Wolzenbrecht passe la main sous la table et en sort non pas un mais deux piolets, au manche trois fois plus court que celui de mon piolet de bois et à la lame plus pointue et plus incurvée. Il pose les deux instruments révolutionnaires devant lui, mais ne nous les tend pas pour que nous puissions les examiner de plus près.

Peu importe. Il me suffit de regarder ces marteaux à glace (faute de meilleur terme) pour imaginer les deux hommes les planter dans la paroi gelée de la face nord de la dent d'Hérens, et enfoncer de longs pitons ou ces nouvelles broches à glace pour assurer leur sécurité jusqu'au sommet. Je suis sûr qu'ils ont aussi utilisé des crampons dix pointes – inventés en 1908 par l'Anglais Oscar Eckenstein, quoique souvent dédaignés par les alpinistes britanniques. Mais largement adoptés par cette nouvelle génération de grimpeurs bavarois. C'est plus qu'ingénieux : c'est brillant. Seulement, je ne suis pas sûr que ce soit *loyal*, si tant est que la notion ait un sens dans ce cas.

Sigl présente les trois derniers grimpeurs – Günter Erik Rigele, qui, il y a deux ans, a adapté le piton allemand pour une utilisation sur la glace ; un très jeune Karl Schneider, sur qui j'ai lu des choses extraordinaires ; et Josef Wien, un alpiniste plus âgé, au crâne rasé, dont le but avoué, d'après les journaux spécialisés, est de diriger des expéditions conjointes germano-soviétiques au pic Lénine et d'autres ascensions impossibles dans le Pamir et le Caucase.

Le Diacre exprime l'honneur que cela représente pour nous deux de rencontrer ces grands alpinistes bavarois. Les six hommes ainsi complimentés – sept, avec Bruno Sigl – ne clignent même pas des yeux en réponse.

Après avoir pris une autre longue gorgée de bière de sa lourde chope, le Diacre demande à Sigl : « Pouvons-nous maintenant entamer notre discussion ?

— Ce ne sera pas une "discussion", comme vous dites, rétorque Sigl, abandonnant soudain toute courtoisie bavaroise. Ce sera un interrogatoire ; comme si j'étais dans un tribunal anglais. »

J'en reste bouche bée, mais le Diacre sourit et répond : « Pas du tout. Si nous étions dans un tribunal anglais, je porterais une drôle de perruque blanche et vous seriez sur le banc. »

Sigl fronce les sourcils. « Je ne suis qu'un témoin, Herr Deacon. C'est l'inculpé – l'accusé, en général – qui s'assoit sur le banc dans les tribunaux anglais, non ? Les témoins s'assoient… où ? Sur une chaise près du juge, *ja* ?

— *Ja*, acquiesce le Diacre, souriant toujours. Au temps pour moi. Préférez-vous que nous parlions en allemand afin que tous vos amis puissent comprendre ? Je traduirai plus tard pour Jake.

— *Nein*, dit Bruno Sigl. Nous parlerons anglais. Votre accent berlinois écorche mes oreilles bavaroises.

— Désolé. Mais nous sommes d'accord sur le fait que vous êtes le seul témoin à avoir vu lord Percival Bromley et son compagnon, Kurt Meyer, être emportés par une avalanche, n'est-ce pas ?

— Au nom de quelle autorité m'interrogez-vous… ou vous entretenez-vous avec moi, Herr Deacon ?

— Aucune autorité, répond calmement le Diacre. Jake Perry et moi rendons un simple service à lady Bromley qui, vous le comprendrez aisément, cherche à avoir plus de détails sur la mort brutale de son fils dans la montagne.

— Un *service* à lady Bromley, répète Sigl, dont le fort accent allemand ne masque pas le ton sarcastique. Je suppose qu'il se monnaie, ce *service* ? »

Le Diacre se contente de sourire et d'attendre.

Enfin, Sigl flanque sa chope vide sur la table, fait signe au serveur attentif de lui en apporter une autre et grommelle : « Tout ce que j'ai vu de l'accident, je l'ai raconté aux journaux allemands et dans une lettre au journal de votre Royal Geographical Alpine Club.

— C'était un récit très court, fait remarquer le Diacre.

— C'était une avalanche très brève, réplique Sigl. Vous avez participé aux deux expéditions précédentes de Mallory dans l'Everest. Je suppose que vous avez vu des avalanches là-bas ? Ou du moins dans les Alpes. »

Le Diacre hoche deux fois la tête.

« Vous savez donc comment ça se passe : une seconde, la ou les personnes sont là, la seconde d'après elles ont disparu.

— C'est vrai, concède le Diacre. Mais j'ai du mal à comprendre ce que lord Percival et cet homme du nom de Meyer faisaient sur la montagne. Pourquoi étaient-ils là-bas ? Et vous, pourquoi y étiez-vous avec vos six amis ? D'après ce que vous avez dit dans plusieurs journaux, vous et plusieurs autres… explorateurs allemands êtes arrivés au Tibet par la Chine. Avec une autorisation chinoise, et pas tibétaine, même si les *dzongpöns* tibétains l'ont acceptée comme si c'était un laissez-passer officiel. Vous avez raconté à la *Frankfurter Zeitung* que vous aviez changé d'itinéraire en apprenant qu'un Autrichien et un Anglais avaient loué des yaks et acheté du matériel d'escalade dans la ville tibétaine de Tingri Dzong, et que vos amis et vous étiez partis vers le sud pour en savoir plus… par pure curiosité. Rien de plus.

— Tout ce que j'ai raconté aux journaux est exact, dit Sigl d'un ton dédaigneux. Votre camarade américain et vous avez fait tout le voyage jusqu'à Munich pour m'entendre confirmer ce que j'ai déjà expliqué ?

— Il reste d'importantes zones d'ombre, dit le Diacre. Lady Bromley, la mère du jeune Percival, apprécierait beaucoup que vous nous aidiez à découvrir les faits manquants. C'est tout ce qu'elle veut.

— Et vous avez fait tous ces kilomètres pour aider une vieille dame à… comment dit-on ?… à glaner quelques renseignements sur la mort de son fils ? » lance Sigl avec une expression très proche du mépris. J'admire le Diacre qui parvient à garder son calme.

« Ce Kurt Meyer venait-il de votre… euh… groupe d'exploration ? demande le Diacre.

— *Nein !* Nous ne savions rien de lui avant que les Tibétains de Tingri Dzong ne prononcent son nom… et nous disent qu'il chevauchait vers Rongbuk, au sud-est, avec un lord Percival Bromley venu d'Angleterre.

— Meyer n'était donc pas un alpiniste ? »

Sigl boit une longue gorgée de bière, rote et hausse les épaules. « Aucun de nous n'a jamais entendu parler de Kurt Meyer. À nous tous ici présents, nous connaissons presque tous les vrais alpinistes allemands et autrichiens. *Ja, meine Freunde ?* » Il adresse sa question à ses camarades, qui hochent la tête. Plusieurs acquiescent d'un « *Ja* », bien que Sigl nous ait affirmé qu'ils ne comprenaient pas l'anglais.

Le Diacre soupire. « Plutôt que de répondre à mes questions qui vous font vous sentir comme au tribunal, Herr Sigl, pourquoi ne pas nous expliquer les raisons de votre présence aux abords de l'Everest et nous raconter ce que vous avez vu concernant lord Percival Bromley et Kurt Meyer ? Vous savez peut-être même pourquoi leurs poneys ont été abattus.

— Nous avons vu les poneys morts à notre arrivée, dit Sigl. La zone du camp I est une moraine très accidentée, comme vous le savez, Herr Deacon. Les poneys avaient peut-être les jambes cassées. À moins que Herr Bromley ou Herr Meyer ne soient devenus fous et les aient abattus. Qui sait ? » L'alpiniste allemand hausse les épaules encore une fois.

« Quant à la raison pour laquelle nous “suivions” Bromley et Meyer au glacier du Rongbuk, continue Sigl, je vais vous révéler ce que je n’ai dit à personne – pas même à nos journaux locaux. Mes six amis et moi-même voulions rencontrer George Mallory, le colonel Norton et les autres alpinistes qui, d’après ce que nous avions entendu, tentaient l’ascension de l’Everest ce printemps. Comme nous nous trouvions précédemment en Chine, nous n’étions pas au courant de la mort de Mallory et d’Irvine, et ne savions même pas si l’expédition était arrivée à la montagne. Mais quand les Tibétains nous ont appris que Bromley se dirigeait vers ce qu’ils appellent le Chomolungma, nous nous sommes dit “Pourquoi pas ?”. Au lieu de repartir vers le nord, nous avons pris la direction du sud-est. »

(« *Nous zavons bris la direczion du zud-est.* » L’accent de Sigl commence à me taper sur les nerfs.)

« Mais quand vous vous êtes aperçus que le camp de base de Norton et Mallory était abandonné, dit le Diacre d’un ton poli, quoique insistant, vous avez dû comprendre que l’expédition était déjà repartie. Pourquoi donc avoir continué à monter sur le glacier jusqu’au col nord et encore plus haut ?

— Parce que nous avons vu deux silhouettes descendre sur l’arête nord, et il semblait évident qu’elles étaient en difficulté, réplique Sigl.

— Vous avez pu voir ça du camp de base, à dix-huit kilomètres de l’Everest ? demande le Diacre, avec une intonation plus surprise que dubitative.

— *Nein, nein !* Nous étions montés au camp II de Mallory après avoir découvert les poneys morts, pensant que Bromley et ce Meyer dont nous n’avions jamais entendu parler avaient peut-être des problèmes. Nous avions de bonnes jumelles allemandes, des Zeiss, les meilleures du monde. »

Le Diacre confirme d’un hochement de tête. « Vous avez donc monté vos tentes sur le site de l’ancien camp III de Mallory, en bas de la pente de trois cents mètres montant vers le col nord, puis vous avez grimpé sur le col lui-même. Avez-vous utilisé l’échelle de corde laissée par le groupe du colonel Norton pour gravir les trente derniers mètres verticaux ? »

Sigl dément d’un geste de la main. « Pas de vieille échelle, ni de cordes fixes. Nous nous sommes servis de nos piolets et d’autres techniques allemandes pour escalader le mur de glace.

— Kami Chiring a raconté avoir vu plusieurs de vos hommes redescendre du col par l’échelle de Sandy Irvine, dit le Diacre.

— Qui est ce Kami Chiring ? demande Sigl.

— Le Sherpa que vous avez rencontré et sur qui vous avez pointé un pistolet au camp III ce jour-là. Celui à qui vous avez raconté la mort de Bromley. »

Bruno Sigl hausse les épaules et ricane. « Un Sherpa. Précisément. Les Sherpas mentent tout le temps. Comme les Tibétains. Mes amis et moi n'avons pas touché cette échelle de corde. Nous n'en avions pas besoin.

— Donc, vous étiez en voyage exploratoire en Chine, mais vous aviez apporté votre équipement d'alpinisme et d'escalade glaciaire avec vous », dit le Diacre, sortant sa pipe et commençant à la remplir. L'immense salle peut difficilement être plus enfumée qu'elle ne l'est déjà.

« Il y a des montagnes et des cols en Chine, Herr Deacon. » Le ton de Sigl trahit cette fois plus de mépris que de hargne.

« Je ne voulais pas interrompre votre récit, Herr Sigl. »

Nouveau haussement d'épaules de l'Allemand. « Le... récit, comme vous dites, Herr Deacon, est presque terminé. Mes amis et moi sommes montés au col nord parce que les deux hommes qui descendaient l'arête nord paraissaient avoir besoin d'aide. L'un semblait souffrir de cécité des neiges, et l'autre le guidait en le soutenant presque.

— Vous avez donc établi un campement sur le col nord ? demande le Diacre en inspirant pour allumer sa pipe.

— Pas du tout ! se récrie Sigl. Nous n'avions pas de campement sur le col nord.

— Kami Chiring a pourtant cru voir au moins deux tentes sur la corniche où Norton et Mallory avaient installé leur camp IV au col nord », dit le Diacre. Une fois encore, il y a dans sa voix plus de curiosité que de défi. Un homme s'efforçant seulement d'établir les faits pour aider une mère affligée à surmonter la troublante disparition de son fils.

« C'étaient les tentes de Bromley, dit Sigl. L'une était déjà déchirée par les vents violents. Ces mêmes vents qui ont contraint Bromley et Meyer à s'écarter de la ligne de crête pendant leur descente pour se retrouver sur la neige instable de la face juste au-dessous du camp V. Je leur ai crié en anglais et en allemand de ne pas y aller – que la neige n'était pas stable –, mais ils m'ont ignoré. »

Le Diacre hausse légèrement ses sourcils épais. « Vous étiez suffisamment proche pour leur parler ?

— J'ai crié, dit Sigl du ton qu'on emploierait avec un enfant attardé. Nous étions encore à trente mètres ou plus de distance. Puis la neige sur laquelle ils se trouvaient s'est détachée et a dévalé la face en une masse grondante. Ils ont disparu dans l'avalanche et je ne les ai plus entendus.

— Vous n'avez pas tenté d'aller voir s'ils n'avaient pas survécu ? » Il n'y a aucune accusation dans sa voix, mais Bruno Sigl prend la mouche et lui lance un regard noir, comme s'il se sentait insulté.

« Ce n'était pas possible d'aller sur cette face. Il n'y avait plus de face. L'avalanche avait tout emporté, et il était évident que le jeune Bromley et Kurt Meyer étaient morts – ensevelis sous des tonnes de neige à des centaines de mètres plus bas. *Hinüber.* »

Le Diacre hoche la tête comme s'il comprenait parfaitement. Je me souviens qu'il avait vu – et tenté d'empêcher Mallory de gravir – la longue pente de neige menant au col nord, un couloir où avaient péri sept des porteurs de Mallory dans l'avalanche de 1922.

« Vous avez écrit dans vos comptes rendus aux journaux, et vous venez de le répéter, que le vent sur l'arête menant au camp VI était si terrible que lord Percival et Herr Meyer avaient dû se retrancher sur les bandes de rochers et les champs de glace de la face nord pour descendre au camp V, dit le Diacre.

— *Ja*, c'est exact.

— Je suppose que vous aussi, Herr Sigl, avez dû quitter l'arête et vous réfugier sur la face pendant votre ascension. Ce qui veut dire que vous les avez vus et avez crié pour vous faire entendre d'eux alors que vous étiez sur cette face. Ce qui expliquerait l'avalanche qui n'aurait pas pu se produire sur l'arête.

— Oui », ponctue Sigl, d'une voix sans réplique, comme si l'entretien était terminé.

« Et pourtant, continue le Diacre, joignant le bout de ses longs doigts en pyramide, vous me dites que vous avez réussi à vous faire entendre à une distance de plus de trente mètres, alors qu'un tel vent hurlait sur l'arête.

— Qu'insinuez-vous, *Englander* ?

— Je n'insinue rien. Mais je me souviens que quand j'étais sur cette arête, à cette altitude, en 1922, et que j'ai dû me réfugier sur les rochers de la face nord avec deux autres alpinistes à cause du vent, nous ne nous entendions pas à cinq pas.

— Donc, vous me traitez de menteur ? » La voix de Sigl s'est faite plus rauque, tendue. Il a retiré ses mains de la table, et esquisse un geste du bras droit comme s'il tirait quelque chose – un petit pistolet, un couteau – de sa large ceinture.

Le Diacre repose délicatement sa pipe et met les paumes de ses deux mains écorchées sur la table. « Je ne vous traite pas de menteur. J'essaie de reconstituer les dernières minutes de Bromley – et de son partenaire d'escalade autrichien – afin de pouvoir les rapporter à lady Bromley, qui est dévastée par le chagrin. Au point de s'imaginer que son fils est encore en vie dans la montagne. Je suppose qu'après que vous avez quitté l'arête pour continuer à grimper le long de la face, le vent s'est calmé suffisamment pour que vous puissiez crier quelque chose à Bromley à trente mètres de distance.

— *Ja*, dit Sigl, le visage fermé. C'est précisément ce qui s'est passé.

— Que leur avez-vous crié juste avant l'avalanche ? Et vous ont-ils répondu ? Bromley, en particulier, vous a-t-il dit quelque chose ? Et lequel des deux semblait atteint de cécité des neiges ? »

Sigl hésite, comme si la poursuite de cet entretien s'apparenterait trop, pour lui, à une reddition. Puis il reprend la parole. Son ami aux sourcils bizarres et aux yeux tristes, Herr Hess, semble suivre tous les échanges en anglais, mais qui sait ? peut-être fait-il des efforts pour comprendre quelques mots épars et attend-il impatiemment la traduction de Sigl. Quoi qu'il en soit, il a l'air très intéressé par cet échange.

Je suis convaincu, même si je ne saurais dire pourquoi, que l'homme assis à ma droite – le célèbre grimpeur Karl Bachner – saisit les phrases anglaises qui fusent de part et d'autre.

« J'ai crié à Bromley, qui paraissait guider un Meyer aveugle et titubant : "Que faites-vous si haut, tous les deux ?" Puis j'ai ajouté : "Avez-vous besoin d'aide ?"

— Vous étiez avec vos six amis allemands à ce moment-là ? » demande le Diacre.

Sigl secoue la tête. « *Nein, nein.* Mes amis souffraient plus que moi de l'altitude. Certains se reposaient au camp III – ainsi que l'appelle votre expédition anglaise – et d'autres s'étaient arrêtés au col nord. J'ai gravi l'arête nord jusqu'au camp V et au-delà tout seul. Comme je l'ai expliqué dans différents journaux et magazines, j'étais seul quand j'ai rencontré Bromley et son partenaire d'escalade. Vous avez sûrement lu mes déclarations avant de venir ici.

— Bien sûr. » Le Diacre rallume sa pipe.

Sigl soupire, manifestement agacé de la lenteur de son interlocuteur anglais.

« Si vous me permettez de poser la question, quelle était votre destination, Herr Sigl ? Où comptiez-vous aller avec ces chevaux mongols, ces mulets et cet équipement ?

— J'espérais rencontrer George Mallory et le colonel Norton, et peut-être reconnaître le mont Everest à une certaine distance, Herr Deacon. Comme je vous l'ai expliqué précédemment.

— Et pour le gravir, peut-être ? demande le Diacre.

— Le *gravir* ? répète Bruno Sigl avant de lâcher un éclat de rire rauque. Mes amis et moi ne disposions que d'un équipement d'escalade rudimentaire – très insuffisant pour attaquer une montagne pareille. Par ailleurs la mousson était attendue depuis déjà quelques semaines et pouvait s'abattre à n'importe quel moment. C'est votre Bromley qui était assez fou pour penser pouvoir escalader l'Everest en utilisant les quelques conserves de nourriture, les échelles de corde usées et les cordes fixes couvertes de neige que l'expédition de Mallory avait laissées sur place. Bromley était un idiot. Jusqu'à ses derniers pas sur la neige instable, c'était un idiot. Il ne s'est pas seulement tué lui-même, il a tué son compagnon d'escalade. »

Plusieurs alpinistes allemands assis à ma droite hochent la tête, comme le fait le dénommé Rudolf Hess. L'homme imposant au crâne rasé à côté de Sigl, qui nous a été présenté comme le garde du corps de *quelqu'un*, garde les yeux braqués droit devant lui, dans tout ce brouhaha, comme s'il était drogué. Ou comme si la discussion ne l'intéressait absolument pas.

« Mon cher Herr Deacon, poursuit Sigl, l'Everest n'est absolument pas fait pour une ascension en solitaire. » Il me jette un regard dur. « Ni même à deux… ou trois… grimpeurs ambitieux venus de différents pays et formés à la méthode alpine. L'Everest ne sera pas conquis en style alpin. Ni en solo. Non, je voulais seulement voir la montagne de loin. De plus, c'est une montagne *britannique*, n'est-ce pas ?

— Pas du tout, répond le Diacre. Elle appartient à celui qui la vaincra le premier, quoi qu'en pense l'Alpine Club de la Royal Geographical Society. »

Sigl grommelle.

« Quand vous avez parlé à Bromley et Meyer sur cette face, le dernier jour, poursuit le Diacre, pourriez-vous me répéter ce que vous leur avez dit ?

— Comme je vous l'ai déjà expliqué, ça a été très bref. » Sigl semble à bout de patience.

Le Diacre attend.

« Je leur ai crié : “Que faites-vous si haut ?” Puis je leur ai demandé s'ils avaient besoin d'aide... ce qui était manifestement le cas. Meyer, semble-t-il, ne voyait plus rien et paraissait si fatigué qu'il ne tenait plus debout sans l'aide de Bromley. Le lord anglais lui-même avait l'air désorienté, perdu... hébété. »

Sigl s'interrompt le temps de boire une gorgée de bière.

« Je leur ai conseillé de ne pas s'engager sur la pente de neige, mais ils l'ont fait quand même. L'avalanche s'est déclenchée, ce qui a mis fin à toute conversation avec eux... pour toujours », conclut-il. Il semble évident qu'il ne répétera pas l'histoire une fois de plus.

« Vous leur avez parlé en anglais et en allemand, disiez-vous. Meyer vous a-t-il répondu en allemand ? demande le Diacre.

— *Nein.* L'homme que les Tibétains à Tingri ont appelé Kurt Meyer semblait trop épuisé et souffrant pour parler. Il n'a pas prononcé un mot. Pas un mot jusqu'à ce que l'avalanche l'emporte.

— Leur avez-vous dit – crié – autre chose ? »

Sigl secoue la tête. « La neige a glissé sous leurs pieds et l'avalanche les a balayés. Par sécurité, je suis retourné sur l'arête – en rampant presque à cause du vent – puis je suis redescendu au camp IV, au col nord, et nous avons quitté la montagne.

— Vous n'avez vu aucune trace de leur corps plus bas ? » demande le Diacre.

Cette fois, Sigl ne cache plus sa colère. Il pince les lèvres, et sa voix résonne comme un aboiement. « Il y a plus de cinq de vos *verdammte* miles anglais de dénivelé entre ce point sur la face nord et le glacier du Rongbuk ! Et je ne cherchais pas leurs cadavres, Herr Deacon. J'utilisais mon piolet pour m'éloigner de cette plaque de neige instable – qui risquait à tout instant de glisser en avalanche – et retourner vers les dalles de l'arête afin de redescendre au col nord le plus vite possible. »

Le Diacre fait signe qu'il comprend. « Alors, que croyez-vous qu'ils faisaient, tous les deux ? » Il paraît sincèrement curieux.

Bruno Sigl regarde Bachner et les autres alpinistes attablés avec nous, et je me demande une fois encore combien d'entre eux suivent cette conversation en anglais.

« Ça me paraît évident, répond Sigl d'un ton de nouveau dédaigneux. Je vous l'ai dit il y a quelques minutes. Vous n'écoutiez pas, Herr Deacon ?

— Redites-le-moi, s'il vous plaît.

— Votre Bromley – fort de quelques escalades guidées dans les Alpes – s'est persuadé qu'il pouvait utiliser les cordes et les camps laissés par le groupe de Mallory et Norton pour tenter l'ascension de l'Everest, avec pour tout partenaire et porteur cet idiot de Kurt Meyer. C'était pure *Arroganz*… *Stolz*… quel est le mot grec… *hubris*. Pure *hubris*. »

Le Diacre hoche lentement la tête et tapote sa lèvre inférieure avec la tige de sa pipe, comme si un grand mystère venait d'être résolu. « À votre avis, ils sont montés à quelle altitude avant de devoir faire demi-tour ? »

Sigl lâche un rire. « Qui donc s'en soucie ? »

Le Diacre attend patiemment.

Bruno Sigl finit par répondre : « Si vous pensez que ces deux imbéciles ont pu atteindre le sommet, oubliez ça tout de suite. Ils ont disparu de notre vue trop peu de temps pour avoir pu aller beaucoup plus loin que le camp V… ou le camp VI, peut-être, s'ils ont trouvé des appareils à oxygène au camp V. Ce dont je doute. Ils n'ont pas dépassé le camp VI, de cela je suis certain.

— Pourquoi en êtes-vous certain ? » demande le Diacre d'une voix raisonnable, curieuse. Il tapote toujours sa lèvre avec sa pipe.

« Le vent, répond Sigl, catégorique. Le froid et le vent. C'était déjà insoutenable sur l'arête où je les ai rencontrés, juste au-dessus du camp V. Plus haut vers le camp VI, au-dessus des 8 000 mètres, et ensuite sur l'arête nord-est complètement exposée, c'était la mort assurée. Il n'y a aucune chance qu'ils soient arrivés jusque-là, Herr Deacon. Absolument aucune.

— Vous avez répondu à mes questions avec beaucoup de patience, Herr Sigl, dit le Diacre. Je vous remercie très sincèrement. Ces informations aideront peut-être lady Bromley à trouver la paix. »

Sigl n'émet qu'un grognement en réponse. Puis il reporte son attention sur moi. « Qu'est-ce que vous observez comme ça, jeune homme ?

— Les drapeaux rouges sur le mur, dans le coin là-bas, dis-je, pointant le doigt derrière Sigl. Et le symbole dans le cercle blanc sur les drapeaux rouges. »

Sigl me dévisage. Ses yeux bleus sont aussi froids que de la glace. « Vous connaissez ce symbole, Herr Jacob Perry d'Amérique ?

— Oui. » J'ai beaucoup étudié le sanskrit et les civilisations de la vallée de l'Indus quand j'étais à Harvard. « En Inde et au Tibet, et dans d'autres cultures, hindoue, bouddhiste et jaïn, ce symbole signifie "bonne chance" ou parfois "harmonie". Le mot sanskrit qui le désigne est, je crois, *svastika.* J'ai cru comprendre qu'on le retrouvait partout sur les vieux temples, en Inde. »

Sigl me fusille du regard, comme si je me moquais de lui ou d'une chose sacrée à ses yeux. Le Diacre allume sa pipe et me regarde, mais n'intervient pas.

« Dans l'Allemagne d'aujourd'hui, finit par dire Sigl en remuant à peine les lèvres, c'est le *swastika.* » Il épelle le mot à mon intention. « C'est le glorieux symbole du NSDAP – le Nationalsozialistische Deutsche Arbeitpartei – le Parti national-socialiste des travailleurs allemands. De ce parti et de l'homme que vous voyez sur ces photos viendra le salut de l'Allemagne. »

Même si j'ai une bonne vue, je ne parviens pas à distinguer l'« homme sur les photos ». Dans un coin de la salle fermé par un cordon, il y a deux clichés encadrés, sous les drapeaux rouges accrochés au mur. Un autre drapeau rouge est enroulé sur une hampe se dressant à au moins deux mètres, dans l'angle.

« Venez », ordonne Bruno Sigl.

Tout le monde se lève – Hess et le chauve assis à côté de Sigl de l'autre côté de la table, Bachner et tous les alpinistes de notre côté, ainsi que le Diacre, tirant toujours sur sa pipe. Je suis Sigl à travers la salle.

Le cordon qui protège ce petit coin mémoriel – on dirait un autel – est une simple corde d'alpinisme de six millimètres de diamètre, peinte en doré et accrochée à deux petits piquets comme ceux auxquels les maîtres d'hôtel fixent leur embrasse de velours à l'entrée des grands restaurants.

Un même homme apparaît sur les deux photos, je dois donc supposer que c'est lui, le « salut de l'Allemagne » – avec son parti socialiste au drapeau orné du swastika. Sur l'une, il est seul. De loin on dirait un portrait de Charlie Chaplin, en raison de la petite moustache ridicule sous son nez, mais non : l'individu a des cheveux bruns séparés par une sévère raie au milieu, des yeux noirs, et il fixe l'objectif d'un regard intense – certains le qualifieraient de furieux.

L'autre photo le montre en compagnie de deux hommes en uniforme militaire, dans l'embrasure d'une porte – je reconnais celle de cette brasserie. Le type à la moustache de Charlot porte des vêtements civils informes. C'est le plus petit et certainement le moins imposant des trois hommes.

« Adolf Hitler », annonce Bruno Sigl, et il surveille de près ma réaction.

Je n'en ai aucune. Je crois avoir déjà entendu ce nom en rapport avec les troubles qui secouent en permanence l'Allemagne en ce moment, mais il ne m'a pas laissé d'impression particulière. Sûrement un leader communiste, avec son parti national-socialiste de travailleurs.

Derrière moi, le grand alpiniste Karl Bachner dit : « *Der Mann, den wir nicht antasten lassen.* »

Je me tourne vers Sigl en quête d'une traduction, mais il ne dit rien.

« L'homme auquel nous ne laisserons personne porter atteinte », m'explique le Diacre, la pipe à la main.

Je m'aperçois alors que le drapeau rouge avec le cercle blanc et le swastika, sur sa hampe, est déchiré – comme traversé par des balles – et ensanglanté, si les taches brunes sont bien du sang séché. Je tends la main vers lui, m'apprêtant à poser une question.

Le gros bras à la tête ronde et chauve, resté assis en silence à côté de Sigl pendant toute la discussion, réagit aussitôt et écarte brutalement ma main pour m'empêcher de toucher le tissu déchiré.

Choqué, je laisse retomber ma main et observe le costaud furieux.

« C'est la *Blutfahne* – le drapeau de sang –, un objet sacré pour les partisans d'Adolf Hitler et du *Nationalsozialismus*, dit Bruno Sigl. Il ne doit pas être touché par les non-Aryens. Jamais par un *Ausländer.* »

Le Diacre n'a pas besoin de traduire les mots, dont je devine la signification dans le contexte.

« C'est du sang ? » demandé-je bêtement. Tout ce que j'ai fait, dit ou senti ce soir me paraît stupide. En plus, je suis affamé.

Sigl hoche la tête. « Du massacre du 9 novembre de l'année dernière, quand la police de Munich a ouvert le feu sur nous. Le drapeau appartenait au cinquième SA-*Sturm* – et le sang est celui de notre camarade martyr Andreas Bauriedl, qui est tombé sous les balles des policiers.

— Le putsch de la Brasserie, qui a échoué, m'explique le Diacre. Il a commencé ici même, si je me souviens bien. »

Sigl lui jette un regard noir à travers la fumée de la pipe de mon ami. « Nous préférons l'appeler *Hitlerputsch* ou *Hitler-Ludendorff-Putsch*, réplique l'alpiniste allemand. Et, contrairement à ce que vous dites, il n'a pas échoué.

— Vraiment ? s'étonne le Diacre. La police a écrasé le soulèvement, dispersé les manifestants nazis et arrêté les leaders, dont votre Herr Hitler. Il me semble qu'il purge actuellement une peine d'emprisonnement de cinq ans pour trahison dans la vieille forteresse de Landsberg, sur la Lech. »

Sigl esquisse un étrange sourire. « Adolf Hitler est devenu un héros du peuple allemand. Il sera libéré de prison avant la fin de l'année. Et même là-bas, il est traité comme un roi par ses pseudo-"gardiens". Ils savent qu'un jour il dirigera la nation. »

Le Diacre vide sa pipe et la range dans la poche de sa veste. « Merci, Herr Sigl, pour les renseignements que vous m'avez fournis ce soir, déclare-t-il, et pour avoir rectifié mes impressions fausses et mes erreurs à propos du *Hitlerputsch* et de la situation actuelle de Herr Hitler.

— Je vous raccompagne à la porte de la Bürgerbräukeller », dit Sigl.

Notre train quitte la gare à vingt-deux heures précises. La ponctualité, je suis en train de l'apprendre, est une spécialité allemande.

Je me réjouis que nous disposions d'un compartiment privé : si nous le souhaitons, nous pourrons nous étendre sur les banquettes rembourrées et somnoler, avant l'arrêt à la frontière suisse, plus tard dans la nuit, pour changer de train et de rails. Dans le taxi qui nous a conduits de la Bürgerbräukeller à la gare de Munich, je me suis aperçu que j'étais en sueur – la transpiration avait traversé mon maillot de corps, ma chemise amidonnée et jusqu'à mon épaisse veste de laine. Mes mains tremblent alors que je regarde les lumières de Munich se fondre dans l'obscurité relative de la campagne. Jamais je n'ai été aussi content de m'éloigner d'une ville.

Enfin, quand je me sens capable de parler sans qu'un tremblement dans ma voix fasse écho à celui qui agitait mes mains un instant plus tôt, je demande : « Cet Adolf Hitler – j'avais déjà vu ce nom, mais je ne me souvenais de rien le concernant –, c'est le dirigeant communiste local appelant au renversement de la République de Weimar ?

— Plutôt l'inverse, mon vieux, me répond le Diacre, couché sur sa banquette. Hitler est connu, et adulé par certains, pour ses positions d'extrême droite, son antisémitisme virulent et tout ce qui va avec. Et son procès a offert une publicité nationale à ses diatribes.

— Mais il est en prison pour cinq ans, après sa tentative de coup d'État de l'année dernière ? »

Le Diacre s'assoit pour rallumer sa pipe et entrouvre la fenêtre du compartiment afin que la fumée puisse s'échapper, même si elle ne me dérange pas.

« Je crois que Herr Sigl avait raison sur ces deux points... Hitler sera sûrement libéré avant la fin de l'année, après seulement un an d'incarcération, et les autorités le traitent comme un hôte de marque dans cette prison.

— Pourquoi ? »

Mon compagnon hausse légèrement les épaules. « La vie politique allemande actuelle dépasse largement mes pauvres facultés de compréhension, mais il semble que l'extrême droite – les nazis, pour être précis – attire beaucoup de ces gens mécontents, frappés de plein fouet par l'hyperinflation. »

Je me rends compte que je ne suis pas très intéressé par ce petit homme à la moustache de Charlot.

« Vous vous rappelez ce type chauve à l'air renfrogné, assis en face de vous à table, qui vous a frappé la main quand vous avez voulu toucher leur drapeau sacré ?

— Oui ?

— Ulrich Graf était le garde du corps personnel de Hitler – ce qui explique peut-être pourquoi il a reçu plusieurs balles destinées à ce dernier pendant la tentative de putsch de novembre dernier. Mais Graf est robuste, comme vous avez pu vous en apercevoir ce soir, et il aura sûrement l'occasion de sauver encore une fois le héros national-socialiste de l'Allemagne. Avant, c'était un boucher et un lutteur semi-professionnel, qui ne rechignait pas à louer ses services de gros bras. Il lui est arrivé de tabasser, voire de tuer gratuitement des juifs et des communistes. »

Je réfléchis pendant un long moment à ce qu'il vient de me raconter. Quand je reprends la parole, c'est dans un murmure, malgré les cloisons du compartiment tout autour.

« Croyez-vous au récit de Sigl concernant la mort de lord Percival et de l'Autrichien ? » Personnellement, malgré une forte antipathie pour Sigl et ses comparses, je ne vois pas comment ne pas le croire.

« Pas un mot », répond le Diacre.

Ce qui me fait me redresser aussitôt sur la banquette où j'étais à moitié étendu.

« Non ?

— Non.

— Mais alors, que croyez-vous qu'il soit arrivé à Bromley et Meyer ? Et pourquoi Sigl mentirait-il ? »

Une fois encore, le Diacre hausse les épaules. « Il est possible que Sigl et ses amis aient voulu tenter l'ascension du sommet, après avoir entendu dire à Tingri que le reste de l'équipe de Mallory était reparti. Je doute qu'ils aient eu une autorisation officielle des autorités tibétaines d'escalader ou de voyager. Les Allemands ont peut-être rattrapé Bromley quelque part en dessous du col nord et insisté pour que Meyer et lui grimpent avec eux, malgré cette terrible météo d'avant la mousson. Puis, après la chute mortelle de Bromley et de Meyer – ou quelle que soit la cause de leur mort –, Sigl a peut-être fait demi-tour et inventé cette fable selon laquelle les deux hommes avaient été emportés par une avalanche dans leur tentative d'ascension en solitaire.

— Vous ne croyez pas à cette histoire d'avalanche ?

— Je suis allé sur cette arête et sur cette face, Jake. À cet endroit, il est rare qu'il y ait assez de neige accumulée pour provoquer le genre de glissement massif décrit par Sigl. Et quand bien même, j'ai le sentiment que Bromley avait suffisamment d'expérience de la montagne pour éviter de s'aventurer sur ce genre de pente.

— Dans ce cas, vous croyez qu'ils ont fait une chute en escaladant au-dessus du camp VI avec Sigl ?

— Il y a d'autres possibilités. D'autant que, d'après mes maigres souvenirs de Percy Bromley, je ne le vois pas se laisser imposer une tentative d'ascension de l'Everest par un extrémiste allemand désireux de vaincre le sommet pour *das Vaterland.* »

Le Diacre examine sa pipe. « Je regrette de ne pas avoir mieux connu Percival Bromley. Comme je vous l'ai dit, à Jean-Claude et vous, quand j'avais neuf ou dix ans, on me déposait parfois au domaine – comme on aurait livré n'importe quelle autre marchandise commandée par les châtelains – pour que je serve de camarade de jeu à Charles, le frère aîné de Percy. Le jeune Percival voulait toujours nous suivre. C'était – comment dites-vous, Jake, en anglais d'Amérique ? – un vrai casse-couilles.

— Vous n'avez jamais revu Percival après ça ?

— Oh, il m'est arrivé de le croiser à des garden-parties en Angleterre ou sur le continent, répond le Diacre d'un ton vague.

— Percival était-il vraiment un… inverti ? » J'ai du mal à prononcer le mot tout haut. « Est-ce qu'il fréquentait vraiment ces bordels européens où les prostitués sont des jeunes *hommes* ?

— Si l'on en croit la rumeur, répond le Diacre. Cela a-t-il une quelconque importance pour vous, Jake ? »

Je me pose la question et ne sais pas y répondre. J'ai vécu une vie très protégée, je m'en rends compte. Je n'ai jamais eu d'amis pédérastes. En tout cas, pas à ma connaissance.

Gêné, je m'empresse de changer de sujet. « Comment Bromley et Kurt Meyer auraient-ils pu mourir, sinon ? »

— Bruno Sigl les a peut-être tués tous les deux », dit le Diacre. Un nuage de fumée bleue flotte entre nous puis se dirige vers la fenêtre ouverte. On entend le fracas des roues d'acier sur les rails.

Je suis profondément ébranlé par ce qu'il vient de dire. L'a-t-il fait exprès pour me choquer ? Auquel cas, il a réussi son coup.

Ma mère est catholique, née O'Riley – une autre tache sur le blason de la vieille lignée des Perry de Boston –, et j'ai appris très jeune la différence entre les péchés véniels et mortels. Pour moi, tuer un autre alpiniste sur une montagne telle que l'Everest serait *encore pire* qu'un péché mortel. Cela ajouterait comme une dimension blasphématoire. « Tuer un autre alpiniste ? Pourquoi ? » réussis-je enfin à demander.

Le Diacre vide sa pipe dans un cendrier logé au bout de l'accoudoir. « Je suppose qu'il nous faudra gravir l'Everest et faire ce pour quoi on nous a embauchés – c'est-à-dire, trouver la dépouille de lord Percival Bromley – pour le découvrir. »

Mon ami baisse son chapeau de tweed sur ses yeux et s'endort aussitôt. Pendant un long moment, je reste assis là dans le compartiment du train brinquebalant, à essayer de comprendre des choses qui dépassent l'entendement.

Enfin, je ferme la fenêtre. L'air dehors se refroidit.

La vire faisait la largeur de ce plateau à pain…

C'est dans un autre train, sur une voie ferrée étroite grimpant à plus de 2 000 mètres, alors que nous quittons les miasmes de Calcutta pour rejoindre les hautes montagnes de Darjeeling à la fin du mois de mars 1925, que je prends enfin le temps de repenser aux mois d'hiver très chargés qui ont précédé notre départ.

Début janvier, nous sommes repartis à Zurich tous les trois, afin de rendre visite à George Ingle Finch, le plus éminent alpiniste anglais vivant, à l'exception peut-être de Richard Davis Deacon.

Si Finch a participé à l'expédition dans l'Everest de 1922, avec Mallory et le Diacre, il a, comme ce dernier, eu la malchance de tomber en disgrâce auprès des autorités suprêmes – se fâchant non seulement avec George Leigh Mallory, mais réussissant en plus à se mettre à dos tout le Comité de l'Everest, l'Alpine Club et les deux tiers des membres de la Royal Geographical Society.

Finch avait brièvement fréquenté l'école de médecine de Paris, avant de bifurquer vers les sciences physiques en poursuivant ses études à l'Eidgenössische Technische Hochschule de Zurich à partir de 1906. Capitaine dans la Royal Field Artillery en France, en Égypte et en Macédoine durant la guerre, il avait ensuite repris l'alpinisme, essentiellement dans les Alpes suisses, et réussi plus de premières ascensions que tous les autres membres de l'expédition de l'Everest réunis. Il était bien plus au fait des nouvelles techniques d'escalade utilisées par les Allemands et les autres Européens que ne l'étaient le Comité de l'Everest ou tout autre alpiniste britannique ;

pourtant, il n'avait pas été choisi pour l'expédition de 1921, officiellement à cause de faibles résultats aux tests physiques. Autre raison : Finch, bien que citoyen britannique et officier d'artillerie décoré pendant la Grande Guerre, avait passé tant de temps en Suisse alémanique avant et après le conflit qu'il était plus à l'aise en allemand qu'en anglais. Or le brigadier général Charles Bruce avait expliqué les choix du comité de sélection en ces termes : « Dans la mesure du possible, ils préfèrent... nous préférons que les expéditions dans l'Everest demeurent un club d'anciens des *public schools*. Entre nous, nous l'appelons le "BAT" : britannique avant tout. »

D'après le Diacre, ce même général Bruce, qui avait dirigé l'expédition de 1922, avait un jour écrit à d'autres membres potentiels du Comité et de l'équipe (dont notre ami) que George Finch était un « hâbleur doté d'invraisemblables compétences. Il se brosse les dents le 1er février et prend un bain le même jour si l'eau est très chaude, sinon il le repousse à l'année suivante. »

Mais à côté de son apparence souvent négligée et de son étrange accent allemand, le premier péché de Finch, d'après les membres BAT du Comité, c'étaient ces « invraisemblables compétences » – le fait que George Finch ne cesse de proposer des innovations techniques pour conquérir l'Everest. Ni la Royal Geographical Society ni l'Alpine Club (pas plus, d'ailleurs, que le Comité de l'Everest) n'aimaient les « innovations ». Les vieilles méthodes étaient les bonnes, d'après eux : bottes ferrées, piolets à la mode du XIXe siècle, et de fines épaisseurs de laine entre l'alpiniste et les températures négatives de cette atmosphère quasi extraterrestre que l'on trouve au-dessus de 8 000 mètres d'altitude.

Parmi ces « absurdes » innovations figurait un manteau garni de duvet d'oie, que Finch avait conçu et fabriqué spécialement pour ces conditions extrêmes. Après avoir testé plusieurs matériaux, il avait opté pour un fin mais très solide tissu de montgolfière (à la place de la laine, de la soie et du coton habituels) et, s'inspirant du plumage des oies de l'Arctique, créé un long vêtement fait d'un assemblage de compartiments remplis de duvet pour emprisonner la chaleur dans des poches d'air.

Résultat : à des altitudes de plus de 6 000 mètres, Finch avait été le seul homme de l'expédition de 1922 à ne pas geler dans le froid et le vent.

Une autre raison, enfin, expliquait l'exclusion de George Finch de l'expédition de 1924 malgré ses excellents états de service lors de la précédente tentative d'ascension de l'Everest (le jeune Geoffrey Bruce et lui avaient même établi un bref record d'altitude lors de leur assaut raté mais audacieux du sommet le 27 mai 1922) : c'était lui qui avait proposé et adapté l'appareil à oxygène du Royal Flying Service utilisé par les membres de l'équipe – avec de très bons résultats – en 1922 et 1924. (Mallory et Irvine, au moment de leur disparition lors de la dernière expédition, portaient l'appareil de Finch, même s'il avait été largement redessiné par le bricoleur de génie qu'était Sandy Irvine.)

Arthur Hinks, l'homme du Comité chargé de dépenser (et d'économiser) les fonds dédiés à l'expédition, avait écrit un commentaire, devenu ensuite célèbre, à propos de l'appareil à oxygène de Finch – longtemps après qu'il avait prouvé son efficacité lors d'expériences dans des caissons d'altitude, sur l'Eiger et même l'Everest : « Je serais particulièrement désolé qu'à cause de l'appareil à oxygène, ils n'aillent pas aussi haut qu'ils le pourraient sans lui. Si certains dans le groupe ne vont pas à 7 600 ou 7 800 mètres sans oxygène, ce sont des gredins. »

Des gredins ?

« Facile à dire pour quelqu'un qui ne met jamais les pieds hors de Londres, a commenté le Diacre, dans le train qui nous emmenait à Zurich en janvier 1925. J'aimerais transporter M. Hinks à 8 000 mètres d'altitude, le voir haleter, être pris de haut-le-cœur et se contorsionner comme un poisson hors de l'eau, et lui demander alors s'il se considère comme un "gredin". Pour moi, c'en est un, même quand il reste au niveau de la mer. »

Nous envisagions d'emporter vingt-cinq de ces appareils conçus par Finch et améliorés par Irvine, ainsi que cent réservoirs d'oxygène pour notre propre expédition. (C'était plus que les quatre-vingt-dix cylindres prévus par Mallory et son équipe, en 1924, pour alimenter des dizaines d'alpinistes et de porteurs. Et nous ne serions que trois.) « Et le cousin Reggie ? a demandé Jean-Claude, rappelant au Diacre la condition imposée par lady Bromley, selon laquelle nous devions emmener un membre de la famille avec nous.

— Le cousin Reggie n'aura qu'à rester au camp de base et respirer l'odeur des yaks à 5 000 mètres d'altitude », a répliqué le Diacre.

À présent, en ce premier mois de l'année où nous tenterons de gravir l'Everest – et y mourrons peut-être –, le Diacre voulait que nous rencontrions George Finch dans sa ville adoptive de Zurich. (Il l'avait invité à Londres, en proposant de payer tous les frais, ce qui n'aurait pas été illogique puisque nous étions trois et que Finch était seul, mais l'irascible alpiniste avait télégraphié : « Il n'y a pas assez d'argent dans toute l'Angleterre pour m'inciter à retourner à Londres. »)

Nous avons retrouvé George Ingle Finch au Kronenhalle, un restaurant huppé, même selon les critères zurichois, et connu dans toute l'Europe. Le Diacre nous avait raconté que, malgré son glorieux passé, le Kronenhalle avait nettement perdu de sa superbe au cours des années récentes et pendant la période d'hyperinflation en Allemagne, et vivait sur une réputation remontant au siècle dernier. Puis le lieu avait été racheté et rénové par Hilda et Gottlieb Zumsteg, qui grâce à un nouveau chef, à un menu alliant le meilleur de la cuisine suisse, bavaroise et classique, et à un service irréprochable, avaient rendu à l'établissement son ancien niveau d'excellence. De sorte que si les Allemands mouraient de faim de l'autre côté de la frontière, à quelques kilomètres, les banquiers, commerçants et autres grands bourgeois suisses avaient le loisir de dîner dans le luxe.

Le restaurant était situé au 4 Rämistrasse, à moins de deux kilomètres au sud-est de l'université de Zurich (où deux des frères aînés de Jean-Claude avaient étudié avant de rentrer en France se faire tuer sur les champs de bataille), et tout près de l'endroit où la Limmat se jette dans le lac. Le vent de janvier, qu'arrêtaient par intermittence les tramways passant en grondant dans la large Rämistrasse, me frigorifiait malgré mon épais manteau.

À ce moment-là je me suis demandé : *Si je claque des dents rien qu'en traversant la Rämistrasse à Zurich, dans une petite brise soufflant d'un lac suisse, comment pourrais-je survivre aux vents polaires balayant l'Everest au-dessus de 8 000 mètres ?*

Si j'avais cru avoir bien dîné à Boston, New York, Londres et Paris – aux frais de ma tante ou grâce aux largesses de lady Bromley lorsque le Diacre réglait l'addition –, le Kronenhalle était certainement le restaurant le plus grand et le plus guindé dans lequel j'avais jamais mis les pieds. C'était le seul jour de la semaine où l'on y servait le déjeuner, ce qui n'empêchait pas les serveurs, le maître d'hôtel et le reste du personnel d'arborer le smoking. Même les hautes plantes en pot disposées çà et là, dans un coin, à côté de ce pilier ou là-bas, près de la fenêtre, paraissaient trop cérémonieuses pour n'être que de la simple matière végétale ; elles semblaient regretter de ne pas porter la queue-de-pie elles aussi.

Moi, j'avais mis le costume noir que le Diacre m'avait acheté à Londres, mais en traversant les vastes espaces du Kronenhalle, où des messieurs très habillés étaient attablés en compagnie de quelques femmes élégantes, j'ai mesuré à quel point je me sentais encore mal à l'aise dans la haute société européenne. Même si j'étais chaussé de ma plus belle (et unique) paire de souliers noirs bien cirés, j'ai soudain pensé qu'ils devaient avoir l'air de vieux godillots aux yeux de tous dans cet immense restaurant.

Un petit homme mince, au visage anguleux, était assis seul à la table drapée de lin blanc et dressée avec des couverts en argent vers laquelle on nous a conduits. Ignorant les verres d'eau et de vin qu'on lui avait déjà servis, il paraissait absorbé dans un livre. Seul homme de la salle vêtu d'un simple costume trois-pièces en tweed – et apparemment pas très propre (il y avait de la cendre sur le gilet) –, Finch était confortablement avachi, jambes croisées, dans cette posture que j'associe aux gens très, très riches ou très, très sûrs d'eux. Le Diacre s'est éclairci la gorge, et l'homme au visage émacié a levé les yeux et refermé son livre, qu'il a posé sur la table. L'ouvrage portait un très long titre en allemand que je n'aurais su traduire.

Finch a retiré ses lunettes et nous a regardés comme s'il ignorait complètement qui nous étions ou pourquoi nous nous tenions devant sa table. Impossible de savoir si la trace sous son nez était une moustache brune mal taillée sur son visage bronzé ou le prolongement de la barbe naissante qui ombrait par endroits sa mâchoire et ses joues.

Le Diacre a décliné son identité, alors même que les deux hommes avaient fait toute l'expédition de 1922 ensemble, puis il nous a présentés. Finch ne s'est pas donné la peine de se lever, se contentant de nous tendre une main molle – comme s'il s'attendait presque à ce qu'on la baise au lieu de la serrer. Il n'en avait pas moins une poigne ferme – étonnamment ferme, compte tenu de ses doigts longs et fins. Puis j'ai remarqué ses phalanges et ses ongles abîmés, trahissant l'alpiniste ayant passé des années à glisser ses mains nues dans des fissures et des prises de granit, de grès et de glace coupante.

« Jake, Jean-Claude, a poursuivi le Diacre, je vous présente M. George Ingle Finch. Vous savez tous deux qu'il y a deux ans et demi, M. Finch et moi avons participé à l'expédition qui a dépassé les 8 300 mètres d'altitude sur l'arête est et la face nord de l'Everest… sans oxygène. À l'époque, c'était un record. Mais si nous avons grimpé sans bouteilles d'oxygène ce jour-là, George a participé à la conception des appareils utilisés par Mallory et Irvine lorsqu'ils ont disparu en juin dernier, et il a eu la bonté de nous proposer de nous emmener dans son atelier, ici, à Zurich, après le déjeuner, pour nous en montrer le fonctionnement… et nous donner quelques conseils relatifs à d'autres aspects de notre expédition. »

Le Diacre paraissait embarrassé d'avoir prononcé autant de mots et – plus rare chez lui – ne pas savoir quoi dire ensuite. Finch est venu à son secours en désignant d'une main molle les trois chaises vides.

« Asseyez-vous donc, a-t-il dit. J'ai pris la liberté de demander un verre de vin, mais nous pouvons commander une bouteille pour la table... surtout si c'est vous qui payez, Richard. » Le bref sourire de Finch a dévoilé des petites dents solides, quoique tachées de nicotine. Malgré les commentaires insultants de l'Alpine Club, il paraissait évident qu'il les brossait plus d'une fois par an. « On mange bien dans ce saloon, mais je n'ai pas les moyens d'y dîner très souvent, ni même d'y déjeuner, a-t-il poursuivi dans son anglais britannique teinté d'un léger accent allemand. C'est pour ça que j'ai proposé que nous nous y retrouvions, quand vous m'avez dit que vous m'invitiez. » Il a fait signe au serveur d'un geste désinvolte et – curieusement, vu l'accoutrement de Finch – le gentleman en smoking a répondu avec alacrité et un respect manifeste. Les Zurichois étaient peut-être conscients des exploits alpins de Finch. Ou alors, les serveurs considéraient simplement que quiconque avait les moyens de déjeuner au Kronenhalle était assez riche pour mériter un tel traitement.

Je suis resté un peu en retrait, je l'avoue, quand nous avons passé commande (j'ai juste dit que je prendrais la même chose que le Diacre) et quand Jean-Claude et Finch ont débattu avec animation du choix du vin pour la table. Vexé, je me demandais si Finch avait utilisé l'expression populaire « on mange bien dans ce saloon » parce que j'avais tellement l'air d'un Américain – un Américain pas très flamboyant qui plus est. (J'ai vite appris que ce n'était pas le cas ; George Finch parlait de nombreuses langues et s'amusait à mélanger leurs expressions populaires dans ses phrases, y compris des américanismes. Avant la fin de la journée à Zurich, j'allais me rendre compte qu'il ne cherchait en rien à impressionner les autres par son savoir ou ses réussites personnelles pourtant admirables, et qu'il semblait plus modeste que la plupart des alpinistes de ma connaissance.)

C'était vrai qu'on mangeait bien dans ce restaurant. Le vin, pour autant que je puisse en juger avec l'expérience de mes vingt-deux ans, était excellent. Et les serveurs, que je m'attendais à trouver arrogants, voire d'une condescendance tout alémanique à l'égard de notre petit groupe d'étrangers, nous ont traités avec beaucoup de courtoisie et ont fait montre d'une grande discrétion en servant et débarrassant notre table. (J'avais hérité de mon père l'idée que l'invisibilité des serveurs était synonyme de qualité du service.

C'était l'une des rares opinions personnelles que je l'aie entendu énoncer, outre celle qu'il avait exprimée le jour où ma mère et lui m'avaient déposé à Harvard. Me prenant à l'écart, il m'avait dit : « Bien, Jake, à partir de maintenant, tu es responsable de toi-même. Essaie de garder ta bouteille de whisky hors de ta chambre, ta queue dans ton pantalon et ta tête dans tes bouquins jusqu'à ce que tu décroches un diplôme. N'importe lequel. »)

J'ai reposé mon verre et me suis aperçu que Finch, Jean-Claude et le Diacre discutaient de notre prochaine « expédition de récupération », visant à rapporter les affaires personnelles de Bromley à sa mère ou, sachant que nos chances de réussite étaient quasi nulles, à lui fournir au moins un rapport détaillé sur la façon dont son fils était mort. Le Diacre nous avait assuré que Finch avait compris la nécessité de ne parler à personne de nos projets. « Vu l'état de ses relations avec le comité, l'Alpine Club et la Royal Geographical Society, il ne se pressera pas d'aller leur raconter quoi que ce soit... encore moins notre secret. »

« Vous connaissiez donc Percival... lord Percival Bromley ? demandait Jean-Claude.

— Je l'ai rencontré il y a quelques années quand il m'a engagé comme guide, répond Finch avec cette intonation britannique distinguée, mâtinée d'une pointe d'accent allemand. Bromley voulait traverser les Douves blanches... » Il s'est interrompu et m'a regardé pour la première fois. « Il s'agit d'une arête, abrupte et hérissée de pointes, à l'écart de la chaîne principale des Grandes Dents, à l'est de la vallée d'Arolla.

— Oui, j'y suis allé », ai-je répliqué, avec une pointe d'impatience dans la voix. Après tout, je n'étais plus un novice en matière d'alpinisme. J'avais fait la traversée des Douves blanches, l'automne précédent, avec Jean-Claude et le Diacre.

Finch n'a pas eu l'air de remarquer mon agacement. Ou alors il s'en fichait. Il a hoché la tête et poursuivi. « À l'époque, le jeune Percy était déjà capable d'effectuer la traversée, mais il s'était attaqué à ce qu'il appelait une "délectable" série d'impressionnantes cheminées, coupant les six cents mètres de paroi rocheuse au-dessus du glacier de Ferpècle, et il voulait s'encorder à quelqu'un. »

Nous avons attendu la suite, mais Finch semblait s'être désintéressé de Bromley et de la conversation pour tourner son attention vers son steak et son vin.

« Comment l'avez-vous trouvé ? » a demandé le Diacre.

Finch a levé les yeux comme si notre ami s'était exprimé en swahili. (Une comparaison mal choisie, puisque George Ingle Finch parlait un peu le swahili et le comprenait encore mieux.)

« Je veux dire, comment se comportait-il ? » a précisé le Diacre.

Finch a haussé les épaules, et la discussion aurait pu s'arrêter là, pour notre plus grande insatisfaction. Mais peut-être a-t-il réalisé que nous étions venus de loin, que nous escaladerions sans doute bientôt les pentes de l'Everest pour retrouver le corps de Percy Bromley, et que nous (ou plutôt lady Bromley) lui offrions un déjeuner dans le restaurant le plus onéreux de Suisse. Voire même d'Europe.

« Bromley était un bon partenaire, a-t-il enfin répondu. Excellent grimpeur, pour un amateur. Jamais une plainte, pas même quand nous avons dû passer une longue nuit froide sur une vire très étroite, sans nourriture ni équipement adéquat, sur l'arête sud escarpée, à une longueur du sommet. Nous n'avions pas de sac de couchage, pas de manteau correct, et il n'y avait rien auquel s'attacher sur la paroi lisse. La vire faisait la largeur de ce plateau à pain…, a dit Finch en montrant l'objet en argent. Nous n'avions pas de chandelle à tenir sous notre menton, si bien que nous avons monté la garde à tour de rôle pendant cette longue nuit, veillant à ce que l'autre ne s'endorme pas, risquant une chute de mille mètres. »

Pour s'assurer peut-être que nous avions bien compris, il a jouté : « J'avais une confiance totale en ce garçon.

— Donc, lord Percival était un meilleur grimpeur que certains l'affirment aujourd'hui ? » Le Diacre terminait son *Tafelspitz* – un excellent plat de bœuf mijoté avec des légumes racines dans un bouillon parfumé d'épices variées, servi avec des pommes de terre rôties et une sauce à la pomme, à la crème et au raifort. J'ai toujours été émerveillé par la capacité des Britanniques à faire tenir des morceaux de viande recouverts de sauce sur le dos de leur fourchette, qu'ils portent à la bouche comme si c'était non seulement facile mais aussi distingué. Manger en Angleterre s'apprend, me suis-je dit, de la même façon qu'on doit apprendre à se servir de baguettes en Chine.

« Tout dépend des "autres" », a répondu Finch après un silence lourd de sens. Il examinait notre chef d'équipe. « Vous pensez à quelqu'un en particulier ?

— Bruno Sigl ? »

Finch a éclaté de rire – un son discordant évoquant un aboiement. « Cette brute nazie et ami fanatique de Herr Hitler ? Sigl est un alpiniste accompli –

je n'ai jamais escaladé avec lui, mais je l'ai croisé une bonne dizaine de fois dans les Alpes au fil des années. Il est compétent et agile sur la glace et le roc – mais c'est un menteur, un *Scheisskerl*, quelqu'un qui n'hésite pas à risquer la vie de ses jeunes partenaires d'escalade.

— Qu'est-ce que c'est qu'un... *Scheisskerl* ? a demandé Jean-Claude.

— Un type sans cervelle et indigne de confiance », a répondu très vite le Diacre en jetant un coup d'œil aux serveurs par-dessus son épaule. Puis s'adressant à Finch : « Donc, si Herr Sigl vous disait que Percival Bromley s'est aventuré sur la dangereuse face nord de l'Everest, à un endroit où la masse de neige était manifestement propice aux avalanches, vous ne le croiriez pas ?

— Je ne croirais pas Bruno Sigl si cette ordure m'affirmait que le soleil se lèvera demain », a répondu Finch en se servant la fin de la bouteille de vin.

« Richard, n'avez-vous pas été l'un des premiers à voir les empreintes du monstre sur le col du Lhakpa La lorsque vous y avez conduit Mallory en 21 ? » a demandé George Ingle Finch, entre deux grosses bouchées de son *Apfelstrudel* recouvert de crème. Jean-Claude et le Diacre s'étaient contentés d'un café tandis que je goûtais le gâteau au chocolat.

« Le monstre ? » a demandé Jean-Claude en se redressant soudain. J'avais remarqué que le copieux repas, auquel l'athlétique montagnard français n'était pas habitué, l'avait rendu somnolent. « Un monstre ? a-t-il répété, comme s'il n'était pas sûr du mot anglais.

— *Ja*, a répondu Finch, les empreintes d'un énorme bipède que notre ami Richard, ici présent, et le très regretté George Mallory ont repérées au-dessus de 6 700 mètres sur le col de Lhakpa La. Richard pensait – à juste titre, comme on s'en est ensuite rendu compte – que de là, on pouvait peut-être distinguer une voie d'approche vers l'Everest. En y montant – à la fin septembre 1921, je crois –, ce n'est pas une vue qu'ils ont trouvée, mais les empreintes du monstre. N'est-ce pas ? » Il s'est tourné vers le Diacre.

« Le 20 septembre, a confirmé le Diacre en reposant sa tasse. En pleine période de mousson. On s'enfonçait jusqu'à la taille dans la neige poudreuse.

— Mais vous avez atteint le sommet de cette petite montagne – plus un pic à proprement parler qu'un col, *ja* ? – malgré la neige », a dit Finch. Ce n'était pas une question.

Le Diacre s'est gratté la joue. Je voyais qu'il avait envie d'allumer sa pipe, mais se retenait tant que Finch n'avait pas fini son dessert. « Mallory et moi avons négocié la cascade de glace sans problème, mais la profonde neige nous ralentissait, et les porteurs qui transportaient nos tentes ont dû faire demi-tour à deux cent cinquante mètres du sommet. Nous sommes tous arrivés en haut le 22 et y avons établi le camp – Mallory et moi, Wheeler et Bullock, avec Wollaston, Morshead et Howard-Bury en réserve.

— Et les traces du monstre ? a demandé Jean-Claude.

— Oui, le monstre ? » ai-je insisté à mon tour. J'ouvrais la bouche pour la première fois du déjeuner, à part pour demander qu'on me passe quelque chose.

« Au-dessus de la cascade de glace, le 20 et le 21, là où aucun de nous, grimpeur ou porteur, n'était jamais allé, il y avait des empreintes très nettes, aussi bien dans la neige fraîche que dans les endroits plus fermes et gelés, où l'on pouvait grimper sans rompre la surface, a dit le Diacre. Elles semblaient appartenir à une créature à deux pieds.

— Pourquoi "semblaient" ? » a demandé Finch. Un léger sourire se formait sous sa moustache duveteuse. « Mallory, Wollaston, Howard-Bury et tous ceux qui ont atteint le col du Lhakpa La ont juré qu'il s'agissait des empreintes de pieds griffus d'une sorte de mammifère à deux jambes. »

Le Diacre a vidé le fond de sa tasse. Aussitôt, un serveur s'est matérialisé, et nous avons tous accepté un autre café pour pouvoir garder la table plus longtemps.

« Elles faisaient quelle taille ? ai-je demandé.

— Entre trente-cinq et quarante centimètres de long, c'est bien ça ? Et en forme de pied humain ? » a dit Finch d'un ton interrogateur en se tournant vers le Diacre.

Notre ami s'est contenté de hocher la tête. Puis, reposant une fois encore sa tasse, il a dit : « Quand Wollaston et les autres ont fini par arriver au col du Lhakpa La, nos porteurs – ceux de Mallory et les miens, puisque nous étions à la tête de cette deuxième tentative – avaient marché sur les traces que nous avions vues et les avaient complètement effacées. Aucun des alpinistes britanniques n'aurait pu dire avec certitude ce que c'était ou en préciser la longueur.

— Mais George Mallory a pris des photos, a dit Finch.

— Oui.

— Et ces empreintes étaient presque identiques à celles qui avaient été vues et photographiées sur un haut col dans le Sikkim en 1889, a dit Finch.

— Paraît-il », a répondu le Diacre.

Finch a gloussé et s'est tourné vers Jean-Claude et moi. Je suis sûr que j'écarquillais les yeux autant que mon camarade français.

« Les porteurs savaient très bien ce que c'était, a repris Finch avec son léger accent allemand. C'étaient des empreintes de *metohkangmi*... un yéti.

— Un quoi ? ai-je demandé, ma tasse de café en suspens dans l'air, comme si je ne pouvais ni le boire ni la reposer.

— Un quoi ? a demandé Jean-Claude presque à l'unisson.

— Un yéti, a répété Finch. Non pas l'un des nombreux démons qui, d'après les croyances locales, peuplent la montagne, mais une créature bien réelle et bien vivante, sanguinivore, mesurant au moins deux mètres cinquante. Des pieds énormes. Un monstre semblable à un gorille ou à un humain, capable de survivre à 6 500 mètres d'altitude, voire encore plus près de l'Everest. »

Jean-Claude et moi avons échangé un regard.

Finch a repris une bouchée de strudel puis nous a souri. « J'ai moi-même vu des empreintes l'année suivante, en 1922, la première fois où je suis monté jusqu'à l'arête nord-est avec Geoffrey Bruce. À environ 7 600 mètres, dans un champ de neige qu'aucun de nous n'avait jamais foulé. Des empreintes de bipède, mais avec une foulée presque deux fois plus grande que celle d'un homme de très grande taille. Et, dans la partie la moins profonde du champ de neige, là où les traces s'étaient moulées dans la glace molle, nous avons vu la forme d'un pied – d'environ quarante centimètres de long, avec ce qui ressemblait à des griffes au bout. » Il a dévisagé le Diacre. « Vous étiez avec nous au monastère du Rongbuk, en 1922, quand nous avons parlé du yéti, n'est-ce pas ? »

Le Diacre a hoché la tête.

Finch nous a de nouveau regardés, Jean-Claude et moi. « Le monastère du Rongbuk est un endroit sacré, tout près du village du Chobuk, juste en face de l'entrée de la vallée menant ensuite au Chomolungma...

— Le Chomolungma ? » l'a interrompu Jean-Claude.

Finch s'était tourné vers le Diacre et ne l'a pas quitté des yeux en répondant à J.-C. : « Le nom local de l'Everest. Ça signifie "Déesse mère du monde", ou quelque chose comme ça.

— Ah oui, a dit Jean-Claude. J'avais oublié. Le colonel Norton a mentionné ce nom lors de notre entretien avec les alpinistes à la Royal Geographical Society.

— Les moines du monastère du Rongbuk connaissaient ce... *yéti* ? » ai-je demandé. Je ne voulais pas qu'on s'éloigne du sujet du « monstre ».

Finch a hoché la tête et s'est adressé au Diacre : « Vous avez entendu ce qu'ont dit le lama du Rongbuk et ses prêtres à propos des *yétis* sur l'Everest. Était-ce quatre de ces créatures qui, d'après le lama, y vivaient ?

— Cinq, a corrigé le Diacre. Bruce ne cessait de les interroger sur les empreintes et les créatures, et le maître des lamas, Dzatrul Rinpoché, nous a raconté tout à fait sérieusement que les moines et lui en avaient vu cinq. Ils vivaient dans les hauteurs de la vallée, jusqu'au col nord et même plus haut, et suscitaient bien plus de craintes que les démons des montagnes. L'abbé nous a dit que le yéti ressemblait à l'homme, mais en plus grand et plus massif, qu'il possédait un torse énorme et de longs bras puissants. Qu'il était couvert de longs poils et avait des yeux jaunâtres. Qu'il attaquait parfois le village de Chobuk mais jamais le monastère, buvait le sang des yaks, tuait les hommes d'un coup de griffe et enlevait les femmes du village – un détail que Geoffrey Bruce a trouvé fort intéressant.

— Qu'est-ce que les monstres voulaient faire des dames ? » a demandé Jean-Claude d'une petite voix presque enfantine.

Nous autres n'avons pas pu nous retenir de pouffer de rire, et J.-C. est devenu tout rouge.

D'un ton bas, pour ne pas être entendu des serveurs, Finch a repris : « Le lama nous a raconté qu'un jour le village avait envoyé des hommes armés en haut du glacier, mais qu'ils n'avaient pas retrouvé les yétis, ni les femmes, du moins pas en vie – uniquement leurs squelettes et leurs crânes. Les os avaient été vidés de leur moelle. Et les orbites semblaient avoir été proprement léchées, d'après les mots du lama. »

J'ai finalement dû reposer ma tasse sur la soucoupe. Le bruit de la porcelaine m'a fait penser aux vents de l'Everest soufflant à travers des cages thoraciques rongées et les orbites béantes d'un crâne.

Après avoir fini son café et s'être assuré que notre trio silencieux avait également terminé, George Ingle Finch a appelé le serveur d'un geste élégant, dessinant dans l'air une addition imaginaire de ses doigts abîmés par les rochers. Quand la note est arrivée, il a fait signe, avec autant d'élégance, qu'elle devait être présentée au Diacre.

En sortant du Kronenhalle, nous avons pris à gauche dans Rämistrasse et subi de plein fouet l'assaut du vent glacial. Après avoir claqué des dents pendant cent mètres, nous avons atteint le pont Quaibrücke, tourné à gauche sur l'avenue Utoquai déserte et avancé péniblement sur la promenade le long du lac. Le parapet bas en béton à notre droite était hérissé de stalagmites. Un grincement constant venu d'en bas nous rappelait que la glace – le lac était gelé près du bord et l'eau liquide ne commençait qu'à cent mètres environ – frottait contre la digue en ciment. Le vent soufflait assez fort pour soulever de l'écume au loin sur l'étendue blanche et m'aurait fait glisser si les Suisses, toujours efficaces, n'avaient pelleté la neige et la glace tout le long de la promenade, qu'ils avaient aussi généreusement aspergée de sel. Finch nous avait informés que son entrepôt ne se trouvait qu'à huit cents mètres de là, mais alors que Jean-Claude et moi avancions pesamment derrière le Diacre et lui, en essayant d'entendre leur conversation malgré le vent mugissant, ça paraissait une trop grande distance à parcourir à pied.

« Je sais ce que vous essayez de faire, Richard, disait George Finch, mais c'est tout bonnement impossible.

— Qu'est-ce que j'essaie de faire, George ?

— De tenter l'ascension de l'Everest en style alpin. Au lieu de la stratégie du siège adoptée par Mallory, Bruce et Norton – un camp après l'autre, attaque, retraite, nouvelle attaque –, vos jeunes amis et vous comptez lancer un seul assaut rapide. Mais ça ne marchera pas, Richard. Vous mourrez tous là-haut.

— Nous avons été payés par lady Bromley pour ne mener qu'une expédition de recherche – nous espérons au moins trouver et enterrer le corps de son fils, a dit le Diacre. Avec de la chance, nous retrouverons sa trace bien plus bas que le camp IV, contrairement à ce qu'a prétendu Bruno Sigl – ça n'a pas de sens. Mais je n'ai pas parlé d'une tentative de *gravir* la montagne. »

George Finch a hoché la tête. « Mais vous essaierez, Richard. Je vous connais. Et je tremble en pensant au sort qui vous attend, vous et vos deux sympathiques amis. »

Le Diacre n'a pas répondu. Nous sommes passés devant l'Opéra et avons tourné à gauche dans une rue appelée Falkenstrasse. Au moins, nous avions maintenant le vent dans le dos.

« Vous vous rappelez sûrement le jour où nous avons atteint le col de Pang La, à 5 200 mètres, et aperçu l'Everest pour la première fois, a repris Finch.

— Forcément, a grommelé le Diacre.

— Le vent était si violent que nous avons dû nous coucher par terre et nous cramponner à des rochers, en suffoquant, pour ne pas nous faire balayer. Puis, soudain, la chaîne himalayenne nous est apparue. Des centaines de kilomètres de hauts sommets. Et l'Everest, pourtant distant de soixante kilomètres au sud, dominait *tout.* Vous vous souvenez du nuage qui y était accroché ? Vous vous souvenez du plumet de neige qui s'étirait sur des kilomètres à l'ouest ? Cette monstrueuse montagne crée sa propre météo.

— J'y étais avec vous, George. »

Nous avons pris une rue plus étroite où s'alignaient des entrepôts fermés et de vieux immeubles sinistres – « Seefeldstrasse », annonçait la plaque couverte de givre.

« Vous savez donc qu'un assaut de style alpin est impossible, a repris l'alpiniste en sortant un lourd porte-clés de la poche de son manteau et en cherchant la bonne clé. Grimpeurs malades, porteurs malades, vents terribles, soudaines et violentes chutes de neige, arrivée précoce de la mousson, blessures, avalanches, chutes de pierres, tentes déchirées, appareils à oxygène détraqués, dysenterie, mal des montagnes, gelures, réchauds défectueux… le moindre problème, et ils seront nombreux, Richard, vous le savez aussi bien que moi… le moindre problème ruinera votre tentative d'ascension en style alpin. Et coûtera la vie de certains ou de tous. Nous voici arrivés. »

Finch a pénétré dans l'ouverture sombre et tâtonné pour trouver un interrupteur.

Le rez-de-chaussée de cet entrepôt n'était pas l'immense espace auquel je m'étais attendu. Ou plutôt si, mais il avait été divisé par des murs de trois mètres de haut, sans plafond, pour créer des dizaines de pièces de stockage, toutes fermées par des portes grillagées et de gros cadenas. Nous avons traversé la moitié du hangar sonore en suivant Finch, qui a sorti une autre longue clé pour ouvrir la porte de son propre local, mesurant environ sept mètres sur six.

À l'intérieur, des bouteilles à oxygène étaient posées sur un long établi collé contre le mur du fond.

Une dizaine de piolets de tailles variées étaient suspendus sur le mur de gauche. Une myriade de bottes ferrées et fourrées occupaient plusieurs étagères, tandis que sur une longue patère, différentes vestes en laine et des anoraks voisinaient avec une rangée de longues vestes ou manteaux matelassés. J'en ai compté dix, surpris que Finch en ait besoin d'autant.

Il avait refermé la porte quand je m'en suis approché et que j'ai soulevé le tissu garni de duvet d'oie du long manteau le plus proche. « C'est ça, votre fameux vêtement en ballon ? »

Finch m'a lancé un regard noir. À l'évidence, cette pièce particulière lui avait déjà valu trop de moqueries. « C'est la parka en duvet d'oie que j'ai conçue pour l'Everest, a-t-il répliqué d'un ton sec. Oui, c'est du tissu de montgolfière – le seul matériau que j'aie pu trouver qui ne se déchire pas et qui est facile à coudre pour créer les compartiments de duvet. Il m'a tenu *chaud* à plus de 8 000 mètres d'altitude, sous l'arête nord-est. »

Le Diacre a pouffé de rire. « Je confirme. George, Geoffrey Bruce et moi – et Bruce était alors un alpiniste néophyte – avons utilisé de l'"air anglais", c'est-à-dire l'appareil à oxygène de George, pour traverser la Bande jaune jusqu'à un point situé juste sous l'arête nord-est. Nous l'aurions atteinte si l'appareil de Bruce n'avait pas cessé de fonctionner. Un tube de verre était cassé. Par chance, George avait emporté une pièce de rechange, mais il a dû s'arrêter et trafiquer son propre appareil pour leur fournir de l'oxygène à tous deux pendant qu'il réparait celui de Bruce. Tout ça à 8 321 mètres d'altitude... à l'époque, le point le plus haut où les humains avaient jamais posé le pied.

— Et là, nous avons dû faire demi-tour, a grommelé Finch. Renoncer à atteindre le sommet parce que Bruce était traumatisé d'avoir manqué d'oxygène. Et dire qu'il était parmi les plus acharnés à vouloir atteindre le sommet sans "air artificiel". S'il avait été un grimpeur expérimenté... » Il n'en a pas dit davantage, mais la tristesse et la colère sont restées gravées sur son visage.

Le Diacre a hoché la tête, compatissant. J'ai alors pleinement mesuré à quel point ces deux hommes, qui avaient grimpé plus haut que Mallory ou quiconque durant l'expédition de 1922, avaient dû être déçus et outragés de se voir privés d'une deuxième chance. Quelle rage avait dû les saisir lorsqu'on les avait informés qu'ils n'étaient pas choisis pour l'expédition de 1924 ! Tenant toujours dans ma main le manteau matelassé de Finch, j'imaginais soudain la rancœur qui devait valoir à ces deux hommes orgueilleux un constant goût d'amère humiliation.

« Ce que je voulais seulement dire, a repris le Diacre, c'est qu'à notre retour au camp IV ce soir-là, Geoffrey Bruce et moi étions transis de froid, tandis que George était resté au chaud, pendant l'ascension, dans son manteau en duvet d'oie. C'est la raison pour laquelle j'ai demandé à chacun de vous d'apporter deux valises Gladstone et passé commande de neuf parkas à George.

— Neuf ? s'est exclamé Jean-Claude en regardant les volumineux vêtements alignés sur la patère. Pourquoi autant ? Sont-ils fragiles au point de s'user si vite ?

— Non, a répondu le Diacre. Mais chacun de nous sera accompagné de deux porteurs d'altitude, pour qui j'ai commandé aussi des appareils à oxygène et des parkas matelassées. Neuf en tout. Elles se compressent facilement. Nous les mettrons dans nos valises et les remporterons aujourd'hui même, afin que rien ne se perde pendant le transport.

— Mallory a inscrit ma parka en duvet sur la liste des vêtements possibles pour les grimpeurs, en vue de l'expédition de l'année dernière, a dit Finch avec mauvaise humeur, mais aucun d'eux n'en a commandé. Ils ont préféré grimper – et mourir – dans de la soie, du coton, de la laine et encore de la laine.

— La laine est chaude quand on accumule les épaisseurs, a fait remarquer Jean-Claude d'une voix timide. Elle m'a maintenu en vie de nombreuses nuits sur des bivouacs en altitude. »

Au lieu de le contredire, Finch s'est contenté de toucher deux de ses vestes de laine usées et l'un des anoraks, en gabardine coupe-vent, pendus à la patère. « La laine est merveilleuse, tant qu'elle n'est pas mouillée. Mais une fois mouillée, autant par la sueur que la neige ou la pluie, son poids s'ajoute aux dix-huit kilos de matériel qu'on porte sur le dos et aux quinze kilos de l'appareil à oxygène. Et lorsqu'on s'arrête dans les vents violents, la sueur gèle sur les premières épaisseurs… » Il a secoué la tête.

« Votre nouvelle veste n'absorbe pas la sueur ? Et elle ne perd pas son efficacité quand elle est mouillée ? » ai-je demandé.

Finch a secoué la tête une fois encore. « Grâce aux propriétés respiratoires du duvet, je transpire moins, même avec les habituels sous-vêtements en laine. Mouillé, il perdrait effectivement ses qualités calorifuges – ce sont les poches d'air qui se forment sur les plumes qui maintiennent l'oie, et maintenant moi dans ma veste en duvet d'oie, au chaud –, mais le tissu de montgolfière que j'ai choisi résiste à l'eau à moins d'être complètement immergé dans un lac. » Il a fait un petit sourire. « Il n'y a pas beaucoup de lacs au-dessus de 6 000 mètres sur l'Everest… sauf si on glisse.

— J'ignorais qu'il y avait des lacs ou de l'eau stagnante sur les hauteurs du glacier du Rongbuk, a dit Jean-Claude, dévisageant toujours Finch. Seulement des mares de fonte à l'entrée de la vallée glaciaire. »

George Finch a soupiré devant la littéralité apparente de mon ami français et esquissé un très léger haussement d'épaules. « Si vous basculez de l'arête nord-est ou de l'arête sommitale et chutez de trois kilomètres à la verticale, votre vitesse d'impact suffirait à faire fondre assez de glace pour former une belle mare. »

Finch savait mieux que nous – même si tous les alpinistes le savent d'expérience – qu'un grimpeur ne tombe presque jamais en chute libre d'une montagne. Le corps heurte de nombreux rochers, blocs, amas de glace, arêtes et autres protubérances... de sorte que les petits morceaux qui atterrissent sur le glacier n'ont plus grand-chose d'humain.

« Ou pas », a-t-il ajouté. Puis il a désigné l'établi encombré. « Vos manteaux sont prêts, Richard, vous pouvez repartir avec. Passons maintenant aux appareils à oxygène. Je voudrais examiner avec vous celui que nous avons utilisé en 1922, les changements apportés par Irvine pour son ultime assaut avec Mallory, et la version finale sur laquelle nous nous sommes mis d'accord vous et moi. J'ai besoin de votre feu vert avant de les envoyer à Liverpool, où ils seront chargés sur le navire que vous prendrez le mois prochain. »

Bien sûr, Jean-Claude et moi savions depuis le mois de novembre que le Diacre avait commandé des bouteilles d'oxygène et du matériel respiratoire pour notre modeste expédition. Il avait décidé de ne pas faire appel à Siebe Gorman, bien que l'entreprise anglaise ait fabriqué tous les appareils utilisés lors des expéditions officielles de 1921, 22 et 24 – ou peut-être justement à cause de ça. Le risque de fuite était trop grand : si Siebe Gorman laissait échapper qu'une autre expédition s'équipait pour l'Himalaya, ça reviendrait aux oreilles des dirigeants de la Royal Geographical Society, de l'Alpine Club et du Comité de l'Everest. D'après lui, on ne pouvait faire confiance à aucune entreprise anglaise pour garder notre secret. Aussi avait-il eu recours à une « source en Suisse ».

Cette source avait pour nom George Ingle Finch, comme Jean-Claude et moi le découvrions. Mais quand je l'ai fait remarquer à voix haute, Finch a ri sous cape en secouant la tête. « Non, monsieur Perry, notre ami, Richard Davis Deacon, m'a envoyé l'argent de lady Bromley, mais je l'ai transmis à la Zürcher Werke für wissenschaftliche Präzisionsinstrumente und Geräte – une fabrique d'instruments scientifiques que je connais, ici à Zurich. »

J'ai dû sembler dubitatif car Finch a ajouté : « Je suis un scientifique, monsieur Perry. Un chimiste. Je travaille constamment avec ce genre d'entreprises. Ils sont suisses, ce qui signifie que la discrétion est inscrite dans leurs gènes. »

Le long établi était chargé de cylindres à oxygène, de supports pour les bouteilles, de valves, de tubes, de régulateurs et d'une variété de masques, tandis que divers outils courants ou exotiques étaient accrochés sur le mur au-dessus.

Finch a tiré l'un des appareils vers nous. « Vous le reconnaissez ? » a-t-il demandé au Diacre.

Notre ami a confirmé d'un signe de tête.

« Chacun de nous a porté un de ces engins à 8 300 mètres d'altitude, pas vrai, Richard ? Et nous serions allés encore plus haut si le tube de verre du masque de Bruce ne s'était pas brisé à cause du froid.

— Pas beaucoup plus haut. Nous n'aurions pas atteint le sommet ce jour-là, George. Impossible. »

Finch nous a de nouveau gratifiés de son étrange sourire crispé. « Vous et moi aurions pu atteindre le sommet avec ces bouteilles, si nous avions laissé Bruce repartir seul au camp V et avions poursuivi sur l'arête… et si nous avions été prêts à mourir là-haut. Je crois que nous serions arrivés au sommet vers le coucher du soleil. »

Le Diacre a secoué la tête une fois encore. Je me suis rendu compte qu'il ne niait pas leur possible réussite – ils auraient tous deux pu atteindre le sommet de l'Everest au coucher du soleil ou juste après, ce jour de la fin mai 1922 –, mais confirmait seulement qu'il n'était pas prêt à y laisser sa vie.

J'ai décidé de poser la question évidente (quoique peut-être insultante pour Finch, le plus grand partisan de l'utilisation de l'oxygène) : « Est-ce que cet appareil vous a vraiment été utile ? La plupart des alpinistes anglais de ma connaissance sont contre son usage sur l'Everest. »

Étonnamment, c'est le Diacre qui a répondu. « La plupart des alpinistes anglais ne sont jamais allés plus haut que le col nord. Dans le cas contraire, ils auraient mesuré les bénéfices de l'oxygène… il est aussi indispensable de s'en munir que d'emporter de la nourriture ou un réchaud pour faire fondre la neige. »

Jean-Claude et moi avons peut-être paru sceptiques – en tout cas moi, je l'étais – parce que Finch a tenu à entrer dans les détails. « Êtes-vous plus à l'aise avec le système métrique ou les mesures anglaises ?

— Peu importe », a dit Jean-Claude.

J'ai admis que le système métrique était moins évident pour moi. Malgré l'usage constant des mètres et des kilomètres lors de mes ascensions en France, en Italie ou en Suisse, j'avais encore du mal à convertir les mesures en pieds ou en miles.

« J'utiliserai donc les deux, a dit Finch. Un exemple, peut-être. Lors de l'expédition de 1922, il y a eu deux tentatives sérieuses d'atteindre le sommet à partir du camp de base avancé, qui cette année-là se trouvait à 5 185 mètres – soit 17 000 pieds, monsieur Perry. George Mallory et Howard Somervell sont montés jusqu'à 8 170 mètres, soit approximativement 27 000 pieds, en quatorze heures trente. Et cela sans oxygène, vous vous en souvenez. Leur vitesse d'ascension était donc de 206 mètres – soit environ 675 pieds – par heure. Est-ce clair jusqu'ici ? »

J.-C. et moi avons hoché la tête de concert, mais je mentais. J'avais perdu le fil mathématique quelque part autour de la première mesure d'altitude.

« Ensuite, Richard ici présent, Geoffrey Bruce et moi, partant nous aussi du camp de base avancé, sommes montés jusqu'à 8 320 mètres… soit 27 300 pieds, l'altitude que j'ai déjà mentionnée et à laquelle je ferai de nouveau référence puisque c'était le point le plus haut jamais atteint sur l'Everest jusqu'à la disparition de Mallory et d'Irvine l'année dernière. Il nous a fallu douze heures et quinze minutes, avec de l'oxygène, pour atteindre cette altitude. Ce qui, avec un appareil à oxygène rudimentaire, nous donne une vitesse d'ascension de 256 mètres… environ 839 pieds… de l'heure. Une vitesse clairement supérieure à celle de Mallory et d'Irvine. Richard et moi sommes d'accord pour dire que notre vitesse et notre altitude ultimes auraient été encore supérieures si nous n'avions pas dû nous déporter pour faire une traversée sur la face nord à cause des vents terriblement violents sur l'arête. »

Jean-Claude a levé la main comme un élève désireux de poser une question à son enseignant. « Mais vous avez dû faire demi-tour à cause d'un problème de valve dans l'équipement de Bruce. En définitive, les bouteilles d'oxygène ont donc gâché vos chances d'atteindre le sommet. »

Finch a souri. « Je discuterai en détail du problème de valve quand nous y viendrons. Mais n'oubliez pas, je vous prie, monsieur Clairoux, l'autre avantage d'avoir emporté des bouteilles d'oxygène si haut. » Il a regardé le Diacre. « Ça nous a sauvé la vie à tous les trois.

— Comment ça ? ai-je demandé.

— Le 24 mai, Richard, Bruce et moi avions renvoyé nos porteurs et planté notre tente dans une zone exposée, à 7 800 mètres – 25 600 pieds. Nous nous sommes retrouvés coincés là pendant plus de trente-six heures, sous des vents déchaînés qui soulevaient littéralement notre tente du sol. Elle était devenue comme une voile, au bord d'un précipice de neuf cents mètres. Il était impossible de dormir puisque nous devions en permanence maintenir la bâche de sol par terre ; et de temps en temps, l'un de nous s'aventurait dehors dans l'ouragan pour rajouter une corde de fixation à un rocher. Quand la tempête a commencé à se calmer, nous aurions dû aussitôt battre en retraite à une altitude inférieure, mais aucun de nous ne le voulait, même si nous étions presque à court de nourriture et que nos corps étaient de plus en plus engourdis par le froid. Ce soir-là, nous étions tellement affaiblis que nous montrions les premiers signes de gelures, qui nous auraient été fatales avant le matin. Aucun de nous n'aurait pu réussir la descente jusqu'à un camp inférieur après une autre nuit sans sommeil dans ce froid pénétrant. C'est alors que je me suis rappelé les bouteilles d'oxygène que nous avions apportées. »

Nous avons regardé le Diacre. « L'oxygène nous a sauvé la vie, a-t-il confirmé. Pendant toute la nuit, quand le froid se faisait sentir avec le plus d'intensité, nous nous sommes passé le cylindre d'oxygène, et quelques bouffées de cet air enrichi suffisaient à nous réchauffer… les effets étaient instantanés. Cela nous a permis de dormir et de nous maintenir en vie et au chaud pendant la pire nuit que j'aie jamais passée en montagne.

— Le lendemain matin, nous nous sommes lancés à l'assaut du sommet, a dit Finch. Nous avons quitté la tente à 6 h 30 et avons commencé à grimper vigoureusement. Les appareils à oxygène ne nous avaient pas seulement empêchés de mourir de froid la nuit précédente, ils nous avaient confortés dans notre volonté d'aller jusqu'en haut – ou du moins jusqu'à l'arête nord-est. Et souvenez-vous que c'était quarante-huit heures après l'établissement d'un précédent record d'altitude, et pratiquement sans nourriture ou eau potable. Le vent avait soufflé si fort que, la plupart du temps, nous ne pouvions même pas récupérer une casserole de neige dehors ou allumer le réchaud pour la faire fondre. Mais l'oxygène nous a permis de monter vers l'arête ce jour-là. À une vitesse bien supérieure à celle de Mallory et Somervell.

— D'accord, ai-je dit au Diacre et à Finch. Même moi, je comprends. Nous grimperons avec des appareils à oxygène. Comment fonctionnent-ils, monsieur Finch ? »

Finch a commencé à nous expliquer, à Jean-Claude et moi, en s'adressant principalement à moi. Puis il s'est interrompu et m'a demandé : « C'est bien vous, monsieur Perry, le mécanicien-bricoleur de cette expédition, n'est-ce pas ?

— Sûrement pas ! me suis-je récrié, presque inquiet. C'est à peine si je sais changer une bougie d'allumage. C'est Jean-Claude, notre technicien. »

Finch a cligné des yeux. « C'était idiot de ma part. Mon erreur vient peut-être de votre ressemblance avec Sandy Irvine, qui s'est chargé de tout le travail technique pour l'expédition de Mallory l'année dernière, jusqu'à la réparation de cet appareil à oxygène. Vous avez environ le même âge. Vingt-deux ans ? La même taille. Le même poids. Le même air assuré. La même carrure athlétique de rameur. Les mêmes cheveux blonds. Le même sourire. » Il s'est tourné vers Jean-Claude et lui a dit en français : « *Pardonnez-moi, monsieur. J'aurais dû voir que vous étiez l'ingénieur du groupe**.

— *Je vous en prie**, a répondu Jean-Claude. Mais je crains de n'être qu'un bricoleur, monsieur Finch, et non pas un jeune ingénieur brillant comme M. Irvine. Mon père, qui exerçait le métier de forgeron, a ouvert une petite aciérie avant-guerre. Elle s'est développée pendant le conflit, et mon père s'est lancé dans la fabrication de pièces beaucoup plus compliquées pour l'armée. J'ai observé… et mis parfois la main à la pâte… mais je ne suis pas un ingénieur.

— Je suppose que vous le serez pour ce groupe », a dit Finch en redressant le lourd appareil à oxygène.

Il a marqué une pause avant ce que j'imaginais être un cours sur son fonctionnement.

« Je sais que Richard maîtrise tout ça, a-t-il dit. Mais vous deux, connaissez-vous la différence entre la quantité d'air et d'oxygène au niveau de la mer et, disons, à 8 500 mètres d'altitude ? »

Une fois encore, j'ai eu l'impression d'être un élève soumis à une interrogation surprise. J'ai désespérément tenté de me rappeler la quantité d'oxygène au niveau de la mer – aucun chiffre ne m'est revenu – et encore plus désespérément de trouver une équation qui me donnerait un résultat à 8 500 mètres. En divisant par 85, peut-être ? Mais en divisant quoi ?

« Il y a exactement la même quantité d'air et d'oxygène à 8 500 mètres qu'au niveau de la mer », a déclaré Jean-Claude d'un ton assuré.

Quoi ? Mon ami français avait-il perdu la tête ?

« Très bien », a dit Finch. Dieu merci, il s'est abstenu de prendre une agaçante intonation de prof, et a continué à parler normalement. « Mais si le taux d'oxygène est sensiblement le même aux deux altitudes, alors pourquoi – là, il a marqué une pause théâtrale –, pourquoi court-on facilement deux kilomètres le long de la plage au niveau de la mer, alors qu'on doit s'arrêter en cherchant de l'air comme un poisson hors de l'eau au bout de deux pas à 8 500 mètres ?

— À cause de la pression de l'air », a répondu Jean-Claude.

Finch a opiné du chef. « D'un point de vue scientifique, nous ne savons presque rien de la physiologie en haute altitude. Nos maigres connaissances viennent des quelques études menées par le ministère de l'Air britannique ces dernières années – cela fait très peu de temps que les avions réussissent à atteindre les 3 000 mètres – et de tests réalisés au cours des expéditions dans l'Everest entre 1921 et 1924. Mais nous savons que c'est le manque de pression, à des altitudes supérieures à 6 000 mètres, qui nous tue – ça tue littéralement nos cellules cérébrales, nos organes et notre métabolisme, ainsi que notre capacité à réfléchir rationnellement. Comme le dit M. Clairoux, ce manque de pression rend la respiration plus difficile ; on a du mal à faire entrer l'oxygène dans nos poumons et l'oxygène a du mal à passer dans les petits vaisseaux et les capillaires des poumons pour régénérer les globules rouges. »

Il a brandi le lourd appareil à oxygène. « L'oxygène contenu dans ces bouteilles – ce que les Sherpas appelaient drôlement de l'"air anglais" durant notre expédition de 1922 – est pressurisé pour une altitude de 4 500 mètres. Là, pas de problèmes de respiration pour un alpiniste en forme. »

Je me suis souvenu que le sommet du Cervin que nous avions atteint en juin l'année précédente culminait à 4 470 mètres. Je n'avais effectivement pas eu de difficultés à respirer là-haut. L'air m'avait semblé un peu plus fin et beaucoup plus froid, mais suffisamment riche pour alimenter tout effort physique exigé par l'ascension.

Finch a placé les lourdes bouteilles d'oxygène devant lui. « Ce modèle était très proche de celui que nous avait fourni le ministère de l'Air, d'après les travaux du professeur Dreyer. Vous remarquerez le solide cadre en acier, le même que pour les sacs à dos Bergen, et les quatre bouteilles d'oxygène en acier, chacune à la pression de 4 500 mètres dont je viens de parler. Puis il y avait cette masse de tubes, quelques valves régulatrices – tout ce fatras passait au-dessus de l'épaule et retombait sur la poitrine du grimpeur, qui pouvait le manipuler, au risque de couper toute alimentation en oxygène. Pour couronner le tout, il n'y avait pas moins de trois sortes de masques, dont celui que j'avais moi-même modifié. »

Finch a enfilé les bretelles de l'appareil à quatre bouteilles. Des tubes, des valves et des… trucs… pendouillaient devant lui. « Chaque bouteille d'oxygène pleine pèse cinq livres trois quarts, a-t-il poursuivi. Vous préférez peut-être que je parle en kilos, monsieur Clairoux ?

— Comme vous voulez. Mais je vous en prie, appelez-moi Jean-Claude.

— *Oui, très bien**, a répondu Finch. J'ai pris l'habitude de penser en système métrique… Donc, chaque bonbonne pèse un peu plus de 2,6 kilos. Le poids total de l'appareil est d'un peu plus de quatorze kilos et demi… trente-deux livres pour vous, monsieur Perry.

— Jake, ai-je dit.

— *Oui, très bien**, a-t-il répété. Tenez, Jake… Richard ne connaît que trop bien le poids de ce modèle. Pourquoi ne pas l'essayer, avant de le passer à Jean-Claude ? »

J'ai pris l'armature Bergen avec les bonbonnes d'oxygène et passé les épaisses bretelles sur mes épaules. Ne sachant que faire du régulateur, des tubes et du masque, je les ai laissés pendre devant moi.

« Ce n'est pas excessif, ai-je dit. Il m'est arrivé de porter une charge deux fois plus lourde en haute montagne.

— Certes, a dit Finch en souriant, mais n'oubliez pas que vous aurez aussi un sac à dos ou autre fourre-tout. Avec des vivres, vos vêtements, du matériel d'escalade, des tentes pour les camps en haute altitude… combien pèse une tente ordinaire pour trois personnes, Jake ?

— Soixante livres – vingt-sept kilos. »

Le sourire de Finch commençait à me paraître arrogant. « Avec ce modèle de 1922, lors d'une escalade, on se retrouve vite déséquilibré vers l'arrière. Et vous imaginez gravir une paroi rocheuse avec toutes ces valves, tous ces régulateurs et ces tubes sur la poitrine ? Avec un harnachement pareil, on est épuisé au bout de dix pas au-dessus de 5 800 mètres. »

Jean-Claude passait les mains sur les bonbonnes d'oxygène, les tubes d'alimentation et les bidules de réglage, comme s'il pouvait mieux en comprendre la fonction uniquement grâce au toucher. Je me suis reculé pour lui laisser plus de place.

« Essayez-le tous les deux, a dit le Diacre. Je vous en prie. »

J.-C. a posé l'appareil tout droit sur l'établi et l'a enfilé sans difficulté. Il l'a remonté et a attaché une sangle sur sa poitrine. « Pas trop mal, a-t-il dit. J'escalade souvent avec un sac à dos plus lourd. Mais vous devez avoir raison en ce qui concerne le problème d'équilibre… » Puis Jean-Claude m'a surpris : posant un pied sur le tabouret, il s'est hissé à la seule force des bras pour s'agenouiller sur l'établi, puis s'est relevé, les mains plaquées sur le mur.

« Effectivement, ça doit compliquer l'escalade d'une paroi de roche ou de glace », a-t-il constaté en baissant les yeux sur nous. Puis il a sauté à terre aussi légèrement que s'il ne portait pas quatorze kilos et demi d'acier et d'oxygène pressurisé sur le dos.

Lorsque ça a été mon tour, j'ai rallongé les bretelles pour les adapter à ma taille et à ma carrure, fait quelques pas dans l'atelier et marmonné évasivement. Avec l'aide de J.-C., j'ai retiré l'appareil et je l'ai reposé délicatement sur l'établi. J'ignorais si un tel poids me gênerait durant l'escalade, mais sans jamais l'avoir exprimé à voix haute, je comptais sur ma force et ma jeunesse pour réaliser des exploits physiques inaccessibles au Diacre, à cause de ses trente-sept ans, et à Jean-Claude, qui était beaucoup plus petit et léger que moi.

« Puis il y a la triste histoire des différents masques », a repris George Ingle Finch. Il en avait fait glisser trois devant lui sur l'établi. « Ce premier modèle s'appelait l'Économiseur. Il a été conçu en tenant compte du fait que, à une altitude comme celle de l'Everest, avec la pression plus basse, l'oxygène qu'on inspire est expiré en grande partie sans que le corps ou les globules rouges n'en tirent bénéfice. L'Économiseur avait donc deux valves… »

Finch a retourné le masque et tapoté l'intérieur compliqué. « Elles devaient permettre au dioxyde de carbone de passer à travers le masque tout en stockant l'oxygène non utilisé pour qu'il puisse resservir. Mais ces foutues valves n'arrêtaient pas de geler, ce qui rendait le masque inutile. »

Il en a pris un deuxième, semblant encore plus lourd que le premier. « Nous avons tenté de résoudre ce problème avec ce modèle, appelé le Standard, en cuivre flexible recouvert de peau de chamois. L'idée était qu'il puisse se plier facilement pour s'adapter au visage de chaque grimpeur. Et il n'avait pas de valve, comme vous le voyez… » Il a tapoté l'intérieur vide.

« On contrôlait l'inspiration et la réinspiration en mordant dans l'extrémité du tube d'alimentation. La simplicité même.

— Mallory détestait ce masque », a commenté le Diacre.

Finch a souri. « En effet. Autant qu'il détestait la solution d'urgence que j'avais enseignée à tous, à savoir arracher le masque et inspirer l'oxygène directement par le tuyau, comme le font souvent les pilotes de la Royal Air Force durant leurs courts vols au-dessus de 3 000 mètres d'altitude. Il les détestait tous les deux pour la même raison : parce que, avec ce système, le grimpeur bave comme un bébé. Puis la bave gèle. Ou coule dans la gorge et dans le cou, avant de geler.

— Et le troisième masque ? ai-je demandé en le montrant du doigt.

— Ça, ça a été ma réponse au problème de bave du Standard. Des tubes en verre en forme de T, comme de petits mors, à la place des tuyaux en caoutchouc. Ils minimisaient la bave et permettaient de réinspirer plus facilement l'oxygène exhalé par le corps. Il y avait un problème, cependant, comme Geoffrey Bruce l'a découvert durant notre ascension record sur l'arête nord-est en 1922…

— Ils cassent, a dit Jean-Claude.

— Exactement. » Finch a soupiré. « Le tube en verre se fragilise dans le froid extrême et peut se briser… ou se boucher… privant le grimpeur de tout oxygène. Avant les expéditions de 1921-1922, beaucoup de scientifiques spécialistes de l'atmosphère pensaient que, dans le cas d'un grimpeur utilisant de l'air pressurisé pour 4 500 mètres, si le flux d'oxygène s'interrompait brusquement en altitude – disons à 8 320 mètres, où Bruce, Richard et moi nous trouvions lorsque la valve de Bruce s'est cassée –, l'alpiniste mourrait sur-le-champ.

— Mais personne n'est mort, a dit Jean-Claude, manifestement au courant de l'histoire des appareils à oxygène dans l'Himalaya.

— Personne. Au moins deux grimpeurs et trois porteurs sont montés jusqu'à notre camp V, à 7 600 mètres sur l'arête est, munis d'appareils à oxygène qui ne fonctionnaient pas du tout. Mais le problème de valve de Bruce, comme nous vous l'avons dit tout à l'heure, nous a obligés ce jour-là à faire demi-tour avant d'atteindre l'arête nord-est.

— C'est donc ce modèle, avec les valves en verre dans le masque, que nous utiliserons dans l'Everest ? ai-je demandé, regardant alternativement le Diacre et Finch.

— Non », ont-ils répondu d'une même voix.

Finch a pris une troisième armature Bergen, appuyée contre l'établi.

« Voici le modèle de Sandy Irvine, rebaptisé Mark Cinq, a dit Finch en tapant sur les cylindres en acier. Vous voyez la différence. »

Il me paraissait différent en effet, mais j'aurais été bien en peine de dire en quoi… attendez, il y avait trois bouteilles d'oxygène et non plus quatre. J'ai souri de ma propre perspicacité.

« Presque tout est différent, a dit Jean-Claude, faisant une fois encore courir ses doigts sur l'armature, les bouteilles, les cadrans et les tubes. Pour commencer, je vois qu'Irvine a retourné les bouteilles, si bien que les valves sont en bas et non plus en haut… »

Bon sang, ai-je pensé. Il avait raison.

« Irvine s'est débarrassé de presque tous les tuyaux, a poursuivi Jean-Claude. Il a radicalement simplifié le débitmètre et l'a installé un peu plus bas, au centre de l'appareil, afin d'améliorer l'équilibre de l'ensemble. »

Sans demander la permission, J.-C. a mis l'appareil d'Irvine sur son dos. « Le tuyau passe désormais par-dessus l'épaule et non plus sous le bras, et tous les tubes et valves qui pendaient devant sur l'ancien modèle ont disparu. L'alimentation en air devrait ainsi être améliorée et l'escalade facilitée. Et il paraît plus léger.

— Oui, a confirmé Finch. Le modèle Mark Cinq de feu M. Irvine pèse deux kilos de moins que ses prédécesseurs, tout en fonctionnant beaucoup mieux et en étant beaucoup moins inconfortable. »

Bon sang, ai-je de nouveau pensé.

« M. Irvine a élaboré la plupart des modifications alors qu'il se trouvait encore à Oxford, a poursuivi Finch. Il en a envoyé les plans à l'entreprise qui les fabriquait – notre fière Siebe Gorman – et, en presque un an, ils n'ont procédé à aucun des changements qu'il avait réclamés.

— Aucun ? ai-je répété.

— Aucun. Ils ont ignoré ses ordres et ceux du Comité de l'Everest, et livré les mêmes appareils peu pratiques et encombrants que Richard, Mallory, Bruce et moi avions utilisés en 1922. Mon grand ami Noel Odell, qui a été le dernier à avoir vu Mallory et Irvine sur la montagne, m'a raconté que quand les quatre-vingt-dix cylindres de l'expédition étaient arrivés à Calcutta, quinze étaient vides et vingt-quatre avaient déjà tellement fui qu'ils étaient inutilisables pour l'ascension. M. Irvine avait dit à Odell qu'il en avait cassé un rien qu'en le sortant de sa caisse. Nous avions eu la même mauvaise surprise en arrivant au camp de base, en 1922 : moins d'un appareil sur dix était en état de marche. Toutes les soudures fuyaient, les joints avaient tellement séché au cours du voyage à travers le désert pour rejoindre la montagne qu'ils n'étaient plus étanches, et la plupart des jauges ne fonctionnaient pas. Certains problèmes étaient réparables – et j'ai rafistolé ce que j'ai pu – mais globalement, on peut dire que l'appareil de Siebe Gorman était… de la camelote. »

Jean-Claude a retiré le modèle Mark Cinq et l'a reposé sur l'établi. Le bruit a résonné dans l'atelier. « Comment Irvine a-t-il obtenu ce modèle amélioré, alors ? »

Le petit sourire de Finch a réapparu. « Il l'a bricolé lui-même. D'abord au cours du trajet de cinq cent cinquante kilomètres jusqu'au pied de la montagne, puis au camp de base et dans les camps en altitude. Il n'a pas cessé d'y travailler – avec les quelques outils et pièces détachées à sa disposition – jusqu'au matin où Mallory et lui ont quitté le camp VI et disparu.

— C'est donc cette version du Mark Cinq d'Irvine que nous emporterons, je suppose ? a demandé Jean-Claude.

— Oui, avec quelques modifications supplémentaires de mon cru. Et fabriqué non pas par Siebe Gorman, mais comme je vous l'ai expliqué, par la Zürcher Werke für wissenschaftliche Präzisionsinstrumente und Geräte. » Son sourire s'est élargi de manière presque imperceptible. « Et je vous garantis, messieurs, une conception de qualité, à la hauteur des exigences de feu Sandy Irvine. »

Le Diacre s'est avancé et a touché les bouteilles du Mark Cinq. « Quelles sont ces ultimes modifications que vous avez réclamées, George ? »

— J'ai demandé aux ingénieurs de Zurich de fabriquer l'armature, les débitmètres et plusieurs autres éléments en aluminium, un métal robuste dérivé de la bauxite. J'aurais souhaité l'utiliser aussi pour les bonbonnes d'oxygène, mais il s'est révélé impossible d'attacher les bonnes valves ou de pressuriser des bouteilles en aluminium, si bien qu'on a conservé des cylindres en acier. Mais avec trois bouteilles et les nouvelles pièces en aluminium, le poids total sera notablement réduit. »

Finch a encore sorti un nouvel appareil. Il ressemblait beaucoup au Mark Cinq d'Irvine, mais il était un peu… différent.

« Réduit de combien ? » a demandé le Diacre en passant la main sur le cadre d'aluminium.

Finch a haussé les épaules, mais sa fierté était évidente. « L'appareil de Siebe Gorman pesait quatorze kilos et demi, celui-ci à peine plus de neuf.

— Et vous avez aussi modifié les valves du masque ? » a demandé le Diacre.

Finch a soulevé son nouveau modèle de masque. Il paraissait plus simple que tous les autres et plus flexible dans ses mains couturées. « Au lieu du verre, j'ai utilisé un caoutchouc de très haute qualité pour les embouts permettant d'inspirer et de réinspirer. Nous avons testé ce caoutchouc à une altitude de 9 000 mètres et au-delà – et dans de l'air ultra-sec. Il ne fuit pas et ne devient pas cassant. J'ai pris la liberté de remplacer également toutes les valves et tous les joints du modèle de Siebe Gorman par des pièces de ce caoutchouc supérieur. » Finch a baissé les yeux et, à sa voix, on l'aurait cru gêné ou honteux. « Je n'ai pas eu le temps de tester tous les nouveaux composants dans la montagne, Richard. Je voulais le faire... je comptais le faire... je me disais que les arêtes le long de la face nord de l'Eiger seraient un bon test... ce n'est pas juste que vous deviez découvrir si tout marche une fois sur l'Everest... mais la fabrication du nouveau modèle a pris tellement de temps... »

Le Diacre a donné de petites tapes dans le dos de Finch. « Merci, mon ami. Je suis sûr que grâce aux tests que vous avez menés ici, à Zurich, les bonbonnes que nous avons commandées fonctionneront et ne fuiront pas comme les précédentes. Merci pour tout votre travail et tous vos conseils, George. »

Finch nous a gratifiés de son petit sourire, a hoché la tête et mis ses mains dans ses poches.

Le Diacre a regardé sa montre. « Nous devrions y aller si nous ne voulons pas rater notre train.

— Je vais vous accompagner à la station d'Eisenbahn. »

Le train était à l'heure – un pléonasme, évidemment, puisque c'était un train suisse.

Le Diacre et moi allions traverser la France jusqu'à Cherbourg, puis direction l'Angleterre pour les derniers préparatifs. Jean-Claude repasserait par Chamonix – surtout, à mon avis, pour dire adieu à la fille qu'il comptait épouser – et nous rejoindrait à Londres. De là nous irions ensemble à Liverpool prendre le bateau qui nous emmènerait en Inde. En quittant Zurich, nous emportions tous les trois deux valises Gladstone remplies de neuf parkas en duvet compressées.

Alors que nous nous apprêtions à monter dans le train, Finch – resté silencieux pendant tout le trajet dans le froid jusqu'à la gare – a soudain pris la parole : « Je dois vous dire une dernière chose… concernant la raison pour laquelle vous allez dans l'Everest… enfin, à propos de lord Bromley. »

Nous avons hésité. Le Diacre avait un pied sur le marchepied. Il n'y avait personne derrière nous. Nous sommes restés sur le quai, nos valises à la main, tandis que la vapeur du train nous enveloppait dans ses volutes chaudes.

« J'ai revu Bromley une fois, longtemps après avoir escaladé avec lui, a poursuivi Finch. Il m'a rendu visite ici, à Zurich – il est venu chez moi, au printemps 1923. En avril. Il voulait m'interroger sur un aspect de notre expédition de 1922… »

Finch paraissait chercher ses mots. Nous attendions en silence. Sur le quai, les derniers passagers embarquaient.

Expirant un petit nuage d'haleine qui s'est mêlé à la vapeur, il a repris : « C'est assez absurde, en fait. Le jeune Bromley voulait que je lui dise tout ce que je savais, tout ce que j'avais vu et entendu, à propos de… eh bien… du metohkangmi.

— Le *yéti* ? ai-je dit, surpris.

— Oui, monsieur Perry… Jake, a répondu Finch avec un dernier sourire. Le yéti. Je lui ai parlé des empreintes que j'avais vues en altitude, sur le glacier du Rongbuk près du col nord, lui ai montré les photos prises par Mallory l'année précédente près du Lhakpa La et lui ai rapporté les propos du lama du monastère du Rongbuk, selon lequel cinq yétis vivaient sur les hauteurs de la vallée. C'est tout ce que j'ai pu dire ou montrer au jeune Bromley – pas de quoi faire le voyage depuis Paris, où il séjournait à ce moment-là –, mais il n'a pas paru déçu. Il m'a remercié pour mon temps et pour ces informations, a terminé son thé et il est reparti l'après-midi même. »

Le chef de gare nous faisait signe en montrant ostensiblement sa montre.

« Bromley vous a-t-il précisé pourquoi il s'intéressait à cette histoire de yéti ? » a demandé le Diacre.

Finch a secoué la tête. Puis il a fait un pas en avant, incliné légèrement le buste, fait claquer ses talons de manière formelle et presque prussienne, et nous a serré la main à tous les trois. « Au revoir, messieurs. J'ai le sentiment que je ne vous reverrai pas, mais je vous souhaite à tous beaucoup de chance dans vos voyages, votre aventure dans l'Everest et dans… votre quête. »

Rendez-vous chez MM. Burberry, Haymarket (« demandez M. Pink »)

Le Diacre nous avait informés, en novembre, que pour les expéditions de 1921 à 1924, l'Alpine Club et le Comité de l'Everest avaient octroyé cinquante livres à chaque participant pour son « trousseau » complet. La plupart de ces grands bourgeois ayant en plus payé de leur poche une partie de leur équipement, il avait décidé de nous allouer à chacun une somme de cent livres sur le budget de lady Bromley afin que nous nous équipions, précisant qu'il compléterait si nécessaire.

Même avec la liste de matériel établie par le Diacre pour ses expéditions de 1921 et 1922, plus la liste actualisée de 1924 donnée par le capitaine John B. L. Noel, son ami cinéaste-alpiniste, trouver et acheter nos vêtements et le matériel spécialisé équivalait presque à se préparer pour un voyage en Antarctique. Mais il est vrai que, jusqu'ici, toutes les tentatives britanniques de conquête de l'Everest – dont la dernière en date qui avait vu la disparition de Mallory et d'Irvine – avaient pris pour modèle les expéditions au pôle Sud : c'est-à-dire, utiliser des porteurs pour déposer des vivres et du matériel à différentes étapes du parcours vers le pôle – ou, dans notre cas, à différentes altitudes dans la montagne – puis faire des allers et retours entre ces campements jusqu'au moment où un petit groupe trié sur le volet, profitant d'une fenêtre de temps clément, pouvait attaquer le sommet, tout comme Robert Falcon Scott s'était élancé vers le pôle Sud treize ans plus tôt, avec quatre robustes compagnons, envisageant de parcourir les deux mille cinq cents kilomètres aller et retour en traîneau. Dans la mesure où

Scott et ses comparses avaient péri durant ce périple malavisé et malchanceux, j'essayais de ne pas m'appesantir sur la comparaison.

Il n'empêche que les vêtements que nous achetions étaient très similaires – avec quelques merveilleuses améliorations modernes – à ceux que portaient Scott et ses hommes lorsqu'ils étaient morts dans le froid de l'Antarctique.

Le premier article sur la sacro-sainte liste était un vêtement coupe-vent, et pour le trouver, disait la liste, « Rendez-vous chez MM. Burberry, Haymarket ("demandez M. Pink") ». Jean-Claude et moi étions légèrement intimidés : ces tailleurs comptaient parmi les plus chics de Londres – « fournisseurs d'Ernest Shackleton » et tout. Si bien que nous y sommes allés tous les deux, un jour où le Diacre était pris par d'autres obligations relatives aux préparatifs.

« M. Pink », souffrant ce jour-là, était absent du magasin de MM. Burberry, rue Haymarket, mais un certain « M. White », à la tenue guindée et à la politesse irréprochable, a passé presque trois heures à nous aider à choisir des habits et les bonnes tailles, avant de nous laisser repartir avec une facture pour nos achats et la promesse qu'ils nous seraient livrés à notre hôtel l'après-midi même. En fait, les paquets sont arrivés avant nous, alors que nous ne nous étions arrêtés que le temps de boire une pinte au sortir de chez Burberry.

Nous nous étions inspirés des tenues en gabardine de Shackleton pour acheter des knickers, des pardessus et des gants. Nous avions pris des mitaines en laine, à mettre sous des moufles elles aussi en gabardine. Et nous avions ajouté d'épais cache-nez à notre liste de courses chez Burberry.

Nous aurions aussi besoin de nous protéger la tête et le visage – pas seulement sur l'Everest, mais sur les nombreux cols à plus de 5 000 mètres d'altitude qu'il nous faudrait franchir pendant le trajet de cinq cents kilomètres à travers le Tibet pour rejoindre la montagne. De manière assez curieuse à mon avis, MM. Burberry vendaient des casques d'aviateur, ou peut-être de motard, en cuir, doublés de fourrure de renard ou de lapin, avec des rabats qui se nouaient sous le menton. Ils proposaient aussi – et nous en avons acheté une chacun – des cagoules en peau de chamois très fines, douces et respirantes, bordées de cuir. À cet impressionnant mélange de rabats et de lanières en cuir, de fourrure et de boutons en cuivre s'ajoutaient de grosses lunettes en verre Crooke que l'on pouvait coudre sur la cagoule en peau de chamois ou le bonnet si on le souhaitait. Le verre épais obscurcissait notre vision, mais nous protégerait les yeux de la terrible luminosité des hautes altitudes. Tous les alpinistes connaissaient l'histoire d'Edward Norton qui, en 1924, avait négligé de mettre ses lunettes pendant sa traversée de la face nord avec Somervell et sa tentative avortée de gravir la grande goulotte qui descend du sommet de la montagne. L'escalade était si technique que Norton avait retiré ses lunettes pendant des heures pour voir où il posait les mains et les pieds. Puisqu'il escaladait le plus souvent sur la roche nue et non pas sur une surface réfléchissante de neige ou de glace, il estimait que le soleil ne lui blesserait pas les yeux.

Non seulement ils n'avaient pas réussi à gravir le dangereux couloir, mais en redescendant au camp IV ce soir-là, Norton avait été saisi de douleurs aveuglantes dans les deux yeux. Il était atteint d'ophtalmie – une cécité des neiges doublée d'une infection – qui l'avait fait souffrir pendant soixante heures consécutives. Il avait fallu aider l'homme aveugle à retourner au camp de base avancé et l'installer dans une tente couverte de sacs de couchage pour empêcher toute lumière de passer. On racontait qu'il avait souffert le martyre dans cette tente.

Les vestes Shackleton – ni plus ni moins que des anoraks en coton huilé – avaient permis d'isoler les vêtements de laine de l'humidité lors des précédentes expéditions, mais n'avaient que très peu gardé la chaleur, malgré leur prétendue résistance au vent. Le Diacre avait l'idée folle qu'un alpiniste – du moins les trois alpinistes que *nous* étions – pourrait peut-être survivre dehors après le coucher du soleil sur l'Everest grâce aux parkas en duvet d'oie de Finch et aux vestes Shackleton imperméables. Peut-être – seulement peut-être – aurions-nous des habits assez chauds pour passer la nuit dans un bivouac en plein air à plus de 7 600 mètres d'altitude.

Les quelques couches de vêtements que portaient Mallory et Irvine au moment de leur disparition, nous avait expliqué le Diacre, ne les auraient pas maintenus en vie une heure s'ils étaient restés assis sur l'arête nord-est après la nuit tombée. « Je ne peux pas vous garantir que les parkas en duvet de M. Finch feront la différence entre la vie et la mort là-haut, nous avait-il dit quand nous avions choisi les vêtements de dessus (quand *il* avait choisi, pour être précis), mais je sais que Finch a eu plus chaud que nous tous en 22, que le duvet est plus léger que plusieurs épaisseurs de laine, et que la surveste Shackleton devrait tenir le rembourrage de duvet au sec, donc c'est un pari à tenter. »

Je n'ai jamais aimé le mot *pari* quand il s'applique à nos vies sur la plus haute montagne du monde.

Le lendemain de notre visite chez MM. Burberry, Jean-Claude et moi avons accompagné le Diacre dans une virée chaussures chez Fagg Bros., à Jermyn Street. Là, on nous a fait essayer un nouveau modèle de bottes en feutre à semelles de cuir – conçues pour l'exploration polaire, évidemment – suffisamment larges pour y loger au moins trois paires d'épaisses chaussettes de laine. Parmi les alpinistes de 1924, peu avaient choisi de porter les bottes en feutre une fois passé le glacier inférieur, si bien que personne ne savait vraiment si elles convenaient pour l'escalade sur roche ou sur glace à haute altitude.

« Pourquoi ne puis-je pas utiliser mes propres bottes d'escalade ? a demandé Jean-Claude. Elles remplissent très bien leur office depuis des années. Il faut juste les ressemeler de temps en temps.

— Lors des deux premières expéditions, nous avons tous porté nos bottes ferrées, même Finch, et ils ont fait de même l'année dernière, a répondu le Diacre. Et nous avons tous souffert du froid. Certains ont eu des gelures et ont même perdu des orteils. L'année dernière, Sandy Irvine a expliqué à John Noel que la raison en était que ces bottes d'alpinisme sont pourvues non seulement de clous – quel que soit le modèle, et chacun en avait un différent –, mais aussi de petites plaques métalliques entre les semelles intérieure et extérieure, pour donner une adhérence supplémentaire.

— Et alors ? ai-je demandé avec impatience. Est-ce que ces coûteuses bottes ferrées donnaient vraiment une meilleure adhérence ? Dans ce cas, les plaques de métal avaient leur raison d'être, non ? Elles ne doivent pas peser bien lourd. »

Le Diacre a secoué la tête avec cet air de dire *Non, vous n'y êtes pas du tout.*

« Irvine a suggéré que nous utilisions moins de clous, en partie par souci d'allègement. Dans l'armée, on nous disait que tout kilo au pied équivalait à dix kilos sur notre dos. Pendant la guerre, nous avions des bottes volumineuses, mais légères – pour pouvoir marcher le plus longtemps possible. Mais ce n'était pas le poids qui préoccupait le plus Sandy Irvine, c'était la transmission du froid.

— La transmission du froid ? a répété Jean-Claude, comme s'il n'était pas sûr de l'expression anglaise.

— Les semelles de cuir et les grosses chaussettes offrent une certaine protection contre le froid terrible de la roche et de la glace dans la montagne.

Mais Irvine avait une théorie selon laquelle ces bottes ferrées contribuaient à la déperdition de la chaleur du corps, qui s'échappait via les pieds par ces plaques et ces clous de métal. La chaleur va vers le froid, bien sûr ; voilà pourquoi, d'après Irvine, il y avait eu tant de cas de gelures aux pieds. Lors de notre expédition, Henry Morshead a dû se faire amputer d'un orteil et de plusieurs phalanges à notre retour en Inde. Il a postulé pour l'expédition de 1924, mais a été refusé à cause de ces blessures. Je crois que Sandy Irvine avait raison et que les bottes ferrées favorisent la perte de chaleur.

— Alors, qu'est-ce qu'on fait ici ? ai-je demandé. Je pourrais aussi bien porter mes vieilles et fidèles bottes d'alpinisme si les modèles plus chers doivent me refroidir les pieds plus vite. » Ma remarque a paru puérilement agressive, même à mes propres oreilles.

Le Diacre a sorti plusieurs papiers de la poche de sa veste et les a dépliés. Chaque feuille était couverte de croquis soigneusement dessinés à l'encre ou au crayon, avec des colonnes de texte manuscrit de chaque côté. L'orthographe était épouvantable, mais les instructions très claires – Sandy Irvine proposait une modification de la classique botte d'alpinisme, montrant où il fallait ajouter des couches de feutre entre la trépointe et la semelle cloutée. Le résumé d'Irvine (le Diacre a confirmé qu'il s'agissait bien des notes que ce dernier avait données au capitaine Noel quelques jours avant sa disparition avec Mallory) s'achevait ainsi : « Les botes doive être peu clouter – chaque grame conte ! »

« Quelle piteuse orthographe », ai-je déploré, en brandissant la feuille comme une pièce à conviction. Tout le monde savait, après des mois d'articles dans les journaux et d'éloges funèbres, qu'Andrew « Sandy » Comyn Irvine avait fréquenté le collège Merton à Oxford. « L'effet du manque d'oxygène en haute altitude ? »

Le Diacre a secoué la tête. « Noel m'a dit qu'il avait rarement rencontré un jeune homme aussi intelligent... presque un génie de l'ingénierie et du bricolage sur le terrain... mais pour une raison quelconque, il n'a jamais appris à écrire correctement. Il faisait partie de l'équipe d'aviron d'Oxford, l'OUBC, et il était membre du scandaleux club Myrmidon à Merton.

— Scandaleux en quoi ? » a demandé Jean-Claude. Il examinait les croquis d'Irvine et a levé la tête, surpris.

« C'est un club de riches jeunes gens, excellents athlètes pour la plupart, dont la spécialité consiste à briser les règles et les fenêtres de l'université », a expliqué le Diacre. Il a récupéré les feuilles de papier et les a tendues à celui des frères Fagg qui discutait de bottes avec nous. « Nous devons maintenant décider si nous suivons le schéma d'Irvine et adoptons les nouvelles bottes d'alpinisme potentiellement plus chaudes, si nous optons pour le nouveau modèle en feutre, pour les bottes super rigides que Jean-Claude nous a demandé d'utiliser avec les nouveaux crampons qu'il a conçus, ou si nous emportons les nôtres.

— Ne pouvons-nous pas prendre les quatre modèles ? a demandé Jean-Claude. Je vous montrerai bientôt pourquoi les bottes rigides que j'ai réclamées seront peut-être nécessaires sur l'Everest. Je suis partisan des quatre. Si l'argent de lady Bromley le permet ?

— Il le permet », a dit le Diacre. Il a montré les schémas et dit à M. Fagg : « Deux paires chacun de ces bottes spéciales, avec l'épaisseur supplémentaire de feutre et sans que les plaques de métal touchent les clous. Deux paires de bottes ultra-rigides – mon ami Jean-Claude vous donnera une feuille avec les spécifications. Et deux paires chacun des nouvelles bottes lapones en feutre. Nous avons le temps de faire prendre nos mesures. »

La parka en tissu de montgolfière et le nouveau modèle de bottes d'Irvine n'ont cependant pas été les plus grands changements apportés à l'équipement de notre petite expédition de 1925.

Dès qu'il nous avait rejoints après son dernier voyage en France, J.-C. nous avait expressément demandé deux jours de notre temps avant la fin du mois de janvier. Le Diacre avait répondu que c'était impossible : il n'avait pas deux jours à perdre entre janvier et la fin février, date prévue du départ en Inde.

« C'est important, Richard », avait insisté Jean-Claude. À cette époque, J.-C. n'utilisait le prénom du Diacre qu'en de rares occasions, et j'étais toujours amusé d'entendre sa prononciation française. « *Très important**.

— Au point que le succès ou l'échec de l'expédition puissent en dépendre ? » Le ton du Diacre n'avait rien d'amical.

« Oui. » J.-C. nous avait regardés l'un après l'autre. « Je crois qu'effectivement, ces deux jours peuvent être décisifs dans le succès ou l'échec de notre expédition. »

Le Diacre avait soupiré et sorti de la poche de sa veste un petit carnet contenant un calendrier. « Le dernier week-end du mois, avait-il fini par dire. Les 24 et 25 janvier. J'ai plusieurs choses importantes… je les repousserai. C'est un week-end de pleine lune… est-ce que ça change quelque chose ?

— Possible… », avait répondu Jean-Claude. Soudain, son grand sourire juvénile avait illuminé son visage. « Possible que la pleine lune change quelque chose. Oui. Merci, mon ami. »

Nous nous sommes mis en route le samedi 24 au lever du soleil – ou ce qui passait pour tel en cette journée grise et glaciale de la fin janvier, où une légère neige perçait la brume. Comme il ne possédait pas d'automobile, le Diacre en avait emprunté une à son ami Dick Summers : une Vauxhall qui, dans mon souvenir, mesurait au moins dix mètres de long – avec trois rangées de sièges, plein de place pour les jambes et des roues qui m'arrivaient presque à la poitrine. (Ironie de l'histoire, a expliqué le Diacre, c'était dans ce même véhicule que, deux ans plus tôt, Dick Summers avait effectué la première traversée en voiture, dans les deux sens, de la mauvaise route gravillonnée – guère plus qu'une piste – entre les cols de Wrynose et de Hardknot dans le Lake District. Quand je lui ai fait remarquer que l'ironie m'échappait, le Diacre a allumé sa pipe et précisé : « Vous avez raison. J'ai oublié d'ajouter que si Summers était au volant, Sandy Irvine se trouvait à l'arrière en compagnie de deux séduisantes jeunes femmes. »)

À peine sortis du garage de Summers, nous avons compris que l'énorme Vauxhall était plus adaptée aux expéditions estivales sur de hauts cols qu'à la conduite hivernale. C'était une décapotable et, s'il nous a fallu trente minutes, ponctuées de jurons et de doigts écrasés, pour réussir à soulever et à fixer la capote au mécanisme incroyablement compliqué, et une demi-heure supplémentaire pour boutonner et fermer correctement les rabats latéraux et les fenêtres souples, quelques kilomètres dans les rues de Londres ont suffi à nous démontrer que la carrosserie de cette fichue bagnole avait plus de trous qu'une passoire. Au bout de dix minutes, la neige nous soufflait au visage et s'amoncelait sur les lattes du plancher, sur nos pieds et nos genoux.

« On en a pour combien de temps, déjà ? » a demandé le Diacre à Jean-Claude, qui conduisait. J.-C. ne nous avait pas encore révélé notre destination, ce qui agaçait d'autant plus notre leader. (Même s'il en fallait peu pour l'agacer en ce moment ; la quantité de travail logistique qu'il abattait pour notre petite « expédition de recherche » lui laissait à peine le temps de dormir ou de manger, encore moins de se reposer ou de faire de l'exercice, et il était visiblement épuisé.)

« Moins de six heures de route, m'a-t-on dit, par une belle journée d'été », a répondu gaiement Jean-Claude. Tenant fermement l'énorme volant de ses mains gantées, il a crachouillé un peu de neige. « Peut-être un peu plus aujourd'hui.

— Dix heures ? » La voix du Diacre ressemblait à un grognement alors qu'il tentait d'allumer sa pipe. Il avait du mal, puisqu'il portait nos nouvelles mitaines sous une paire de moufles en laine et une autre en gabardine. Au moins étions-nous vêtus comme au pôle Sud pour cette sortie *en voiture.*

« Nous aurons de la chance si nous y arrivons en douze, a répondu Jean-Claude d'un ton léger. Installez-vous confortablement et détendez-vous, s'il vous plaît. »

Mais deux bonnes raisons nous en empêchaient : d'abord, la Vauxhall ayant (théoriquement) un chauffage dans le tableau de bord, nous étions tous les trois penchés vers lui, même si le machin ne soufflait que de l'air *froid* ; ensuite, Jean-Claude ayant peu l'habitude de conduire, *a fortiori* en Angleterre, ce voyage sous la neige et sur le verglas était terrifiant, même *entre* ses moments de panique où il ne savait plus de quel côté de la route rouler.

La neige s'intensifiait. À part nous, seuls quelques camions étaient assez téméraires pour circuler ce jour-là. Nous partions vers le nord-ouest et, après avoir traversé Hemel Hempsted, Coventry, puis la noire cité de Birmingham, nous avons pris la direction de Shrewsbury.

« Nous allons dans le nord du pays de Galles », a soupiré le Diacre. Il a presque réussi à faire rimer « Galles » avec « râle ».

La banquette du fond, ainsi que la moitié de celle sur laquelle j'étais assis, étaient occupées par de volumineux sacs de voyage que nous avions aidé Jean-Claude à charger dans la voiture. Ils étaient *très* lourds. Et le fracas métallique qu'ils émettaient lors de nos folles embardées pour stabiliser la voiture sur le verglas me laissait deviner qu'ils contenaient une quantité impressionnante de matériel.

« Ce sont les appareils à oxygène que vous avez apportés ? ai-je demandé, agrippé au siège devant moi comme au garde-corps d'un wagonnet sur des montagnes russes.

— Non », a répondu Jean-Claude d'un ton distrait en se mordillant la lèvre inférieure. Il tentait de faire passer la Vauxhall de trois mètres cinquante de large entre le camion arrivant en sens inverse et l'épaisse haie qui bordait sur la gauche la route pentue et couverte de neige.

Le Diacre a retiré sa pipe de sa bouche. Pendant une seconde, j'ai presque eu la tentation de tendre les mains vers elle – la pipe – comme source de chaleur, plutôt que vers le prétendu « chauffage » de la voiture.

« Impossible, a-t-il lâché d'une voix sinistre. Vous savez bien que Finch doit les envoyer directement de Zurich à Liverpool. »

La nuit tombait. Pour tout dîner, nous nous étions contentés de sandwichs gelés – littéralement : il y avait des cristaux de glace dessus –, que nous avions emportés dans un panier à présent rempli de neige, et d'une Thermos de soupe qui avait perdu toute chaleur à peu près en même temps que nous, c'est-à-dire dix heures plus tôt, quelque part dans les faubourgs de Londres.

La neige tombait toujours. Les phares de la Vauxhall produisaient autant de lumière que deux chandelles vacillantes. Peu importait : personne d'autre n'était assez stupide pour s'aventurer sur les routes ce soir-là. La pleine lune souhaitée par Jean-Claude s'était peut-être levée. Nous ne le saurions jamais. Le monde était une masse blanche tourbillonnante à travers laquelle Jean-Claude conduisait résolument, clignant des paupières pour chasser les flocons de neige de ses yeux, qu'il plissait dans l'obscurité immaculée devant nous.

« Nous allons au mont Snowdon », a dit le Diacre. Il avait même renoncé à allumer sa pipe, à cause du vent qui s'infiltrait par les interstices de la capote et des rabats des fenêtres.

« Non », a répondu Jean-Claude, l'air sombre. La dernière fois que je l'avais vu sourire, c'était juste après Birmingham.

Nous n'avons pas atteint notre destination ce soir-là. La faute à la première des deux crevaisons qui ont agrémenté notre voyage. Heureusement, Dick Summers avait eu la prévoyance de fixer deux roues de secours au marchepied arrière gauche. (Je ne pouvais monter ou descendre de la voiture que par le côté droit.) Malheureusement, le cric et les autres outils dont nous avions besoin pour changer la roue – nous avions crevé au milieu de la route, de sorte que si un camion ou tout autre véhicule avait soudain émergé du blizzard, c'en aurait été fini de nous tous (nous n'avions pas de lampe torche pour signaler notre présence, pas même une bougie, encore moins de balise lumineuse) – devaient se trouver au fond du minuscule coffre de l'énorme Vauxhall. Et le coffre était fermé. Et la clé de contact ne l'ouvrait pas.

Nous avons lancé une telle quantité de jurons cette nuit-là qu'il en flotte sans doute encore quelque part près de la frontière entre l'Angleterre et le pays de Galles.

Finalement, l'un de nous a eu l'idée de donner un bon coup de poing dans le hayon, songeant qu'il était peut-être gelé et non pas verrouillé, et le battant de métal s'est ouvert comme par magie, révélant un cric, un démonte-pneu et d'autres outils semblant faits pour une auto cinq fois plus petite que la gigantesque Vauxhall.

Qu'importait. En moins de quatre-vingt-dix minutes, le pneu était changé.

Nous avons passé la nuit dans une auberge pas très propre et hors de prix, dans un endroit appelé Cerrigydrudion. Il était trop tard pour les plats chauds qui avaient été servis plus tôt, et le propriétaire a refusé de nous ouvrir sa cuisine. La salle du pub possédait une cheminée, et si l'aubergiste, en allant se coucher, s'est avancé vers nous dans l'intention manifeste de nous interdire d'ajouter du charbon sur le feu, les regards assassins que nous lui avons jetés tous les trois l'ont arrêté net.

Nous sommes restés près du petit foyer jusqu'à minuit, en essayant de nous dégeler. Puis nous nous sommes traînés jusqu'à de minuscules chambres à l'odeur bizarre et presque aussi froides que la Vauxhall. Nous avions apporté nos meilleurs sacs de couchage en duvet – J.-C. nous ayant averti que nous camperions ce samedi soir –, mais le froid et l'odeur épouvantable se sont révélés trop durs à supporter et, vers trois heures du matin, j'ai rajouté plusieurs couches de vêtements et je suis retourné à pas traînants dans la grande salle pour voir si je pouvais ranimer la flambée.

C'était inutile. J.-C. et le Diacre étaient arrivés avant moi, avaient fait repartir le petit feu de charbon de bois et ronflaient tous les deux, avachis dans deux fauteuils à oreilles. Il y en avait un troisième dans la pièce. Je l'ai traîné aussi près que possible de la cheminée – sans que le grincement réveille l'un ou l'autre de mes compagnons d'escalade –, j'ai disposé le sac de couchage sur moi comme une couverture et dormi à poings fermés jusqu'à ce que l'aubergiste nous chasse de nos nids douillets à six heures du matin.

Ce dimanche 25 juin 1925 a été l'un des plus beaux jours de mon existence, quand bien même je n'avais que vingt-deux ans et encore presque toute la vie devant moi. Mais pour être honnête, jamais, dans les sept décennies qui ont suivi, je n'ai partagé mes « plus beaux jours » avec quiconque, comme j'ai partagé ce jour-là – ainsi que d'autres jours et d'autres moments dans les mois suivants – avec mes amis et frères de cordée, Jean-Claude Clairoux et Richard Davis Deacon.

Une épaisse neige recouvrait tout, mais le ciel était bleu et la journée ensoleillée. La plus ensoleillée que j'avais connue en Angleterre, à l'exception peut-être de la radieuse journée d'été où nous avions rendu visite à lady Bromley. Il faisait encore très froid, – 20 °C au bas mot, si bien que la neige ne fondait pas, mais l'énorme Vauxhall, avec son puissant moteur et ses gigantesques pneus à crampons, était dans son élément. Même sur les routes de la campagne galloise qu'aucun véhicule n'avait parcourues ce matin-là, nous filions à une vitesse confortable de cinquante kilomètres à l'heure.

Très vite, ne supportant plus l'air confiné de la Vauxhall, nous nous sommes arrêtés au milieu de la chaussée déserte pour décapoter – nos traces parallèles disparaissant derrière le dernier col telle une voie ferrée noire dans un univers blanc – et nous avons posé les fenêtres amovibles et les bâches en toile des côtés sur le sol, au pied des énormes sacs de Jean-Claude.

Nous avions tous trois enfilé nos cinq épaisseurs de laine, sous la parka matelassée en tissu de montgolfière rapportée de Zurich et la gabardine Shackleton de chez Burberry. J.-C. et moi portions aussi notre casque d'aviateur ou de motard en cuir, notre cagoule, ainsi que les lunettes en verre Crooke antireflets.

Encore aujourd'hui, je regrette qu'il n'y ait eu personne pour nous prendre en photo alors que nous traversions toute la région désertique du mont Snowdon. Nous devions ressembler aux envahisseurs martiens de M. Wells.

Notre destination – la destination secrète de Jean-Claude – n'était pas le mont Snowdon, très fréquenté par les grimpeurs en hiver, ni les dalles de Pen-y-Pass, chères à George Mallory, que nous avions escaladées à l'automne précédent ; notre destination, que nous avons atteinte en milieu de matinée ce dimanche de janvier, était le lac Llyn Idwal et ses alentours faits de moraines, de *roches moutonnées** (d'après la description de Jean-Claude, mais qui m'était familière depuis nos escalades dans les Alpes), de falaises aux stries brillantes, d'éboulis et de blocs erratiques (des rochers apportés par des glaciers disparus depuis longtemps et posés au milieu de plaines rocailleuses telles d'énormes balles de hurling oubliées par des géants). Les strates géologiques étaient partout visibles sur les parois, les dalles et les pentes. Le Llyn – le lac, alors gelé – se nichait dans un paysage de roches verticales. J.-C. nous a montré les hauts pics de Y Glyder Fawr et de Y Garn quand nous sommes descendus de voiture et nous sommes dégourdi les jambes dans la neige. Jean-Claude et moi portions des guêtres en coton huilé pour protéger de l'humidité nos hautes chaussettes de laine. Le Diacre, lui aussi en knickers, avait mis des bandes molletières à l'ancienne – quoique en cachemire le plus fin – et ressemblait aux alpinistes britanniques tirés à quatre épingles que l'on voyait sur les photos des expéditions dans l'Everest de 1921, 1922 et 1924. Avec ses knickers kaki et sa chemise en laine kaki sous sa parka ouverte, il évoquait aussi le soldat – ou capitaine – qu'il avait été durant la Grande Guerre.

C'était presque perturbant de le voir ainsi, en couleurs camouflage et hautes bandes molletières. Si sa tenue lui rappelait de douloureux souvenirs de guerre, il n'en a rien montré tandis qu'il s'étirait au sortir de la voiture et penchait la tête en arrière pour regarder les pics et les cascades de glace autour de nous. Il a sorti sa pipe de sa vieille veste de laine fatiguée, l'a allumée, et je me souviens que l'odeur de son tabac dans l'air froid était comme une drogue puissante.

Je craignais qu'il ne nous faille encore marcher deux heures jusqu'au lieu d'escalade – comme sur la maudite vire de la pipe de Mallory –, mais Jean-Claude avait garé la Vauxhall à cent mètres seulement de sa destination.

Il avait cherché des chutes d'eau d'été transformées en cascades de glace ; de hautes parois rocheuses glacées qui se terminaient par d'intimidants surplombs. Il les avait trouvées ici, dans cette vallée, à l'extrémité du Llyn Idwal, sous les pentes abruptes du Cwm Idwal. Nous avons porté les lourds sacs jusqu'aux pieds d'une des plus grandes cascades de glace, où il a laissé tomber son chargement dans la neige en nous faisant signe de l'imiter. Ce qu'il nous a raconté ensuite allait transformer à jamais l'escalade alpine et himalayenne.

« Commencez par enfiler les nouvelles bottes que MM. Fagg nous ont fabriquées », a dit Jean-Claude. Il a sorti deux paires rigides d'un des sacs de toile. Il portait déjà les siennes.

Le Diacre et moi avons ronchonné, mais trouvé deux blocs sur lesquels nous asseoir pour retirer nos nouvelles bottes alpines et chausser les autres, d'une raideur ridicule. Nous avions essayé de marcher avec à Londres et les avions trouvées affreusement inconfortables. (Les plus agréables étaient les hautes bottes lapones en feutre et cuir, qui donnaient l'impression de marcher avec des mocassins indiens ultra-chauds. Elles ne conviendraient pas, hélas, pour la très longue traversée du Tibet jusqu'à l'Everest, mais elles seraient parfaites dans les campements.)

Après avoir fait quelques pas maladroits avec ces bottes qu'un cambrion entier rendait rigides, le Diacre et moi avons lancé un regard courroucé à Jean-Claude. Ces stupides godillots n'avaient absolument aucune souplesse. Jamais nous ne pourrions les briser pour en faire de confortables chaussures de marche ou d'escalade.

J.-C. n'a pas paru affecté par nos regards noirs. Il était de toute façon trop occupé à sortir une ribambelle d'objets en métal ou en métal et bois de ses trois gros sacs à malice. « Qu'est-ce que c'est ? nous a-t-il demandé en brandissant deux vieux crampons que je l'avais souvent vu utiliser.

— Des crampons ? » ai-je répondu. J'ai détesté la façon dont ma voix montait dans les aigus à la fin du mot – on aurait dit un écolier. « Des crampons, ai-je répété plus fermement.

— Et à quoi servent-ils ? a-t-il continué de son ton de maître d'école à peine modulé d'accent français.

— À traverser les glaciers. Et à monter des pentes enneigées, si elles ne sont pas trop abruptes.

— Combien de pointes ont-ils ?

— De pointes ? ai-je demandé bêtement.

— Les dents en dessous », a dit le Diacre. Il jouait encore avec sa maudite pipe. J'ai eu envie de le frapper avec l'une des longues stalactites pendant sur la cascade de glace devant nous.

« Dix pointes », ai-je répondu. J'avais essayé de visualiser mes crampons chez moi et de compter mentalement les pointes. Quel imbécile. Je les utilisais depuis l'adolescence. « Dix.

— Pourquoi ne s'en sert-on pas davantage en alpinisme ? a demandé Jean-Claude. Pourquoi est-ce qu'on ne les mettra pas sur l'Everest ? » Sa voix douce et innocente m'a alerté. Il y avait un piège. J'ai regardé le Diacre, mais il était soudain très occupé à rallumer sa pipe.

« Parce que ces trucs ne sont pas pratiques sur le roc », ai-je fini par répondre. Je supportais de moins en moins bien ce rôle de cancre.

« Il n'y a que du roc en haut de l'Everest ? »

J'ai soupiré. « Non, Jean-Claude, il n'y a pas que du roc en haut de l'Everest, mais il y en a beaucoup. On peut utiliser les crampons dans les champs de neige, s'ils ne sont pas trop inclinés. Mais les bottes ferrées sont plus adaptées. Elles ont une meilleure adhérence. La face nord de l'Everest et la majeure partie des arêtes nord-est et est, d'après les comptes rendus de l'Alpine Club et ce que les ascensionnistes de l'expédition de 1924 en ont dit, consistent essentiellement en dalles inclinées – comme des ardoises sur un toit pentu. *Très* pentu.

— Les crampons seraient donc déconseillés dessus ? »

J'ai eu un professeur de géométrie au lycée qui nous interrogeait de cette manière et sur ce ton-là. Je le détestais.

« Tout à fait déconseillé, ai-je dit. Ce serait comme de marcher sur des échasses d'acier. » Ç'avait été difficile à prononcer.

Jean-Claude a lentement hoché la tête, comme s'il venait enfin de comprendre les bases de l'escalade en haute montagne. « Et qu'en est-il du couloir de Norton ? »

C'est ainsi que les grimpeurs surnommaient désormais la grande goulotte de dalles et de neige montant droit vers la pyramide sommitale de l'Everest, sur la face nord. Un an plus tôt, Edward Norton et Howard Somervell – Norton marchait en tête et n'était pas encordé – avaient quitté l'arête est pour se tailler un chemin sur la face nord, au-dessus de ce qu'on appelle la Bande jaune, à plus de 8 530 mètres d'altitude. Tandis que Somervell, qui ne se sentait pas bien, traînait loin derrière, Norton avait atteint la grande goulotte et tenté de gravir ce couloir quasi vertical. Mais la neige lui arrivait presque à la taille, et là où il n'y en avait pas, les dalles inclinées étaient verglacées. Prenant soudain conscience de la précarité de sa position – un coup d'œil à ses pieds lui montrant un précipice de 2 500 mètres jusqu'au glacier du Rongbuk –, Norton avait abandonné sa tentative d'atteindre le sommet. Il était redescendu *très lentement* vers Somervell et lui avait demandé d'une voix tremblante s'ils pouvaient s'encorder. (Il n'était pas rare de ressentir cette soudaine panique après des initiatives hardies au-dessus de vertigineux à-pics, même dans les Alpes. Comme si le cerveau, suivant un brusque instinct de survie, prenait le pas sur l'adrénaline et l'ambition des alpinistes les plus courageux. Ceux qui ne tenaient pas compte de cette « panique » dans des situations extrêmes – comme George Mallory – ne revenaient pas souvent de leurs ascensions.)

Norton n'en avait pas moins accompli un exploit dans ce couloir. Et établi un nouveau record d'altitude – à 8 570 mètres – seulement dépassé (peut-être) par Mallory et Irvine lors de leur ultime et fatal assaut le long de l'arête nord-est battue par les vents.

Mais la plupart des prétendants à la conquête de l'Everest jugeaient le couloir de Norton infranchissable. Trop abrupt. Trop de neige instable. Trop d'escalade verticale. Une sanction trop grave, au moindre faux pas, après trop d'heures d'efforts trop intenses dans un endroit trop haut et trop froid.

« Pourquoi ne pas utiliser les crampons pour gravir le couloir de Norton ? a demandé Jean-Claude. Ou même les rampes de neige sur les arêtes est ou nord-est, où seuls Mallory et Irvine se sont aventurés ? »

La fin de cette phrase m'a donné des sueurs froides. Il est vrai aussi que j'avais retiré la veste montgolfière de Finch et qu'une brise glaciale soufflait du Cwm Idwal et sur le Llyn Idwal.

« Parce qu'on ne peut pas marcher avec des crampons sur des pentes pareilles, ai-je répondu avec irritation. Ni même dans les champs de neige sous leur camp supérieur, à 8 200 mètres.

— Et pourquoi ? a encore demandé Jean-Claude avec cette suffisance gauloise tout à fait agaçante.

— Parce que les chevilles et les pieds humains ne fléchissent pas comme il faut, bon Dieu ! Et parce que les crampons ne peuvent pas accrocher sur des pentes raides quand le poids du grimpeur n'est pas dessus. Vous le savez très bien, Jean-Claude !

— Oui, je le sais, a-t-il acquiescé en laissant tomber ses vieux crampons.

— Je crois que notre ami a quelque chose à nous montrer », a dit le Diacre. Il parlait entre ses dents serrées, tandis que des volutes de fumée montaient du foyer de sa pipe.

Jean-Claude a souri, s'est penché sur son gros sac et en a sorti un seul crampon de métal flambant neuf. Il m'a fallu quelques secondes pour voir la différence.

« Il a des pointes devant, ai-je dit. Comme des cornes.

— Des crampons douze pointes, a dit Jean-Claude, d'un ton à présent direct et affairé. J'ai entendu des glaciéristes allemands en parler. Et j'ai demandé à mon père de les concevoir et de les fabriquer. »

Nous savions que le père de Jean-Claude, un ancien forgeron, dirigeait désormais une des plus grosses fonderies, peut-être pas de France, mais du moins de Chamonix. L'entreprise de M. Clairoux avait prospéré grâce aux commandes de l'État français (et, dans une moindre mesure, des gouvernements anglais et américains) durant la Grande Guerre. Ils produisaient aujourd'hui aussi bien des tuyaux en acier que des instruments dentaires.

« Ça paraît dangereux, ai-je dit.

— Ça l'est. Pour la montagne qui ne veut pas être vaincue.

— Je crois comprendre, a dit le Diacre en s'avançant pour saisir le crampon à l'aspect redoutable. On plante les pointes et on fait reposer son poids sur le cambrion presque inflexible de la nouvelle botte rigide, en s'en servant comme d'un marchepied. Et cela même – théoriquement – sur de la glace presque verticale.

— Oui, a confirmé Jean-Claude. Mais pas seulement “presque verticale”, mon ami. Sur des parois de glace verticales. Ou pires que verticales. Je les ai testés en France. Nous les testerons ici aujourd'hui. »

J'avoue que mon cœur s'est accéléré. Je n'ai jamais aimé l'escalade sur glace. Je déteste les surfaces sur lesquelles mes pieds ne peuvent pas trouver de prises, même ténues. En entendant le “Nous les testerons aujourd'hui”, j'ai senti ma peau froide se couvrir de sueur.

« Mais ce n'est pas tout, a poursuivi Jean-Claude. Montrez-moi vos piolets, mes amis. »

Nous les avions apportés, bien sûr. J'ai ramassé le mien dans la neige et l'ai posé devant moi : un long manche en bois, avec une lame et une panne en métal au bout. Le Diacre a pris le sien et s'est appuyé dessus.

« Combien mesure le vôtre, Jake ? m'a demandé Jean-Claude.

— Quatre-vingt-seize centimètres. Je le préfère assez court pour pouvoir tailler des marches sur les pentes raides.

— Et le vôtre, Richard ?

— Un mètre vingt. Désuet, je sais. Comme moi. »

Jean-Claude s'est contenté de hocher la tête. Puis il a plongé la main dans son sac bourré à craquer et en a sorti une série de « piolets »... qui n'en étaient pas du tout. Le plus long ne devait pas mesurer plus de soixante centimètres. Bon sang, on aurait dit des marteaux ! Avec différentes sortes de lames et de pannes au bout de chaque manche en bois... oh, ciel... des manches en acier !

Le père de J.-C. n'avait pas chômé dans son usine.

« C'est vous qui les avez dessinés ? » a demandé le Diacre en saisissant l'un de ces ridicules marteaux.

Haussement d'épaules de J.-C. « En m'inspirant de ce que les Allemands ont fait cette année – vous me l'avez dit vous-mêmes en rentrant de Munich. J'ai donc gravi des voies glacées avec eux en décembre à Chamonix – avec de jeunes Allemands –, observé leurs nouvelles techniques, utilisé certains de leurs équipements dernier cri. Puis j'ai ajouté mes propres variantes à l'usine de mon père pour améliorer leur modèle.

— Ce ne sont pas des piolets ! » J'en bafouillais presque.

« Ah bon ?

— Non ! On ne peut pas faire de randonnée avec ces machins-là, on ne peut pas prendre appui dessus, on ne peut même pas tailler des marches de glace dans une pente. »

Jean-Claude a levé un doigt. « *Au contraire** », a-t-il répondu, saisissant l'un des cinq modèles posés sur son sac. Celui-là ressemblait à un piolet traditionnel – avec manche en bois et tout –, mais qui serait resté sous la pluie et aurait rétréci des deux tiers. Et à la place de la panne en forme d'herminette, l'une des extrémités était contondante comme un marteau. C'*était* un marteau.

« Ce marteau à glace est parfait pour tailler des marches sur une forte pente enneigée ou glacée. Grâce à lui, on n'a pas à se pencher en arrière, au risque de perdre l'équilibre, comme on le devait avec nos anciens piolets plus longs. »

J'ai secoué la tête.

« Celui-ci est encore plus court », a dit le Diacre, montrant un instrument tout en acier, avec une sorte de base filetée et pointue, une longue lame plate d'un côté et une panne très courte de l'autre.

J.-C. a souri en le ramassant, puis l'a tendu au Diacre qui l'a pris dans sa main libre. « Léger. En aluminium ?

— Non, en acier. Mais avec un manche creux. C'est ce que mon père et moi appelons le piolet court "techniquement incurvé". À utiliser sur des pentes de glace abruptes, parfait pour tailler des marches. Celui-là, qui est légèrement plus long, avec un manche en bois, et qui ressemble davantage à une version courte du piolet traditionnel, mais avec une longue lame courbe et crantée, nous l'avons appelé le piolet "à courbe inversée". On l'utilise – il s'est tourné vers le mur de glace vertical derrière nous – pour *ça.* »

Le Diacre m'avait passé les deux piolets courts, et frottait la barbe sur ses joues et son menton. Il n'avait pas pris le temps de se raser ce matin-là, bien que nous ayons fini par obtenir de l'eau chaude dans cette auberge détestable.

« Je commence à comprendre », a-t-il dit.

Maniant les deux machins comme des armes, je faisais mine de les abattre… sur ce que j'imaginais être des crânes français.

« Comment avez-vous trouvé cet endroit… Cwm Idwal ? » lui a demandé le Diacre. Il se démanchait le cou pour regarder la paroi de glace verticale qui brillait, diabolique, dans le soleil de cette fin de matinée. Un surplomb de roc et de glace pendait à soixante mètres au-dessus de nous, tel un poids géant susceptible de nous tomber dessus à tout moment. Il était trop large et épais pour tenter une ascension libre – le roc lui-même faisait au moins deux fois la taille de Jean-Claude, et la saillie de glace au moins un mètre et demi. Il paraissait impossible de le franchir pour atteindre la dernière longueur d'environ deux mètres cinquante jusqu'au sommet.

« J'ai demandé à des glaciéristes britanniques de m'indiquer les meilleurs endroits, a répondu Jean-Claude.

— Il y a des glaciéristes britanniques ? » s'est étonné le Diacre. J'ignorais si sa surprise était feinte. J'avais toujours cru qu'il connaissait *tous* les grimpeurs britanniques. Ainsi que la plupart des Français et des Allemands.

« Très peu, a admis J.-C. avec un sourire.

— Ensuite ? » a demandé le Diacre en montrant le sac, manifestement impatient de découvrir quelle autre bizarrerie il recelait.

Jean-Claude s'est retourné, a fait un pas en arrière et, se protégeant les yeux, il a à son tour levé la tête vers la paroi de glace et le terrifiant surplomb. « Ensuite, a-t-il dit, la voix emportée par la brise qui se levait, ensuite, nous escaladons tous les trois ce mur. En entier. Dont le surplomb. Jusqu'en haut. »

OK, je vais être honnête : à cet instant, j'aurais mouillé mon caleçon en soie et mes knickers neufs si je n'avais pas été sûr que mon urine aurait gelé de manière fort inconfortable.

« Putain… vous… n'êtes… pas… sérieux », ai-je dit à mon ex-ami français. C'était la deuxième fois de ma vie que je prononçais ce mot et la première en présence de mes deux partenaires d'escalade.

J.-C. a souri.

Du plus grand de ses sacs, Jean-Claude a sorti trois solides mais légers… « harnais » de cuir – c'est le mot qui me vient, bien qu'il y ait eu des mousquetons de métal sur le devant, là où convergeaient des sangles au milieu de la poitrine, et d'autres boucles et mousquetons autour de la large ceinture. Tandis que le Diacre et moi enfilions nos harnais, l'air dubitatif, Jean-Claude a simplement levé la jambe gauche aussi haut que possible, enfoncé ses nouveaux crampons douze pointes dans le mur de glace, planté la lame de ses deux piolets courts – reliés à ses poignets par des dragonnes de cuir – et s'est hissé jusqu'à tenir en équilibre sur sa botte gauche rigide. Son harnais cliquetait à cause de tous les instruments en acier qui y étaient accrochés : une espèce de pic à glace dans son fourreau, une grande quantité de mousquetons étincelants, un grand sac de broches à glace et d'autres sacs pleins de ferraille tout autour de sa ceinture. Il avait passé un énorme rouleau de corde à l'épaule et en travers de sa poitrine, et l'a laissé se dérouler pendant qu'il commençait à grimper.

Il a ensuite abaissé le piolet qu'il tenait dans la main droite, l'a secoué pour le sortir de la glace et l'a replanté un mètre plus haut. Faisant toujours porter son poids sur son pied gauche – facilement, me semblait-il –, il a enfoncé la pointe du pied droit quelques dizaines de centimètres plus haut, dégagé les crampons gauches et s'est hissé plus haut à la force des bras. Puis il a répété l'opération avec le piolet et les crampons gauches pour monter encore un peu.

Debout sur le mur de glace, aussi désinvolte, à deux mètres de haut, que s'il se tenait sur un trottoir, J.-C. a regardé le Diacre par-dessus son épaule en demandant : « Si c'était le mur de glace sous le col nord et que nous devions ouvrir la voie pour d'autres alpinistes et des porteurs, combien de temps croyez-vous qu'il faudrait pour tailler les marches nécessaires ? »

Le Diacre, qui avait enfin réussi à enfiler correctement son harnais, a plissé les yeux en examinant la paroi. « C'est trop abrupt pour tailler des marches. Et le surplomb… c'est impossible. Les porteurs ne le feraient pas, pas même avec des cordes fixes.

— Très bien, a dit J.-C., qui ne haletait même pas en se tenant sur la paroi verticale. Nous emporterons une échelle de corde comme celle que Sandy Irvine a assemblée pour les porteurs l'année dernière.

— C'était après que Mallory avait escaladé la cheminée – une fissure dans le mur de glace, a dit le Diacre. Ils ont aussi fixé une poulie pour hisser les charges.

— Mais dans l'hypothèse où l'on pourrait escalader ce mur en taillant des marches, a insisté Jean-Claude, ça prendrait combien de temps, à votre avis ? »

Le Diacre a de nouveau levé la tête. Aveuglé par la réverbération du soleil sur la glace, il a chaussé ses lunettes. « Trois heures, a-t-il répondu. Peut-être quatre. Ou cinq.

— Sept, ai-je dit. Au moins sept. »

J.-C. a souri avant de reprendre son ascension en enfonçant ses crampons et ses piolets. Il s'arrêtait tous les dix mètres environ, creusait un petit trou dans la glace devant ou au-dessus de lui avec la pique d'un piolet, prenait une broche de quatre à cinq centimètres dans le sac à sa ceinture et l'enfonçait à la main, en biais, à un angle que j'ai estimé à 45 ou 60 degrés. Par endroits, là où la glace était trop dure pour enfoncer la broche jusqu'au bout, J.-C. utilisait la pointe affûtée d'une lame de piolet ou un autre outil accroché à sa ceinture qu'il insérait dans l'œillet de la broche pour la faire tourner plus facilement.

Dès qu'il avait fini de fixer une broche, il y accrochait un mousqueton qu'il testait de tout son poids, ses bottes toujours cramponnées à la glace.

Même en s'arrêtant pour enfoncer les broches tous les dix mètres, Jean-Claude progressait sur la paroi comme une araignée. Parfois, il plantait ses deux marteaux dans la glace – seulement attachés par une corde dédoublée allant du mousqueton sur son harnais aux dragonnes – et utilisait ses deux mains pour enfoncer une broche.

À mesure qu'il montait, il me devenait de plus en plus difficile de suivre ses mouvements. En théorie, sa corde – qu'il avait attachée au-devant de son harnais par toute une série de nœuds compliqués – arrêterait sa chute s'il se détachait du mur ; cependant, si cela arrivait alors qu'il s'était hissé d'une longueur, mais avant d'avoir pu enfoncer la broche suivante, il tomberait de dix-huit mètres en chute libre avant d'être stoppé. Rares étaient les grimpeurs, même avec une bonne prise de pied et un possible relais, capables d'assurer un homme chutant de dix-huit mètres. Trop de masse. Trop de vitesse.

De plus, les cordes d'alpinisme, en 1925, cassaient presque toujours sous ce genre de pression.

J'ai alors compris que le rouleau de corde de Jean-Claude m'avait semblé énorme, non seulement parce qu'il en avait soixante mètres en travers de la poitrine au début de son ascension, mais aussi parce que ladite corde était plus épaisse que celle que nous utilisions d'ordinaire.

Et Jean-Claude continuait d'escalader à la verticale cet impossible mur de glace, se déplaçant de quelques dizaines de centimètres ou de quelques mètres vers la droite ou la gauche quand il devait éviter de la glace molle ou des affleurements, de sorte que la corde fixe qui tapissait la paroi derrière lui commençait à ressembler à une toile d'araignée.

Le Diacre avait sorti sa montre en or de son gousset. Il chronométrait notre ami.

Quand la silhouette à présent toute petite a atteint le surplomb de quatre mètres cinquante, fait de roc et de glace, à environ cinquante-cinq mètres du sol, il a fixé le mousqueton de son harnais (de poitrine ou de taille, c'était difficile à dire) à une épaisse sangle attachée à la dernière broche qu'il venait d'enfoncer à la jonction entre le mur et le surplomb. Puis il a crié (semblant à peine essoufflé) : « Combien de temps ?

— Vingt et une minutes », a répondu le Diacre, avant de ranger sa montre.

J'ai vu Jean-Claude secouer la tête. Il portait un bonnet rouge à pompon. « Avec de l'entraînement, je pourrais monter deux fois plus vite. Et… » Il a regardé en bas, par le V de ses jambes écartées. « … avec deux fois moins de broches, je pense.

— Vous nous l'avez démontré, Jean-Claude, a crié le Diacre. Vous avez prouvé l'efficacité de votre nouveau matériel. C'est brillant ! Maintenant, descendez ! »

La silhouette qui se penchait, retenue par les lanières du harnais à soixante mètres au-dessus de nous, a secoué la tête. Il a crié quelque chose que ni le Diacre ni moi n'avons entendu.

« J'ai dit… *jusqu'en haut* », a-t-il crié plus fort.

À ce moment-là, je me tordais littéralement les mains d'inquiétude, ce qui était un peu idiot puisque de la bande, c'était moi le rochassier. J'étais censé adorer ce genre de passages verticaux – dangereux à-pics, rocs fissurés, et même quelques petits surplombs pour ajouter des défis. Mais ça… c'était du suicide.

J'ai compris à ce moment-là que je *détestais* la glace. Et l'idée de gravir l'Everest avec ces stupides harnais et toute cette ferraille cliquetante – les « foutus quincailliers » : voilà comment les alpinistes britanniques surnommaient par dérision les Allemands et les quelques Français qui utilisaient des mousquetons et des pitons métalliques sur des parois rocheuses – m'a soudain semblé obscène. Obscène et absurde.

J'ai aussi réalisé à quel point j'étais nerveux. Jamais je n'avais ressenti une telle appréhension dans les Alpes quand j'avais escaladé des corniches, des arêtes, des parois et des sommets en haute altitude avec ces deux hommes.

J'ai levé la tête, attendant que J.-C. commence sa descente. Il lui restait assez de corde pour en effectuer une bonne partie en rappel. S'il faisait confiance à ces fichues broches à glace.

Au lieu de descendre, Jean-Claude Clairoux a fait une chose que j'ai peine à croire, aujourd'hui encore, soixante-cinq ans après.

D'abord, son harnais toujours relié par une sangle à la broche qu'il avait fixée tout en haut de la partie verticale du mur, J.-C. s'est penché en arrière, jusqu'à ce que la seule tension de cette laisse d'un mètre cinquante le maintienne presque à l'horizontale. Puis il a planté ses deux marteaux dans la glace sous le surplomb, aussi loin que le lui permettaient ses bras. Il a levé les pieds – là, j'ai dû détourner les yeux une seconde, effrayé, avant de regarder de nouveau dans l'attente de la chute – et fermement enfoncé ses crampons dans l'angle entre le mur vertical et le surplomb horizontal.

Se tenant d'une seule main, il s'est servi de l'autre pour enfoncer une profonde broche – il a dû taper dessus pour faire entrer les derniers centimètres, et j'ai entendu le bruit du métal contre le roc sous la glace. Puis il a fixé un mousqueton dans lequel il a fait passer une sorte de courroie double et s'est laissé descendre jusqu'à ce qu'il soit suspendu horizontalement, à environ deux mètres sous le surplomb.

Il s'est alors mis à se balancer comme un pendule, utilisant le bout de ses crampons d'acier pour repousser le mur vertical à chaque oscillation, à la merci de cette seule broche et de cette corde, sans qu'aucune partie de son corps ne soit en contact avec le mur ou le surplomb, sauf quand il repoussait la paroi de glace avec ses pieds pour élargir l'amplitude du balancier.

« Sainte Mère de Dieu », a murmuré le Diacre. Ou peut-être moi. Je ne m'en souviens plus.

Je me souviens en revanche du mouvement de balancier de Jean-Claude, sous ce surplomb de six mètres de large, qui s'est arrêté quand il a planté ses deux piolets dans le plafond de glace au-dessus de lui. Un seul a tenu, mais il s'est hissé à la force du bras si bien qu'il y a eu du mou dans la corde à laquelle il était suspendu. Puis il a balancé les pieds pour arrimer la pointe de ses crampons dans la paroi. Et il a enfoncé le deuxième piolet.

Tout bon grimpeur se doit d'être costaud. Regardez nos avant-bras et vous verrez une masse de muscles qu'on trouve rarement chez d'autres athlètes et quasiment jamais chez les « profanes ». Mais pour rester suspendu comme ça à l'horizontale – pire que l'horizontale, puisque sa tête était plus basse que ses bottes cramponnées à la glace – grâce à la force de ses mains agrippées à deux courts piolets, à la force de ses avant-bras et de ses biceps ? Impossible.

Et pourtant il le faisait.

Puis il a lâché un des piolets. Sa main gauche a tâtonné sur la ceinture de son harnais, cherchant une broche à glace dans le sac qui pendait.

L'instrument lui a glissé des doigts – qui, à ce stade, devaient avoir perdu toute sensibilité –, pour tomber de soixante mètres. Le Diacre et moi nous sommes écartés. La longue broche a rebondi sur un rocher entre nous, lançant des étincelles sur la neige tout autour.

Très calmement J.-C. en a pris une autre et il a redressé le sac pour empêcher toute nouvelle chute. Se tenant cette fois de la main gauche, il a vissé la broche avec la droite. Il a dû utiliser le petit pic pris à sa ceinture pour l'enfoncer dans la glace puis taper dessus pour qu'elle pénètre le roc en dessous. Comment il a réussi à faire tout ça sans se décrocher du surplomb, je ne le comprendrai jamais.

Après avoir lâché quelque deux ou trois mètres de corde, il s'est de nouveau laissé pendre – la tête et les pieds plus bas que le torse tenu par le harnais – et s'est remis à se balancer. Le point extrême du balancier l'a mené plus loin que le bord du surplomb. Et tandis qu'il oscillait d'avant en arrière, j'attendais de voir et d'entendre les deux broches enfoncées dans le plafond de glace se détacher, l'envoyant se fracasser dix ou vingt mètres plus bas sur la paroi, ce qui lui ferait sûrement perdre connaissance. L'un de nous deux devrait alors escalader la corde fixe pour aller chercher notre camarade inconscient ou même mort. Je ne voulais pas que ce soit moi.

Mais au lieu de se décrocher, Jean-Claude poursuivait son mouvement de pendule et, au deuxième passage plus haut que le surplomb, il y a planté la lame courbée des deux piolets.

Les libérant l'une après l'autre, il s'est hissé une fois encore à la force des bras, qui maintenant devaient sûrement trembler, à cause de la tension et des toxines.

Puis il a entrepris l'ascension des cinq derniers mètres de mur, au-dessus du surplomb, enfonçant ses crampons nouveau style dans la glace et vissant l'ultime broche d'acier dont il avait besoin. Seul signe de sa grande fatigue – ou du reflux d'adrénaline faisant toujours trembler les mains et les pieds du grimpeur qui vient de surmonter une situation réellement terrifiante : après avoir fixé un mousqueton et utilisé une longe en Y pour attacher son harnais et sa ceinture, il s'est penché en arrière à un angle d'environ 40 degrés pour se reposer deux minutes. Ses piolets courts pendaient de leur dragonne. Même de tout en bas, je le voyais serrer et desserrer les doigts.

Puis il a empoigné les deux piolets, s'est redressé et a repris sa progression.

Le Diacre et moi l'avons regardé se pencher en avant par-dessus le bord du surplomb, enfoncer la lame de son piolet droit, puis se hisser et disparaître de notre vue.

Une minute plus tard, il se tenait debout au bord du précipice et retirait de son épaule la fin du rouleau de corde en nous criant quelque chose.

« Il m'en reste environ trente mètres, nous a renvoyé l'écho triomphant. J'ai accroché les deux – il nous faudra deux cordes pour le relais. Montez encore trente mètres de la corde miracle du Diacre que j'ai apportée, dans le deuxième sac, et accrochez-la au milieu de l'ascension. À qui le tour ? »

Le Diacre et moi nous sommes regardés.

Dans notre trio, c'était moi, je le répète, le spécialiste de la varappe. Moi qui serais censé attaquer les parois rocheuses en escalade libre sur l'Everest, si jamais nous atteignions la proue du cuirassé qu'était le deuxième ressaut près du sommet, le long de l'arête nord-est, à 8 500 mètres d'altitude.

Mais pour l'instant, j'étais terrifié.

« À moi », a dit le Diacre. Il a passé le rouleau de la « bonne corde » de J.-C. sur son épaule et s'est avancé vers le mur de glace en brandissant ses deux piolets.

Aucun de nous trois ne voulant retourner dans cette pathétique auberge de Cerrigydrudion, ni même s'arrêter dans tout autre endroit du pays de Galles, le Diacre a pris le volant pour nous ramener directement à Londres dans le crépuscule puis la longue nuit noire. Les phares de la Vauxhall se sont encore une fois révélés presque inutiles, mais une fois sur les grandes routes, il s'est collé derrière des camions pour se guider grâce à leurs petits feux arrière rouges. Nous avions pris le temps de bien attacher la capote, les bâches latérales et les fenêtres. Le chauffage semblait enfin marcher (ou alors, c'étaient nos corps surchauffés), et J.-C., vautré au milieu des coussins et des sacs de matériel à l'arrière, a ronflé pendant tout le trajet. Lorsque le Diacre et moi parlions, c'était à voix basse et presque révérencieuse. Je n'arrêtais pas de repenser à cette journée incroyable et aux incroyables innovations de Jean-Claude, qui avaient été comme des révélations.

Ma propre ascension, quand mon tour était venu, n'avait pas été si terrible que je l'avais craint. Les marteaux à glace et les crampons douze pointes, avec leurs puissants crochets devant, donnaient presque une impression d'invincibilité. De plus, le Diacre ayant monté trente mètres de ce que J.-C.

appelait la « corde miracle », qu'il avait nouée à l'autre, j'avais profité – grâce à la corde fixe – d'un double assurage.

Je n'ai pu que m'en féliciter les deux fois où, trop impatient de dégager mes crampons avant d'avoir assuré ma prise suivante, je m'étais décollé du mur. Au lieu d'une ébouriffante chute de quinze mètres, arrêtée (ou non) par la dernière broche en dessous de moi, la seconde corde d'assurage, tenue par le Diacre et attachée à un arbre massif quelque part au-dessus du surplomb, m'avait stabilisée au bout d'un mètre cinquante.

Le passage du surplomb lui-même, qui m'avait tant alarmé quand je l'avais regardé d'en bas, s'est révélé plutôt amusant. Je m'inquiétais de mon poids sur les deux broches à glace qui avaient tenu avec les deux grimpeurs plus légers passés avant moi, mais le Diacre avait pris le temps – alors qu'il était suspendu à l'horizontale sous le surplomb – d'en ajouter une troisième encore plus longue, en tapant dessus comme un fou pour enfoncer les cinq ou six derniers centimètres dans la roche.

Même le mouvement de balancier au-dessus des soixante mètres de vide m'avait bien plu, d'autant que j'avais réussi à planter du premier coup les lames de mes deux piolets dans la surface verticale du surplomb. Mes années d'escalade sur roc n'étaient finalement pas inutiles : j'ai grimpé les derniers mètres de la paroi de glace à la seule force de mes bras et de mes mains fermement agrippées aux piolets. Une fois en haut – d'où la vue sur le Llyn Idwal et le Cwm Idwal était extraordinaire – je me suis fait réprimander par J.-C. pour n'avoir pas utilisé les crampons sur cette dernière longueur. En réponse, je n'ai pu que lui adresser un sourire béat.

Nous sommes redescendus en rappel l'un après l'autre, laissant la deuxième corde d'assurage en place, puis avons passé le reste de la journée à nous entraîner sur des pentes plus basses. Seule la nouvelle corde du Diacre nous donnait la confiance nécessaire pour redescendre en rappel – d'un diamètre supérieur aux cordes classiques, elle était faite d'un mélange de chanvre et d'un matériau secret qu'il a refusé de nous révéler (mais qui donnait une plus grande élasticité et beaucoup plus de solidité). En 1924-1925, peu d'alpinistes se fiaient à leurs cordes – que le Diacre appelait désormais « nos vieilles cordes à linge » – pour des rappels aussi longs.

Pour rester éveillé pendant le long trajet jusqu'à Londres – et pour tenir compagnie au Diacre, afin qu'il ne s'endorme pas au volant –, mon esprit fatigué passait en revue les termes français relatifs à ces nouvelles techniques d'escalade glaciaire que J.-C. avait tenté de nous inculquer.

*Pied marche** – une marche simple sur une surface de glace plate ou une faible pente jusqu'à 15 degrés, ce que nous avions déjà souvent fait ensemble avec des crampons dix pointes.

*Pied en canard** – sur des pentes jusqu'à 30 degrés, avec des crampons douze pointes. Ça donnait une démarche et des sensations aussi ridicules que le nom l'indiquait, mais on pouvait pour ça utiliser nos vieux piolets plus longs.

*Pied à plat** – les dix pointes sous chaque crampon maintenaient le corps droit, latéralement à la pente, sur des déclivités allant jusqu'à 65 degrés. Une bonne façon de se reposer, avec le piolet planté vers l'amont.

Puis il y avait les classiques mouvements de piolet : *piolet ramasse* sur des pentes de 35 à 50 degrés (un moyen élégant d'effectuer des traversées) et *piolet ancre*, la technique d'ancrage pour grimper ou effectuer des tâches telles qu'enfoncer des broches à glace avec sa main libre sur des pentes plus fortes.

Les marteaux à glace possédaient leur propre vocabulaire (pour désigner l'angle de pénétration de la lame, ou la façon de tenir l'outil pendant l'ascension, etc.). De cette première journée, j'avais retenu les termes *piolet panne*, pour des pentes de 45 à 55 degrés, *piolet poignard*, pour les pentes de 50 à 60 degrés, et *piolet traction*, pour des pentes supérieures à 60 degrés, des parois verticales et des surplombs – que nous avions beaucoup pratiqués ce jour-là.

Puisque ces dernières techniques étaient toutes utilisées avec les crampons de devant, et que Jean-Claude avait dit les avoir apprises des Allemands et des Autrichiens avec qui il avait escaladé au mois de décembre, je ne comprenais pas très bien pourquoi il n'y avait aucun terme allemand. La réponse était simple : les Allemands et Autrichiens avaient gardé les anciens termes français en usage avec les crampons dix pointes et les longs piolets, et en avaient ajouté d'autres… en français. Ah, l'Europe !

Sur les pentes moins raides – mais néanmoins très glissantes – où nous nous étions entraînés cet après-midi-là, j'avais aussi commencé à apprendre ce que j'appelle (aujourd'hui encore, après les avoir pratiqués des milliers de fois depuis) les « pas de danse » : *pied à plat-piolet ramasse*, par exemple – une manière de grimper, latéralement à la pente, en utilisant le piolet court comme ancrage. J.-C. avait effectué le mouvement avec une telle élégance sur une très forte déclivité que c'était un régal pour les yeux – jambe gauche fléchie côté pente jusqu'à ce que ses genoux se touchent presque, piolet court tenu à deux mains et planté plus haut dans la pente, puis la jambe droite passait par-dessus la gauche comme en un pas de danse compliqué, et, quand l'extrémité du piolet et dix des douze pointes du crampon droit étaient de nouveau bien ancrés dans la glace, on balançait la jambe gauche plus haut jusqu'à ce que les dix crampons de ce pied-là s'accrochent fermement.

Puis on recommençait.

Jean-Claude nous avait montré plusieurs façons de se reposer au milieu d'une pente raide épuisante. Ma préférée était le simple *pied assis* – penché en arrière, dos à la pente, et les fesses touchant presque la glace, jambe gauche repliée et crampons bien plantés dans la paroi, jambe droite étendue et cheville tournée vers la droite de sorte que la botte et ses crampons formaient un angle presque droit par rapport à la direction du genou. On n'avait pas besoin de piolet ou de marteau à glace pour tenir cette position, et on pouvait rester ainsi tant qu'on n'avait pas de crampes dans les muscles des jambes et des cuisses, à examiner la pente ou admirer le paysage.

Mais nous avons passé la plus grande partie de ce radieux après-midi gallois à apprendre à manier les piolets courts et les marteaux à glace, à pratiquer les techniques de cramponnage en pointe avant (en n'utilisant que les deux pointes frontales des crampons) en position d'ancrage, pointe avant en position de traction, pointe avant avec le piolet panne, avec le piolet poignard (la méthode suivie pour grimper le mur de glace vertical), la position dite « pied troisième », et ainsi de suite.

Le reste de l'après-midi, nous avons pratiqué des techniques de traversée et de descente sur glace – en particulier la descente rapide. J'avais toujours adoré descendre des champs de neige en glissade, en utilisant seulement mon piolet ordinaire comme gouvernail et pour m'arrêter en bas. Là, J.-C. nous a montré comment descendre pieds à plat sur les crampons, en adoptant la position du piolet ramasse ou en laissant le piolet traîner derrière soi comme une ancre, ce qui permettait de descendre presque aussi vite et sur des pentes beaucoup plus inclinées.

Vers la fin de l'après-midi, sur une pente raide et enneigée sous une face rocheuse, Jean-Claude nous avait montré sa dernière prouesse technique.

Il s'agissait d'un outil de métal assez léger, de forme biseautée, doté de ressorts en acier – qui se détendaient d'une pression de la main et restaient compressés sinon –, capable de glisser le long d'une corde fixe. J.-C. avait péniblement gravi la pente dans ses nouveaux crampons douze pointes, fixé la corde miracle du Diacre à un long piolet enfoncé dans la glace sous les blocs, à environ cent cinquante mètres au-dessus de nous, renforcé cet assurage avec plusieurs broches à glace, puis il avait retiré ses crampons et s'était laissé glissé le long de la corde, qui ressemblait à une longue ligne de faille noire sur la neige étincelante.

J.-C. avait fabriqué une de ces pinces pour chacun de nous.

« C'est simple, non ? avait-il dit. Il suffit de relâcher complètement la pression de la main pour que le mécanisme se bloque sur la corde. On pourrait rester suspendu si on voulait. Puis en serrant ne serait-ce qu'un tout petit peu, on recommence à glisser. En serrant fort, il n'y a plus du tout de friction sur la corde.

— Et à quoi pourrait bien nous servir ce gadget ? » avais-je demandé. Mais j'ai vu que le Diacre avait saisi l'idée.

« Ce serait encore mieux de l'attacher à un harnais léger, avait-il dit. Ainsi on aurait les deux mains libres tout en restant attaché à la corde fixe.

— *Exactement** ! s'était exclamé Jean-Claude. Je travaille justement sur un harnais de ce genre, en cuir et toile. Mais pour aujourd'hui, on essaie avec la main, d'accord ? »

Là-dessus, J.-C. avait pincé son petit mécanisme sur la corde fixe et commencé à le faire glisser vers le haut à mesure qu'il grimpait, même sans crampons. Le Diacre était passé ensuite et avait très vite saisi le coup de main. Il m'avait fallu un tout petit plus de temps pour savoir quand serrer ou desserrer les doigts, mais j'avais bientôt mesuré l'avantage, en termes de sécurité, de grimper avec ce petit accessoire à ressorts qui s'accrochait à la corde bien plus solidement que nos mains gantées. Il offrirait encore un meilleur assurage s'il était attaché par une longe et un mousqueton au harnais dont mes deux compagnons venaient de parler.

Alors que nous nous tenions tous les trois en haut de cette pente de cent cinquante mètres, un vent froid s'était levé. Le soleil se couchait derrière les pics à l'ouest. La lune était apparue à l'est.

« À présent, nous allons l'utiliser pour une descente contrôlée, avait dit Jean-Claude. Vous verrez, je crois, qu'on peut s'en servir même sur des cordes fixes verticales. C'est… comment dites-vous ? Infaillable ?

— Infaillible, l'avait corrigé le Diacre. Montrez-nous la descente rapide. »

J.-C. avait donc détaché son mécanisme de la double ligne de corde fixe – double, afin que nous puissions la récupérer après notre descente en rappel – et retiré le piolet, si bien que seules les profondes broches à glace assuraient la double corde. Il avait raccroché son outil sur la corde en dessous de moi et s'était lancé dans une rapide glissade sans crampons, qu'il contrôlait seulement en serrant et en desserrant les ressorts dans sa main.

« Incroyable ! » avais-je soufflé quand le Diacre et moi étions arrivés en bas, après l'une des glissades les plus rapides que j'avais jamais effectuées.

« Nous nous entraînerons encore avant notre départ puis pendant la longue marche jusqu'à l'Everest », avait dit Jean-Claude.

Dans la pénombre du crépuscule, il s'était soudain mis à faire très froid. J.-C. était déjà en train de libérer la corde de l'œillet des broches à glace pour la récupérer.

« Lui avez-vous donné un nom ? » avait demandé le Diacre.

J.-C. avait souri en enroulant d'un geste expert la longueur de corde miracle entre son poing et son coude. « Jumar, avait-il répondu.

— Qu'est-ce que ça veut dire en français ? avais-je demandé.

— Rien, avait répondu J.-C. C'était le nom de mon chien quand j'étais petit. Il était capable de grimper à un arbre pour pourchasser un écureuil. Je n'ai jamais vu de meilleur grimpeur.

— Jumar », avais-je répété. Drôle de mot. Je n'étais pas sûr de m'y habituer un jour.

« Cela fait des mois que je m'inquiète à cause du dernier mur de glace entre le glacier du Rongbuk et le col nord sur l'Everest », m'a dit doucement le Diacre alors que nous approchions de Londres, dans l'aube grise de l'hiver.

J'ai hoché la tête, me réveillant à moitié. « Pourquoi ? ai-je murmuré. En 1922, Finch, vous et les autres avez trouvé des pentes enneigées pour monter au col et vous avez taillé des marches pour les porteurs. En juin dernier, il n'y avait plus de pentes enneigées, mais cette fissure – la cheminée de glace – que Mallory a escaladée. De là-haut, il a pu lâcher des cordes fixes et l'échelle rafistolée par Sandy Irvine. »

Le Diacre a légèrement secoué la tête. « Mais le Rongbuk est un glacier, Jake. Il se soulève, recule, se fissure, se fendille, se déplace, s'affaisse, forme ses propres crevasses. Notre seule certitude, c'est qu'il ne sera pas tel qu'il s'est présenté à Mallory l'année dernière – lui permettant d'exhiber ses techniques de grimpe – ou à Finch et moi deux ans avant. Ce printemps, il y aura peut-être des fissures dans ce mur de glace que nous pourrons escalader ou de nouvelles pentes enneigées – ou soixante mètres d'une paroi de glace verticale.

— Si c'est le cas, ai-je dit, d'une voix fatiguée, mais néanmoins un peu bravache, J.-C. et ses nouveaux crampons à pointes avant, ses petits piolets ridicules et ses… comment les appelle-t-il, déjà… ses jumars… nous ont fourni des armes pour l'attaquer. »

Le Diacre a roulé en silence pendant un moment. J'ai vu le dôme de la cathédrale Saint-Paul apparaître à l'horizon.

« Eh bien, Jake, a-t-il dit, je dois en déduire que nous sommes prêts à aller gravir l'Everest. »

Si seulement ce lord Bromley-je-ne-sais-quoi, cette foutue altesse sérénissime, avait bougé son cul pour nous rejoindre à Calcutta un jour plus tôt, et nous avait aidés à graisser des pattes pour expédier ces foutues caisses à ce foutu dépôt de fret !

Calcutta est une ville terrifiante, avec ces « morts en leur linceul » évoqués par Kipling, gisant à nos pieds lors d'une promenade vespérale – non pas des morts, en vérité, mais des gens enveloppés dans des draps et couchés à même ce qui tient lieu de trottoirs –, et partout des odeurs d'encens, d'épices, de pisse, l'odeur du bétail et celle, pas déplaisante, de la sueur et de l'haleine des foules se mêlent à la fumée parfumée des feux de bouse. Tous les hommes à la peau mate nous observent avec curiosité, dédain ou une colère ouverte, tandis que le regard des femmes – même celui des musulmanes voilées de noir de la tête aux pieds – est attrayant, attirant et pour moi rempli de promesses sensuelles.

Nous ne sommes que le 22 mars, en 1925. La terrible chaleur estivale précédant la mousson et les violentes pluies de la fin d'été sont encore loin, et pourtant l'air de Calcutta m'enveloppe comme une couverture mouillée.

Telles sont du moins mes impressions lors de nos deux premiers jours et demi ici.

Tout m'est étranger. Bien que j'aie traversé l'Atlantique sur un paquebot l'année dernière pour relier Boston à l'Europe, les cinq semaines de voyage à bord du HMS *Caledonia*, de Liverpool à Calcutta, m'ont paru cent fois plus exotiques. Les premiers jours ont été éprouvants – les remorqueurs ont peiné à nous faire sortir du port de Liverpool à cause du vent et des vagues –, et j'ai été surpris de découvrir que de nous trois, j'étais le seul à ne pas souffrir du mal de mer. Le tangage et le roulis étaient pour moi comme un jeu, un simple défi d'équilibre lorsque je circulais dans le navire ou montais sur le pont de bois, où je courais mes vingt kilomètres quotidiens sur une piste instable, sans jamais ressentir la nausée qui avait empoisonné le début du voyage de Jean-Claude et du Diacre.

S'il n'y avait eu la lenteur ennuyeuse du passage du canal de Suez et la tempête dans l'ouest de la Méditerranée, qui m'a confiné dans ma cabine pendant une journée entière, le voyage à Calcutta aurait été une expérience parfaitement plaisante. À Colombo – une petite ville blanche semblant assiégée par une jungle féroce et impénétrable –, j'ai acheté de la dentelle que j'ai envoyée à ma mère à Boston. Tout était nouveau et excitant. Et je savais – sans l'apprécier pleinement – que c'était un prélude.

Les expéditions de 1921, 1922 et 1924 sont toutes passées par Calcutta pour rejoindre Darjeeling, leur point de départ officiel, mais comme elles étaient financées et soutenues par le Comité de l'Everest, l'Alpine Club et son association sœur, la Royal Geographical Society, il y avait toujours eu des correspondants à Calcutta prêts à s'occuper des caisses de matériel et de provisions, de sorte qu'à l'arrivée des alpinistes, tout ce dont ils avaient besoin était déjà chargé dans le train pour Darjeeling ou en passe de l'être.

Évidemment, notre expédition étant secrète et illicite, nous n'avons personne pour nous attendre à Calcutta. Le Diacre, responsable du budget octroyé par lady Bromley – du moins jusqu'à la reprise en main par le « cousin Reggie » –, ne tarde pas à nous apprendre le mot hindi *bandobast*, signifiant « arrangements ». À Calcutta (où la plupart des gens parlent le bengali, pas le hindi, bien que le mot y soit tout de même utilisé, en raison sans doute de l'universalité du concept dans toute l'Inde multilingue et multiethnique), *bandobast* a plutôt le sens du *bakchich* moyen-oriental – le pot-de-vin nécessaire pour obtenir quoi que ce soit.

Mais puisque le Diacre a participé à deux précédentes expéditions de l'Alpine Club et s'est intéressé à tous leurs aspects, dont le graissage des rouages administratifs pour faire avancer le mouvement à Calcutta (puis plus tard à Darjeeling et au Tibet, du moins l'espérons-nous, Jean-Claude et moi), nos douze lourdes caisses ont été transportées des docks jusqu'au dépôt de fret de la gare en début de ce troisième après-midi de notre séjour à Calcutta.

Dans quelques heures, nous prendrons le Darjeeling Mail, un train de nuit partant de la gare de Sealdah, à l'extérieur de la ville, mais n'allant pas plus loin que Siliguri, une petite gare de commerce au milieu de nulle part, où nous devrions arriver à six heures trente demain matin. De là nous embarquerons dans le Darjeeling Himalayan Railway, un « train jouet », circulant sur des rails étroits et montant péniblement à plus de 2 000 mètres d'altitude dans les contreforts méridionaux de l'Himalaya pour atteindre Darjeeling, où le vice-roi des Indes passe ses étés. En tout, nous parcourrons environ six cents kilomètres en train, et le Diacre nous informe que l'air sera sans doute trop chaud et poussiéreux pour que nous puissions dormir, du moins dans le Darjeeling Mail.

Peu m'importe. Je n'ai pas l'intention de beaucoup fermer l'œil durant le voyage.

Le matin de notre arrivée, nous recevons un télégramme du cousin Reggie.

RENDEZ-VOUS HÔTEL MT EVEREST DARJEELING, MARDI 24 MARS. JE PRENDRAI LE COMMANDEMENT DE L'EXPÉDITION À PARTIR DE LÀ.

L./ R. K. BROMLEY-MONTFORT

« Le "commandement de l'expédition", mon cul, dit le Diacre, froissant le télégramme et le jetant par terre.

— Que signifie le "L./" ? demande Jean-Claude, après avoir ramassé et lissé la boule de papier.

— "Lord", je suppose, répond le Diacre, en mordant si fort dans la tige de sa pipe que je m'attends à l'entendre se briser. Lord Reginald K.-quelque-chose Bromley-Montfort.

— Pourquoi garde-t-il le Bromley dans son nom ? » demandé-je. Les us et coutumes de l'aristocratie anglaise restent des mystères pour moi.

« Comment voulez-vous que je le sache, bon sang ? » réplique le Diacre. Je l'ai rarement vu d'aussi mauvaise humeur. Choqués, Jean-Claude et moi faisons tous deux un pas en arrière. « Si seulement ce lord Bromley-je-ne-sais-quoi, cette foutue altesse sérénissime, avait bougé son cul pour nous rejoindre à Calcutta un jour plus tôt, et nous avait aidés à graisser des pattes pour expédier ces foutues caisses à ce foutu dépôt de fret ! C'est *son* pays pourri, *sa* culture, où l'on doit recourir à la corruption pour obtenir quoi que ce soit et où personne n'est capable d'être à l'heure au moindre rendez-vous. Alors, il est où, ce "commandant de l'expédition" quand on a besoin de lui ? »

Jean-Claude et moi échangeons un coup d'œil, et je crois que nous pensons la même chose. Quand George Mallory est venu ici l'année dernière, il n'a pas eu de vraies responsabilités avant que le chef de l'expédition, George Bruce, ne tombe malade durant la randonnée de cinq semaines à travers le Tibet pour rejoindre le camp de base. Vu les problèmes cardiaques de Bruce et ses difficultés d'adaptation à l'altitude dès le passage des cols tibétains, bien avant que l'Everest ne soit en vue, le médecin lui a ordonné de rentrer à Darjeeling. Le colonel Norton a alors assuré le commandement de toute l'expédition, laissant sa place de responsable des grimpeurs à Mallory.

Mais s'il a dû dès lors se charger de la logistique de l'ascension, Mallory n'assumait pas les lourdes responsabilités administratives de l'expédition. Il n'avait pas à louer les mulets et embaucher les porteurs, à satisfaire aux exigences du gouvernement tibétain, ni – plus pénible encore – à gérer les personnalités, les maladies et les faiblesses de l'équipe d'alpinistes britanniques et de sa centaine de porteurs.

Jean-Claude et moi nous dévisageons après le soudain éclat du Diacre – comme je l'ai dit, depuis que je le connais, jamais je n'ai entendu Richard Davis Deacon réagir ainsi (lorsqu'il est confronté à un problème, il se contente en général de hausser les épaules et d'esquisser un sourire ironique, avant d'allumer sa pipe). Et mon ami français et moi arrivons sûrement au même constat : pendant que nous profitions tous deux du voyage en bateau (du moins, dans le cas de Jean-Claude, quand il n'était pas en proie au mal de mer), le Diacre tentait de régler mille et un détails financiers, administratifs, logistiques ou techniques non résolus.

Au cours de la traversée sur le HMS *Caledonia*, bien que le Diacre ait pratiqué quelques exercices quotidiens pour rester en forme, il n'a jamais eu le temps d'aller courir des kilomètres sur le pont comme je l'ai fait tous les jours. En général, on le trouvait assis derrière le petit bureau de sa cabine de luxe, en train d'étudier des cartes topographiques de l'Everest et de ses environs, des photographies, et les comptes rendus publics et privés des trois précédentes expéditions britanniques – dont la vingtaine de carnets qu'il avait remplis lui-même, en 1921 et 1922, avant de perdre les faveurs de Mallory.

Au moment de quitter Calcutta, nous ne sommes qu'à la première étape de notre voyage, et le Diacre est déjà épuisé.

Mais il n'y a pas que cela, je m'en rends compte. Le télégramme arrogant de ce lord Bromley-Montfort l'a mis dans une rage folle. Ce « cousin Reggie » était censé financer notre expédition de Darjeeling jusqu'à l'Everest, pas en « prendre le commandement ». Je comprends la réaction du Diacre et redoute sérieusement la confrontation entre les deux hommes dans les prochaines quarante-huit heures. Toute notre aventure dans l'Everest pourrait en être compromise. Ce ne serait pas la première expédition en montagne qui échouerait prématurément pour cause de conflit entre deux potentiels leaders. (Ce ne serait pas non plus la dernière, comme j'allais m'en rendre compte au cours des soixante-sept années suivantes.)

Mais enfin nous quittons la gare de Sealdah dans la chaleur infernale d'un wagon de première classe bruyant et poussiéreux, pour cette première étape également chaude, bruyante et poussiéreuse jusqu'à Siliguri. Jamais je n'ai contemplé de paysage plus monotone que celui que nous traversons : des rizières interminables, seulement interrompues par des plantations de diverses espèces de palmiers. Dans le train, c'est le chaos, et des passagers sans billet s'accrochent à toutes les fenêtres et portières et sur les toits de tous les wagons sauf celui des premières classes. Tandis que la nuit tombe, des milliers de lumières apparaissent dans cette immense plaine, laissant deviner d'innombrables villages. Un million de gens semblent se préparer à dîner en même temps, la plupart sur des feux dans ou près de leur maison à la porte ouverte. À en juger par l'odeur qui envahit notre compartiment malgré sa fenêtre close, dans l'air à peine brassé par les petits ventilateurs électriques qui tournent lentement sur les murs, il paraît évident – et le Diacre le confirme – que la plupart de ces feux sont alimentés par de la bouse de vache sèche.

Le Diacre ne s'excuse pas pour son mouvement d'humeur à la gare de Calcutta, mais alors que notre train de nuit s'enfonce dans la campagne et l'obscurité ponctuée d'une multitude d'autres points lumineux, son attitude suggère la contrition et la gêne. Nous dînons de poulet rôti fourni par l'hôtel et d'un vin blanc tout à fait correct, dans le petit compartiment où nous dormirons tous les trois sur des couchettes pliantes, puis l'odeur du tabac de pipe du Diacre se mêle au parfum de bouse de l'air indien humide.

L'effet en est étrangement apaisant. Nous parlons peu, absorbés par les tableaux que nous apercevons brièvement tandis que le petit train, lancé maintenant à vive allure, passe près de villages et de maisons éclairés par des feux ou parfois des lanternes. Nous montons un petit peu, mais savons que le Darjeeling Himalayan Railway que nous emprunterons demain matin devra se hisser, et nous hisser, du niveau de la mer jusqu'à une altitude de 2 000 mètres – la ville de Darjeeling, ainsi que la plantation de thé des Bromley-Montfort, se trouve dans la chaîne du Mahâbhârat, également connue sous le nom d'Himalaya inférieur.

La chaleur nous oblige finalement à ouvrir les fenêtres et à laisser entrer davantage de poussière, de fumée et de cendres, mais l'air humide se rafraîchit un peu alors que nous traversons des plantations de cocotiers et des bananeraies. Lentement le parfum de bouse de vache laisse place à l'odeur voluptueuse et tropicale des palmiers irrigués.

Nous avons quitté Calcutta depuis trois ou quatre heures quand le Darjeeling Mail Express traverse à grand fracas le célèbre pont Sara au-dessus du Padma. Après cela, il n'y a plus que le noir, percé seulement par les faibles constellations des centaines de villages disséminés au loin dans la plaine.

Vers vingt-trois heures, nous sommes tous les trois installés sur nos maigres couchettes pliantes, et, au bruit que font mes camarades, je sais qu'ils dorment à poings fermés. Les pensées et les doutes m'assaillent un moment – la rencontre avec lord Bromley-Montfort à l'hôtel du Mont Everest demain soir ou mardi matin a des chances d'être aussi désastreuse que je le crains –, puis je finis par m'endormir, bercé par le balancement du train et le son apaisant de ses roues d'acier sur les rails.

De bonne heure le lendemain matin – après un bon petit déjeuner à l'occidentale arrosé de café et de thé, dans une salle de la gare de Siliguri réservée aux Britanniques et autres voyageurs blancs –, nous allons prendre notre correspondance pour Darjeeling, qui part toujours trente-cinq minutes après l'arrivée du train postal à Siliguri. Après dix kilomètres sur cette ligne à voie étroite – le train est si petit qu'on dirait vraiment un de ces modèles miniatures dont rêvent les jeunes garçons –, nous arrivons à la gare de

Sukhna puis commençons la sinueuse ascension, terriblement raide (et terriblement lente), jusqu'à Darjeeling. Les parfums humides de la plaine bengalie cèdent bientôt la place à une brise rafraîchissante, charriant le parfum végétal des bois qui ponctuent les rangées ondulantes de théiers plantés sur les collines. Nous devions arriver à midi, mais deux chutes de pierre sur la voie nous font prendre plusieurs heures de retard.

Le mécanicien et le chauffeur du train jouet réquisitionnent des dizaines de passagers de troisième, voire de deuxième classe, pour aller dégager les rochers détachés des parois sous l'effet de la pluie, mais Jean-Claude et moi allons aussi leur donner un coup de main, maniant le pied-de-biche pour soulever les blocs de pierre.

Le Diacre se tient à l'écart, bras croisés, l'air furieux. « Si vous vous blessez le dos, les jambes ou les mains maintenant, dit-il entre ses dents serrées, vous aurez gâché vos chances d'escalader l'Everest *pour rien.* Laissez les autres passagers s'en charger, bon sang. »

J.-C. et moi sourions en signe d'assentiment, mais l'ignorons et poursuivons notre tâche, sous la surveillance paresseuse du mécanicien, du chauffeur et des contrôleurs (ces derniers ont ramassé tous nos tickets avant le départ du train, puisqu'il est impossible de passer d'un minuscule wagon à un autre, et n'ont rien fait d'autre depuis). De temps à autre, l'un d'eux crie des ordres ou des critiques en bengali, en hindi ou dans un quelconque dialecte. Quand, enfin, la voie est dégagée, J.-C. et moi titubons jusqu'à notre wagon.

Vingt kilomètres plus loin, nous sommes arrêtés par un nouvel éboulis. Des rochers encore plus gros bloquent le passage. « Forte pluie », dit le mécanicien, haussant les épaules en regardant les falaises d'où coulent un millier de petites cascades. Une fois encore, Jean-Claude et moi allons aider les passagers des deuxième et troisième classes à dégager plusieurs tonnes de rochers. Le Diacre reste ostensiblement à sa place et fait un somme.

Nous arrivons donc à Darjeeling avec des heures de retard, non pas à midi comme prévu mais au crépuscule. Et sous une pluie battante, qui nous a empêchés d'apercevoir les sommets du Kangchenjunga ou de tout autre pic himalayen visibles en général – d'après le Diacre – à l'approche de la ville. Deux d'entre nous ont mal partout après avoir déplacé des kilos de pierres, les doigts meurtris et rouges de sang ; le troisième membre de notre groupe est rouge lui aussi – de colère contre nous.

Nous nous dirigeons vers le cinquième et dernier wagon du train – le prétendu « wagon de marchandises », qui n'est en réalité qu'une plate-forme sur laquelle nos nombreuses caisses et malles ont été attachées à la hâte et recouvertes de bâches – et nous demandons comment nous allons acheminer tout ça à l'hôtel du Mont Everest. (Les membres des expéditions, en particulier leurs leaders, sont souvent invités à séjourner à la maison du gouverneur en haut de la colline, mais notre aventure étant parfaitement officieuse, nous voulons rester invisibles. D'où l'hôtel.)

Soudain, comme par miracle, un homme grand émerge du déluge, abrité sous un parapluie. Une dizaine de porteurs le suivent, sortant de trois camions Ford à plateau. Le quai de la gare n'a pas d'auvent. La pluie est froide, ici en altitude, et de la vapeur s'échappe du capot des camions.

L'homme porte une tunique de coton grège d'allure raffinée, sous un long gilet de laine sans manches. Il est coiffé d'un élégant bonnet soigneusement ajusté, comme je n'en ai jusqu'ici pas vu en Inde. Il ne semble ni indien ni tibétain – pas assez asiatique pour un Tibétain, trop grand et pas assez brun pour un Indien –, et, s'il pourrait être l'un de ces Sherpas légendaires dont j'ai tant entendu parler, je sais que les Sherpas sont le plus souvent petits, alors que les yeux marron de cet homme sont au même niveau que les miens. Sans dire un mot ni faire le moindre geste, il dégage une grande impression de dignité et d'assurance. Il possède à l'évidence ce que l'on appelle de la « présence ».

Le Diacre s'avance sous la pluie qui dégouline de son chapeau de feutre, et l'homme tend son parapluie pour lui offrir la protection du grand cercle noir.

« Vous êtes envoyé par lord Bromley-Montfort ? » demande le Diacre.

L'homme le dévisage. De longues secondes silencieuses passent sous la pluie battante.

Le Diacre pointe le doigt vers sa poitrine et reprend : « Moi… Richard Davis Deacon. » Puis il montre la poitrine de l'homme. « Vous ?

— Pasang. » La voix est si douce que je l'entends à peine sous le martèlement de la pluie contre le tissu du parapluie.

« Pasang quoi ? demande le Diacre.

— Pasang… Sirdar. »

Je m'avance à mon tour, main tendue. « Ravi de vous rencontrer, Pasang Sirdar. »

Le grand homme se contente d'étendre un peu plus le parapluie pour m'offrir une certaine protection.

« Non, non, Jake, dit le Diacre, presque obligé de crier. *Sirdar* signifie plus ou moins "chef". Ce doit être le chef des porteurs. Pour l'instant, ce sera donc juste Pasang. » Il se retourne vers l'homme. « Pasang… pouvez-… vous… emporter… ça ? » Et il montre les tas de bagages sous les bâches que Jean-Claude et moi avons seulement commencé à détacher. « À… l'hôtel… du… Mont… Everest ? » Le Diacre fait un geste vague en direction de la ville de Darjeeling qui s'étage sur la colline, presque invisible dans l'obscurité pluvieuse, et répète plus fort : « l'hôtel… du… Mont… Everest.

— Ça ne devrait pas poser de problème, monsieur Deacon », lui répond Pasang, avec un parfait accent britannique. La voix grave et douce semble tout aussi aristocratique que celle du Diacre. Voire encore plus. « Il ne nous faudra pas plus de cinq minutes. »

Pasang me tend le parapluie et s'éloigne pour crier des ordres en hindi et en bengali à la dizaine de porteurs qui attendent sous le déluge. Ils se hâtent d'aller détacher les caisses et les chargent en vitesse à l'arrière des camions. Tous trois nous serrons tant bien que mal dans la cabine d'un des véhicules, dont Pasang a pris le volant – J.-C. est à moitié installé sur mon genou gauche, et je suis collé à la portière. La pluie s'intensifie et, comme le seul essuie-glace qui fonctionne ne dégage qu'un tout petit triangle devant Pasang, je ne vois strictement rien devant, derrière ou sur le côté, tandis que le camion cahote, brinquebale et fait grincer ses vitesses en prenant une série de virages en épingle à cheveux pour gravir une pente aussi raide qu'invisible. J'ignore à quoi ressemble Darjeeling, et je ne le saurai pas ce soir.

Aucun de nous quatre n'ouvre la bouche durant le trajet.

Je m'attendais à ce que l'hôtel du Mont Everest soit un vieux bâtiment de pierre au milieu d'autres vieux bâtiments de pierre – du gris au milieu du gris. Au lieu de quoi nous nous arrêtons devant un superbe manoir victorien de trois étages, tout illuminé, perché en haut d'une colline. Tout à fait conforme à l'image du vieux Londres que pourrait se faire un Américain, avec ses pignons, ses chevrons et ses tours, sa porte-cochère avec son allée de briques et ses colonnes de style élisabéthain, sa tourelle en bardeaux s'élevant à droite de l'entrée principale, son jardin traversé d'un sentier en gravier blanc, planté de petits arbres feuillus devant (pas les grands banians à troncs multiples que nous avons vus lors de notre ascension dans le mini-train) et d'élégants pins derrière.

Alors que nous atteignons l'entrée de l'hôtel, la pluie s'arrête brusquement, comme si quelqu'un avait fermé un robinet. La pleine lune apparaît derrière des nuages qui filent à toute allure et illumine de hauts sommets enneigés au nord, à l'est et à l'ouest derrière l'hôtel.

« Nous sommes si proches que ça de l'Himalaya ? » dis-je alors que nous nous reculons pour regarder, par-delà les auvents de l'hôtel, ce qui d'après moi ne peut être que des nuages, et non pas des cimes. Pas si près de Darjeeling.

« Le clair de lune sur la neige et la glace, dit Jean-Claude. Ce sont bien des pics et des arêtes. »

Malgré l'heure tardive, quatre grooms magnifiquement vêtus sont sortis du lobby et emportent à présent nos bagages personnels – quelques valises, mais surtout des sacs à dos et des sacs de voyage. Le Diacre insiste pour que nous remontions dans le camion et accompagnions Pasang et les porteurs de l'autre côté, afin de nous assurer que notre matériel soit entreposé dans un endroit sûr, en l'occurrence un grand bâtiment qui devait être autrefois les écuries de l'hôtel du Mont Everest. Pasang supervise les porteurs qui transportent nos caisses dans trois larges stalles pourvues de hautes portes battantes.

« Je pense que l'un de nous devrait rester ici garder un œil sur... », commence le Diacre.

Mais une fois toutes nos caisses comptées, inspectées et recouvertes de leurs bâches, Pasang referme la porte des stalles, pose un lourd cadenas sur chacune et en donne sans un mot les clés au Diacre. « Tout devrait être en sécurité pour la nuit, monsieur Deacon. Et j'ai chargé un employé de la plantation en qui j'ai toute confiance de monter la garde, au cas où. On ne sait jamais. »

Nous retournons à l'entrée de l'hôtel au milieu d'une myriade de parfums entêtants : celui des feuilles et des herbes mouillées, de l'humus, des fleurs des jardins de part et d'autre de l'allée, des mousses humides le long d'un ruisseau coulant sous un pont en arc, de l'écorce dont est faite l'allée là où s'arrête le revêtement de briques et de pavés, et – sans doute le plus puissant – le parfum, apporté par la brise des montagnes, des centaines de milliers de théiers poussant sur des dizaines de milliers de terrasses aux flancs des collines illuminées par la lune qui entourent la ville de Darjeeling. Des lumières s'allument partout, dont beaucoup sont électriques.

Le responsable de l'hôtel, un Indien vêtu d'une jaquette et d'un haut col à la mode du XIXe siècle, paraît très excité de nous voir arriver dans son établissement. Le vaste lobby semble étrangement désert. Il n'y a que les grooms, Pasang et nous trois.

« Oui, oui, oui », dit le directeur avec son accent indien très prononcé, en ouvrant son immense registre qu'il fait pivoter vers nous en nous tendant un beau stylo. La vieille patine du comptoir d'acajou lui donne presque des reflets dorés. « L'expédition Bromley, oui, oui, poursuit-il, tout sourire. Nous souhaitons la bienvenue à la très estimée expédition Bromley-Montfort. »

Le regard assassin du Diacre réussit presque à effacer l'immense sourire du directeur, mais pas tout à fait. « Nous ne sommes pas l'expédition Bromley, dit-il entre ses dents. Notre groupe n'a pas de nom. S'il en avait un… ce serait l'expédition Deacon-Clairoux-Perry.

— Oui, bien sûr, oui, oui, dit le directeur, lançant un regard nerveux à Pasang, qui ne cille même pas. La moitié de notre étage supérieur, l'aile Mallory comme nous l'appelons désormais, nos meilleures suites, monsieur, oui, oui, a été réservée pour l'expédition Bromley. »

Le Diacre soupire. Nous sommes tous fatigués. Il signe le registre, tend le stylo à J.-C., qui signe à son tour et me le passe. Les grooms en livrée se précipitent pour prendre nos valises et nos sacs. Nous nous serrons tous les trois dans l'ascenseur avec l'un d'eux – une vieille cabine en fer forgé, un moteur électrique alimenté Dieu sait comment, et un système compliqué de chaînes et d'engrenages. Un liftier commence à fermer les portes coulissantes.

« Juste un instant », dit le Diacre, et il retourne vers le bureau de réception. Le directeur se met au garde-à-vous comme un officier prussien lors d'une revue de l'ancien kaiser.

« Lord Bromley-Montfort est-il déjà arrivé ? » demande le Diacre. Il a la voix enrouée par un début de rhume ou simplement la fatigue. « Je dois le rencontrer ce soir même s'il est réveillé. »

Le grand sourire du directeur se fige, se mue en affreux rictus, et tandis qu'il hoche et secoue la tête en même temps – oui, non, oui, non –, ses yeux filent vers l'endroit où Pasang est resté immobile et silencieux au milieu de l'agitation des grooms avec les bagages.

« Le rendez-vous est prévu pour demain matin, déclare Pasang.

— Oui, oui, oui, confirme le directeur, soulagé. La salle du petit déjeuner est réservée pour… oui… demain matin. »

Le Diacre secoue la tête, passe la main dans ses cheveux clairsemés et vient nous rejoindre dans l'ascenseur. Nous nous apprêtons peut-être à gravir la plus haute montagne du monde, mais ce soir, nous sommes trop épuisés pour monter deux étages jusqu'à nos luxueuses suites.

L'outremer est une couleur étrange et rare, plus profonde que le bleu océan ou même que le bleu marine. Lorsque ma mère l'utilisait dans ses tableaux, ce qui n'arrivait pas souvent, elle écrasait de petits morceaux de lapis-lazuli avec son pouce, ajoutait à cette poudre quelques gouttes d'eau ou de salive puis, d'un mouvement ferme et sûr de son couteau à palette, appliquait de petites touches de la puissante teinte dans le paysage marin ou le ciel auquel elle travaillait. Le moindre excès rompt l'équilibre. À la juste quantité, l'outremer est la plus belle des couleurs.

Les suites de l'hôtel du Mont Everest possèdent, comme il se doit, plusieurs salons, meublés de confortables fauteuils victoriens. Située dans l'angle du bâtiment, la nôtre a de hautes fenêtres donnant, au sud-est, sur les maisons de Darjeeling échelonnées à flanc de colline. Au nord et au nord-ouest, entre des nuages mouvants, nous apercevons à la lumière de la lune les hautes montagnes aux cimes enneigées qui se dressent comme des remparts. D'un ton révérencieux, je demande au Diacre : « Lequel est l'Everest ?

— Le petit sommet trapu, là-bas, au milieu à gauche… celui qu'on a du mal à distinguer. Le Kabru et le Kangchenjunga, deux autres géants, nous bouchent la vue d'ici. »

Chacun de nous dispose d'une chambre dans cette vaste suite et… plus merveilleux encore… de lits en plume.

Jean-Claude et moi ferions volontiers la grasse matinée ce matin-là – qui sait quand nous aurons à nouveau l'occasion de dormir dans des lits aussi moelleux ? –, mais le Diacre, tout habillé jusqu'aux semelles crantées de ses chaussures d'alpinisme, ne l'entend pas de cette oreille. Il tambourine à nos portes, les ouvre, commence par réveiller J.-C. puis fait irruption dans ma chambre, tire les rideaux pour laisser entrer la lumière de l'aube et m'oblige à me lever.

« Vous vous rendez compte ? » s'exclame-t-il.

Encore étourdi, je m'assieds au bord de mon lit merveilleusement chaud et douillet.

« De quoi ?

— Il a refusé de me laisser entrer !

— Qui ça ? Et quelle heure est-il ? » Mon ton est grincheux. Et pour cause.

« Il est presque sept heures », répond le Diacre, puis il retourne dans la chambre de Jean-Claude pour s'assurer qu'il est bien levé et en train de s'habiller. À son retour, je me suis aspergé le visage et les aisselles d'eau savonneuse – j'ai pris un long bain chaud la veille au soir avant d'aller me coucher, et me suis même endormi dans la baignoire – puis j'enfile un pantalon et une chemise propres. J'ignore comment il convient de s'habiller dans un hôtel aussi chic que celui-là, mais le Diacre étant en pantalon de sergé, bottes de montagne, chemise blanche et gilet en lin, je devine qu'on n'est pas obligé de se mettre sur son trente-et-un pour le petit déjeuner. Je passe tout de même une veste de tweed et noue une cravate. Si l'hôtel tolère la tenue d'alpinisme du Diacre, je doute que lord Bromley-Montfort en fasse autant.

« Qui a refusé de vous laisser entrer ? » Je répète ma question au moment où nous nous retrouvons dans le couloir. Lorsque le Diacre est vraiment en colère, ses lèvres se réduisent à une ligne fine. Ce matin, elles ont presque disparu.

« Lord Bromley-Montfort. Il a fermé toute l'aile opposée et posté ce sirdar Pasang devant la porte, ainsi que deux imposants Sherpas qui montent la garde, les bras croisés – comme s'il y avait un satané harem derrière ! »

Le Diacre secoue la tête, estomaqué. « À l'évidence, lord Bromley-Montfort paresse dans son lit et ne souhaite pas être dérangé. Pas même par les alpinistes qui ont parcouru des milliers de kilomètres pour tenter, au péril de leur vie, de retrouver son bien-aimé cousin.

— Vous êtes sûr qu'il était si bien aimé que ça ? demande Jean-Claude en nous emboîtant le pas dans la cage d'escalier étonnamment étroite.

— Qui donc ? » demande le Diacre d'un ton sec. Il paraît encore tout à son indignation d'avoir été éconduit.

« Le jeune lord Percival. Le cousin Percy. Le bon à rien de fils de lady Bromley. Le type dont nous sommes venus chercher le corps congelé. Le jeune Percy était-il si apprécié de lord Bromley-Montfort de Darjeeling... son cousin Reggie ?

— Comment voulez-vous que je le sache ? » aboie le Diacre. Il nous guide vers la grande salle à manger.

« Je suggère que nous prenions tous un bon petit déjeuner », dis-je pour couper court aux récriminations du Diacre. L'Inde fait manifestement ressortir le côté sombre et impatient du caractère de notre ami, une facette que nous ne lui connaissions pas. Et moi qui croyais qu'il aurait préféré se faire couper la tête plutôt que de s'autoriser à perdre son sang-froid en public !

Je vais très bientôt découvrir à quel point je me trompais.

Une table a été dressée pour cinq dans la longue salle à manger déserte. Le responsable qui nous a accueillis au milieu de la nuit nous y conduit et y pose cinq menus. J.-C. et moi prenons place d'un côté et le Diacre s'assoit face à nous ; il reste une chaise vide à ma droite, en bout de table, et une à la gauche du Diacre. Je m'attendais à un buffet anglais, où l'on se serait servi soi-même, mais ce n'est apparemment pas la façon de faire de l'hôtel du Mont Everest. Les cinq menus laissent à penser que lord Bromley-Montfort et une deuxième personne – peut-être *lady* Bromley-Montfort – vont se joindre à nous. Une déduction indigne de Sherlock Holmes, mais je n'ai pas encore bu mon café et ne suis pas complètement réveillé.

Après les avoir attendus pendant vingt minutes – dans un silence presque seulement rompu par les gargouillis de nos estomacs –, nous décidons de passer commande. Jean-Claude choisit seulement des muffins et du café noir – une grande cafetière. Le serveur-réceptionniste fait la moue. « Pas de thé, monsieur ?

— Pas de thé, grommelle J.-C. Café, café, café. »

Le serveur-réceptionniste hoche la tête, l'air déçu, puis s'approche et baisse les yeux sur moi, le stylo en l'air. « Monsieur Perry ? »

Je devrais m'étonner qu'il se rappelle mon nom, mais il est vrai qu'à part lord et lady Bromley et leur suite, nous semblons être les trois seuls clients de l'hôtel. J'hésite, parce que, jusqu'ici, j'ai eu du mal à trouver des petits déjeuners anglais à mon goût, or ce menu ne propose que cela.

Le Diacre se penche vers moi. « Essayez le Full Monty, Jake. »

Je ne le vois pas sur la carte. « Le Full Monty ? Qu'est-ce que c'est ? »

Le Diacre sourit. « Faites-moi confiance. »

Je commande donc le Full Monty avec du café, le Diacre prend la même chose avec du thé et Jean-Claude marmonne une fois encore « café ». Puis nous sommes de nouveau seuls dans la grande salle.

« Les affaires ne marchent pas fort à l'hôtel du Mont Everest, dis-je.

— Ne soyez pas naïf, Jake, rétorque le Diacre. Il est évident que lord Bromley-Montfort a loué l'hôtel entier afin que notre rencontre demeure confidentielle.

— Oh », dis-je, me sentant stupide. Mais pas assez pour m'empêcher de demander : « Pourquoi donc ? »

Le Diacre soupire et secoue la tête. « Ça doit être sa façon de faire profil bas et de passer inaperçu à Darjeeling.

— Bon… mais si lord Bromley-Montfort a vidé cet endroit pour pouvoir nous rencontrer ce matin… où est-il ? Pourquoi nous fait-il attendre ? »

Le Diacre hausse les épaules.

« Apparemment, les lords anglais en Inde préfèrent dormir tard », dit Jean-Claude.

Nos petits déjeuners arrivent. Le café a un goût d'eau de vaisselle à peine réchauffée. Mon assiette est chargée d'une montagne d'aliments frits, qui dégringolent comme s'ils voulaient s'enfuir : une dizaine de tranches de bacon calcinées, au moins cinq œufs sur le plat, deux énormes tartines de pain grillé dégoulinantes de beurre, une espèce de boudin noir, des tomates frites avachies à côté de tomates grillées, une rangée de saucisses débordant de leur peau, des oignons frits balancés çà et là, et un tas de légumes et pommes de terre mélangés – sans doute les restes du dîner de la veille passés vite fait à la poêle.

J'ai déjà mangé des petits déjeuners copieux, mais ce « Full Monty » est… grotesque.

Je m'apprête à faire une remarque sarcastique mais reste sans voix, bouche ouverte, quand la plus belle femme que j'aie jamais vue – et que je verrai jamais – entre dans la salle.

Je suis incapable de la décrire correctement. Je m'en suis rendu compte il y a des dizaines d'années, la première fois où j'ai commencé à rédiger ces Mémoires sans le couperet du cancer au-dessus de moi. J'ai dû renoncer quand il m'a fallu tenter de parler... d'elle. Peut-être puis-je vous en dire un peu sur elle en décrivant ce qu'elle n'était pas.

Nous sommes en 1925 : les femmes élégantes ont une allure particulière. Pour être élégante, en 1925, une femme se doit d'avoir la poitrine aussi plate qu'un garçon (j'ai entendu dire qu'on vendait des bandelettes et d'autres sous-vêtements visant à produire cet effet), mais la femme qui entre dans la pièce, escortée par Pasang, a une poitrine généreuse. Pour autant, elle ne l'exhibe pas : sa chemise, quoique en lin délicat, ressemble moins à un corsage de dame qu'au vêtement des ouvriers travaillant dans les champs.

La femme à la mode, en 1925, porte les cheveux courts et parfois crantés – les femmes de petite vertu de Boston, New York ou Londres apprécient particulièrement les accroche-cœur, tandis que les élégantes privilégient le carré court. Cette femme a les cheveux longs, qui cascadent en boucles naturelles sur ses épaules.

La couleur de cheveux en vogue, en 1925, est le blond tirant vers le platine. Cette femme a les cheveux si noirs, que la lumière crée des reflets bleus sur ses boucles d'ébène. Les femmes du monde que j'ai rencontrées lorsque j'étais à Harvard, et les prostituées croisées dans les bars clandestins de Boston avaient, pour la plupart, les sourcils complètement épilés et remplacés par le mince trait de crayon en arc de cercle que Jean Harlow allait bientôt populariser dans le monde entier. Cette femme qui s'avance vers notre table a des sourcils noirs fournis qui, bien qu'à peine arqués, semblent infiniment expressifs.

Et ses yeux...

Lorsqu'elle arrive au pied de l'escalier, à huit mètres de distance, je crois qu'elle a les yeux bleus. À six mètres, je m'aperçois que je me suis trompé – elle a les yeux outremer.

L'outremer est une couleur étrange et rare, plus profonde que le bleu océan ou même que le bleu marine. Lorsque ma mère l'utilisait dans ses tableaux, ce qui n'arrivait pas souvent, elle écrasait de petits morceaux de lapis-lazuli avec son pouce, ajoutait à cette poudre quelques gouttes d'eau ou de salive puis, d'un mouvement ferme et sûr de son couteau à palette, appliquait de petites touches de la puissante teinte dans le paysage marin ou le ciel auquel elle travaillait. Le moindre excès rompt l'équilibre. À la juste quantité, l'outremer est la plus belle des couleurs.

Les yeux de cette femme possèdent l'exacte nuance d'outremer qu'il faut pour compléter et parfaire sa beauté. Ses yeux sont parfaits. Elle est parfaite.

Elle traverse la salle à grandes foulées, Pasang à son côté et un demi-pas derrière, et s'arrête devant la chaise vide au bout de la table, le Diacre à sa droite, J.-C. et moi, bouches bées, à sa gauche. Nous nous levons tous les trois pour la saluer – en ce qui me concerne, j'ai plutôt bondi comme un ressort. Jean-Claude sourit. Pas le Diacre. Pasang tient une pile de livres et ce qui ressemble à des rouleaux de cartes, quoique mes yeux n'aient pas le temps de s'appesantir sur lui ou sur mes amis.

Avec sa chemise en lin, la femme porte une large ceinture et une jupe d'équitation – une jupe-culotte, en réalité – dans un daim qui me paraît le plus doux et le plus luxueux du monde. Le soleil de Darjeeling lui a donné une subtile patine. On dirait presque qu'elle a revêtu sa tenue de travail à la plantation (si des vêtements de travail pouvaient être aussi bien coupés). Ses bottes d'équitation évoquent des chevauchées dans les hautes herbes ou sur une terre infestée de serpents, et leur cuir est si souple qu'il ne peut provenir que de la peau d'un veau nouveau-né.

Tandis qu'elle se tient debout devant la table, Pasang nous salue tour à tour d'un hochement de tête. « Monsieur Deacon, monsieur Clairoux, monsieur Perry, permettez-moi de vous présenter lady Katherine Christina Regina Bromley-Montfort. »

Lady Bromley-Montfort hoche la tête également, mais ne nous tend pas la main. Elle porte de fins gants de cuir, assortis à ses bottes.

« Monsieur Perry, monsieur Clairoux, c'est un plaisir de faire enfin votre connaissance », dit-elle. Puis, se tournant vers le Diacre : « Quant à vous, monsieur Deacon, mes cousins Charlie et Percy me parlaient toujours de vous dans leurs lettres lorsque nous étions jeunes. Vous étiez vraiment une forte tête.

— Nous nous attendions à rencontrer *lord* Bromley-Montfort, déclare le Diacre d'un ton froid. Est-il dans le coin ? Nous devons discuter de l'expédition.

— Lord Montfort se trouve sur notre plantation, à trente minutes de trajet dans les collines, répond lady Bromley-Montfort. Mais je crains que vous ne puissiez pas le voir.

— Et pourquoi donc ? demande le Diacre.

— Parce qu'il repose dans une crypte », dit la femme, ses extraordinaires yeux toujours fixés sur le visage du Diacre. Elle paraît presque amusée. « Lord Montfort et moi nous sommes mariés à Londres en 1919, avant de revenir en Inde, dans la plantation où j'ai grandi et que je dirigeais. Je suis devenue lady Bromley-Montfort, et, huit mois plus tard, lord Montfort a été emporté par la dengue. Le climat indien ne lui a jamais convenu.

— Mais j'ai envoyé des courriers à *lord* Bromley-Montfort... », bafouille le Diacre. Il sort sa pipe de la poche de sa veste et la serre entre ses dents, mais ne semble pas vouloir la remplir ni l'allumer. « Lady Bromley nous a parlé d'un cousin Reggie, j'en ai donc naturellement déduit... »

Elle sourit, et je sens mes jambes faiblir. « Katherine Christina *Regina* Bromley-Montfort, dit-elle d'un ton doux. "Reggie" pour mes amis. Monsieur Clairoux, monsieur Perry, j'espère sincèrement que vous m'appellerez Reggie.

— Et vous Jean-Claude », dit mon ami français en s'inclinant devant elle. Il lui prend la main et la baise malgré le gant.

Je réussis à dire : « Jake. »

Reggie prend place à table, tandis que la haute et digne silhouette de Pasang se tient debout derrière elle en sentinelle. Il lui tend une carte qu'elle déroule, repoussant sans cérémonie les assiettes et les tasses sales. Jean-Claude et moi échangeons un regard avant de nous rasseoir. Le Diacre mord si fort la tige de sa pipe qu'il émet un claquement audible, mais finit par s'asseoir lui aussi.

Reggie a déjà commencé à parler. « Vous proposez un itinéraire classique, qui me convient pour l'essentiel. Après-demain, nous prendrons des camions de la plantation pour aller à Sixth Mile Stone, où nous finirons de charger les bêtes de somme, puis nous partirons à pied avec les Sherpas. Nous passerons par le pont Tista puis poursuivrons jusqu'à Kampong, où d'autres Sherpas nous attendront avec davantage de mulets...

— Nous ? a dit le Diacre. Comment ça, "nous" ? »

Elle lève les yeux vers lui avec un sourire. « Bien sûr, Dickie. Depuis que ma tante a accepté de financer votre expédition, pour rechercher le corps de Percy, il a toujours été entendu que je vous accompagnerais. C'est la condition *sine qua non.* »

Le Diacre doit se rendre compte qu'il risque de briser la tige de sa pipe préférée s'il continue à la serrer entre ses dents, car il l'ôte de sa bouche d'un mouvement si brusque qu'il manque frapper Reggie à la tête. Au lieu de lui présenter des excuses, il s'exclame : « Vous dans l'expédition ? Une femme sur l'Everest ? C'est absurde. Ridicule. Même pas au camp de base. Même pas au Tibet. C'est hors de question.

— C'était pourtant la condition du financement de cette – de mon – expédition pour retrouver la dépouille de mon cousin Percival, rappelle-t-elle, souriant toujours.

— Nous continuerons sans vous », dit le Diacre. Il a le visage tout rouge.

« Et donc sans un shilling supplémentaire des Bromley, dit Reggie.

— Nous nous débrouillerons avec les fonds dont nous disposons ! »

Quels fonds ?! Même les billets de Liverpool à Calcutta ont été payés par lady Bromley… avec de l'argent manifestement gagné grâce à la plantation de thé de Reggie.

« Je vous donnerai deux raisons justifiant ma participation à cette expédition, en plus de l'absolue nécessité financière, dit Reggie d'un ton calme. Serez-vous assez aimable pour m'écouter, ou allez-vous continuer à m'interrompre avec ces bruits de basse-cour ? »

Le Diacre croise les bras en silence. À en juger par sa posture et son expression, rien ne le fera fléchir.

« La première… ou plutôt la deuxième, après la question budgétaire… c'est que vous n'avez pas prévu de médecin. C'est ahurissant. Les trois précédentes expéditions britanniques en comptaient au moins deux, dont un chirurgien.

— J'ai appris les techniques de premiers secours durant la guerre, dit le Diacre à travers ses dents serrées.

— J'en suis sûre, répond Reggie avec un sourire. Et si l'un d'entre nous devait être blessé par un éclat d'obus ou un tir de mitrailleuse, je ne doute pas que vous réussissiez à prolonger sa vie de plusieurs longues minutes. Mais il n'y a pas de postes de secours derrière les lignes de front au Tibet, monsieur Deacon.

— Vous allez nous expliquer que vous êtes une infirmière compétente ?

— Je le pourrais. Avec plus de treize mille personnes travaillant sur nos deux plantations, j'ai dû acquérir quelques compétences dans ce domaine. Mais ce n'était pas là mon propos. J'ai l'intention d'avoir un excellent médecin et chirurgien dans l'équipe.

— Nous n'avons pas les moyens d'ajouter… », commence le Diacre.

Reggie l'interrompt en levant la paume d'un mouvement gracieux. « Docteur Pasang, dit-elle à son sirdar. Vous voulez bien donner vos références à ces messieurs ? »

Docteur Pasang ? J'avoue – non sans honte – que de vagues images de fakirs et d'ascètes indiens, sans parler de sorciers vaudous haïtiens, me traversent l'esprit juste avant que Pasang ne prenne la parole avec son accent anglais cultivé.

« J'ai passé un an à Oxford et un autre à Cambridge, commence-t-il. Puis j'ai étudié un an à l'école de médecine de l'université d'Édimbourg et trois ans à la faculté du Middlesex Hospital à Londres. Je me suis spécialisé en chirurgie auprès du célèbre chirurgien thoracique Claus Wolheim à Heidelberg… Heidelberg en Allemagne, messieurs… puis, après mon retour en Inde, j'ai encore fait un an de clinicat à l'hôpital Karras Convent de Lahore.

— Cambridge et Oxford n'auraient jamais accepté…, commence le Diacre, avant de se mordre la langue.

— Un métèque en leur sein ? » termine le docteur Pasang à sa place, sans rancœur apparente. Il nous adresse son premier vrai sourire depuis que nous avons fait sa connaissance. « Pour je ne sais quelle étrange raison, ces deux vénérables institutions se sont imaginé que j'étais le fils aîné du maharaja d'Aidapur, une illusion partagée par les directeurs des facultés de médecine que je viens de mentionner. C'était quelques années avant votre passage à Cambridge, monsieur Deacon, à une époque où l'Angleterre tenait beaucoup à préserver des relations cordiales avec les familles royales indiennes. »

Nous restons silencieux pendant un moment, jusqu'à ce que Jean-Claude demande d'une petite voix : « Si vous me permettez de poser cette question, docteur Pasang, pourquoi, après avoir suivi cette excellente formation et obtenu vos diplômes de médecin, êtes-vous retourné travailler comme… sirdar… ici, à la plantation de Reg… de lady Bromley-Montfort ? »

Pasang nous sourit une fois encore. « Je ne prendrai le titre de sirdar que pour cette expédition sur la montagne tibétaine sacrée qu'est le Chomolungma. Comme l'a expliqué lady Bromley-Montfort, plus de treize mille hommes et femmes travaillent pour elle. Ces employés ont des familles élargies. Mes compétences de médecin ont largement de quoi s'employer ici, entre Darjeeling et l'Himalaya du Sud. Nous avons deux infirmeries, une dans chaque grande plantation, qui sont… si vous me permettez cette audace… supérieures, en termes d'équipement et de médecine, au petit hôpital britannique de Darjeeling. »

Je m'entends demander : « Comment feront ces gens quand vous serez parti en expédition, docteur Pasang ?

— Lady Bromley-Montfort a eu la générosité d'envoyer d'autres jeunes gens étudier la médecine en Angleterre et à New Delhi. Et plusieurs femmes sherpas ont suivi une formation complète d'infirmière à Calcutta et Bombay avant de revenir offrir leurs services à la plantation, comme je l'ai fait, par reconnaissance envers leur bienfaitrice.

— Vous êtes vraiment chirurgien ? » lui demande le Diacre.

Le sourire de Pasang se fait légèrement sardonique. « Laissez-moi aller chercher un scalpel et un bistouri dans ma mallette et je vous montrerai, monsieur Deacon. »

Le Diacre se tourne vers Reggie. « Vous parliez de trois raisons pour lesquelles nous devrions accepter votre compagnie. Nous pourrions emmener le docteur Pasang – avec notre gratitude –, mais une femme dans une expédition à l'Everest...

— J'imagine qu'il vous sera très difficile de traverser le Tibet sans autorisation officielle, dit Reggie.

— Je... nous... », bredouille le Diacre. Il abat son poing sur la table. « Vous nous avez promis de nous obtenir cette autorisation. Les documents devaient nous être remis ici, à Darjeeling.

— Ils le seront », dit Reggie. Elle lève la main par-dessus son épaule droite, et Pasang y pose un autre rouleau de papier. Elle le déroule sur la carte montrant l'itinéraire que nous suivrons pendant environ cinq semaines pour aller de Darjeeling à Rongbuk puis jusqu'à l'Everest. « Si vous voulez le lire, tous les trois », dit-elle en le tournant vers nous.

Nous nous levons à moitié pour nous pencher sur l'épais parchemin. Il s'agit d'un document manuscrit, rédigé d'une main élégante, et sur lequel sont apposés une demi-douzaine de tampons et de cachets de cire.

Aux dzongpöns et aux chefs de Phari Dzong, Tinki Dzong, Kamba Dzong et Kharta :

Soyez informés qu'un groupe de sahibs est en route pour le Chomolungma, malgré l'interdiction temporaire imposée par le dalaï-lama aux étrangers en raison de comportements répréhensibles après l'expédition britannique à l'Everest de 1924. Le saint dalaï-lama ne fait cette exception que parce que lady Bromley-Montfort, qui conduit cette équipe, est depuis longtemps une grande amie du peuple tibétain et de nombreux dzongpöns. Nous souhaitons qu'elle puisse se rendre avec son groupe jusqu'au Chomolungma afin de tenter de retrouver le corps de feu son cousin, le lord britannique Percival Bromley, que nombre d'entre vous ont rencontré. Il est mort sur la montagne sacrée, en 1924, et nos amis les Bromley voudraient lui offrir une sépulture décente. Nous ne doutons pas que le groupe de lady Bromley-Montfort, fidèle à la tradition qu'elle a depuis longtemps établie sur sa plantation de Darjeeling, continuera de manifester son amitié et sa générosité à l'égard des Tibétains. C'est pourquoi, à la demande du grand ministre Bell et selon le souhait exprimé par Sa Sainteté le 13e dalaï-lama, un sauf-conduit lui a été délivré. Il vous est en outre demandé, ainsi qu'à tous les représentants et sujets du gouvernement tibétain, de fournir à lady Bromley-Montfort et son groupe tous les moyens de transport nécessaires. Le prix des poneys, des animaux de charge et des coolies sera défini à la satisfaction mutuelle. Toute autre assistance dont lady Bromley-Montfort pourrait avoir besoin, de jour comme de nuit, durant le trajet ou lors de ses haltes, dans ou autour de ses campements, ou dans nos villages, devra lui être fournie, et tout autre de ses besoins promptement satisfait. Tous les habitants de ce pays, où que soient lady Bromley-Montfort et son groupe de sahibs, devront les aider dans la mesure de leurs possibilités, non seulement dans le but de rétablir des relations cordiales entre les gouvernements britannique et tibétain, mais aussi pour que se poursuive la longue amitié entre la plantation de thé de lady Bromley-Montfort – connue de longue date pour son hospitalité à l'égard de nos voyageurs – et tout le peuple tibétain.

Envoyé pendant l'année du Chien d'eau
Sceau du Premier ministre

Le Diacre ne dit rien. Son visage est parfaitement inexpressif, plus encore qu'il y a neuf mois, au sommet du Cervin, lorsque nous avons appris la mort de Mallory et d'Irvine.

Reggie – j'ai adopté son surnom presque immédiatement, du moins dans ma tête – enroule le document du Premier ministre et la carte, les rend à Pasang et dit : « J'ai demandé aux valets de chambre de ranger vos vêtements, pour que nous puissions repartir sans délai à la plantation. Ainsi, nous disposerons du reste de la journée pour parler de l'itinéraire, des détails de l'ascension, des vivres pour le voyage, de nos relations avec les dzongpöns et de tout ce qu'il nous faudra régler. Demain matin, vous choisirez les Sherpas qui vous seconderont et vos poneys. J'ai assez d'hommes compétents à disposition pour que nous puissions sélectionner la soixantaine de porteurs dont nous avons besoin, et ils auront chargé le matériel sur les bêtes de somme avant la nuit tombée. »

Elle se lève et quitte la pièce d'une démarche rapide. Pasang – le docteur Pasang – la suit, en demeurant un pas derrière, et seules ses larges foulées l'empêchent de se faire distancer. Au bout d'un moment, J.-C. et moi nous levons, nous regardons et, tentant de ne pas sourire ouvertement devant le Diacre silencieux, montons voir où en sont nos bagages.

Enfin, le Diacre nous suit dans l'escalier.

Les moines sont devenus de vraies bêtes de scène ; certains dansaient pendant que les autres jouaient du tambour ou soufflaient dans des trompettes en os de fémur. Le public anglais a adoré.

Les cartes sont étalées sur la longue table de la bibliothèque, dans la maison de la plantation de Reggie. J'ai rarement vu une bibliothèque de cette taille, que ce soit chez de riches amis bostoniens ou en Angleterre. Même celle du château de lady Bromley ne possédait pas autant de niveaux, de mezzanines, d'échelles amovibles et d'escaliers de fer en colimaçon s'élevant vers de grandes lucarnes. Deux globes terrestres d'au moins deux mètres de diamètre – l'un présentant une géographie antique, l'autre actuelle – flanquent la grande table de lecture sur laquelle nous nous penchons, devant une multitude de cartes colorées posées sous et à côté de celle de notre itinéraire que Reggie nous a montrée à l'hôtel.

Le trajet du matin jusqu'à la plantation ne manquait pas de style – du moins pour trois d'entre nous. Pendant que trois camions, dont l'un conduit par le docteur Pasang, emportaient notre matériel et nos vivres dans les collines, J.-C. et moi voyagions avec Reggie dans le luxueux habitacle d'une Rolls-Royce Silver Ghost de 1920. La place du chauffeur était ouverte à tous les vents – et à la pluie qui s'était mise à tomber –, mais mon ami français avait pris place sur la confortable banquette arrière, à côté de Reggie, et moi sur un petit strapontin de cuir, face à lui, fixé à la paroi nous séparant du chauffeur. Chaque fois que nous passions sur une bosse ou dans un nid-de-poule – et la route de terre en était truffée –, je volais dans les airs, me cognais la tête contre la toile rigide de la capote noire, avant de retomber durement sur mon siège. Mes longues jambes étaient pratiquement emmêlées à celles de J.-C., et je ne cessais de m'excuser après chaque cahot.

Le Diacre avait préféré s'asseoir devant, à la gauche du chauffeur – un Indien silencieux du nom d'Edward, si petit que je me demandais comment il réussissait à voir quoi que ce soit par-dessus l'interminable capot de la Rolls. Malgré son nom, la « Silver Ghost », ou « fantôme d'argent », était de couleur crème, à l'exception du radiateur, des phares, du pare-chocs et du châssis du pare-brise, en chrome étincelant, et de quelques autres éléments brillants, dont les rayons des roues de secours fixées sur la partie inférieure des ailes à l'avant des portières.

Le panneau coulissant permettant à Reggie de parler au chauffeur ne s'ouvrait que dans sa partie droite. Entre le grondement du moteur et le fracas de la soudaine averse sur le toit, il nous aurait fallu crier pour nous faire entendre du Diacre. Dans sa partie gauche, la vitre en verre dépoli portait les mêmes armoiries – un griffon tenant une lance de chevalier – que j'avais vues sur l'étendard flottant au domaine de lady Bromley dans le Lincolnshire.

« Quelle est la superficie de votre plantation, lady... Reggie ? lui a demandé Jean-Claude par-dessus le roulement de tambour de la bourrasque.

— Cette première plantation, la plus proche de Darjeeling, fait un peu plus de dix mille hectares, a-t-elle répondu. Nous en avons une deuxième au nord-ouest d'ici, plus vaste et à plus haute altitude, mais le petit train de Darjeeling ne va pas jusque là-bas, si bien que le transport des feuilles de thé est plus onéreux. »

Plus de vingt mille hectares, ai-je songé. *Ça fait diablement beaucoup de thé.* Puis je me suis souvenu que les Britanniques, en Angleterre autant qu'ici, en buvaient du matin au soir, sans parler des centaines de millions d'Indiens qui y avaient pris goût.

Tout autour de nous les collines escarpées étaient aménagées en terrasses où poussaient des théiers, alignés comme des pieds de vigne et selon le même écartement, quoi qu'ils soient moins hauts. Des hommes et des femmes en sari et chemise de coton humides travaillaient dans les interminables rangées verdoyantes qui épousaient les courbes des collines telles les lignes parallèles des cartes topographiques. Les différentes nuances de vert étaient stupéfiantes.

Au bout de vingt minutes environ, nous avons quitté la route de terre défoncée pour nous engager dans une longue montée de gravier blanc. Je ne sais pas exactement ce que je m'attendais à trouver au bout – peut-être un autre château de pierre semblable à celui de lady Bromley dans le Lincolnshire –, mais si la demeure de Reggie avait une taille imposante et était entourée d'écuries et d'autres dépendances, son style et ses couleurs évoquaient plutôt une grande ferme de l'époque victorienne. Derrière nous, les camions ont bifurqué vers les étables et le garage, pendant que la Rolls contournait un grand terre-plein circulaire, planté de végétation tropicale, pour s'arrêter devant la maison. Aussitôt, Edward s'est précipité pour ouvrir la portière de Reggie.

C'est demeuré, jusqu'à ce jour, mon seul trajet dans une Rolls-Royce.

La nuit tropicale est tombée, et, après un excellent dîner servi à une autre immense table, nous retournons tous les quatre – cinq, en comptant la haute silhouette silencieuse du docteur Pasang – dans la bibliothèque, où l'on nous sert un cognac et où J.-C. et moi acceptons un cigare. Le Diacre tire sur sa pipe, cherchant manifestement quel argument invoquer pour empêcher Reggie de nous accompagner quand nous nous mettrons en route dans trente-six heures. Plutôt que de prendre place autour de la table où sont encore étalées les cartes, nous nous installons autour du feu allumé dans la grande cheminée. Il fait froid ici, à presque 2 500 mètres d'altitude.

« Il est tout simplement hors de question d'emmener une femme sur l'Everest », est en train de dire le Diacre.

Reggie, qui faisait tourner le cognac dans son verre, lève les yeux. « Il ne s'agit pas d'une *question*, monsieur Deacon. J'y vais. Vous avez besoin de mon argent, de mes Sherpas, de mes poneys, de mes selles, des compétences médicales de Pasang, de l'autorisation que m'a donnée le Premier ministre tibétain – d'ailleurs, même sans la crise des poux et des lamas danseurs, vous auriez besoin de moi pour entrer au Tibet cette année. »

Le Diacre affiche un air revêche. Au moins, je remarque qu'elle a cessé de l'appeler « Dickie ».

« La crise des poux et des lamas danseurs ? » s'étonne Jean-Claude entre une bouffée de cigare et une gorgée de cognac.

J'avais presque oublié que notre ami n'avait pas passé l'automne et l'hiver à Londres comme nous. Au lieu de répondre, le Diacre hausse les épaules et me fait signe d'expliquer.

« Vous vous souvenez que John Noel, l'ami du Diacre que nous avons rencontré à la Royal Geographical Society, a payé huit mille livres au Comité de l'Everest pour obtenir l'intégralité des droits photo et cinématographiques de l'expédition de l'année dernière ?

— Oui, acquiesce Jean-Claude. J'avais trouvé la somme astronomique.

— Eh bien, Noel était sûr de rentabiliser son investissement en cas de succès de l'expédition, mais il n'a pas pu faire un film dramatique montrant la disparition de Mallory et d'Irvine, puisqu'il n'y a eu qu'une photo d'eux prise avant leur départ du camp IV, et qu'ensuite les nuages ont bouché la vue de son téléobjectif. En définitive, il a sorti une sorte de documentaire de voyage, qu'il a intitulé *L'Épopée de l'Everest.* Le Diacre et moi l'avons vu en janvier, avant votre retour de France.

— Et alors ?

— Alors, certains éléments du film ont déplu au gouvernement tibétain – notamment une scène dans laquelle un vieillard trouve des poux dans la tête d'un enfant mendiant puis les écrase entre ses dents. D'autres ont déploré la citation de la veuve de Mallory, utilisée dans un intertitre, disant qu'elle regrettait toute cette aventure. Mais ce que les Tibétains n'ont pas du tout apprécié, ce sont les lamas danseurs.

— Les lamas danseurs ? répète Jean-Claude. Noel les a filmés au monastère du Rongbuk ?

— Pire que ça, répond Reggie. John Noel a payé un groupe de lamas pour qu'ils quittent le monastère de Gyantsé et se produisent dans des cinémas de Londres et d'autres villes anglaises, où ils exécutaient ce que Noel qualifie dans son film de "danse du diable". Les moines sont devenus de vraies bêtes de scène ; certains dansaient pendant que d'autres jouaient du tambour ou soufflaient dans des trompes en os de fémur. Le public anglais a adoré. Ça le changeait de ce qu'il voyait d'ordinaire. En même temps, les lamas ont été présentés comme des "hommes saints" à l'archevêque de Cantorbéry. Les tensions entre le Tibet et le gouvernement de Sa Majesté ont été telles que le Comité de l'Everest s'est vu refuser par les Tibétains l'autorisation d'organiser une expédition en 1925. L'Alpine Club britannique devra peut-être attendre dix ans avant d'en obtenir une nouvelle.

— Ah, je comprends pourquoi les Tibétains se sont sentis humiliés, dit Jean-Claude. Mais comment ont-ils su ce qui se passait dans les cinémas anglais ? »

Reggie sourit, alors que le Diacre remplit sa pipe, l'air irrité. « Ce ne sont pas vraiment les Tibétains qui imposent ce moratoire sur les expéditions britanniques dans l'Everest, dit-elle. C'est le major Frederick Marshman Bailey.

— Qui donc ? » Je n'ai jamais entendu parler de ce type, et j'ignorais que c'était lui qui mettait des bâtons dans les roues du Comité.

« C'est l'agent politique du Sikkim », dit le Diacre sans retirer sa pipe de sa bouche. Il paraît très agacé. « Vous vous rappelez la carte ? La province la plus orientale du Raj, celle que nous devons traverser pour atteindre le Tibet ? C'est un royaume quasi indépendant appelé le Sikkim. Bailey s'est arrangé pour obtenir le soutien du dalaï-lama, à Lhassa, dans cette farce qu'est la campagne d'indignation des Tibétains, mais c'est lui qui bloque toutes les autorisations d'ascension britanniques. Il refuse aussi les demandes allemandes et suisses.

— Pourquoi fait-il une chose pareille ? demande Jean-Claude. Enfin, je comprends qu'un agent politique britannique veuille contrecarrer les Allemands ou les Suisses, afin que l'Everest demeure une montagne britannique, mais pourquoi refuse-t-il les permis aux expéditions anglaises ? »

Le Diacre semble trop furieux pour parler. Il fait un signe de tête à lady Bromley-Montfort.

« Bailey est un ancien alpiniste, qui a conquis certains modestes sommets ici, dans l'Himalaya, explique-t-elle. Il n'est plus de la première jeunesse – et, même jeune, il ne s'est jamais approché de l'Everest –, mais nous sommes nombreux à penser qu'il excite et exagère la colère des Tibétains à propos des lamas danseurs comme prétexte pour se garder la montagne pour lui tout seul.

— Il compte tenter l'ascension ce printemps ?

— Il ne la tentera jamais, dit le Diacre entre ses dents. Il veut juste empêcher les autres d'y accéder.

— Dans ce cas, comment la requête de lady… de Reggie… a-t-elle pu être approuvée par le Premier ministre tibétain et le dalaï-lama à Lhassa ? » demande Jean-Claude.

Notre hôtesse sourit une fois encore. « Je suis allée les voir directement pour obtenir leur autorisation, dit-elle. En ignorant Bailey. Il m'en veut, d'ailleurs. Nous devrons donc traverser le Sikkim le plus vite et le plus discrètement possible, avant qu'il ne trouve un moyen de nous stopper. C'est un homme malfaisant. Notre seul atout, c'est que j'ai lancé plusieurs fausses pistes afin de lui faire croire que notre expédition tenterait de rejoindre le

Chomolungma en août, après la mousson, plutôt qu'au printemps, et que nous emprunterions la route directe par le nord – en passant par la plaine de Tangu et le Serpo La – plutôt que l'itinéraire traditionnel plus à l'est.

— Pourquoi Bailey serait-il assez idiot pour croire à une nouvelle tentative d'ascension de l'Everest en août ? » demande le Diacre. L'expédition de reconnaissance de 1921 avait appris à ses dépens à quel point la neige pouvait être profonde à cette saison. Pour autant, c'était en juin que Mallory, Somervell et les autres – sans le Diacre, jugeant les conditions d'enneigement trop dangereuses – avaient perdu sept Sherpas et Bhotias dans une avalanche, lorsque Mallory s'était obstiné à retourner au camp III sur le col Nord après de violentes chutes de neige du début de la mousson.

« Parce que c'est ce que nous avons fait au mois d'août dernier, Pasang et moi », dit Reggie.

Nous nous tournons tous les trois vers elle et la dévisageons en silence. Dans la lumière vacillante du feu, nous remarquons à peine la présence du docteur Pasang, debout derrière le fauteuil de Reggie. Enfin, le Diacre demande : « Fait quoi ?

— Nous sommes allés à l'Everest, répond Reggie, avec une pointe de tension dans la voix. Pour tenter de retrouver le corps de mon cousin. J'aurais préféré y aller plus tôt dans l'été, juste après le départ du colonel Norton, de Geoffrey Bruce et des autres membres du groupe de Mallory, mais la mousson battait son plein. Pasang et moi avons dû attendre que les pluies les plus violentes – et les tempêtes de neige sur le Chomolungma – soient passées, avant de nous y rendre avec six Sherpas.

— Jusqu'où êtes-vous allés ? demande le Diacre d'un ton dubitatif. Jusqu'au Shekar Dzong ? Plus haut ? Au monastère du Rongbuk ? »

Reggie lève la tête, comme piquée au vif, et ses yeux outremer semblent s'obscurcir. Mais sa voix demeure ferme et contrôlée. « Pasang, deux Sherpas et moi avons passé huit jours au-dessus de 7 000 mètres, au camp IV de Mallory. La neige tombait sans discontinuer. Pasang et moi avons poussé jusqu'au camp V un jour, mais il n'y avait plus de vivres là-haut et la tempête redoublait. Nous avons eu de la chance de pouvoir redescendre au col nord, où nous sommes restés coincés pendant quatre jours, sans nourriture pendant les trois derniers.

— Le camp V de Mallory se trouvait à 7 600 mètres d'altitude », dit Jean-Claude d'une toute petite voix.

Reggie se contente de hocher la tête. « J'ai perdu plus de treize kilos pendant ces huit jours au camp IV sur le col nord. Nawang Bura, l'un des Sherpas – vous le rencontrerez demain matin –, a failli mourir de déshydratation et du mal aigu des montagnes. Enfin, il y a eu une accalmie le 18 août, et nous sommes redescendus. Les quatre Sherpas restés au camp III ont presque dû porter Nawang pour retraverser le glacier. Après ça, nous avons pris le chemin du retour. Il s'était remis à neiger. Et la pluie a continué de tomber pendant que nous traversions la jungle du Sikkim à la mi-septembre. J'ai cru que je n'allais jamais réussir à me sécher. »

Le Diacre, Jean-Claude et moi échangeons des coups d'œil à la lueur du feu. Je suis sûr que mes pensées font écho aux leurs. *Cette femme et ce grand Sherpa ont grimpé au-delà des 7 600 mètres sur l'Everest en pleine mousson ? Ils sont restés pendant huit jours au-dessus de 7 000 mètres ?* Presque personne, au cours des trois dernières expéditions, n'avait passé autant de temps à une telle altitude.

« Où avez-vous appris l'alpinisme ? » lui demande le Diacre. Le cognac semble avoir un effet sur lui que je n'avais jamais remarqué avant. Peut-être est-ce dû à l'altitude ici.

Reggie fait un geste avec son verre vide, Pasang un signe de tête vers l'obscurité. Aussitôt, un domestique entre dans la lumière pour nous resservir.

« J'ai pratiqué dans les Alpes dès mon enfance, dit-elle simplement. Avec mon cousin Percy, avec des guides, en solo. Quand je quittais l'Inde pour venir en Europe, j'allais plus volontiers dans les Alpes qu'en Angleterre. Et j'ai aussi grimpé ici.

— Vous souvenez-vous du nom de vos guides français ? » lui demande Jean-Claude. Il n'y a que de la curiosité dans sa voix, pas la moindre trace de défi.

Reggie cite cinq vieux guides de Chamonix, si célèbres que même moi, je les connais. Lady Bromley avait mentionné trois d'entre eux, disant qu'ils avaient escaladé avec son fils Percival dans le passé. Comme il l'avait fait ce jour-là, Jean-Claude émet un petit sifflement.

« Quels sommets avez-vous gravis en solo ? » demande le Diacre. Son ton a changé.

Reggie hausse légèrement les épaules. « Le Pelvoux, les Ailefroides, la Meije, la face nord des Grandes Jorasses, la face nord-est du piz Badile, la face nord des Drus, et le Cervin. Et quelques pics dans la région – un seul sommet de plus de 8 000 mètres.

— Seule », dit le Diacre. Il a une expression étrange.

Reggie hausse encore une fois les épaules. « Croyez-le ou non, ça m'est égal, monsieur Deacon. Ce que vous devez comprendre, c'est que lorsque ma tante, lady Bromley, m'a écrit l'automne dernier pour me demander d'essayer d'obtenir un laissez-passer pour votre expédition afin – je la cite – de "retrouver Percival", j'étais déjà allée à Lhassa chercher l'autorisation du dalaï-lama et du Premier ministre… en vue d'une nouvelle tentative au printemps. *Ma* seconde tentative – avec Pasang et davantage de Sherpas cette fois.

— Mais le laissez-passer mentionne "d'autres sahibs", fait remarquer le Diacre.

— J'avais l'intention d'en recruter, monsieur Deacon. J'avais déjà pris contact avec des alpinistes pour leur proposer de participer à mon expédition au printemps. Je les aurais payés, évidemment. Mais quand tante Elizabeth m'a envoyé vos noms, je me suis renseignée et je vous ai trouvés… satisfaisants. De plus, vous étiez un ami de mon cousin Charles et vous aviez rencontré Percy. J'ai jugé préférable de vous offrir cette chance. »

Soudain, je me rends compte que la situation s'est inversée : c'est nous les postulants à *son* expédition, et non pas le contraire. À en juger par le regard vitreux du Diacre, il l'a compris aussi.

« Comment va votre cousin Charles ? demande-t-il, autant pour changer de sujet, me semble-t-il, que pour obtenir une réponse.

— J'ai reçu un câble de tante Elizabeth pas plus tard que la semaine dernière, répond Reggie. Charles a fini par succomber à son insuffisance pulmonaire pendant votre traversée jusqu'à Calcutta. »

Nous lui adressons tous trois nos condoléances. La nouvelle semble particulièrement affecter le Diacre. Il s'ensuit un long silence, seulement troublé par le craquement du feu de bois.

J.-C. et moi terminons notre cigare et, suivant l'exemple de mon ami, je lance le mien dans la cheminée. Nous reposons nos verres vides sur les tables.

« Nous devons faire quelques changements concernant notre itinéraire et les provisions que vous aviez prévues, reprend Reggie, mais nous verrons ça demain après-midi, une fois que vous aurez désigné vos Sherpas et choisi vos poneys. Les hommes arriveront à la première heure – ils campent ce soir à un kilomètre d'ici – et je veux que nous soyons là pour les accueillir. Je demanderai à Pasang d'aller frapper à vos portes si vous n'êtes pas réveillés. Bonne nuit, messieurs. »

Nous nous levons lorsque Reggie le fait et quitte le cercle de lumière. Quelques minutes plus tard, toujours silencieux, nous suivons un domestique jusqu'à nos chambres à l'étage. En montant le grand escalier, je remarque que le Diacre semble avoir du mal à soulever les pieds.

Mais comment ferez-vous, monsieur Deacon, pour conserver un poulet pendant des semaines si vous êtes bloqués par la neige au camp III, sous le col nord ? Vous comptez emporter de la glace ? Un appareil électrique de réfrigération ?

Nous nous réveillons de bonne heure dans la plantation de Reggie. Le jardin, derrière la maison, est aussi vaste qu'un terrain de cricket, et son gazon aussi bien entretenu. Plus loin, les brouillards matinaux semblent monter comme une haleine des rangs de théiers, et soudain j'aperçois des silhouettes qui s'avancent entre ces rangs puis émergent sur la pelouse, comme si la brume se coagulait en formes humaines. J'en dénombre trente qui pénètrent dans le jardin, tandis que le soleil s'intensifie et commence à dissiper le brouillard. Derrière les collines, les sommets blancs de l'Himalaya se dressent au loin, si brillants à la lumière de l'aube que je dois plisser les yeux pour les regarder, mais même ainsi mon regard s'humidifie.

« Ils sont trop nombreux, dit le Diacre. Je n'avais prévu qu'une douzaine de coolies sherpas.

— Ce ne sont pas des "coolies", le corrige Reggie. *Sherpa* signifie "peuple de l'est". Ils sont arrivés par le col de Nangpa La il y a plusieurs générations. Ils ont combattu pendant mille ans pour leur terre et leur indépendance. Et n'ont jamais été les "coolies" de personne.

— Ils sont tout de même trop nombreux », répète le Diacre, alors que les silhouettes se précisent en s'avançant vers nous.

Reggie secoue la tête. « Je vous expliquerai plus tard pourquoi il nous faut au moins trente hommes. Pour l'instant, je vais tous vous les présenter et vous indiquer la dizaine d'entre eux qui, d'après moi, feront d'excellents grimpeurs en altitude. Les “tigres” comme aimaient les appeler votre général Bruce et votre colonel Norton. La plupart d’entre eux parlent anglais. Je vais vous laisser vous entretenir avec chacun et en choisir deux comme partenaires d’escalade.

— Vous connaissez leurs noms ? demandé-je.

— Bien sûr. Je connais aussi leurs parents, leurs femmes et leurs familles.

— Et tous ces Sherpas vivent près de Darjeeling ? demande Jean-Claude. Près de votre plantation.

— Non. Ces hommes sont les meilleurs. Certains vivent dans la région du Solu Khumbu, au Népal, près des contreforts sud de l’Everest. D’autres viennent du district népalais du Helambu, de la vallée d’Arun ou de celle de Rolwaling. D’autres encore de Katmandou. Seul un quart d’entre eux vit à moins de quatre jours de marche de Darjeeling.

— Les précédentes expéditions ont toujours choisi quelques Sherpas à Darjeeling puis ont engagé des porteurs dans les villages tibétains qu’elles traversaient, dit le Diacre.

— Oui », répond Reggie, et elle fait claquer sa cravache de cuir sur sa paume gantée. Elle est rentrée de sa chevauchée matinale au moment où nous nous sommes tous les trois retrouvés dans l’immense cuisine pour prendre un café avant l’aube. « C’est la raison pour laquelle les trois premières expéditions anglaises disposaient de quelques bons Sherpas pour l’ascension, mais de nombreux porteurs inaptes à l’escalade. Les Tibétains sont des gens formidables, fiers et courageux, mais quand on les oblige à travailler comme porteurs, vous vous en souvenez sans doute, monsieur Deacon, ils ont tendance à agir comme des ouvriers syndiqués anglais : ils se mettent en grève pour exiger de meilleurs salaires, davantage de nourriture, des journées de travail plus courtes… et toujours au pire moment. Les Sherpas ne font pas ça. S’ils s’engagent, ils respectent leur engagement jusqu’à la mort. »

Le Diacre grommelle, mais je remarque qu’il ne la contredit pas.

Pasang a disposé les trente Sherpas en ligne. Ils s’avancent un par un et saluent lady Bromley-Montfort, qui nous les présente elle-même. Les noms étrangers glissent sur moi. À mes yeux d’Américain, tous ces hommes se ressemblent, et il me faut une minute pour prendre conscience de mon astigmatisme. Tel homme a une barbe noire, tel autre une fine moustache, et ce troisième est rasé de frais mais il a les sourcils qui se rejoignent. Ce Sherpa a des dents de devant manquantes, tandis que celui qui le suit a un sourire d'une blancheur éclatante. Certains sont baraqués, d'autres minces. Certains portent d'élégants vêtements de coton, d'autres presque des haillons. Rares sont ceux équipés de chaussures de randonnée à l'occidentale : la plupart ont des sandales et quelques-uns vont pieds nus.

Une fois les présentations terminées, Pasang fait signe à plus de la moitié d'entre eux de le suivre un peu plus loin, où ils s'assoient et se mettent à converser doucement.

« Je n'ai jamais fait passer d'entretien d'embauche à un Sherpa, murmure Jean-Claude.

— Moi, si », répond le Diacre.

Pour finir, ce sont surtout Reggie et Pasang qui nous aident à faire notre choix. Alors que nous nous contentons tous les trois d'échanger quelques mots avec les Sherpas, Pasang dit par exemple : « Nyima est capable de porter deux fois son poids pendant toute la journée sans se fatiguer », ou Reggie commente : « Ang Chiri vit dans un village situé à plus de 4 500 mètres d'altitude et n'a pas de problème à monter plus haut. » C'est ce genre d'information, en plus de la capacité de ces hommes à comprendre et parler l'anglais, qui nous permet de nous décider.

Au bout de vingt minutes, nous comprenons que Pasang sera l'unique Sherpa de Reggie – en plus d'être le sirdar, c'est-à-dire le chef de tous les autres, et le médecin de l'expédition. J.-C. a choisi Norbu Chedi et Lhakpa Yishay. Quoique originaires de deux villages différents et sans lien de parenté, ils se ressemblent comme des frères ; tous deux ont une frange qui leur tombe sur les yeux – un moyen de se protéger de la cécité des neiges pour ceux qui vivent en altitude au milieu des glaciers, nous explique Reggie.

Le Diacre désigne Nyima Tsering – un robuste petit Sherpa, qui éclate d'un rire sonore avant de baragouiner des réponses en anglais, et dont Pasang a vanté la force et l'endurance – et Tenzing Bothia, un homme plus grand et plus mince, qui parle bien anglais et ne se déplace jamais sans son propre assistant, le jeune Tejbir Norgay.

Mon choix se porte sur Babu Rita, un type souriant, bien en chair et apparemment en bonne santé, et sur Ang Chiri – celui qui vient d'un village en altitude – comme partenaires d'escalade. Le large sourire de Babu est tellement contagieux que je dois me forcer à ne pas l'imiter. Il a toutes ses dents. Ang est un homme de petite taille, mais au large poitrail « digne d'un pur-sang du Kentucky », aurait dit mon père. Je n'ai pas de mal à l'imaginer grimpant tout en haut de l'Everest sans avoir besoin de bouteille d'oxygène.

Nous passons encore quelques minutes à discuter, puis Reggie nous annonce qu'un certain Semchumbi – apparemment sans nom de famille – sera le chef cuisinier de l'expédition, tandis que Nawang Bura, un grand homme sérieux, à la peau relativement claire, aura la responsabilité des bêtes de somme.

« Et puisqu'on parle des bêtes, dit-elle, nous devons commencer à répartir les charges en ballots pour les mulets. » Elle tape dans ses mains, Pasang fait quelques gestes, et les trente hommes se précipitent vers les écuries, où sont garés les camions avec notre matériel.

« C'est une plaisanterie. » Je suis à califourchon sur un poney blanc, et mes pieds reposent à plat par terre.

« Ce sont des poneys tibétains, dit Reggie. Non seulement ils sont plus assurés que les chevaux ou que les autres races de poney sur les pistes verglacées que nous allons emprunter dans les montagnes, mais ils paissent là où d'autres ne trouveraient pas de nourriture.

— Oui, mais… » Je me redresse et laisse l'animal se dégager d'entre mes jambes arquées. Jean-Claude rit à s'en décrocher la mâchoire. Mon ami a les jambes assez courtes pour donner l'impression de *monter* son poney. Quant au Diacre, il en a choisi un mais ne s'est pas donné la peine de grimper dessus.

En voyant le grand hongre rouan de Reggie rentrer à l'écurie à l'aube, j'en ai déduit que nous monterions de *vrais* chevaux au Tibet. Après tout, dans la liste d'équipement pour l'expédition de 1924, Bruce recommandait à chaque Anglais d'apporter sa selle.

Sauf que mon poney miniature ne supporterait même pas le poids d'une selle anglaise ; une selle américaine l'écraserait purement et simplement.

Comme s'il lisait dans mes pensées, le Diacre dit : « Vous pouvez poser un tapis de selle sur le dos de cette pauvre bête, Jake, mais vous vous fatiguerez à garder les pieds levés. Et il ne s'agirait pas de glisser de votre monture sur certaines pistes étroites que nous allons parcourir… par endroits, l'à-pic est de quatre-vingt-dix ou cent mètres. Il y a bien les selles tibétaines que Mallory voulait nous voir utiliser en 1921, mais je ne les recommanderais pas.

— Pourquoi ?

— Elles sont en bois et en forme de V, répond Reggie. Vous auriez les testicules écrasés au bout de cinq kilomètres. »

C'est la première fois que j'entends une femme utiliser le mot *testicule.* Je pique un fard, et l'éclat de rire de Jean-Claude n'arrange rien.

« Je vais aller aider le docteur Pasang à surveiller le chargement », annonce le Diacre.

Reggie, qui commençait à expliquer au garçon d'écurie quelle petite selle allait avec quel poney, s'interrompt pour s'exclamer : « Nous déjeunons à onze heures précises ! À ce moment-là, nous devrons régler le problème des provisions. »

Le Diacre s'arrête, se retourne, ouvre la bouche pour parler, puis change d'avis et préfère serrer les dents sur la tige de sa pipe. Faisant volte-face sur son talon droit à la manière des militaires, il quitte l'écurie à grands pas, et se dirige vers l'endroit d'où nous parviennent les exclamations des Sherpas et le braiement des mulets.

Le Diacre et Reggie se querellent vivement pendant le déjeuner. Ils se querellent de nouveau en buvant un xérès, plus tard dans l'après-midi, une fois que le matériel et les provisions ont été répartis dans des ballots pour pouvoir être rapidement chargés sur les mulets demain matin. Et la querelle reprend au cours du dîner dans la grande salle à manger.

Ils se disputent à propos des provisions, de l'itinéraire, de l'organisation des recherches du corps de Percival, des méthodes d'alpinisme sur l'Everest et – surtout – ils se disputent la direction de l'expédition.

Au milieu de leur âpre discussion, au cours du déjeuner, le Diacre évoque un mystère qu'il n'a jamais réussi à résoudre malgré tous ses contacts : comment Percival Bromley a-t-il pu être autorisé à suivre l'expédition de 1924 ? Ni le général Bruce, avant de tomber malade et d'abandonner le groupe, ni le colonel Norton qui a ensuite pris la direction des opérations n'étaient du genre à dévier de leur projet initial. Or le fait d'endosser la responsabilité d'une personne supplémentaire modifiait leurs plans, et le jeune Percy n'était pas un alpiniste assez renommé pour que Mallory et les autres acceptent facilement sa présence, même à distance. Même les bons amis du Diacre, Noel Odell et le cinéaste John Noel, à l'origine de la controverse sur les lamas danseurs, n'avaient pas pu lui dire pourquoi Percy avait eu la permission de les suivre. Ils savaient seulement que, contre toute logique, Bruce et Norton affirmaient que ça ne posait pas de problème – et tous les alpinistes que le Diacre a interrogés ont répondu que Percy était un type si sympathique et sans prétention que, tant qu'il se contentait de suivre à environ une demi-journée de distance, il était toléré.

Mais il n'avait jamais été question que Percival Bromley les accompagne aussi loin que le camp de base, au pied du glacier du Rongbuk. C'était compris par tout le monde.

En pleine querelle à propos des provisions à emporter, le Diacre remet le sujet sur le tapis, se demandant une fois encore comment et pourquoi Percival Bromley avait été autorisé à suivre l'expédition jusqu'à l'Everest.

Apparemment lassée, Reggie adopte le ton qu'on emploie pour clore une discussion. « Écoutez-moi une dernière fois, monsieur Deacon. Mon cousin Percival séjournait ici lorsque j'ai reçu à dîner les leaders de l'expédition de 1924, avec lord et lady Lytton. Lord Lytton, vous vous le rappelez peut-être, est gouverneur général du Bengale. Le général Bruce, le colonel Norton et lui ont passé presque une heure à s'entretenir avec Percy dans le bureau. Lorsqu'ils en sont sortis, Bruce et Norton ont annoncé qu'ils autorisaient Percy à les suivre – pas à voyager *avec* eux mais strictement *derrière* eux, et sans jamais figurer sur la liste officielle des membres de l'expédition –, à condition qu'il se procure son propre poney, sa tente et ses vivres. Ce qui ne posait pas de problème, vu que depuis deux semaines Percy rassemblait son matériel ici, à la plantation. »

Le Diacre secoue la tête. « C'est insensé. Autoriser quelqu'un à suivre l'expédition pendant la traversée du Tibet ? Quelqu'un qui ne dispose pas d'un laissez-passer officiel dans ce pays ? Même si lord Percival suivait à une journée de distance, en tant qu'Anglais, son arrestation ou sa détention aurait pu placer toute l'expédition dans une position difficile vis-à-vis des dzongpöns et des autorités tibétaines.

— Que sont ces dzongpöns dont j'ai tant entendu parler ? demande Jean-Claude. Des chefs de village ? Des seigneurs de guerre tibétains ?

— Pas exactement, répond Reggie. La plupart des communautés tibétaines sont dirigées par des dzongpöns – en général deux hommes, un lama et un laïc du village. Mais parfois, il n'y en a qu'un seul. » Elle se tourne vers le Diacre. « L'après-midi touche à sa fin, monsieur Deacon. Avez-vous obtenu des réponses satisfaisantes à toutes vos questions ?

— À toutes, sauf une : pourquoi votre cousin a-t-il tenté de gravir l'Everest après le départ de l'expédition ? »

Reggie lâche un rire dénué d'humour. « Percy n'a jamais tenté de gravir l'Everest. De cela, au moins, je suis sûre.

— Sigl a affirmé le contraire à la *Berliner Zeitung* et au *Times*, dit le Diacre. Il a raconté qu'en arrivant au camp II avec d'autres Allemands – dans l'intention de rencontrer Mallory, et aussi par pure curiosité –, ils avaient vu votre cousin et Kurt Meyer, qui redescendaient sur l'arête nord en titubant. Apparemment, ils étaient en difficulté. »

Reggie secoue la tête, et ses boucles d'un noir bleuté ondulent sur ses épaules. « Bruno Sigl a menti, réplique-t-elle avec une absolue certitude. Percy avait peut-être une raison d'aller dans la montagne, mais je sais qu'il n'est pas allé au Tibet pour tenter l'ascension de l'Everest. Bruno Sigl n'est qu'un vulgaire malfrat, et un menteur.

— Comment savez-vous que c'est un malfrat ? demande le Diacre. Vous le connaissez ?

— Bien sûr que non. Mais j'ai pris des renseignements, en Allemagne et ailleurs. Sigl est un alpiniste dangereux, pour lui-même et ceux qui l'accompagnent, et dans sa vie civile à Munich, c'est une brute fasciste.

— Pensez-vous que Sigl ait pu jouer un rôle dans la mort de votre cousin et de Meyer ? »

Reggie pose son regard outremer sur le Diacre, mais ne répond pas.

Dans un moment plus calme de l'après-midi, nous montrons à Reggie les nouveaux crampons douze pointes de J.-C. et le piolet raccourci pour les ascensions verticales. Il lui explique le fonctionnement du jumar et lui présente l'échelle de corde de spéléologue que nous avons apportée.

« Brillant, commente Reggie. Avec ça, il sera beaucoup plus facile de monter au col nord – et, grâce aux cordes fixes et aux échelles, ce sera aussi beaucoup plus sûr pour les porteurs. Mais je crains de ne pas avoir de bottes assez rigides pour ces crampons.

— Vous n'en auriez besoin que si vous preniez la tête de l'ascension, dit le Diacre. Et je vous garantis que ça n'arrivera pas.

— J'ai apporté une paire supplémentaire de bottes rigides, qui pourraient peut-être vous aller, dit Jean-Claude. Je file les chercher et nous verrons. »

Les bottes lui vont. Elle fait quelques mouvements pour essayer les marteaux à glace. Le Diacre ne lève pas les yeux au ciel, mais c'est tout comme.

« Moi aussi, j'ai une innovation à vous montrer », dit Reggie. Elle nous abandonne un instant et revient avec quatre espèces de casques en cuir, comme en portent les footballeurs, ou peut-être les mineurs de fond. À la différence qu'il y a deux batteries à l'arrière et une lampe électrique devant.

« Je les ai fait fabriquer après mon retour de l'Everest en septembre dernier, explique-t-elle. Lord Montfort possédait d'importantes exploitations minières au pays de Galles. Ce sont les dernières nouveautés : des lampes électriques frontales, pour remplacer les lampes à acétylène qui risquent de déclencher des explosions. Les batteries sont un peu lourdes, mais elles alimentent les lampes pendant des heures… et j'ai de nombreuses batteries de rechange.

— À quoi cela pourrait bien nous servir, je me le demande », dit le Diacre, tenant les lanières de cuir, la lampe et les batteries à bout de bras.

Reggie soupire. « D'après Norton, Noel et les autres, à qui j'ai parlé quand le groupe défait est repassé par Darjeeling l'année dernière, Mallory et Irvine avaient prévu de quitter leur tente vers six heures ou six heures et demie du matin. Sauf que tout prend plus de temps à cette altitude – enfiler correctement ses bottes, tenter de faire fondre de la neige pour se préparer une boisson chaude et un porridge avant de partir, charger les appareils à oxygène en s'assurant qu'ils fonctionnent, et tout ça avec des gestes terriblement ralentis. Bref, ils n'ont pas dû quitter leur campement avant huit heures, ce qui est beaucoup trop tard quand on veut tenter d'attaquer le sommet. Même s'ils l'avaient atteint, ils n'auraient jamais pu redescendre au camp V avant la nuit. Sans doute même pas à la Bande jaune.

— Selon vous, à quelle heure une équipe devrait-elle partir avec ces… ces… trucs sur la tête ? demande le Diacre.

— Pas après deux heures du matin, monsieur Deacon. Je suggérerais même de partir à minuit le jour de l'assaut vers le sommet. »

L'idée d'escalader la nuit à cette altitude le fait rire. « Nous gèlerions, dit-il d'un ton dédaigneux.

— Non, non, dit Jean-Claude. N'oubliez pas, Richard, que grâce à vous, nous disposons des vestes en duvet d'oie de M. Finch pour nous tenir chaud. Et nous en avons assez pour nous et pour nos tigres Sherpas. Je pense que lady Brom… que lady Reggie a raison. Il y a moins d'avalanches la nuit. La neige et la glace sont plus fermes, ce qui est mieux pour les nouveaux crampons. Et si ces lampes frontales éclairent bel et bien le chemin…

— Elles le font pour des centaines de mineurs au pays de Galles, le coupe Reggie. Du moins pour les ingénieurs et les contremaîtres. Et ces mineurs ne peuvent pas profiter de la lumière de la lune et des étoiles dans leurs tunnels sombres.

— *Magnifique** ! s'exclame Jean-Claude.

— Très intéressant, dis-je.

— Quitter le camp à minuit, dit le Diacre. Complètement absurde. »

Quarante mulets sont affectés à la randonnée jusqu'à l'Everest, chaque bête étant capable de porter une double charge d'environ soixante-dix kilos. Un Sherpa peut conduire deux mulets, tout en portant lui-même son lot de notre excédent de bagages.

Reggie a insisté pour que nous emportions plus de nourriture toute prête que nous ne l'avions prévu. Le Diacre s'y oppose catégoriquement. Alors que nous dînons d'un délicieux plat de faisan accompagné d'un vin blanc de première qualité, ils se querellent une fois encore.

« Je crois que vous ne comprenez pas ma théorie derrière cette expédition, lady Bromley-Montfort, dit le Diacre d'un ton glacial.

— Je la comprends trop bien, monsieur Deacon. Vous voulez attaquer la plus haute montagne du monde en suivant la méthode alpine, comme s'il s'agissait du Cervin. Vous comptez acheter autant de vivres que possible en chemin, dans les villages tibétains que nous traverserons, et chasser le reste : chèvres sauvages, lapins, *goas* – la gazelle tibétaine –, cerfs blancs, moutons bleus de l'Himalaya, tout ce que vous trouverez.

— Exactement. Et puisque vous prétendez avoir fait de l'alpinisme aussi bien dans les Alpes que dans l'Himalaya, vous savez que la méthode alpine n'a jamais été tentée sur l'Everest.

— Et pour de bonnes raisons, monsieur Deacon. Pas seulement la taille de la montagne, mais la météo. Cette montagne a son propre microclimat. Même en cette saison précédant la mousson, le temps peut changer d'une minute à l'autre. Vous n'avez tout simplement pas prévu assez de nourriture pour tenir plusieurs semaines si nécessaire. Vous ne pourrez pas redescendre en courant à Shekar Dzong en passant par le Pang La depuis le glacier du Rongbuk chaque fois que vous serez à court de vivres. Et le petit village de Chōdzong, sur le côté Everest du Pang La, n'aura pas de quoi vous ravitailler à cette période de l'année. »

Je sais maintenant que *la* veut dire « col » en tibétain. Pang La, à presque 5 200 mètres, est situé au sud de Shekar Dzong : le dernier haut col avant d'approcher du monastère du Rongbuk, du glacier du même nom et de l'Everest. La plupart des expéditions mettent au moins quatre jours pour aller de Shekar Dzong au camp de base, à l'entrée de la vallée glaciaire du

Rongbuk… et beaucoup plus encore pour trouver une voie d'accès au col nord par le glacier.

« Nous pouvons acheter de la nourriture supplémentaire à des villageois en chemin », insiste le Diacre.

Ce qui fait rire Reggie. « Le villageois tibétain acceptera de vous vendre son dernier poulet, même si sa famille doit ensuite mourir de faim, dit-elle en montrant ses dents très blanches. Mais comment ferez-vous, monsieur Deacon, pour conserver un poulet pendant des semaines si vous êtes bloqués par la neige au camp III, sous le col nord ? Vous comptez emporter de la glace ? Un appareil électrique de réfrigération ? Et une fois passé Rongbuk, n'imaginez pas pouvoir vous nourrir du gibier que vous aurez tué. À l'exception du rare *burrhel*, le mouton des montagnes, et du yéti plus rare encore, il n'y a rien là-haut. Vous passerez vos journées à chasser plutôt qu'à escalader… sans garantie de ne pas mourir de faim. »

Le Diacre ignore la référence au yéti. « Je suis déjà allé là-bas, ne l'oubliez pas, madame. J'y ai passé bien plus de temps que vous, à explorer les voies d'approche sur la face nord de l'Everest.

— Oui, vous y avez passé beaucoup de temps en 1921, parce que Mallory et vous n'avez pas été capables de trouver la voie évidente via le Rongbuk est. »

Le visage du Diacre s'assombrit.

« Écoutez, poursuit Reggie, s'adressant cette fois à nous trois. Je ne suggère pas de prendre autant de provisions que Bruce, Norton et Mallory… Dieu du ciel, je les ai vus quitter Darjeeling. Soixante-dix porteurs – cent quarante en comptant les Tibétains qu'ils ont recrutés de l'autre côté de la frontière – et plus de trois cents bêtes de somme, pour porter non seulement l'oxygène, les tentes et le matériel nécessaire, mais des quantités invraisemblables de conserves de foie gras, de saucisses fumées et de langue de bœuf.

— L'appétit diminue avec l'altitude, dit le Diacre. Il faut de la nourriture qui le stimule.

— Oh, oui, je sais. » Reggie sourit. « J'ai perdu plus de treize kilos sur le col nord l'année dernière, je crois vous l'avoir déjà dit. Au-delà de 7 500 mètres, l'idée même de nourriture devient répugnante. Et on n'a pas l'énergie de la préparer. C'est la raison pour laquelle j'ai ajouté ce supplément de conserves et de denrées de base tels des sachets de nouilles et de riz à réchauffer dans de l'eau bouillie, au cas où nous serions bloqués par le mauvais temps. »

Le Diacre nous regarde, J.-C. et moi, comme s'il attendait que nous montions au créneau pour le soutenir. Nous nous contentons de lui sourire sans rien dire.

« Au lieu de trois cents bêtes de somme, continue Reggie, nous ne voyagerons qu'avec quarante et en achèterons sur la route s'il faut en remplacer. Au lieu de soixante-dix porteurs, nous n'en aurons que trente. Au lieu d'embaucher des porteurs supplémentaires à Shekar Dzong, je me suis organisée pour que nous échangions nos mulets contre des yaks, et que nous poursuivions notre route uniquement avec nos trente Sherpas. Mais il nous faut emporter de la nourriture en quantité suffisante. La recherche de mon cousin Percy prendra peut-être des semaines. Il n'est pas question de rentrer bredouilles pour cause de manque de nourriture. »

Le Diacre soupire. Il ne peut pas lui avouer le véritable objectif que nous poursuivons, Jean-Claude, lui et moi : attendre une météo favorable, escalader jusqu'au sommet en style alpin, puis… rentrer chez nous.

Reggie nous regarde l'un après l'autre. « Je sais pourquoi vous vous êtes engagés dans cette expédition, messieurs, dit-elle, comme si elle lisait dans nos pensées coupables. Je sais que vous espérez gravir l'Everest, que vous utilisez l'argent de ma tante et l'excuse de la recherche du corps de Percival pour pouvoir rejoindre la montagne et, avec de la chance, vaincre le sommet. »

Aucun de nous ne répond. Et aucun de nous n'a le courage de soutenir son regard froid.

« Ça m'est égal, poursuit-elle. Il m'importe plus qu'à vous de retrouver le corps de Percy – peut-être pour des raisons que vous ne comprenez pas encore –, mais je veux également escalader l'Everest. »

À ces mots, nous levons tous les yeux. Une femme au sommet de l'Everest ? Ridicule. Pourtant, aucun de nous ne pipe mot.

« Il est vingt et une heures, dit Reggie, alors que plusieurs horloges résonnent à la même seconde à travers la grande maison de la plantation. Nous devrions tous aller nous coucher. Nous partons à l'aube. »

J.-C. et moi nous levons en même temps que Reggie, mais le Diacre reste assis. « Pas avant que nous ayons réglé la question du commandement de l'expédition, madame. Une expédition ne peut pas avoir deux leaders. Ça ne marchera pas, tout simplement. »

Reggie lui sourit. « Ça a plutôt bien marché l'année dernière, après le retrait du général Bruce pour cause de malaria. Le colonel Teddy

Norton – sachant sans doute qu'il ne serait pas dans l'équipe qui s'attaquerait au sommet – a pris le commandement général de l'expédition, tandis que M. Mallory était responsable de tout ce qui concernait l'escalade et notamment du choix de ceux qui tenteraient l'assaut final. Évidemment, il a décidé d'y aller lui-même, avec Sandy Irvine, qui était certes en pleine forme, mais inexpérimenté… Un garçon charmant, au demeurant, que j'ai eu plaisir à recevoir chez moi. Eh bien, monsieur Deacon, je suggère que nous adoptions le même système. Je serai à la tête de l'expédition proprement dite ; vous serez chef de l'escalade et libre de vos décisions dans ce domaine, sous réserve de prendre en compte les suggestions que je pourrais vous faire dans notre recherche de mon cousin Percy. »

Je vois le Diacre chercher les mots adéquats pour rejeter une fois pour toutes cette proposition. Mais il se révèle trop lent.

Pasang… le docteur Pasang… écarte le fauteuil de Reggie pour lui dégager le passage.

« Bonsoir, messieurs, dit-elle doucement. Nous partons pour l'Everest demain à l'aube. »

Deuxième partie

LA MONTAGNE

Samedi 25 avril 1925

À soixante kilomètres de distance, l'Everest domine déjà non seulement les hauts pics de la chaîne himalayenne à l'horizon, mais aussi le ciel tout entier. Si je soupçonne le Diacre d'avoir apporté un drapeau britannique à planter au sommet, la montagne arbore son propre fanion – un long panache blanc, fait de brume et de poudre de neige, qui s'étend sur au moins vingt kilomètres, porté par le vent d'ouest au-dessus des plus petits sommets du massif enneigé de l'Everest.

« *Stupéfiant** », murmure Jean-Claude.

Nous sommes partis devant tous les cinq, distançant les Sherpas et les yaks, et avons grimpé une petite colline à l'est du col. Tandis que Pasang reste à quelques mètres derrière nous, légèrement en contrebas du sommet, tenant les rênes du poney blanc de J.-C., qu'effraient les vents sur le Pang La – la dernière passe avant le Rongbuk et l'Everest – nous autres devons nous coucher sur les blocs rocheux, sous peine d'être balayés.

Au bout de la rangée, le Diacre se redresse sur son coude droit et tente de stabiliser ses jumelles militaires de sa main gauche ; puis vient Reggie, à plat ventre, les semelles de ses bottes formant comme des points d'exclamation inversés, qui tient à deux mains un télescope de type marin posé sur le rocher devant elle ; couché à côté d'elle, Jean-Claude regarde vers le sud à travers ses lunettes d'alpinisme ; enfin, je me tiens légèrement en retrait, appuyé sur mon coude droit.

Nous sommes tous les trois coiffés d'un chapeau à large bord pour nous protéger du soleil tibétain, impitoyable à cette altitude – ma peau a brûlé et pelé ces dernières semaines, comme a dû le faire celle de Sandy Irvine –, que nous avons enfoncé le plus possible sur notre tête à cause du vent. Reggie, elle, porte un drôle de couvre-chef – avec un grand bord remonté et boutonné du côté droit et une lanière ajustable pour le tenir sous le menton. Elle nous a expliqué qu'elle l'avait acheté lors d'un séjour en Australie des années plus tôt.

Nous énumérons les noms des montagnes comme des enfants s'extasient devant des cadeaux de Noël : « Le haut sommet, là-bas à l'ouest, c'est le Cho Oyu, qui culmine à 8 200 mètres… », « Le Gyachung Kang, 7 900 mètres… », « Ce pic qui étend son ombre sur l'Everest, c'est le Lhotse, huit mille… je ne sais plus combien. — 8 501 mètres », « À l'est, là-bas, le Chomo Lonzo, 7 804 mètres… ».

« Et le Maluku, dit le Diacre. 8 463 mètres.

— Mon Dieu », murmuré-je. Les principaux sommets des montagnes Rocheuses seraient perdus dans les contreforts de ces géants aux cimes blanches. Les cols – en forme de selle de cheval –, les points les plus bas reliant l'Everest aux autres montagnes, se situent tous à plus de 7 600 mètres – soit neuf cents mètres de plus que toute montagne d'Amérique du Nord.

D'après Reggie et le Diacre, les membres des précédentes expéditions avaient pu apercevoir l'Everest à d'autres endroits au cours de la randonnée vers l'ouest pour rejoindre Shekar Dzong – en particulier ceux qui avaient accepté de faire un détour par la vallée de la Yaru, à l'ouest de Tinki Dzong, et un peu d'escalade –, mais nous avions passé les cinq dernières semaines à cheminer sous des nuages bas et épais, une pluie glaciale et des rafales de neige, si bien qu'en cette journée ensoleillée, au col de Pang La, nous profitons de notre première vue sur la montagne.

Reggie me fait signe d'approcher. Je me couche à plat ventre à côté d'elle, sur le sol rougeâtre et caillouteux – un instant étrangement intime –, et elle tient la lunette du télescope pendant que je regarde.

« Mon Dieu. » Apparemment, ce sont les deux seules syllabes que je suis capable de prononcer aujourd'hui.

Même à mon âge, j'ai assez d'expérience de la montagne pour savoir qu'un sommet en apparence inatteignable de loin peut révéler des voies, parfois même des voies faciles, quand on est à proximité ou dessus. Mais le sommet de l'Everest paraît… trop grand, trop haut, trop blanc, trop venteux et infiniment trop lointain.

Jean-Claude a rampé jusqu'au Diacre pour lui emprunter ses jumelles.

« D'ici, on ne distingue pas le col nord ou le point le plus haut du glacier du Rongbuk est à cause des montagnes intermédiaires, dit le Diacre. Mais suivez l'arête nord-est. Vous voyez le premier et le deuxième ressaut près du sommet ?

— Tout ce que je vois, c'est ce que vous appelez le *spindrift*… cet interminable plumet de neige poudreuse, répond Jean-Claude. Je me demande comment sont les vents *sur* l'arête nord-est. »

Au lieu de répondre, le Diacre poursuit : « On voit distinctement le grand couloir – ce qu'on nomme aujourd'hui le couloir de Norton – qui descend vers la gauche de la pyramide sommitale.

— Ah, oui… », murmure J.-C.

Dans le télescope de Reggie qui tremble légèrement, il m'est impossible de voir si le couloir est très enneigé et propice aux avalanches mortelles.

« Les vents printaniers sont une bonne chose, dit Reggie, dont la voix se perd dans ceux du Pang La qui mugissent et sifflent entre les rochers. Ils emportent la neige de la mousson et de l'hiver, ce qui nous donnera de meilleures chances de retrouver Percy. »

Percy. Dans mon impatience à atteindre l'Everest et à débuter l'ascension, j'ai presque oublié lord Percival Bromley et la raison officielle pour laquelle nous sommes venus si loin. Je frissonne à la pensée que le corps du jeune homme se trouve quelque part sur cette montagne imprenable et inhumaine, balayée par des vents violents.

La voix puissante de Pasang nous parvient. « Les porteurs de tête approchent du sommet du col derrière nous. »

À contrecœur, les yeux humides à cause du vent et de la lumière éblouissante, nous nous relevons tous les quatre, époussetons la poussière et les cailloux sur nos vêtements de duvet et de laine puis, titubant à cause du vent d'ouest qui nous pousse à présent dans le dos, nous nous dirigeons vers l'étroite piste sur le col.

Au Sikkim, nous avons traversé des vallées luxuriantes et brumeuses, des jungles de rhododendrons et de fleurs tropicales, où l'air était si dense et humide qu'on avait peine à respirer. Au terme de longues journées de randonnée à travers une végétation détrempée, nous campions dans des clairières, où nous devions arracher les sangsues qui s'étaient accrochées à nos corps. Nous avons évité les *daks* – les bungalows placés par le Raj tous les dix-huit kilomètres, soit un jour de marche, sur la longue route principale menant au Tibet et à Gyantsé, sa capitale commerciale. Comme nous l'ont expliqué Reggie et le docteur Pasang, les *daks* proposaient des lits, de la nourriture fraîche et même des livres, ainsi que les services d'un domestique appelé un *chowkidar*. Mais notre groupe campait à deux kilomètres avant ou après chaque *dak*, sans jamais profiter des bungalows pourtant aménagés pour les voyageurs.

« Les expéditions britanniques s'arrêtent dans les *daks*, a fait remarquer le Diacre l'un de nos premiers soirs au Sikkim, alors que nous étions assis autour de notre feu de camp dans la jungle.

— Tout comme des centaines d'autres Anglais, a ajouté Reggie. Des représentants de commerce en route pour Gyantsé. Des fonctionnaires du Raj. Des naturalistes. Des cartographes. Des diplomates.

— Un coup d'œil à notre matériel d'alpinisme et à nos kilomètres de corde, et les domestiques feront passer le mot jusqu'au Tibet.

— Comment ? » a demandé Jean-Claude.

Le Diacre a retiré la pipe de sa bouche et souri. « Nous ne sommes pas aussi isolés qu'il semble, messieurs. Même ici, au Sikkim. Le Raj a installé des câbles télégraphiques et téléphoniques jusqu'à Gyantsé, ils passent même les hauts cols.

— C'est vrai, a acquiescé Reggie. Nous resterons sur la grande route commerciale nord-sud, jusqu'à la bifurcation vers Khampa Dzong à l'ouest, quand nous serons au Tibet. En attendant, en préférant nos campements de fortune au relatif confort des *daks*, les seules que nous abusons sont les sangsues. »

En quittant Darjeeling, nous avions pris vers l'est et la rivière Teesta. Les Sherpas étaient partis avant l'aube le 26 mars avec les poneys et les bêtes de somme, et nous les avions rejoint, dans deux vieux camions à Sixth Mile Stone, avec nos sacs à dos et les provisions supplémentaires. Tandis qu'Edward, le chauffeur, et un autre homme repartaient en camion à la plantation, notre caravane s'était mise en route, continuant de descendre les pentes raides jusqu'à la Teesta, que nous avions traversée avant de prendre la direction du village de Kalimpong, au Sikkim.

Nous avons installé notre campement à l'écart de Kalimpong, parce que Reggie ne voulait pas alerter l'irascible major Frederick Bailey, gouverneur du Sikkim, celui qui (d'après elle) avait saboté les demandes de laissez-passer du Comité de l'Everest afin de se réserver la possibilité de vaincre un jour la montagne lui-même. À notre entrée au Sikkim, le garde-frontière – un Gurkha – a accepté le permis tibétain de Reggie sans protester. Nous nous sommes tous amusés de l'entendre se donner des ordres à lui-même – « Garde à vous ! Tournez à gauche ! En avant, marche ! » Le Diacre nous a ensuite expliqué que c'était l'habitude des Gurkhas, en l'absence d'un officier ou d'un sous-officier.

Par deux fois, pendant nos six jours de traversée du Sikkim, des hommes en uniforme de policier ont abordé notre groupe, mais chaque fois, Reggie a pris le chef à part pour lui parler seule à seul et – je suppose – lui graisser la patte. En tout cas, aucun n'a essayé de nous arrêter dans le Sikkim et, après une petite semaine à respirer le parfum écœurant des rhododendrons et à marcher dans des hautes herbes infestées de sangsues, nous avons approché du haut col du Jelep La qui marquait la frontière avec le Tibet. Nous n'étions pas mécontents de quitter le Sikkim ; il avait plu constamment, tous nos vêtements étaient trempés et il n'y avait pas eu une seule journée de soleil où nous aurions pu les faire sécher. J'ai cru être le seul à souffrir d'une légère dysenterie, avant de m'apercevoir que J.-C. et le Diacre en étaient également affectés. Seuls Reggie et Pasang semblaient épargnés.

Je prenais de l'opium et de l'acétate de plomb depuis quelques jours lorsque le Diacre s'est aperçu que j'étais malade et m'a adressé au docteur Pasang. Le Sherpa a hoché la tête quand j'ai avoué, tout gêné, mes problèmes intestinaux, puis m'a fait remarquer que si l'opium pouvait effectivement agir sur la dysenterie, les effets secondaires de mes prises nocturnes risquaient d'être pires que le mal. Il m'a donné un flacon d'un médicament au goût sucré, qui a apaisé mes intestins en une journée.

Au début, je marchais devant mon poney et portais plus de trente kilos de matériel, mais Reggie m'a convaincu de le monter dès que je pouvais et de laisser les mulets porter mon sac. « Vous aurez besoin de vos forces sur l'Everest », m'a-t-elle dit, et je me suis vite rendu compte qu'elle avait raison.

Un peu affaibli par la dysenterie dont je commençais seulement à me remettre, je me suis habitué, lorsque nous nous arrêtions en fin de journée, à trouver les tentes déjà montées par les Sherpas partis devant – les tentes Whymper avec nos sacs de couchage préparés, et la grande tente servant de cantine. Le matin, j'étais réveillé au son du « Bonjour, sahibs » de Babu Rita et Norbu Chedi qui nous apportaient notre café, à J.-C. et moi. Le Diacre devait boire le sien dans la tente voisine, tandis que Reggie, toujours levée et habillée avant nous, prenait du thé et des muffins avec Pasang près du feu.

C'est en montant au col de Jelep La, à 4 400 mètres d'altitude, que j'ai mesuré combien la maladie m'avait sapé d'énergie. Dans le Colorado, avec mes amis de Harvard, quelques années plus tôt, j'avais pratiquement galopé à l'assaut du pic Longs, à une altitude comparable, et je m'étais senti en pleine forme en arrivant au sommet. Cette fois, en gravissant la piste en lacet puis les cailloux mouillés et glissants, formant comme un interminable escalier naturel jusqu'en haut du col, j'ai été obligé de m'arrêter tous les trois pas pour reprendre mon souffle, appuyé sur mon piolet. Sachant que le Jelep La était deux fois moins haut que l'Everest, ce n'était pas de bon augure.

Jean-Claude aussi soufflait un peu plus fort et marchait un peu moins vite qu'à l'ordinaire, alors qu'il avait souvent escaladé des pics de plus de 4 200 mètres. De nous trois, seul le Diacre semblait s'être déjà acclimaté à l'altitude, même s'il peinait à suivre le rythme rapide de Reggie.

Nous sommes arrivés à Yatung, au Tibet. Ici, le contraste était saisissant avec le paysage du Sikkim. Il neigeait lorsque nous avions passé le Jelep La, et la neige et les vents d'ouest nous ont accompagnés pendant que nous traversions la haute plaine tibétaine désertique. Après la débauche de couleurs de la jungle du Sikkim, avec toutes ses nuances de vert et de rose, nous avions pénétré dans un univers presque monochrome : des nuages gris et bas au-dessus de nos têtes, des rochers gris tout autour, et un sol rougeâtre comme unique touche de couleur. Bientôt, nos visages ont été couverts de poussière rouge et, quand le vent froid m'a fait monter les larmes aux yeux – avant que je prenne l'habitude de porter mes lunettes de protection même à basse altitude –, elles ont coulé sur mes joues telles des gouttes de sang.

Après avoir passé la dernière nuit de notre randonnée d'approche à l'extérieur du petit village de Chōdzong, le lundi 27 avril, nous entamons les vingt-sept kilomètres de marche à travers la vallée pour rejoindre le monastère du Rongbuk, notre ultime étape avant l'entrée du glacier du Rongbuk, à dix-sept kilomètres, où nous comptons installer notre camp de base.

« Que signifie le nom Rongbuk ? » demande Jean-Claude.

Le Diacre l'ignore, à moins qu'il ne soit trop préoccupé pour répondre. « Ça signifie “monastère des neiges” », dit Reggie.

Nous nous arrêtons au monastère balayé par les vents, le temps de demander une audience et une bénédiction rituelle au saint lama, *ngag-dwang-batem-hdsin-norbu*, le grand Dzatrul Rinpoché. « Les Sherpas ne sont pas aussi superstitieux que le sont en général les porteurs tibétains, explique Reggie alors que nous patientons, mais il est tout de même préférable d'obtenir cette bénédiction avant de poursuivre vers le camp de base, et surtout avant d'essayer de gravir la montagne. »

Mais nos espoirs vont être déçus. Le saint lama, au titre sonnant comme une crécelle, nous fait répondre qu'il juge la rencontre « inopportune ». Dzatrul Rinpoché nous convoquera au monastère, nous annonce son représentant, si et quand il lui semblera opportun de nous faire la grâce de sa présence et de sa bénédiction.

Reggie est surprise. Elle a toujours eu de bonnes relations avec les moines et le saint lama du monastère du Rongbuk, nous dit-elle. Mais quand elle demande à un prêtre de sa connaissance pourquoi Dzatrul Rinpoché refuse de nous voir, le vieil homme chauve répond – en tibétain, que Reggie traduit à notre intention : « Les auspices sont mauvais. Les démons dans la montagne sont réveillés et ils sont en colère. D'autres vont venir. Les *metohkangmi* sont actifs et en colère, et…

— Les *metohkangmi* ? répète Jean-Claude d'un ton interrogateur.

— Les yétis, nous rappelle le Diacre. Ces monstres poilus à l'aspect humain.

— … votre général Bruce nous a assuré il y a trois ans que tous les alpinistes britanniques appartenaient à une secte anglaise adoratrice de la montagne, et qu'ils faisaient un pèlerinage sacré au Chomolungma, mais nous savons à présent que le général Bruce mentait. Vous, les Anglais, n'adorez pas la montagne. » Reggie traduit les paroles du moine aussi vite qu'il les prononce.

« Est-ce à cause des lamas danseurs et de ce fichu film de Noel ? » demande Jean-Claude.

Reggie ignore sa question et ne la traduit pas pour le moine. Elle ajoute encore quelques mots dans un tibétain mélodieux, incline la tête, et nous prenons congé de la présence probablement sacrée du moine, qui se remet à faire tourner un moulin à prières.

Une fois que nous sommes de retour dans le vent à l'extérieur, Reggie pousse un soupir. « C'est très fâcheux, messieurs. Nos Sherpas, et en particulier nos grimpeurs d'altitude, tiennent beaucoup à cette bénédiction. Nous allons devoir établir le camp de base, puis je reviendrai ici pour tenter de convaincre le saint lama que nous la méritons.

— Au diable ce vieux bonhomme et sa satanée bénédiction, grommelle le Diacre.

— Non, dit Reggie en enfourchant élégamment son poney blanc. C'est nous qui irons au diable si nous n'obtenons pas cette bénédiction pour nos Sherpas. »

Nous venions d'entrer au Sikkim, à la fin du mois de mars, et nous étions arrêtés pour la nuit non loin du village de Kalimpong, quand le Diacre a reçu un mystérieux visiteur.

J'avais remarqué le grand homme mince que le docteur Pasang avait fait entrer dans notre campement et vu Reggie échanger quelques mots avec lui, mais entre les vêtements traditionnels népalais, le bonnet marron en forme de turban, la peau bronzée et l'énorme barbe noire de l'inconnu, j'avais supposé qu'il s'agissait d'un Sherpa particulièrement grand, ou peut-être d'un parent de Pasang venu nous rendre visite. J'avais tout de même noté qu'il portait des solides bottes de randonnée anglaises, quoique très usées.

En réalité, c'était un Blanc, un Anglais, et pas n'importe lequel.

Avant que l'identité de l'inconnu ne commence à se répandre dans le campement, le Sherpa personnel du Diacre, Nyima Tsering, était venu chercher notre ami. « Un sahib est là pour vous voir, sahib », lui a dit Nyima, avec son rire habituel.

Le Diacre, J.-C. et moi étions en train de bricoler la valve de débit des appareils à oxygène. En apercevant le grand barbu, vêtu comme un paysan népalais et chaussé de bottes anglaises, le Diacre s'est levé d'un bond et a trottiné vers lui pour lui serrer la main. Au lieu de l'amener près du feu pour nous le présenter, à J.-C. et moi, il l'a entraîné à l'écart – de manière assez grossière, j'ai trouvé –, près du ruisseau qui se jetait dans la Teesta que nous venions de traverser. À travers l'écran des arbres, nous avons vu l'inconnu s'accroupir à la manière des Sherpas, le Diacre s'asseoir sur un petit rocher, puis tous deux se sont aussitôt absorbés dans leur conversation.

« Qui est-ce ? ai-je demandé à Reggie, quand elle s'est approchée de nous pour nous proposer du café.

— K. T. Owings », a-t-elle répondu.

Je n'aurais pas été plus stupéfait si elle m'avait annoncé que c'était le Christ revenu sur terre.

Kenneth Terrence Owings était une de mes idoles littéraires depuis que j'avais douze ans. Celui que l'on surnommait le « poète alpiniste » était l'un des cinq plus grands ascensionnistes britanniques avant-guerre, mais aussi l'un des poètes les plus célébrés de Grande-Bretagne, de la trempe d'un Rupert Brooke, de ceux que la guerre avait fauchés – Wilfred Owen, Edward Thomas, Charles Sorley – ou qui, tels Siegfried Sassoon ou Ivor Gurney, avaient survécu pour la décrire.

K. T. Owings avait survécu au conflit, après avoir été promu du grade de lieutenant à celui de major, mais n'avait pas écrit un seul vers sur son expérience combattante. À ma connaissance, il n'avait plus écrit un mot de poésie. À cet égard, il ressemblait beaucoup au Diacre, qui jouissait d'une certaine notoriété littéraire avant la guerre, mais n'avait pas publié – ni manifestement écrit – après le début des combats. Owings n'était pas non plus retourné dans les Alpes où, tels George Mallory et le Diacre (en compagnie duquel il avait souvent escaladé), il s'était pourtant taillé une belle réputation de grimpeur. K. T. Owings avait tout simplement disparu. Certains journaux et revues littéraires avaient affirmé qu'il était parti en Afrique, où il avait gravi en solo le Kilimandjaro et n'avait pas voulu rentrer. D'autres soutenaient qu'il était allé en Chine pour s'attaquer à des montagnes sans nom et qu'il s'était fait tuer là-bas par des bandits. D'après la dernière version faisant autorité, K. T. Owings, pour oublier l'horreur des tranchées, avait construit un petit voilier et s'était lancé dans un tour du monde, avant de périr noyé lors d'une terrible tempête dans l'Atlantique sud.

J'ai de nouveau regardé vers le rideau d'arbres. Vêtu de ce qui me semblait des haillons, sa barbe noire piquetée de gris, K. T. Owings était accroupi et parlait à toute vitesse au Diacre. J'avais du mal à le croire.

Je me suis levé et j'ai pris ma gourde en métal pour me diriger vers le ruisseau.

« M. Deacon voulait être seul avec lui, a fait remarquer Reggie.

— Je vais seulement chercher un peu d'eau. Je ne les dérangerai pas.

— N'oubliez pas de la faire bouillir avant de la boire. »

J'ai rejoint le ruisseau presque sur la pointe des pieds et, plongeant ma gourde dans l'eau, je me suis penché vers l'écran de branches me séparant des deux hommes pour tenter d'entendre ce qu'ils se disaient. Si le Diacre parlait trop bas pour que je distingue quoi que ce soit, la voix rauque d'Owings portait davantage.

« ... et je suis monté suffisamment haut pour voir qu'il y a un important à-pic, une paroi rocheuse d'environ douze mètres, juste sous l'arête sommitale... Je l'ai vu aux jumelles depuis la vallée et je l'ai de nouveau aperçu en escaladant au-dessus du cirque... »

De quoi s'agissait-il ? Owings semblait mettre en garde le Diacre sur les difficultés du premier ou du deuxième ressaut... le deuxième, probablement, puisque l'arête sommitale se trouvait juste après... sur l'arête nord-est de l'Everest. Mais nous connaissions déjà ces obstacles, bien que personne – sauf peut-être Mallory et Irvine le jour de leur disparition – ne soit encore monté assez haut pour s'y attaquer (en particulier le deuxième, plus grand et semblant plus abrupt). Les deux ressauts étaient visibles sur des photographies prises lors de l'expédition de 1921. Pourquoi Owings alerterait-il notre ami sur ces dangers évidents ? Par ailleurs, il avait utilisé le mot cirque pour désigner le col nord. Peut-être le poète-alpiniste avait-il ses propres termes pour qualifier différents reliefs nommés après l'expédition de reconnaissance de 1921. Owings avait-il tenté de gravir seul l'Everest, pour se heurter à ces gigantesques obstacles de pierre sur l'arête nord-est ? Les ressauts constituaient l'une des principales raisons – avec les terribles vents sur la ligne de crête – pour lesquelles Norton et les autres s'étaient déplacés vers la face nord pour tenter une ascension par le Grand Couloir presque vertical.

« ... avec des cordes fixes, peut-être... » : voilà tout ce que j'ai compris de la réponse étouffée du Diacre.

« Oui, oui, ça pourrait marcher, a conclu Owings. Mais je ne peux pas promettre un camp ou une cache juste en dessous... »

Le Diacre a dit quelque chose : peut-être a-t-il recommandé à Owings de baisser le ton, parce que les paroles du poète-alpiniste étaient presque inaudibles quand la conversation a repris.

« ... le pire passage est certainement la cascade de glace... », disait Owings d'un ton pressant.

La cascade de glace ? Parlait-il de la paroi quasi verticale sous le col nord, au bout du glacier du Rongbuk est ? Certes, c'était un endroit délicat – où sept porteurs Sherpas étaient morts dans une avalanche en 1922 – mais comment cela pourrait-il être « le pire passage » d'une expédition dans l'Everest ? Deux expéditions l'avaient déjà franchie et y avaient fait monter de lourdes charges. Soit des dizaines de voyages. L'année précédente, Sandy Irvine avait bricolé une échelle de corde et de bois, afin de rendre l'ascension plus facile et plus sûre pour les porteurs. Même Pasang et Reggie, à en croire cette dernière – et je la croyais –, l'avaient gravi en escalade libre, se taillant laborieusement des marches dans le mur de glace, et avaient pu atteindre le camp sur le col nord, avant d'être arrêtés par le mauvais temps. Nous avions apporté des échelles de spéléologue, les nouveaux crampons douze pointes de J.-C. et ses fameux jumars pour faciliter le passage des porteurs.

« ... en succession, ai-je entendu Owings dire de sa voix rauque. Blanc, vert puis rouge. Assurez-vous... haut, très haut, et... »

Je n'y comprenais rien. Soudain, mes bottes ont glissé sur une pierre, alors que j'étais accroupi près du ruisseau, ayant déjà rempli ma gourde. J'ai entendu le Diacre murmurer : « Chut, il y a quelqu'un. »

Tout rouge, mais feignant la nonchalance, j'ai refermé ma gourde, je me suis relevé et suis reparti d'un air aussi innocent que possible vers le campement, ignorant si le Diacre et son célèbre ami me voyaient à travers les branches feuillues.

Les deux hommes se sont éloignés le long du ruisseau et arrêtés dans une clairière où personne ne pouvait les espionner sans se faire repérer. Là, ils ont poursuivi leur conciliabule pendant une demi-heure. Puis le Diacre est revenu seul au campement.

« M. Owings ne se joindra pas à nous pour le dîner ? a demandé Reggie.

— Non, il repart tout de suite et espère arriver à Darjeeling demain soir », a répondu le Diacre en me jetant un regard dur. Ma gourde compromettante toujours à la main, j'ai baissé les yeux, me sentant rougir de nouveau.

« Richard, a dit Jean-Claude, vous ne nous avez jamais dit que vous connaissiez K. T. Owings.

— Je n'en ai pas eu l'occasion. » Il s'est installé sur l'une des caisses et a posé les coudes sur ses genoux.

« J'aurais beaucoup aimé rencontrer M. Owings », a poursuivi J.-C. d'un ton qui m'a paru légèrement accusateur.

Le Diacre a haussé les épaules. « Ken est un solitaire. Il voulait me parler d'une chose qu'il a faite, et il devait repartir.

— Où vit-il ? ai-je réussi à demander.

— Au Népal. » C'est Reggie qui m'a répondu. « Près de Tengboche, je crois. Dans la vallée du Khumbu.

— Je pensais que les Blancs, les Anglais, n'avaient pas le droit d'aller au Népal, ai-je fait remarquer.

— C'est vrai, a confirmé le Diacre.

— M. Owings s'y est installé après la guerre, a dit Reggie. Je crois que sa femme est népalaise, et qu'ils ont plusieurs enfants. Il a été accepté là-bas. Il est rare qu'il traverse la frontière avec l'Inde ou le Sikkim. »

Le Diacre n'a rien ajouté.

Qu'est-ce que c'est que cette histoire de succession blanc-vert-rouge ? avais-je envie de lui demander. *Pourquoi la paroi de glace, la « cascade de glace », comme l'a appelée Owings, est-elle censée être le passage le plus difficile de l'ascension ? Pourquoi parlait-il de camp et de cache ? A-t-il trouvé ou laissé quelque chose sur la face nord de la montagne que n'auraient pas vu les trois précédentes expéditions anglaises ?*

« Avez-vous connu le major Owings durant la guerre ? lui a demandé Reggie.

— Je le connaissais avant », a répondu le Diacre. Il s'est levé et s'est frappé les genoux. « Il se fait tard. Allons-nous demander à Semchumbi de nous préparer quelque chose à manger, ou nous coucher le ventre vide ? »

Lorsque nous quittons le monastère du Rongbuk sans avoir reçu la bénédiction du lama, le mécontentement gronde parmi les Sherpas – du moins jusqu'au brusque rappel à l'ordre du docteur Pasang, qui les plonge dans un silence maussade. Puis notre convoi parcourt encore trois kilomètres dans la vallée, traverse la rivière vers l'entrée du glacier du Rongbuk et, environ une heure avant le coucher du soleil, nous atteignons le site où les trois précédentes expéditions avaient installé leur camp de base. L'attente inutile au monastère, dans l'espoir que Dzatrul Rinpoché accepte de nous voir, nous a fait perdre une bonne partie de la journée.

J'avoue que je me sens un peu déprimé à notre arrivée. Nos prédécesseurs ont campé exactement à cet endroit dans la vallée glaciaire – protégé des vents les plus violents par une moraine de douze mètres au sud, avec une vue dégagée sur la vallée par laquelle nous sommes arrivés au nord, des zones plates pour dresser les tentes, et un petit lac où les poneys, les mulets et les yaks peuvent s'abreuver. Un torrent de montagne coule à proximité, et bien qu'il faille faire bouillir l'eau avant de la boire à cause des déjections animales et humaines, et que nous préférions faire fondre de la neige propre pour boire, le torrent nous procure tout de même de l'eau pour nous laver.

Les trois précédentes expéditions britanniques ont laissé des déchets et des débris : lambeaux de tentes déchirées et piquets cassés ; armatures d'appareils à oxygène et bouteilles ; murets de pierre à moitié effondrés ; tas de boîtes de conserve dont certaines ne sont pas encore rouillées, alors que d'autres contiennent des restes pourrissants des mets de l'année dernière. À gauche du campement, on remarque l'endroit qui devait servir de latrines, le long d'une ligne de pierres plates : des centaines d'étrons humains gelés s'alignent dans une tranchée peu profonde, que Norton et les autres ne se sont pas donné la peine de combler en partant.

Plus déprimant encore, en contrebas du camp de base crasseux de Mallory se dresse la haute pyramide que la précédente expédition a érigée en l'honneur des hommes morts dans la montagne. Sur la pierre du sommet, on peut lire EN MÉMOIRE DE TROIS EXPÉDITIONS DANS L'EVEREST, puis sur celle d'en dessous 1921 KELLAS, du nom du médecin décédé au cours de l'expédition de reconnaissance à laquelle le Diacre a participé. En dessous sont inscrits les noms de Mallory et d'Irvine et des sept Sherpas disparus dans l'avalanche de 1922. Cette pyramide du souvenir semble transformer tout le camp de base en cimetière.

Mais le plus sinistre demeure le massif de l'Everest lui-même, à l'autre extrémité de la vallée du glacier du Rongbuk balayée par le vent, à encore plus de trente kilomètres. Lorsque la couverture nuageuse se dégage un bref instant, ses flancs et ses arêtes occidentales apparaissent, scintillant dans la lumière du soir, et même à cette distance, il semble difforme et beaucoup trop gros. Contrairement au mont Blanc ou au Cervin, qui présentent la silhouette d'une montagne distincte, l'Everest évoque une gigantesque canine dans une dentition de géant. L'écume que le vent soulève à son sommet et sur ses arêtes s'étire jusqu'à l'horizon à l'est, passant au-dessus du mont Kellas et des hauts pics himalayens qui se dressent comme un mur construit par des dieux pour nous bloquer le passage.

Je sens que le Diacre répugne à camper à cet endroit, mais les Sherpas n'iront pas plus loin après cette longue journée à porter leur fardeau. Il avait toujours voulu installer notre camp de base à cinq kilomètres plus loin dans la vallée, là où se trouvait le camp I, ou camp de base avancé, des groupes précédents. Mais nous sommes à 5 000 mètres d'altitude – à 3 800 mètres sous le sommet de l'Everest –, et nous suffoquons déjà sous nos chargements de vingt-sept kilos. Le camp I, d'après Reggie et le Diacre, se situe à 5 400 mètres d'altitude et, s'il passe pour être le plus ensoleillé de tous les camps sur l'Everest, il est souvent bien plus exposé aux vents ratissant le glacier en descendant de la face nord. Il y a également plus de glace que de pierre de moraine là-haut, et le docteur Pasang a fait remarquer qu'il serait plus difficile de se remettre du mal des montagnes, même avec une différence d'altitude de seulement quatre cents mètres. Lors de nos discussions du soir ces cinq dernières semaines, Reggie a régulièrement insisté pour que nous installions la première ligne de tentes ici, et le Diacre ne semble plus vouloir contester ce point. Il prévoit d'entreposer presque tout notre équipement d'alpinisme au camp II, à presque dix kilomètres au-dessus du camp de base.

Laissant tomber son lourd paquetage, il en sort un sac à dos et dit à Reggie : « Allez-y, vous pouvez superviser l'installation du camp de base ici. Je pars en reconnaissance dans la vallée jusqu'au camp I.

— C'est ridicule, répond Reggie. Il fera nuit avant que vous y arriviez. »

Le Diacre fourre la main dans son sac presque vide pour en extraire l'un des bonnets de mineur en cuir, puis allume et éteint la lampe frontale. « On verra si votre machin fonctionne. Dans le cas contraire, j'ai toujours ma vieille lampe torche dans mon sac à dos.

— Vous ne devriez pas y aller seul, Richard, dit Jean-Claude. Surtout pas sur le glacier. Les crevasses seront impossibles à voir au crépuscule.

— Je n'aurai pas à monter sur le glacier pour atteindre le camp I. J'ai quelques biscuits dans ma poche, mais j'apprécierais beaucoup que vous me gardiez un peu de café et de soupe au chaud. »

Il se retourne et disparaît dans la vallée envahie par les ombres.

Reggie appelle Pasang et, en quelques minutes, ils organisent le déchargement des yaks et des mulets et décident où ériger les tentes dans ce lieu étonnamment désolé. Pasang supervise le montage de la toile d'une grande tente Whymper à l'intérieur d'un sanga, ou mur de pierre, tend des rideaux sur le côté et décrète qu'il s'agit de l'infirmerie. Plusieurs Sherpas se mettent aussitôt en rang pour une consultation ou un traitement.

Notre vallée est plongée dans le noir, mais l'Everest scintille au-dessus de nous, au loin, dans un isolement froid et hautain. Il me paraît soudain terrifiant.

J'ai eu vingt-trois ans le 2 avril, notre dernier jour dans le Sikkim, juste avant de franchir le Jelep La pour entrer au Tibet. Je n'avais prévenu personne, mais quelqu'un avait dû voir la date dans mon passeport, parce que j'ai eu droit à une petite fête.

Je ne me souviens même pas du nom du village où nous avons dormi cette nuit-là, entre Guatong et la frontière – peut-être n'avait-il pas de nom, en tout cas il n'avait pas de *dak* –, mais il possédait ce que j'ai appelé une roue de Ferris, ce que le Diacre a appelé une « version miniature de la grande roue de Blackpool » et Reggie une « toute petite roue de Vienne ». L'engin rudimentaire, en bois brut, se composait de quatre « wagonnets », qui n'étaient rien de plus que des caisses en bois. Au point le plus haut de cette « grande roue », les pieds du passager n'étaient qu'à trois mètres du sol. Et pour la faire fonctionner, une fois que les autres m'ont eu convaincu de monter à bord d'un wagonnet, Jean-Claude a dû tirer le suivant vers le bas, et le Diacre pousser l'autre vers le haut. La machine avait dû être construite pour les enfants du village, bien que nous n'en ayons vu aucun à notre arrivée et n'en verrions pas avant notre départ le lendemain matin.

Ils m'ont arrêté au sommet – d'où je voyais les toits des huit huttes du village, à peine plus hauts que mes genoux –, et Reggie, le Diacre, Jean-Claude, Pasang et quelques-uns des porteurs parlant anglais ont entonné un « For He's a Jolly Good Fellow », suivi par un chœur désordonné de « Joyeux anniversaire ». J'avoue avoir piqué un fard, assis dans mon wagonnet avec mes jambes qui pendaient dans le vide.

Reggie avait emporté tous les ingrédients nécessaires à la confection d'un vrai gâteau, avec glaçage et bougies, et Jean-Claude et Semchumbi l'avaient aidée à le préparer sur le Primus et le four de pierre avant le dîner ce soir-là. Le Diacre a sorti deux bouteilles de bon cognac, et nous avons trinqué tous les quatre jusqu'à une heure avancée de la nuit.

Enfin, quand tout le monde a eu rejoint en titubant son sac de couchage, je suis ressorti de ma tente pour contempler le ciel nocturne. C'était un des rares moments de notre passage au Sikkim où il ne pleuvait pas.

Vingt-trois ans. Ça me paraissait tellement plus vieux, quoique pas plus sage, que vingt-deux. Sandy Irvine avait-il vingt-deux ou vingt-trois ans quand il était mort l'année précédente sur l'Everest ? Je ne m'en souvenais plus. Vingt-deux, me semblait-il. Plus jeune que je l'étais ce soir-là dans le Sikkim. Étourdi par les vapeurs de cognac, je me suis appuyé contre un des montants pleins d'échardes de la roue et j'ai contemplé, par-delà les cimes sombres des arbres, la demi-lune qui se levait au-dessus de la jungle. C'était un mardi, et j'étais à la veille de quitter les territoires cartographiés pour pénétrer dans la nature désertique et sauvage du Tibet.

J'ai songé à Reggie. Avait-elle apporté une chemise de nuit ? Dormait-elle dans ses vêtements, ses sous-vêtements ou en pyjama comme la plupart d'entre nous ? Ou toute nue, comme le faisait le Diacre même dans des lieux habités par des mille-pattes et des serpents ?

J'ai secoué la tête pour chasser cette image de lady Bromley-Montfort. Reggie avait au moins dix ans de plus que moi – sans doute davantage.

Et alors ? m'a demandé mon esprit désinhibé par le cognac.

J'ai regardé la demi-lune – assez lumineuse pour peindre d'argent la cime de la forêt tropicale et faire disparaître les étoiles dans sa lente ascension vers le zénith – et imaginé plusieurs actions héroïques que je pourrais accomplir au cours de notre randonnée ou de l'ascension, de nature à me faire aimer de Reggie, au-delà de l'amitié en train de naître entre nous.

Elle m'a préparé un gâteau d'anniversaire. Elle connaissait ma date de naissance, avait emporté toute cette farine, ce sucre et ce lait en boîte – et trouvé des œufs quelque part dans ce village ou le précédent –, et l'avait fait avec Semchumbi et J.-C., sur un feu de camp. Je ne savais pas du tout comment ils s'étaient débrouillés, mais le gâteau était délicieux avec son glaçage au chocolat. Et il y avait la petite conflagration des vingt-trois bougies de cire allumées dessus.

Elle m'a préparé un gâteau d'anniversaire. Dans mon fantasme adolescent, j'ai bientôt effacé la participation de J.-C. et de Semchumbi à la préparation du gâteau, le chant joyeux du Diacre et son précieux cognac. *Elle m'a préparé un gâteau d'anniversaire.*

Avant de me mettre à pleurer comme un veau, j'ai réussi à ramper dans ma tente, à retirer mes bottes et à me glisser dans mon sac de couchage, en tentant de me bercer avec cette litanie – *elle m'a préparé un gâteau d'anniversaire.* Hélas, ma dernière pensée avant de m'endormir a en fait été : *J'ai vingt-trois ans. Survivrai-je jusqu'à mes vingt-quatre ?*

Le premier matin au camp de base, je me réveille avec un violent mal de tête et la nausée. C'est très décourageant, puisque je viens tout juste de récupérer complètement après ma crise de dysenterie survenue il y a plus d'un mois dans le Sikkim. Étant le plus jeune, j'ai toujours cru que je serais le plus robuste – et me voilà l'invalide du groupe.

L'espace d'un instant, je ne sais plus quel jour on est, si bien qu'avant de sortir de mon sac de couchage pour retrouver le froid du dehors – au plus chaud de la journée il fera – 28 °C d'après notre thermomètre –, j'ouvre mon calendrier de poche. Nous sommes le mercredi 29 avril 1925. Nous avons pris du retard, par rapport à Mallory et Irvine, durant la randonnée à travers le Sikkim, mais nous l'avons rattrapé grâce à des raccourcis suggérés par Reggie lors de notre traversée du Tibet pour rejoindre le village fortifié de Shekar Dzong, accroché à la montagne, avant de prendre au sud vers le Rongbuk. Par ailleurs, nous ne sommes restés qu'une nuit dans certains villages où les précédentes expéditions en avaient passé deux. Il y a donc exactement un an, Mallory, Irvine, Norton, Odell, Geoffrey Bruce, Somervell, Bentley Beetham et quelques autres alpinistes espérant atteindre le sommet s'étaient réveillés pour leur premier jour au camp de base dans cet endroit précis.

Jean-Claude, occupé à allumer notre petit réchaud Primus, me souhaite le bonjour. Déjà habillé, il est allé chercher de la neige propre, à l'écart du campement, que nous ferons fondre pour notre premier café. Aucun Sherpa ne se présente à l'entrée de la tente pour nous apporter des boissons chaudes comme ils l'ont fait pendant la randonnée, mais je suppose que Semchumbi utilise le plus grand réchaud à brûleurs multiples pour préparer le petit déjeuner dans la grande tente ronde que Reggie a apportée et que nous utilisons comme mess, là où une grande bâche ne suffirait pas à nous protéger des éléments de plus en plus rigoureux.

Nous avons apporté trois modèles de tente dans cette expédition : les lourdes tentes Whymper en forme de A, utilisées depuis des années et lors des précédentes expéditions, que nous comptons planter uniquement dans les camps à basse altitude ; les tentes Meade plus légères quoique solides, également en forme de A, pour les altitudes supérieures ; et ce modèle expérimental en forme d'igloo de Reggie. Il s'agit d'un prototype de tente hémisphérique fabriqué par l'entreprise Camp and Sports, dont le revêtement est doublé de tissu jacquard. « La grande tente de Reggie », comme nous l'appelons, possède huit arceaux de bois, que l'on peut plier en deux pour pouvoir les transporter facilement, et un tapis de sol intégré. Ici, dans le froid, j'ai regardé Reggie superviser l'installation d'une autre bâche de sol plus épaisse, qu'elle a fait confectionner tout spécialement par la Hurricane Smock Company. Il y a aussi deux fenêtres en mica – là où nos autres tentes n'ont qu'un rabat à l'entrée et pas de fenêtres – et des portes avec une fermeture à lacets compliquée, mais parfaitement hermétiques au vent. La grande tente dispose en outre d'un tuyau de poêle ou de ventilation dont on peut modifier l'orientation en fonction des vents. Quatre ou cinq personnes peuvent y coucher – confortablement –, et huit ou neuf y sont à l'aise pour prendre les repas.

Le premier jour où Reggie et Pasang ont érigé la tente igloo, au cours de notre randonnée, le Diacre a déclaré d'un ton aigre que ce truc ressemblait à un Christmas pudding sans la branche de houx.

Pourtant, la grande tente se révèle plus chaude et mieux isolée du vent que nos modèles Whymper ou Meade. J'en prendrai note au cours de nos premiers jours au camp de base : les futures expéditions devraient se munir de versions plus petites de la tente hémisphérique, avec quatre arceaux articulés au lieu de huit, pour les camps en altitude les plus dangereux – les IV, V et VI, et le VII s'il existe un jour –, là où il faut dégager une plate-forme en taillant la glace ou la neige, ou en déplaçant laborieusement des cailloux. Non seulement la surface au sol d'une telle tente serait moindre sur la montagne, mais elle offre aussi moins de prise au vent : les violentes rafales qui soufflent aujourd'hui vont glisser autour de la grande tente sphérique, tandis que nos tentes en forme de A battent déjà avec des bruits semblables à des tirs de mitrailleuse.

« Quel temps fait-il ? dis-je d'une voix endormie en acceptant ma première tasse de café chaud.

— Regardez », me répond mon ami.

Prenant garde à ne pas renverser mon café, je m'accroupis à côté de la petite ouverture solidement fermée par des lanières et jette un coup d'œil au-dehors.

Le blizzard recouvre tout d'un brouillard blanc. Je ne vois pas les tentes plantées à proximité, pas même le grand igloo au milieu du camp.

« Oh, merde. » Je trouvais qu'il faisait froid dans notre tente, mais les vents violents qui pénètrent à l'intérieur me font frissonner malgré les deux couches de sous-vêtements longs et la couche de vêtements dans lesquels j'ai dormi. « Le Diacre est-il rentré de son tour de reconnaissance hier soir ? »

Ce serait tristement ironique que notre alpiniste en chef, fort de toute son expérience, se soit fait surprendre par la tempête et soit mort la première nuit passée hors du camp de base.

J.-C. hoche la tête en sirotant son café. « Il est revenu vers minuit, juste avant que le temps se gâte. Son masque était couvert de glace et, d'après Tenzing Bothia, Richard avait *très* faim.

— Moi aussi », dis-je en terminant mon café. J'ai encore mal à la tête et la nausée, mais je suis convaincu que je me sentirai mieux dès que j'aurai mangé quelque chose. « Je vais finir de m'habiller. Ensuite, on pourrait essayer de rejoindre la grande tente pour aller prendre le petit déjeuner, qu'en dites-vous ? »

Les bandits nous ont attaqués le 18 avril, alors que nous avions effectué un peu plus de la moitié de notre randonnée de cinq semaines pour rejoindre la montagne.

Nous avions campé deux nuits de suite près de la ville tibétaine de Tinki Dzong et venions de renoncer à faire un détour par la vallée de la Yaru Chu dans l'espoir d'apercevoir l'Everest – la météo était épouvantable, avec un ciel couvert en permanence, de la neige et du vent. Nous cheminions sur la principale piste commerciale et approchions du col de Tinki La, à 5 100 mètres d'altitude, quand des cavaliers ont descendu la colline et encerclé notre groupe, obligeant les Sherpas à se regrouper en tête de convoi avec nous et les bêtes.

Ils étaient environ soixante, tous vêtus d'habits en peau et en fourrure et de chapeaux à long rabat. Leur physionomie semblait plus asiatique que celle des villageois du Tibet que nous avions croisés au cours de ces deux dernières semaines. La plupart arboraient une moustache ou une barbe drue, et leur chef, un homme imposant au torse large et aux poings énormes, avait les joues aussi poilues que son couvre-chef. Tous portaient des armes à feu – des mousquets du siècle dernier, de vieux fusils de l'armée indienne, chargés par la culasse, et jusqu'à des Enfield modernes de la Grande Guerre. Je savais que Reggie et Pasang avaient chacun apporté un fusil – pour la chasse – et, à Liverpool, j'avais surpris le Diacre en train de ranger ce qui devait être son revolver de service Webley dans son sac à dos, mais aucun d'eux n'a fait le geste de chercher son arme, alors que les bandits fondaient sur nous au grand galop.

Nombre de nos Sherpas – surtout ceux qui n'étaient pas des tigres – ont paru effrayés. Pasang affichait un air dédaigneux. Perturbés dans leur routine quotidienne, les mulets se sont agités un instant. Mon petit poney tibétain a voulu s'emballer, mais j'ai planté mes deux pieds au sol, attrapé sa selle et je l'ai à moitié soulevé de terre jusqu'à ce qu'il se calme.

Les grands poneys des bandits avaient de longs poils en bataille, mais leur crinière et leur queue étaient savamment tressées, et leur taille se rapprochait plus de celle des chevaux européens que de nos ridicules montures.

Quand la poussière rouge est retombée, nous étions divisés en deux groupes : la majorité des bandits encerclaient les porteurs et les mulets, tandis que le chef et douze de ses hommes armés nous entouraient, Reggie, le Diacre, J.-C., Pasang et moi. Les nombreux fusils n'étaient pas pointés sur nous à proprement parler, mais pas *loin* de nous non plus. La seule idée qui m'est venue en regardant ces hommes, c'est que nous avions traversé les siècles et venions de croiser Gengis Khan et sa horde.

Reggie a fait un pas en avant et s'est mise à parler au chef dans un tibétain rapide – ou un dialecte tibétain, vu que ça ne ressemblait pas exactement à la langue qu'elle avait utilisée pour s'adresser aux chefs et aux habitants de Yatung, de Phari, de Khampa Dzong et des nombreux villages que nous avions traversés, où nous avions acheté de la nourriture ou près desquels nous avions campé.

Le chef des bandits a découvert ses dents blanches et prononcé des paroles qui ont fait s'esclaffer ses hommes. Comme Reggie a ri, elle aussi, j'en ai déduit que la plaisanterie n'était pas à ses dépens (peut-être se moquaient-ils plutôt du Diacre, de J.-C. et de moi). Je m'en fichais, tant que ces types ne nous descendaient pas – mais au moment où cette lâche pensée me traversait l'esprit, j'ai réalisé que s'ils emportaient nos mulets avec tout notre matériel, nos appareils à oxygène, nos tentes, nos vivres ainsi que l'argent de Reggie et de lady Bromley, c'en serait fini de notre expédition.

Souriant toujours comme un dément, le chef a aboyé quelque chose. Reggie a traduit : « Khan dit que c'est une mauvaise année pour se rendre au Chomolungma. Tous les démons sont réveillés et en colère.

— Khan ? » ai-je répété. Étions-nous donc vraiment tombés dans une faille temporelle ? Pour une raison ou pour une autre, ça ne m'étonnait plus tant que ça d'être attaqué par la horde mongole de Gengis Khan.

« Jimmy Khan », a précisé Reggie. Elle lui a adressé quelques mots, puis elle est allée vers le mulet qui restait toujours attaché derrière son poney blanc et en est revenue avec deux petites caisses. Après avoir légèrement incliné la tête, elle a offert la première à Khan.

Il a tiré de sa ceinture de cuir une lame courbe presque aussi longue qu'un cimeterre et s'en est servi pour l'ouvrir. À l'intérieur, sur un lit de paille, se trouvait un coffret en acajou poli. Rangeant son couteau, Khan a jeté la caisse, et plusieurs de ses hommes – empestant le cheval, la sueur, la fumée et la bouse – ont approché leur monture pour regarder.

Le coffret en acajou, tapissé de velours rouge, contenait deux revolvers chromés à crosse d'ivoire tels qu'on en voit dans les westerns, ainsi que des boîtes de cartouches. Les bandits ont poussé un « Ahhhh » collectif – à moitié admiratif, à moitié jaloux ou rageur –, et Khan les a vertement rabroués. Ils se sont tus. Les autres, qui encerclaient toujours nos Sherpas, observaient attentivement.

Reggie a repris la parole en tibétain et offert la deuxième caisse à Khan. Une fois encore, il l'a ouverte avec son couteau et en a sorti une boîte qu'il a brandie en criant quelque chose à ses hommes.

Elle était remplie de boîtes de chocolats anglais Rowntree, que Khan a commencé à lancer à ses comparses. Aussitôt, les bandits se sont mis à pousser des cris et à tirer en l'air, obligeant nos Sherpas à retenir les poneys et les mulets. De nouveau, j'ai soulevé du sol ma monture paniquée.

Khan a sorti un chocolat de son papier d'emballage et, de ses doigts crasseux, l'a porté très délicatement à sa bouche.

« Amande enrobée de chocolat, a-t-il dit en anglais. Très, très bon.

— J'espère qu'ils seront à votre goût à tous, a répondu Reggie, passant elle aussi à l'anglais.

— Prenez garde aux démons et au yéti », a averti Jimmy Khan. Il a tiré en l'air avec son fusil, éperonné son cheval hirsute et, dans un nuage de poussière rouge, la horde mongole est repartie vers le nord-est, pour disparaître par où elle était venue.

« Un vieil ami ? a demandé le Diacre quand nous avons eu reformé notre longue caravane et repris la route vers le Tinki La.

— Un occasionnel associé d'affaires », a répondu Reggie. Elle avait le visage rouge de poussière. Je me suis rendu compte que nous étions tous couverts de poussière, qui se transformait en une boue rougeâtre sous la bruine glaciale.

« *Jimmy* Khan, ai-je dit. Comment a-t-il pu se retrouver avec un prénom pareil ?

— Il l'a hérité de son père », a répondu Reggie. Et elle a tiré sur les rênes de son poney obstiné pour l'engager dans la première montée abrupte de la piste, vers le col de Tinki La.

Les trois premiers jours, nous sommes bloqués au camp de base. Le Diacre devient fou. Moi, je suis fou d'inquiétude, parce que l'altitude continue de me donner des migraines, m'oblige à vomir au moins une fois par jour, me fait perdre l'appétit et le sommeil. Le simple fait de me retourner – sur les cailloux, sous la bâche de sol de la tente, que mon corps a mémorisés dès la deuxième nuit – suffit à me réveiller, pantelant. Le camp de base n'est qu'à 5 000 mètres d'altitude : la véritable ascension ne commencera que quand nous aurons passé le col nord, 2 500 mètres plus haut. Le site où nous campons n'est guère plus élevé que les sommets alpins sur lesquels je me suis baladé l'année dernière – voilà ce que je n'arrête pas de me dire. Pourquoi est-ce que je me sens aussi mal ici ?

En général tu ne passais pas plus d'une heure sur ces sommets, idiot, m'explique ma raison. *Or, tu essaies de* vivre *ici.*

Je reste imperméable à la voix de ma raison pendant ces trois malheureux jours. Je fais également de mon mieux pour cacher mon état aux autres, mais J.-C. et moi partageons une tente Whymper, et il m'a entendu vomir, suffoquer au cours de la nuit, haleter à quatre pattes sur mon sac de couchage, comme un chien malade. Si les autres remarquent ma lassitude lors des repas ou de nos réunions dans la grande tente de Reggie, personne ne dit rien. D'après ce que je vois, ni Reggie ni le Diacre ne souffrent de l'altitude, et les légers symptômes de J.-C. sont passés dès le deuxième jour ici.

Malgré le froid terrible, le vent et le mauvais temps, nous ne restons pas enfermés dans nos tentes. Le premier jour, en dépit du blizzard et des températures avoisinant les – 30 °C, nous nous sommes aventurés dans le brouillard blanc pour déballer et trier tout le matériel. Les mulets ont été renvoyés à Chōdzong avec quelques Sherpas puisqu'il n'y a pas d'herbe pour eux ici, et les yaks ont été attachés dans un endroit abrité, à un peu moins d'un kilomètre vers le nord, où les pauvres bêtes pourront gratter la neige sur la berge de la rivière pour essayer de trouver un peu de fourrage.

Une grande tente Whymper sert d'atelier à J.-C., où il vérifie le bon fonctionnement des bouteilles d'oxygène, les armatures, les réchauds Primus et nos autres équipements. S'il dispose de meilleurs outils que le pauvre

Sandy Irvine l'année dernière, ils n'en sont pas moins rudimentaires. J.-C. est à même de braser, mais pas de souder ; il peut démonter puis remonter des appareils photo, des montres, des réchauds, des lanternes, des crampons et autres, mais n'a que peu de pièces de rechange ; il peut frapper le métal pour lui redonner une forme, mais pas forger de nouvelles pièces en cas de besoin.

Par chance, après deux jours de tests, J.-C. nous informe que seules quatorze des cent bouteilles d'oxygène ont perdu de la pression, dont neuf seulement partiellement. Lors de la précédente expédition, trente de leurs quatre-vingt-dix réservoirs fuyaient ; lorsqu'ils en avaient dressé l'inventaire, à Shekar Dzong, nous explique le Diacre, ils s'étaient rendu compte qu'elles étaient presque inutilisables. Le nouveau modèle de Mark Cinq conçu par Sandy Irvine l'année dernière, et encore amélioré, notamment au niveau des joints, des valves et des débitmètres grâce au talent de George Finch, de J.-C. et de son père, l'ancien forgeron devenu fondeur, est apparemment une réussite. Si notre expédition échoue – sans même atteindre notre objectif de retrouver la trace de lord Percival Bromley sur la partie basse de la montagne –, ce ne devrait pas être par manque de ce que les Sherpas appellent l'« air anglais ».

Nous ne sommes décidément pas inactifs. Le deuxième jour, une fois que les cargaisons acheminées par les mulets et les yaks ont été réparties en charges plus légères pour pouvoir être portées à dos d'homme, que certaines caisses ont été entreposées au camp de base et d'autres mises de côté pour être emportées aux camps I, II ou III, nous nous retrouvons tous les cinq – trois sahibs, Pasang et Reggie – dans la grande tente pour finaliser notre stratégie.

« L'ascension du sommet est toujours prévue le 17 mai », dit le Diacre. Nous trois et Reggie sommes accroupis, penchés sur des cartes topographiques et d'autres dessinées à la main. La lanterne suspendue au-dessus de nous siffle. Pasang est resté dans l'ombre, gardant l'entrée contre d'éventuels intrus.

« Et à quelle date comptez-vous retrouver mon cousin Percy ? » demande Reggie.

Le Diacre tapote sa pipe froide contre ses dents – l'air est déjà trop dense et imprégné d'une odeur de laine mouillée pour qu'il y ajoute sa fumée. « J'ai intégré des journées de recherche à partir de chaque camp le long du chemin, madame.

— Mais votre objectif reste la conquête de l'Everest, dit-elle.

— Oui. » Le Diacre s'éclaircit la gorge. « Mais *après* avoir vaincu le sommet, nous pourrons poursuivre les recherches, si nécessaire, jusqu'à l'arrivée de la mousson. »

Reggie sourit et secoue la tête. « Je sais dans quel état sont rentrés les hommes qui ont établi les records d'altitude ici – sans même arriver au sommet. Bruce avec des problèmes cardiaques, un choc traumatique et des gelures quand son appareil à oxygène a cessé de fonctionner. Morshead, Norton et Somervell tellement affaiblis qu'en redescendant en 1922, ils ont failli chuter d'un surplomb et n'ont eu la vie sauve que grâce à des cordes emmêlées et à l'assurage de Mallory. Des porteurs d'altitude morts d'embolie cérébrale ou après s'être cassé les jambes, d'autres renvoyés chez eux en raison de terribles gelures. Norton qui a passé soixante heures à hurler de douleur l'année dernière pour cause de cécité des neiges… »

Le Diacre balaie d'un geste ses objections. « Personne ne dit que nous ne souffrirons pas dans la montagne. Il est possible que nous périssions tous. Mais si nous atteignons le sommet le 17 mai, il y a des chances pour que certains d'entre nous, voire tous, soient en état de mener les recherches avec les tigres Sherpas. Nous disposons de certains avantages que n'avait aucune des autres expéditions.

— Dites-nous donc lesquels, je vous prie », demande Reggie. Je vois que J.-C. est très intéressé, tout comme moi.

« Pour commencer, les appareils à oxygène, répond le Diacre.

— Deux des trois précédentes expéditions britanniques ont utilisé ce genre de dispositif », fait remarquer Reggie d'une voix posée.

Le Diacre hoche la tête. « Certes, mais beaucoup moins performant. Et ils n'avaient pas autant de bouteilles. George Finch est persuadé que les précédents alpinistes, dont je fais partie, en ont utilisé trop peu et trop tard. Le mal des montagnes commence à saper notre énergie et nos réserves dès le camp de base. Vous et moi y sommes habitués, madame, mais vous voyez l'effet que ces 5 000 mètres d'altitude ont déjà sur certains Sherpas et sur… d'autres. »

Son coup d'œil vers moi est à peine un clignement.

« Au-dessus du col nord, poursuit-il, et surtout au-dessus de 8 000 mètres, notre corps et notre cerveau commencent à mourir. Pas seulement à fatiguer ou s'affaiblir, mais littéralement à mourir. Les précédentes expéditions n'ont distribué les bouteilles d'oxygène, même aux porteurs, que bien après le col nord. Et presque uniquement durant l'ascension. Nous, nous en prendrons à partir du camp III – et les tigres Sherpas aussi, au besoin –, même si nous sommes confinés dans les tentes. Même dans notre sommeil.

— Pasang et moi avons passé deux semaines sur le col nord et sommes montés plus haut sans oxygène, dit Reggie.

— Et vous vous êtes sentis mal pendant tout ce temps ? » lui demande le Diacre.

Elle baisse les yeux. « Oui.

— Avez-vous bien dormi… ou même dormi tout court certaines nuits ?

— Non.

— Aviez-vous de l'appétit, même quand il vous restait des vivres ?

— Non.

— Aviez-vous encore le courage, après un certain temps à cette altitude, d'aller chercher de la neige et d'allumer votre réchaud pour la faire fondre lorsque vous vouliez boire de l'eau ou préparer de la soupe ?

— Non.

— Étiez-vous tous les deux déshydratés, sujets à des maux de tête et des vomissements au bout de quelques jours ?

— Oui, soupire Reggie. C'est inévitable sur l'Everest, non ? »

Le Diacre secoue la tête. « C'est notre corps qui commence à mourir quand il s'approche des 8 000 mètres d'altitude. L'oxygène contenu dans ces bouteilles – le simple fait d'en respirer quelques litres la nuit en dormant – ne peut pas arrêter cette mort lente, mais peut la ralentir un peu. Nous offrir quelques jours supplémentaires où nous serons capables de penser clairement et de fonctionner normalement.

— Nous allons donc utiliser de l'air anglais jusqu'en haut à partir du col nord ? demande Jean-Claude.

— Oui. Et même au col nord s'il le faut. Je n'aime pas perdre la tête, mes amis – or cette montagne rend tout le monde fou. Et cause aussi souvent des hallucinations. Du moins au-dessus du camp II, à la base de la cascade de glace. En 1922, j'ai grimpé pendant deux jours avec un quatrième homme sur notre cordée… un homme qui n'existait pas. La prise d'oxygène, même à faible débit, jour et nuit, réduira cet état. Assez, j'espère, pour nous donner la force d'atteindre le sommet et de retrouver la dépouille de Percival. »

Je me rends compte que Reggie n'est pas convaincue, mais que peut-elle y faire ? Elle sait depuis le début que notre but premier est de conquérir le sommet (même si, malade comme je le suis depuis deux jours, j'ai perdu quelque espoir d'atteindre cet objectif). Il ne lui reste qu'à croire que nous ferons de notre mieux pour chercher Percy au cours de l'ascension puis en revenant – si retour il y a.

Le matin du quatrième jour, alors que la tempête de neige montre des signes d'accalmie, nous nous réunissons de nouveau dans la grande tente pour revoir la stratégie du Diacre. « Ce n'est pas pour rien que toutes les expéditions britanniques ont été dirigées par des militaires », dit-il, tandis que nous sommes penchés sur une carte de la montagne. Son regard s'attarde sur le visage de Reggie, ce qui me fait comprendre qu'il se lance dans une dernière tentative de persuasion. « Cette manière d'attaquer – en installant un camp I, puis un camp II, et ainsi de suite jusqu'aux camps VI et VII avant de tenter l'assaut du sommet – est la stratégie militaire classique pour tenir un siège.

— Comme durant la Grande Guerre ? demande Reggie.

— Non, répond le Diacre d'un ton sans appel. La Grande Guerre, ça a été quatre ans d'une folle guerre de tranchées. Des dizaines de milliers de vies détruites en un jour pour gagner quelques mètres de terrain… reperdus le lendemain au prix du même sacrifice. Non, je parle des sièges classiques mis en œuvre depuis le Moyen Âge. Comme le siège des troupes de lord Cornwallis, à Yorktown, que *votre* général Washington, Jake… a appris de son ami français – un hochement de tête à J.-C. – Lafayette. La manœuvre consiste à encercler l'ennemi pour lui couper toute retraite – une péninsule, c'était bien puisque les navires français interdisaient à la marine royale anglaise de sauver Cornwallis et ses hommes. Et ensuite, on bombarde. Sous les bombardements, on avance ses lignes mètre par mètre, kilomètre par kilomètre, jusqu'à ce qu'on arrive juste devant les défenses ennemies. Enfin, un rapide assaut final… et la victoire.

— Mais aucun de vos généraux anglais sur l'Everest n'a avancé ses lignes assez près du sommet pour lancer cet ultime assaut », fait remarquer Jean-Claude.

Le Diacre hoche la tête, mais je me rends compte qu'il est distrait. Peut-être par le regard fixe de Reggie. « Les expéditions de 1922 et 1924 comptaient établir un camp VII à environ 8 300 mètres, mais aucune des deux n'y est parvenue. Mallory et Irvine – et nous autres avant eux – ont lancé l'assaut depuis le camp VI à environ 8 150 mètres.

— Ça ne fait que cent cinquante mètres d'écart, intervient Reggie, baissant les yeux sur la carte du glacier du Rongbuk et de la montagne.

— Cent cinquante mètres verticaux, ça fait une demi-journée d'escalade à ces altitudes. » Le Diacre joue avec sa pipe éteinte.

« Norton et Mallory n'ont pas pu établir de camp VII parce que les porteurs ont flanché, n'est-ce pas ? » dis-je. J'ai entendu et lu tous les comptes rendus. « Ils n'avaient tout simplement pas la force de porter les tentes plus haut ?

— En partie, acquiesce le Diacre. Mais les alpinistes non plus n'étaient plus capables de porter quoi que ce soit au-dessus du camp VI. Et là, je vous parle aussi de moi et de Finch en 1922. Pour tenter un assaut sans oxygène, il a toujours été prévu d'établir un camp VII ; quand Mallory a décidé de le tenter avec Irvine, équipés d'appareils à oxygène, ces cent cinquante mètres supplémentaires ne paraissaient pas faire beaucoup de différence.

— Mais d'après vous, si, dit Reggie.

— Oui. » Si elle se voulait ironique, l'intention échappe manifestement au Diacre. Il pointe la tige de sa pipe sur un point de la carte au-dessus de notre camp IV marqué à l'encre, et sous la jonction entre le col nord et la longue arête nord-est. « Le problème n'est pas seulement l'altitude – aussi débilitante soit-elle. Les dalles sont plus abruptes à mesure qu'on se rapproche de l'arête nord-est et il y a beaucoup moins de neige malléable – très peu d'endroits où tailler une plate-forme ne serait-ce que pour une seule tente, et l'alpiniste n'a pas assez d'énergie pour déplacer des cailloux afin d'en créer une. Mais le pire, là-haut, c'est le vent. Il est déjà terrible au camp IV, mais à l'approche de l'arête nord-est, il tourbillonne presque en permanence. Il est capable d'emporter un alpiniste, voire même une tente.

— Au départ, vous vouliez un assaut rapide, de style alpin, à partir du camp V, à 7 700 mètres d'altitude, dit J.-C. Trois alpinistes munis d'un simple sac à dos, contenant du pain, de l'eau, du chocolat et peut-être un drapeau à planter au sommet. »

Le Diacre a un sourire désabusé.

« Et peut-être un sac de bivouac, dis-je. Pour le moment où nous serions surpris par le coucher du soleil en descendant le deuxième ou le premier ressaut, au retour.

— C'est là le souci, dit le Diacre en grattant sa joue rugueuse. Personne n'a jamais survécu à une nuit de bivouac à cette altitude. Il est déjà difficile de survivre dans une tente avec un réchaud en état de marche aux camps IV,

V et VI. C'est la raison pour laquelle j'ai décidé que nous devions mener l'assaut à partir du camp VII ou, si c'est impossible, d'un camp VI plus élevé, comme Mallory et Irvine l'ont fait. Mais en partant plus tôt. Peut-être même la nuit comme Reg… comme lady Bromley-Montfort l'a suggéré. Ces petites lampes frontales fonctionnent plutôt bien. Mais je ne sais toujours pas comment ne pas mourir gelé en tentant de grimper avant l'aube – ou après le coucher du soleil.

— Puisqu'on parle de survie…, commence Reggie. Excusez-moi une minute… » Elle sort de la tente, et de la neige s'engouffre à l'intérieur. Pasang renoue la lanière de la porte.

Le Diacre lève vers nous un regard surpris, mais nous ne pouvons que hausser les épaules. Peut-être a-t-il dit quelque chose qui lui a déplu ?

Elle revient quelques minutes plus tard, secouant ses longs cheveux noirs pour en retirer la neige, les bras chargés de ce que nous prenons d'abord pour d'autres vestes en duvet d'oie et tissu de montgolfière.

« Vous vous êtes moqués de moi, tous les trois, parce que j'ai emporté une machine à coudre », dit-elle. Et avant que nous puissions protester, elle insiste : « Inutile de nier, je vous ai entendus vous en plaindre. La moitié du chargement d'un mulet, avez-vous dit. Et je vous ai aussi entendus ricaner le soir, pendant la randonnée, quand j'étais dans ma grande tente et que vous surpreniez le bruit de la pédale. »

Aucun de nous ne peut démentir.

« Voici à quoi je travaillais », poursuit-elle en nous tendant les modèles encombrants mais légers.

Trois pantalons en duvet d'oie. *C'est donc pour ça qu'elle a pris nos mesures à la plantation*, songé-je.

« Je crois que M. Finch n'a résolu que la moitié du problème, dit-elle. Il reste trop de chaleur corporelle perdue à cause des sous-vêtements et des pantalons de soie, de coton et de laine. J'en ai cousu assez pour nous quatre, Pasang et huit des tigres Sherpas. Je ne peux pas promettre que cela nous permettra de survivre une nuit de bivouac au-dessus de 8 500 mètres, mais cela nous donnera une meilleure chance de continuer à avancer avant l'aube et après le coucher du soleil.

— Ils vont se déchirer », décrète le Diacre. J.-C. et moi sommes occupés à retirer nos bottes pour enfiler nos nouveaux pantalons en duvet d'oie.

« Ils sont faits dans le même tissu que Finch a utilisé pour les parkas, objecte Reggie. J'ai aussi ajouté un surpantalon de coton huilé. Léger. Plus résistant que les anoraks que vous portez par-dessus les duvets de Finch. Et vous remarquerez que tous vos pantalons, intérieur et extérieur, ont des boutons pour les bretelles et un bouton de braguette. Ces dernières m'ont donné du fil à retordre, vous pouvez me croire. »

Sa remarque me fait rougir.

« J'utilise ce qui me reste de tissu de ballon pour confectionner des capuches en duvet, à fixer sur nos vestes Finch. Et je dois dire que c'est du boulot, d'actionner cette machine à coudre à pareille altitude. »

Le Diacre serre les dents sur sa pipe froide et fronce les sourcils. « Où diable avez-vous trouvé du tissu de ballon ?

— J'ai sacrifié la montgolfière de la plantation », répond lady Katherine Christina Regina Bromley-Montfort.

Jean-Claude et moi passons vingt minutes à parader dans le camp de base, sous la neige et par – 25 °C, vêtus de la parka de Finch, du nouveau pantalon en duvet sous son surpantalon, de l'anorak coupe-vent de Shackleton, de la capuche en duvet que Reggie vient de terminer, et de trois épaisseurs de gants et de moufles. Avec le bonnet d'aviateur en cuir et laine enfoncé sous la nouvelle capuche, une cagoule et nos lunettes, on a une sensation de chaleur étonnante dans de si terribles conditions climatiques.

Reggie sort dans le même accoutrement. Elle ne ressemble plus à une femme, je trouve. En vérité, elle ne semble plus très humaine.

« J'ai l'impression d'être le Bonhomme Michelin », dit Jean-Claude, riant sous le rabat ménagé pour la bouche dans la cagoule. Reggie et moi rions, nous aussi. J'ai déjà vu le Bibendum en pneus sur des affiches et des panneaux publicitaires de cette marque, dont il est la mascotte depuis 1898.

« Ajoutez l'appareil à oxygène, dit Reggie, et nous aurons le sentiment d'être des Martiens.

— Nous *serons* des Martiens », renchérit J.-C. en riant encore.

L'idée me vient alors que nous serons peut-être très éloignés de l'activité humaine qu'est l'escalade – cette interaction avec la pierre, la neige et le monde – dans les jours et les semaines à venir.

Le Diacre sort de sa tente, son long piolet à la main. Il porte son duvet Finch, ses moufles et son casque, mais en bas, il est toujours en knickers, bandes molletières et bottes en cuir.

« Puisque nous sommes tous dehors et que le temps promet de s'améliorer, que diriez-vous de monter quelques tentes Whymper au camp I, puis d'aller voir le glacier au-dessus ? Nous n'avons pas besoin de crampons ni des piolets courts.

— Sans les tigres ? » demande Reggie.

Le Diacre secoue la tête. « Faisons de cette première reconnaissance une sortie réservée aux sahibs. »

Nous allons chercher nos sacs à dos, de la corde et de longs piolets. Le Diacre charge chacun de nous d'environ vingt kilos de matériel – toiles de tente, piquets, corde supplémentaire, bouteilles d'oxygène, réchaud Primus et conserves de nourriture. Même Reggie a un paquetage complet. Pasang – seulement vêtu des robes de coton et des écharpes qu'il avait dans la grande tente –, les bras croisés et l'expression désapprobatrice, nous regarde partir, courbés face au vent et à la neige, titubant pour contourner la barrière de pierre, avant de remonter la vallée parsemée de blocs de roche et de glace du glacier du Rongbuk.

Samedi 2 mai 1925

Il nous faut presque deux heures pour parcourir un peu moins de cinq kilomètres sur le lit glaciaire et parvenir au camp I avec nos charges, ce qui en dit long sur l'altitude et le froid – et peut-être sur mon piètre état physique.

La neige s'est calmée à mesure que nous montions, et je suis surpris qu'il n'y en ait que trois ou quatre centimètres sur la moraine sous nos bottes, juste assez pour rendre la marche glissante. Pour cette première étape de notre « siège » de l'Everest – davantage inspiré des expéditions au pôle Sud que de la méthode alpine que nous envisagions au départ, me semble-t-il, même si je garde mon opinion pour moi –, nous n'avons pas à escalader sur le glacier proprement dit, mais nous perdons du temps à contourner de déconcertants pinacles de glace de quinze à vingt mètres de haut. On les appelle des pénitents, et c'est vrai qu'ils ressemblent à d'immenses pèlerins en robe blanche. En plus de ces pinacles qui ont transformé la moraine en un parcours d'obstacles, il y a aussi d'innombrables bassins de neige fondue, recouverts d'une couche de glace si fine que nous la briserions et mouillerions nos bottes si nous essayions de marcher dessus.

Cela semble illogique, compte tenu des températures négatives que nous subissons depuis notre arrivée à l'embouchure de la vallée du glacier du Rongbuk, mais ça fait partie de l'étrangeté de l'Everest et de ses environs ; dans les endroits où les parois des arêtes et même les murs de glace protègent la vallée des vents les plus froids, le soleil de ce début de mai peut réchauffer les lieux abrités de dix degrés ou plus par rapport à la température au camp de base. Le pire, ce sera sur le glacier lui-même, mais en ce premier jour, nous restons à l'écart et avançons péniblement dans le fond de la moraine que les précédentes expéditions ont surnommée l'Auge.

Cela faisait un certain temps que je n'avais pas porté de charge aussi lourde, et tandis que nous gravissons la pente, je reste à quinze mètres derrière le Diacre et Reggie, afin qu'ils n'entendent pas ma respiration laborieuse et les haut-le-cœur qui me saisissent par moments. Malgré mon inconfort, je comprends à présent pourquoi Mallory et Bullock ont manqué cette approche du col nord pendant des semaines et des mois au cours de l'expédition de 1921. Ils ont découvert que l'avenue principale du premier glacier du Rongbuk menait au Lho La, sous l'arête ouest de l'Everest, et devenait impraticable dans les hauteurs. Le large glacier de Kharta descend des faces nord-est et est de la montagne, mais dévie brusquement presque plein est vers le col de Lhakpa La, là où le Diacre avait finalement réussi à entraîner Mallory et où l'équipe avait vu le passage vers le col nord – ce glacier du Rongbuk est.

Le glacier du Rongbuk est n'en est pas moins un endroit difficile et piégeux, qui rejoint le glacier du Rongbuk tout en bas vers le camp de base, mais serpente vers l'est puis le nord-est, avant de s'orienter brusquement vers le nord-ouest – parallèlement au glacier de Kharta – entre le camp I et le col nord. En 1921, l'expédition a tenté de suivre des arêtes pour atteindre la face nord, mais la plus prometteuse, qui longeait le côté oriental du glacier du Rongbuk, les a menés dans un cul de sac au pic nord – la montagne que nous appelons maintenant le Changtse.

Durant la mousson de la fin de l'été 1921, Mallory et Bullock ont tout simplement refusé de croire qu'un glacier de cette taille puisse donner naissance à un si petit torrent – celui qui passe devant notre camp de base – et ils n'ont cessé de tourner autour des approches septentrionales, explorant toujours plus loin vers l'est et l'ouest, cherchant le genre de torrent furieux ou de rivière digne d'un glacier s'étendant depuis la face nord ou le col nord.

Ce cours d'eau n'existe pas. Le petit torrent de notre camp de base, voilà tout ce qu'offre le glacier du Rongbuk est, comme l'a deviné le Diacre en 1921 (une intuition que Mallory ne lui a jamais vraiment pardonnée, à mon avis, sans parler de l'exploration de reconnaissance au Lhakpa La, où ils ont trouvé les empreintes de yéti dans la neige et aperçu la bonne voie).

Nous aurions perdu encore plus de temps aujourd'hui, vu que nombre de couloirs entre ces pénitents hauts comme des immeubles conduisent à des impasses, si le Diacre, lors de sa sortie le soir de notre arrivée au camp de base, n'avait pas planté des baguettes de bambou dans les plaques de neige, dont nous suivons à présent la ligne irrégulière pour rester sur le bon chemin. Puisque nous ne sommes pas encore sur le glacier, ni sur des pentes émaillées de crevasses, nous ne sommes évidemment pas encordés, mais marchons en file indienne : le Diacre ouvre la voie, suivi de Reggie et de Jean-Claude, tandis que je ferme la marche à une certaine distance. Par moments, je les perds de vue au milieu des pinacles de glace, et seules les baguettes de bambou et les légères empreintes de pas laissées par mes camarades dans la fine pellicule de neige et de glace m'indiquent où tourner.

Enfin nous atteignons le camp I et, nous débarrassant de nos sacs, nous asseyons tous les quatre, adossés à des rochers. Le site a été utilisé par les précédentes expéditions depuis 1921, et nous y retrouvons les mêmes tristes traces d'occupation qu'au camp de base, mais il a l'avantage d'être en plein soleil et à proximité d'un torrent d'eau fraîche. Nos prédécesseurs n'ont pas bâti de sangas, cependant on distingue les endroits où des rochers ont été déplacés et où le sol a été aplani pour planter les tentes.

« Nous allons installer la tente Whymper et une autre plus petite, déjeuner puis repartir, annonce le Diacre.

— Quel était le but de tout cela, monsieur Deacon ? » lui demande Reggie.

Je suis encore à bout de souffle et, même si je le voulais, je ne pourrais pas participer à la conversation. Tant mieux, puisque je n'en ai aucune envie. Jean-Claude, occupé à couper et manger une pomme, les coudes sur les genoux, respire sans difficulté, pourtant il ne paraît pas non plus décidé à intervenir.

« Tout quoi, lady Bromley-Montfort ? demande le Diacre, écarquillant les yeux avec une innocente feinte.

— Ce trajet inutile au camp I avec de lourdes charges, réplique Reggie. L'année dernière, Norton et Geoffrey Bruce ont laissé les porteurs transporter tout l'équipement aux camps I, II et III, pendant que les alpinistes britanniques restaient au camp de base et économisaient leur énergie pour le col nord et la suite.

— Pasang et vous n'avez pas transporté votre matériel jusqu'ici en août dernier ? demande le Diacre.

— Si, mais nous avions six Sherpas pour nous aider. Et Pasang et moi ne portions que les tentes légères, ainsi qu'un minimum de nourriture. »

Le Diacre boit de l'eau de sa gourde et ne dit rien.

« Était-ce une sorte de test ? insiste Reggie. Une façon mesquine de nous mettre à l'épreuve, Jake, Jean-Claude et moi, comme si nous n'avions pas parcouru plus de 570 kilomètres pour venir jusqu'ici, en franchissant des cols à 5 600 mètres d'altitude ? De voir si nous étions capables de remonter la vallée avec vingt kilos sur le dos ? »

Le Diacre hausse les épaules.

Reggie prend calmement une lourde conserve de pêches dans son sac à dos et la lance à la tête du Diacre. Il se baisse et réussit à l'éviter, mais de justesse. La conserve rebondit sur un rocher, sans exploser.

Jean-Claude éclate de rire.

Le Diacre pointe le doigt au-dessus des têtes de Reggie et de J.-C. en disant : « Regardez. »

Non seulement la neige a cessé, mais les nuages se sont dégagés au sud. Les hauteurs de l'Everest ont beau se trouver à quatorze dangereux kilomètres par le glacier et le col, et presque trois kilomètres au-dessus de nous à la verticale, l'air himalayen est si propre et clair qu'on a la sensation qu'en tendant la main, on pourrait toucher les deux premiers ressauts, parcourir du doigt le couloir de Norton et appuyer la paume sur l'aiguille enneigée au sommet.

Personne ne parle. Puis Reggie vide tout le contenu de son sac à dos par terre, se lève et annonce : « Vous pouvez planter vos tentes et ranger vos conserves ici, monsieur Deacon. Moi, je rentre au camp de base préparer les chargements des Sherpas pour demain. »

À son tour, J.-C. vide son sac, et ce qu'il reste de vent – une simple brise à présent – fait battre une toile de tente. « Je retourne au camp de base pour finir de montrer aux Sherpas comment utiliser les crampons et les jumars. » Il s'engage dans la pente et disparaît entre les pénitents quelques minutes après Reggie, sans paraître tenter de la rattraper.

Je reste assis, mon sac posé à côté de moi.

« Allez-y, Jake, me dit le Diacre. Videz-le et partez. » Il allume sa pipe. « Reggie a parfaitement raison. C'était une sorte de test, et je n'aurais pas dû vous l'imposer à tous les trois. »

C'est une des rares fois où je l'ai entendu utiliser le prénom de notre amie.

« Je n'ai rien d'urgent à faire au camp de base », dis-je. J'avoue que je lui en veux, non seulement de nous avoir testés lors de nos premiers jours à cette altitude, mais aussi de fumer cette satanée pipe alors que je n'arrive même pas à remplir d'air mes poumons. « Je vais vous aider à monter les deux tentes. »

Le Diacre hausse de nouveau les épaules et se lève, le regard toujours braqué sur le massif de l'Everest.

En m'efforçant de ne pas respirer trop bruyamment, je fouille dans le tas de matériel pour trouver la bâche de sol de la grande tente Whymper.

Mardi 5 mai 1925

Nous arrivons en vue du camp III vers midi. « Mon Dieu, quel endroit sinistre », dis-je alors que nous émergeons de la forêt de pinacles de glace, dans l'Auge sous le glacier, et découvrons le site, que surplombe le col nord un peu plus loin. Une pyramide de rochers a été érigée près du grand mur de glace et de neige menant au col – en hommage aux sept porteurs morts en 1922 dans l'avalanche –, et sept bouteilles d'oxygène vides gisent à côté, rendant le panorama plus terrible encore.

Comment aurais-je pu savoir que ce camp III deviendrait un jour un havre pour nous tous, où nous pourrions respirer un air plus riche et connaître un répit au milieu d'épouvantables souffrances ? Entre-temps, il allait pourtant sérieusement éprouver mon endurance.

Pour ce premier voyage entre les camps II et III, Jean-Claude et moi sommes partis seuls avec nos tigres Sherpas. Mon ami s'est encordé avec Lhakpa Yishay et Norbu Chedi, et moi avec Ang Chiri et Babu Rita. Nous nous arrêtons à une petite distance du camp – jonché, comme toujours, de vieux piquets de tente et de toile déchirée, entre autres détritus couverts de neige – et regardons la paroi de plus de trois cents mètres menant au col nord, qui relie l'arête nord de l'Everest aux arêtes sud du Changtse. C'est sûrement le plus haut col que j'aie jamais vu.

Pendant que les Sherpas, épuisés, s'assoient sur le sol caillouteux, J.-C. sort ses jumelles pour examiner l'impressionnant mur. Je me réjouis de n'être qu'avec mon ami français et nos Sherpas. Reggie est restée au camp II pour superviser les chargements que la deuxième équipe de porteurs transportera jusqu'au camp III, maintenant que J.-C. a marqué le chemin sur le glacier avec des baguettes de bambou. Le Diacre est redescendu au camp de base, et fera des allers et retours entre les camps I et II avec la troisième équipe de tigres.

« La cheminée de glace de Mallory a disparu », dit Jean-Claude en me tendant ses petites jumelles.

Il y a un an, Mallory a escaladé les soixante derniers mètres dans une cheminée de glace jusqu'au col Nord, et c'est dans cette faille qu'il a installé l'ingénieuse échelle de corde et de bois de Sandy Irvine – celle que Bruno Sigl a nié avoir utilisée avec ses comparses, même s'il mentait manifestement ; celle dont Reggie a admis s'être servie, malgré son aspect usé, pour grimper avec Pasang au mois d'août précédent. Cette échelle a permis aux dizaines de porteurs de l'immense expédition de l'année dernière de monter au col nord sans qu'il soit besoin de tailler des marches à leur intention.

À présent, échelle et cheminée de glace ont disparu, avalées dans les plis d'une paroi soumise à des mouvements permanents. Les soixante derniers mètres jusqu'à la corniche où les deux précédentes expéditions ont installé leurs tentes sont redevenus un solide mur de glace lisse, à un angle de 90°. Mais les deux cent cinquante mètres de neige et de glace en dessous ne sont pas plus engageants.

« La neige a l'air profonde pour arriver jusque là-bas », dis-je entre deux halètements. Nous avons monté cette dernière et difficile portion du trajet entre les camps II et III sans oxygène – si le Diacre s'en tient à son plan, nous ne devrions désormais plus escalader sans aide respiratoire –, et je comprends que nos Sherpas se soient pratiquement laissés tomber par terre quand nous nous sommes arrêtés, s'adossant à des blocs rocheux sans prendre la peine de retirer les quinze kilos qu'ils ont sur le dos.

J.-C. ôte ses lunettes Crooke et plisse les yeux en regardant le mur.

« Attention, je n'ai pas envie de me retrouver avec un aveugle », lui dis-je.

Il secoue la tête et continue d'étudier la paroi de trois cents mètres, la main en visière devant ses yeux. « Il y a davantage de neige fraîche que sur le glacier, finit-il par dire en remettant ses lunettes. Les conditions sont probablement aussi mauvaises que... »

Il s'interrompt, mais je le connais maintenant assez bien pour compléter sa phrase : *Les conditions sont probablement aussi mauvaises qu'en 1922 quand sept Sherpas sont morts dans l'avalanche.* Il faudra attendre l'arrivée du Diacre au camp III pour en avoir confirmation, mais je crains le pire.

« Allons remettre nos amis sur pied, avant de nous écrouler à côté d'eux et de plonger tous ensemble dans un dernier sommeil glacial », dit Jean-Claude. Il se retourne et réussit à convaincre les Sherpas de se relever, bien qu'ils ploient sous leurs lourds fardeaux. « Plus que quelques centaines de mètres, et en pente », leur dit-il en anglais, sachant que Norbu et mon Sherpa Babu traduiront pour les deux autres.

Laissant la forêt d'immenses pinacles de glace derrière nous, nous poursuivons notre route sur la moraine – gardant nos crampons, des dix pointes pour les Sherpas, des douze pointes pour J.-C. et moi, sur le sol pierreux. À environ soixante mètres du camp, je montre du doigt un espace dégagé. « Ça doit être par là que Kami Chiring a rencontré Bruno Sigl il y a un an. »

Jean-Claude se contente de hocher la tête, et je sens à quel point il est fatigué.

Pour monter du camp de base au camp I, on parcourt cinq kilomètres sur une moraine latérale puis des champs de glace superficielle, entre des centaines de hauts pénitents. Les cinq kilomètres entre les camps I et II mélangent traversées de moraine et de glacier, la plus grande partie du trajet se faisant le long de l'Auge et entre les pinacles de glace au fond de la vallée. Pour aller du camp II au camp III, il faut franchir huit pénibles kilomètres d'une pente de plus en plus raide à mesure qu'on avance sur le glacier.

Un glacier rempli de centaines de crevasses couvertes de neige fraîche.

Cela fait maintenant deux jours que je suis J.-C., tandis qu'il nous ouvre la trace entre ces crevasses invisibles, s'enfonçant parfois dans la neige jusqu'aux cuisses ou même jusqu'à la taille. Outre nos empreintes de pas, nous laissons des baguettes de bambou dans la neige pour baliser la piste, ainsi que des cordes fixes dans les parties les plus pentues.

Ces deux jours ont été ensoleillés. À travers mes lunettes, les champs de neige du glacier ressemblent à un labyrinthe de sastrugi et d'ombres bleues. Certaines sont bel et bien des ombres. Nombre d'autres sont des crevasses sous leur fine couche de neige – où tout homme (ou toute femme) chuterait de plusieurs centaines de mètres au cœur du glacier. Jean-Claude paraît toujours savoir à quoi correspond chaque ombre.

Par deux fois, entre les camps II et III, nous avons dû faire un détour pour contourner de très larges crevasses. La première fois – hier –, J.-C. a fini par trouver un pont de neige qu'il a jugé assez solide pour supporter notre poids. Il l'a traversé le premier pendant que je l'assurais, mon piolet enfoncé profondément dans la neige, puis nous avons fixé deux solides cordes de guidage de part et d'autre, à hauteur de taille, ainsi que des jumars à attacher par des mousquetons aux nouveaux baudriers des Sherpas.

La deuxième crevasse n'offrait aucun pont de neige et, en tentant de la contourner, nous n'avons trouvé que d'autres champs sans fin émaillés d'autres crevasses invisibles. Finalement, j'ai assuré J.-C. – tandis que les Sherpas m'assuraient –, après avoir posé un piolet supplémentaire le long du bord de la crevasse pour empêcher la corde de mordre dans la neige. Jean-Claude a utilisé ses nouveaux piolets courts et ses crampons douze pointes pour descendre à dix-huit ou vingt mètres dans la terrible fissure, jusqu'à un niveau où les deux parois se rapprochaient suffisamment pour qu'il puisse planter son marteau droit et les pointes de ses crampons droits dans le mur opposé. Ensuite, il a lancé le bras et le pied gauches au-dessus de l'abîme pour les arrimer à leur tour, et il a commencé à escalader la surface de glace bleue.

Une fois qu'il est ressorti de l'autre côté de la crevasse, je lui ai lancé un rouleau de corde solide et deux piolets longs, qu'il a utilisés pour arrimer la corde. Et j'ai fait la même chose de mon côté, avec deux piolets et plusieurs longues broches à glace. J.-C. portait l'un des baudriers d'escalade qu'aucun de nous n'avait encore essayé en montagne ; il a attaché les mousquetons du baudrier à des jumars, puis il a noué les jambes au-dessus de la corde et a glissé jusqu'à nous, en s'aidant de ses mains, pour franchir le précipice sans fin, comme un enfant sur une aire de jeu.

« Les Sherpas ne peuvent pas faire ça avec leur chargement », ai-je dit, le souffle court, quand il s'est détaché de la corde et éloigné du bord.

Jean-Claude a secoué la tête. C'est lui qui avait fourni tous les efforts, et c'est moi qui haletais. « Nos amis vont laisser leurs charges ici pour l'instant, et nous allons retourner au camp II. À l'heure qu'il est, l'équipe de porteurs de Reggie a dû y apporter les échelles. On en attachera deux ensemble, on posera des cordes de guidage comme on l'a fait sur le pont de neige… et *voilà** !

— *Voilà** », ai-je répété, avec moins d'enthousiasme. Nous avions parcouru les deux tiers des huit kilomètres jusqu'au camp III, après une longue, difficile et dangereuse marche sur le glacier, et il fallait maintenant faire demi-tour pour aller chercher d'autres cordes et des échelles au camp II. Les Sherpas souriaient. Ils avaient suffisamment porté pour la journée et n'étaient que trop contents de laisser tomber leur barda pour redescendre sur un chemin rendu plus sûr par les baguettes de bambou.

Le Diacre nous avait avertis que c'était de cette façon que les précédentes expéditions, dont celle de Mallory un an plus tôt, s'étaient retrouvées complètement désorganisées, avec des charges éparpillées tout le long des dix-huit kilomètres de piste dans l'Auge et sur le glacier jusqu'au camp III et au col nord. Toute la planification militaire du monde, nous a-t-il affirmé, se révèle impuissante face au chaos inhérent à l'existence des crevasses et à l'épuisement des hommes.

« De toute façon, nous n'avons plus assez de baguettes », a ajouté J.-C. Il avait raison. Les crevasses étaient si nombreuses que la route qu'il avait tracée serpentait sur les cinq kilomètres que nous avions couverts. Nous avions sous-estimé le nombre de piquets nécessaires pour baliser le chemin, à l'intention des porteurs suivants – surtout en cas de tempête de neige.

Mais en début d'après-midi, ce mardi 5 mai, nous avons enfin atteint le camp III, avec tout notre chargement. Franchir la crevasse sans fond, sur un pont artisanal constitué de deux échelles en bois attachées l'une à l'autre, avec deux cordes fixées à hauteur de taille en guise de garde-corps, a été une expérience que je n'ai pas hâte de renouveler (tout en sachant que je le devrai inéluctablement, et plus d'une fois). Nous avons dressé la petite tente Meade pour J.-C. et moi, ainsi que la grande tente hémisphérique de Reggie en prévision de l'arrivée des hommes et du matériel. Ce soir, les quatre Sherpas peuvent dormir dedans.

Il est prévu que nous passions la nuit ici, en attendant la deuxième équipe de tigres de Reggie, composée de neuf Sherpas, qui doit nous rejoindre demain avant midi. Ensuite, certains d'entre nous resteront au camp pour s'acclimater jusqu'à l'arrivée du Diacre, le 7 mai, avec la troisième équipe. À ce moment-là seulement, voire après un jour supplémentaire d'acclimatation, toujours selon le plan, nous pourrons nous attaquer à la pente et au mur de trois cents mètres menant au col nord. Et cela surtout, me dis-je, parce que le Diacre refuse que quiconque monte au col avant qu'il soit là – et prenne la tête de l'escalade.

La migraine me saisit juste avant la tombée de la nuit ce mardi.

J'ai déjà souffert de maux de tête depuis que nous avons atteint le camp de base, à une altitude bien inférieure, mais cette fois, j'ai la sensation qu'on m'enfonce une broche à glace dans le crâne toutes les trente secondes. Des points noirs dansent devant mes yeux, puis ma vision se réduit à un tunnel. C'est la première fois de ma vie que j'éprouve une réelle migraine, et c'est épouvantable.

Sans prendre la peine d'enfiler ma veste en duvet d'oie ou ma surveste, ni même mes gants ou mes moufles, je sors de la tente à quatre pattes et m'éloigne de l'emplacement où nous avons dressé l'autre pour aller vomir derrière le rocher le plus proche. Les spasmes continuent de me secouer alors même que je me suis vidé. En quelques secondes, mes mains sont gelées.

De manière vague et lointaine, je me rends compte de trois choses : d'abord, que le vent s'est levé si fort que la petite tente Meade dans laquelle J.-C. et moi étions assis bat et s'agite comme du linge à sécher dans un ouragan (jusque-là j'ai cru que le bruit était seulement dans ma tête douloureuse) ; ensuite, que ce vent s'accompagne de températures glaciales et d'un blizzard si intense que je ne distingue pratiquement plus la grande tente à moins de trois mètres ; enfin, que J.-C. a mis sa veste en duvet et, penché par l'ouverture de notre tente, me crie de revenir.

« Vous pouvez vomir à l'intérieur, Jake, pour l'amour du ciel ! s'exclame-t-il. Et on jettera la bassine dehors. Si vous restez là une minute de plus, vous allez souffrir de gelures pendant un mois ! »

C'est à peine si sa voix me parvient par-dessus les vents déchaînés et le battement de la toile. Si ma tête ne m'élançait pas tant, et que mon estomac n'était pas occupé à se retourner, j'aurais trouvé son invitation amusante. Mais à cet instant, je suis presque trop épuisé pour me traîner jusqu'à notre tente frappée par les rafales. Je ne vois plus la grande tente de Reggie où se serrent les Sherpas, mais j'entends sa toile lutter contre le vent. Entre les deux tentes on dirait deux bataillons d'infanterie qui échangent des coups de feu. Enfin, je me retrouve à l'intérieur, où J.-C. me frictionne les mains et m'aide à rentrer dans mon sac de couchage.

Mes dents claquent trop pour que je réussisse à parler, mais au bout d'une minute, ça sort : « Jjjjeee… meurs… et… on… n'est… même… pas… encore… sur… cette… foutue… montagne. »

Jean-Claude se met à rire. « Je ne crois pas que vous soyez en train de mourir, *mon ami**. Vous avez juste pris une bonne dose de ce mal d'altitude contre lequel je lutte, moi aussi. »

Je secoue la tête, j'essaie de parler, je bafouille et finis par prononcer : « Œdème. »

Je ne serais pas le premier homme à mourir d'un œdème pulmonaire ou cérébral en tentant de gravir l'Everest. Je ne vois rien d'autre qui puisse causer une migraine et une nausée de cette intensité.

Aussitôt, J.-C. redevient sérieux, sort sa lampe électrique de son sac à dos et la passe plusieurs fois devant mes yeux.

« Je ne crois pas, finit-il par dire. Je pense vraiment que c'est le mal des montagnes, Jake. En plus des terribles coups de soleil que vous avez attrapés dans l'Auge et sur le glacier. Mais on va vous faire avaler de la soupe et du thé chauds et voir comment vous vous sentez. »

Le problème, c'est que nous ne parvenons pas à faire chauffer de la soupe. Le réchaud Primus – le grand modèle que nous avons apporté, permettant de cuisiner pour six – refuse de s'allumer.

« *Merde**, murmure J.-C. Laissez-moi encore quelques minutes, mon ami. » Il commence à démonter l'appareil, souffle dans de petites valves, vérifie des pièces, utilise sa torche pour inspecter l'intérieur d'étroits cylindres, comme mon père examinait le canon de son fusil après l'avoir nettoyé.

« Les pièces sont au complet et en bon état », annonce-t-il. Après quoi il remonte le réchaud aussi vite qu'un marine remonterait son arme.

Le foutu machin refuse toujours de s'allumer.

« Mauvais combustible ? » réussis-je à suggérer. Je me suis recroquevillé dans mon sac de couchage, de sorte que ma voix est étouffée par l'épaisseur de toile et de duvet. Le simple fait de regarder J.-C. effectuer ce travail de précision à mains nues dans ce froid terrible aggrave mon mal de tête. Je ne veux surtout pas être obligé de ressortir vomir – tant que je peux rester parfaitement immobile, ballotté par ces vagues de douleur et ces spasmes, tel un canot dans la tempête.

« Nous avons presque vidé nos gourdes au cours de la longue ascension depuis le camp II, dit J.-C. On peut tenir longtemps sans nourriture chaude, mais si on ne parvient pas à faire fondre de la neige pour boire de l'eau ou préparer du thé, et qu'on reste bloqués ici plusieurs jours, on aura des soucis. » Il enfile ses vêtements d'extérieur.

« Comment ça, bloqués ici plusieurs jours ? dis-je par l'ouverture bordée de givre de mon sac de couchage. Reggie et son équipe de tigres seront là demain avant midi, et le Diacre et ses Sherpas avant le soir. Demain à cette heure, ce camp ressemblera à la gare de Grand Central – nous aurons assez de nourriture, de fioul et de réchauds pour une armée. »

À cette seconde, une rafale sûrement supérieure à cent soixante kilomètres-heure frappe le côté nord de la tente, se glisse sous la bâche de sol et menace de nous soulever pour nous emporter. Jean-Claude n'a que le temps de se jeter par terre, bras et jambes écartés. Après un instant incertain où nous ignorons si nous allons nous envoler ou pas, nous rebondissons une fois, durement, sur place, tandis que les parois de la tente se mettent à battre follement et à craquer comme une nouvelle salve de coups de feu. Je devine que plusieurs attaches pourtant solidement fixées ont cassé ou que des piquets ont été arrachés. À moins que le vent n'ait simplement balayé la demi-tonne de rochers à laquelle nous avons arrimé des cordes supplémentaires pour plus de sécurité.

« Ils n'arriveront peut-être pas demain, dit Jean-Claude assez fort pour être entendu par-dessus le vacarme. On doit vraiment trouver un moyen de faire fondre de la neige pour avoir de l'eau potable. Et aller voir comment vont les Sherpas à côté. »

De l'extérieur, la grande tente hémisphérique de Reggie semble mieux résister au vent que notre modèle Whymper en A, mais une fois à l'intérieur, nous voyons tout de suite que ses occupants ne s'en sortent pas aussi bien. Jean-Claude et moi avons apporté quelques boîtes de conserve gelées, ainsi que le Primus inutilisable avec le vague espoir que l'un des Sherpas saura le réparer. De la neige s'engouffre avec nous à l'intérieur, et nous nous dépêchons de refermer hermétiquement l'ouverture.

La seule lumière dans la tente provient d'une petite chandelle de ghee, comme en utilisent les hindous pour leurs cérémonies religieuses. Le ghee est du beurre clarifié, et son odeur nauséabonde accentue ma nausée. Les quatre Sherpas ont l'air pathétiques ; Babu Rita, Norbu Chedi, Ang Chiri et Lhakpa Yishay sont recroquevillés les uns contre les autres au centre de la tente, dans leurs vestes en duvet d'oie mouillée. Deux d'entre eux sont à demi enfoncés dans leurs sacs de couchage, également humides, mais les deux autres ne les ont même pas. Il n'y a pas d'équipement ni de nourriture dans la tente – pas même une couverture supplémentaire –, et les quatre hommes, censés figurer parmi les meilleurs tigres Sherpas, nous regardent comme des naufragés désespérés regarderaient de possibles sauveteurs.

« Où sont les deux autres sacs de couchage ? demande J.-C.

— Lhakpa a allégé son chargement au camp II, répond Norbu Chedi en claquant des dents. Il a oublié son sac, le mien et les toiles de sol supplémentaires… par erreur, sahib.

— *Merde** ! s'exclame J.-C. Les sacs de couchage, c'est ce qu'il y avait de plus léger dans vos paquetages. Vous avez de l'eau ?

— Non, sahib, dit Babu Rita. Nous avons tout bu pendant l'ascension. Nous espérions que vous en aviez déjà fait fondre pour nous. »

J.-C. flanque le Primus récalcitrant au milieu des Sherpas et explique le problème. Babu et Norbu traduisent pour les deux autres.

« Où sont les provisions ? demande J.-C. La soupe et les boîtes de conserve ?

— On n'a pas pu atteindre les chargements, répond Norbu. Ils étaient trop enfoncés dans la neige.

— Ridicule, dit J.-C. On les a laissés à quelques mètres d'ici il y a seulement quelques heures. Il faut ressortir chercher la nourriture et les ballots, pour voir ce qui peut nous être utile. Est-ce qu'il y avait un deuxième Primus, par hasard ?

— Non, dit Babu d'un ton sans espoir. Mais j'ai porté beaucoup de bidons d'essence sur le glacier. »

J.-C. secoue la tête. Je ferais la même chose si je n'avais pas aussi mal. Le combustible ne nous servira à rien si le Primus ne fonctionne pas. « Mettez vos gants, vos moufles et vos survestes Shackleton, ordonne J.-C. Il neige trop et il fait trop sombre pour trier le contenu des chargements dehors, il va donc falloir les rapporter dans la tente. »

C'est vrai que la nuit tombe dehors, et que le blizzard limite la visibilité à deux mètres. Je me demande si nous ne devrions pas nous encorder, quand J.-C. nous crie de nous tenir, Babu, Ang et moi, et crie à Norbu et Lhakpa de rester accrochés l'un à l'autre et à lui. En titubant, nous nous éloignons de quelques mètres de la grande tente pour nous diriger vers l'endroit où nous pensons que les Sherpas ont laissé tomber leurs charges. Nos paquetages, à J.-C. et moi, sont posés à l'entrée de notre tente, calés par des pierres. Ils sont vides, évidemment, puisque à l'exception de quelques conserves de nourriture, nous avons porté les deux lourdes tentes avec leurs piquets et arceaux, ainsi que le Primus défectueux. Nos vies dépendent donc de ce que nous trouverons dans les chargements des Sherpas. Le camp III est censé être abrité – comparé au camp IV sur le col nord, sans parler de tous les autres camps situés plus haut sur les arêtes nord et nord-est –, mais le vent qui dévale les trois cents mètres de pente de glace et de neige est si puissant qu'il me renverse littéralement. Babu Rita et Ang Chiri s'écroulent dûment dans la neige avec moi. À quatre pattes, je tâtonne autour de moi pour retrouver les paquets au milieu des congères, des rochers et de la neige qui s'accumule.

« Ici ! » C'est à peine si j'entends la voix de J.-C., mais les deux Sherpas et moi rampons dans cette direction.

Nous attrapons les ballots à présent recouverts de plusieurs centimètres de neige et commençons à les traîner vers la grande tente… mais *où* est la grande tente ? Par chance, Lhakpa Yishay a laissé brûler la petite chandelle de ghee sur le sol – idiot de l'abandonner sans surveillance, puisque le feu représente toujours un danger dans ces tentes de toile –, et nous rampons, tirons, grognons et jurons tous les six en direction de cette lueur minuscule.

À l'intérieur c'est vite le bazar.

Assez de neige est entrée pour que nos vestes et pantalons de duvet ainsi que les deux sacs de couchage en soient couverts. Notre chaleur corporelle ne tardera pas à la faire fondre, or plus le duvet d'oie est mouillé, plus il perd ses propriétés isolantes – une fois trempé de part en part, il fournit à peu près autant de chaleur qu'un gant de toilette froid et mouillé.

Étourdi, luttant pour ne pas vomir de nouveau, je me recroqueville en frissonnant sur la partie de la bâche de sol la plus sèche que je trouve. Plus je tremble, plus j'ai mal à la tête. Et la soudaine puanteur d'essence n'arrange rien.

Jean-Claude passe en revue le contenu des ballots et des sacs : encore quelques conserves de nourriture gelées, plusieurs paquets de ce que la Royal Navy appelle de la « soupe portable », mais pas d'eau. Cinq bonbonnes supplémentaires d'essence pour réchaud.

Nous en avons assez pour faire exploser un blockhaus allemand ou pour creuser un trou dans le mur du col nord, mais ce foutu Primus refuse de l'enflammer.

J.-C. dégage un espace au milieu de la tente et étend une de ses chemises de laine pour lui servir de zone de travail. Il a apporté sa lampe torche, dont la lumière s'ajoute à la petite lueur bleue de la minuscule chandelle de ghee.

Il examine une fois encore le Primus. Nous avons deux grandes casseroles pour faire bouillir l'eau, et chacun de nous dispose d'une petite tasse en fer-blanc. J.-C. s'assure que le réservoir est bien rempli aux deux tiers d'essence, comme le préconise le mode d'emploi, verse un peu d'alcool à brûler dans la petite coupelle sous le brûleur, actionne la pompe pour augmenter la pression et essaie encore d'allumer le réchaud.

Rien.

J.-C. lâche un torrent de mots français si pittoresques que je ne comprends qu'une vulgarité sur vingt. Il recommence à démonter le foutu truc, en prenant garde à ne pas renverser l'essence ou l'alcool à brûler.

« Comment ça peut *ne pas* marcher ? dis-je, toujours couché en position fœtale, et la tête lancinante.

— Je... ne... sais... pas », répond J.-C. entre ses dents serrées. Le vent agite si fort la toile que les quatre Sherpas attrapent les arceaux en bois du dôme pour tenter de tenir la tente avec leur poids et leurs forces déclinantes. La température doit frôler les – 40 °C.

Je me force pourtant à me redresser et regarde les pièces en cuivre du Primus qui scintillent faiblement dans la lumière de la torche et de la chandelle de ghee.

Je me dis qu'il n'y a sans doute rien de plus simple au monde qu'un réchaud Primus de fabrication suédoise.

Le Diacre a principalement acheté des nouveaux modèles de 1925 et, s'ils ont été améliorés pour mieux fonctionner à haute altitude – selon les recommandations d'un certain George Finch –, ils diffèrent assez peu des anciens réchauds à pression utilisés depuis 1892. Nous avons cuisiné sur Primus pendant toute notre traversée du Sikkim et du Tibet. Aucun n'a jamais manqué de s'allumer.

Tandis que J.-C. lève le brûleur dans la lumière pour s'assurer une fois encore qu'il n'est pas bouché, j'inspecte les autres pièces.

Il s'agit d'un modèle 210 en cuivre, avec des pieds fixes. Le procédé d'allumage est le même que pour tous les autres réchauds que j'ai utilisés au fil de mes années d'alpinisme. D'abord, on actionne la pompe intégrée dans le réservoir de combustible pour le pressuriser. L'augmentation de la pression fait passer le combustible dans le tuyau qui monte jusqu'au brûleur. Pour préchauffer ce tuyau, on embrase une petite quantité d'alcool à brûler dans la coupelle intégrée à sa base.

C'est ce que nous avons fait une dizaine de fois cet après-midi et ce soir, sans succès.

Une fois que le tuyau atteint une température suffisante, une pulvérisation presque invisible de gaz de paraffine chaude est émise à travers la buse centrale du brûleur. Quand l'air se mélange à ce gaz – même l'air fin de l'Everest –, la petite flamme circulaire du réchaud pousse le gaz en cercle. Techniquement, ce n'est pas l'essence qui brûle dans le cercle de flamme bleu, c'est le gaz de paraffine généré par la pulvérisation d'essence. Ces brûleurs font un bruit tel que de nombreux alpinistes et campeurs ont surnommé leurs Primus des « beuglants ». En fait, il y a peu de sons plus réconfortants, pour un montagnard épuisé, que le grondement d'un Primus qui fait fondre de la neige pour fournir de l'eau potable, réchauffe de la soupe ou du ragoût, ou ajoute seulement un peu de chaleur dans une tente plantée dans la neige à haute altitude.

Mais là… rien.

« On peut préparer du thé et peut-être même un peu de soupe sur un petit réchaud à alcool, dis-je. Réchauffer quelques sardines. » Ces modestes appareils sont réservés aux campements en altitude – surtout pour faire du thé –, mais chaque camp est censé en disposer en dépannage.

« Il n'y en a aucun dans les paquetages », dit J.-C. Nous échangeons un regard coupable – tous deux honteux d'avoir si mal supervisé nos chargements et nos Sherpas et de nous être si mal préparés à cette première vraie sortie dans la montagne.

« Il faut donc faire marcher ce Primus », dis-je.

Je manipule vainement le réservoir circulaire en laiton, sans y trouver le moindre trou, ni la moindre fuite : s'il y en avait, l'essence s'en échapperait.

« Aucun défaut », dit Jean-Claude en examinant chaque pièce détachée.

Il marmonne dans sa barbe et utilise les quelques outils qu'il a apportés – un tournevis, une petite clé, quelques sondes en fil de fer – pour remonter l'appareil, et essaie une fois encore de l'allumer. Sans succès.

« La pression n'augmente pas dans le réservoir », dit-il enfin.

Je me force à demander : « Comment est-ce possible ? »

Norbu Chedi intervient alors d'une voix douce, presque contrite : « Sur le Dongkha La, longtemps avant d'arriver à Khampa Dzong, Nawang Bura a laissé tomber son chargement dans une pente. Aucun sahib ne l'a vu, puisqu'il était à l'arrière avec les mulets. Un Primus a dégringolé sur plusieurs mètres et rebondi sur des rochers. Nawang Bura est allé le récupérer, avec le reste du matériel, et a tout remballé sans mentionner l'incident au docteur Pasang, au sahib Deacon ou à lady Bromley.

— C'était il y a des semaines, dis-je. On a sûrement utilisé ce… ce Primus depuis.

— Pas forcément, dit Jean-Claude d'un ton las. On a pris l'habitude de se servir des mêmes réchauds à chaque campement. Celui-ci a été sorti de la réserve pour être emporté dans la montagne. C'est un des modèles de 1925 adaptés pour les hautes altitudes.

— Vous pouvez le réparer ? »

Nos vies dépendent de sa réponse, si nous restons coincés ici longtemps. Il nous faudra impérativement faire fondre de la neige pour nous hydrater.

« Le réservoir ne fuit pas, reprend J.-C. J'ai examiné la pompe et les pièces en cuir une dizaine de fois. Je ne vois rien qui soit cassé ou défectueux. Sauf… que… ça ne… marche pas. »

Nous nous taisons pendant un long moment, mais le silence est rempli par un mugissement de vent encore plus sonore, si bien que nous agrippons tous la bâche de sol ou les arceaux de la tente pour l'empêcher de s'envoler.

« Sandy Irvine a rafistolé des dizaines de choses, construit l'échelle de corde pour monter au col, réparé et repensé tout l'appareil à oxygène lorsqu'il était au camp de base ou plus haut, murmure J.-C. Et moi, un guide de Chamonix et le fils d'un forgeron et inventeur devenu un industriel de l'acier, je ne suis pas foutu de faire marcher un *putain** de Primus lors de notre deuxième nuit à l'extérieur du camp de base.

— Sans Primus ni réchaud à alcool, comment pouvons-nous obtenir une flamme pour faire fondre un peu de neige et réchauffer un peu de soupe ? Nous avons deux casseroles. Des tasses en fer-blanc. Plein d'allumettes. De l'alcool à brûler. Et des litres d'essence.

— Si vous pensez verser un peu d'essence dans une tasse et l'allumer pour poser une casserole dessus, vous pouvez l'oublier tout de suite, Jake, me dit Jean-Claude. L'essence ne brûle pas de la bonne façon. Pour obtenir une belle flamme bleue, il nous faut… » J.-C. s'interrompt brusquement et me prend le réservoir en laiton des mains. Il a déjà retiré la pompe et manipule maintenant la vis permettant d'augmenter la flamme en début de cuisson puis d'éteindre l'appareil à la fin.

« La foutue vis de pression, dit Jean-Claude. Elle a tourné chaque fois que j'ai essayé d'allumer le réchaud, mais elle est faussée… ça ne s'ouvre pas pour permettre à la vapeur d'essence de monter. En fait, ce foutu machin est tellement tordu que le réservoir ne garde même pas la pression. Cette *connerie de vis* ! »

Il commence à la bricoler avec sa petite pince et sa clé, mais elle ne se visse pas comme il faut. Et maintenant, elle est coincée. Je le vois user toute la force de son bras massif et de sa main. Sans effet.

« Laissez-moi essayer », dis-je. J'ai beau être plus grand et plus fort que Jean-Claude, et avoir des mains deux fois plus grosses que les siennes, je ne réussis pas plus à tourner la vis, que ce soit à mains nues ou avec les outils.

« Complètement bloqué. À cause de cette vis cassée, on ne peut pas mettre le réservoir sous pression », dit Jean-Claude. Ça résonne comme une sentence de mort, mais la partie de mon cerveau qui fonctionne encore me rappelle que nous pouvons survivre sans eau pendant quelques jours, et sans nourriture pendant des semaines si nécessaire. Toutefois je devine aussi que beaucoup d'eau et un peu de soupe chaude auraient beaucoup réduit ma migraine et les autres symptômes du mal des montagnes dont je souffre.

En attendant, les parois hémisphériques de la tente essaient de s'arracher aux arceaux de bois qui les maintiennent. La fine bâche de sol – les Sherpas ayant « oublié » d'apporter la deuxième, plus épaisse – tente de se soulever malgré nos poids combinés, et malgré les ballots et les bidons d'essence éparpillés dessus. Je n'ai jamais vécu un tremblement de terre, mais ça doit ressembler à ça. En moins bruyant. Nous sommes toujours obligés de hurler pour nous entendre.

« Jake et moi retournons dormir dans notre tente, dit Jean-Claude à Babu et Norbu. On ne pourra pas tenir allongés à six dans celle-ci. Essayez de vous reposer – et dites à Ang Chiri et Lhakpa Yishay de ne pas s'inquiéter. La tempête se sera peut-être calmée d'ici à demain matin, et soit lady Bromley-Montfort sera arrivée avec les Sherpas et les provisions, soit nous redescendrons au camp II. »

Alors que nous sommes sur le point de sortir, J.-C. m'arrête. « Une minute, Jake. » Et il commence à me passer les bidons d'essence. Il prend aussi le Primus remonté, quoique toujours inutilisable. « On va laisser les bidons à côté de votre tente », dit-il à Babu Rita.

Mais à la place, il me fait signe d'emporter ma brassée de petites bonbonnes du côté le plus éloigné de notre tente, et je les pose, comme il vient de le faire avec les siennes, derrière un rocher. Approchant la bouche de mon oreille pour que je puisse l'entendre malgré le vent, il dit : « Les pires blessures que j'ai vues en montagne ont été causées par des feux de tente. Je ne doute pas que nos amis essaieront de faire brûler de l'essence quand ils auront trop soif. »

Je hoche la tête. Par un jour ou une nuit calme, ce genre d'expérience vaudrait peut-être la peine d'être tentée – à côté de l'ouverture. Mais pas dans une tente qui se soulève et s'agite dans la tempête.

Notre propre tente, de un mètre quatre-vingts sur deux mètres, est à moitié effondrée et fait peine à voir. J.-C. lève un doigt pour me demander d'attendre un instant et se glisse juste assez loin à l'intérieur pour prendre un rouleau de la corde miracle du Diacre dans son sac à dos. Il en coupe différentes longueurs que nous attachons à des pierres gelées dans la moraine, des blocs rocheux et même à un pénitent, renforçant la toile d'araignée qui maintient notre tente.

Frigorifié à présent, je suis soulagé lorsque nous pouvons enfin nous mettre à l'abri.

Nous retirons nos bottes, mais les glissons avec nous à l'intérieur de nos sacs de couchage, pour les empêcher de geler. À cette température, si un alpiniste laisse ses bottes à l'extérieur de son sac, il risque de casser les lacets en les enfilant le lendemain. Ayant gardé la parka en duvet de Finch et le pantalon de Bibendum, plus la capuche de Reggie, la faible chaleur corporelle qui me reste augmente assez vite.

« Tenez, Jake, mettez ça à l'intérieur de votre sac. » À la lumière de la torche de J.-C., je vois qu'il me tend une boîte de spaghettis gelée, une autre de viande, une brique solide de « soupe portable » et la conserve de pêches (je remarque le coin cabossé) que Reggie a lancée à la tête du Diacre il y a une centaine d'années.

« C'est une blague ? » dis-je. Comment pourrais-je dormir avec ces boîtes glaciales contre moi ?

« Pas du tout. J'en ai deux fois plus dans mon sac. Notre chaleur réussira peut-être à faire fondre, ou au moins à ramollir, un peu de nourriture. Il y a du sirop dans la boîte de pêches. On le partagera avec les autres demain matin pour… comment dites-vous… étancher notre soif ? »

On l'ouvre et on le boit tout de suite, tous les deux : telle est la pensée minable qui me vient. Mais la noblesse l'emporte. La noblesse, et la certitude que le sirop est pour l'instant aussi solide qu'une brique.

J.-C. éteint la torche pour économiser les piles puis, prenant la voix du Diacre, il me demande : « Alors, quelles leçons les événements d'aujourd'hui nous ont-ils enseignées, mes amis ? »

Nous avons droit à cette question après chaque ascension ou presque, et après chaque problème rencontré lors d'une ascension. L'imitation de l'accent professoral d'Oxford est si comique que j'éclate de rire malgré la douleur qui me vrille le crâne.

« Nous devrions vérifier plus soigneusement le contenu de nos chargements, avant de partir établir un nouveau camp, dis-je dans l'obscurité bruyante.

— *Oui**. Quoi d'autre ?

— Nous assurer qu'aucun des porteurs ne s'est débarrassé de choses indispensables – comme son sac de couchage ou celui d'un de ses camarades.

— *Oui**. Quoi d'autre ?

— Prévoir un réchaud Unna dans chaque camp en plus du beuglant. »

Les réchauds Unna que nous avons apportés sur l'Everest, plus petits et plus légers que les Primus, et fonctionnant avec un combustible solide, sont en général utilisés dans les camps de très haute altitude, là où il importe de n'emporter que des charges minimales. Je suis presque sûr que Mallory et Irvine en avaient un à leur camp VI.

« Les Primus marchent presque toujours, fait remarquer J.-C. Robert Falcon Scott en a transporté un sur mille quatre cents kilomètres pour aller au pôle Sud et pendant presque tout le trajet de retour.

— Et regardez ce qui est arrivé à Scott et ses hommes. »

Nous nous remettons à rire tous les deux. Comme en réponse, le vent du col nord hurle de plus belle. J'ai l'impression que notre petite tente deux places va s'agiter jusqu'au déchirement en dépit – ou peut-être à cause – de la toile d'araignée de cordes que nous avons ajoutées dehors.

Au bout d'un moment, je lui demande : « Vous pensez que Reggie et les Sherpas seront là en fin de matinée ? »

Le silence de Jean-Claude se prolonge, à tel point que je finis par le croire endormi. Puis il répond : « J'en doute, Jake. Si le blizzard continue comme ça, il serait imprudent d'essayer de parcourir ces cinq derniers kilomètres sur le glacier. N'oubliez pas qu'ils ignorent que notre Primus est inutilisable. Ils s'imaginent que nous avons ce qu'il faut à boire et à manger et que… quelle est l'expression, déjà ? Ah oui, que nous faisons le gros dos en attendant que ça passe. À mon avis, dès les premiers signes de blizzard, lady Bromley-Montfort aura très judicieusement quitté le camp II pour battre en retraite. C'est un site froid et exposé même dans les meilleures conditions. »

Il a raison sur ce point. D'après les membres des anciennes expéditions, le camp II est censé être agréable, car son orientation lui permet de profiter de tout le soleil que veut bien offrir le ciel himalayen, contrairement aux camps I et III. Mais lorsque nous y étions, le temps est resté couvert, venteux et d'un froid mordant. Son seul avantage est sa belle vue sur le mont Kellas, qui porte le nom du médecin mort durant l'expédition de reconnaissance de 1921.

« Grâce aux cordes fixes que nous avons installées sur le chemin, dis-je, plein d'espoir, il ne leur faudra que quelques heures pour venir du camp I, ou même du camp de base.

— J'en doute, dit Jean-Claude. On avait de la neige jusqu'aux genoux quand on a ouvert la trace ce matin. Nos empreintes seront comblées et auront disparu d'ici à demain matin. Je crains que nombre de cordes soient également ensevelies. C'est une violente tempête, mon ami. Si Reggie ou le Diacre tentaient de monter, leurs porteurs et eux pataugeraient dans la neige, du moins à partir du camp I, quand ils quitteraient la moraine pour attaquer le glacier. C'est épuisant et terriblement dangereux dans ce genre de tempête, quand on ne peut pas voir la piste ou les crevasses.

— Nous avons laissé des bambous partout sur le chemin.

— Dont la plupart auront sûrement été arrachés ou recouverts », dit J.-C. Et, adoptant le rythme lent et l'accent britannique distingué du Diacre, il ajoute : « L'autre enseignement à tirer, mon ami, c'est qu'au moins une baguette de bambou sur deux doit être surmontée d'un drapeau rouge. »

Cette fois j'ai trop mal à la tête pour rire. De plus, je commence à avoir un peu peur.

« Qu'est-ce qu'on fait si la tempête se prolonge demain toute la journée, Jean-Claude ?

— L'expérience nous dit de rester ici – en faisant le gros dos – jusqu'à ce qu'elle soit passée, me répond-il tandis que les claquements de la toile de tente continuent de résonner comme des coups de feu. Mais je m'inquiète pour les deux Sherpas qui n'ont pas de sac de couchage. Ils semblent déjà assez mal en point. J'espère que leurs amis pourront leur tenir chaud cette nuit. En revanche, si ça dure plus d'une journée, je crois qu'on devra essayer de redescendre au camp II.

— Mais comme vous l'avez dit, il est presque aussi venteux et froid que ce foutu camp III.

— Sauf qu'il doit maintenant y avoir au moins six tentes là-bas. Ils ont aussi sûrement laissé des vivres et au moins un Primus et un réchaud Unna avec son combustible dans un des paquetages destinés à rejoindre les camps plus élevés.

— Ah, bon sang… vous avez raison. »

Je me retourne et rentre en contact avec une boîte de conserve gelée. Je sens aussi chaque caillou sous la bâche de sol, dont certains me rentrent dans la colonne vertébrale et les reins. Quand nous avons planté la tente à cet endroit, à l'écart de tout risque d'avalanche, il n'y avait pas assez de neige pour en faire un matelas confortable. À présent, elle s'amoncelle sur le toit de toile et tout autour de nous.

J'oscille, frigorifié et malheureux, entre la veille et le sommeil, quand Jean-Claude dit : « Jake ?

— Oui ?

— Je pense que nous devons attaquer le mur de glace directement, sans nous aventurer près de la pente où s'est déclenchée l'avalanche en 1922. Il y a trop de neige fraîche à cet endroit. Ce sera plus dur, mais je crois quand même qu'il faudra escalader les deux cent quarante mètres de pente raide, en posant des cordes fixes au fur et à mesure, puis gravir le mur de glace bleue là où se trouvait la cheminée de Mallory. »

Je pense : *Il plaisante. Ou alors il est en pleine hallucination.*

« D'accord, dis-je.

— Bien. J'avais peur que vous ne vouliez utiliser l'ancienne méthode. »

Jean-Claude se met à ronfler. Je m'endors en dix secondes.

Plus tard – nous saurons ensuite qu'il était environ trois heures du matin –, je suis réveillé par une pluie de grêlons sur mon visage, et par les cris de Jean-Claude, presque couverts par le hurlement du vent.

La tempête a fini par déchirer toute la couture de notre nouvelle tente Meade soi-disant coupe-vent du côté nord, et la toile est en lambeaux. Plus rien ne nous protège des éléments déchaînés.

« Vite ! » hurle Jean-Claude. La lumière de la torche montre un mur de neige entre nous deux. J.-C. enfile ses bottes, puis il attrape son sac à dos d'une main, son sac de couchage rempli de conserves et la lampe électrique de l'autre, sans cesser de crier à mon intention.

Les bottes délacées, le visage brûlant à cause du froid qui atteint les – 40 °C, oubliant de mettre mes différentes paires de gants et de moufles, traînant mon propre sac de couchage rempli de vivres et mon sac à dos presque vide, je titube derrière lui dans le maelström.

Si la grande tente de Reggie a été soufflée, nous sommes tous morts.

Jeudi 7 mai 1925

« C'est le moment de plier bagage et de redescendre », annonce Jean-Claude alors que le jour se lève.

Nous venons de passer deux journées interminables et pénibles confinés dans la tente, ainsi que deux longues nuits sans sommeil, dans le froid et l'humidité du camp III.

Je porte les mains à mon visage, dont se détachent des lambeaux de peau, en songeant : *Il est peut-être déjà trop tard.*

Nous n'avons pas de miroir dans nos affaires personnelles. « Dites-le-moi sans détour, Jean-Claude… c'est la lèpre ?

— Des coups de soleil, me répond-il. Vous êtes salement amoché. Vous perdez des bandes de peau rouge et blanche, mais la chair en dessous et vos lèvres sont presque bleues – cyanosées, je pense – à cause du manque d'oxygène.

— Rouge, blanc et bleu, dis-je. Dieu bénisse l'Amérique.

— Ou *Vive la France** », dit Jean-Claude, mais il ne rit pas. Mon ami aussi a les lèvres, le visage et les mains légèrement bleutés, tout comme trois de nos Sherpas. Seul Babu semble épargné.

Hier, en guise de petit déjeuner, de déjeuner et de dîner tout à la fois, j'ai essayé de sucer un morceau congelé d'une conserve de pommes de terre et de petits pois. Il avait un goût d'essence, comme tout ce que les Sherpas ont apporté dans leurs chargements. Je me suis précipité dehors, à quatre pattes, pour vomir une fois encore, et n'ai plus essayé d'avaler quoi que ce soit depuis. (Nous avons réussi à dégeler suffisamment la boîte de pêches pour que chacun de nous six puisse profiter d'une petite gorgée glaciale de sirop. Le fait d'en avoir si peu était presque pire que de ne rien avoir à boire du tout.)

Je meurs de froid. La première nuit, J.-C. et moi avons cru que les Sherpas pourraient partager leurs deux sacs de couchage – conçus pour des morphologies d'hommes européens, plus corpulents qu'eux –, mais ils n'ont pas réussi. Ces sacs sont cousus comme des cocons, sans boutons ni fermetures à glissière : on ne peut pas les ouvrir pour s'en servir de couverture. Cette première nuit, Ang Chiri et Lhakpa Yishay ont donc dû tenter de dormir dans leurs seuls vêtements de laine – les Sherpas avaient préféré ne pas mettre la tenue de Bibendum que nous avions enfilée pour grimper, J.-C. et moi (et retirée lors de la première journée chaude dans l'Auge et sur le glacier). Résultat : les deux hommes ont eu les orteils et les pieds gelés. Norbu Chedi, le Sherpa anglophone de J.-C., a eu tant de mal à respirer les deux nuits qu'il a préféré dormir avec le visage hors du sac : d'où les plaques blanches de gelure sur ses joues.

La nuit dernière, Jean-Claude et moi avons prêté nos parkas et nos pantalons en duvet d'oie à Ang Chiri et Lhakpa Yishay, si bien que je n'ai pas fermé l'œil. Sous le costume de bonhomme Michelin, je ne portais qu'une tenue d'alpiniste à l'ancienne – veste Norfolk en laine, pull, knickers et grosses chaussettes –, et le sac de couchage en duvet ne suffisait pas à me tenir chaud. Chaque fois que je commençais à somnoler, j'étais brusquement réveillé par le froid intense ou la sensation que quelqu'un m'étranglait. Ou les deux.

Je me sens mieux maintenant que je bouge pour enfiler mes bottes et ranger les « mocassins » montants en feutre au fond de mon sac à dos vide. Mais chaque mouvement consomme mon énergie et m'oblige à m'arrêter le temps de reprendre mon souffle. Je me rends compte que Jean-Claude doit s'interrompre de la même manière et qu'il peine à nouer ses lacets gelés. Les Sherpas se meuvent encore plus doucement et pesamment que nous.

Enfin, nous avons terminé nos sacs, enfilé nos bottes, nos crampons et nos différentes épaisseurs de vêtements – Jean-Claude et moi avons récupéré nos parkas pour la descente – quand mon ami annonce : « Il faut aussi ranger la tente, les piquets et la bâche de sol. » Les Sherpas se décomposent, et je grommelle d'un ton plaintif : « Pourquoi ? »

La tente expérimentale de Reggie a certes survécu à deux jours et deux nuits de tempête, mais elle est sacrément *lourde.* Je n'en ai porté qu'une partie à l'aller, et le poids m'a paru accablant. À présent, il importe avant tout de redescendre *vite* au camp II ou plus bas. *Laissons donc cette foutue tente ici pour la prochaine équipe de tigres,* me dis-je *in petto.*

« On en aura peut-être besoin si on doit s'abriter sur le glacier », explique Jean-Claude.

Je réprime mon désir de râler encore une fois. L'idée de bivouaquer sur le glacier ouvert à tous les vents m'épouvante. Mais si nous y sommes contraints pour une raison ou pour une autre…

Comprenant que J.-C. a raison, je m'adresse à nos deux interprètes : « Bien, vous avez entendu. Babu Rita et Ang Chiri, commencez à retirer les arceaux. Norbu et Lhakpa, sortez récupérer tous les piquets et défaites toutes les attaches. Ne les coupez pas sauf si vous y êtes obligés, et dans ce cas, coupez tout près du nœud – et laissez toutes les cordes attachées. »

Si nous devons planter cette tente sur le glacier, je doute que nous ayons l'énergie de fixer de nouvelles cordes. Et on ne pourra pas compter sur les blocs rocheux qu'il y a là-bas.

C'est étrange, de se retrouver dehors lesté de son paquetage. Les vents ne se sont pas calmés et le blizzard souffle aussi fort que ces deux derniers jours, mais l'appareil de J.-C., qui fait thermomètre et baromètre anéroïde, nous apprend que la basse pression augmente en même temps que la température, qui s'est adoucie puisqu'il ne fait plus que – 12 °C.

« C'est bon pour les crampons sur la neige du glacier », me dit J.-C. à l'oreille, sous les assauts bruyants du vent.

Rien n'est bon.

Le glacier est recouvert d'une couche de neige d'environ soixante centimètres, et non pas d'un mètre ou plus comme nous le craignions, J.-C. et moi, après trois jours de tempête. Mais la croûte n'est pas assez solide, si bien que tous les dix pas, l'un de nous s'enfonce jusqu'aux genoux, voire jusqu'à la taille. Nous descendons le glacier comme six aveugles atteints de la maladie de Parkinson.

Nous avons décidé de nous encorder tous ensemble, en utilisant la corde miracle hors de prix que le Diacre a inventée (et fait financer par lady Bromley) pour cette expédition. Comme simple corde de guidage, en remontant le glacier à l'aller, nous nous sommes servis de la classique corde alpine en coton de 9,5 millimètres – que j'appelle la « corde Mallory-Irvine » puisque c'est ce qu'ils utilisaient la dernière fois qu'ils ont été vus sur cette montagne –, mais comme corde fixe verticale, ou pour s'encorder dans des situations périlleuses, le Diacre a insisté pour que l'on prenne son nouveau mélange de coton, manille et chanvre. Plus lourde et plus épaisse – avec ses 15,8 millimètres de diamètre –, elle est certes plus pénible à transporter et plus difficile à nouer vite, toutefois elle a d'autres avantages. Grâce à ses contacts à l'Alpine Club, le Diacre a consulté un établissement de Birmingham spécialisé dans le test des cordes commerciales : même neuve, la corde de coton standard de 9,5 millimètres rompt sous la pression de deux cent vingt kilos. Cela paraît beaucoup et pourtant, quand un homme de taille normale, en tête de cordée, tombe en chute libre avec, disons, un relais de neuf mètres, sa masse et sa vitesse rendent presque inéluctable la rupture de la corde après dix-huit mètres de chute. « L'utilisation de ce foutu machin tient plus de la pensée magique que de la précaution de sécurité », a dit le Diacre.

Comme il nous l'a expliqué l'hiver dernier quand il nous a fait tester son nouveau modèle au pays de Galles, cette faible résistance à la tension expliquait pourquoi tant d'alpinistes – aussi bien dans l'Himalaya que dans les Alpes – perdaient la vie en redescendant des pentes abruptes. D'après les tests effectués, sa nouvelle corde en fibres mélangées pouvait supporter une pression de près de 500 kilos avant de casser. Pas encore suffisant d'après lui – il imaginait déjà ce qui deviendrait la corde du futur en nylon, possédant une charge de rupture de 2 000 kilos, sans savoir comment la fabriquer avec les matériaux de 1924-1925 –, mais bien mieux que la « corde à linge » (selon son expression) avec laquelle Mallory et Irvine étaient encordés le jour de leur disparition.

Même avec la nouvelle corde améliorée, J.-C. et moi avons dû réfléchir à l'ordre dans lequel il nous fallait descendre la montagne. Pour une raison évidente, Jean-Claude devait prendre la tête de la cordée, mais ensuite qui ? À cause des gelures, Ang Chiri et Lhakpa Yishay tenaient à peine sur leurs pieds enflés – aucun des deux n'a réussi à nouer les lacets de ses bottes, et J.-C. et moi avons dû leur attacher leurs crampons. Ils n'étaient pas en état d'assurer J.-C., si celui-ci devait soudain disparaître dans une crevasse. Et ni moi, ni la nouvelle corde miracle du Diacre n'aurait pu supporter le poids de trois hommes tombant en chute libre, quelle que soit la vitesse à laquelle j'aurais planté mon long piolet dans la neige du glacier.

Nous avons donc fait un compromis : J.-C. est en tête, suivi de Babu Rita – le plus en forme de nos Sherpas en cette journée épouvantable –, puis moi (dans le maigre espoir que je puisse assurer deux hommes), puis Ang et Lhakpa, qui avancent en titubant et en se tenant l'un l'autre, et enfin Norbu Chedi, avec ses joues gelées, qui nous sert d'ancrage. En théorie, je devrais être capable d'assurer Ang et Lhakpa si l'un ou l'autre – ou les deux – tombait dans une crevasse derrière moi.

Il est clair, du moins pour J.-C. et moi, que si l'on en arrivait au point où Norbu Chedi devrait nous assurer tous les cinq, nous serions tous des hommes morts.

Suivant J.-C., nous nous éloignons des décombres du camp III pour retourner sur le glacier du Rongbuk est et sur ses pentes étonnamment raides. Comment, dans ce blizzard constant, J.-C. réussit à se repérer et à éviter les centaines de crevasses qu'il nous a montrées pendant l'ascension sous le soleil il y a deux jours, je ne le saurai jamais. La plupart de nos baguettes de bambou ont été arrachées ou ensevelies, mais il arrive que J.-C. se baisse et en ressorte une, ce qui nous rassure sur notre itinéraire.

Même si je ne crois pas au surnaturel, je reste persuadé – jusqu'à ce jour – que Jean-Claude Clairoux possédait un sixième sens étrange mais bien réel, lui permettant de sentir la présence de crevasses qui auraient été invisibles au soleil, avec l'aide des ombres, et l'étaient d'autant plus dans ce blizzard aveuglant. Plusieurs fois, il lève un bras pour nous arrêter, puis fait demi-tour et revient sur ses pas, dont les empreintes disparaissent presque aussitôt sous la neige, afin de nous faire contourner des crevasses que l'on devine parfois au moment où on les dépasse, mais qui pour la plupart demeurent invisibles à tout autre qu'à J.-C.

Et c'est ainsi qu'après nous être habillés, avoir noué nos lacets, fixé nos crampons et chargé la tente dans différents paquetages avec une lenteur infinie (J.-C. en portant la plus grande partie), nous endurons encore quatre heures laborieuses de descente du glacier, ponctuées d'arrêts et de détours, avant d'arriver à la crevasse traversée par l'échelle – il ne nous a fallu qu'une heure, il y a deux jours, pour aller d'ici au camp III.

Jean-Claude lève son bras couvert de neige, s'arrête, et nous nous approchons lentement.

La travée de quatre mètres cinquante formée par les deux échelles s'est déplacée.

« *Merde** », lâche Jean-Claude.

Il neige encore trop fort pour que l'on puisse voir l'autre côté, mais au bout de quelques minutes, les rafales se calment juste assez pour qu'on comprenne le problème.

Le bord opposé de la crevasse, au sud, s'est affaissé d'environ deux mètres. L'une des cordes miracles servant de garde-corps a disparu, et l'autre – celle de gauche – ploie sous le poids de la neige et de la glace, d'une manière qui nous fait penser que le piquet et la broche à glace qui la tiennent côté sud se sont détachés. Nous avions laissé un baudrier attaché par son mousqueton à l'un des garde-corps, pour que les porteurs lourdement chargés qui devaient nous suivre le mercredi puissent traverser l'échelle branlante, mais le baudrier est perdu, enseveli sous la neige fraîche ou tombé dans la crevasse.

Nous nous désencordons, et Babu Rita s'attache aux trois autres Sherpas, prenant la tête de leur cordée. Je m'attache à Jean-Claude, qui se met à quatre pattes pour s'approcher de l'échelle et du bord de la crevasse.

J'emprunte les longs piolets d'Ang et de Norbu, et nous les enfonçons aussi profondément que possible dans la neige et la glace, puis nous y fixons une corde miracle d'environ neuf mètres, attachée à J.-C. : les piolets constitueront le principal relais s'il devait chuter. Je fais signe à Ang et Norbu d'approcher et de peser de tout leur poids dessus. Prenant le long piolet de Lhakpa Yishay, je le dispose le long du bord de la crevasse, plantant sa lame incurvée dans la glace. Si J.-C. tombe, je veux qu'aussi bien la corde d'ancrage que ma corde d'assurage glissent sur le bois lisse du piolet au lieu de mordre dans le bord de la crevasse. Un peu en retrait, Babu Rita a enfoncé son piolet dans la neige et passé une corde autour, au cas où un trou s'ouvrirait sous Ang, Norbu et Lhakpa. C'est lui, leur assureur.

À mon tour, j'enfonce la pointe d'acier de mon piolet le plus profondément possible – même s'il y a trop de neige poudreuse pour donner un vrai sentiment de sécurité – et je m'écarte du bord en libérant les neuf mètres de corde que j'ai laissés entre J.-C. et moi.

Il commence à ramper sur l'échelle à présent très inclinée. Je m'arc-boute pour pouvoir l'assurer en cas de chute.

Jean-Claude n'a qu'une main libre pour tenir l'échelle, puisqu'il utilise le piolet marteau qui était fixé à son sac à dos pour retirer la neige des barreaux devant lui et des montants à mesure qu'il progresse. Il a gardé tout son paquetage : nous n'avons pas eu besoin de nous concerter pour décider que – si l'échelle tient – les Sherpas devraient traverser avec leur charge sur le dos. Ça prendrait trop de temps dans cet univers glacial, balayé par des tourbillons de neige, d'envoyer les paquetages à la main. Ce sera donc tout ou rien.

Au milieu du parcours, alors que J.-C. a les pieds et les fesses plus hauts que la tête sur l'échelle inclinée, l'extrémité de celle-ci s'affaisse d'environ quinze centimètres supplémentaires dans sa niche de neige de l'autre côté. Je m'arc-boute encore davantage dans l'attente de l'impact de sa chute.

Elle ne se produit pas. En face, le nouveau rebord de neige et de glace tient le coup jusqu'à ce que Jean-Claude y arrive en rampant. Étonnamment, il reste sur l'échelle le temps de planter quelques broches à glace dans la paroi bleue de la petite niche, prend deux longueurs précoupées de un mètre quatre-vingts de corde miracle qu'il fixe aux broches et noue aux deux bouts de l'échelle.

Une faible protection, mais c'est déjà un début.

Je ne vois presque plus Jean-Claude à travers l'épais rideau de neige, mais je l'entends haleter pendant qu'il prend son piolet long accroché à son sac et le plante à dix mètres de la crevasse. Il attache ensuite de plus grandes longueurs de corde à cette nouvelle ancre et – incroyable – rampe de nouveau sur l'échelle pour aller les fixer au milieu. Je lui lance deux nouvelles longueurs de corde que nous avons attachées à nos piolets et qu'il vient nouer à notre extrémité de l'échelle. Puis il repart laborieusement, en marche arrière, sur l'échelle inclinée.

Debout dans la niche, il utilise son piolet marteau et ses mains gantées pour balayer la neige friable : les porteurs auront ainsi plus de facilité à escalader ces deux mètres cinquante de paroi verticale pour sortir de la crevasse.

Puis il me lance sa propre corde d'assurage et le dernier rouleau de corde miracle et va accrocher l'autre extrémité à son piolet, avant de se mettre en position de relais. Le simple fait d'avoir regardé mon ami se dépenser ainsi à plus de 6 000 mètres d'altitude m'a coupé le souffle.

« Très bien, dis-je, avec toute l'autorité dont je suis capable. Lhakpa en premier. Babu, tu continues d'assurer les deux autres, pendant que j'attache ma corde de relais et celle du sahib Clairoux à Lhakpa. Demande-leur à tous de s'approcher de l'échelle à quatre pattes – en gardant les paquetages sur le dos, s'il vous plaît – et d'avancer doucement. Dis-leur qu'il n'y a aucun danger. Même si l'échelle cédait, ce qui n'arrivera pas avec ces nouvelles fixations, le sahib Clairoux et moi-même vous assurerons. Très bien… Lhakpa, à toi de jouer… »

L'espace d'un instant, le Sherpa terrifié refuse d'avancer, et je suis sûr qu'on va se retrouver avec une mutinerie sur les bras.

Mais après beaucoup de gesticulations de ma part et de cris en népalais de la part de Babu Rita, Lhakpa s'avance en rampant centimètre par centimètre, s'engage sur l'échelle et tente de garder les genoux posés sur les montants glacés en posant une main gantée après l'autre. C'est interminable, mais il finit par arriver de l'autre côté, où Jean-Claude le détache. Le Sherpa rit comme un enfant.

Encore quatre, me dis-je avec lassitude. Mais je m'oblige à sourire et fais signe à Ang Chiri de se mettre à quatre pattes et de s'approcher pour que je puisse nouer les deux cordes autour de lui.

Environ un siècle plus tard, quand les quatre Sherpas ont traversé et se sont réencordés de l'autre côté, je tire de toutes mes forces sur les trois piolets d'ancrage pour les dégager et les lance à J.-C.

Il sera seul à m'assurer, mais la deuxième corde qu'il m'envoie sera reliée à son piolet qui sert toujours d'ancrage. Je noue une longueur de corde miracle autour de moi et fais un prussik, formant une sangle pour mon pied au cas où l'échelle céderait sous moi. C'est beaucoup mieux pour un grimpeur tombé dans une crevasse de se hisser par ses propres forces – le prussik fournissant comme un petit étrier – plutôt que de se faire remonter par la force brute de celui ou de ceux qui se trouvent en haut.

Je commets l'erreur de regarder les profondeurs bleu-noir de la crevasse alors que j'avance péniblement. L'abîme sous l'échelle inclinée, givrée et branlante, me paraît littéralement sans fond. L'inclination semble encore plus aiguë quand on se trouve *sur* l'échelle. Je sens le sang me monter à la tête.

Enfin, je suis de l'autre côté et des bras impatients m'aident à me remettre debout. Me retournant vers le pont de fortune dans sa toile d'araignée de cordes, je me mets à rire, comme Lhakpa Yishay un peu plus tôt, avec une sensation de bonheur pur du simple fait d'être en vie.

L'après-midi est déjà bien avancé, et il nous reste un long chemin à parcourir. Jean-Claude reprend la tête de notre caravane, je retrouve ma troisième place dans la cordée, derrière Babu Rita, et nous reprenons notre lente descente sur le glacier, dans la tempête de neige. Je me rends compte qu'Ang Chiri et Lhakpa avancent en chancelant, privés de sensations dans leurs pieds gelés ; ils pourraient aussi bien marcher sur des bouts de bois.

Je ne comprendrai jamais comment J.-C. a réussi à nous maintenir sur la bonne voie. Alors qu'un peu plus bas, nous cheminons une fois encore entre les hauts et oppressants pinacles de glace, il y a moins de neige poudreuse et nous voyons apparaître davantage de baguettes de bambou, tels des traits d'encre sur une feuille vierge. Il n'y a pas de séparation entre la neige et le ciel, et les séracs géants apparaissent soudain devant nous et autour de nous comme des fantômes enveloppés de blanc.

Enfin, nous atteignons le dernier obstacle entre nous et le camp II, l'eau fraîche à boire, la soupe chaude et la nourriture – la dernière crevasse, à huit cents mètres au-dessus du camp, que traversent le large et épais pont de glace et les cordes que nous avons fixées comme garde-corps pour nous fournir un sentiment de sécurité.

Les deux cordes sont en place, bien qu'elles ploient sous le poids de la glace qui les couvre. Le pont de neige a disparu dans la crevasse.

Jean-Claude et moi comparons nos montres. Il est plus de 16 h 30. Dans quarante-cinq minutes tout au plus, le glacier se trouvera dans l'ombre des arêtes de l'Everest et la nuit commencera à tomber. La neige et la température continuent de chuter. À l'aller, nous avons parcouru huit cents mètres à gauche et à droite, avant de décider que le pont de neige était le meilleur moyen de traverser. Il n'y aura plus de baguettes de bambou pour nous guider entre les crevasses couvertes de neige si nous essayons de trouver un autre point de passage. Nous allons devoir attendre le lendemain et – si Dieu est avec nous – une meilleure météo.

Nous échangeons un regard tous les deux, puis Jean-Claude dit à Babu et Norbu : « Nous laissons nos charges ici, à dix mètres de la crevasse. Et nous montons la tente *là.* » Il enfonce son piolet dans la neige.

Les porteurs semblent abasourdis à l'idée de passer une nouvelle nuit sur le glacier.

« Allez, vite ! Avant que la nuit tombe et que le vent se lève de nouveau ! » J.-C. frappe si fort dans ses mains gantées que l'écho nous revient comme un coup de feu.

Le bruit réveille les Sherpas, et nous nous mettons tant bien que mal au travail, étalant les deux bâches de sol, dressant la tente, plantant autant de piquets et de broches que nous le pouvons. Je me rends compte que si les vents se déchaînent comme les deux dernières nuits, il y a peu de chances que notre tente y survive – ou que nous y survivions. Je nous imagine serrés tous les six dans la grande tente, tentant de planter les doigts dans les bâches de sol pour nous retenir, alors que l'ouragan balayera notre abri de toile et nous avec, comme un palet de hockey sur la glace, pour nous précipiter dans une crevasse sans fond.

Une heure plus tard, nous sommes sous la tente, recroquevillés les uns contre les autres pour nous tenir chaud. Nous n'essayons même pas de manger quoi que ce soit. Notre soif est si intense que je n'ai pas de mots pour la décrire. Nous sommes tous les six la proie de ces terribles quintes de toux de haute altitude – que J.-C. décrit comme un « hurlement de chacal ». La deuxième fois qu'il emploie l'expression, je lui demande s'il a déjà entendu un chacal hurler. « Pendant toute la nuit dernière », me répond-il.

Jean-Claude et moi avons donné nos sacs de couchage à Ang et Lhakpa, et dormons dans nos vêtements en duvet et quelques fines couvertures. Mes bottes, rangées dans un sac imperméable, me servent d'oreiller.

Malgré notre épuisement, J.-C. et moi avons trop froid et sommes trop inquiets pour réussir à dormir. Nous essayons de nous pelotonner l'un contre l'autre, mais sentir l'autre trembler et claquer des dents n'arrange rien. Nos corps ont peut-être tout simplement cessé de produire de la chaleur.

Ça voudrait dire que nous sommes morts tous les deux, Jake. Je n'aime pas le ton de ma propre voix : elle donne l'impression que j'ai cessé de lutter.

« Demain m-m-matin, murmure Jean-Claude alors qu'il fait à présent complètement noir et que les vents forcissent, je traverserai en m'accrochant à l'une des cordes fixes, je descendrai au camp II et je ramènerai t-t-tout le monde avec des échelles, des vivres et des b-b-boissons chaudes.

— Bonne... idée », dis-je entre mes claquements de dents. Puis : « Ou alors, je peux essayer ce soir. En prenant la torche...

— Non, chuchote mon ami. Je ne crois p-p-pas que la corde supportera votre p-p-poids. Je suis plus léger. T-t-trop fatigué ce soir. Demain matin. »

Nous fermons les yeux et faisons semblant de dormir. Le vent a redoublé de violence, et la toile de tente bat de plus belle, avec des détonations de mitraillette. J'imagine sentir notre abri glisser vers le sud et la crevasse mais, trop épuisé et déshydraté pour tenter de réagir, je reste couché là en boule à côté des autres.

La respiration lente de J.-C. a la mauvaise habitude de s'arrêter pendant ce qui paraît des minutes entières, jusqu'à ce que je le secoue pour l'entendre inspirer à nouveau. Ce manège se poursuit jusqu'au cœur de la nuit. Ça me donne une bonne raison de rester éveillé dans l'obscurité froide. Chaque fois que je le ranime ainsi, il murmure « *Merci**, Jake », puis reprend cette respiration irrégulière et à demi consciente. J'ai l'impression d'une veillée auprès d'un agonisant.

Soudain, je me redresse dans le noir. Quelque chose de terrible a dû se produire. J'entends la respiration haletante de J.-C. et des autres, dont la mienne, mais il manque quelque chose d'essentiel dans cette obscurité presque absolue.

Le vent s'est arrêté. Le bruit a disparu pour la première fois en plus de quarante-huit heures.

Jean-Claude est assis à côté de moi, et nous nous secouons l'un l'autre par les épaules, en une sorte de célébration muette ou par simple hystérie. Je tâtonne autour de moi à la recherche de la torche et j'éclaire ma montre : 3 h 20 du matin.

« Je devrais essayer d'y aller maintenant, dit J.-C. de sa voix rauque. Je n'aurai plus la force de traverser après le lever du soleil. »

Avant que je puisse répondre, un grattement et un froissement se font entendre à la porte de la tente – que nous ne fermons pas hermétiquement par crainte de l'asphyxie – et, comme dans une hallucination, je vois des lumières vives braquées sur nous. Les joues gelées de Norbu Chedi scintillent en noir et blanc dans le soudain éclat. Une forme immense et puissante tente de pénétrer dans la tente.

C'est alors que les têtes du Diacre et de Reggie apparaissent. Je distingue des torches dans leurs mains gantées et d'autres lumières derrière – des lanternes. Les deux nouveaux venus arborent aussi les lampes frontales de Reggie, qui illuminent l'intérieur sordide et couvert de givre de notre tente et nos visages hagards.

« Comment… ? » réussis-je à dire.

Le Diacre sourit. « Nous étions prêts à nous mettre en route dès que le blizzard serait retombé. Je dois avouer que ces lampes de mineur marchent assez bien…

— Mieux qu'assez bien, le coupe Reggie.

— Mais comment avez-vous traversé…, commence Jean-Claude.

— Le glacier n'est pas resté inactif, répond le Diacre. À environ six cents mètres à l'ouest, les deux côtés se sont effondrés et la neige a comblé le fond. Environ quarante-cinq mètres à descendre et à remonter, mais une simple rampe. Pas d'escalade difficile. Nous avons laissé des cordes fixes. Faites de la place, messieurs, nous entrons. »

En plus du Diacre et de Reggie, Pasang entre également dans notre tente surpeuplée et sort une trousse médicale de son sac à dos.

Dehors, les Sherpas s'accroupissent à l'entrée, leur lampe frontale allumée, et trois lanternes projettent une large lumière sur leurs visages souriants, alors qu'ils nous passent des Thermos de Bovril, de soupe et de thé chauds. Une autre grande bouteille ne contient que de l'eau et nous buvons avidement, chacun notre tour.

Le docteur Pasang examine déjà le visage de Norbu puis les pieds d'Ang et de Lhakpa. « Tejbir et Nyima Tsering devront porter ces deux-là sur leur dos », dit-il. Il commence à frictionner les pieds noircis des deux Sherpas avec de l'huile de baleine odorante.

« On repart tout de suite » ? demandé-je. Je ne suis pas sûr de réussir à tenir debout, même si, déjà, l'eau a ranimé en moi une énergie qui avait été proche de s'éteindre.

« Le plus tôt sera le mieux, confirme le Diacre. Un Sherpa aidera chacun de vous. Nous avons aussi des lampes frontales pour tout le monde. Même en faisant le détour pour traverser la crevasse par la nouvelle voie, nous serons au camp II en quarante-cinq minutes, voire moins. Nous avons balisé le chemin avec des baguettes.

— Venez, Jake, je vais vous aider », dit Reggie, en plaçant mon bras sur son épaule. Elle soulève mes quatre-vingt-dix kilos comme si j'étais un enfant et me porte presque dans l'obscurité de la nuit.

Les étoiles sont très brillantes. Il n'y a pas un nuage et aucune trace de neige, à l'exception de la traînée poudreuse que je vois s'élancer des sommets et des arêtes de l'Everest, à cinq kilomètres de distance et trois mille mètres au-dessus de nous.

Jean-Claude lève, lui aussi, les yeux vers l'Everest et le champ d'étoiles scintillantes. « *Nous reviendrons** », dit-il à la montagne.

Samedi 9 mai 1925

Il fait terriblement chaud.

Il n'y a pas un souffle d'air dans la tente Meade deux places que Jean-Claude et moi avons partagée la nuit dernière, après avoir quitté l'« infirmerie » du camp de base, et, bien que les battants de l'entrée soient grands ouverts, on a l'impression d'être enterrés au Sahara dans un suaire à l'odeur de toile surchauffée.

Quoique tous deux en sous-vêtements, J.-C. et moi transpirons abondamment en regardant le Diacre traverser à grands pas le champ de cailloux de la moraine pour venir jusqu'à nous.

Hier matin, quand le Diacre, Reggie, Pasang et les autres sont venus à notre secours à l'aube, ils nous ont redescendus au camp II, où J.-C. et moi avons continué à boire des tasses et des tasses d'eau froide.

J'ai supposé qu'ils nous laisseraient là et transporteraient Ang Chiri et Lhakpa Yishay au camp de base, où Pasang les soignerait dans son « infirmerie », mais le Diacre a insisté pour que nous redescendions tous, avec Norbu Chedi dont les joues étaient barbouillées d'huile de baleine et de graisse à essieux. Après nous être réhydratés et avoir bu de la soupe chaude, Jean-Claude et moi avons été capables de descendre l'Auge avec Pasang et six autres Sherpas, mais Ang Chiri a dû être transporté sur un brancard de fortune, et Lhakpa Yishay est descendu en boitant, soutenu par deux camarades. Pour preuve de la sévérité de notre déshydratation, même après avoir bu autant d'eau, aucun de nous n'a dû s'arrêter pour uriner pendant la descente.

L'air au camp de base – à seulement 5 000 mètres d'altitude – nous a paru si riche et épais qu'on aurait pu nager dedans, après les deux jours et deux nuits passés au camp III à 6 500 mètres. De plus, le docteur Pasang nous avait « prescrit » à tous les six quelques doses d'« air anglais », grâce aux appareils à oxygène que des porteurs avaient montés. Après nous avoir permis, à J.-C. et moi, de quitter l'infirmerie vendredi après-midi, il nous a donné une bouteille reliée à deux masques – le débitmètre étant réglé pour ne donner qu'un litre d'oxygène par heure – et a insisté pour que nous l'utilisions pendant la nuit chaque fois que nous nous réveillerions en haletant ou en ayant froid.

Avec l'aide de l'air anglais, J.-C. et moi avons dormi pendant treize heures.

Le Diacre s'accroupit près de l'endroit où J.-C. et moi sommes allongés sur nos sacs de couchage, à moitié sortis de la tente pour profiter du chaud soleil. Il ne porte qu'une chemise en haut, même s'il a gardé ses épais knickers de laine et ses bandes molletières.

« Alors, comment vont mes deux patients ? » demande-t-il.

J.-C. et moi l'assurons que nous allons parfaitement bien – bonne nuit de sommeil, excellent appétit au petit déjeuner, pas de signes de gelure ou de « lassitude des montagnes ». Nous ajoutons que nous sommes prêts à retraverser l'Auge et le glacier pour retourner au camp III immédiatement.

« Je me réjouis que vous vous sentiez mieux, dit le Diacre, mais rien ne presse. Reposez-vous une journée supplémentaire. Grimper haut et dormir bas : voilà un adage sur lequel nous sommes d'accord, lady Bromley-Montfort et moi. Surtout après les vents violents et le froid que vous avez dû endurer pendant trois nuits.

— Vous avez escaladé le mur de glace du col nord sans nous, dit Jean-Claude, d'un ton à la fois déçu et accusateur.

— Absolument pas. Nous avons passé la journée d'hier et la matinée à consolider la voie jusqu'au camp III et à diriger les Sherpas qui ont emporté des chargements là-haut. Reg... Lady Bromley-Montfort se trouve au camp II, et nous allons continuer à convoyer le matériel toute la journée. Demain, elle et moi pensions rester au camp III pour nous y acclimater, et si vous voulez nous rejoindre en fin d'après-midi, tous les deux, nous pourrions essayer de gravir ce mur de glace lundi matin. » Il tapote le bras de

Jean-Claude. « C'est vous, notre spécialiste de la glace, mon vieux. Je vous ai promis de ne pas attaquer le col nord avant que vous soyez prêt. De toute façon, le vent est trop fort aujourd'hui au col nord. Il tombera peut-être demain ou après-demain.

— Le vent ? » dis-je, étonné. Il n'y a pas un souffle d'air ici au camp de base.

Le Diacre se penche d'un côté et tend le bras gauche comme s'il présentait quelqu'un. « Vous voyez comme elle fume », dit-il.

J.-C. et moi avons admiré le ciel bleu et la neige d'un blanc aveuglant sur la face nord de l'Everest, mais remarquons seulement maintenant à quel point le vent doit donner là-haut. La longue traînée de poudreuse, sur les sommets et l'arête nord, disparaît de notre champ de vision à gauche.

« Incroyable, dis-je. Est-ce qu'il fait aussi chaud qu'ici dans l'Auge ?

— Six degrés de plus, répond le Diacre avec un sourire. Mon thermomètre a affiché 37 °C au milieu des pénitents entre les camps I et II. Et il fait encore plus chaud sur le glacier. Les porteurs ont eu du temps pour se reposer et beaucoup d'eau à boire, et ils sont tout de même arrivés épuisés au camp III.

— Combien pèsent les charges, Richard ?

— Pas plus de onze kilos entre les camps II et III. La plupart autour de neuf.

— Il faut donc faire beaucoup d'allers et retours », commente J.-C.

Le Diacre hoche la tête d'un air absent.

« Et comment vont nos quatre camarades, ce matin ? » Je me rends compte, en posant la question, que j'aurais dû le faire plus tôt.

« Babu Rita et Norbu Chedi ont repris le travail, répond le Diacre. Lhakpa a les pieds noirs, mais d'après le docteur Pasang, il ne perdra peut-être pas d'orteil. Ang Chiri, en revanche… eh bien, Pasang dit *sayonara* à tous les orteils d'Ang et sans doute aussi à deux ou trois de ses doigts. Il en a trois particulièrement abîmés, tout noirs et ratatinés comme des momies égyptiennes. »

La nouvelle me cause un choc. Ang avait les pieds enflés et gelés au point d'être blancs quand nous l'avons aidé à enfiler ses bottes au camp III jeudi matin, et je sais que Pasang a passé beaucoup de temps auprès des deux Sherpas lorsque nous étions tous à l'infirmerie hier, mais je n'imaginais pas que ça se terminerait ainsi.

« Certains autres Sherpas sont déjà en train de fabriquer les nouvelles "bottes de sahib" d'Ang avec des formes en bois au bout pour remplacer les orteils, poursuit le Diacre. Ang a bon moral. Pasang procédera sans doute à l'amputation d'ici à mercredi. Ang affirme qu'il pourra recommencer à porter dès le week-end prochain. »

Un silence suit cette déclaration. Enfin, Jean-Claude dit : « Vous êtes sûr qu'on ne peut pas aller au camp III dès aujourd'hui, Richard ? Jake et moi sommes assez en forme pour grimper, et nous pouvons transporter quelques charges d'ici. »

Le Diacre secoue la tête. « Je ne veux même pas que vous transportiez quoi que ce soit demain. Il va falloir une énergie colossale pour monter au col nord… on aura de la neige jusqu'à la taille dans une grande partie de la pente, et vous avez vu le mur de glace bleue, là où se trouvait la cheminée bien-aimée de Mallory. Reggie et moi vous laisserons ouvrir la piste, tous les deux, lundi matin. Nous passerons derrière, pour installer les cordes fixes et les échelles de spéléologue.

— N'oubliez pas ma bicyclette », dit J.-C.

Le Diacre hoche la tête. « Vous pouvez l'emporter avec vos affaires personnelles demain. Rien de plus lourd. »

La « bicyclette » de Jean-Claude – la selle, les pédales et le guidon, que nous avons seulement aperçus lorsqu'on a refait les chargements apportés par les mulets et les yaks – a suscité quelques taquineries et une réelle curiosité pendant les cinq semaines de notre randonnée jusqu'à l'Everest. Je sais qu'il ne s'agit pas d'une vraie bicyclette – pas trace de roues ou de pneus, et plusieurs personnes ont juré avoir repéré d'étranges ailettes repliables en métal, attachées à la structure –, mais seuls J.-C. et le Diacre ont l'air de savoir de quoi il s'agit.

« J'espère seulement que ce beau temps va durer, dit Jean-Claude. Sans cette terrible chaleur, bien sûr.

— Je suis sûr qu'en plein soleil, et à l'abri du vent, il fait plus de 37 °C sur le col nord aujourd'hui, renchérit le Diacre.

— Mardi et mercredi soir, au camp III, il faisait – 34 °C, et nous étions tous sûrs que la mousson était arrivée, dis-je.

— Pas encore, dit le Diacre. Pas encore. » Il se frappe les cuisses et se relève. « Je vais retourner voir Ang et Lhakpa, discuter un moment avec le docteur Pasang, puis monter avec quelques-uns de ces garçons. Nous allons transporter des charges au camp III au moins jusqu'au coucher du soleil.

— Richard, dit J.-C. Vous n'avez pas oublié de nous demander quelque chose ? »

Le Diacre sourit. « Eh bien, messieurs. Quelle leçon avons-nous tous tirée de votre petite aventure au camp III ? »

Jean-Claude et moi éclatons de rire, mais avant que nous ayons pu parler, le Diacre agite la main et s'éloigne vers l'infirmerie.

Lundi 11 mai 1925

C'est la journée idéale pour tenter d'atteindre le sommet de l'Everest.

Hélas, nous commençons seulement à attaquer les flancs de la montagne, dans le but de rejoindre le col nord et d'y établir une position avant la fin de la journée. Nous quittons le camp III peu après sept heures. La première cordée se compose, dans l'ordre, de J.-C., moi, le Diacre, puis Nuima Tsering, le meilleur grimpeur de ce dernier. La deuxième est conduite par Reggie, suivie de mon souriant Babu Rita, de trois autres Sherpas et de Tenzing Bothia, l'homme fort du Diacre. Pasang est resté au camp de base pour veiller sur Ang Chiri et Lhakpa Yishay.

Au cours du week-end, le Diacre n'a pas été aussi paresseux qu'il nous l'avait promis. Avec cette neige molle, le trajet du camp III à la base de l'énorme pente aurait pu nous prendre au moins deux bonnes heures épuisantes. Mais Reggie, quelques Sherpas et lui ont ouvert la trace hier dans la chaleur, de sorte qu'en une demi-heure, nous sommes arrivés à destination et prêts à attaquer la pente.

Notre plus grand espoir, ces derniers jours, a été que le soleil fasse fondre les quelques centimètres de neige en surface, puis que les nuits glaciales au-dessus du camp III la fassent durcir jusqu'à lui donner la consistance de la glace pour nos nouveaux crampons douze pointes. Le moment de vérité est arrivé… et J.-C. et moi sommes conscients de ne plus être en train de folâtrer au pays de Galles, en nous prenant pour des grimpeurs himalayens. Les crampons, piolets marteaux, jumars et autres nouveaux accessoires conçus par notre ami – sans parler de la corde miracle du Diacre dont dépendront nos vies chaque fois que nous descendrons un relief en rappel au lieu de tailler des marches – se révéleront adaptés et nous feront gagner des journées d'effort, ou apparaîtront comme une erreur coûteuse et peut-être fatale. Un fait demeure : il est absolument essentiel de parvenir bientôt au col nord si nous voulons nous en tenir à la date du 17 mai, prévue par le Diacre, pour l'assaut ultime.

Les cent premiers mètres consistent en une pente abrupte. Mallory et les autres avant lui – dont le Diacre – ont passé des jours entiers à tailler au piolet des prises de pied dans la neige glacée pour leurs porteurs. Mais ces prises ne tardaient pas à se remplir de neige et nécessitaient de nouvelles journées de « maintenance » – une tâche laborieuse au-dessus de 6 400 mètres. De plus, pour réduire la fatigue des porteurs, ces marches étaient taillées de manière à former un chemin en lacet sur la pente.

Pas aujourd'hui.

Comme promis, Jean-Claude utilise ses crampons pour tracer une piste en ligne droite, à une petite centaine de mètres à droite de là où les sept Sherpas sont morts dans l'avalanche en 1922. Et nous installons des cordes fixes – la « corde Mallory » de 9,5 millimètres suffit sur cette déclivité. Tous les quinze mètres environ, Jean-Claude s'arrête pendant qu'à l'aide d'un maillet, je plante de hauts piquets en bois, à œilleton. Nous portons tous de lourds rouleaux de corde (et encore davantage dans nos sacs à dos), et la fine corde en coton diminue vite.

Bien qu'il soit beaucoup plus facile d'ouvrir la trace avec des crampons douze pointes que de tailler des marches en s'enfonçant dans la neige jusqu'à la taille, je ne tarde pas à entendre la respiration plus laborieuse de Jean-Claude. Nous adoptons tous le même rythme : trois pas, une pause pour reprendre notre souffle, puis trois nouveaux pas.

« Il est temps de passer au gaz », s'exclame le Diacre lorsque les deux cordées s'immobilisent une fois encore.

C'est la règle qu'il a instaurée : au-dessus de 6 000 mètres d'altitude, tous les ascensionnistes doivent prendre de l'oxygène. Pour nous éviter de grimper avec l'appareillage complet, J.-C. a démonté certains et donné une bouteille d'air anglais à chaque sahib et une à chacun de tigres grimpant avec nous. Nous conservons les appareils complets pour les ascensions au-dessus du col nord.

« Je n'ai pas besoin d'air anglais, s'écrie Reggie en réponse.

— Ça va encore », nous crie J.-C. de là où il est perché au-dessus de nous.

Le Diacre secoue la tête. « Réglez le débit au minimum si vous préférez, mais à partir d'ici, on utilise de l'oxygène pour les escalades difficiles. »

Je feins d'obéir à contrecœur, mais en réalité, le mal de tête dont je me suis débarrassé hier tente un retour en force – la douleur pulse chaque fois que je m'arrête pour reprendre mon souffle – et, le masque recouvrant mon visage sous les lunettes, je suis soulagé d'entendre le léger sifflement de l'air. La valve d'alimentation peut être réglée à 1,5 ou 2,2 litres d'air par minute. Je choisis le plus faible débit.

En une minute, j'ai l'impression d'avoir reçu une piqûre d'adrénaline. J.-C. se met à grimper deux fois plus vite, alors même que la pente devient beaucoup plus abrupte et piégeuse. La distance se creuse entre notre cordée de tête et celle de Reggie avec ses quatre Sherpas. Babu Rita et les trois autres continuent de grimper de manière régulière mais, chargés comme ils le sont, ils ne peuvent bientôt pas suivre la cadence de ceux qui prennent de l'oxygène.

Lors de notre pause suivante, vers onze heures, alors que nous attendons que Reggie et son équipe de tigres nous rejoignent, je me rends compte que nous avons parcouru presque les deux tiers du parcours. L'inclination est sévère – d'ici, les tentes du camp III paraissent minuscules et très éloignées –, mais la corde fixe tenue par des broches à neige à intervalles réguliers, et l'adhérence incroyable de nos crampons douze pointes et de nos piolets marteaux nous donnent un vrai sentiment de sécurité.

C'est pendant cette pause, à soixante mètres du mur de glace, que le Diacre nous fait signe, à J.-C. et moi, d'échanger nos places. Jean-Claude répond d'un geste qu'il a encore de l'énergie à revendre, mais le Diacre réitère son ordre. Pendant une minute environ, J.-C. et moi sommes décordés et sans assurage, le temps de changer de place dans la file. Passé premier de cordée, je règle mon oxygène au débit maximum, soit 2,2 litres par minute. Il devrait y en avoir suffisamment pour m'emmener jusqu'au col nord, mais je compte réduire le débit avant : je suis sûr que le Diacre demandera à J.-C. de reprendre la première place pour gravir la face verticale de glace bleue qui se dresse au-dessus de nous.

Je reconnais que mon excitation à me retrouver enfin en tête de cette expédition est tempérée par la déception de ne pas être le premier à escalader un mur de glace à cette altitude avec rien de plus que des crampons douze pointes et un piolet court dans chaque main. L'honneur en revient à J.-C.

Même si j'ai retiré tous mes vêtements en duvet d'oie, qui sont rangés dans mon sac à dos, et que je grimpe en chemise de laine avec un simple sous-vêtement de coton, je n'en dégouline pas moins de sueur. Tout le bassin supérieur du glacier du Rongbuk est et le col nord sont en plein soleil depuis déjà un certain temps : la zone du camp III, en contrebas, apparaît comme une cuvette de lumière étincelante.

Reggie et ses tigres – je distingue le grand sourire de Babu Rita à quinze mètres de distance – nous rejoignent. On me passe un lourd rouleau de corde miracle et, après une ou deux minutes de repos supplémentaire, j'ajuste mon masque à oxygène et commence l'ascension, armé de mes crampons et de mes marteaux.

Au bout d'un quart d'heure, je m'aperçois que je ne me suis jamais senti aussi solide sur une montagne. Mon mal de tête est passé. Mes bras et jambes sont animés d'une nouvelle énergie, tandis que mon esprit est rempli d'une assurance renouvelée.

Cette nouvelle technique de grimpe est *amusante.* Je m'arrête tous les dix mètres pour fixer la nouvelle longueur de corde fixe – qui pend presque verticalement à côté des cordées –, mais je n'ai plus besoin de pauses pour reprendre mon souffle tous les quatre ou cinq pas. J'ai la sensation que je pourrais continuer de grimper ainsi, à coups de crampons dans la paroi, toute la journée et toute la nuit.

Pour la première fois, je commence à croire que notre petit groupe a peut-être une chance d'atteindre le sommet de l'Everest. Je sais que le Diacre envisage de rejoindre la face nord depuis les camps V ou VI en tentant le Grand Couloir, comme le colonel Norton en 1924 – en quittant l'arête pour traverser par la droite au-dessus de la Bande jaune jusqu'à la cicatrice de neige qui monte droit vers le champ de neige sous la pyramide sommitale. Si la qualité de la neige dans ce couloir ressemble à celle de cette face du col nord, ce plan semble envisageable. En partant avant l'aube – et à supposer que nos tenues en duvet nous maintiennent en vie dans le froid accablant – nous pourrions, sous oxygène, atteindre facilement le sommet et redescendre avant le crépuscule, si l'escalade ressemble à l'exercice d'aujourd'hui.

J'interromps le fil de ma pensée avant que mes rêves ne dépassent les bornes de la réalité. Même maintenant, je sais que rien ne sera « facile » sur l'Everest. Pour avoir écouté le Diacre, pour avoir lu et entendu d'autres récits, et après notre dure expérience au camp III, j'ai appris que tout ce que cette montagne donne, elle le reprend aussi vite et aussi sûrement. Nous franchirons peut-être le Grand Couloir comme prévu, mais aucune partie de cette ascension ne sera simple.

Soudain, nous sommes à la base du mur vertical. Je m'arrête, respirant lourdement, mais sans haleter sous mon masque, le temps que le Diacre plante les broches à glace pour installer la dernière section de corde miracle. Me fiant aux pointes de mes crampons et à la panne de mes deux marteaux comme je n'aurais pas cru le faire avant aujourd'hui, je me penche en arrière pour contempler l'étincelant mur de glace qui forme la dernière barrière nous séparant du col nord.

Cela paraît impossible. À quelques mètres sur ma droite, je remarque différentes fissures et des blocs de glace effondrés – tout ce qui reste de la cheminée que George Mallory a escaladée l'année dernière. J'ai vu une photographie de cette escalade et j'ai entendu la description qu'en a faite le Diacre – les mouvements rapides de Mallory, qui grimpait avec la dextérité de l'araignée ou du gymnaste, impossible à imiter même par les alpinistes experts qui le suivaient. C'est là que l'échelle de corde de Sandy Irvine s'est révélée si utile pour les porteurs et les autres grimpeurs. Nous avons apporté de la corde et des échelles de spéléologue en bois dans ce but, mais comptions les installer depuis le haut, et non pas les accrocher au fur et à mesure de l'ascension.

Je lève les pouces vers le Diacre – je peux rester en tête de cordée sur le mur de glace s'il le souhaite –, mais il secoue la tête et lève sa paume gantée vers J.-C. – lui demandant s'il a assez d'énergie pour cet assaut final. Je sais qu'il s'en chargera lui-même dans le cas contraire ; c'est la raison pour laquelle il n'a pas encore dirigé la cordée depuis ce matin.

J.-C. lève les pouces – son masque à oxygène, ses lunettes et son casque d'aviateur en cuir masquent ses traits et son expression – et passe sa corde et son chargement à Nyima Tsering, qui le suit.

Une fois encore, nous échangeons nos places, mais en faisant plus attention cette fois, vu que la moindre glissade ici conduirait à une chute sans doute fatale. Ces piolets marteaux sont merveilleux pour escalader le genre de croûte de glace de cette paroi, mais aucun de nous n'a l'expérience de l'arrêt d'urgence avec.

Bientôt, nous sommes réencordés, et je relâche le souffle que je n'avais pas eu conscience de retenir. Ce qui me fait penser à réduire le débit d'oxygène.

Derrière Reggie, et à l'exception d'un Babu Rita souriant toujours, les Sherpas ont l'air exténués et inquiets. Tous portent le baudrier expérimental, et Reggie les a aidés à accrocher un mousqueton à la corde fixe, mais je remarque qu'ils se cramponnent à cette corde plus fermement qu'il n'est bon pour le sentiment de sécurité de notre groupe.

Soudain, Reggie se détache de la cordée et fixe en vitesse une longueur de dix mètres de corde miracle au baudrier de Tenzing Bothia. Ainsi libérée, elle se déplace le long de la ligne et, à l'aide de son long piolet, creuse des assises dans la neige pour chacun des porteurs. Puis elle leur montre comment, en changeant de main sans relâcher complètement leur prise rassurante sur la corde fixe, ils peuvent lentement pivoter et poser le derrière dans ces assises, tout en gardant leurs crampons dix pointes enfoncés dans la neige glacée sous eux. En les regardant s'asseoir sur cette pente quasi verticale, je me réjouis que nous ayons apporté assez de sous-vêtements pour les tigres Sherpas ainsi que d'épais pantalons de laine avec un revêtement en gabardine Shackleton. Babu Rita se met à rire en découvrant la beauté de la vue.

L'heure de tester réellement le nouveau matériel et les nouvelles techniques de J.-C. est arrivée.

J'ai mal à la nuque à force de pencher la tête en arrière, et je fais peut-être trop confiance aux pointes de mes crampons et aux pannes de mes piolets tandis que je m'incline presque à l'horizontale. Mais comment ne pas regarder Jean-Claude accomplir son tour de force ?

Comme il l'a fait sur une surface beaucoup plus sûre au pays de Galles, J.-C. escalade cette paroi de glace comme un lézard sur le mur d'un *dak*. Sur les quinze premiers mètres, il est encore relié à notre cordée – le Diacre et moi ayant enfoncé toute la longueur de nos piolets dans la neige pour l'assurage. Mais ensuite, il insère une broche à glace, se désencorde, et accroche sa corde miracle à la broche pour assurer sa protection. Il recommencera tous les quinze mètres de cette ascension de soixante mètres, puisque, en cas de dévissage sur cette paroi verticale, même la corde miracle du Diacre ne pourrait supporter son poids après une chute de cent vingt mètres.

Aux deux tiers de l'ascension environ, J.-C. fait une pause pour sortir de son sac sa bouteille d'oxygène. Le Diacre et moi échangeons un regard coupable. J.-C. aurait dû commencer cette ascension avec une nouvelle bonbonne, réglée au débit maximum de 2,2 litres par minute. Nous avons tous oublié de procéder à l'échange ; même Jean-Claude, dans sa hâte à attaquer la section la plus vertigineuse de notre ascension d'aujourd'hui, n'y a pas pensé.

Le voilà qui retire son masque à oxygène et son régulateur avec ses différents tubes et les range dans son sac, puis il sort la bouteille vide, qu'il colle contre la paroi en s'aidant de son corps pour défaire les branchements de sa main libre.

Criant « Attention en bas ! », J.-C. mouline du bras une fois, deux fois, trois fois, avant de lancer la lourde bouteille vers la droite. À la fois ravis et horrifiés, nous la regardons rebondir sur le mur de glace puis dégringoler les trois cents mètres jusqu'en bas du glacier. Elle fait un bruit phénoménal – en particulier lors du dernier ricochet sur un bloc de pierre caché sous la neige.

Le Diacre baisse son masque. « Vous voulez changer de place ? » crie-t-il à J.-C.

Par un jour de grand vent, sa voix se serait sûrement fait avaler, mais l'air est presque immobile aujourd'hui. J'essuie la sueur sur mon visage d'un revers de manche, alors que nous nous tenons au pied de la paroi verticale, un bras enroulé autour de la corde fixe, les pointes de nos crampons et notre piolet gauche enfoncés dans la neige pour nous tenir.

Jean-Claude sourit, secoue la tête et lève les yeux, comme pour évaluer la distance qu'il lui reste à parcourir. Puis il se remet en mouvement, s'arrêtant maintenant plus fréquemment, même s'il continue de grimper d'une manière régulière.

Quinze minutes plus tard nous le voyons, en appui sur la pointe de ses crampons, se pencher en avant en haut du mur pour aller planter son piolet droit dans la glace horizontale. Puis il disparaît.

Peu après – le temps pour lui de s'arrimer à un ancrage qu'il a dû planter sur la surface du col –, sa tête et ses épaules réapparaissent, et une deuxième corde commence à descendre en serpentant.

« Envoyez-moi les échelles ! » crie-t-il.

C'est ce que nous faisons, non sans l'avoir d'abord applaudi tous les huit.

Chaque échelle mesure quinze mètres de long, de sorte qu'il en faut quatre, attachées les unes aux autres, pour atteindre le bord du col. Pour plus de sécurité, J.-C. redescend et s'arrête à chaque section pour renforcer les attaches à l'aide de bouts de corde miracle, de broches à glace et de pitons supplémentaires. Quand il nous rejoint en bas du mur, nous lui tapons dans le dos et le félicitons de nos voix rauques dans l'air raréfié.

Pour nous prouver sa confiance totale dans les échelles, le Diacre se détache de la cordée et commence à grimper, ses crampons s'agrippant aux marches de bois. Nous suivons les uns après les autres, et Reggie ferme la procession après le passage des Sherpas. Je passe derrière mon vieil ami Babu Rita, qui ne cesse de regarder vers moi et de sourire, au point que je commence à avoir peur pour lui. J'ai envie de lui crier de se rappeler la règle des trois points – toujours garder trois points de contact avec une surface solide quand on grimpe (deux pieds et une main, deux mains et un pied, etc.) –, mais je devrais pour ça retirer mon masque à oxygène, et je profite encore des bienfaits de l'air anglais. Babu termine son ascension sans incident, puis se retourne vers moi. Me saisissant la main et l'avant-bras dans sa poigne solide, il m'aide à me hisser sur le col puis à me remettre debout.

M'écartant un peu de l'échelle, je regarde la vue étourdissante.

Nous sommes arrivés à la « corniche », où les précédentes expéditions ont planté leurs tentes – un endroit légèrement encaissé sur le côté nord du col nord, où l'arête de glace forme un bon mur de protection. Mais la large saillie qui avait pu accommoder des dizaines de tentes en 1922 et s'était réduite à une largeur de dix mètres en 1924, où tenait une petite rangée de tentes, ne mesure plus que trois mètres aujourd'hui. Trop près du précipice et trop étroite pour nous servir de camp IV.

C'est du moins un bon endroit pour se reposer, et tout le monde s'assoit, en s'adossant au mur sud. Je me fraie un chemin jusqu'au bout de la rangée et me laisse tomber à côté des autres, jusqu'à l'arrivée de Reggie et des trois derniers Sherpas. Elle leur demande en népalais et en tibétain de ne pas se défaire tout de suite de leurs charges – il faudra encore dépasser cette saillie – puis elle s'installe à côté de moi et me dit la même chose qu'à eux.

Les vents et les avalanches ont emporté toutes traces des précédentes occupations, à l'exception d'une tente verte effondrée, dont il ne reste que des lambeaux de toile et un piquet dressé à un angle bizarre, juste à nos pieds. Je donne un petit coup de pied dans la toile verte et dis à J.-C. et Reggie : « Vous imaginez ? Mallory a peut-être dormi là-dedans.

— Aucune chance, répond lady Bromley-Montfort. C'est la tente que Pasang et moi avons apportée et partagée en août dernier quand nous avons été bloqués ici pendant une semaine. »

Je regrette maintenant d'avoir fermé l'arrivée d'oxygène et retiré mon masque : il aurait pu dissimuler ma soudaine rougeur ridicule. Pendant un long moment, nous restons tous assis là à observer la vue incroyable – la plus grande partie du glacier du Rongbuk qui serpente à nos pieds (d'ici nous le voyons s'étendre jusqu'au camp I) et la masse du Changtse qui semble s'élancer vers le ciel à notre gauche, l'imposant épaulement de l'Everest et l'arête nord-est qui coupent la ligne d'horizon en segments abrupts et crantés à notre droite.

Jean-Claude regarde notre rangée de Sherpas et demande : « Où est le Diacre ?

— Il est parti avec Nyima Tsering, Tenzing Bothia et une brassée de baguettes de bambou chercher un meilleur endroit où installer le camp IV.

— Qu'est-ce qu'on attend ? » demandé-je.

J.-C. et moi nous levons péniblement, j'ouvre la valve d'oxygène et, traversant l'étroite bande de glace entre les jambes étendues des Sherpas et le précipice, nous suivons les empreintes du Diacre et de ses deux compagnons.

Une fois sur le col proprement dit, Jean-Claude et moi nous arrêtons un instant, subjugués. La face nord de l'Everest vient d'apparaître devant nous, comme si un rideau de théâtre s'était ouvert. À gauche, derrière les derniers séracs géants, l'arête nord s'élève depuis la selle du col nord en un éperon de 1 370 mètres jusqu'à l'endroit où elle rejoint l'arête nord-est – ce que le Diacre appelle encore l'épaule nord-est de l'Everest – à une altitude de 8 423 mètres. À partir de cette jonction entre les deux arêtes, si loin au-dessus de nous, il faut encore grimper le long de la ligne de crête sur plus d'un kilomètre et demi pour atteindre le sommet de l'Everest. De là où nous nous trouvons, la face nord de la montagne, dont le Grand Couloir de Norton, paraît parfaitement verticale, mais je sais que ces perspectives sont trompeuses du bas de n'importe quelle montagne. Ce couloir demeure peut-être notre meilleure chance, surtout si des vents violents nous empêchent de suivre les lignes de crête.

Sans avoir besoin de chercher des jumelles, J.-C. et moi distinguons clairement, aux deux tiers de l'arête nord, la légère déclivité où le Diacre comptait installer notre camp V. En dessous, l'arête se compose d'un contrefort de pierre arrondi et irrégulier, qui se fond bientôt dans la bosse de neige et de glace débouchant sur la selle neigeuse du col nord où nous nous trouvons.

C'est bizarre. On voit l'écharpe de neige poudreuse qui, partant du sommet, s'étire sur plus de trente kilomètres dans le ciel d'un bleu étincelant, et d'autres nuages de neige soulevés des deux arêtes comme par un grand vent, alors qu'il n'y a pas un souffle d'air là où nous sommes. Je me souviens d'avoir entendu le Diacre dire que quand Mallory, les autres et lui avaient pour la première fois atteint cet endroit au cours de leur expédition de reconnaissance en 1921, le vent était trop violent sur le col, hormis sur cette corniche qui avait tant rétréci depuis, pour qu'un homme puisse s'y tenir plus de quelques secondes. Il aurait été impossible d'être là où Jean-Claude et moi sommes en train de marcher. C'est la différence, me dis-je, entre monter au col nord dans cet étroit intervalle entre l'hiver et le début de la mousson et monter pendant la saison de mousson.

Les empreintes laissées par les crampons du Diacre et des Sherpas sont très visibles dans la neige, et nous les suivons dans la pente vers l'ouest. Derrière nous, Reggie a remis Babu Rita et les trois autres en mouvement, même s'ils se déplacent lentement sous leurs charges à 7 000 mètres. Si un Sherpa tombe malade à cette altitude, il est prévu de lui donner de l'oxygène ; sinon, nous seuls, les quatre ascensionnistes, y avons droit.

Curieusement, je ne m'attendais pas à trouver toutes ces crevasses béantes sur le col nord. C'est logique pourtant ; la glace ici ne cesse de se rompre et de tomber sur le glacier du Rongbuk est tout en bas. Je ne sais pourquoi – bien que j'aie lu et relu tous les comptes rendus des précédentes expéditions et entendu le Diacre expliquer que nous allions devoir éviter les crevasses sur cette passe –, je me représentais le col comme une surface lisse.

Il ne l'est pas. Je me rends compte que nous avons recommencé à grimper alors que nous suivons les empreintes des trois hommes le long d'étroites arêtes entre de profondes crevasses, passons le massif pont de glace que le Diacre a marqué quelques minutes plus tôt à l'aide de baguettes de bambou surmontées d'un drapeau rouge, contournons une série de séracs géants, avant de parvenir à une autre pente plus large et elle aussi parsemée de crevasses. Enfin, nous apercevons le Diacre, Nyima Tsering et Tenzing Bothia en train de dresser des tentes à l'abri de quelques immenses séracs et congères près de l'extrémité sud du col, juste en dessous de l'endroit où il rencontre la pente de neige et de glace de l'arête nord.

Mon regard est sans cesse attiré vers cette arête et vers la face nord de la montagne. Je vois distinctement les dalles de granit noir inclinées, dont certaines sont en partie enneigées tandis que d'autres brillent comme si elles étaient couvertes de glace. La plupart des alpinistes – dont je suis – n'aiment pas grimper sur ce genre de surface : on croirait escalader sur les tuiles lisses et glissantes du toit pointu d'une cathédrale gothique. Parfois, les tuiles elles-mêmes cèdent sous votre poids.

À cause du labyrinthe de crevasses que nous devons traverser, suivant une piste balisée seulement par quelques baguettes de bambou, J.-C. et moi nous encordons avec Reggie et les trois Sherpas pour couvrir la distance qui nous sépare de ce camp IV.

Lorsque nous rejoignons le Diacre et ses deux Sherpas, nos camarades de cordée laissent tomber leur charge et s'effondrent dans la neige, tandis que les autres finissent d'ériger une lourde tente Whymper et deux tentes Meade plus légères. M'alimentant toujours en oxygène avec le fond de ma bouteille, je sors de mon sac à dos la tente Meade de quatre kilos et demi et les trois sacs de couchage que j'ai portés aujourd'hui.

Nous avons monté beaucoup d'eau, des Thermos de boissons chaudes et quelques réserves de nourriture – essentiellement du chocolat, des raisins secs et ce genre d'aliments énergétiques –, mais nos chargements d'aujourd'hui sont surtout constitués de tentes et de matériel de couchage pour le camp IV et, avec de la chance, le camp V. L'un des Sherpas a apporté un réchaud Primus – pour faire la cuisine –, cependant, après notre débâcle au camp III, il a été convenu que chaque campement serait également muni d'au moins deux réchauds à alcool et, encore plus important, de plusieurs réchauds Unna avec du Méta, leur combustible solide. Le Diacre ne veut pas courir le risque qu'un autre camp avancé se retrouve dans l'impossibilité de faire fondre de la neige pour avoir de l'eau, du thé (aussi tiède soit-il à cette altitude) ou de la soupe.

Après avoir dit à ses Sherpas où installer quoi, Reggie se tient à côté du Diacre et contemple d'un air dubitatif les séracs géants qui nous cachent la vue sur l'arête nord. « Vous êtes sûr qu'ils nous protégeront efficacement du vent ? » lui demande-t-elle.

Le Diacre hausse les épaules. Une étincelle de joie pure brille dans ses yeux, que j'ai déjà vue sur le Cervin et ailleurs, quand le bonheur de l'escalade irradie jusque dans son âme. « En 1921 et 1922, nous avons remarqué qu'il y avait moins de vent à l'abri des grands séracs, ici à l'extrémité ouest du col nord », précise-t-il. Son masque à oxygène pend sur sa poitrine. « Et Teddy Norton m'a dit que, s'il n'y avait pas eu la corniche de glace, il aurait choisi ce site pour le camp IV l'année dernière. »

Reggie n'a pas l'air convaincue. Je me souviens que Pasang et elle sont restés prisonniers sur ce col nord pendant une pénible semaine de tempête, s'attendant à chaque minute à ce que leur tente – dont j'ai vu les lambeaux de toile verte et les piquets cassés un peu plus bas – soit balayée par le vent et jetée dans le précipice. Le col nord doit être une source d'inquiétude pour elle.

« Ce sera pratique pour escalader l'arête nord, finit-elle par concéder. Et mieux pour quiconque descendra du camp V ou de plus haut à la fin de la journée… moins de crevasses à éviter dans le noir que s'il fallait retourner à la corniche. »

Le Diacre hoche la tête. Reggie donne de nouvelles instructions à ses Sherpas en anglais et en népalais. Elle veut que les tentes soient orientées vers la masse du Changtse qui reflétera le lever du soleil au nord.

Tandis que les Sherpas terminent leur tâche, nous quatre nous asseyons enfin. J.-C. et le Diacre s'installent sur des sacs de couchage roulés et mangent du chocolat en contemplant la partie visible de l'arête nord au-dessus des séracs, à l'ouest.

« On continue ? » demandé-je.

Le Diacre secoue la tête. « Nous avons bien assez travaillé pour aujourd'hui. Nous allons redescendre au camp II et profiter d'une bonne nuit de sommeil. Demain, nous essaierons de faire monter au moins trois cordées de Sherpas avec des vivres et davantage de matériel, notamment pour les camps en altitude. J'espère que le beau temps se maintiendra les trois prochains jours.

— Vous pensez à un assaut sur le sommet après-demain ? » questionne Jean-Claude. Ce serait quatre jours plus tôt que la date du 17 mai prévue au départ.

Le Diacre sourit, mais ne répond pas.

C'est Reggie qui prend la parole. D'une voix déterminée. « Vous oubliez que nous devons chercher Percy.

— Je n'ai pas oublié, *madame**, dit J.-C. Je considérais simplement que cette recherche ferait partie intégrante de notre ascension. »

Dans le silence embarrassé qui suit, je demande : « Et qu'en est-il des crevasses ici, sur le col nord ? Ne devrions-nous pas y chercher des traces de… de… Percy ?

— Kami Chiring a raconté avoir vu trois silhouettes beaucoup plus haut sur l'arête nord-est, dit Reggie. Puis une seule. Je soupçonne qu'il nous faudra aller jusque-là avant d'espérer voir de possibles traces de mon cousin disparu. Je sais qu'il n'y en avait pas entre ici et le camp V de Mallory en août dernier. De plus, Pasang et moi avons descendu des lanternes dans toutes les crevasses qui étaient là l'été dernier. Rien. Il est manifestement inutile de fouiller les nouvelles.

— Tout ce qu'il nous reste donc à faire aujourd'hui, dis-je, c'est de finir de déjeuner, de finir d'installer le camp IV puis de redescendre pour la nuit au camp II.

— C'est tout », acquiesce le Diacre, et je ne suis pas surpris de percevoir une pointe d'ironie dans sa voix.

Le Diacre conduit la descente. Elle ne nous prend qu'une heure, et elle aurait été encore plus rapide si les Sherpas avaient pu faire du rappel sur de longues sections comme J.-C. et moi. Là-haut, à l'extrémité orientale du col nord, nous avons laissé six tentes solidement amarrées – deux Whymper et quatre Meade –, fermées et équipées de sacs de couchage, de couvertures, de différents modèles de réchaud et de combustible solide, ainsi que d'essence à l'extérieur.

Jean-Claude et moi nous sommes portés volontaires pour descendre les derniers, afin de tester la solidité des cordes fixes et de la corde miracle (même si nous avons un peu triché en nous assurant à tour de rôle pendant que l'autre descendait en rappel), et parce que cette méthode de descente est toujours excitante. Si nous nous attendions tous les deux à une escalade plus facile ce jour-là, nous n'imaginions pas nous amuser autant au retour.

Quand nous nous détachons des cordes fixes pour parcourir la dernière section – nous avons décidé ce matin de ne pas en installer sur les soixante derniers mètres jusqu'au camp III, puisque la pente de neige n'est pas très raide –, Babu Rita nous attend, dansant sur place pour se tenir chaud, tandis que les ombres du soir commencent à s'allonger. Il a retiré ses crampons, et J.-C. et moi faisons de même (les lanières ont en effet tendance à couper la circulation, ce qui nous refroidit les pieds malgré les épaisseurs de feutre ajoutées aux nouvelles bottes « rigides »).

« Bonne journée, sahibs Jake et Jean-Claude ? nous demande Babu, souriant jusqu'aux oreilles.

— Très bonne journée, en effet », dis-je. Nous nous engageons tous les trois dans le sillon creusé par nos prédécesseurs, puis je lance tout à coup :

« Tu veux voir comment de vrais alpinistes descendent ce genre de pente, Babu ?

— Oh, oui, sahib Jake ! »

M'assurant que mes crampons sont bien accrochés sur mon sac à dos et ne risqueront pas de me blesser si je tombe ou dois faire un arrêt d'urgence, je sors de la trace des autres et m'élance en glissade sur mes talons, mes bottes laissant un sillage derrière moi alors que je me sers de la pointe de mon long piolet comme gouvernail.

« Je vais vous battre ! s'écrie J.-C. en se lançant à son tour sur la surface de neige qui s'affermit dans les ombres. Ne bouge pas, Babu. Attention, Jake ! »

Jean-Claude glisse plus vite que moi et tente bientôt de me dépasser. Foutus guides de Chamonix ! Nous descendons en slalomant, virons pour éviter les blocs de roche près du bas de la pente, et J.-C. franchit la ligne d'arrivée imaginaire sur du plat quatre mètres devant moi.

Riant, sautillant sur nos pieds froids au bord de la moraine, nous nous retournons pour regarder Babu descendre en marchant dans les traces des autres.

« À moi ! » crie-t-il. Sortant du sillon pour poser les pieds sur la croûte de neige, tendant son piolet derrière lui comme une barre de bateau, il commence à imiter notre glissade.

« Non, arrête ! » lui crie Jean-Claude, mais trop tard. Babu glisse déjà à vive allure dans la pente en riant comme un dément.

Puis il commet l'erreur classique des débutants, et pousse trop fort sur la pointe ou la panne du piolet – qui doit seulement effleurer la neige. L'outil accroche brusquement, Babu atterrit sur le dos et, bras écartés, il se met à dévaler la pente de plus en plus vite, en laissant un sillage d'affaires tombées de son sac à dos. Et il rit encore plus fort.

Les mains en porte-voix devant ma bouche, je hurle : « Arrêt d'urgence ! Arrête-toi, Babu ! »

Il a perdu son piolet, mais il lui reste ses mains : une fois ses moufles arrachées, il devrait pouvoir enfoncer ses doigts gantés assez profond dans la neige pour ralentir sa descente. Nous avons formé tous les Sherpas aux techniques d'arrêt d'urgence.

Mais Babu roule à présent sur lui-même et ses mains et ses talons ne peuvent que frapper la neige glacée.

À quinze mètres du bas de la pente, il passe sur un tremplin de neige et s'envole, tête la première en criant « Oupsie ! » en anglais.

Un bruit étrange retentit quand il heurte ce qui ressemble à un grand oreiller de neige. Son rire se tait. Sa silhouette désarticulée fait encore trois tours sur elle-même avant de s'arrêter à huit mètres de nous. J.-C. et moi nous enfonçons dans la neige en tentant de nous précipiter vers lui. Je prie pour qu'il ait seulement le souffle coupé.

Puis nous remarquons la longue traînée rouge sur le sol blanc. L'« oreiller » qu'a heurté Babu, tête la première, est un bloc rocheux couvert de neige.

Mardi 12 mai 1925

Babu était inconscient quand nous l'avons évacué du camp III hier soir. Les autres étaient sortis de leur tente en nous entendant – réagissant d'abord aux rires de Babu puis à nos appels à l'aide – et nous nous sommes agenouillés autour du corps du Sherpa, qui gisait, inconscient, bras et jambes écartés.

Reggie a jeté un coup d'œil à la bosse et au bleu qui s'étendait sur la tempe de Babu, lancé la trousse de premiers secours au Diacre, pointé le doigt vers deux autres Sherpas en leur donnant des ordres en népalais, puis couru avec eux vers les tentes pour fabriquer un brancard. Le Diacre s'est accroupi auprès de Babu et, lui soulevant délicatement la tête, il a appliqué deux compresses sur les plaies qui saignaient abondamment. Puis, avec des gestes rapides et précis, il lui a enroulé une bande de gaze autour du crâne, qu'il a coupée à l'aide de son canif.

« Est-ce que ça va aller ? » ai-je demandé. Tout en moi, jusqu'à ma voix atone, trahissait ma culpabilité : je me sentais responsable de l'accident de mon porteur. Jean-Claude avait l'air coupable, lui aussi.

« On ne peut jamais savoir, avec les blessures à la tête », a répondu le Diacre. Il tenait Babu par les épaules et auscultait d'une main légère la nuque et le dos du blessé, jusqu'au coccyx. « Je ne crois pas que la colonne vertébrale soit touchée. Nous pouvons le déplacer. Le mieux est de le transporter au camp de base pour que le docteur Pasang puisse l'examiner le plus vite possible.

— C'est vraiment prudent de le bouger ? » a demandé J.-C. Il m'avait un jour expliqué qu'on enseignait aux guides de Chamonix de ne pas déplacer une victime s'il y avait un risque de blessures à la colonne vertébrale ou aux cervicales.

Le Diacre a hoché la tête. « Il n'a pas le cou brisé, d'après ce que je sens. Son dos paraît intact. Je pense qu'il vaut mieux le déplacer plutôt que de le laisser passer la nuit ici. »

Reggie et Nyima Tsering sont revenus avec le brancard de fortune, fait d'une double épaisseur de toile fixée à deux piquets d'un mètre quatre-vingts.

« Nous avons besoin de volontaires pour le descendre, a dit le Diacre. Six hommes, je pense. Quatre pour porter et deux pour les relayer.

— Nous allons le porter. » J.-C. et moi avons répondu dans un pathétique ensemble.

« Pemba, Dorjay, Tenzing et Nyima, vous descendez avec les sahibs », a ordonné le Diacre.

Reggie a vite traduit pour les trois Sherpas qui ne parlaient pas anglais. J'ai vu qu'elle avait aussi rapporté deux lanternes et deux lampes frontales. Nous nous sommes accroupis à côté de Babu et – en comptant jusqu'à trois et avec une infinie douceur – nous l'avons soulevé de la neige pour le déposer sur le brancard.

Il y avait encore des traces de sang dans la neige, et les bandages de Babu en étaient déjà imprégnés.

En silence, Reggie a tendu les lanternes à Pemba et Dorjay et nous a donné les lampes frontales, à J.-C. et moi. « Tejbir ! a-t-elle dit, s'adressant au plus grand des Sherpas. Tu pars devant aussi vite que possible. Dis à ceux des camps II et I qu'on aura peut-être besoin de volontaires pour relayer les porteurs. Ne perds pas de temps dans chaque campement. File aussitôt au camp de base et demande au docteur Pasang de monter à la rencontre des porteurs. Décris-lui précisément les blessures à la tête de Babu Rita et comment il se les est faites. Il y a une troisième lanterne à l'entrée de la grande tente – prends-la en partant. »

Tejbir a hoché la tête et il est parti en courant dans la pente. Il a saisi la lanterne en traversant le camp sur la moraine couverte de neige et, quelques secondes plus tard, il disparaissait derrière les pinacles de glace pour rejoindre la piste du glacier.

Jean-Claude a attrapé le piquet avant gauche et j'ai pris celui de derrière à droite. Nyima Tsering s'est placé devant et Tenzing Bothia avec moi derrière. À trois, nous avons soulevé le brancard à hauteur de taille. Babu Rita ne semblait rien peser du tout.

« Nous vous suivrons dès que nous aurons trié les charges pour demain, dit le Diacre. Dites au docteur Pasang que je redescends tout le monde au camp I ou au camp de base. »

La traversée du glacier a été éreintante, surtout à la fin de cette longue journée d'escalade. Avant que nous partions, Reggie avait confié à Pemba un appareil à oxygène avec trois bouteilles pleines sur le châssis. L'idée était que si l'un de nous fatiguait, il céderait sa place de porteur à Pemba ou Dorjay et respirerait un peu d'air anglais. Babu Rita serait alimenté en oxygène pendant toute la descente. Cela n'ajoutait que dix kilos au brancard.

Mais ni Jean-Claude ni moi n'avons faibli pendant les quatre heures, alors même que les quatre Sherpas se relayaient. Une fois ou deux, après un passage difficile, Pemba a tenu le masque à oxygène sur le visage de J.-C., puis le mien, le temps que nous buvions un peu du riche air anglais, avant de poursuivre notre route. Babu Rita paraissait endormi sous son masque en peau de chamois.

Le docteur Pasang nous a retrouvés au camp I et nous a demandé de déposer le brancard sur des caisses pour qu'il puisse procéder à un premier examen du blessé à la lumière des lanternes.

« Je crois que M. Deacon a raison. Il n'y a pas de blessure évidente de la colonne vertébrale ou des cervicales, a dit Pasang. Mais nous devons tout de même le descendre à plus basse altitude. Pouvez-vous continuer à le porter jusqu'au camp de base, ou voulez-vous que je demande à d'autres porteurs ? »

Jean-Claude et moi n'avions aucune intention de laisser quiconque prendre notre coin du brancard. C'était une attitude absurde, évidemment, cette façon de nous punir nous-mêmes, mais je pensais alors – et je le pense encore aujourd'hui – que nous méritions, ou du moins que *je méritais* cette punition. Si nous n'avions pas agi comme des gamins stupides – si je n'avais pas commencé, avec ma vantardise digne d'une cour de récréation –, Babu Rita aurait été en train de dîner au camp III et de rire avec ses amis.

Nous sommes arrivés au camp de base un peu avant vingt-trois heures. Les rideaux latéraux de la tente-infirmerie étaient relevés, et la nuit était étonnamment chaude à cette altitude de 4 800 mètres. Il n'y avait pas de vent. Six lanternes à essence sifflaient, suspendues à l'avant-toit de la tente, et j'ai compris pourquoi le docteur Pasang voulait procéder aux soins médicaux les plus sérieux ici, où l'air était relativement plus épais et plus chaud et la lumière bien meilleure que dans tout autre camp.

Les quatre Sherpas qui étaient descendus avec nous se sont retirés dans leur tente, et J.-C. et moi nous sommes écroulés sur le sol de l'infirmerie, pendant que Pasang examinait plus attentivement les blessures de Babu Rita. Mes bras étaient si fatigués que j'avais l'impression que je ne pourrais plus jamais les soulever.

Pendant les trente minutes d'examen, durant lesquelles le docteur Pasang a pris la tension et le pouls de Babu, entre autres mesures vitales, avant de nettoyer ses plaies et de changer ses pansements, aucun mot n'a été prononcé. Enfin, quand le médecin a eu installé un masque à oxygène sur le visage du blessé en réglant le débit au maximum, remonté deux couvertures jusqu'à son menton et éloigné la lanterne et les deux miroirs qu'il avait utilisés, je lui ai demandé : « C'est grave, docteur Pasang ?

— Sa respiration est laborieuse et superficielle, le pouls est faible. Je suis presque sûr que Babu souffre d'un hématome sous-dural – un caillot sanguin dans le cerveau – là où sa tête a heurté le bloc rocheux.

— Vous pouvez faire quelque chose ? » a demandé Jean-Claude. Je savais que le guide avait vu des hommes mourir d'embolie cérébrale – causée par des blessures, ou le mal aigu des montagnes qui générait des caillots de sang dans les poumons ou le cerveau. Pour moi, ce n'était qu'une expression.

Le docteur Pasang a soupiré. « L'oxygène devrait aider un peu. Dans un hôpital, je ferais de mon mieux pour identifier la localisation du ou des caillots et ensuite, si le patient ne se réveillait pas ou si ses signes vitaux s'affaiblissaient, j'essaierais peut-être de pratiquer une craniectomie. Ici, dans ces conditions, le mieux que je puisse faire est une trépanation à l'ancienne.

— Quelle est la différence ? » ai-je demandé.

Pasang a passé sa grande main au-dessus des bandages de Babu. « Pour une craniectomie, je raserais cette partie du cuir chevelu et pratiquerais une incision – sans machine à rayon X, je devrais essayer de deviner où est le caillot pour savoir où ouvrir. Ensuite, je percerais un petit trou dans le crâne et en retirerais un morceau… ce qu'on appelle un volet osseux. Puis j'enlèverais tous les fragments d'os qui appuient sur le cerveau de Babu et aspirerais le sang accumulé ou solidifié. Si le cerveau est enflé à cause de la blessure, je laisserais peut-être le volet osseux sorti. Dans le cas contraire, je remettrais ce volet osseux à l'aide de petites plaques ou fils métalliques ou de points de suture.

— Ça m'a l'air assez primitif », ai-je réussi à dire en réprimant un haut-le-cœur.

Pasang a secoué la tête. « C'est la version moderne. Dans les conditions qui sont les nôtres et avec les instruments dont je dispose ici, je devrais faire une trépanation.

— Qu'est-ce que c'est ? »

Pasang a paru se perdre dans ses pensées. Enfin, il a dit : « La trépanation se pratique depuis l'époque néolithique. Cela consiste à percer un trou dans le crâne du patient pour exposer la dure-mère, soulageant ainsi la pression que l'hémorragie, le caillot de sang ou les fragments d'os peuvent causer. J'ai apporté un trépan. » Pasang s'est approché de sa petite caisse de matériel chirurgical et en a sorti un instrument.

« Mais ce n'est qu'une chignole », ai-je dit.

Pasang a hoché la tête. « Comme je le disais, ce genre d'instrument de trépanation est utilisé depuis des siècles. Ça marche parfois.

— Comment refermeriez-vous un trou comme ça ? » a demandé Jean-Claude. J'entendais le dégoût dans sa voix.

« Un tel trou est plus grand que celui du volet osseux, mais je pourrais utiliser des fils de suture pour remplacer le disque de matériau crânien, voire même visser quelque chose d'aussi prosaïque qu'une pièce de monnaie de la bonne taille. Le crâne n'a pas de terminaisons nerveuses, bien sûr.

— C'est ce que vous allez faire ? ai-je demandé. Le trépaner ?

— Uniquement si c'est absolument nécessaire. Une telle intervention chirurgicale à cette altitude – et dans ces conditions d'hygiène insuffisantes – serait très, très dangereuse. Et comme son crâne a heurté le bloc rocheux au moins en trois endroits, je ne saurais pas où se trouve le caillot de sang. Je n'aimerais pas du tout devoir percer trois trous dans le crâne de Babu Rita sans trouver le bon endroit.

— *Pardonnez-moi** », a dit Jean-Claude en français, et il a quitté la tente. Je ne me doutais pas que mon ami était aussi délicat.

« Nous allons attendre dix ou douze heures, a dit Pasang. Si Babu sort du coma, nous prendrons soin de lui jusqu'à ce qu'il puisse voyager sur une civière et le transporterons à Darjeeling aussi vite que possible. »

J'ai songé à notre randonnée de cinq semaines pour venir jusqu'ici. Il y avait des itinéraires plus courts pour arriver directement dans le nord du Sikkim, mais il fallait passer par des cols très hauts, ouverts seulement durant de brèves périodes pendant la mousson. Ni le chemin le plus long par les villes tibétaines crasseuses dans les collines, ni les raccourcis par de hauts cols dangereux, sous la menace du blizzard, ne semblaient indiqués pour un homme souffrant d'une blessure cérébrale ou d'une récente trépanation.

Jean-Claude est revenu avec les deux sacs de couchage que nous avions laissés au camp de base. « Peut-on dormir sur le sol de l'infirmerie cette nuit, docteur Pasang ? » a demandé mon ami.

Pasang a souri. « Nous pouvons faire mieux que ça. Il y a deux lits de camp là-bas, derrière le rideau, à côté de l'endroit où sont installés Ang Chiri et Lhakpa Yishay. Je vais vous aider à les transporter ici. Vous pouvez passer la nuit auprès de Babu Rita. »

Je me réveille tard – après le lever du soleil – avec la terrible impression que quelque chose ne va pas. Jetant un coup d'œil par l'ouverture de mon sac de couchage, je vois que Babu Rita est assis, les yeux ouverts, un large sourire aux lèvres. Pasang se tient à proximité, les bras croisés. Je secoue J.-C. dans le lit de camp à côté du mien.

« Oh, sahib Jake, sahib Jean-Claude, s'écrie Babu Rita. Je ne me suis jamais autant amusé ! »

Je réussis à lui retourner son sourire. J.-C. le dévisage.

« J'ai tellement de chance de mourir si près du bien-aimé Dzatrul Rinpoché, poursuit Babu Rita. Je vous demande de laisser Sa Sainteté l'abbé du Rongbuk décider le genre de funérailles que je dois avoir.

— Personne ne va mourir… » Je m'interromps en voyant que Babu Rita est retombé sur la haute table rembourrée où Pasang l'a veillé cette nuit. Les yeux du Sherpa sont toujours ouverts, son visage toujours souriant. Mais il ne respire plus.

Le docteur Pasang tente de le ranimer pendant d'interminables minutes, mais le corps ravagé de Babu et son esprit admirable ne répondent plus. Il est parti.

« Je suis désolé », dit enfin le docteur Pasang. Il ferme les paupières de Babu.

Je ne peux pas m'empêcher de regarder Jean-Claude. Je lis dans ses yeux qu'il partage mon sentiment : nous avons tué cet homme merveilleux avec nos bêtises puériles et notre manque de bon sens.

Jeudi 14 mai 1925

Les deux derniers jours auraient été idéaux pour tenter d'atteindre le sommet. C'est la première fois, depuis qu'il est dans notre ligne de mire, que l'Everest a cessé de « fumer » pendant aussi longtemps. Même les vents le long de l'arête nord-est ont paru se calmer. Aujourd'hui, la température au col nord avoisine les – 5 °C. Les bourrasques de la semaine dernière ont balayé la plus grande partie de la neige sur les rochers de l'arête, et même le Grand Couloir paraît avoir rétréci.

Mais aucun de nous n'est sur la montagne. Tout notre groupe – les Sherpas, le docteur Pasang, lady Bromley-Montfort, le Diacre, J.-C. et moi – traverse péniblement la vallée pour parcourir les seize kilomètres séparant le camp de base du monastère du Rongbuk, où Dzatrul Rinpoché présidera à une cérémonie de bénédiction.

Le Diacre est furieux d'avoir dû renoncer aux deux meilleures journées d'escalade du mois, et peut-être même de l'année : ça se voit à ses lèvres minces et pâles et à son expression tout en tension contrôlée. Jean-Claude et moi nous attendons à ce qu'il retourne cette colère contre nous deux.

De leur côté, les Sherpas paraissent heureux, comme s'ils profitaient d'une journée de vacances. Aucun n'a semblé particulièrement attristé par la mort de Babu Rita. Quand j'interroge Pasang à ce propos, le sirdar-médecin répond : « Si c'était le destin de Babu Rita de mourir sur la montagne, ils estiment que sa mort était inévitable et qu'il n'y a aucune raison de le pleurer. Aujourd'hui est un jour nouveau.

— Dans ce cas, pourquoi sont-ils si désireux d'obtenir la bénédiction du saint homme du monastère ? Si tout est prédestiné, qu'est-ce que ça change ? »

Pasang esquisse un petit sourire. « Ne me demandez pas de vous expliquer les contradictions internes si courantes dans toutes les religions. »

Hier, nous avons enveloppé le corps de Babu dans la toile de tente la plus propre et la plus blanche que nous avons pu trouver, et les Sherpas du camp de base l'ont installé sur une civière attelée à un yak. Six Sherpas, emmenés par Pasang, sont partis à dos de poney au monastère pour escorter la dépouille de Babu.

Ne sachant pas trop quoi faire, ni si nous serions conviés à la cérémonie funéraire que Dzatrul Rinpoché, selon les dernières volontés du défunt, choisirait pour lui, Jean-Claude et moi avons pris des charges de vivres et d'oxygène – ainsi que le paquet contenant la mystérieuse « bicyclette » de mon ami – et les avons portées sur les quinze kilomètres jusqu'au camp III, traversant l'Auge et le glacier du Rongbuk est. En apprenant que Reggie et le Diacre étaient au camp IV ou plus haut – nous avions fait prévenir ce dernier de la mort de Babu, bien sûr, mais il nous avait renvoyé un message disant que puisque nous ne nous chargerions pas du service funèbre de Babu, il resterait dans les camps en altitude –, J.-C. et moi avons légèrement réduit nos paquetages (Jean-Claude ne portant guère plus que sa « mystérieuse bicyclette » dans son immense sac) et suivi les cordes fixes et les échelles jusqu'au col nord. Nous sentant coupables de plein de choses, nous avons décidé – sans en discuter – de ne pas utiliser d'oxygène durant cette escalade du mur de glace, mais de l'économiser pour que d'autres puissent s'en servir dans les jours à venir. Deux Sherpas nous accompagnaient.

J.-C. leur a demandé de rester avec lui au bord de la corniche de glace et m'a dit : « Continuez vers le camp IV… Je vais installer ma bicyclette ici avec l'aide de Dorjay et de Namgya. Je vous rejoindrai quand nous aurons fini. »

Arrivé au camp IV après avoir traversé l'étendue d'un blanc incandescent du col nord, j'ai appris par Reggie que le Diacre et quatre Sherpas, dont Tenzing Bothia et Tejbir Norgay, venaient juste de revenir : ils avaient gravi la première section de l'arête nord et planté deux tentes sur le site choisi pour le camp V, juste à l'endroit où l'arête s'aplanit très légèrement, à une altitude légèrement supérieure à 7 600 mètres.

Le visage brûlé par les rayons ultraviolets, le Diacre était tout sourire. « Si le beau temps se maintient, nous pourrons tenter le sommet à partir du camp V demain ou après-demain. »

Reggie – arrivée une heure plus tôt du camp III avec d'autres charges portées par quatre Sherpas – a semblé dubitative. Le col nord, derrière elle et autour de nous, irradiait de chaleur et de lumière blanche. J'ai pris soin de garder mes lunettes Crooke en verre teinté.

Le Diacre dévorait son déjeuner – soupe de pommes de terre, langue et chocolat – quand il a suggéré que nous retournions au camp III dans l'après-midi puis remontions au camp IV le lendemain pour passer la nuit du jeudi au camp V. Si le temps demeurait aussi calme qu'il l'était, nous pourrions partir au milieu de la nuit pour tenter d'atteindre le sommet le vendredi 15 mai.

« Mes lampes de mineur gallois auront donc peut-être une utilité ? » a fait remarquer Reggie, une pointe d'ironie dans la voix.

Trop excité pour arguer, le Diacre s'est contenté de sourire et a dit : « Les deux tentes Meade que nous venons de monter au camp V peuvent loger quatre personnes au maximum. Je propose que nous partions à deux cordées aux premières heures du jour vendredi : Tenzing Bothia et moi dans la première, vous – Jake et Jean-Claude – dans la deuxième. Nous utiliserons tous de l'oxygène. Au débit minimum, nous devrions avoir entre quinze et seize heures et demie d'air en bouteille. Soit assez de temps pour atteindre le sommet et redescendre au camp V avant le crépuscule.

— Où est ma place dans ce plan ? » a demandé Reggie.

Le Diacre l'a dévisagée sans répondre.

« Vous vous étiez engagé à chercher des traces de Percival au cours de l'ascension, a-t-elle insisté. Eh bien, je dois vous accompagner pour m'assurer que nous cherchons vraiment. »

Le Diacre a froncé les sourcils en continuant de manger son chocolat. « Il n'a jamais été question que vous veniez au sommet, lady Bromley-Montfort. Ça ne fait pas partie du plan.

— Ça fait partie de *mon* plan, monsieur Deacon. »

Encore essoufflé après l'ascension sans oxygène, je n'ai pas participé à la discussion. Mes pensées n'allaient pas au sommet de l'Everest : elles demeuraient concentrées sur le visage sans vie de Babu Rita et ses yeux fixes.

C'est alors que nous avons vu Pemba Sherpa remonter la piste balisée traversant le col nord, suivi par J.-C. et ses deux Sherpas. Plus personne n'a parlé avant qu'ils nous aient rejoints.

Pemba était porteur d'une nouvelle stupéfiante. Dzatrul Rinpoché nous avait fait prévenir que nous devions tous nous rendre au monastère du Rongbuk le lendemain, jeudi, pour recevoir sa bénédiction. L'inhumation céleste de Babu Rita, nous a dit Pemba, se tiendrait au lever du soleil le vendredi, mais seule la famille de Babu y était conviée.

« Bon sang ! s'est récrié le Diacre. La meilleure météo de toute l'année... nous sommes à *ça* de pouvoir conquérir le sommet... avec un temps plus favorable que George Mallory n'en a jamais eu... et ce vieil abbé bouddhiste nous somme de nous présenter devant lui ! Qu'il aille au diable. Je n'irai pas.

— Nous irons tous, a dit Reggie.

— Ce ne sont pas les *funérailles* de Babu, a objecté le Diacre. Juste une satanée bénédiction pour laquelle il nous faudra payer – en donnant deux roupies à chacun des Sherpas pour qu'ils aient de l'argent à offrir à ce foutu chef lama pour chaque foutue bénédiction. Je l'ai déjà fait deux fois ; je me sens bien assez béni comme ça. Je préfère monter au sommet de l'Everest par ce temps, plutôt que de passer toute la journée assis dans ce monastère puant.

— Nous allons tous devoir descendre », a dit Reggie. Elle paraissait presque... soulagée.

« Pas moi. » Le Diacre a repoussé brusquement sa casserole, qui a heurté la glace avec un bruit métallique, à côté du petit réchaud Unna.

« Vous comptez atteindre le sommet sans l'aide des Sherpas ? lui a-t-elle demandé.

— S'il le faut, je le ferai. » Il nous a regardés, J.-C. et moi. « Nous serons trois sur la cordée, mes amis, et nous ne porterons que les appareils à oxygène, des vêtements de rechange et des vivres dans nos poches en montant au camp V demain. »

Reggie a secoué la tête. « Non seulement ce serait une insulte à Dzatrul Rinpoché, monsieur Deacon, mais votre tentative d'arriver au sommet le jour de la bénédiction du saint homme vous coûterait la loyauté de tous vos Sherpas. Ils l'ont déjà attendue assez longtemps. Snobez le lama et essayez de conquérir l'Everest sans la bénédiction de Dzatrul Rinpoché, et nombre de nos compagnons quitteront l'expédition ici et maintenant.

— Nom de Dieu ! s'est écrié le Diacre. Jake, Jean-Claude, vous viendrez avec moi, n'est-ce pas ? »

Je savais ce que Jean-Claude allait dire, avant même qu'il prenne la parole. « Non, Richard. Nous descendons avec Reggie et les hommes pour la bénédiction et pour rendre hommage à Babu Rita. »

Le temps est au beau fixe lorsque nous quittons le camp de base, jeudi de bonne heure, pour parcourir les dix-huit kilomètres jusqu'au monastère. À cause de leurs gelures, Ang Chiri et Lhakpa Yishay sont montés sur des mulets conduits par leurs amis – celles de Lhakpa étant plus graves que nous le pensions au début, l'amputation de certains doigts et orteils des deux Sherpas a été remise au lendemain. Le docteur Pasang et Reggie chevauchent côte à côte sur des poneys. Le Diacre marche seul, suivant facilement l'allure tranquille des bêtes, le visage aussi fermé que le pont-levis d'un château fort encerclé par une armée ennemie.

Éperonnant mon poney, je rejoins Reggie et Pasang et les interroge sur le monastère et son abbé.

« Dzatrul Rinpoché est la réincarnation de Padmasambhava », dit-elle. Devant mon regard vide, elle ajoute : « Vous avez vu des images de Padmasambhava lorsque nous avons traversé le Tibet, Jake. C'est le dieu à neuf têtes.

— D'accord.

— Le monastère du Rongbuk est le plus haut monastère du Tibet… du monde entier, d'ailleurs. Des fidèles y viennent sans arrêt en pèlerinage ; certains se prosternent tous les quelques mètres… sur des centaines de kilomètres. Et les collines qui nous entourent sont percées de grottes abritant de saints hommes qui ont renoncé au monde. D'après certains lamas du monastère, au bout d'un grand nombre d'années, ces ermites – qui vivent presque nus, même durant les hivers les plus rigoureux – réussissent à survivre en mangeant trois grains d'orge par jour. »

Me tournant vers le docteur Pasang, je lui demande : « Vous croyez à tout ça ? »

Pasang sourit. « Ne me demandez pas à moi, monsieur Perry. Je suis catholique. Je le suis depuis tout petit. »

Il est assez poli pour faire semblant de ne pas remarquer mon évidente stupéfaction.

« À votre avis, quel âge a le monastère, Jake ? me demande Reggie. Essayez de deviner. »

Le temple, ses *chörtens* délabrés et autres monuments m'avaient paru très anciens lorsque nous nous y étions arrêtés sur le chemin du camp de base. « Mille ans ?

— L'abbé actuel, Dzatrul Rinpoché, a commencé la construction il y a seulement vingt-quatre ans, dit Reggie. Il avait trente-cinq ans et s'appelait alors Ngawang Tenzin Norbu. Il a réussi à obtenir le patronage de marchands de Tingri et de Sherpas vivant et enseignant de l'autre côté du Nangpa La et d'autres cols, dans le Solukhumbu au Népal. Certains ici l'ont surnommé Sangyé, ou le Bouddha du Rongbuk. Mais il s'est choisi le nom de Dzatrul Rinpoché, vivante incarnation du légendaire Gourou Rinpoché – le Grand Maître – et maître spirituel du *chöd.*

— Qu'est-ce que c'est que le *chöd* ?

— Une pratique spirituelle bouddhique. Littéralement, ça signifie "couper" le lien qui nous attache à l'illusion qu'est le monde. Le *chöd* a d'abord été pratiqué ici dans la vallée du Rongbuk, par Machik Labdrön, une *yogini* du XIe siècle… une sorte de sorcière tantrique. Machik Labdrön était connue comme une lettrée bouddhiste dès l'âge de sept ans, et elle a consacré le reste de sa vie à libérer son esprit de tout intellect.

— J'ai parfois l'impression d'avoir fait la même chose », dis-je. Ma culpabilité, suite à la mort de Babu, sans parler des amputations imminentes d'Ang et de Lhakpa, toutes dues à nos piètres qualités de meneurs, à J.-C. et moi, augmente d'heure en heure.

Reggie me jette un regard pénétrant. « Machik Labdrön est venue à Rongbuk il y a neuf cents ans pour briser toute orthodoxie avec ses techniques du *chöd.* Elle enseignait que c'était seulement dans des endroits effrayants et inhumains comme le Rongbuk et ses montagnes glacées – ou dans l'atmosphère hantée des charniers, des cimetières ou des sites d'inhumations célestes –, dans les environnements les plus fétides, désolés et exposés, que l'on pouvait espérer connaître la véritable transformation spirituelle. »

Je réfléchis à tout ça pendant que mon poney continue d'avancer cahin-caha. Les toits bas du monastère du Rongbuk viennent juste d'apparaître au loin.

Pasang dit : « Machik Labdrön a un jour écrit : *On ne peut atteindre la libération sans connaître les pires aspects de la réalité… allez errer dans les endroits sinistres et les retraites en montagne… ne vous laissez pas distraire par les doctrines et les livres… faites seulement l'expérience vraie… dans l'horreur et la désolation.*

— En d'autres termes, dis-je, affrontez vos démons.

— Exactement, acquiesce Reggie. Faites don de votre corps aux démons de la montagne et de la nature sauvage. C'est le meilleur moyen pour chacun de détruire les derniers vestiges de sa vanité et de son orgueil.

— Je peux en témoigner, dis-je.

— En tant que maître spirituel du Rongbuk et adepte du *chöd*, dit Pasang, Dzatrul Rinpoché a envoyé plus de mille fidèles en quête de sagesse dans les montagnes pour affronter les démons. La plupart ne sont jamais revenus et sont supposés avoir atteint l'illumination dans leurs grottes et leurs abris en altitude.

— On peut ajouter quatre noms à cette liste », marmonné-je. Je pense à Mallory, Irvine, Bromley, et maintenant Babu Rita. Plus fort, je demande : « Dzatrul Rinpoché donne-t-il des conseils sur l'attitude à adopter face au yéti ? »

Reggie sourit. « Justement, un jeune prétendant ascète lui a un jour demandé ce qu'il devrait faire si un yéti apparaissait à l'entrée de sa grotte. Le maître a répondu : *Eh bien, invite-le à entrer prendre le thé, bien sûr !* »

Avec cette image en tête, nous restons silencieux jusqu'à la fin du trajet jusqu'au monastère du Rongbuk.

On nous fait attendre dans une antichambre du rez-de-chaussée pendant environ une heure et demie, et les grands prêtres nous apportent un déjeuner composé de yaourt, de riz et de ce thé au beurre très épais et presque écœurant qu'ils boivent ici. Les bols en bois sont propres, mais les baguettes ont été réduites à de fines pointes par d'innombrables dents. On nous sert aussi des radis trempés dans du poivre noir, tellement épicés qu'ils me font monter les larmes aux yeux.

Enfin, on nous conduit à l'étage. Nos Sherpas nous suivent, tête baissée, sur le toit à demi couvert où Dzatrul Rinpoché nous attend sur un trône de métal qui ressemble étonnamment à un cadre de lit en fer rouge. Pasang et nous, les sahibs, sommes invités à nous asseoir sur des bancs richement capitonnés de chaque côté de l'alcôve, mais la plupart de nos Sherpas tombent à genoux sur la pierre froide, le regard et le visage tournés vers le sol. Je commence à comprendre qu'il ne fait pas bon regarder dans les yeux un dieu incarné.

Mais je ne peux pas m'en empêcher.

La première chose que je remarque chez Dzatrul Rinpoché, réincarnation de Padmasambhava, c'est sa tête étonnamment massive, qui m'évoque une énorme citrouille. Le Diacre m'a dit que le principal souvenir qu'il gardait du saint homme était son grand et beau sourire engageant. Le sourire est toujours en place sur le visage bien trop large, mais il semble que le lama ait perdu un certain nombre de dents depuis la visite de mon ami.

Le Rinpoché a une voix très basse et rauque, comme enrouée après d'interminables heures de chant, et je me rends soudain compte qu'il n'est pas en train de psalmodier une prière, mais de poser une question à Reggie ou au Diacre ou aux deux. Elle la traduit : « Dzatrul Rinpoché voudrait savoir pourquoi nous tentons de nouveau de gravir le Chomolungma, après la mort de tant d'autres sahibs et de Sherpas.

— Vous pourriez lui répondre… "Parce qu'il est là" », suggère le Diacre. Son visage est toujours sombre et tendu.

« Je le pourrais, dit Reggie, mais je ne le ferai pas. Y a-t-il une autre réponse que vous voudriez donner, avant que j'invente la mienne ?

— Allez-y », grommelle le Diacre.

Reggie se tourne vers le saint lama et lui répond dans son tibétain rapide et mélodieux. Le Rinpoché sourit encore davantage et incline légèrement la tête.

« Vous venez de lui dire que nous sommes là pour retrouver et honorer le corps de votre cousin Percival », dit le Diacre d'un ton accusateur.

Reggie lui jette un coup d'œil. « Je vois que vous connaissez des rudiments de tibétain, monsieur Deacon. Si vous ne voulez pas que je réponde, allez-y, parlez à Sa Sainteté sans passer par mes traductions. »

Le Diacre se contente de secouer la tête, l'air encore plus renfrogné qu'avant.

Le Rinpoché reprend la parole. Reggie lui adresse un signe de tête puis traduit ses propos à notre intention. « Sa Sainteté nous rappelle que les hauteurs du Chomolungma sont très froides et remplies de puissances dangereuses pour ceux qui ne suivent pas la Voie. Il n'y a rien à faire là-haut qui en vaille la peine, nous dit-il, sauf la pratique du *dharma.*

— Demandez-lui humblement sa bénédiction et sa protection, dit le Diacre. Et assurez Sa Sainteté que nous ne tuerons aucun animal durant notre séjour sur le glacier du Rongbuk. »

Reggie obéit. Le Rinpoché hoche la tête comme s'il était satisfait, puis ajoute autre chose à l'intention de Reggie, qui lui répond directement.

« Je n'ai pas saisi, murmure le Diacre.

— Sa Sainteté dit que les autres moines et lui vont procéder à un puissant rituel de sanctification ici au monastère pendant les deux prochaines semaines, et il nous avertit que cette pratique réveille toujours les démons et les déités en colère de la montagne.

— Remerciez-le pour la mise en garde, je vous prie », dit le Diacre.

Reggie s'exécute, après quoi le lama se lance dans une longue tirade. Elle l'écoute, incline la tête, puis sa réponse fuse en un tibétain presque musical.

« Quoi ? demande le Diacre.

— Sa Sainteté me complimente, explique Reggie. Il dit qu'à chacune de nos rencontres, il est de plus en plus sûr que je suis la réincarnation de la sorcière tantrique Machik Labdrön, et que si je perfectionnais ma pratique du *chöd*, je pourrais être la maîtresse du Chomolungma et de toutes les montagnes et vallées voisines.

— Qu'avez-vous répondu ? demande le Diacre. J'ai seulement compris le mot tibétain signifiant "indigne".

— Oui, j'ai répondu que je n'étais pas digne d'une telle comparaison. Mais j'ai admis que la discipline du *chöd* me paraissait très attirante en ce moment, car comme j'ai eu l'occasion de vous le dire, le monde actuel me pèse.

— Puis-je poser une question ? murmure Jean-Claude.

— Une seule, je crois, dit Reggie. Il faudrait commencer la cérémonie de bénédiction si nous voulons être rentrés au camp de base à l'heure du souper.

— Je me demandais juste, dit Jean-Claude d'une petite voix, si Chomolungma veut vraiment dire "déesse mère du monde", comme l'ont prétendu le colonel Norton et les autres. »

Reggie sourit et transmet la question au lama à tête de citrouille. Le vieil homme – il a soixante ans, mais en paraît davantage – sourit encore et répond de sa voix mélodieuse de récitant.

« Pas vraiment, traduit Reggie. Et Sa Sainteté vous remercie de poser la question. Il dit que les sahibs ont tendance à adopter les traductions qui leur plaisent pour les lieux saints de la région et à ignorer les noms véritables. Pour ceux qui vivent à côté, dit-il, le nom tibétain le plus courant de la montagne est *Kang Chomolung*, qui signifie plutôt "neige du pays des oiseaux". "Déesse mère du monde" est une interprétation assez infidèle, et surtout très réductrice. Une traduction plus précise de Chomolungma, dit Sa Sainteté, serait "haut pic que l'on distingue de neuf directions à la fois, mais qu'on ne voit plus quand on s'en approche, une montagne si haute que tous les oiseaux qui la survolent deviennent aveugles sur-le-champ". »

Jean-Claude et moi échangeons un regard : est-ce que le lama se paie notre tête ?

La voix grave de Dzatrul Rinpoché reprend sa litanie, et Reggie traduit : « Sa Sainteté a décidé que notre défunt, Babu Rita, recevrait une inhumation céleste demain à l'aube. Le saint lama demande s'il y a ici des membres de la famille de Babu qui souhaiteraient rester pour la cérémonie. »

Reggie traduit ensuite la question en népalais, mais les Sherpas gardent la tête baissée. Manifestement aucun ne se sent proche de Babu Rita.

Sans nous concerter, ni même se regarder, Jean-Claude et moi nous levons tous les deux et faisons un pas en avant, la tête baissée respectueusement. « Mon ami et moi voudrions être considérés comme des membres de la famille de Babu Rita, dis-je, et nous serions honorés de rester pour les rites funéraires demain matin. »

J'entends le Diacre siffler entre ses dents. Un peu plus et j'entendrais ses pensées. *Encore une journée de perdue pour l'ascension.* Je m'en moque, et je suis sûr que Jean-Claude aussi. La mort inutile de Babu m'a profondément secoué.

Reggie traduit, et Sa Sainteté donne sa permission. Puis Reggie ordonne à Norbu Chedi, qui parle un peu de tibétain, de rester avec nous ce soir pour nous servir d'interprète.

Dzatrul Rinpoché hoche la tête, ajoute encore quelque chose et Reggie dit : « C'est l'heure de la bénédiction. »

La bénédiction individuelle qui nous est donnée à tous, Sherpas et sahibs compris, prend moins de quarante-cinq minutes. Dzatrul Rinpoché psalmodie – je ne sais jamais s'il prononce des phrases ou les chante –, puis un lama fait signe à l'un de nous d'approcher pour recevoir la bénédiction. Reggie et le Diacre sont appelés en même temps, et l'abbé du monastère leur fait remettre des présents : une image du treizième dalaï-lama et un morceau de soie pour chacun, trop petit cependant pour servir de foulard. Tous deux s'inclinent très bas, mais ils ne se mettent pas à genoux comme le font les Sherpas. Reggie tape dans ses mains, et quatre de nos Sherpas apportent les cadeaux qu'elle remet au Rinpoché : quatre sacs de ciment. Le saint homme la gratifie encore de son grand sourire, et je me rends compte que le ciment sera très utile pour réparer le *chörten* et les autres bâtiments relativement jeunes du monastère qui tombent en ruine, après avoir été bâtis avec guère plus que de la boue, des cailloux, de la salive et de bonnes intentions. Les quatre sacs ont constitué le chargement complet d'un mulet – une autre source de conflit entre le Diacre et Reggie –, mais à en juger par la réaction de Sa Sainteté et de ses grands prêtres, c'est un cadeau de grande valeur.

Lorsqu'on me fait signe de m'avancer, je m'incline devant le Rinpoché qui me touche la tête avec ce qui ressemble à une poivrière en métal blanc, mais qui est en réalité une autre sorte de moulin à prières, comme me l'a expliqué Jean-Claude. Bientôt nous sommes bénis tous les quatre, puis vient le tour des Sherpas. Cela prend plus de temps puisque chacun se prosterne sur le sol de pierre puis rampe jusqu'au saint homme, sans lever la tête ou croiser son regard, pour recevoir sa bénédiction.

Pendant tout le rituel, Pasang observe, un fin sourire aux lèvres, dans une attitude respectueuse quoique légèrement amusée. Aucun moine ne l'invite à approcher : manifestement, il a déjà dans le passé décliné l'offre de bénédiction. Dzatrul Rinpoché n'a pas l'air de lui en vouloir du tout.

Une fois la cérémonie terminée, les Sherpas repartent – sans jamais tourner le dos au Rinpoché ou aux grands prêtres –, et Reggie traduit les dernières paroles du lama : « Les membres de la famille du défunt peuvent rester pour l'inhumation céleste de demain. » Puis Sa Sainteté prend congé à son tour.

J.-C. et moi sortons du bâtiment principal du monastère pour dire au revoir à Reggie, à Pasang et au Diacre. Les Sherpas se sont déjà remis en route.

« Vous allez peut-être regretter d'être restés pour l'inhumation céleste » : voilà tout ce que le Diacre trouve à nous dire.

Je lui demande pourquoi, mais il m'ignore et donne un petit coup dans les flancs de son poney qui part dans un semblant de galop.

« Que savez-vous de ce Padmasambhava dont notre Rinpoché est censé être la réincarnation ? demande J.-C. à Pasang. C'était un homme ou un dieu ?

— Il était les deux, répond le médecin.

— Au VIIIe siècle, Padmasambhava a apporté le bouddhisme dans tout le Tibet, ajoute Reggie. Il a conquis le Chomolungma avec la vérité du Bouddha, puis il a vaincu tous les pouvoirs malfaisants des démons, des dieux et des déesses de la montagne, les transformant en *dharmas* protecteurs.

La plus sombre et la plus puissante de ces déesses-démones, la reine des danseurs célestes *dakini*, est devenue le pic blanc du Chomolungma, et ses jupes retombent jusque dans la vallée du Rongbuk. Le premier temple bâti dans la région l'a été sur son sein gauche. Sous sa vulve a été enterrée une conque blanche d'où a coulé, jusqu'à ce jour, toute la doctrine du *dharma* et la sagesse bouddhique. »

Je sens que je rougis violemment une nouvelle fois. D'abord les « testicules », maintenant la « vulve ». Cette femme est capable de dire *n'importe quoi* à voix haute.

« Si le Gourou Rinpoché – le Grand Maître, Padmasambhava en personne – a vaincu tous les dieux et démons de la région et en a fait des acolytes du Bouddha, pourquoi Dzatrul Rinpoché a-t-il affirmé qu'ils étaient en colère et qu'il intercéderait en notre faveur ? » demande J.-C.

Reggie sourit, avant d'enfourcher son poney. « Les dieux, les déesses et les démons de la montagne ont été domptés pour ceux qui suivent la Voie. Ceux qui maîtrisent le *dharma*. Mais les impies et les hommes de peu de foi sont encore en danger. Êtes-vous sûrs de vouloir assister à l'inhumation céleste, tous les deux ? »

J.-C. et moi hochons la tête. Reggie dit quelque chose à Norbu Chedi puis éperonne son poney pour aller rattraper les Sherpas et le Diacre, qui disparaissent déjà dans le gris du soir. Le docteur Pasang nous salue avant de la suivre. « Une tempête se prépare » sont ses derniers mots.

C'est vrai qu'il fait gris. Les nuages et la neige sont revenus, et la température a chuté.

« La mousson ? » dis-je.

J.-C. secoue la tête. « Ce front vient du nord. La mousson arrivera par le sud et l'ouest et se fracassera contre les montagnes de l'Himalaya comme un tsunami sur un maigre brise-lame. »

Deux prêtres sortent et s'adressent à Norbu Chedi.

« Ils vont nous montrer où nous dormirons, nous dit notre Sherpa. Et on nous donnera un repas léger de riz et de yaourt. »

Les vieux prêtres – il doit leur rester cinq dents à eux deux – nous emmènent dans une petite pièce aveugle (et pourtant pleine de courants d'air) où, d'après Norbu, nous devons passer la nuit avant qu'on vienne nous réveiller à l'aube pour les obsèques de Babu Rita. Il n'y a qu'une unique bougie, trois bols de riz, un grand bol de yaourt et de l'eau. Trois couvertures ont été étalées sur le sol de pierre.

Avant de s'en aller, les deux moines s'arrêtent devant une niche sombre et lèvent haut leur bougie pour que nous puissions voir la fresque murale.

« Seigneur Dieu », soufflé-je.

Une colonie de démons aux pieds fourchus précipite des grimpeurs dans l'abîme. Au lieu des feux de l'enfer de Dante, nous contemplons un univers de damnation tout entier fait de neige, de rochers et de glace. La fresque montre un vortex tourbillonnant, telle une tornade de neige, qui entraîne les malheureux alpinistes dans une chute vertigineuse. De part et d'autre de la montagne – l'Everest, manifestement –, des chiens de garde de proportions gigantesques montrent les crocs, la gueule écumante. Mais l'élément le plus troublant est une silhouette solitaire gisant au pied de la montagne, pareille à une offrande humaine sur un autel. Un corps à la peau blanche et aux cheveux noirs – un sahib. Il a été transpercé par des lances, et une hampe le traverse encore, tandis que des démons cornus l'entourent. En nous approchant, J.-C. et moi découvrons qu'il a été éviscéré. Il est encore vivant, mais ses entrailles se répandent dans la neige.

« Charmant », dis-je.

Les deux moines sourient, nous adressent un signe de tête et s'en vont avec leurs bougies.

Nous nous asseyons sur la pierre froide, nous emmitouflons dans les couvertures et essayons de manger notre riz et le yaourt. Le vent qui se lève traverse le temple en mugissant ; on dirait le cri d'une femme terrifiée. La température baisse de plus en plus.

« Je me demande quand cette fresque a été peinte, dit Jean-Claude.

— Seulement l'automne dernier, lui répond Norbu Chedi. J'ai entendu des moines en parler.

— Après la disparition de Mallory et d'Irvine. Pourquoi ? »

Norbu Chedi donne des petits coups de baguette dans son riz. « La rumeur a couru au monastère, à Tingri et dans d'autres villages, que les sahibs avaient laissé beaucoup de nourriture dans leurs camps en altitude – du riz, de l'huile, de la *tsampa*... plein de provisions.

— C'est quoi, la *tsampa* ?

— De la farine d'orge grillée, répond Norbu Chedi. Des villageois et des bergers de la vallée sont donc montés sur le glacier du Rongbuk est pour mettre la main dessus, mais à peu près à l'endroit où le sahib Deacon et vous avez installé notre camp III, sept yétis ont bondi de leurs cachettes dans les grottes de glace et les ont poursuivis jusqu'en bas dans la vallée. Dzatrul Rinpoché a alors fait peindre cette fresque pour servir d'avertissement à tous les fous et les cupides qui suivraient les sahibs étrangers dans ce territoire dangereux.

— Merveilleux », lâché-je.

Nous nous pelotonnons dans nos couvertures, mais il fait trop froid pour dormir. Le monastère renvoie l'écho du sifflement du vent, du claquement lointain de sandales sur la pierre, d'un chant lugubre et du roulement incessant des moulins à prières.

Sans avoir besoin de le dire, nous décidons d'un commun accord de laisser la bougie allumée entre nous et la fresque.

Vendredi 15 mai 1925

Le grand prêtre vient nous chercher – je ne peux pas dire « nous réveiller », puisque J.-C. et moi n'avons pas fermé l'œil de la nuit – vers 4 h 30. Norbu Chedi a préféré dormir dehors dans le vent et le froid, et je le comprends. La chandelle que tient le prêtre, faite de ghee dans un petit bol, dégage une odeur épouvantable.

J'ai réalisé, au cours de cette nuit interminable, que je déteste toutes les odeurs dans ce lieu prétendument sacré. Non pas à cause de la crasse – le monastère du Rongbuk est un des endroits les plus propres que j'aie vus dans tout le Tibet –, mais plutôt du mélange entre les exhalaisons corporelles, la puanteur des lampes à ghee, le lourd parfum musqué de l'encens et les relents de cuivre de la pierre, évoquant le sang frais. Je me reproche aussitôt cette dernière pensée, car les bouddhistes tibétains sont non violents. Dans les *beyuls* voisins – les vallées sacrées devenues des centres d'énergie *dharma* par la magie blanche du Gourou Rinpoché il y a des siècles –, les animaux ne sont plus chassés depuis tant de générations que, comme nous l'a raconté le Diacre, il arrive qu'un argali entre dans votre tente, que les cygnes sauvages viennent manger dans votre main. On dit aussi que le loup blanc de l'Himalaya ne tue pas ses proies.

Le moine apparaît dans la pénombre, et nous suivons la flamme vacillante de sa chandelle de ghee à travers un labyrinthe de pièces. Norbu Chedi se frotte encore les yeux quand un deuxième prêtre nous rejoint.

Je supposais que les rites funéraires se passeraient à l'intérieur du monastère, mais les prêtres nous font franchir une porte à l'arrière et nous emmènent sur un sentier taillé dans la pierre. Notre procession silencieuse serpente entre des blocs rocheux, puis nous commençons à grimper. Où que se tienne cette cérémonie, ce sera à plus d'un kilomètre du monastère.

Enfin, nous nous arrêtons dans un espace dégagé où quatre Tibétains – très pauvres, à en juger par leurs haillons – attendent à côté d'un rocher plat, qui m'évoque un autel de pierre. Derrière, d'autres rochers se dressent à la verticale et semblent avoir été sculptés en forme de grandes gargouilles.

Le premier prêtre prend la parole, et Norbu Chedi traduit : « Le prêtre dit que ces quatre hommes sont le grand-père, les deux fils et le petit-fils de la famille des Ngawang Tenzin. Ce sont les briseurs de morts. Le prêtre dit que vous pouvez vous asseoir là pendant la cérémonie. » Il nous montre un long rocher plat et se retourne pour partir.

« Attends ! dit Jean-Claude. Tu ne restes pas pour la cérémonie ? »

Norbu lui répond par-dessus son épaule : « Je ne peux pas. Je ne fais pas partie de la famille de Babu Rita. Et je préfère ne pas voir de funérailles célestes. » Il poursuit son chemin dans le labyrinthe de blocs rocheux et disparaît avec les deux prêtres qui nous ont conduits jusqu'ici.

La lumière pointe vaguement à l'est, mais la journée s'annonce nuageuse et froide. J'ai apporté un pull supplémentaire, que j'ai enfilé pendant la nuit, mais ni lui ni ma chemise de flanelle et ma veste Norfolk ne suffisent à me tenir chaud. Je m'en veux de ne pas avoir apporté ma parka en duvet dans mon sac à dos, au lieu de ne prendre qu'un pull et quelques tablettes de chocolat. Jean-Claude aussi frissonne.

Nous saluons les Ngawang Tenzin – un vieux monsieur, dont le visage ridé est couvert de poils blancs, deux gros hommes d'âge moyen, ne possédant à eux deux que deux sourcils, et un garçon maigre comme un clou, qui paraît très jeune bien qu'il soit peut-être adolescent. Aucun d'eux ne répond à notre salut. J'ai l'impression que nous attendons quelqu'un.

Enfin, quatre autres prêtres, manifestement plus haut dans la hiérarchie que les deux qui nous ont amenés, sortent du labyrinthe de pierre. Le monastère, en contrebas, est invisible d'ici. Je m'attendais à ce que Dzatrul Rinpoché officie lui-même. Mais il semble qu'un simple Sherpa de sahibs blancs n'ait pas droit à des obsèques conduites par le saint lama, réincarnation de Padmasambhava.

Les prêtres sont suivis par quatre acolytes de rang inférieur, tenant la civière de fortune sur laquelle nous avons transporté Babu Rita au monastère. La toile de tente que nous avions utilisée comme linceul a été remplacée par une fine étoffe blanche, peut-être de la soie.

Les porteurs posent le brancard sur la grande pierre basse, autour de laquelle attend la famille Ngawang Tenzin – les « briseurs de morts », a dit Norbu Chedi.

Dans la lumière qui accompagne la naissance de l'aube, je m'aperçois que ce que j'ai pris pour des gargouilles taillées dans les gros rochers derrière l'autel n'en sont pas. Ce sont des gypaètes barbus tout à fait vivants – de gigantesques vautours. Ils ne bougent pas. Leur regard rapace demeure rivé à la petite forme sous le drap blanc.

J.-C. et moi restons debout sous un crachin bref mais glacial, tandis que les prêtres et leurs acolytes chantent leurs chants discordants. Deux des grands prêtres tournent autour de l'autel de pierre sur lequel est posé le corps de Babu Rita dans son linceul, qu'ils aspergent par moments d'une poudre blanche.

Enfin, les prêtres se taisent et vont se placer dans la pénombre du labyrinthe de rochers, avec les quatre porteurs. Les trois générations de Ngawang Tenzin sont demeurées respectueusement à l'écart de l'autel pendant la cérémonie.

« C'est fini ? demandé-je à Jean-Claude dans un murmure. C'était ça, l'inhumation céleste ?

— Je ne crois pas », chuchote mon ami en réponse. Sa voix me fait l'effet d'un sinistre présage.

Les Ngawang Tenzin ouvrent plusieurs sacs en cuir tanné et déplient des tissus noirs remplis d'outils tranchants : longs couteaux à fileter incurvés, couperets, égoïnes, une petite hache, une grande hachette, divers autres couteaux, ainsi que de gros marteaux à tête de pierre.

Et aussitôt ils se mettent à l'ouvrage.

Ils retirent le drap blanc pour révéler le corps nu de ce pauvre Babu Rita. Couché sur le dos, paumes vers le bas, les yeux déjà légèrement enfoncés dans leurs orbites, il semble minuscule. D'instinct, J.-C. et moi détournons le regard, pour tenter de laisser à notre ami Sherpa un semblant de dignité. Une précaution inutile.

Le grand-père grisonnant s'affaire avec un long couteau à fileter dans une main et une hachette dans l'autre. En moins de temps qu'il n'en faut pour l'écrire, il a tranché les mains de Babu, ses pieds, puis l'a décapité de deux grands coups de hachette.

L'un des deux fils coupe et scie les jambes et les bras de Babu. Le bruit de l'égoïne tranchant les os et les articulations résonne dans la clairière. Le jeune garçon ne reste pas inactif : à l'aide d'une petite hachette, il tranche les doigts du Sherpa qu'il écrase avec l'un des marteaux de pierre.

Les trois adultes s'attaquent ensuite au torse. Le cœur, les poumons, le foie, les intestins et autres organes internes sont extraits et jetés sans cérémonie dans un bol en pierre. Le grand-père se sert d'une barre en métal pour briser les côtes en morceaux. La chair est arrachée des os. Les Ngawang Tenzin retournent ce qui reste de Babu Rita pour sortir les vertèbres qu'ils coupent puis hachent et écrasent à leur tour. Les bruits produits par cet exercice sont… indescriptibles.

Quand le corps est proprement dépecé, le garçon a l'honneur de lancer un par un les morceaux aux vautours. Les affreux charognards fondent sur chaque fragment tombé entre les rochers sur lesquels ils sont perchés, mais ils ne se bagarrent pas à grands coups d'ailes comme dans les récits de ces festins, en Afrique ou ailleurs, qu'on m'a racontés. On dirait que ces gypaètes barbus, vétérans des inhumations célestes, savent qu'il y en aura pour tout le monde.

Une fois Babu Rita réduit en miettes – le crâne pulvérisé, les yeux arrachés et jetés aux vautours, sa cervelle écrabouillée en une bouillie grise –, le billot en pierre est sommairement nettoyé avec plusieurs seaux d'eau.

Puis les quatre briseurs de morts s'en vont. Les moines et leurs acolytes sont déjà partis – pendant que J.-C. et moi, dans un silence horrifié, regardions les bouchers travailler.

Jean-Claude me fait un signe de tête et nous nous éloignons nous aussi. Contournant le monastère, nous retrouvons Norbu Chedi plus bas sur la colline, où il nous attend avec les trois poneys. Aucun de nous ne dit mot tandis que nous éperonnons nos bêtes pour repartir sans tarder vers le camp de base au nord et la tempête qui vient.

Les fois précédentes, le trajet entre le monastère du Rongbuk et le camp de base, sur nos poneys, nous avait pris moins de deux heures. Mais aujourd'hui, sous les rafales de neige aveuglantes, et même avec un vent puissant dans le dos, il nous en faut plus de trois.

Nous restons silencieux pendant la première moitié du voyage.

Puis Norbu Chedi finit par prendre la parole : « J'ai assisté à plusieurs inhumations célestes, sahibs. Je ne voulais pas en voir une autre. »

Jean-Claude et moi n'avons rien à répondre à cela.

Au cours de la dernière heure, tandis que nous approchons de la rivière à moitié gelée non loin de la moraine et du camp de base, J.-C. me dit : « J'imagine que ça se comprend, d'un point de vue pratique, dans la mesure où le sol est gelé dix mois de l'année dans une grande partie du Tibet.

— Ouais », dis-je. Mais je ne suis pas convaincu.

Après un long silence, Jean-Claude se tourne vers moi. Une fois sûr d'être hors de portée de voix de Norbu Chedi, parti devant, il murmure : « Si je casse ma pipe sur cette montagne, Jake, enterrez-moi dans une crevasse ou contentez-vous de me laisser sur place. D'accord ?

— Je vous le promets. Et vous faites pareil pour moi, d'accord ? »

J.-C. hoche la tête, et nous ne disons plus rien pendant le dernier quart d'heure de notre chevauchée sous la neige.

Vendredi 15 mai 1925

À notre arrivée, avant midi, le camp de base est presque désert.

Le docteur Pasang est encore là avec ses deux patients qui se reposent dans des tentes. Il a pratiqué les amputations hier, à leur retour du monastère : les dix orteils d'Ang Chiri, quatre orteils et trois doigts de la main droite pour Lhakpa Yishay. Dans des circonstances normales, nous explique le médecin, il aurait attendu plus longtemps avant d'opérer, mais la putréfaction commençait à gagner le pied entier d'Ang Chiri, et la gangrène menaçait aussi le pied et la main droite de Lhakpa.

Jean-Claude et moi allons voir les deux hommes. Ang Chiri est plus joyeux que jamais et impatient, nous dit-il, d'essayer les nouvelles formes en bois dans ses bottes pour voir s'il peut marcher sans orteils. Évidemment, pensons-nous, J.-C. et moi, mais sans le dire, un Sherpa passe la plus grande partie de sa vie chez lui en sandales, et pas avec des bottes de randonnée de fabrication anglaise. Mais Ang n'a pas l'air de s'en soucier.

Lhakpa, qui a perdu beaucoup moins qu'Ang, est pourtant beaucoup plus morose. Les deux hommes ont les pieds bandés, et leurs pansements sont tachés de teinture d'iode. Il tient sa main droite, à laquelle il ne reste plus que deux doigts, dans l'autre et, pleurant presque, répète comme un mantra qu'il ne pourra plus jamais trouver de travail (d'après la traduction de Pasang.)

Une fois ressortis de leur tente, J.-C. et moi échangeons un commentaire sur la bonne humeur d'Ang Chiri, quand Pasang dit : « Ne jamais négliger le pouvoir d'un peu d'opium post-chirurgical pour remonter le moral d'un patient. »

Il ne reste que cinq autres Sherpas au camp de base. La veille, la plupart des hommes ont dû transporter des charges dans les camps en altitude – au camp III, au pied de la dernière pente de glace, et au camp IV sur le col nord. Plus tôt dans la journée, un messager est venu prévenir Pasang que les vents violents et la neige les empêchaient de monter au col – à l'exception du Diacre, de Reggie et de deux tigres Sherpas, qui à l'heure qu'il est avaient sûrement dû redescendre se mettre à l'abri. Maintenant, au moins, les camps II et III sont équipés d'assez de tentes, de sacs de couchage et de nourriture pour tous ceux qui y passent.

Pasang nous confie qu'il a hâte de voir ses patients guéris pour pouvoir rejoindre les camps d'altitude. Une liberté dont il ne profitera, évidemment, que si aucun nouveau blessé ne doit être redescendu au camp de base pour recevoir des soins. À mon avis, le docteur Pasang n'aime pas être séparé de sa patronne pendant de longues périodes.

Bien qu'il soit déjà tard pour quitter le camp de base, Jean-Claude et moi décidons de faire un portage jusqu'au camp le plus haut que nous puissions atteindre aujourd'hui. Je crois que nous avons tous les deux besoin d'un peu d'escalade au grand air pour nous débarrasser du goût terrible de cette « inhumation céleste ». Moi, en tout cas, j'en ai besoin.

J.-C. et moi vérifions le bon fonctionnement de deux appareils à oxygène – beaucoup ont déjà été transportés plus haut par les Sherpas – et, une fois sûrs qu'aucune des six bouteilles ne fuit, nous passons les harnais sur nos épaules. Comme nous n'avons pas l'intention de respirer de l'air anglais aujourd'hui, les masques et les valves sont accrochés au châssis de métal. Ainsi chargés, nous portons presque le poids de onze kilos recommandé par le Diacre, mais il faut aussi emporter quelques affaires personnelles au cas où nous devrions rester dans les camps en altitude – peut-être jusqu'au jour de l'assaut du sommet. Nous prenons donc deux besaces – il s'agit en fait d'étuis de masques à gaz (sans les masques) de la Grande Guerre, que le Diacre a achetés en grande quantité et pour pas cher. Elles sont parfaites pour y fourrer quelques vêtements de rechange, des accessoires de rasage – que je n'ai pas utilisés depuis une semaine, vu que je déteste me raser à l'eau froide –, un appareil photo, du papier toilette et tout le reste. Il y a probablement des sacs de couchage en surnombre là-haut, mais J.-C. et moi ne voulons pas prendre de risque : nous les enroulons très serré, les rangeons dans leur housse imperméable et les accrochons aux barreaux métalliques du châssis des appareils à oxygène.

Nous avons notre assortiment de piolets de différentes tailles (gardant seulement le long à la main) ainsi que deux jumars, et nous avons chaussé nos crampons douze pointes (bien que le trajet jusqu'au camp II se fasse essentiellement sur le sol caillouteux de la moraine). Vu le froid et la neige, nous avons revêtu nos ensembles en duvet d'oie, sous l'anorak et le pantalon imperméables.

Après avoir serré la main de Pasang, nous nous mettons en route et remontons bientôt la vallée, entre des parois de glace sale et quelques pinacles occasionnels. Le temps est pourri, on ne voit pas à plus de quatre mètres. Le vent est encore plus violent ici que dans la vallée du Rongbuk, et alors que la neige ne semble pas s'accumuler, des grêlons nous piquent le visage comme des décharges de chevrotine.

Reliés par douze mètres de corde miracle, et portant d'autres rouleaux sur nos épaules, Jean-Claude et moi entamons les dix-neuf kilomètres qui nous séparent du col nord.

Nous n'échangeons que les quelques paroles nécessaires pendant la longue traversée de l'Auge puis du glacier au-dessus du camp II. Nous sommes tous les deux perdus dans nos pensées.

Je songe à la mort en montagne. Au-delà de ma culpabilité, après le décès inutile de Babu Rita, d'autres souvenirs me reviennent. Ce n'est pas la première fois que je suis le témoin d'accidents mortels.

Quand je faisais mes études à Harvard, entre 1919 et 1923, nous étions quelques-uns à passer toutes nos vacances et nos moments de loisir à grimper dans les Quincy Quarries voisines, au printemps et à l'automne, et dans les montagnes du New Hampshire l'hiver – dans le milieu des ascensionnistes, on nous appelait les Quatre de Harvard.

Le professeur assistant Henry S. Hall, qui allait fonder le club d'alpinisme de Harvard en 1924, était notre chef officieux, et c'est chez lui que notre petit groupe se retrouvait. Les deux autres membres en étaient Terris Carter (mon condisciple) et Ad Bates (d'un an notre cadet), un grimpeur tout en genoux et en coudes, à la technique peu orthodoxe mais d'une agilité étonnante.

Le professeur Hall, avec ses amis alpinistes plus âgés et expérimentés, s'était spécialisé dans l'escalade des Rocheuses canadiennes et pratiquait plus rarement en Alaska. Lors des vacances d'automne, pendant ma troisième année, nous étions partis tous les quatre au mont Temple, en Alberta, et nous escaladions l'arête est – qui serait aujourd'hui classée IV 5,7 – quand Ad avait glissé. La corde de dix-huit mètres qui le reliait à Terris et moi s'était rompue, et il avait fait une chute mortelle. Nous n'étions pas en position d'assurage ; la chute d'Ad avait été si soudaine et verticale que si la corde n'avait pas cassé, Terris et moi aurions sans doute dégringolé, nous aussi, de la face nord.

Nous avions pleuré la mort d'Ad, bien sûr, comme seuls les jeunes peuvent pleurer la mort d'un camarade du même âge. J'avais essayé de parler à ses parents quand ils étaient venus à Harvard chercher ses affaires, mais je n'avais réussi qu'à sangloter. À la reprise des cours, j'avais commencé à sécher, restant dans ma chambre à broyer du noir. J'étais sûr d'en avoir terminé avec l'alpinisme.

Le professeur Hall était alors venu me voir. Il m'avait dit que je devais choisir : soit je retournais en cours, soit je quittais la fac – à l'heure actuelle, je ne faisais que gaspiller l'argent de mes parents. Pour ce qui était de l'alpinisme, il m'avait informé qu'il comptait emmener des étudiants grimper au mont Washington dès les premières neiges, et que je devais décider tout de suite si je continuais – j'étais doué, d'après lui – ou si j'arrêtais définitivement. « Mais la mort fait partie de ce sport, m'avait dit le professeur Hall. C'est dur, c'est injuste, mais c'est comme ça. Quand un ami ou un camarade de cordée meurt, si vous voulez continuer à être un alpiniste, Jake, vous devez apprendre à dire “Et merde !” et passer à autre chose. »

C'était la première fois que j'entendais un professeur utiliser ce mot, et ça m'a frappé. Tout comme la leçon qu'il me donnait.

Au cours des dernières années, j'ai appris – du moins en partie – à dire « Et merde ! » et à passer à autre chose. Pendant mes mois d'escalade dans les Alpes avec J.-C. et le Diacre, nous avons participé à pas moins de cinq tentatives de sauvetage, dont trois ont eu une issue tragique. Il est vrai que je ne connaissais aucun des alpinistes décédés, mais j'ai vu l'état d'un corps humain après un accident de montagne : membres fracturés ou déboîtés, du sang partout, des crânes brisés, voire des têtes arrachées. La mort après une chute d'une grande hauteur n'est jamais belle à voir.

Babu Rita n'avait pas subi ce sort-là : il avait seulement suivi deux imbéciles qui avaient descendu une pente en glissade comme ils auraient dévalé une piste de luge dans un parc municipal américain enneigé. Sauf qu'il n'y a pas de rochers cachés sous la neige sur les pistes de luge.

« Et merde, me suis-je entendu murmurer. Passe à autre chose. »

Le vent mugit entre les pinacles de glace de l'Auge et, une fois sur le glacier, nous devons déterrer les cordes fixes entre les crevasses pour plus de sécurité, mais les drapeaux sur les baguettes de bambou nous indiquent le chemin.

Nous arrivons au camp III avant que le jour commence à baisser. Reggie et le Diacre n'y sont pas. Bien que deux grandes tentes Whymper aient été dressées, nous trouvons huit Sherpas recroquevillés dans les quatre petites tentes Meade. Pemba nous explique d'un ton gémissant qu'ils sont tous mal en point : ils souffrent de « lassitude des montagnes », ainsi qu'on appelait le mal aigu des montagnes en 1925. Ceux qui ne sont pas enfoncés dans des sacs de couchage sont enveloppés dans plusieurs épaisseurs de couvertures. Pemba nous apprend que lady memsahib et Deacon sahib sont au camp IV avec Tejbir Norgay et Tenzing Bothia. Les vents sont terribles là-haut, nous dit-il.

Jean-Claude et moi ressortons de la tente malodorante pour nous concerter. Il est tard, et il fera nuit lorsque nous arriverons sur le col nord. Mais nous avons emporté nos lampes de mineur, j'ai une torche dans mon sac, et nous nous sentons tous les deux d'attaque et impatients.

La partie la plus pénible de l'ascension, curieusement, est la traversée du champ de neige jusqu'au pied de la pente puis les soixante premiers mètres de montée jusqu'à la section plus abrupte où commencent les cordes fixes. Même si la neige et le jour déclinant cachent le rocher qui a tué Babu, je ne peux m'empêcher d'imaginer une couche de sang gelé sous la neige fraîche, comme de la confiture de fraise entre deux tranches de pain blanc. Lorsque nous atteignons la partie plus raide du trajet, nous devons utiliser nos piolets pour dégager la corde fixe. Puis nous fouillons dans nos sacs pour prendre nos lampes frontales et les « jumars » de Jean-Claude.

Tandis qu'il vérifie que j'ai accroché correctement le jumar à la corde miracle, je lui demande : « Vous avez vraiment inventé ce machin ? »

Mon ami sourit. « Oui, mais en collaboration avec mon père. Il aidait alors un jeune homme du nom d'Henri Brenot, qui cherchait un mécanisme pour escalader des cordes dans des grottes. Comme l'appareil n'était destiné qu'à une seule personne, mon père n'a pas pensé à le breveter, pas plus d'ailleurs que Brenot, qui l'appelait un *singe.* Je l'ai modifié, créant un modèle plus petit et plus sûr, dans un métal à la fois plus léger et plus solide, j'ai ajouté la poignée incurvée avec son système de blocage pour pouvoir la saisir avec des moufles, et dessiné une came plus robuste pour appuyer sur la corde sans crainte de glisser ou de l'abîmer… et *voilà** !

— Mais "Jumar", c'était vraiment le nom de votre chien ? »

Jean-Claude se contente de sourire encore plus largement et commence l'ascension mécanique de la corde fixe.

Il y a un an, Mallory, Irvine, Norton ou les autres auraient mis quatre ou cinq heures à gravir ce mur de glace jusqu'au col nord, surtout dans une tempête de neige semblable à celle que J.-C. et moi venons de traverser. Mallory aurait passé beaucoup de temps plié en deux à s'épuiser à tailler laborieusement des marches dans la paroi glacée. À l'aide de nos nouveaux crampons douze pointes et des jumars, J.-C. et moi avons grimpé en moins de quarante-cinq minutes – avec une pause à mi-chemin pour manger une barre de chocolat. Nous avons utilisé nos longs piolets, mais seulement pour les planter dans la glace de la main gauche afin d'avoir un meilleur équilibre ou pour retirer la neige recouvrant la corde fixe au-dessus de nous.

La traversée du col nord, entre la corniche de glace et le camp IV, dans le coin nord-ouest sous les hauts séracs, aurait dû être inquiétante dans une telle tempête, mais le Diacre et les autres ont planté de solides baguettes de bambou surmontées de drapeaux rouges, de sorte que malgré le vent et le manque de visibilité il est aussi facile de passer entre les crevasses que de marcher sur une route de trois mètres de large bien balisée.

Le camp IV se compose à présent d'une tente Whymper de taille moyenne, de la GTR – la grande tente de Reggie – et de deux petites tentes Meade, dans lesquelles le Diacre a prévu d'entreposer des charges destinées aux camps supérieurs. Quand une partie de ce matériel sera montée aux camps V et VI, les tentes Meade et la tente Whymper serviront à abriter les Sherpas pendant leurs allers et retours dans la chaîne théorique d'approvisionnement.

Le Diacre et Tejbir Norgay lèvent des yeux surpris quand nous passons la porte de la tente Whymper et secouons la neige de nos vêtements dans le petit vestibule, avant de les rejoindre. J'imagine qu'on doit offrir un drôle de spectacle avec nos capuches en duvet d'oie remontées, nos casques d'aviateur en cuir, nos cagoules qui nous cachent tout le visage, les lampes frontales encore allumées, nos lunettes couvertes de givre et les épaules pleines de neige de nos anoraks Shackleton. Les deux hommes ne s'attendaient manifestement pas à avoir de la compagnie. Ils sont penchés sur un réchaud Unna, à faire bouillir quelque chose dans une grande casserole – à la température ridiculement basse nécessaire à l'ébullition à 7 200 mètres. L'eau bout à 76 °C à cette altitude, et à 100 °C au niveau de la mer. Dès qu'ils entrent en contact avec l'air froid, nos liquides « bouillis » à 76 °C refroidissent à la température du corps.

Lorsque nous nous découvrons le visage, le Diacre dit : « Juste à l'heure pour le dîner, messieurs. Ragoût de bœuf. Et nous en avons préparé des quantités. »

J.-C. et moi mourons de faim. La nausée qui nous avait saisis tous deux après l'inhumation céleste est passée pendant nos longues heures de marche et d'escalade.

Je m'attendais à un reproche du Diacre après la mort de Babu Rita, mais il ne vient pas – aucune question sarcastique non plus, pour savoir si nous avons apprécié l'inhumation céleste ou avons passé un moment édifiant avec les briseurs de morts. Je sais que le Diacre a déjà assisté à de tels rituels, mais il n'y fait aucune allusion, ironique ou pas. Je suppose qu'il compatit, après les horreurs que nous avons vues. De plus, je sais qu'il appréciait beaucoup notre Sherpa.

« Quel est le programme d'escalade, Richard ? demande Jean-Claude une fois que nous avons fini le ragoût et les biscuits réchauffés et que nous sirotons notre café tiède.

— Demain matin, sauf si le temps se dégrade encore, nous tenterons l'arête nord pour aller au camp V, répond-il. J'ai pu y monter deux tentes Meade il y a quelques jours… il ne reste plus qu'à espérer qu'elles n'ont pas été soufflées par le vent ou balayées jusqu'en bas du glacier par une avalanche. » Il montre les appareils à oxygène que nous avons posés dans un coin de la tente. « Vous les avez utilisés pendant l'ascension ? »

Nous secouons la tête.

« Bien, dit le Diacre. Nous en avons d'autres ici, au camp IV, et je vous conseille de prendre une bouteille pour vous deux pendant la nuit… Si vous avez froid ou si vous commencez vraiment à vous sentir mal, un petit peu d'oxygène au débit minimum vous fera du bien. Nous avons tous besoin de dormir si nous voulons grimper demain matin. À ce propos, avez-vous apporté des batteries supplémentaires pour ces lampes de mineur ? »

Je hoche la tête.

« Bien. Quand je dis "demain matin", je pense à trois heures et demie ou quatre heures. »

Je suis tenté de commenter : *Vous suivez donc finalement le conseil de Reggie* mais préfère m'abstenir, et demande plutôt : « Où sont Reggie et Tenzing Bothia ?

— Dans la GTR », répond le Diacre. Puis il sourit soudain. « Lady Bromley-Montfort m'a interrogé ce matin au camp III quand elle m'a surpris en train d'en parler avec deux Sherpas. Elle a exigé de savoir ce que signifiait ce GTR dont elle avait entendu plusieurs hommes parler. Quand je lui ai dit qu'il s'agissait de la "grande tente de Reggie" en m'excusant pour cette familiarité, elle a juste dit "Oh" et piqué un fard. Je me demande ce qu'elle était allée s'imaginer. »

Alors que j'y réfléchis, plusieurs possibilités me viennent à l'esprit… et c'est mon tour de rougir violemment. Je me ressers du café pour cacher mon embarras.

Le vent gratte les parois de la tente, mais contrairement à la semaine dernière, on n'a pas l'impression qu'elle va s'effondrer d'une seconde à l'autre. Et même si elle se déchirait, il nous resterait deux tentes Meade inutilisées et la GTR, comme canots de sauvetage dans la tempête.

Sauf, bien sûr, si nous n'avons pas le temps de *sortir* de la tente avant que ses attaches et piquets ne soient arrachés par les bourrasques. Dans ce cas, il ne nous restera qu'à essayer d'agripper le sol à travers la toile pendant que la Whymper glissera avant de disparaître dans une crevasse ou de tomber d'un à-pic de plusieurs centaines de mètres jusqu'au glacier.

Nous nous installons dans nos sacs de couchage en sirotant nos dernières gouttes de café quand je sors le livre que j'ai emporté avec moi. C'est la célèbre anthologie de poésie anglaise et française parue pendant la guerre et intitulée *The Spirit of Man.* Je commence à lire à voix haute un poème de Tennyson quand le Diacre m'interrompt soudain. « Excusez-moi, Jake. Puis-je voir ce livre ?

— Bien sûr. » Je lui tends le volume.

Il se lève, enfile sa parka de duvet, roule son sac de couchage, attrape son sac à dos et quitte la tente pour sortir dans la tempête.

Troublé, souriant en pensant qu'il s'agit d'une quelconque plaisanterie – peut-être une histoire de papier toilette, bien que nous en ayons tous apporté –, je passe la tête et les épaules à l'extérieur de la tente le temps de voir le Diacre lancer mon livre dans l'une des plus profondes crevasses. Puis il disparaît dans les tourbillons de neige, en direction des tentes Meade remplies de matériel.

Je referme le rabat de la tente et me tourne vers J.-C. et Tejbir. Tous deux ont l'air aussi surpris et troublés que je le suis.

Je secoue la tête, cherchant quoi dire et me demandant si le Diacre n'est pas victime d'un coup de folie passager dû à l'altitude, quand les rabats s'ouvrent pour laisser entrer Reggie. Elle n'est pas vêtue de sa tenue de duvet d'oie mais la porte à la main, de même que son sac de couchage et un coussin gonflable.

« Puis-je entrer ? » demande-t-elle, alors qu'elle est déjà à l'intérieur en train de renouer les liens des rabats de la tente.

« Faites donc… oui… je vous en prie… bien sûr », balbutions-nous, J.-C. et moi. Tejbir la regarde de ses yeux écarquillés, et je me souviens qu'il a tendance à perdre sa maîtrise de l'anglais quand il est inquiet ou troublé.

Nous faisons de la place pendant que Reggie dispose son matelas de sol et son sac de couchage, retire ses bottes délacées et s'assoit. Elle s'adresse à Tejbir en népalais, puis le Sherpa hoche la tête, enfile ses bottes, plie son sac de couchage, attrape son sac à dos et sort dans la tempête.

« Je viens de suggérer à Tejbir que, puisque je dormirai ici ce soir – si vous êtes d'accord, messieurs –, Tenzing Bothia se sentirait peut-être seul dans ma tente en dôme. Tejbir a compris le message. Nous aurons ainsi plus de place pour nous étendre. »

Puisque je dormirai ici ce soir… La phrase me donne le tournis. Puis je mesure l'absurdité de ma réaction pudibonde. En plus des sacs de couchage qui nous enveloppent comme des momies, nous sommes tous les trois encore vêtus de multiples couches de coton, de laine et de duvet d'oie. Je me souviens d'une anecdote que j'ai entendue en Angleterre, à propos de sir Robert Falcon au pôle Sud. Apparemment, Scott était très à cheval sur la hiérarchie sociale – on dit qu'il avait accroché une couverture pour séparer le coin des simples recrues de celui des officiers dans le grand abri qu'ils avaient bâti près de la côte –, mais au début de son expédition vers le pôle, alors que certains allaient retourner à l'abri et survivre à l'expérience, quelqu'un avait respectueusement demandé à Scott pourquoi il mettait plus de temps que les autres quand il sortait dans le froid glacial de la nuit pour faire ses besoins naturels. « Le problème, aurait répondu Scott, c'est d'extraire un machin de cinq centimètres de dix-huit centimètres de vêtements. »

En d'autres termes, lady Bromley-Montfort ne risquait rien avec nous ce soir. Il va sans dire qu'elle aurait été parfaitement en sécurité, même si nous avions tous été nus.

« J'étais dehors pour aller aux toilettes quand j'ai vu M. Deacon lancer un livre par la falaise puis aller se réfugier dans la tente Meade que nous avons à moitié remplie de provisions à destination des camps supérieurs », dit-elle.

Ce qui me donne matière à réfléchir. *Aller aux toilettes ?* Lorsque nous devons uriner, dans ce genre de tempête, nous, les hommes, ne sortons pas de la tente – nous ne sommes pas vieux jeu comme l'était Scott – et utilisons ce que l'on appelle poliment une « bouteille à pisse », qu'on va ensuite jeter discrètement – ou non – à l'extérieur quand le temps s'améliore. Je n'ai jamais pensé aux problèmes que peut poser à une alpiniste le simple fait d'aller aux toilettes. Et voilà que je me demande si elle doit s'accroupir au bord d'une crevasse et que je m'inquiète de possibles gelures.

Je ne sais pas si je rougis une fois encore, mais j'avoue que je me détourne le temps de reprendre contenance.

« Quel était ce livre ? » demande Reggie. Je me rends compte que J.-C. attend que je réponde.

« Oh, l'anthologie de poésie anglaise de Robert Bridges intitulée *The Spirit of Man*. J'avais entendu dire que George Leigh Mallory en avait lu des passages à voix haute à ses camarades ici, au camp IV, et je pensais que ce serait peut-être… bienvenu… si… » Je ne termine pas ma phrase.

Reggie hoche la tête. « Je comprends pourquoi M. Deacon a balancé le livre du haut du col. »

Je jette un coup d'œil à J.-C., mais il paraît aussi désemparé que moi. Le Diacre a-t-il un peu perdu la tête à cause de l'altitude ? Est-il encore en colère contre Mallory – ou jaloux de lui ? Ça n'a pas de sens.

Puis Reggie me pose une question qui me fait passer du domaine du bizarre à celui de l'impossible.

« L'un de vous a-t-il déjà vu votre ami Richard Davis Deacon nu ? » demande-t-elle d'une voix neutre.

Jean-Claude et moi nous regardons de nouveau, mais ne réussissons qu'à secouer la tête en guise de réponse.

« C'est bien ce que je pensais, dit-elle. Moi, je l'ai vu. »

Mon Dieu, le Diacre et elle sont amants depuis que nous l'avons rencontrée à Darjeeling, me dis-je. *Leurs bisbilles affichées n'étaient qu'un écran de fumée.*

J.-C. réussit à poser la question importante – c'est peut-être plus facile pour un Français. « Puis-je vous demander quand vous l'avez vu nu, madame ? »

Reggie sourit. « La première nuit que vous avez tous passée à ma plantation de Darjeeling. Mais ce n'est pas ce que vous croyez. J'ai demandé à Pasang d'ajouter une goutte de morphine dans le cognac de M. Deacon pour qu'il dorme profondément. Pasang et moi avons ainsi pu examiner son corps à la lueur des bougies. Par chance, sous des climats plus chauds, votre ami dort dans le plus simple appareil. Il n'y avait là rien de personnel, vous le comprenez. Une obligation purement médicale. »

Je suis trop estomaqué pour parler. Ce n'est pas seulement fou, c'est scandaleux. *Rien de personnel ?* Que peut-il y avoir de plus personnel que d'être drogué puis examiné de la sorte ? Je ne peux m'empêcher de me demander si Pasang et elle nous ont fait subir à tous le même traitement – je me souviens d'avoir dormi comme une masse. Mais pourquoi aurait-elle fait une chose pareille ?

Reggie va répondre à la question que ni J.-C. ni moi n'avons formulée.

« Connaissiez-vous M. Deacon avant la guerre ? »

Nous secouons la tête.

« Le connaissiez-vous pendant l'immédiat après-guerre ? »

Une fois encore, nous faisons signe que non. Parfois, j'oublie que Jean-Claude a rencontré le Diacre et commencé à grimper avec lui seulement deux mois avant moi.

Reggie soupire. « Le capitaine R. D. Deacon a été cité à l'ordre du jour au moins quatorze fois pendant la guerre, dit-elle d'une voix douce. Mesurez-vous la véritable signification de cette information ?

— Que Richard est très courageux ? » dit J.-C. avec impatience.

Reggie sourit. « Au milieu d'un carnage aussi monstrueux, il est extraordinaire d'obtenir quatre ou cinq citations. Ceux qui ont été cités sept ou huit fois ont fait preuve d'une bravoure telle qu'ils ont invariablement fini par mourir au combat. Le capitaine Deacon – il a refusé plusieurs promotions au grade de major ou de colonel, vous savez – a participé à la bataille de Mons, à la première bataille de la Marne quand les forces expéditionnaires britanniques se sont engouffrées dans une brèche dans le front, il était à Ypres, à Loos pendant la bataille de l'Artois en 1915, sur la Somme en février 1916, là où les Britanniques ont perdu cinquante-huit mille hommes avant le petit déjeuner le premier jour ; il était dans le cratère à la bataille de

Messines et a participé à des combats parmi les plus terribles à Passchendaele en 1917 et à la deuxième bataille de la Marne en 1918.

— Comment savez-vous tout cela ? dis-je.

— Par mon cousin Charles, notamment. Mon cousin Percival était encore une meilleure source.

— Je croyais que Percival – le jeune Bromley – n'avait pas combattu pendant la guerre, dit Jean-Claude.

— Il n'a pas combattu, dit Reggie. Du moins, pas en tant que soldat en uniforme comme l'ont fait le capitaine Deacon et mon cousin Charles. Mais Percival avait des contacts disons… nombreux… au gouvernement et au ministère de la Guerre.

— Mais votre cousin Percy était mort quand vous avez appris que Richard venait pour cette mission, insiste J.-C.

— Oui, dit Reggie, mais mentionner le nom de Percival m'a permis d'ouvrir certaines portes… ou certains dossiers, devrais-je dire… au cours des derniers mois.

— Je ne comprends pas. » La réprobation est très audible dans mon ton. « En quoi les admirables états de service du Diacre justifient-ils que Pasang et vous l'ayez drogué pour l'examiner pendant son sommeil ?

— J'avais déjà commencé à organiser cette expédition pour retrouver la dépouille de Percival, dit-elle. J'avais choisi trois guides alpins, des Suisses, qui devaient m'accompagner dans la montagne. Quand j'ai appris que Jean-Claude et vous veniez avec M. Deacon – qui a su profiter de la fortune de ma tante Elizabeth pour vous financer tous les trois –, je devais m'assurer qu'il était physiquement apte.

— Bien sûr qu'il l'est, dis-je, sans plus chercher à cacher mon indignation. Vous l'avez vu marcher et grimper. C'est certainement le plus fort de nous trois. »

Reggie hausse légèrement les épaules, mais pas assez pour que ça ressemble à des excuses ou des regrets. « Je savais par mon cousin Charles – et par les dossiers secrets du ministère de la Guerre – que le capitaine Deacon avait été blessé pas moins de douze fois. À aucun moment il n'a accepté d'être évacué et renvoyé en Angleterre, comme George Mallory par exemple. Mallory était lieutenant en second dans la Fourtieth Siege Battery dans la Somme – il a passé tout son temps de service dans une unité d'artillerie derrière la ligne de front –, et s'il a vu des hommes mourir à côté de lui, il n'a jamais combattu longtemps en première ligne comme Richard Deacon.

Mallory a été rapatrié en Angleterre pour subir une opération – une vieille blessure à la cheville qu'il s'était faite avant la guerre, conséquence d'une chute, je crois, alors qu'il escaladait dans une carrière. Il a quitté la France le 8 avril 1917, la veille de la bataille d'Arras, durant laquelle quarante mille soldats britanniques sont morts. Et où le capitaine Deacon a été blessé pour la cinquième fois. George Mallory – qui avait des amis haut placés, sans mauvais jeu de mots – a passé presque toute la fin de la guerre en Angleterre en convalescence puis dans des unités d'entraînement. Il était toujours en congé de convalescence quand il est allé escalader à Pen-y-Pas avec ses amis – à croire qu'il se sentait suffisamment bien. Rappelé dans son bataillon d'artillerie, il a échappé de peu à la terrible bataille de Passchendaele – à cause d'une nouvelle blessure au pied et au pouce qu'il s'est faite en Angleterre, dans un accident de motocyclette à Winchester. On pourrait presque dire, si on l'osait, que George Mallory a eu une guerre facile.

» Le capitaine Deacon, quant à lui, n'a cessé de retourner au front malgré ses blessures. Il n'a jamais accepté d'être rapatrié. Et d'après ce que je sais, il n'est jamais retourné en Angleterre de toute la guerre – très, très inhabituel pour un officier. Il n'y avait qu'une journée de voyage entre le front et Londres, et les gradés profitaient de presque chaque permission pour faire le trajet. Quant aux blessures, j'étais également consciente que le capitaine Deacon avait été exposé directement au moins deux fois au gaz moutarde.

— Ses poumons vont bien, ai-je dit. Ses yeux aussi.

— Ah », a lâché J.-C. comme s'il venait enfin de saisir quelque chose.

Reggie secoue la tête. « Vous ne comprenez pas, Jake. Le gaz moutarde n'attaque pas seulement les yeux, les poumons et les muqueuses ; quand la poudre jaune éclabousse le corps, elle ronge la chair et le muscle, et creuse des plaies qui ne se referment jamais. Ces blessures, qui saignent et suppurent, doivent être nettoyées tous les jours, pendant la vie entière. C'était précisément ce dont souffrait mon pauvre cousin Charles. Vous souvenez-vous, l'un et l'autre, de John de Vere Hazard ?

— Hazard a participé à l'expédition de l'année dernière, dit Jean-Claude. C'est le type qui a abandonné quatre Sherpas dans la tempête, ici au col nord – une tempête semblable à celle d'aujourd'hui –, et obligé Mallory, Somervell et les autres à risquer leur vie pour remonter du camp III afin d'aller les chercher. »

Reggie confirme d'un hochement de tête. « M. Hazard a reçu la croix militaire pendant la guerre. Une haute décoration décernée pour service exemplaire au combat. M. Deacon l'a reçue quatre fois. L'année dernière, M. Hazard est venu en expédition dans l'Everest alors qu'il souffrait encore de ses blessures – celles causées par le gaz moutarde étaient les plus graves, mais il avait aussi des éclats d'obus dans le dos, et des douleurs dans les hanches et la cuisse à cause de tirs de mitrailleuse. Les plaies de Hazard se sont rouvertes ici. Sous ses vêtements de laine et de coton, le pauvre homme saignait en permanence. Et il s'est retrouvé dans l'incapacité d'agir, quand on a eu le plus besoin de lui.

— Comment savez-vous tout cela ?

— Mes cousins Charles et Percy avaient de nombreux contacts. J'ai aussi poursuivi une longue correspondance avec le colonel Teddy Norton, que vous avez rencontré l'automne dernier à la Royal Geographical Society.

— Donc, dit J.-C., vous avez cru devoir… prendre des précautions… en demandant au docteur Pasang d'examiner les blessures de Richard Deacon alors qu'il était sous l'influence de la morphine à votre plantation ?

— Oui », répond Reggie. Il n'y a aucune trace de défi dans sa voix, mais toujours pas de honte non plus.

« Qu'avez-vous trouvé ? » demande J.-C.

Je lui jette un coup d'œil outré.

« Du tissu cicatriciel en au moins douze endroits, comme vous pouvez l'imaginer. Des muscles un peu atrophiés au mollet gauche à cause d'une blessure de mitrailleuse. Au moins trois séries de cicatrices sur le torse, là où des balles ou des éclats d'obus ont traversé le capitaine Deacon de part en part, sans toucher d'organes ou de vaisseaux sanguins vitaux. Lorsqu'on regarde les cicatrices sur le corps nu de votre ami le capitaine Deacon, on a l'impression qu'une araignée a tissé des toiles blanches dans sa chair.

— Il faut un sacré culot pour l'espionner de cette façon, fulminé-je, de la voix la plus dure que je m'autorise avec une dame.

— C'est vrai, admet Reggie. C'était une violation presque impardonnable de l'intimité de M. Deacon. Mais je devais savoir. Les trois guides suisses que j'avais contactés pour m'aider à chercher le corps de Percival avaient déjà quitté l'Europe, et je devais leur envoyer un télégramme à Colombo si je décidais d'annuler leur participation pour m'engager avec vous à la place.

— Richard a donc réussi l'examen de passage ? » J.-C. ne semble pas en colère, seulement un peu déconcerté. Je doute qu'il ait utilisé le même ton si Reggie l'avait examiné, lui. Mais, à la réflexion, peut-être que si.

« Effectivement, dit Reggie. Mais d'après Pasang, vu la gravité et l'emplacement de certaines vieilles blessures, votre M. Deacon doit ressentir des douleurs constantes.

— Et alors ? dis-je. Beaucoup d'excellents alpinistes souffrent durant l'exercice.

— Sûrement pas autant, réplique Reggie. Et je regrette de vous avoir menti à tous les trois en vous disant que mon cousin Charles avait succombé à ses blessures durant votre traversée pour venir jusqu'ici. En réalité, il s'est suicidé. D'après ma tante Elizabeth – lady Bromley –, après avoir courageusement enduré ces souffrances pendant sept ans, il n'a tout simplement plus pu les supporter. Il a utilisé son revolver de service. »

Cette révélation nous impose le silence pendant plusieurs longues minutes.

« Juste par curiosité, demande enfin J.-C., qui étaient les guides suisses que vous aviez embauchés ? »

Reggie les nomme, et Jean-Claude émet un sifflement d'admiration et de respect. « Je suis surpris que vous les ayez renvoyés pour nous choisir à la place. »

Reggie sourit. « J'ai dédommagé les Suisses pour leur temps, et je leur ai envoyé un gros chèque quand ils ont fait demi-tour à Colombo. Mais vous trois étiez *déjà* payés par ma tante. Et ses revenus proviennent de la plantation de Darjeeling que je dirige depuis l'âge de quatorze ans. Partir avec vous trois – et Pasang et les tigres Sherpas – paraissait la solution la plus économique. Mais je devais vérifier les blessures de M. Deacon… et m'assurer que son corps était apte à entreprendre cette ascension. Il a trente-sept ans, vous savez.

— George Mallory avait le même âge quand il a disparu l'année dernière », dis-je bêtement. Personne ne répond.

Jean-Claude sort les épaules du cocon de son sac de couchage. Il doit libérer ses mains. Il ne peut pas parler sérieusement sans l'aide de ses mains.

« Mais, madame, vous nous avez demandé si nous connaissions Richard dans les années d'après-guerre. Y a-t-il un lien entre cette période et vos inquiétudes concernant notre ami ?

— Avez-vous la moindre idée de ce qu'a fait M. Deacon juste après la guerre ? demande Reggie.

— Je sais seulement qu'il est allé dans les Alpes suisses et françaises et qu'il a passé le plus clair de son temps à faire de l'alpinisme », répond J.-C.

Reggie hoche la tête. « La mère de M. Deacon est morte quelques années avant la guerre. Son père a succombé à une crise cardiaque en 1917. M. Deacon avait un frère aîné, Gerald, pilote dans la RAF, qui a été tué en 1918. De sorte que Richard Davis Deacon s'est retrouvé seul héritier de deux immenses domaines – à côté de Brambles, notre résidence familiale, Bromley House, ressemble à une bicoque –, mais aussi du titre de comte. Il est devenu pair du royaume et membre de la Chambre des lords.

— Le comte Deacon ? » dis-je.

Reggie éclate de rire. « J'adore les Américains ! Non, M. Deacon, qu'il le veuille ou non, est le neuvième comte de Watersbury. » Elle le prononce avec cet accent anglais qui lui fait manger la moitié des lettres… *Watrsbreee.*

« Qu'il le veuille ou non ? s'étonne Jean-Claude, les paumes ouvertes.

— M. Deacon n'a légalement pas le droit de renoncer à son titre héréditaire. Mais il refuse d'y répondre, s'est séparé de la plupart de ses domaines et ne veut pas siéger à la Chambre des lords.

— J'ignorais qu'on puisse ne pas vouloir être comte, avoué-je. Ou qu'on soit obligé de l'être même si on ne veut pas.

— Comme la plupart des gens au Royaume-Uni, dit Reggie. Quoi qu'il en soit, en 1918, depuis la France, je crois, M. Deacon a fait don à la Couronne de ses deux domaines, de douze mille hectares de terre et des revenus de ses propriétés. Il a suggéré que Brambles, le château familial vieux de neuf cents ans, soit converti en centre de convalescence. Il n'y est jamais retourné après la guerre. Il dispose d'un petit revenu – quelques droits d'auteur, me semble-t-il, que lui rapportent des romans et de la poésie qu'il a publiés sous différents noms de plume avant-guerre –, et il a passé le plus clair de son temps dans les Alpes depuis 1918.

— Vous êtes en train de nous dire que Richard Davis Deacon est un fou ? »

Reggie braque sur moi son regard outremer. « Absolument pas, réplique-t-elle durement. J'essaie de vous expliquer pourquoi votre ami vous a pris votre recueil de poésie et l'a jeté par la falaise.

— Je ne comprends toujours pas.

— M. Deacon sait qu'en septembre 1914, au tout début du conflit avec l'Allemagne, le Bureau de la propagande de guerre nouvellement créé – et top secret – a organisé une réunion avec certains des écrivains et poètes anglais de premier plan à Wellington House, Buckingham Gate. Thomas Hardy y était, ainsi que H. G. Wells…

— L'auteur de *La Guerre des mondes* ! » m'exclamé-je.

Reggie hoche la tête et poursuit : « Et aussi Rudyard Kipling, John Masefield, l'écrivain catholique, G. K. Chesterton, Arthur Conan Doyle... G. M. Trevelyan, J. M. Barrie...

— *Peter Pan* ! s'écrie J.-C.

— Apparemment, M. Deacon était un poète suffisamment respecté pour y être convié. Avec son ami poète Robert Bridges. Tout ce qu'on leur demandait – même aux hommes assez jeunes pour être mobilisés, comme M. Deacon –, c'était de mettre leurs talents littéraires au service de l'effort de guerre. En œuvrant principalement à soutenir le moral du public qui jamais... *jamais* ne devait savoir à quel point les combats risquaient d'être épouvantables.

— Mais le Diacre s'est enrôlé, dit J.-C., les doigts à présent croisés comme en prière.

— Oui, dit Reggie. Robert Bridges, lui, n'a plus écrit un vers de poésie durant toute la guerre. Mais il a édité une anthologie de poésie anglaise – le recueil intitulé *The Spirit of Man*, dont George Mallory a lu par deux fois des extraits ici au camp IV, et que vous avez voulu lire ce soir, Jake.

— Mais ce sont de beaux vers, dis-je. Des classiques. Il y a même un poème de jeunesse du Diacre, dedans.

— Et absolument aucune référence à la guerre, dit Reggie.

— C'est exact. Beaucoup de thèmes, mais pas de vers à propos de la guerre. Et... »

Je m'interromps soudain. Je crois que je commence à comprendre.

« Les journaux aussi contribuaient à l'effort de propagande, continue Reggie. Forcément, n'est-ce pas ? Ils devaient publier la liste des victimes, mais jamais ils n'ont décrit l'atroce réalité des combats... pas une fois. Tous les journaux se soumettaient volontairement au Bureau de la propagande. Dans une lettre qu'il m'a envoyée en 1917, mon cousin Charles m'a rapporté des propos de Lloyd George à C. P. Scott, le rédacteur en chef du *Manchester Guardian* : "Si les gens savaient, aurait-il dit – il parlait de la vraie boucherie qui avait lieu en France et en Belgique –, si les gens savaient, la guerre s'arrêterait demain. "»

Quand je reprends la parole, c'est d'une voix lente et prudente, comme si mes mots se frayaient un chemin dans un champ de crevasses. « Donc, ce recueil... *The Spirit of Man*... faisait partie du travail de ce... Bureau de la propagande… pour poursuivre la guerre quelles que soient les pertes humaines. »

Reggie ne dit rien et ne fait pas un mouvement, mais je vois qu'elle est fière de moi. Je n'ai pas l'habitude d'être le cancre de la classe, mais je m'enorgueillis d'être suffisamment malin pour le savoir quand c'est le cas.

Jean-Claude paraît troublé. « Reggie… lady Bromley-Montfort, dit-il, juste assez fort pour être entendu par-dessus le vent qui fouette les parois de la tente. Vous devez avoir une autre raison de partager avec nous ces informations très personnelles à propos de Richard.

— C'est vrai, dit Reggie. Je sais à quel point vous êtes tous les trois désireux d'utiliser l'argent de ma tante pour tenter de gravir l'Everest. Mais, voyez-vous, je ne suis pas complètement convaincue que le cher Richard Davis Deacon veuille *revenir* de la montagne. »

Samedi 16 mai 1925

Selon le plan prévu – avant que le Diacre ne me vole mon livre et nous fausse compagnie –, nous devions nous réveiller au milieu de la nuit, puis, après avoir bu un thé chaud et nous être habillés à la lueur de nos lanternes sifflantes, nous mettre en route pour le camp V vers quatre heures du matin. Une fois J.-C., Reggie et moi enfoncés dans nos sacs de momie, je règle donc ma montre pour qu'elle me réveille à 3 h 30. C'est un bel objet coûteux que mon père m'a offert à ma sortie de Harvard et, quoi qu'il se passe sur l'Everest, je souhaite ardemment qu'il ne lui arrive rien. Elle possède un petit mécanisme ingénieux grâce auquel un minuscule marteau métallique se met à vibrer à l'intérieur à l'heure programmée.

Je range la montre dans une poche de poitrine et, à 3 h 30, le mécanisme vibre contre mon cœur. Malgré ma fatigue, je me réveille aussitôt.

Curieusement, j'ai réussi à dormir un bon moment pendant ces quelques heures dont nous disposions. Une fois, Jean-Claude m'a secoué en murmurant : « Jake, vous ne respirez plus », et j'ai pris une bouffée d'air anglais de la bouteille que nous partagions ; pour le reste, je n'avais jamais aussi bien dormi en altitude. Au camp III, le seul fait de me retourner me demandait un effort tel que je me réveillais en haletant, et je n'arrêtais pas de rouler sur des plaques de ma propre haleine gelée, mais ici, cinq cents mètres plus haut, j'ai dormi comme un bébé.

Finalement, nous ne partirons pas au camp V ce matin. Les murs de la tente continuent d'onduler et de battre, et j'entends distinctement le crépitement du grésil sur la toile. *Enfin une journée de repos*, me dis-je avec bonheur en me renfonçant dans mon sac de couchage, alors même que la partie la plus consciente de mon cerveau sait qu'il ne ferait pas bon s'attarder un jour de plus à cette altitude.

Puis quelque chose ou quelqu'un fait irruption dans la tente, et j'essaie de me redresser. Je dois m'y reprendre à trois fois avant de réussir à m'asseoir.

Reggie n'est plus là. *Partie aux toilettes ?* me dis-je, avant de me rendre compte que son sac de couchage n'est pas là non plus.

C'est le Diacre qui vient d'entrer, au milieu d'un tourbillon de neige et d'une rafale d'air froid. Sans les bandes rouges qu'il a enroulées autour des manches de sa parka en duvet, je ne le reconnaîtrais pas : il est intégralement couvert de neige et de glace, son bonnet d'aviateur, sa cagoule et ses lunettes sont bordés de givre, et ses énormes moufles crissent quand il les retire. Il porte un appareil à oxygène sur le dos, mais pas le masque sur le visage, et je suis sûr que le régulateur est fermé.

« Il fait frisquet, ce matin », dit-il à bout de souffle.

Je sors ma montre. Il est sept heures à peine passées.

« Où étiez-vous, Richard ? » Je remarque que la barbe de J.-C. est bien plus belle que la mienne, qui de surcroît me démange.

« Je suis seulement allé voir si l'arête nord était praticable, répond le Diacre. Elle ne l'est pas.

— À cause de la neige ?

— Du vent. Il souffle à au moins 190 kilomètres à l'heure. J'ai dû tellement me pencher en avant en essayant de gravir les dalles que mon nez touchait presque le granit.

— Vous avez grimpé seul ? demande Jean-Claude, une note de reproche dans la voix. Vous nous le déconseilleriez, Richard.

— Je sais. » Le Diacre vient d'installer le réchaud Unna dans le vestibule extérieur de la tente et il essaie de craquer une allumette de ses doigts gelés. Le vent l'éteint à chaque tentative. « Et merde », lâche-t-il avant d'apporter le réchaud à l'intérieur – une autre violation du protocole de sécurité. J'allume le Méta à sa place et il met une casserole de neige à fondre dans l'endroit le plus abrité du petit vestibule.

« Je ne crois pas que nous atteindrons le camp V », dit-il en ouvrant ses couches extérieures de vêtements comme si la température pourtant négative sous la toile était celle d'un climat tropical. « J'ai passé la tête dans leur tente pour réveiller tous nos camarades, poursuit-il. Reggie est debout depuis un certain temps, en train d'essayer de réparer un réchaud qui refuse de fonctionner. Il semble que le matin ait apporté son lot de maux de tête, de problèmes respiratoires, d'orteils glacés, de gorges irritées et de mauvaise humeur. »

Le Diacre sourit derrière les cristaux de glace accrochés à sa barbe naissante. « Je crois que cette belle chienne de montagne nous a déclaré la guerre, mes amis. Que Dieu, les dieux, le destin ou le hasard fassent que nous soyons à la hauteur du défi. » Soudain, il retire ses moufles et ses gants de soie et me tend sa main droite bleuie. « Jake, je vous présente mes excuses les plus plates et les plus sincères pour avoir jeté votre livre hier soir. Je me suis comporté comme un idiot. C'est impardonnable. Je vous en achèterai un nouvel exemplaire – que j'essaierai de vous faire dédicacer par Bridges – dès que nous reviendrons de cette aventure. »

Robert Bridges étant le poète lauréat anglais depuis 1913, j'estime que c'est une sacrée proposition.

Ne sachant que dire, je me contente de serrer sa main tendue. J'ai l'impression de saisir un morceau de bœuf congelé.

Reggie entre alors et referme les lanières du battant. Elle est vêtue de duvet de pied en cap. La seule chose qui pourrait l'empêcher d'escalader la montagne serait la paire de hautes bottes fourrées qu'elle a aux pieds, et que certains d'entre nous préfèrent enfiler dans les camps le temps que les bottes d'alpinisme sèchent.

« Tenzing Bothia est malade, dit-elle sans préambule et sans nous saluer. Il n'a pas arrêté de vomir ces six ou sept dernières heures. Nous devons le redescendre… au moins au camp III, mais plus bas serait préférable. »

Le Diacre soupire. Nous avons une décision difficile à prendre. Au camp IV, nous nous affaiblissons d'heure en heure, mais nous sommes bien placés pour rejoindre le camp V sur l'arête nord en cas d'accalmie. Sauf qu'il peut aussi ne pas y en avoir avant une semaine. Et si nous redescendons tous, nous serons confrontés à des problèmes de logistique. Toutes les tentes du camp III, au pied du mur de glace, sont déjà occupées par les Sherpas. Certains souffrent probablement de lassitude des montagnes et devront peut-être être évacués au camp de base. Nos charges – destinées aux camps V et VI, et à notre recherche de Percival là-haut – sont éparpillées entre les camps

I et IV, et le programme de portage par les Sherpas, que nous avions soigneusement planifié, est déjà bouleversé.

Je sais que les trois précédentes expéditions ont rencontré ce même problème, malgré une organisation minutieuse et un très grand nombre de porteurs, mais c'est une maigre consolation pour nous, serrés dans une tente Whymper balayée par le vent à plus de 7 100 mètres d'altitude.

« Je vais escorter Tenzing, dit J.-C. Et je prends Tejbir Norgay avec moi.

— Tejbir va bien, dit Reggie. Il est juste fatigué.

— J'aurai besoin de son aide pour descendre Tenzing avec les cordes. Nous l'emmènerons au camp II, voire au camp I si nécessaire.

— Il ne nous restera que trois jumars pour monter ou descendre les cordes fixes si l'on doit vous suivre ou installer des cordes plus haut », dis-je. J'ai l'impression d'avoir l'esprit cotonneux.

« Je suis encore capable de faire un nœud autobloquant », déclare Reggie.

Je me retiens de me frapper le front. C'est fou comme on devient vite dépendant de ces nouveaux joujoux. Un nœud autobloquant sur des cordes fixes est sans doute plus sûr en descente que l'instrument de J.-C. Pas aussi pratique, mais d'une efficacité éprouvée.

« Bon, nous devons encore décider combien de temps nous restons ici, dit le Diacre, s'adressant à Reggie et moi derrière ses moustaches gelées. Nous utilisons les bouteilles d'oxygène pour nous endormir et lorsque nous nous sentons patraques la nuit, mais c'est une stratégie perdante de demeurer ici à gaspiller de l'air anglais. Cela nous obligera à faire transporter de nouveaux appareils à oxygène pour le moment où nous monterons aux camps V et VI... sans parler de tenter le sommet ou de chercher sérieusement lord Percival et Meyer... et nos réserves ne sont pas illimitées. Que devons-nous faire, à votre avis ? »

Je suis extrêmement surpris que le Diacre nous consulte. Ses antécédents militaires autant que son caractère le poussent en général à commander dans toutes les situations. Et à Darjeeling, nous sommes tous tombés d'accord – Reggie comprise – sur le fait qu'il prendrait toutes les décisions en matière d'alpinisme.

Dans le bref silence qui suit, J.-C. dit : « Je crois pouvoir descendre Tenzing aussi bas que nécessaire et remonter au camp IV avant la nuit. J'en profiterai aussi pour transmettre vos ordres à Pasang, afin que les Sherpas puissent reprendre le portage dès que le temps s'éclaircira un peu.

— Vous êtes capable de faire toute la descente puis l'ascension dans ce blizzard ? demande Reggie. Dans ce vent ? Et ce froid ?

— Je pense. J'ai déjà fait ce genre de trajet dans des conditions similaires dans les Alpes… et sans les cordes fixes que nous avons installées sur le mur de glace et le glacier. Je prendrai de nouvelles batteries pour ma lampe de mineur, qui pourra me servir au retour dans l'obscurité.

— Très bien, dit le Diacre. Je suggère que nous suivions le plan de Jean-Claude pour demain. Nous restons ici pendant les prochaines vingt-quatre ou trente-six heures, mais pas davantage. Qu'en pensez-vous tous ? »

Une fois encore, je m'étonne qu'il soumette la décision à notre approbation. Je me dis que cela prouve à quel point le Diacre respecte notre opinion.

« Je suis d'accord, dit Reggie. Nous sommes samedi. Si le vent et la neige ne se sont pas suffisamment calmés d'ici à lundi matin, je vote pour qu'on redescende tous – au moins jusqu'au camp II. Les Sherpas n'auront qu'à nous faire de la place, ou redescendre au camp de base.

— Demain, dimanche, c'est le 17 mai », murmure J.-C.

Le Diacre le dévisage sans rien dire.

« Le jour que vous aviez prévu pour notre assaut du sommet, Richard. »

Pour toute réponse, le Diacre passe la main dans sa barbe mouillée. Une partie de la glace a fondu.

J.-C. commence à enfiler ses couches de vêtements. « Je vais chercher Tenzing et Tejbir, et nous nous mettrons en route. Reggie, vous faites ce que vous voulez, mais je vous conseille de vous installer dans cette tente jusqu'à ce qu'on soit plus nombreux ici. La moindre chaleur corporelle supplémentaire est bonne pour la cause. Les Sherpas que je ramènerai pourront prendre l'autre tente.

— Vous avez raison, dit-elle. Je vais chercher mes affaires. J'en profiterai pour prévenir Tenzing et Tejbir qu'ils partent avec vous. Je reviens dans une minute et… oh… je vais apporter un livre… *La Maison d'Âpre-Vent*, de Dickens. J'espère qu'il ne court aucun risque ? »

Le Diacre affiche un sourire un peu triste et se gratte la barbe.

Le lendemain, je suis réveillé à 3 h 30 du matin par la vibration du petit marteau de ma montre contre mon cœur. Immédiatement, je prends conscience qu'il manque quelque chose…

Le vent est tombé. Il n'y a pas un bruit hormis la respiration rauque des autres. Les parois de la tente sont recouvertes du givre créé par nos haleines, mais elles ne bougent plus. L'air est très, très froid. J'ai beau tendre l'oreille, je n'entends ni le vent ni le bruit de fond permanent que formait précédemment la neige tombant sur la toile.

Après avoir enfilé mes bottes et ma parka de duvet aussi discrètement que possible, j'essaie de sortir de la tente sans réveiller personne. Jean-Claude est revenu après la nuit tombée, peu avant dix heures du soir. Il nous a raconté qu'il avait confié Tenzing à quatre Sherpas au camp II, à charge pour eux de descendre le malade au camp de base, puis il a presque vidé les deux Thermos d'eau que nous avions préparées pour lui et il s'est endormi aussitôt après s'être glissé dans son sac de couchage.

Dehors, je m'étire et fais quelques pas prudents. Si je m'éloigne trop des tentes recouvertes de neige, je risque de m'aventurer en territoire de crevasses ou trop près du bord du col. Une fois sûr d'être en sécurité, je regarde en haut et tout autour de moi.

Quelle vue incroyable.

La lune est décroissante, mais son brillant quartier et l'infinité d'étoiles suffisent à faire scintiller les pentes neigeuses et le sommet du Changtse derrière moi, comme s'ils généraient leur propre rayonnement froid. En contrebas, de lourdes masses nuageuses tourbillonnent dans la lumière laiteuse et montent comme de la crème fouettée à soixante ou soixante-dix mètres sous le col nord. Le camp III, et tout ce qui se trouve en dessous, est dans la « purée de pois » – expression que j'entendrai plus tard dans la bouche de mes amis pilotes de biplans –, mais ici, le ciel qu'illuminent la lune et les étoiles est parfaitement dégagé. Plus loin au nord, émergeant des nuages telle la crête d'épine dorsale d'un grand saurien brillant, j'aperçois une procession de pics de plus de 8 000 mètres s'éloignant vers le Tibet et peut-être même jusqu'à la Chine.

« Une vue impressionnante, n'est-ce pas ? »

Je manque tomber dans le précipice en entendant le doux son de la voix derrière moi. Le Diacre se tenait là depuis le début.

« Depuis combien de temps êtes-vous réveillé ? dis-je dans un murmure.

— Un certain temps.

— C'est la mousson qui s'accumule, là en bas ? »

L'ombre du Diacre secoue la tête. « Souvenez-vous, la mousson arrive par l'ouest et le sud. Ça, c'est la tempête venue du nord qui nous a empoisonnés ces derniers jours. Il y a toujours une période de mauvais temps venant du nord jusqu'à une semaine ou dix jours avant la mousson. Cette semaine-là offre la meilleure météo de l'année pour gravir l'Everest. »

Une Thermos à la main, il me tend une tasse qu'il vient de remplir. Je bois avec gourmandise : de l'Ovomaltine tiède.

« Vous croyez qu'on est dans cette fenêtre de beau temps ?

— Difficile à dire. Mais je pense que nous devrions pousser jusqu'au camp V aujourd'hui. »

Je sirote mon chocolat et hoche la tête. « Vous voulez que j'aille réveiller les autres ?

— Non, laissez-les dormir, murmure le Diacre. Jean-Claude est vanné. Reggie a mal dormi… je l'ai entendue prendre de l'oxygène plusieurs fois. Je commencerai à préparer le petit déjeuner pour vous, les grimpeurs, dans une heure. Vous pouvez dormir jusqu'à cinq heures.

— Vous ne venez pas au Camp V ?

— Je ne crois pas. » Il s'adresse à moi mais ses yeux ne cessent d'examiner l'arête nord, l'arête nord-est et le sommet de l'Everest illuminés par la lune. « Avec un peu de chance, les deux tentes Meade que nous y avons plantées seront encore là à vous attendre. Reggie, Jean-Claude et vous pourrez vous installer et vous préparer pour la recherche de Bromley. Pour qu'elle soit efficace, je crois que nous devrions également établir un camp VI le plus près possible des 8 200 mètres. Je descendrai quand vous vous mettrez en route et je reviendrai plus tard dans la journée avec Pasang et les tigres les plus costauds. Nous utiliserons la bicyclette de Jean-Claude pour hisser les charges lourdes sur le col nord, puis nous préparerons un nouveau chargement avec des vivres, des appareils à oxygène et au moins une tente pour le camp supérieur, que nous vous apporterons demain matin. Lundi.

— C'est aujourd'hui le jour de l'assaut, dis-je tout bas. Le 17. »

Je vois les dents du Diacre briller au clair de lune. « S'il n'y avait pas cette recherche, ce serait possible. Nous pourrions continuer de grimper tous les quatre et tenter d'atteindre le sommet, avant de redescendre au camp V avant la nuit.

— Mais ça ne va pas se passer ainsi ? Je croyais que vous, que nous trois allions vaincre le sommet puis entamer les recherches après. Qu'est-ce qui vous a fait changer d'avis ? »

L'ombre secoue sa tête encapuchonnée. « Je pourrais continuer de mentir à lady Bromley-Montfort en disant que nous chercherions son cousin en redescendant du sommet, mais je suis déjà allé au-dessus des 7 900 mètres, Jake. Elle avait raison, à Darjeeling. Dès qu'on s'aventure sur les arêtes supérieures de l'Everest, cette maudite montagne nous prend tout. Un jour, on est bourré d'adrénaline et prêt à aller en haut quoi qu'il en coûte. Le lendemain, les Sherpas doivent nous aider à redescendre en titubant au camp de base – on est vidé de toute énergie, à moitié aveugle, on a le cœur gonflé, les doigts et les orteils gelés. J'ai été à deux doigts de lancer l'assaut aujourd'hui, mais j'ai promis à notre amie que nous chercherions Percival, et nous allons y consacrer deux jours avant de décider s'il nous reste assez de forces pour tenter le sommet. »

Je lève les yeux vers l'arête nord, noir et neige, qui tel le dos d'une baleine se dresse au-dessus de nous. Je n'ai pas apporté d'appareil à oxygène, et j'ai du mal à respirer rien qu'en me tenant là debout. D'un côté, je suis soulagé de ce répit – je n'ai pas envie de disparaître dans ces montagnes comme Mallory et Irvine l'année dernière –, mais aussi amèrement déçu. C'est peut-être la fin de nos rêves de conquête. *Pourquoi le Diacre a-t-il changé d'avis si tard ? Notre objectif a* toujours *été d'escalader cette fichue montagne.*

« Ça fera beaucoup de temps passé au-dessus de 8 000 mètres, dis-je finalement.

— Probablement trop. » Il paraît reconnaître qu'il a décidé de gâcher notre meilleure chance de gravir l'Everest, mais il ne me dit pas pourquoi. Surtout comme ça, au dernier moment. Je *vois* l'arête nord-est briller comme une route de diamants loin au-dessus de nous. Une route qui monte au sommet. Et pas un souffle des habituels vents mortels.

Je parviens finalement à demander : « Vous croyez qu'on a des chances de retrouver lord Percival ?

— Non. Pas une chance sur cent, à mon avis. Mais nous avons promis d'essayer. Nous avons pris l'argent de lady Bromley. »

Je n'ai rien à opposer à ça. Je lui rends ma tasse vide, qu'il revisse sur la Thermos.

« Allez redormir un peu, Jake. Prenez quelques bonnes bouffées d'air anglais, restez au chaud et reposez-vous. Je vous réveillerai quand le petit déjeuner sera prêt. »

Avant de retourner dans la tente, je jette un dernier coup d'œil au paysage féerique : l'Everest, entouré de plus petits pics brillant dans la lumière des étoiles, les nuages rassemblés sous le niveau du col nord, un infime panache de neige au-dessus du sommet vers lequel nous allons grimper dans quelques heures. Pour la première fois depuis que nous avons quitté l'Angleterre, je me dis, avec une réelle assurance et loin de toute fanfaronnade abstraite : *Nous aurions pu gravir cette satanée montagne aujourd'hui. Nous le pourrons encore ces prochains jours si nous ne perdons pas trop de temps à rechercher un mort. C'est possible.*

Dimanche 17 mai 1925

Finalement, Reggie et moi sommes seuls à escalader péniblement les dalles en granit de l'arête pour rejoindre le camp V.

Jean-Claude ayant admis qu'il ne se sentait pas très bien – « un peu patraque », a-t-il dit, empruntant l'expression du Diacre –, nous avons tous décidé qu'il valait mieux qu'il redescende avec ce dernier pour l'aider à organiser le portage au col nord, avant de monter aux camps V et VI le lendemain.

« Ça me donnera l'occasion d'utiliser ma bicyclette », a-t-il commenté.

Je ne crois pas avoir pris le temps de décrire l'engin que Jean-Claude a transporté en pièces détachées à travers le Tibet, et qu'il a consciencieusement assemblé le premier jour où nous sommes montés au col nord. Le mécanisme est constitué de parties de vélo – une selle, des pédales, des vitesses, une chaîne –, mais il a aussi un dossier rembourré (puisque l'utilisateur pédale en étant presque couché sur le dos, les genoux plus hauts que la tête) et quatre pieds en métal d'un mètre quatre-vingts, solidement plantés dans la corniche de glace à l'aide de broches, de pitons et de tout un maillage de cordes. Le machin ne tomberait donc pas de l'étroite corniche, à moins qu'un pan entier du glacier ne se détache.

À environ un mètre au-dessus des pédales, un bras métallique de deux mètres soixante-dix – que J.-C. avait transporté en trois morceaux – forme une solide bride horizontale, elle aussi renforcée par de multiples attaches, qui tient un troisième ensemble d'engrenages et de poulies.

Nous n'avions eu le temps de l'essayer qu'avec deux charges, avant que la tempête n'éclate, mais la bicyclette fonctionnait bien, à sa manière rudimentaire. Lors de l'expédition de 1924, les Sherpas avaient installé des cordes dans la cheminée gravie par Mallory sur le dernier mur de glace de soixante mètres, mais ils ne pouvaient hisser que des ballots relativement légers. Il était beaucoup plus facile de pédaler, en profitant de l'effet de levier produit par le changement de vitesse, que d'utiliser son dos et ses bras, et l'on pouvait treuiller des charges de vingt-cinq kilos grâce à la boucle de cent vingt mètres de corde miracle. Certes, pédaler à 7 000 mètres demandait un sérieux effort, mais avec deux hommes – l'un qui pédalait, l'autre qui détachait les charges à mesure qu'elles arrivaient au niveau de la corniche –, il devenait possible de monter des tonnes de matériel au col nord, sans plus avoir ces longues files de porteurs haletants, obligés de s'arrêter constamment pour se reposer sur les échelles ou les cordes fixes.

« Si seulement j'avais pu monter un petit groupe électrogène », a dit Jean-Claude.

Reggie et moi gravissons donc les dalles en direction du soleil levant en cette belle matinée de dimanche. Juste avant notre départ du campement, alors que Reggie, à l'écart, bricolait la soupape de débit de son appareil à oxygène, J.-C. m'a chuchoté : « En plus, le Diacre, Tenzing et Tejbir n'ont monté que deux petites tentes deux places au camp V. Avec ma chance, je me serais retrouvé à dormir tout seul. »

Reggie et moi ne nous sommes pas encordés, j'ignore pourquoi. Peut-être parce que les premières centaines de mètres dans les champs de neige à partir du col nord sont un simple exercice de cramponnage, tandis que ces dalles de granit sur lesquelles nous sommes se gravissent à grands pas de géant. Les quelques gros affleurements rocheux que nous rencontrons sont faciles à contourner en se déportant sur la face nord avant de revenir sur la large arête.

Pour autant une chute depuis cette face nord n'en constituerait pas moins un sérieux problème.

Les vents soufflent par intermittence à cette heure précédant l'aube – rien à voir avec la tempête que le Diacre et ses deux Sherpas ont affrontée vendredi. Reggie et moi marchons légèrement penchés en avant – comme les fantassins français et anglais dont j'ai entendu parler, qui pendant la bataille de la Somme avançaient courbés vers le feu ennemi –, mais par moments une rafale plus violente nous fait chanceler en arrière et nous moulinons des bras pour recouvrer notre équilibre. À un endroit de l'arête, les vents paraissent soudain nous assaillir de deux directions à la fois, et Reggie tombe en avant, cherchant une prise sur la dalle de ses mains gantées, plutôt que de laisser le vent la faire basculer en arrière, au risque d'une longue, longue dégringolade.

Nous devrions nous encorder. Je le sais – mon intuition autant que mon expérience de la montagne me le disent –, pourtant je ne réussis pas à le proposer. Peut-être y vois-je une suggestion trop intime.

Pour la première fois, je mesure le problème qui s'est posé au Diacre et à ses deux Sherpas – ainsi qu'aux deux expéditions britanniques qui nous ont précédés à cette altitude – pour trouver un endroit où planter les tentes. À notre droite, à l'ouest, les bords de l'arête et la face nord elle-même sont exposés à la force des vents qui soufflent presque sans discontinuer du nord-ouest. Une tente n'y tiendrait pas une heure. De toute façon, il n'y a aucun endroit plat, aussi réduit soit-il.

À l'est, la ligne de crête bloque en partie le vent, mais de ce côté, il n'y a que des pentes très abruptes et très exposées, des couloirs de neige qui se terminent en précipices de 1 500 mètres et qui sont parsemés de rochers inclinés formant un labyrinthe géant dans lequel un alpiniste aurait tôt fait de se perdre, surtout par mauvais temps.

Le Diacre et Mallory en 1922, et Mallory en 1924, avaient craint qu'à la descente, des alpinistes n'empruntent un de ces couloirs donnant sur une impasse ou un précipice, raison pour laquelle Reggie et moi avons emporté beaucoup de baguettes de bambou surmontées de drapeaux que nous plantons le long du chemin à tous les endroits où quelqu'un, descendant dans la tempête, pourrait être tenté de prendre un mauvais virage vers l'éternité.

Nous continuons de monter vers le soleil levant, nos lunettes Crooke encore relevées sur nos casques de cuir. Le sommet de l'Everest scintille d'or depuis le moment où nous avons quitté le champ de neige pour attaquer la roche de l'arête nord. À présent, le haut du Changtse, du Makalu, du Chomolonzo et d'autres pics proches s'illumine, tandis que des sommets enneigés plus lointains commencent à accueillir la lumière de l'aube. J'ai hâte qu'elle atteigne l'arête où nous nous trouvons parce qu'il fait un froid mordant ; même avec nos vêtements en duvet et nos bottes garnies de feutre, seul un mouvement constant empêche le corps de se refroidir à cette altitude, or il est presque impossible de bouger constamment.

Le Diacre nous a montré leur truc, à Mallory et lui, pour se déplacer à cette altitude : prendre une profonde inspiration – inhaler plus profondément et plus longtemps qu'il n'est naturel –, faire un pas, exhaler pendant la pause puis inhaler de nouveau avant le pas suivant. Mais comme Reggie et moi utilisons de l'oxygène, au débit inférieur de 1,5 litre par minute, nous avons du mal à suivre la méthode du Diacre. Les régulateurs ne le permettent pas. Au début, Reggie et moi avons desserré nos masques pour essayer, mais nous avons dû nous arrêter, complètement essoufflés, au bout de treize pas. Plus nous montons, plus nos pauses pour exhaler sont longues et fréquentes.

Je ne cesse de regarder autour de moi, au lieu de me concentrer sur mes pieds comme je le devrais. Je ne peux pas m'en empêcher. J'ai toujours adoré les vues qu'on a en altitude et rien dans mon expérience – rien dans ma courte vie – n'égale le spectacle que l'on a de cette épaule nord de l'Everest, à l'approche des 8 000 mètres. La vallée du glacier du Rongbuk est, où se trouvent nos camps I à III, est encore remplie de lourds nuages gris qui tourbillonnent et se bousculent tandis que la tempête essaie en vain de hisser sa masse humide jusqu'au col nord. L'air est si clair ici, au-dessus de ces nuages, que les sommets pourtant situés à quatre-vingts kilomètres paraissent accessibles. Si je me plie en deux, je distingue le camp IV sur le col nord entre mes jambes : les tentes vertes ne sont plus que des points sombres sur la selle de neige blanche.

Sur l'insistance du Diacre et de J.-C., Reggie et moi avons chaussé nos crampons douze pointes pour toute cette ascension. Au début, j'appréhendais de les utiliser sur la pierre, à la place des robustes semelles de mes bottes – d'autant qu'on court toujours le risque d'accrocher les pointes frontales et de trébucher si l'on oublie de bien lever le pied à chaque pas –, mais après deux ou trois heures d'escalade, je mesure l'avantage de garder les crampons. Le contact avec le rocher est aussi ferme qu'avec des bottes ferrées, et les transitions avec les zones de neige ou de glace sont beaucoup plus faciles, si bien qu'on peut garder le même rythme. De plus, malgré les vents violents, la neige a laissé une fine couche de verglas sur la plupart des surfaces rocheuses, et les crampons ont une bien meilleure tenue dessus que les fers de nos bottes.

Nous utilisons nos longs piolets, bien sûr, et nous appuyons dessus tous les treize pas le temps d'inspirer avidement de l'oxygène dans nos poumons soumis à rude épreuve. Chacun de nous est muni de trois cylindres d'oxygène – il est prévu de n'en utiliser qu'un pour la montée au camp V –, mais plutôt que de porter le châssis métallique, nous utilisons les sacs à dos spéciaux adaptés par J.-C. Il faut quelques minutes supplémentaires pour les enfiler – le tube et les valves du régulateur devant être glissés par des trous stratégiquement placés –, mais on peut aussi y loger des provisions et des vêtements de rechange qu'il aurait fallu sinon porter en bandoulière dans une besace. Si je sens le poids des trois bouteilles avec leur appareillage, le total, grâce aux modifications apportées par M. Finch et Jean-Claude, ne dépasse pas quatorze kilos. Y compris avec la petite tente Meade démontée dont nous portons chacun la moitié.

Le soleil nous atteint. Le Bonhomme Michelin cheminant à côté de moi me fait signe de mettre mes lunettes ; elle a déjà mis les siennes. Je déteste les porter : non seulement leur verre spécial modifie les couleurs, mais elles me donnent l'impression – avec le satané masque à oxygène – d'être enfermé dans un autre monde, comme dans un scaphandre. Mais Reggie a raison. Même si nous nous trouvons sur une longue portion de dalles et non pas dans un champ de neige, à cette altitude, cela ne nous protégera pas de la cécité des neiges. Les rayons ultraviolets risqueraient de nous rendre aveugles si nous escaladions trop longtemps sans protection, même sur une roche sombre. Sous nos vêtements, Reggie et moi portons des jumelles militaires miniatures. Elles ne sont en général pas nécessaires pour escalader l'Everest, mais pourront nous aider dans la recherche du cousin Percival. Elle ne les a pas encore sorties, et je n'ai rien vu sur la face nord à ma droite qui m'ait incité à prendre les miennes. À un moment, alors que nous nous arrêtons pour manger un carré de chocolat que nous tentons de faire fondre dans notre bouche, je lui demande si elle a regardé.

« Des deux côtés… de l'arête, répond-elle en haletant. Mais… Pasang et moi… avons tout inspecté… jusqu'au camp V… l'année dernière. »

J'avais presque oublié que cette ascension, si nouvelle pour moi, était du déjà-vu pour lady Bromley-Montfort.

Quand j'ai demandé au Diacre combien de temps il nous faudrait pour arriver au campement, il m'a donné le chiffre ridiculement précis de cinq heures et dix minutes. Mais comme en toute chose avec lui, il avait compilé les données fournies par les hommes qui avaient grimpé entre les camps IV et V avec de l'oxygène pour parvenir à cette réponse.

Après cinq heures et douze minutes de marche, nous apercevons les deux petites tentes du nouveau camp V établi par le Diacre à une dizaine de mètres au-dessus de nous.

C'est une blague : voilà ma première pensée.

C'est le pire campement que j'aie jamais vu. En réalité, ce n'est même pas un campement. Là où la pente s'élargit légèrement, dans une zone en partie protégée du vent et des chutes de pierre par une haute arrête, le Diacre, Tenzing Bothia et Tejbir Norgay ont déplacé quelques pierres pour former deux plates-formes inclinées *plus petites que les tentes plantées dessus.*

Les deux tentes Meade ne sont même pas au même niveau. L'une, légèrement à droite du chemin que nous suivons, penche dangereusement vers le bord de l'arête, tandis que l'autre est dans une position encore plus précaire, à environ neuf mètres derrière. Cette deuxième tente est littéralement suspendue au-dessus du vide – mille cinq cents mètres d'air la séparent du glacier du Rongbuk. L'espace d'un instant, je me dis qu'il s'agit d'une mauvaise plaisanterie du Diacre et de ses Sherpas. *Nous ne pouvons pas passer la nuit ici. Merde, c'est impossible.*

Puis je comprends pourquoi notre leader a choisi ces emplacements. L'arête de roche fournit une bonne protection à la première tente, tandis que l'autre, plus exposée, est attachée par un réseau de cordes à trois gros blocs à côté d'elle. De la neige fraîche s'est accumulée sur le côté le plus venteux des tentes vertes, mais aucune des deux ne s'est écroulée ni n'a été emportée.

J'ai tout de même du mal à croire que nous allons confier nos vies à ces abris grotesques – il n'est pas question de fermer l'œil pour profiter d'un peu de sommeil.

Mais j'ai beau inspecter l'arête et la face de la montagne à travers les verres épais de mes lunettes, je ne vois pas d'autre emplacement possible.

Reggie se retourne et s'assoit sur l'une des grandes dalles inclinées à côté de la première tente. Elle coupe le débit d'oxygène et retire son masque. Je fais de même. Aussitôt, j'ai l'angoissante sensation de me noyer – de ne pas réussir à inhaler assez d'oxygène. Mais ça passe.

Au ralenti, comme l'un des scaphandriers que j'ai imaginés un peu plus tôt, Reggie défait les lacets de la tente – l'ouverture est placée vers la paroi rocheuse et non pas face au précipice – et se penche pour regarder à l'intérieur.

« Des sacs... de couchage... et tout le reste... là où le Diacre... et les porteurs... les ont laissés, dit-elle entre ses halètements. Un réchaud Unna et... des tablettes de Méta. Mais... beaucoup... de neige. On sera peut-être... mouillés... dans les sacs. »

Merde. Bon, nous avons apporté nos propres sacs de couchage. Le soleil est si brillant qu'il fait presque chaud à l'abri du vent. J'ouvre ma veste en duvet.

« Balayette », réussis-je à dire, et je tapote une poche extérieure de mon sac à dos.

Reggie hoche la tête, prend le petit balai et trouve l'énergie de se pencher une fois encore dans la tente pour retirer la neige. Elle tourne les sacs de couchage sur l'envers et les étend au soleil en les lestant avec des pierres.

Puis elle sort un altimètre d'une de ses poches intérieures. « Nous sommes à 7 700 mètres », dit-elle, puis elle doit lutter pour reprendre son souffle. Je me rends compte qu'elle me montre quelque chose à gauche en contrebas.

Il me faut une minute pour voir ce que c'est. Deux lambeaux de toile verte sur la pente caillouteuse et enneigée. « Le camp V... de 1922 », dit-elle.

J'éprouve une certaine satisfaction imbécile à savoir que nous sommes montés environ soixante mètres plus haut que les héros de l'expédition de 1922.

« Où sont... les tentes... de 1924 ? » demandé-je.

Reggie hausse les épaules. Comme elle est montée jusqu'au site du camp V de 1924 avec Pasang l'année dernière, je suppose qu'elle sait où il se trouve, mais qu'elle est trop fatiguée pour me le dire.

Quelle que soit la tente dans laquelle nous passerons la nuit – et la seule pensée de me retrouver dans l'un ou l'autre de ces abris précaires dans le vent violent me contracte l'estomac –, je sais, d'après les comptes rendus du Diacre, de Norton et des autres, à quoi ressemblera le reste de la journée.

D'abord, Reggie et moi allons sortir les quelques affaires nécessaires – comme il y a déjà un réchaud Unna, nous garderons les nôtres pour les emporter au camp supérieur demain – puis nous ramperons à l'intérieur de nos sacs de couchage pour profiter d'une sensation de chaleur trompeuse sous la toile de tente baignée de soleil. Trop épuisés pour faire quoi que ce soit de constructif, nous resterons couchés, hébétés, pendant quarante-cinq minutes ou une heure, en prenant peut-être une bouffée d'air anglais afin de chasser la migraine qui bouillonne déjà sous notre crâne comme la masse nuageuse dans la vallée glaciaire tout en bas.

Ensuite, l'un de nous d'eux – j'espère que ce sera Reggie – trouvera l'énergie de ramper hors de son sac et, s'arrêtant souvent et gémissant encore plus souvent, sortira de la tente, traversera la pente terriblement inclinée jusqu'à la première plaque de neige propre – à environ dix pas de cette tente, mais seulement quatre de celle qui surplombe le vide à gauche –, et usera ses dernières forces pour remplir de neige deux grandes casseroles d'aluminium. À grand renfort de gémissements et de grognements, nous allumerons ce fichu réchaud à Méta et ouvrirons quelques boîtes et sachets de nourriture – pas une mince prouesse à cette altitude. Il nous faudra deux heures pour préparer un dîner dont nous n'aurons pas envie : de la viande séchée, peut-être, ou du corned-beef (dont le Diacre doit raffoler vu la quantité qu'il a emportée), avec du thé tiède auquel nous aurons ajouté beaucoup de sucre et du lait concentré.

Rien que d'y penser, j'ai un haut-le-cœur. Je vais peut-être plutôt dormir toute la journée et toute la nuit. Nous avons encore de l'eau dans nos Thermos. Ça me suffira jusqu'à demain. Ou pour toujours.

Je suis donc stupéfait – le mot est faible – quand Reggie déclare soudain : « Que diriez-vous… de monter… au camp VI ?

— Aujourd'hui ? » On dirait un couinement.

Elle hoche la tête et sort une délicate montre de dame de l'intérieur de sa veste en duvet. « Il n'est pas encore… midi. Le Diacre a dit… qu'ils étaient montés… du camp V… au camp VI… en moins… de quatre heures et demie. On peut y être… avant la nuit. »

Pendant un instant, je suis certain que c'est de la pure fanfaronnade, qu'elle ne peut pas être sérieuse, puis je regarde son visage brûlé par le soleil et ses yeux magnifiques au-dessus du masque à oxygène qu'elle a baissé et des lunettes remontées sur son front : elle ne plaisante pas.

« Ils ont fait cette… ascension en partant… le matin, dis-je. Quand ils étaient… reposés. »

Elle secoue la tête, et je vois des boucles de ses cheveux bleu-noir tenter de s'échapper du bonnet de laine qu'elle porte sous sa capuche de duvet. « On ne se repose jamais vraiment… à cette altitude. On a juste… mal. On reste… allongé. Autant le faire… cinq cents mètres plus haut… ce soir. Pour commencer… à chercher Percy… demain matin. En… redescendant.

— Le Diacre et J.-C… s'attendent à nous trouver… ici.

— Je vais… leur laisser… un mot. » Elle sort un petit carnet en cuir et un crayon d'une autre poche.

Mon Dieu, je songe. *Elle est sérieuse !*

Je joue mon va-tout – elle n'aura pas de réponse à ça. Je sauverai nos vies… du moins *ma* vie. « Il n'y a pas… de camp VI… là-haut, dis-je, tentant d'insuffler une note de regret dans ma voix. On ne saurait pas… où l'installer. On n'aurait pas le temps… de l'établir… avant la nuit. On mourra… de froid.

— Oh, ne dites pas… n'importe quoi. » Elle est déjà en train d'écrire. Puis elle remet les sacs de couchage à moitié secs dans la tente et me montre son message, avant de le poser sur le sac le plus proche et de le maintenir avec un caillou. *Arrivés au camp V à midi. Allons bien tous les deux. Décidé de monter établir le camp VI vers 8 200 mètres. Commencerons les recherches sur la face demain matin. Reggie.*

Elle referme les battants de la tente, et nous nous mettons debout avec peine. Saisi de vertige pendant une seconde, je manque basculer tête la première, et mes bras battent comme les ailes vestigiales de quelque oiseau incapable de voler. Si je tombe, il n'y aura rien pour arrêter ma chute de six cents mètres jusqu'au col nord. Alors que je vacille toujours en agitant les bras, je sens soudain la main ferme de Reggie me saisir le haut du bras pour me stabiliser.

Quand je recouvre mon équilibre et une respiration à peu près normale, elle me tape sur l'épaule comme si rien ne s'était passé.

« Nous pourrons jeter la première… bonbonne d'oxygène… quand elle sera… vide, dit-elle avant de remettre son masque. Peut-être devrions-nous… en utiliser moins… pour la deuxième partie… de l'escalade. En garder plus… pour demain.

— Très bien, dis-je, haletant au-dessus de mon propre masque. À vos… ordres… madame. »

Nous nous retournons vers l'amoncellement dangereusement pentu de dalles noires glissantes et de neige, nous préparant à faire nos treize premiers pas. À mille huit cents mètres au-dessus de nous, la face ouest du sommet pyramidal enneigé de l'Everest commence à étinceler dans la lumière déclinante et froide de ce début d'après-midi. Un panache de neige s'étend une fois encore sur des kilomètres vers le sud-est. J'imagine comment sera le vent là-haut, sous la Bande jaune – le dernier repère physique et la ligne de séparation entre l'arête nord-est et cette ligne de crête toute droite (quoique sûrement impraticable) qui conduit au sommet. Mais je dois aussitôt brider mon imagination, sans quoi je n'aurai plus qu'à m'asseoir sur un rocher et pleurer comme un enfant.

Lundi 18 mai 1925

« Jake, dit doucement Reggie, si vous êtes réveillé, vous voudrez peut-être voir ça. »

Bien sûr, que je suis réveillé. Notre « camp VI » est une mauvaise plaisanterie – la petite tente Meade de quatre kilos et demi et deux piquets est perchée sur une dalle si penchée que nous avons dû coller nos pieds contre le bloc rocheux la retenant côté aval et dormir dans un plan si incliné qu'on a presque l'impression d'être debout. Au moins, j'ai pris la précaution de poser une couverture de sol supplémentaire au moment où nous fixions la tente à la paroi de la montagne, si bien que le froid de ce monde extraterrestre n'est pas complètement remonté jusqu'à nous.

J'ai dormi quelques minutes dans l'obscurité. J'ai aussi été vaguement conscient que, emmitouflés dans nos sacs de couchage, Reggie et moi nous serrions l'un contre l'autre – un peu comme deux passagers blottis sur l'impériale d'un bus anglais un jour d'hiver. Au moins les vents ont été calmes durant la nuit. La crainte d'être balayé de ce perchoir ridicule m'aurait privé sinon de ces quelques instants de demi-sommeil.

« Bien », dis-je, et je m'assois pour la terrible épreuve consistant à enfiler mes vêtements d'extérieur et mes bottes qui ont passé la nuit avec moi dans mon sac. Seule concession à l'hygiène : je mets ma dernière paire de sous-chaussettes en coton propres. Une aide psychologique, rien de plus.

Je sors de la tente en rampant, côté amont. J'ai l'impression d'émerger d'un tunnel de givre. Ou plutôt, de naître pour m'apercevoir que je suis sur la lune.

La bande de soleil vient de descendre sur notre joyeux petit foyer à 8 200 mètres d'altitude, et je me rends compte que le sifflement que j'entends depuis un moment ne vient pas de la neige mais des réchauds à Méta, sur lesquels sont posées de toutes petites casseroles. Ils doivent fonctionner depuis un certain temps déjà, parce que Reggie – engoncée dans toutes ses couches de vêtements et assise sur son sac de couchage replié, ses bottes appuyées sur une arête dans une dalle pour éviter de glisser – a déjà rempli trois Thermos d'un liquide tiède.

Je tente de me rappeler la température d'ébullition de l'eau à 8 200 mètres – est-ce 73 °C ? Ou 72 ? – bref, une température si basse que, si on continue de grimper, j'ai l'impression que la neige fondra dans la casserole sans qu'on ait besoin d'allumer le réchaud.

J'ai le vague souvenir d'avoir entendu George Finch dire que si nous, les humains, parvenions à aller dans l'espace – au-dessus de l'atmosphère –, notre sang bouillirait dans nos veines et dans notre cerveau, alors même que la température, du côté du corps non éclairé par le soleil, pourrait atteindre les – 128 °C. « Évidemment, a ajouté Finch pour nous rassurer (nous prenions notre dessert dans le grand restaurant de Zurich), on n'aurait pas à s'inquiéter de l'ébullition du sang, puisque les poumons et le corps auraient déjà explosé comme ces pauvres créatures des profondeurs que nous sortons parfois de la mer. »

Ça m'avait coupé l'appétit.

Je traîne mon sac de couchage sur la dalle pour m'asseoir à côté de Reggie. Au moment où je le fourre sous mes fesses, mes bottes glissent – je n'ai pas mis mes crampons parce que mes doigts sont encore trop engourdis pour réussir à fixer toutes les attaches – et Reggie doit me retenir d'une main ferme, avant que mes talons trouvent une cale dans le roc pour me stabiliser. Nous avons dû nous décaler légèrement sur la face nord pour dénicher cet emplacement pathétique. Nous n'avons pas vu de traces du camp VI de Mallory et d'Irvine, mais peut-être nous ont-elles échappé au crépuscule, dans les longues ombres, le labyrinthe de pierre et la neige tourbillonnante. Et si, à cet endroit, à côté de l'arête nord et juste sous la Bande jaune, la face ne semble pas trop abrupte – le toit d'ardoise de 35 ou 40 degrés de l'église que George Mallory a escaladé, enfant, serait une bonne comparaison –, un écart pourrait causer une chute de mille huit cents mètres jusqu'au glacier du Rongbuk est.

« Comment vous sentez-vous, Jake ? » Voyant que Reggie n'utilise pas d'oxygène, je me félicite de ne pas avoir encore sorti ma bonbonne de la tente.

« Super », réponds-je d'une voix sourde. Si j'avais la tête pleine de coton au camp V, ici au camp VI elle est pratiquement vide, à moins de compter la douleur… que le simple fait de penser ou de parler réveille.

« Vous avez toussé toute la nuit », dit Reggie.

Je l'avais remarqué. Cette toux constante – causée, je suppose, par une incroyable sécheresse dans la gorge et une moindre efficacité des alvéoles pulmonaires à cette altitude – donne parfois l'impression qu'on va littéralement cracher ses organes internes.

« C'est juste l'air froid », dis-je. En réalité, j'ai la sensation d'avoir une chose solide coincée dans la gorge. Je chasse aussitôt cette pensée qui me donne la nausée.

Reggie ouvre les bras. « Je me suis dit que vous voudriez voir le soleil se lever.

— Oh… oui… merci. »

Mon Dieu, que c'est beau. Même mon cerveau ralenti et mon âme transie prennent vaguement conscience de cette beauté. Au bout d'un moment, la réalité de ce que je vois et la chaleur du soleil levant commencent à pénétrer l'amas de chair gelé, frissonnant, toussant et à moitié paralysé que je suis devenu.

En cet instant, sans le moindre doute, lady Katherine Christina Regina Bromley-Montfort et moi sommes les humains le plus haut sur la planète. Je lève les yeux et tends mon cou douloureux vers l'Everest à gauche – si proche ! tellement inaccessible ! –, à seulement six cents mètres au-dessus, un kilomètre et demi sur l'arête, alors que le soleil bénit de ses rayons la roche rougeâtre du sommet. Les champs de neige étincelants de la pyramide sommitale, sous la dernière section verticale avant le sommet, semblent étrangers à ce monde et de nature quasi divine.

Cette altitude n'est pas de notre monde. Nous, les humains, ne sommes pas faits ou pas encore assez évolués pour être là-haut, me dis-je, gagné par un léger sentiment de panique. En même temps, une autre pensée parfaitement contradictoire émerge dans mon esprit : *Je suis fait pour être là. C'est le moment que j'ai attendu toute ma vie.*

Qu'a dit John Keats à propos de la « capacité négative » – le fait d'avoir deux idées opposées dans la tête, sans chercher à les concilier ? Je ne sais plus. Ce n'était peut-être pas Keats… plutôt Yeats ou Thomas Jefferson, ou Edison. Attendez… à quoi je pensais, déjà ?

« Tenez, buvez un peu, me presse Reggie en me tendant une Thermos. Ce n'est pas chaud, mais ça contient de la caféine. »

Le breuvage tiède manque me donner un haut-le-cœur, mais vomir sur Reggie ne serait pas la meilleure façon de la remercier de s'être levée avant l'aube, sur le toit du monde, pour me préparer mon café du matin.

Par moments, Reggie se sert des jumelles pendues à son cou pour examiner les pentes en dessous.

« Vous voyez… quelque chose ?

— Il y a juste assez de neige… sur la face nord… pour que chaque rocher… ressemble à un corps. » Elle baisse les jumelles. « Non. Rien à voir pour l'instant. Sauf ces deux êtres humains qui grimpent droit sur nous.

— Quoi ? » Je lui emprunte ses jumelles. Il me faut une minute pour voir de quoi elle parle, même en suivant le doigt qu'elle tend : je ne distingue que des points gris avançant lentement le long de l'arête, sur une toile de fond de roche sombre. C'est seulement quand ils passent devant une petite zone de neige que je les identifie.

« Le Diacre est en tête, dis-je.

— Avec Jean-Claude ?

— Non, le deuxième homme de la cordée est trop grand pour être Jean-Claude. Ce doit être un Sherpa… attendez ! C'est Pasang ! »

Elle me reprend les jumelles. Je vois son visage s'illuminer de plaisir, comme un point d'orgue à la perfection du monde qui nous entoure : le ciel bleu qui se réchauffe, les méandres des immenses glaciers apparaissant entre les nuages en bas dans les vallées et les dizaines de sommets de plus de 6 000 mètres, éclairés l'un après l'autre par les rayons du soleil, comme une série de longs cierges blancs allumés par un invisible enfant de chœur.

Les deux silhouettes mettent encore une demi-heure à nous rejoindre – elles disparaissent de notre vue pendant la dernière partie de l'ascension, cachées dans le labyrinthe de goulottes qui commence à environ trois cents mètres sous la Bande jaune et se poursuit jusqu'à la ligne de l'arête au-dessus de nous. Entre-temps, Reggie et moi prenons un solide petit déjeuner – des biscuits anglais, des carrés de chocolat, quelques cuillerées de macaroni à moitié décongelés et encore un café. Nous ne parlons pas – l'écrivain que je croyais être (du moins avant ma rencontre avec Hemingway à Paris) aurait qualifié le silence de « confortable ». Je me contente de remettre en route mon esprit engourdi en énumérant les sommets déjà illuminés : les parois et le pic nord de l'Everest lui-même, bien sûr ; la cime enneigée de ce qui doit être le Kangchenjunga, très loin à l'est ; le Cho Oyu à l'ouest ; le Lhotse qui commence à accrocher le soleil au sud ; la chaîne de Gyankar, plus distante, ombre intangible qui prend la solidité du granit sous les rayons du soleil ; et tout là-bas, nous observant au-dessus de la courbure visible de la terre, un pic incroyablement haut du centre du Tibet. J'ignore son nom.

Puis le Diacre et Pasang arrivent, encore liés par dix-huit mètres de corde miracle. Reggie et moi échangeons un coup d'œil où la satisfaction le dispute à la culpabilité – à aucun moment nous ne nous sommes encordés pendant l'ascension d'hier, pas même lors de nos incursions sur la face nord ou lorsqu'on a dû escalader des goulottes, en s'aidant de nos mains dans certains endroits abrupts. Je n'arrive pas à comprendre pourquoi ce petit secret entre nous me fait autant plaisir.

« Il n'est pas encore… sept heures, dit Reggie. Quand donc… êtes-vous partis ? Et d'où ? »

Le masque à oxygène de Pasang pend sur sa poitrine – comme chaque fois que je l'ai vu à travers les jumelles. Je doute qu'il soit à court d'air anglais, puisque j'aperçois le haut de deux bonbonnes sortant de son sac à dos. Elles auraient dû largement suffire pour la montée depuis le col nord, même à fort débit. Et le docteur Pasang n'est pas du genre fanfaron. Peut-être est-il capable de grimper plus haut que nous, sans avoir *besoin* d'oxygène. Le Diacre, de son côté, a porté son masque jusqu'à leur arrivée sur notre dalle. Une fois assuré de son équilibre, il ferme la valve, retire son masque et reprend son souffle pendant un long moment avant de répondre à la question de Reggie.

« Partis… juste après… deux heures. Du camp… V. Arrivés là-bas… hier… après-midi. »

Voyant les lampes de mineurs gallois sur leur bonnet de laine, sous les capuches de duvet, je ne peux m'empêcher de sourire. Entre les vêtements conçus par George Finch, les crampons et diverses autres inventions de J.-C., la nouvelle corde et la logistique du Diacre, et mon enthousiasme fringant, nous avons tous apporté quelque chose à cette quatrième expédition dans l'Everest. Mais ce sont les lampes frontales de lady Bromley-Montfort et son idée de commencer les ascensions au milieu de la nuit, avec ou sans pleine lune, qui ont sûrement fait la plus grande différence.

« Vous n'avez pas traîné », dit-elle. Elle déroule son sac de couchage aux pieds du Diacre. « Asseyez-vous, messieurs. Mais assurez-vous d'abord que les semelles de vos bottes soient bien accrochées à quelque chose. »

Pasang sourit et reste debout pour admirer la vue. Puis il se retourne vers la Bande jaune, l'arête nord-est et la pyramide sommitale de l'Everest qui se dressent au-dessus de nous, à une proximité trompeuse. Le Diacre retire son sac à dos avec un luxe de précautions – en 1922, nous a-t-il raconté un jour, Howard Somervell se trouvait à près de 8 000 mètres quand il avait négligemment posé son sac... pour le voir tomber sur le glacier, deux mille cinq cents mètres plus bas – et le coince entre deux petits blocs de roche derrière lui tout en s'asseyant. Aucun des deux hommes n'a encore mis ses lunettes ; le Diacre a la peau si brûlée par le soleil d'altitude que Pasang et lui pourraient passer pour des frères.

« On a... avancé vite, répond le Diacre, parce que... des personnes très charitables... ont fixé... des centaines de mètres... de corde fixe... dans les passages abrupts. » Il nous remercie d'un hochement de tête. « Les baguettes de bambou... et leurs drapeaux rouges... entre les goulottes... étaient aussi... une attention... délicate.

— C'était la moindre des choses, puisque nous passions par là, dit Reggie avec un sourire chaleureux.

— C'est bien... que vous soyez montés... un jour plus tôt, dit le Diacre. Ça nous donne une journée supplémentaire... pour fouiller la face nord.

— Nous n'allons pas fouiller *toute* la face nord, si ? » demande Reggie. Elle ne peut tout de même pas être sérieuse.

Le Diacre esquisse un petit sourire et montre l'aval d'un geste. Je remarque que ses lèvres gercées saignent.

« Selon le plan nous allons... imaginer un immense trapèze... partant de l'arête nord-est... là où l'arête nord la rejoint près du premier ressaut. » Il se retourne malaisément pour lever les yeux vers ce premier ressaut, dont seul le sommet est visible. « Mon Dieu, ça a l'air tout à fait possible d'ici, n'est-ce pas, Jake ? Mais ce *verdamnte* deuxième ressaut... »

Reggie lui tend les jumelles, et le Diacre examine le deuxième ressaut comme je l'ai fait un peu plus tôt. « Une escalade sur roc pas évidente, dit-il. Mais c'est pour ça qu'on vous a amené, Jake. C'est vous, notre expert rochassier.

— "Une escalade pas évidente !" m'exclamé-je. Je viens de passer… une heure… à observer ce foutu deuxième ressaut… quand je n'admirais pas le lever du soleil… et c'est exactement comme Norton ou… je ne sais plus qui… l'a décrit à la Royal Geographical Society. Bon Dieu, la proue verticale de trente mètres d'un putain de cuirassé qui sort du brouillard et s'avance droit sur vous. » Je prends quelques inspirations. « Je m'excuse pour le langage, Reggie.

— Bon Dieu, vous faites bien, répond-elle.

— Quoi qu'il en soit, reprend le Diacre en retirant ses moufles et en ouvrant ses mains gantées vers les rochers en contrebas, nous allons fouiller… le trapèze que nous avons défini… c'est plus facile de le faire en descendant d'ici… qu'en montant… du camp V.

— Vous aurez l'énergie de mener les recherches aujourd'hui, tous les deux ? » demande Reggie.

Pasang sourit. Le Diacre fait une légère grimace.

« Il nous reste deux bouteilles d'oxygène, dit-il. Et vous ?

— Deux chacun. »

Le Diacre sort de son sac à dos la bouteille qu'il a vidée pendant l'ascension et débranche les tubes et les valves. Alors qu'il s'apprête à la poser entre des rochers, Reggie l'arrête.

« Jake et moi avons fait une drôle de… découverte… quand nous avons jeté notre première bouteille hier soir », dit-elle.

Le Diacre hausse légèrement les sourcils.

Reggie lui prend le cylindre, le brandit à deux mains au-dessus de sa tête et le lance le plus loin possible.

Il atterrit sur la pente environ vingt mètres plus bas, rebondit pour retomber sur du rocher à encore vingt mètres, puis continue de dévaler – éclat argenté dans la lumière du matin – tandis que les bruits de sa chute semblent résonner à l'infini.

Le Diacre secoue la tête, mais sourit. « Je décline toute responsabilité si elle tombe sur un de nos amis Sherpas à un kilomètre sous le col nord, dit-il. À ce propos, il y a un à-pic sur la face, à un niveau légèrement inférieur à celui du camp V, pile en dessous de nous – qui descend jusqu'au Grand Couloir. Ce sera… la limite inférieure de notre zone de recherche.

— Je répète ce que j'ai dit, répond doucement Reggie. Ça fait tout de même des centaines d'hectares. D'hectares verticaux.

— Pas complètement verticaux, dit le Diacre. Dieu merci. » Il fouille dans les épaisseurs de vêtements sous sa parka en duvet et en sort une feuille pliée. Lorsqu'il la déplie, je vois qu'il s'agit d'une version plus détaillée et mise au propre d'un diagramme qu'il a dessiné et dont nous avons discuté pendant notre traversée du Tibet puis au camp de base.

Quatre lignes horizontales de couleurs différentes zigzaguent de gauche à droite puis de droite à gauche sur un croquis de la face nord de l'Everest, s'étendant grosso modo de l'épaule nord, à l'est, au Grand Couloir, à l'ouest.

« Lady Bromley-Montfort, dit le Diacre d'un ton cérémonieux, puisque vous avez été notre alpiniste de tête jusqu'ici, auriez-vous l'obligeance de gravir encore cent vingt mètres jusqu'au pied de la Bande jaune, au-dessus de cette cuvette, et de chercher d'est en ouest le long de cette arête ? Je ne crois pas que vous aurez à... escalader dans les goulottes elles-mêmes. Les jumelles suffiront. Cette corniche, là, s'arrête juste avant le Grand Couloir, donc n'allez pas plus loin s'il vous plaît. Le premier ressaut, sur l'arête au-dessus, peut vous servir de repère... Faites demi-tour avant de le dépasser trop loin vers l'ouest. »

Reggie hoche la tête, mais dit : « Vous ne me donnez pas le bas de la Bande jaune parce que c'est le passage le plus large, le plus sûr et le plus facile à traverser, n'est-ce pas ?

— Au contraire, répond le Diacre, l'air sérieux, je vous le donne parce qu'il promet la plus grande longueur de chute. Et aussi... » À présent, son expression est plus espiègle que sérieuse. « ... parce qu'il suppose de grimper alors que nous autres n'aurons qu'à descendre. Docteur Pasang ?

— Oui ? » C'est le premier mot que je l'entends prononcer depuis leur arrivée. Il ne paraît pas plus essoufflé que si nous étions au niveau de la mer.

« Voudriez-vous bien descendre d'environ deux cents mètres jusqu'à cette espèce de nervure de roche mal définie... » Le Diacre s'interrompt pour la montrer du doigt. La nervure en question est tellement mal définie qu'il nous faut plusieurs minutes pour la distinguer, mais à mon avis, c'est l'« arête horizontale » sur laquelle Norton et Somervell sont revenus, en quittant le Grand Couloir, le jour où Norton a établi le record d'altitude à 8 717 mètres – record *connu*, évidemment, puisque personne ne sait jusqu'où sont montés Mallory et Irvine avant de disparaître.

« Suivez-la s'il vous plaît vers l'ouest tant qu'elle reste solide, puis descendez d'une centaine de mètres et choisissez la meilleure voie pour revenir vers l'arête nord à l'est », poursuit le Diacre. Il lève les yeux vers le Sherpa. « Vous avez brillamment effectué l'ascension sans oxygène, ce matin, mais je vous conseillerais de prendre un peu d'air anglais pendant les recherches. Uniquement pour vous aider à rester alerte.

— Très bien », dit Pasang. Se protégeant les yeux, il regarde les dalles, en forme de toit pentu, qui constitueront sa large zone de recherches.

« Je vais prendre la partie située entre l'espèce de nervure du docteur Pasang et le niveau du camp V.

— C'est une zone très vaste, Richard, fait remarquer Reggie. Et très abrupte. Très exposée.

— Et je ferai très attention, dit-il. N'oubliez pas de mettre vos lunettes, mes amis. Même si vous restez sur des rochers, n'oubliez pas...

— Le colonel Norton, dis-je.

— Exactement. Nous utiliserons une bouteille d'oxygène chacun en tentant de garder la deuxième en réserve pour ce soir, mais nous devrions tous être de retour au camp V avant quatorze heures. Aucun de nous, je crois, n'a pu se reposer correctement la nuit dernière, et je veux... éviter de nouveaux problèmes de santé si possible. » Il me regarde. « Votre toux empire, Jake. »

Je secoue la tête, agacé. « Ça passera dès que je reprendrai de l'oxygène. » Je sais que c'est faux – j'ai toujours la sensation d'avoir un os de poulet coincé dans la gorge –, mais je n'ai pas envie d'argumenter, ni de me plaindre.

Le Diacre hoche la tête, manifestement peu convaincu, et ouvre son sac. « J'ai quelque chose pour chacun de vous. » Il sort ce qui ressemble à trois petits pistolets noirs à large canon.

« Des pistolets de duel ? » dit Reggie pour plaisanter. Je suis le seul à rire, ce qui me provoque une nouvelle quinte de toux.

« J'ignorais qu'il existait des pistolets de détresse Very de cette taille », dit Pasang. Le Diacre nous montre les cartouches de couleur – guère plus grandes que des cartouches de fusil. Pistolets et munitions sont beaucoup plus petits que les modèles Very à usage militaire et nautique que j'ai déjà vus. Le Diacre avait noté le mot sur sa liste, à Londres, sans que je sache pourquoi – il l'avait aussi orthographié *Verey* (un truc anglais, manifestement), alors que je l'ai toujours vu écrit *Very*, du nom de l'inventeur des premiers pistolets de détresse.

« Le Mark III Webley and Scott que j'avais à la guerre ressemblait à un tromblon, reprend le Diacre. Gros canon en étain évasé – le genre de Very de calibre 25,4 que vous avez sans doute vu, Jake. Mais un chercheur allemand a dessiné ces petits modèles de calibre 12 pour les patrouilles de nuit. Nous en avons récupéré quelques-uns. » Il sort son gros pistolet Very de fabrication anglaise de son sac pour nous montrer la différence. L'engin et ses cartouches sont au moins deux fois plus grands que les modèles allemands posés sur le rocher devant nous. Même à taille réduite, les pistolets de détresse en métal noir ont cette laideur fonctionnelle toute germanique.

« Ça alors, dis-je, me sentant d'humeur sarcastique en cette belle matinée, à 8 200 mètres d'altitude. L'armée vous a laissé repartir avec trois petits pistolets allemands et un gros Very anglais ? Quelle générosité !

— J'avoue que j'ai embarqué le gros, répond le Diacre. Personne n'a songé à me le réclamer et je ne le leur ai pas rappelé. C'était très fréquent pendant la démobilisation. Les petits sont pour vous – j'ai donné le sien à Jean-Claude hier. Je les ai achetés par correspondance à la compagnie Erma-Erfurt avant qu'elle fasse faillite.

— Comment ça marche ? » demande Reggie. Elle a pris un pistolet et – preuve qu'elle a l'habitude de manier des armes à feu – l'a ouvert pour s'assurer qu'il n'était pas chargé. Elle attrape les petites cartouches de couleur posées sur la roche plate à côté de la main du Diacre.

« Vous voyez, il y a trois couleurs de fusée : rouge, vert et ce qu'on appelait “étoile blanche” pendant la guerre, dit-il sans adopter son ton professoral, je l'admets. Je suggère qu'on utilise le vert pour signaler aux autres qu'on a trouvé quelque chose. Le rouge en cas de problème et si on a besoin d'aide. Le blanc pour demander à tout le monde de retourner au camp V.

— Donc, si je tombe dans le précipice, dis-je, me sentant encore un peu étourdi et oubliant complètement la sinistre raison de nos recherches, je dois tirer la cartouche rouge pendant ma chute ? »

Les trois autres me regardent comme si j'avais perdu la tête.

« Par exemple, finit par répondre le Diacre. C'est vous qui serez le plus bas – le plus près de l'à-pic. »

Pendant un moment, nous sommes tous occupés à enfiler nos sacs à dos, ranger pistolets et munitions dans des poches extérieures, de manière à ce qu'ils soient facilement accessibles mais à distance prudente des cylindres d'oxygène.

« Pour en revenir à cette dernière zone de recherche, dit Reggie lorsque nous sommes tous chargés et debout. Pensez-vous vraiment que Percival ait pu tomber si loin de l'arête nord-est ou de la face juste à l'écart de l'arête nord ? »

Le Diacre ne hausse pas les épaules, mais c'est tout comme. « Une fois qu'un corps commence à tomber sur une pente aussi raide, Reggie... il a tendance à parcourir une grande distance. Si la chute a été causée par une avalanche, comme l'a prétendu Sigl, les corps de Percy et de Meyer auront pris de la vitesse verticale dès le début.

— Dans ce cas, ils ne doivent probablement même plus être sur la face », dit Reggie.

Le Diacre ne répond pas, mais c'est de toute façon inutile. La simple idée de ce brusque à-pic, à environ six cents mètres au-dessous de nous, promettant une chute verticale de plus de deux mille quatre cents mètres, est terrifiante.

« Mais je ne crois pas que Bruno Sigl nous ait dit la vérité concernant la cause de la mort de votre cousin et de ce dénommé Meyer », déclare le Diacre.

« Si Percy et Meyer sont tombés de l'autre côté, du côté sud de l'arête nord-est..., commence Reggie.

— Nous ne les retrouverons pas, termine le Diacre d'un ton platement catégorique. Il y a plus de trois mille cinq cents mètres de pente jusqu'au glacier du Kangshung. Même si nous gravissons cette montagne... le long de l'arête nord-est... comme Mallory a dit vouloir le faire... il y aura très peu de raisons de regarder du côté sud. Nous ne verrions rien de cette altitude. Surtout après une année de chutes de neige. Et il n'est pas question de s'approcher de la corniche de neige qui se sera inévitablement formée là-haut.

— Et moi ? dis-je.

— Quoi, vous ?

— Quels sont les paramètres de ma zone de recherche ?

— Oh, dit le Diacre, et il montre la ligne bleue tout en bas de la carte. Je vous ai attribué l'endroit le plus dangereux, Jake. Cette partie basse, juste au-dessus de l'à-pic. À mon avis, vous n'aurez pas à aller beaucoup plus bas que le niveau du camp V – pas jusqu'au bord du précipice lui-même – puisqu'un corps qui aurait atterri là en tombant de l'arête nord-est serait en petits morceaux. Ou du moins terriblement mutilé. De la nourriture pour les goraks… ces corbeaux qui volent même à cette altitude. Oh, je vous demande pardon, madame.

— De quoi ? demande Reggie.

— D'être aussi bêtement insensible », répond le Diacre. Il baisse la tête.

« J'ai déjà vu des cadavres en montagne, monsieur Deacon, et je sais à quoi ressemble un corps humain après une longue chute. Je n'ignore pas non plus que des charognards auront attaqué celui de mon cousin et de Meyer s'ils sont encore quelque part sur la montagne.

— Il n'empêche, dit le Diacre, manquant encore de tact dans son effort maladroit pour atténuer la dureté de son commentaire. La face nord, à cette altitude, est un désert. Même après un an seulement, il devrait y avoir une forme de momification. »

Sentant que je dois orienter la conversation vers un sujet plus plaisant, je me tourne vers le Sherpa. « Docteur Pasang, je suis surpris que vous ayez pu vous éloigner de vos patients pour faire cette escalade. Comment va Tenzing Bothia ?

— Il est mort, répond Pasang. D'une embolie pulmonaire – un caillot de sang, causé par l'altitude, a bloqué la principale artère du poumon. Je n'aurais rien pu faire, même si j'avais été dans la tente avec lui sur le col nord cette nuit-là. Il est mort pendant qu'on l'évacuait vers le camp de base.

— Mon Dieu », dis-je dans un murmure.

Reggie est visiblement secouée. « Amen », dit-elle.

Lundi 18 mai 1925

Puisque le Diacre va descendre la moitié du bassin versant avec moi sur cette face nord, pour rejoindre *sa* zone de recherche, il suggère que nous nous encordions.

Les alpinistes sont plus nombreux à mourir en descendant des sommets qu'en essayant de les gravir. Je me souviens de m'être déjà fait cette réflexion sur le Cervin : en descente, on se trouve dos à la montagne, si bien que sur une pente abrupte quoique non verticale, un grimpeur ne peut pas s'aider de ses mains comme il le fait à la montée, et il a beau s'efforcer d'avancer lentement et avec précaution, il va dans le sens de la gravité. La pente de dalles et de neige qui s'étend sous l'« espèce de nervure » que le Diacre a demandé à Pasang d'explorer n'est pas aussi raide que la partie du Cervin où quatre des camarades d'Edward Whymper ont glissé et péri lors de cette première ascension triomphale, mais elle n'en est pas moins glissante et dangereuse – et bien plus difficile à négocier qu'une descente par la voie mieux définie et moins vertigineuse de l'arête nord.

Nous avons retraversé vers l'est et l'arête nord, et je me rends compte que le Diacre veut vraiment que l'on continue ces allées et venues entre l'est et l'ouest selon le schéma qu'il a dessiné.

Nous arrivons près de notre ligne de crête côté est. L'unique tente qui constitue notre camp VI est invisible entre les blocs de roche au-dessus de nous, mais on voit distinctement les tentes du camp V (au nombre de trois à présent, le Diacre et Pasang ayant planté la GTR à environ trente mètres au-dessus des deux autres la nuit dernière) plus d'une centaine de mètres plus bas, sur l'arête nord. C'est là que commence la zone de recherche du Diacre. Nous nous désencordons. J'enroule ma section de corde et la range dans mon sac à dos, en prenant garde à ne pas l'emmêler avec les tuyaux d'oxygène. Nous respirons de l'air anglais depuis que nous avons commencé notre descente. Le Diacre baisse son masque et relève ses lunettes.

« Faites attention là en bas, Jake. Pas de glissade aujourd'hui. » Une forte brise s'est levée et le vent emporte presque ses mots, mais j'observe le mouvement de ses lèvres à travers mes épaisses lunettes. Hochant la tête, je continue mon chemin vers l'aval. Ma zone de recherche commence à peu près au même niveau que les trois tentes du camp V, mais plus à l'ouest sur l'arête nord.

Parvenu à ce que je crois être l'altitude requise, je me retourne vers le Grand Couloir et entame une prudente traversée. Je tiens mon long piolet dans ma main gauche, côté amont, et prends soin de le planter avant chaque pas. C'est difficile de chercher un cadavre quand on doit regarder ses pieds en permanence.

J'ai remis mes crampons – même si les lanières me coupent la circulation au point que mes pieds refroidissent plus vite. Ces deux derniers jours, il m'est presque devenu naturel de marcher avec.

Par moments, je m'arrête, prends appui sur mon piolet et regarde en haut pour voir si mes amis vont bien. À cause de la distance et sur la toile de fond de neige et de rocher, il me faut une minute ou deux pour les repérer dans leur zone de recherche ; la forme de Reggie, pourtant la plus éloignée, se découpe plus clairement sur la Bande jaune, cette veine de deux cents mètres que le géologue Odell, dans son rapport à l'Alpine Club, a décrit comme un « marbre du cambrien moyen, riche en diopside et épidote, avec une patine caractéristique brun jaunâtre ». Traduit en langue courante, cela veut dire que des couches de petites créatures marines, fossilisées et enfermées dans le marbre, se sont accumulées à cet endroit au milieu de la période cambrienne, quand la chaîne himalayenne se trouvait au fond d'un antique océan. Même moi – élève médiocre en géologie à l'université –, je comprends que c'était il y a un sacré bout de temps. À présent, je vois Reggie avancer le long de cette ligne de crête, tout là-haut sous la Bande jaune, puis s'arrêter de temps en temps pour examiner aux jumelles une goulotte au-dessus d'elle. Ces goulottes forment des labyrinthes à peu de distance en dessous de l'arête nord-est – notre autoroute théorique (et celle de Mallory) vers le sommet –, il paraît donc logique d'y chercher les corps de Bromley et de Kurt Meyer, au cas où ils seraient tombés de l'arête de ce côté. Pour autant, ça m'attristerait que ce soit Reggie qui trouve le cadavre de son cousin.

À moins que, comme moi, elle n'utilise ces pauses que pour reprendre son souffle. Même avec les appareils à oxygène, ces traversées sont épuisantes. Dieu merci, le Diacre a insisté pour que cette recherche – incluant le trajet de retour au camp VI, ou au camp V si nous avons besoin d'espace supplémentaire – ne se poursuive pas au-delà de la capacité d'une bouteille d'oxygène, soit environ quatre heures et demie. J'ai la sensation que je pourrais dormir pendant une semaine, tout en sachant qu'il est presque impossible de fermer l'œil dans les recoins froids et inconfortables de ces campements. En réalité, je ne réussirai jamais à me reposer ici, à plus de 8 000 mètres. Sur l'Everest, la fatigue est un phénomène cumulatif, comme je commence à le comprendre. Elle ne cesse de s'accroître jusqu'à vous tuer, ou jusqu'à ce que vous redescendiez en vitesse de cette montagne.

Je me remets à marcher, quand soudain je m'aperçois que je me rapproche trop du Grand Couloir. Je suis très à l'ouest par rapport au premier ressaut qui se dresse au-dessus de moi sur l'arête nord-est et me trouve presque à l'aplomb du terrible deuxième ressaut. C'est la limite de ma zone de recherche. Si je continue dans cette direction, je pataugerai bientôt dans la neige profonde du périlleux couloir de Norton. Je me retourne et reprends une diagonale descendante vers l'est et l'arête nord, où attendent les tentes penchées.

La menace que représente l'à-pic, à environ trente mètres en contrebas, demeure en permanence dans un coin de ma tête. Un faux pas et je basculerais dans le précipice, en ayant tout juste le temps de crier et de battre des bras. Je regrette d'avoir fait cette blague idiote à propos de la fusée rouge à tirer pendant la chute : ce plongeon jusqu'au glacier serait le dernier et le pire moment de conscience de ma vie. Il y a peu de façons de mourir aussi atroces.

À quoi pense-t-on lorsqu'on tombe de plusieurs milliers de mètres dans le vide ?

J'essaie de chasser cette question en décrétant que je heurterais un rocher et serais heureusement inconscient avant d'être catapulté par-dessus le bord de cette falaise. Ça me rassérène un peu. Même si je n'y crois pas vraiment. Un coin de mon cerveau abêti par l'altitude tente de calculer le nombre de minutes et de secondes de conscience pendant ma chute libre.

« Ça suffit ! » dis-je tout haut, et je consacre mon énergie mentale à regarder mes bottes et le flanc de la montagne couvert de plaques de neige devant moi.

Cela fait à peine une demi-heure que la recherche a commencé quand je me surprends à regretter que le Diacre ne nous ait pas équipés d'un appareil de TSF individuel à la place de ces affreux pistolets de détresse. Certes, les vingt-sept kilos du transmetteur seraient un tantinet lourds à porter à ces altitudes, et il faudrait bien envelopper et prendre soin des fragiles tubes à vide…

Je m'arrête et secoue la tête pour m'éclaircir les idées. Il me semble apercevoir quelque chose qui s'agite un peu plus bas, comme des branches d'arbuste frémissant ou des rubans de soie voletant dans le vent. Ou alors un spectre qui me fait signe. Me fait signe d'approcher.

Je distingue aussi une forme verte sur la même petite plaque de neige.

C'est bizarre. Les rouages de mon cerveau ramolli ont du mal à se mettre en branle. *Je ne pensais pas que des plantes vertes poussaient à cette altitude.*

Attendez. *Rien ne pousse si haut.*

Je lève mes jumelles. Mes mains tremblent tellement que je dois m'accroupir, et je manque perdre l'équilibre dans le mouvement. Je stabilise les jumelles sur mon piolet planté dans la neige.

La « plante verte » est une botte de cuir, au pied droit d'un corps couché à plat ventre dans la pente, les bras tendus au-dessus de lui comme s'il tentait encore d'arrêter sa chute. Il ne reste qu'un lambeau de chaussette sur le pied gauche. La « petite plaque de neige » n'est pas du tout de la neige. On dirait de la chair, d'un blanc de marbre, visible à travers des déchirures dans la chemise et le pantalon du cadavre. Le mouvement était celui des haillons (*ou de morceaux de chair* ?) battant dans le vent qui se lève.

S'agit-il de lord Percival Bromley ou de Meyer ? se demande mon esprit embrumé. *Ou se peut-il que ce soit le Diacre, Pasang ou même Reggie ? L'un de mes amis a-t-il pu chuter sans que je le voie ni ne l'entende ?* Ce ne serait pas impossible, enfermé comme je le suis sous des couches de cuir et de duvet, le masque à oxygène et les lunettes, avec le bruit de l'air envoyé par le régulateur audible à chaque inspiration. Une fanfare aurait très bien pu tomber derrière moi sans que je m'en aperçoive.

Non, ni le Diacre ni Pasang ne portent de bottes vertes aujourd'hui – et Reggie non plus. Et même à plus de cent mètres de distance, on voit que ce corps est là depuis longtemps. La tête est partiellement recouverte d'éboulis – ces cailloux qui constituent une grande partie de la face nord.

Avançant avec encore plus de précautions, je suis très conscient du pistolet Very dans la poche de mon sac à dos, mais je ne veux pas m'en servir avant d'en avoir le cœur net. Me forçant à regarder mes pieds plutôt que l'apparition au loin, j'entame la descente vers le cadavre et le terrible à-pic juste derrière.

Lundi 18 mai 1925

Enfin, je lance la fusée verte – elle ne me paraît pas monter bien haut et ne brûle que pendant quelques secondes, avant de retomber en décrivant un arc de cercle et d'atterrir sur la pente où elle s'éteint avec un dernier sifflement. Puis je m'écroule à côté du cadavre. Mes jambes refusent de me porter plus longtemps, bien que j'ignore si c'est à cause de mon excitation ou de mon épuisement presque total.

C'est forcément Bromley ou Kurt Meyer. Du moins l'ai-je cru lorsque j'ai contemplé le cadavre quelques minutes plus tôt. Puis, remarquant les bandes molletières déchirées et effilochées sur les mollets, j'en ai déduit que l'homme devait être britannique. Les Allemands et les Autrichiens n'escaladent pas avec des bandes molletières.

J'ai trouvé Percival Bromley.

C'est alors que j'ai tiré avec le pistolet de détresse – même après avoir retiré moufles et gants, j'ai failli faire tomber la cartouche verte tant mes doigts étaient raidis par le froid et le choc. Après avoir rangé le pistolet, je me suis aperçu que mes genoux n'étaient pas loin de flancher et que je ferais mieux de m'asseoir.

À cause des deux bouteilles d'oxygène et de quelques objets fragiles dans mon sac à dos, je ne m'assois pas dessus comme je le fais habituellement en montagne. En quelques minutes, le froid spatial du granit sur cette face nord de l'Everest traverse les couches de soie, de coton, de laine et de duvet d'oie, et je le sens sur mes fesses, mes cuisses et mes jambes. Je ne tarde pas à être frigorifié. Après les bandes molletières, je remarque les knickers de laine en lambeaux et la veste Norfolk du cadavre, ce qui me conforte dans l'idée qu'il doit s'agir de Percival Bromley. Ses longs doigts fins sont enfoncés dans les cailloux gelés et sa tête à moitié enfouie sous les éboulis.

Pour l'heure, je n'ai aucune envie de voir le visage du mort. Et l'idée que, répondant à mon signal de détresse, Reggie sera là dans quelques minutes et découvrira son cousin bien-aimé m'est insupportable.

Pour partie, je ressens de la gêne. Le cadavre est encore vêtu, même si ses vêtements sont déchirés par endroits, et relativement intact, si l'on excepte l'os visible de la jambe droite cassée – la fracture classique au-dessus de la botte, je pense. Mais les goraks ont attaqué ses fesses, qui sont complètement exposées. Les oiseaux – *gorak* signifie « corbeau » en tibétain, mais je suppose qu'il s'agit d'une espèce voisine des craves des Alpes – s'en sont pris au rectum de ce pauvre lord Percival et ont commencé à dévorer ses intestins. J'envisage de poser ma veste sur ce spectacle obscène, comme on couvre le visage d'une personne brutalement morte dans une rue de Londres ou de New York, mais je tremble déjà de froid. Je sais que je devrais retirer mes crampons, me lever et taper des pieds pour activer ma circulation sanguine et marcher pour me réchauffer un peu.

Dans une minute.

Les mains du cadavre ont une couleur brun foncé inhabituelle. Un instant, je me demande si c'est le résultat de la décomposition, puis je réalise que c'est le même bronzage que nous avons, J.-C., le Diacre, Reggie et moi, après plus de cinq semaines passées à traverser le Tibet puis à transporter des charges sur l'Auge et le glacier. Les UV, à haute altitude, ont tôt fait de brunir les peaux blanches. Je remarque aussi qu'il n'y a aucune trace de gelure sur la peau à nu – pas même sur la colonne vertébrale et les épaules que l'on voit à travers les vêtements déchirés. Des épaules larges et très puissantes. Je n'avais pas réalisé que le cousin Percy était un tel athlète.

Les cadavres n'ont pas de gelures, Jake. Seuls les vivants en souffrent.

Je sais ça. Mon cerveau fonctionne encore, quoique au ralenti – les pensées et les réflexions m'arrivent à retardement, un peu comme les échos étouffés d'explosions lointaines.

Bromley a la jambe gauche croisée sur la droite, juste au-dessus de la terrible fracture qui laisse apparaître de l'os blanc et des restes déchirés de ligaments à demi momifiés.

Il était en vie quand il est arrivé ici, me dis-je. *Assez longtemps en tout cas pour croiser sa bonne jambe sur l'autre dans une tentative de soulager la douleur.*

Un haut-le-cœur me saisit à cette pensée et je tire sur mon masque à oxygène, m'apprêtant à vomir. L'envie passe très vite. Je me rends compte que je me comporte comme un enfant – comment me serais-je débrouillé si j'avais eu l'âge de servir dans un régiment américain pendant la Grande Guerre ? Ces jeunes types avaient passé presque une année entière au milieu de corps en décomposition et d'hommes agonisants.

Et alors ? répond la partie la plus consciente de mon esprit. *C'est seulement ce pauvre Percival Bromley. Tu n'as jamais été soldat, Jake.*

Par la déchirure de sa veste Norfolk, je vois que le jeune Bromley portait sept ou huit couches de vêtements : un anorak réduit en lambeaux par une année de vents froids, la veste en laine, au moins deux pulls, plusieurs épaisseurs de coton et de soie. Ce que j'avais pris, en le voyant par les jumelles, pour un crâne chauve et brun se révèle être un casque en cuir de moto assez semblable au bonnet d'aviateur que je porte. Étrangement, les quelques mèches de cheveux visibles sous le casque déchiré sont d'un blond presque blanc sur les pointes, mais brunes plus près des racines. Les hommes se teignent-ils parfois les cheveux comme le font les femmes ?

Je ne vois pas de lanières de lunettes de ce côté de sa tête.

Il a manifestement lutté et réussi à arrêter sa glissade juste avant de basculer dans l'à-pic à moins de vingt mètres en dessous de nous, et ses bras sont dans la position classique de l'arrêt d'urgence que tente en dernier recours un alpiniste qui a perdu son piolet. Je lève les yeux vers la pente, mais ne l'y vois pas. Pas plus que la botte manquante à son pied gauche.

Le mouvement qui, le premier, a attiré mon attention vient d'un enchevêtrement de corde. Elle est beaucoup trop serrée autour de la taille de Bromley, enroulée et emmêlée autour de son épaule gauche, et son extrémité rompue – je le vois à ses brins effilochés – bat dans le vent.

Bruno Sigl a affirmé que Bromley était encordé à Kurt Meyer quand l'avalanche les avait emportés tous les deux. Finalement, l'Allemand devait dire la vérité.

Mais l'avalanche ou la violence de la chute a rompu la corde. Dieu seul sait où Kurt Meyer a pu atterrir. Une fois encore, j'examine la pente au-dessus de moi, mais je ne vois ni Autrichien mort, ni mes amis venant me rejoindre.

Devrais-je tirer les deux autres fusées ? Peut-être n'ont-ils pas vu la première ? Elle n'a brûlé que quelques secondes.

Je décide d'attendre. Mes mains ne se sont toujours pas réchauffées.

Soudain, il y a un mouvement, mais ce n'est pas quelqu'un qui arrive d'en haut – c'est un petit homme en veste Shackleton qui traverse la face en provenance de l'est pour venir dans ma direction.

Ça doit être Kurt Meyer. Il a réussi, Dieu sait comment, à survivre à la chute, et il attend depuis tout ce temps que quelqu'un les retrouve, Bromley et lui.

Ou alors, Meyer a péri ici lui aussi, et son corps momifié vient me parler. À moins que ce ne soit simplement le fantôme de Percy Bromley.

C'est ma toux et mes halètements, non pas mes délires, qui me font comprendre que je suis en manque d'air anglais. Je remets le masque et règle la valve sur le débit de 2,2 litres par minute. Mes idées s'éclaircissent presque aussitôt.

Juste avant que la silhouette emmitouflée et chaussée de lunettes m'ait rejoint, je reconnais Jean-Claude. Grâce à l'oxygène, il ne me faut que trente secondes pour me souvenir qu'il devait monter au camp V avec un groupe de Sherpas aujourd'hui. Il a dû voir la fusée verte.

Je me lève, vacillant légèrement, et prends appui sur mon piolet, pendant que Jean-Claude contourne avec précaution le cadavre puis m'étreint. Il retire son masque, et nous regardons tous deux le mort.

« *Mon Dieu** », dit Jean-Claude.

Je baisse mon propre masque pour pouvoir parler.

« C'est Bromley, dis-je. Vous voyez les bandes molletières, J.-C. C'est un Britannique. Vous voyez la jambe droite cassée. Il y a probablement d'autres blessures qu'on ne distingue pas sous cet angle. Mais je ne pense pas qu'il ait pu tomber d'aussi loin que l'arête nord-est et… enfin… être en un seul morceau comme ça. Et sûrement pas de l'arête nord – bien trop à l'ouest. Il aurait été presque au deuxième ressaut, le long de la ligne de crête. Il n'y a pas d'avalanche à cet endroit. »

J'ai trop parlé et trop peu respiré ; pris d'une quinte de toux sèche, je dois remettre mon masque et me plie en deux jusqu'à ce que ça passe.

« Sa jambe droite présente aussi d'autres fractures, dit J.-C. Et son coude droit paraît cassé… ou au moins déboîté. C'est le côté droit de ce pauvre type qui a le plus souffert de la chute… » Jean-Claude s'interrompt, se protège les yeux avec sa main – il soulève ses lunettes pour mieux voir, ce que je n'ai pas encore pensé à faire – et examine la pente au-dessus de nous. « Mais vous avez raison, reprend-il. Il y a plus de trois cents mètres jusqu'à l'arête nord-est. Il n'est pas tombé de si loin. Peut-être de ces rochers sous la Bande jaune. Votre analyse médico-légale est assez juste, mais je crains que vous ne vous trompiez sur un point, mon ami.

— Lequel ? » Je me remets à tousser, puisque le mécanisme qui permet de réinspirer à l'intérieur du masque n'est pas adapté à la parole humaine. Je baisse le foutu machin. « *Lequel ?* »

Au lieu de me répondre, J.-C. pointe le doigt vers l'amont.

Trois silhouettes encordées – Pasang en tête, suivi de Reggie puis du Diacre – descendent lentement la pente en s'aidant de leurs longs piolets. Ils ne sont plus qu'à dix-huit mètres de nous. J'aurais dû me douter que le Diacre, toujours prudent, aurait pris le temps de les faire s'encorder avant de répondre à ma fusée de détresse.

« En quoi je me trompe ? »

J.-C. se contente de secouer la tête et s'écarte, pendant que nos trois amis nous rejoignent et se placent en demi-cercle autour du cadavre pour mieux le voir. Aussitôt, je m'en veux de ne pas avoir retiré au moins mon anorak Shackleton pour couvrir le derrière et les intérieurs de lord Percival, attaqués par les goraks. À présent, la pauvre Reggie doit supporter la vue épouvantable de celui qui était pour elle comme un frère.

« Je suis désolé, Reggie », dis-je, sentant des larmes monter sous mes épaisses lunettes aux verres teintés. C'est peut-être le vent froid qui me pique les yeux.

Elle retire son masque à oxygène et m'adresse un regard interrogateur. Elle a relevé ses lunettes.

« Je suis désolé que vous deviez voir votre cousin dans cet état. » En cet instant, je regrette d'avoir été celui qui l'a découvert.

Elle penche la tête de côté, regarde les trois autres hommes puis ses yeux reviennent se poser sur moi. Tous me dévisagent à présent.

« Ce n'est pas Percival », dit Reggie, obligée d'élever la voix pour se faire entendre par-dessus le vent de plus en plus vif.

Par réflexe, je fais un pas en arrière. Mes crampons glissent sur quelque chose et je dois m'appuyer sur mon piolet pour ne pas tomber. Je rappelle à mon corps que quelques mètres seulement nous séparent de l'à-pic et de l'oubli définitif. Je nage en pleine confusion. C'est un alpiniste britannique, de cela je suis sûr. Si ce n'est pas son cousin…

« Je reconnais ces larges épaules et ces bottes d'alpinisme vertes, dit Reggie. Percival est beaucoup plus mince et sa carrure beaucoup moins développée. Et il n'a jamais eu de bottes vertes. Jake, je suis presque certaine que vous avez trouvé George Leigh Mallory. »

Mardi 19 mai 1925

Il est plus de minuit, mais nous sommes tous les cinq assis dans nos sacs de couchage dans la grande tente de Reggie, plantée sur les dalles en pente au camp V, et cramponnés aux montants pour empêcher le vent de plus en plus violent de déchirer la toile ou de nous emporter. Nous sommes très, très fatigués.

J'ai mauvaise conscience en songeant que nous n'avons pas eu le temps d'enterrer George Mallory cet après-midi – hier après-midi, comme je m'en aperçois en consultant ma montre. Nous sommes le 19 mai : deux jours après la date prévue par le Diacre pour tenter le sommet. Le vent n'a cessé de forcir ; le nuage lenticulaire qui planait au-dessus du sommet de l'Everest depuis le matin a fondu sur nous dans un tourbillon de neige après la tombée de la nuit, et si nous étions restés sur la face nord avec Mallory, nous aurions dû passer au moins une heure ou deux de plus à taper sur la roche gelée afin de libérer suffisamment de cailloux pour couvrir son corps. La création du plus modeste cairn aurait nécessité plus de temps et d'énergie que nous n'en avions avec la tempête qui approchait. Après avoir fouillé méticuleusement le cadavre, examiné sa posture et les indices relatifs à sa chute, noté des repères afin de pouvoir retrouver l'endroit où reposait Mallory, le Diacre a annoncé qu'il était temps d'entamer la longue traversée vers le camp V à l'est. Quand j'ai protesté en faisant remarquer que Mallory méritait d'être enterré décemment malgré l'obscurité qui tombait et le vent qui se levait, c'est Reggie qui a dit : « Cela fait près d'un an qu'il est là, sous la neige, le soleil, la lune et les étoiles, Jake. Une nuit de plus ne fera aucune différence. Nous allons bivouaquer au camp V et reviendrons demain enterrer Mallory. »

Évidemment, nous n'y sommes jamais retournés.

J'ai encore mauvaise conscience.

Nous avons cependant été bien avisés de repartir au moment où nous l'avons fait et d'aller au camp V plutôt que d'essayer de retourner au minuscule camp VI. Vers quatorze heures, le vent soufflait déjà si fort qu'il avait arraché une partie des fixations d'une des petites tentes Meade du camp V. Il n'en restait qu'un amas de toile verte et de piquets cassés recouvert de neige à flanc de montagne. Nous aurions pu essayer de la redresser, en utilisant nos piolets comme piquets, mais nous ne nous sommes pas donné cette peine. L'autre tente Meade avait été éventrée par une chute de cailloux qui avaient transpercé les murs et le toit comme de la mitraille. Si quelqu'un avait été à l'intérieur à ce moment-là, il aurait probablement été tué. Et une longue nuit de vents violents et de nouvelles chutes de pierres s'annonçait.

Si bien que nous nous retrouvons tous les cinq serrés dans la grande tente de Reggie, que le Diacre et Pasang ont protégée des chutes de pierres par deux gros blocs rocheux quand ils ont monté des chargements au camp V hier. (Dimanche, me corrigé-je, en me souvenant encore une fois qu'il est minuit passé.) Ils ont non seulement calé les coins de la tente avec de lourdes pierres et enfoncé des pitons d'acier dans le roc pour arrimer les piquets, mais aussi quadrillé le dôme avec au moins vingt mètres de la nouvelle corde haute résistance fixés à des blocs en amont et en aval.

La tente de Reggie est suffisamment vaste pour qu'on puisse y tenir assis à cinq, mais il sera difficile de s'y allonger pour dormir.

Si nous n'avons pas eu le temps d'enterrer Mallory, nous avons passé une heure dans le froid, penchés au-dessus de son cadavre sur la face nord. Bien que nous ayons trouvé des étiquettes sur ses vêtements indiquant « G. Mallory », le Diacre voulait être certain de l'identité du mort. Si bien qu'à un moment, trois d'entre nous avons utilisé nos canifs pour gratter les gravillons du côté gauche du cadavre de manière à pouvoir le soulever et apercevoir son visage.

L'impression était la même que si nous avions soulevé une bûche qui aurait gelé dans le sol au cours d'un long et rigoureux hiver.

À la fin, le Diacre a dû se coucher sur le dos et se glisser presque sous le corps raide pour voir le visage.

« C'est Mallory, a-t-il dit.

— Qu'est-ce que vous voyez d'autre ? a demandé Pasang.

— Il a les yeux fermés. Une barbe de trois jours sur les joues et le menton.

— Je parle de blessures apparentes, a précisé Pasang.

— Il y a une terrible perforation sur la tempe droite, au-dessus de l'œil. Il a peut-être heurté un rocher en chutant, ou la lame de son piolet dans une tentative d'arrêt d'urgence.

— Est-ce que la blessure traverse tout l'os du crâne ?

— Oui.

— On peut le reposer, maintenant ? » ai-je demandé en haletant. On avait tous baissé nos masques à oxygène pour effectuer cette tâche. L'effort de soulever un cadavre gelé, pourtant à moitié éviscéré, était presque trop dur pour moi.

« Oui », a dit le Diacre en glissant sur le côté pour s'écarter du cadavre. Puis il a ajouté dans un murmure : « Adieu, George. »

Nous avons fouillé les poches de Mallory et le sac en toile qu'il avait dû porter sur la poitrine. Comme je l'ai déjà mentionné, il n'avait pas d'appareil à oxygène, ni de sac à dos.

Dans la poche de sa veste Norfolk, il y avait un altimètre semblable aux nôtres – spécialement calibré pour des altitudes allant jusqu'à 9 000 mètres – mais le cristal s'était cassé dans la chute et les aiguilles n'étaient plus là.

« Dommage, a commenté Reggie. Nous ne saurons jamais si Irvine et lui ont vaincu le sommet.

— Ils avaient plusieurs appareils photo dans l'expédition, a dit le Diacre. Teddy Norton m'a dit que Mallory portait un Kodak Vest Pocket. »

Quand nous avons tiré le petit sac sur le côté, j'ai senti à l'intérieur quelque chose de dur et métallique. « Je crois que j'ai trouvé l'appareil », ai-je annoncé.

Je me trompais. Il s'agissait en fait d'une grande boîte d'allumettes et d'une boîte en fer-blanc de viande séchée. Nous les avons remises à leur place. Ses poches étaient remplies d'une variété d'objets courants, comme si Mallory était seulement sorti faire une promenade hivernale à Hyde Park :

un bout de crayon, une paire de ciseaux, une épingle de nourrice, un petit étui métallique pour les ciseaux et une lanière de cuir amovible qui avait relié le masque à oxygène à son casque de motard en cuir. J'ai reconnu la lanière parce que j'en portais une identique sous le menton.

Nous remettions ces objets dans les poches au fur et à mesure, mais ne cessions d'en trouver de nouveaux : un mouchoir usé – et sale –, renfermant un tube de vaseline (pour les lèvres gercées, nous le savions, puisque nous en avions aussi de la même marque), et un autre plus beau et richement monogrammé – G. L. M. – à motifs bleu, bordeaux et vert. Celui-là enveloppait quelques papiers. Le Diacre les a feuilletés, mais il semblait s'agir de lettres personnelles, aussi n'est-il pas allé au-delà des salutations et de ce qui était écrit sur les enveloppes (l'une était adressée à George Leigh Mallory, Esq., c/o British Trade Agent, Yalung, Tibet). C'étaient bien des courriers personnels ou d'affaires relatifs à l'expédition, qui ne présentaient pas d'intérêt hormis l'étrange suite de chiffres inscrits au crayon dans les marges d'une lettre qui lui avait été envoyée par une dame qui n'était pas son épouse.

« Ce sont des relevés de pression d'oxygène, a dit le Diacre. Peut-être des notes pour savoir jusqu'où ils pouvaient aller avec leurs bouteilles ce dernier jour.

— Il n'y a que cinq pressions indiquées, a dit Reggie. Je croyais qu'ils avaient quitté le camp IV avec plus de cinq bouteilles d'oxygène.

— C'est le cas.

— Tout cela ne nous aide pas à comprendre quoi que ce soit, a dit Reggie.

— Peut-être pas », a admis le Diacre. Il a remis chaque lettre dans son enveloppe, emballé soigneusement l'ensemble dans le mouchoir monogrammé et rangé le mouchoir dans la poche du mort.

Même si nous n'avons rien pris, j'avais tout de même l'impression d'être un pilleur de tombe. C'était la première fois que je faisais les poches d'un cadavre. Le Diacre paraissait habitué, et j'ai soudain réalisé qu'il avait dû le faire – peut-être des centaines de fois – sur le front.

Dans d'autres poches, nous avons trouvé le canif de Mallory et ses lunettes.

« C'est peut-être important, a dit Reggie. Le fait que ses lunettes soient dans sa poche. »

Je n'ai pas compris tout de suite – j'étais trop occupé à tousser –, mais Jean-Claude a dit : « Oui. Ça signifie qu'ils ont chuté au crépuscule ou après la tombée de la nuit… Mallory a débuté son ascension le lendemain du jour où il a vu Norton tant souffrir d'ophtalmie. Il n'aurait sûrement pas retiré ses lunettes en plein jour.

— Mais montaient-ils ou descendaient-ils, quand ils ont chuté ? a demandé Pasang.

— À mon avis, ils descendaient, a répondu le Diacre.

— Avaient-ils une torche ? a demandé Reggie.

— Non. Odell l'a retrouvée dans leur tente au camp VI et l'a redescendue. Le fait qu'ils n'aient pas emporté leur seule lampe électrique nous apprend presque avec certitude qu'ils ont quitté le camp VI après le lever du soleil. Et que George Mallory était plutôt du genre distrait.

— Ne disons pas de mal des morts, ai-je déclaré entre deux accès de toux.

— Ce n'est pas du mal, c'est un fait. Pendant les deux expéditions auxquelles j'ai participé avec lui, George n'arrêtait pas de perdre ou d'oublier des choses – ses chaussettes, son nécessaire de rasage, son chapeau, son rouleau de papier toilette. Il était comme ça.

— Tout de même… », ai-je commencé, mais je n'ai rien trouvé à ajouter.

La main en visière devant les yeux – les nuages au-dessus de nous étaient si épais que nous avions effectué cette fouille sans nos lunettes –, le Diacre a regardé aussi loin vers l'amont que le lui permettait la neige tourbillonnante. « Il aurait été très difficile de descendre par ces goulottes et par ce côté du premier ressaut, sous la Bande jaune, dans le noir, sans torche, sans fusée de détresse, ni lanterne ou bougie. »

Nous avons tous scruté ces arêtes et goulottes, là-haut, dans la partie inférieure de la face. « Vu que son corps est intact – et qu'il était manifestement encore conscient et en train de faire un arrêt d'urgence au moment où il s'est arrêté –, il est évident que Mallory n'a pas chuté d'aussi haut que l'arête nord-est, a dit le Diacre, confirmant mon intuition. Sûrement pas non plus de la Bande jaune. Il est plus probable qu'il soit tombé d'une des goulottes ou des petites bandes de rochers plus près de nous.

— Donc, Sandy Irvine est peut-être en train de nous attendre à peine plus haut, a dit Reggie.

— Sauf si c'est Irvine qui est tombé le premier et a entraîné Mallory dans sa chute. Nous ne le saurons pas tant que nous n'aurons pas retrouvé le corps d'Irvine. »

Vous voulez dire qu'on va continuer de chercher après ça *?* ai-je pensé, épuisé.

C'est alors que le Diacre nous a soudain ordonné à tous de retourner au camp V avant que le vent ne s'intensifie davantage et que notre visibilité ne soit encore plus diminuée par la neige.

« Rien de ce que nous avons trouvé sur George Mallory ne peut donc nous indiquer si Irvine et lui ont atteint le sommet, dit Reggie. Sa montre et son altimètre sont cassés et ont perdu leurs aiguilles.

— C'est peut-être ce qui manque qui nous donne le meilleur indice », fait remarquer le Diacre.

J'émerge un tout petit peu des profondeurs de mon sac de couchage en duvet. « L'appareil photo Kodak ?

— Non. Une photographie de Ruth, la femme de Mallory. Norton ainsi que tous les gens à qui j'ai parlé m'ont raconté que Mallory avait emporté la photo avec lui en quittant le camp IV – personne ne l'a retrouvée là-bas, ni dans les deux camps supérieurs –, et il avait promis à Ruth de la poser au sommet.

— Ou au point le plus haut qu'il aurait atteint avant de redescendre – Dieu seul sait où », dit J.-C.

Le Diacre hoche la tête et mâche la tige de sa pipe froide.

« L'absence de la photo ne prouve pas qu'il ait atteint le sommet, fait remarquer Reggie.

— Non, acquiesce le Diacre. Seulement qu'il l'a laissée quelque part. Peut-être à l'endroit où ils ont fait demi-tour, comme l'a dit Jean-Claude... Reste à savoir où.

— L'appareil photo manquant m'intéresse », dit le docteur Pasang. Sa voix grave est aussi douce et tranquille que jamais.

« Pourquoi ?

— Eh bien, quand confie-t-on un appareil photo à quelqu'un d'autre ? interroge le grand Sherpa.

— Quand on lui demande de nous prendre en photo, dit Reggie. Mallory a peut-être donné le Kodak à Irvine au sommet, après avoir photographié le jeune homme.

— Simples conjectures, dit le Diacre. Ce qui est sûr, en tout cas, c'est que si nous voulons continuer à chercher demain, nous devrions tous dormir un peu.

— Facile à dire, réponds-je entre deux accès de toux. Bon Dieu, moi je ne peux pas dormir du tout à cette altitude.

— Je vous en prie, Jake, dit le Diacre. Nous sommes en présence d'une dame. »

Reggie lève les yeux au ciel.

« J'ai apporté des somnifères, dit Pasang. Ils devraient vous garantir au moins trois ou quatre heures de sommeil. »

Dans le silence qui suit, j'imagine que tout le monde pense la même chose que moi : *Comme ça, on sera tous en train de ronfler quand le vent emportera notre tente.*

Au moment où je m'apprête à faire un commentaire, Reggie lève la main. « Chut, tout le monde, chuchote-t-elle. J'entends quelqu'un. Quelqu'un qui crie. »

J'ai la chair de poule sur les avant-bras.

« Dans ce vent ? dit le Diacre. Impossible. Le camp IV est beaucoup trop bas et…

— Je l'entends aussi, dit Pasang. Il y a quelqu'un qui crie, dehors dans le noir. »

Troisième partie

L'ABOMINABLE

1.

Note à monsieur Dan Simmons :

Jusqu'ici j'ai raconté mon histoire au présent parce que j'ai travaillé à partir des entrées quotidiennes de mon journal et des notes que j'avais prises à l'époque, durant l'été et l'automne 1924, puis au printemps 1925. Le fait d'écrire au présent m'a aidé à raviver mes souvenirs, même si ce n'était pas très professionnel de ma part, d'un point de vue littéraire. Cette dernière partie de mon récit n'a été racontée qu'à une seule personne et n'a jamais été écrite – je n'ai même pas pris de notes sur le moment. Je raconte les événements tels que je me les remémore aujourd'hui, au passé de narration, mais comprenez que chaque mot que je couche sur le papier est aussi vrai et précis qu'il est possible, et que vous êtes seulement la deuxième personne, depuis 1925, à entendre cette partie de l'histoire.

Jake Perry

Cinq minutes après que Pasang eut confirmé avoir entendu le cri, le Sherpa, le Diacre et moi étions dehors dans les tourbillons de neige. Il avait été décidé que deux personnes devaient rester à l'intérieur pour tenir les piquets de la tente ; Reggie s'était proposée, J.-C. et moi avions tiré à pile ou face et il avait perdu.

« Vous l'entendez toujours ? hurla le Diacre à Pasang.

— Non, mais je vois quelque chose. » Le Sherpa montra un point, à environ cent mètres en aval, près du site originel de notre camp V, où l'une des tentes était effondrée et l'autre déchirée après une chute de pierres.

En raison de la neige qui soufflait dans le cône de lumière de ma lampe frontale, il me fallut une minute pour le voir : un rougeoiement infernal derrière des blocs rocheux à environ trente mètres en dessous de nous.

Nous nous encordâmes tous les trois – nous n'avions pas eu le temps de fixer nos crampons –, et je pris la tête de la descente dans la pente raide. La neige ne tenait pas à cause du vent, mais il y avait une couche de glace suffisante pour rendre chaque rocher plus glissant qu'à l'ordinaire. C'était bizarre de marcher de nouveau en bottes ferrées. La sensation de sécurité que m'avaient donnée les crampons ces derniers jours me manquait déjà.

Un quart d'heure plus tard, nous arrivâmes au camp V, juste à temps pour voir s'éteindre une fusée de détresse. Il ne s'agissait manifestement pas d'une Very, à l'éclat éphémère, mais plutôt d'un de ces feux de Bengale de cheminots, dont nous avions apporté des modèles rouges et blancs.

À trois mètres de la lumière, près de la tente Meade écroulée, un homme vêtu d'une parka en duvet de notre expédition gisait sur le dos, immobile.

Nous nous penchâmes sur lui, et nos lampes frontales éclairèrent son visage et ses yeux grands ouverts.

« C'est Lobsang Sherpa, dit le Diacre. Il est mort. »

Lorsque nous nous étions retrouvés au camp VI, lundi matin, le Diacre avait mentionné avoir organisé la veille un convoi de quelques porteurs jusqu'au camp V, mené par Lobsang. À peine dix-huit heures plus tard, cet excellent grimpeur, qui avait gagné sa position de sirdar grâce à son dur labeur et ses longues journées de portage, paraissait bel et bien sans vie : il avait la bouche ouverte, les pupilles fixes et dilatées.

« Plus personne ne meurt ici aujourd'hui », déclara Pasang en posant son lourd sac à dos. Il était le seul de nous trois à en avoir pris un. Dans les lumières dansantes de nos lampes et la neige tourbillonnante, je vis que sa trousse médicale se trouvait à l'intérieur. « Monsieur Perry, dit-il, pourriez-vous ouvrir la veste de Lobsang Sherpa et écarter ses vêtements afin de dénuder sa poitrine ? »

Je posai un genou sur la pente raide, retirai mes moufles et j'obéis – sans espoir qu'une quelconque technique de réanimation serve à quoi que ce soit sur un homme mort, dont le corps et le visage étaient déjà couverts d'une fine couche de cristaux de glace.

Pasang sortit une énorme seringue ; la dernière fois que j'en avais vu une de cette taille, c'était dans un sketch parodique fait par le club de théâtre de

Harvard. L'aiguille mesurait au moins quinze centimètres de long – on aurait dit un instrument qu'un vétérinaire aurait utilisé sur des bestiaux.

« Tenez-lui les bras », ordonna Pasang, avant de passer les doigts sur la peau brune du torse de Lobsang. Les yeux du sirdar étaient toujours fixés sur l'éternité.

Je me souviens d'avoir pensé : *Pourquoi lui tenir les bras ? Le cadavre a-t-il l'intention d'aller quelque part ?*

Pasang était occupé à compter les côtes et à palper le sternum du pauvre Sherpa sous sa peau. Puis, de ses deux mains nues, il brandit l'énorme seringue et la planta droit dans le cœur de Lobsang Sherpa avec un craquement audible, malgré les derniers chuintements du feu de Bengale et le mugissement du vent. Puis Pasang poussa le piston de l'instrument.

Le corps de Lobsang Sherpa s'arqua d'un coup – il aurait basculé dans le précipice si le Diacre et moi ne l'avions pas maintenu au sol –, et le petit homme se mit à aspirer de grandes goulées d'air.

« Sacrebleu », murmura le Diacre. Je pensais la même chose. C'était le geste médical le plus dingue que j'avais jamais vu – et ça reste vrai aujourd'hui encore, plus de soixante ans après.

« Une piqûre d'adrénaline directement dans le cœur, dit le docteur Pasang, le souffle court. Si quelque chose pouvait le ranimer, c'était ça. »

Pasang posa le pied près de Lobsang Sherpa et sortit la seringue de la poitrine de l'homme, comme on apprenait aux soldats à retirer leur baïonnette de la carcasse d'un ennemi, d'après ce que j'avais entendu dire. Lobsang eut un hoquet, ses paupières battirent follement, et il tenta de se redresser. Après quelques secondes, Pasang et moi l'aidâmes à se remettre sur pied. J'avais l'impression d'aider Lazare à se lever.

Curieusement, Lobsang était capable de tenir debout. Dans le cas contraire, nous aurions dû l'abandonner ; à cette altitude, même trois hommes n'auraient pu porter un poids mort sur trente mètres de pente raide. Le Diacre et moi soutînmes le miraculé qui haletait et clignait des yeux, tandis que le docteur Pasang suivait avec son sac à dos. En titubant tous les quatre, nous retournâmes à la grande tente de Reggie. Si nous avions déjà peu d'espoir de dormir à cinq sous le petit dôme, à six ce serait impossible. La résurrection de cette sixième personne m'inspirait donc des sentiments mitigés.

Quelques heures plus tôt, nous avions utilisé un Unna pour réchauffer de l'eau et de la soupe, et Reggie donna à Lobsang du chocolat chaud. Il le vida d'un trait. Quand il parut en état de répondre à des questions, Reggie lui posa la première en anglais puis en népalais : « Pourquoi es-tu venu ici dans l'obscurité, Lobsang Sherpa ? »

L'homme écarquilla les yeux, et je les revis tels qu'ils étaient quelques minutes plus tôt, ouverts sur le néant avec une fixité terrifiante.

Il répondit très vite en népalais, regarda autour de lui et répéta dans un anglais précipité : « Vous devez descendre, memsahib, sahibs, docteur Pasang. Vous devez descendre tout de suite. Des yétis ont tué tout le monde au camp de base ! »

2.

Nous réussîmes Dieu sait comment à grappiller quelques heures de sommeil avant l'apparition d'une pâleur grise, derrière les nuages, annonciatrice de l'aube. Grâce à un apport constant en oxygène, Lobsang Sherpa fut celui qui dormit le mieux. Nous autres nous étions contentés de prendre quelques bouffées d'air anglais quand le froid – et dans mon cas la toux – était devenu trop pénible. Lady Bromley-Montfort eut le droit de choisir la première un bloc de roche derrière lequel se soulager, puis nous y allâmes deux par deux.

Nous ne tentâmes pas d'allumer le réchaud Unna, même si nous avions encore six barres de Méta, nous contentant des deux petites Thermos qui nous restaient de la veille.

Nous parlâmes à peine en enfilant nos épaisseurs de vêtements. Le Diacre posa quelques questions à Lobsang à propos des yétis qui avaient prétendument attaqué, mais les propos du Sherpas n'étaient pas très cohérents. De toute façon, nous ne croyions pas aux yétis. Le Diacre, qui avait vu les empreintes du « monstre » en 1921 et 1922, était le plus sceptique. Il nous avait très souvent rappelé que la lumière du soleil faisait fondre les traces d'un quadrupède tout ce qu'il y a de plus ordinaire pour les transformer en grandes empreintes de bipède. Quant à moi, si en matière de yéti, j'étais plutôt agnostique en 1925, je ne croyais pas que de grosses bêtes à deux jambes dévoraient nos porteurs sherpas.

Nous vérifiâmes les tubes et les valves de nos appareils à oxygène avant de les ranger dans la GTR – nous avions l'intention d'utiliser ces bouteilles d'oxygène supplémentaires lorsque nous reviendrions au camp V avant de tenter le sommet –, puis fourrâmes dans nos sacs à dos ce dont nous aurions besoin pour descendre. Nous avions tous les quatre nos pistolets Very avec leurs trois fusées – sauf moi qui n'en avais plus que deux. J'étais aussi le seul à avoir deux bouteilles d'oxygène dans mon sac – ordre du Diacre.

« Nous ne sommes pas tous obligés de descendre, dis-je, une fois sortis dans l'équivalent d'un brouillard londonien glacial. Je peux rester ici le temps que vous alliez voir ce qui s'est passé.

— Que feriez-vous ici tout seul, Jake ? me demanda Jean-Claude.

— J'enterrerais Mallory. »

J.-C. ne parut pas surpris par ma réponse. Comme moi, il avait mauvaise conscience de laisser le corps ainsi exposé sur la pente où l'alpiniste était mort. Mais nous savions tous les deux que nous avions bien fait d'obéir au Diacre et de battre en retraite vers le camp V au moment où nous l'avions fait. Si nous étions restés dehors, à la merci de la tempête de la veille, il y aurait eu plus d'un corps à enterrer ce jour-là sur la face nord de l'Everest.

« Non, Jake, dit le Diacre. Outre le fait que vous ne retrouveriez sans doute pas le corps de George dans ce nuage – d'autant qu'il doit être recouvert de neige fraîche –, on a besoin de vous pour mener la descente au camp IV.

— Jean-Claude peut s'en charger, dis-je, en une dernière protestation maladroite.

— Jean-Claude prendra le relais quand nous atteindrons les champs de neige et les crevasses du col nord, dit le Diacre du ton sans réplique du chef de l'expédition. C'est *vous* qui nous guidez sur les rochers. Vous êtes notre expert rochassier. C'est la raison pour laquelle nous avons payé votre voyage jusqu'ici, mon ami américain. »

Au lieu d'argumenter, je réglai le régulateur de mon appareil à oxygène sur le plus faible débit, mis le masque sur mon visage et le fixai à mon bonnet d'aviateur – en songeant à la lanière identique que j'avais trouvée dans la poche de Mallory. Je ne portais pas grand-chose en plus des deux bouteilles d'oxygène, de mon petit pistolet Very, des deux cartouches restantes et d'une barre de chocolat.

Seul le premier de cordée, durant la longue descente, porterait et utiliserait deux cylindres d'oxygène. Nous avions laissé les cinq autres bouteilles pleines et leur châssis ici au camp V. Avec le Diacre le dimanche et J.-C. le lundi, les Sherpas avaient monté pas moins de six sacs à dos contenant trois bouteilles chacun, sans en utiliser aucune durant l'ascension, et nous les avions dissimulées un peu plus bas, au niveau des deux tentes à côté desquelles nous avions trouvé Lobsang la veille. Si nous revenions à ces camps en altitude, ces vingt-trois bouteilles d'air anglais devraient largement nous suffire pour poursuivre la recherche de Percy et tenter d'atteindre le sommet. À quatre. Voire même en deux groupes de trois. Je me souviens d'avoir pensé : ce serait beau, si nous étions six à atteindre le sommet.

Malgré la terreur évidente de Lobsang, je ne pensais plus du tout aux yétis.

« Nous descendrons à deux cordées, annonça le Diacre sans nous demander notre avis. Jake dirigera la première, avec le docteur Pasang puis Jean-Claude. Lady Bromley-Montfort prendra la tête de la deuxième, suivie de Lobsang Sherpa et moi. Les cordes fixes seront peut-être partiellement ensevelies sous la neige, mais Lobsang en a trouvé et dégagé la plupart lors de son ascension d'hier, ce qui nous fera gagner du temps. Sauf en cas de malaise, personne ne prend d'oxygène sauf Jake, qui passera le masque à Jean-Claude quand celui-là le relaiera en tête de cordée pour traverser les champs de neige au-dessus du camp IV. »

J.-C. commença à arguer qu'il n'aurait pas besoin d'oxygène, qu'il avait effectué la plus grande partie de l'ascension au camp V la veille sans, mais le Diacre le réduisit au silence d'un simple hochement de tête.

Avant que nous enfilions tous nos cagoules et nos grosses écharpes sur nos visages, coupant court à toute conversion, Reggie dit : « Lobsang est un peu *non compos mentis.* Je me demande ce que nous trouverons au camp de base.

— Je soupçonne que quelque chose a vraiment effrayé les Sherpas, dit le docteur Pasang. Il est possible qu'ils aient abandonné l'expédition. »

Lobsang Sherpa finit par comprendre de quoi nous parlions, même si j'étais presque sûr qu'il n'avait pas saisi l'expression latine à propos de son état mental. « Non, non, non, dit-il en anglais. Pas effrayés… pas partis… tous *tués* ! Les *yétis* les ont tués tous. Tous *morts* !

— Tu y étais ? lui demanda Pasang. Tu as vu les yétis tuer les Sherpas ?

— Non, admit Lobsang. Sinon, je suis mort aussi. Mais le cuisinier Semchumbi et le muletier Nawang Bura, ils voient les corps. Tout le monde est mort au camp de base. Terrible. Du sang, des têtes, des bras et des jambes partout. Les yétis tuent tout le monde ! »

Le Diacre lui donna une tape dans le dos et l'aida à faire le nœud adéquat pour s'encorder à Reggie et lui. « Nous saurons bientôt, dit-il.

Lady Bromley-Montfort, n'oubliez pas que Lobsang Sherpa est le seul à ne pas avoir de crampons. Nous devons redoubler de précautions dans la descente. »

J'écartai mon masque une seconde. « J'espère pouvoir retrouver les piquets de bambou et les cordes fixes dans ce brouillard », dis-je. Comme personne ne me répondit, je remis le masque.

« On n'a pas besoin de porter ces foutues lunettes par ce temps, si ? demanda J.-C.

— Non, répondit le Diacre. On ne les mettra que si ça s'éclaircit. Nous devons surtout faire attention à l'endroit où nous posons les pieds dans la descente. »

J.-C. et moi nous assurâmes que le docteur Pasang était bien accroché à la cordée – nous ne laissions qu'une dizaine de mètres de corde entre nous, ce qui était dangereux dans la mesure où, en cas de chute de l'un, le suivant aurait peu de temps pour se mettre en position d'assurage, mais je partageais l'avis du Diacre selon lequel nous devions toujours voir celui qui nous précédait et nous suivait, quelles que soient les conditions météorologiques.

« C'est bon, Jake, cria le Diacre du bout de la rangée. Emmenez-nous en bas, je vous prie. »

Utilisant mon piolet pour descendre les dalles inclinées couvertes de neige et de glace, je commençai à avancer entre les blocs de roche jusqu'à la partie basse du camp V, puis parcourus une dizaine de mètres vers l'est pour rejoindre la crête de l'arête nord et le dangereux escalier à cet endroit.

3.

Aucune expédition avant la nôtre n'avait installé autant de cordes fixes – la solide corde miracle du Diacre, par-dessus le marché –, si bien qu'aucun alpiniste n'avait pu jusqu'ici descendre du camp V avec une telle relative facilité.

Du moins était-ce le cas en théorie. En l'occurrence, les nuages étaient si épais et les rafales – atteignant quatre-vingts kilomètres à l'heure – si puissantes et sporadiques que le trajet de retour sur l'arête, la pente de glace et le glacier, ce mardi 19 mai, fut pour moi un vrai cauchemar.

Certaines baguettes étaient restées en place, mais d'autres avaient été arrachées par le vent nocturne ou couchées et recouvertes de neige. Au moins cent fois, entre l'éperon de l'arête nord et le col nord, je dus prendre des décisions rapides : *Est-ce que je vais tout droit, à droite par cette goulotte d'aspect familier, ou à gauche sur cette partie plus raide ?* Je ne cessais de me rappeler les goulottes que nous avions vues en plein jour pendant notre ascension, qui partaient vers l'est et se terminaient en impasses – cette fois, chaque mauvais choix pouvait se solder par une chute de mille huit cents mètres jusqu'au glacier du Rongbuk.

De sorte que je pris peu de voies sur la droite quand il n'y avait pas de baguette surmontée d'un drapeau pour la marquer. Mais par deux fois, un mauvais tournant à gauche me fit conduire les deux cordées sur la face nord de l'Everest, là où il y avait aussi des précipices et autres pièges cachés. Les deux fois, je nous fis retraverser dans l'autre sens pour retourner sur l'arête nord, et descendre jusqu'à trouver la corde fixe suivante permettant de se repérer.

Lorsque nous nous retrouvâmes dans la neige jusqu'à la taille, sur une pente un peu moins raide, j'en conclus que nous ne devions plus être très loin au-dessus du col nord ; j'arrêtai donc la cordée et fis signe à J.-C. de venir prendre ma place et mon appareil à oxygène pour nous guider entre les crevasses.

« N'oubliez pas que je veux récupérer le sac à dos », lui dis-je en le lui tendant, avant d'aller m'attacher au bout de notre cordée. Le sac contenait mon pistolet de détresse avec ses cartouches, mes lunettes, une gourde vide, un pull et une demi-barre de chocolat.

Jean-Claude progressa bien plus vite que moi ; il trouva une zone du champ de neige recouverte d'une couche de glace et nous la fit descendre presque en glissade malgré nos crampons. Je me rendis compte alors qu'après la mort de Babu, j'avais eu mon comptant de glissade pour une seule expédition.

Il n'empêche qu'à peine plus de deux heures après notre départ du camp V, J.-C. nous guida à travers le dernier champ de crevasses invisibles pour rejoindre le petit groupe de tentes plantées dans l'ombre des hauts séracs dans le coin nord-est du col nord.

Le camp était vide.

« Tout le monde était effrayé, expliqua Lobsang Sherpa. Hier soir, j'ai porté volontaire pour monter vous prévenir. Les autres veulent redescendre.

— Pourquoi ? demanda le Diacre. Puisque les yétis étaient soi-disant en bas, tout le monde aurait dû se sentir plus en sécurité au camp IV. »

Lobsang secoua la tête presque violemment. « Les yétis grimpent, dit-il. Ils vivent dans des grottes en haut du col. Ils étaient très en colère contre nous. »

Le Diacre ne prit pas la peine de contester la logique du Sherpa terrifié – moi, je lui aurais au moins demandé pourquoi des yétis auraient commencé leurs exactions au camp de base s'ils étaient furieux que leur domaine sur le col nord ait été envahi. Au lieu de discuter de monstres mythiques, nous fouillâmes les différentes tentes à la recherche de nourriture et d'eau. Il n'y avait ni bouteilles ni Thermos – et les maudits Sherpas qui avaient promis de nous attendre ici, au camp IV, deux jours plus tôt, avaient aussi embarqué les sacs de couchage, les réchauds Primus et Unna –, mais Reggie dénicha trois barrettes de Méta qu'elle alluma, et nous fîmes fondre de la neige fraîche dans des casseroles noircies au-dessus de ce feu rudimentaire. Puis Pasang trouva deux boîtes de spaghetti à moitié gelées sous un tas de vêtements abandonnés dans l'une des tentes Whymper, et le Diacre une autre de jambon et de haricots de Lima. Nous les versâmes dans la dernière casserole pour la mettre à chauffer sur le maigre feu.

Nous étions tous fatigués et déshydratés. Sans oxygène, je toussais sans arrêt. Mais bien que Lobsang Sherpa parût terrifié à l'idée de rester au camp IV une minute de plus, et que nous fussions épuisés et sans appétit, il nous fallait impérativement manger et boire quelque chose avant d'attaquer la falaise de glace. Le thé fut le bienvenu et nous nous forçâmes à avaler la nourriture.

Avec six jumars à notre disposition et tant de corde fixe installée, nous autres alpinistes aurions pu descendre en rappel la paroi de glace et les deux cent cinquante mètres de pente raide en dessous, mais nous nous adaptâmes aux capacités de Lobsang et descendîmes par la longue échelle de spéléologue, en nous servant des jumars et des nœuds de friction sur les cordes fixes comme prises et comme freins. La descente n'en fut pas moins relativement rapide et facile, malgré les nuages de plus en plus épais montant de la vallée du glacier du Rongbuk est.

« Est-ce la mousson, Richard ? demanda J.-C. alors que nous descendions en nous enfonçant dans le brouillard.

— Non, je ne crois pas. Les nuages se forment au sud, mais le vent souffle encore du nord-ouest. »

J.-C. hocha la tête et économisa son souffle pour descendre en rappel ; il avait attaché Lobsang devant lui, et le Sherpa fatigué poussait un cri à chaque rebond.

Nous trouvâmes quatorze Sherpas – qui, avec Lobsang, constituaient la moitié du contingent avec lequel nous étions partis – rassemblés au camp III. Il n'y avait pas assez de tentes pour les abriter tous. La plupart étaient assis, presque les uns sur les autres, dans les tentes Meade et Whymper, d'une manière qui eût pu sembler comique si leurs visages n'avaient pas trahi une telle terreur. Quelques autres étaient installés à l'extérieur autour d'un feu de camp.

« Où diable avez-vous trouvé du combustible pour un si grand feu ? » demanda le Diacre au premier capable de parler anglais – Semchumbi, le cuisinier, qui était censé rester au camp de base ou au camp I.

Semchumbi ne répondit pas, mais Reggie montra une pile de petit bois à côté du feu. Les Sherpas avaient utilisé un piolet pour débiter toutes les caisses que nous avions montées au camp III en prévision des portages vers les campements supérieurs.

« Alors là, bravo, dit le Diacre. Ça, c'est trop fort. » Il attrapa fermement le cuisinier par l'épaule. « Et ce feu est censé éloigner les yétis ? »

Semchumbi hocha vigoureusement la tête et, tout anglais oublié, répéta : « *Nitikanji... nitikanji...*

— Qu'est-ce que ça veut dire ? demanda le Diacre au docteur Pasang.

— « Hommes des neiges », répondit Pasang. L'équivalent de *yéti*, qui vient de *ya te*, signifiant "homme des hautes altitudes" – également appelé, comme vous le savez, *metohkangmi*.

— Les hommes des neiges, répéta le Diacre d'un ton dégoûté. Mais est-ce que quelqu'un les a vus de ses yeux ? »

Tous les Sherpas se mirent à parler en même temps, mais Reggie et Pasang désignèrent le seul homme à avoir vu les monstres – Nawang Bura, qui était responsable de toutes les bêtes de somme pendant la randonnée et avait passé les trois dernières semaines au camp de base pour s'occuper des poneys et des yaks que nous avions gardés avec nous.

Je savais que Nawang Bura parlait un peu anglais, mais comme Semchumbi, sa terreur semblait le lui avoir fait oublier.

Reggie écouta les rafales de syllabes lancées par le petit homme trapu, puis les traduisit à notre intention : « Il dit qu'il est le seul homme à s'être échappé vivant du camp de base. Les *nitikanji* sont arrivés hier soir juste après la tombée de la nuit. De grandes créatures au visage terrible, avec des crocs, de longues griffes, de longs bras et une épaisse fourrure grise sur tout le corps. Nawang Bura revenait du camp I quand il les a vus massacrer tout le monde au camp de base. Il a donc fait demi-tour pour repartir en courant, et il a eu la vie sauve. Puis il est monté ici avec les quelques autres Sherpas qui se trouvaient aux camps I et II. Aucun ne voulait rester dans la vallée avec les *metohkangmi* qui étaient en colère et affamés.

— Affamés ? m'exclamai-je. Nawang Bura a-t-il dit que les yétis tuaient et *mangeaient* les Sherpas au camp de base ? »

Reggie transmit la question au muletier, qui se lança dans une réponse de plus de trente secondes, qu'elle traduisit par : « Oui. »

« Ils étaient combien au camp de base ? » demanda le Diacre.

Nawang Bura et une dizaine d'autres répondirent en même temps.

« Sept, dit Reggie. Sept yétis.

— Non, bon sang, je ne parlais pas des yétis ! Combien de Sherpas se trouvaient au camp de base ? Et combien sont encore là-bas ? »

Reggie posa la question en népalais, et une fois encore ils répondirent tous à la fois.

« Douze Sherpas, dit-elle. Semchumbi dit que certains se sont enfuis vers le nord pendant la tuerie, s'éloignant de la montagne pour aller vers le monastère du Rongbuk, mais il a vu d'autres yétis les tuer avant qu'ils aient atteint la plaine de l'autre côté de la rivière.

— Donc, résume le Diacre, sept yétis auraient tué une douzaine de puissants Sherpas ?

— Excusez-moi, intervint Pasang. Deux des Sherpas – Lhakpa Yishay et Ang Chiri – n'étaient pas si forts que ça. Ils récupéraient au camp de base après leur amputation.

— Sept yétis auraient tué dix puissants Sherpas et deux autres en convalescence, corrige le Diacre. Est-ce que quelqu'un a pensé à monter l'un ou l'autre des trois fusils qui se trouvaient au camp de base ? »

Je dus réfléchir une seconde pour me souvenir du nombre de fusils que nous avions emportés dans l'expédition. Reggie en avait pris un pour chasser, de même que Pasang et le Diacre. Les trois armes étaient rangées depuis notre arrivée dans des caisses cadenassées, entreposées à l'intérieur d'une tente fermée. Même le cuisinier devait demander l'autorisation à un sahib d'en utiliser une pour la chasse.

« Bon, nous avons au moins celui-ci », dit le Diacre en sortant un énorme revolver – un vrai, pas un Very – de son sac à dos.

Il fit basculer le canon pour nous montrer qu'il n'était pas chargé, et nous laissa le soulever l'un après l'autre.

Il était lourd ; c'était un Webley Mark VI. Une solide lanière de cuir – noircie par la graisse, la sueur et la fumée – était fixée à l'anneau métallique sous la crosse.

« Il s'utilise avec des cartouches de calibre 455 », poursuivit le Diacre en en sortant une boîte. Récupérant le revolver, il introduisit les six grosses cartouches dans le barillet.

« Heureusement qu'on a une arme avec nous, dit Reggie.

— C'est le revolver que vous utilisiez à la guerre ? demandai-je.

— Je l'ai acheté avant de partir et l'ai utilisé pendant les quatre ans. Maintenant, je regrette que nous n'ayons pas monté les fusils au camp III ou IV. C'était idiot de ma part de les laisser au camp de base. »

Je n'avais pas fait très attention à ces fusils, même quand Reggie et Pasang étaient partis chasser avec. Je supposais qu'il s'agissait de modèles de chasse ordinaires, même si je me remémorais à présent que l'un d'eux – peut-être celui du Diacre – était doté d'une lunette.

Les Sherpas s'étaient remis à parler à Reggie, mais à voir Semchumbi baisser la tête, je compris qu'aucun d'eux n'avait pensé à forcer l'entrée de la « tente des sahibs » et les cadenas des caisses pour prendre les fusils durant l'« attaque des yétis ».

« Bon, peu importe, reprit le Diacre. Nous irons chercher des tentes supplémentaires au camp II pour abriter les quatorze Sherpas ici, puis nous cinq descendrons au camp de base prendre les fusils. Lesquels d'entre vous veulent venir avec nous au camp II ? » demanda-t-il aux Sherpas.

Le docteur Pasang répéta la question en népalais. Aucun des hommes ne se porta volontaire.

« Bien, dit le Diacre. Donc je vais choisir toi, toi, toi, toi et toi... » Il montra du doigt six Sherpas, dont Nawang Bura et Semchumbi. « Vous nous accompagnez au camp II pour nous aider à démonter quelques tentes et vous les rapporterez ici. »

Lorsque Pasang traduisit ses propos, les hommes secouèrent la tête. « Dites-leur que ce n'est pas une proposition, bon sang ! s'énerva le Diacre. C'est un ordre. Sans tentes supplémentaires, certains d'entre eux seront morts demain matin. Dites-leur que nous resterons avec eux au camp II jusqu'à ce qu'ils aient démonté quatre tentes pour les transporter jusqu'ici. Nous attendrons qu'ils soient en sécurité sur le glacier avant de descendre au camp de base. Et ils pourront prendre mon revolver pour remonter ici. »

Les six hommes soupirèrent et baissèrent la tête, même si deux d'entre eux s'illuminèrent à l'idée d'avoir le gros Webley Mark VI. Semchumbi s'adressa à Reggie qui traduisit : « Le cuisinier dit que si c'est leur destin de mourir de la main du yéti sur le Chomolungma, qu'il en soit ainsi. »

Le Diacre se contenta de grommeler. « Dites-leur de prendre leur sac à dos. Et de se bouger les fesses ! »

Reggie se pencha vers le Diacre et murmura : « Est-ce vraiment sage de nous séparer de notre seule arme à feu ?

— Je ne m'en sépare pas, je le prête seulement à Semchumbi jusqu'à notre retour du camp de base. Il y a ici quatorze Sherpas qui ont besoin de protection. Nous, nous avons au moins les cinq pistolets Very. »

Dix minutes plus tard nous étions prêts. Le Diacre confia son Webley à Semchumbi d'un geste solennel, puis rangea son gros pistolet de détresse – chargé – dans la poche de son anorak Shackleton. Après un instant d'hésitation, Reggie, Pasang, Jean-Claude et moi sortîmes nos petits pistolets Very et les chargeâmes – je choisis la cartouche blanche, de sorte qu'il ne me restait plus que la rouge.

« Est-ce qu'on doit s'encorder pour descendre le glacier ? » demanda Jean-Claude.

Le Diacre réfléchit une minute avant de répondre : « Je ne crois pas. Vous marcherez à côté de moi, en tête, pour repérer les crevasses qui ont pu être recouvertes par la neige de la nuit. Jake, faites en sorte que les six Sherpas restent en file indienne derrière Jean-Claude et moi. Qu'ils mettent bien leurs pas dans les nôtres. Reggie, docteur Pasang, vous fermerez le convoi. »

Il ajouta à l'intention de Semchumbi : « Passe la lanière de mon pistolet à ton poignet – oui, comme ça – et ne le tiens pas par la crosse sauf pour tirer sur quelqu'un. Il n'y a pas de sécurité, évidemment. »

Semchumbi manipula le lourd pistolet comme si c'était un cobra, mais du moins l'arme parut-elle rassurer un peu les cinq autres Sherpas et même ceux qui allaient rester au camp III.

Tout le monde hocha la tête. Nous nous mîmes en route pour entamer la longue et dangereuse descente sur le glacier.

4.

Nous arrivâmes au camp de base juste avant le crépuscule.

Tout nous avait pris trop de temps : la descente du glacier avec six Sherpas terrifiés, l'inspection du camp II, à 6 000 mètres d'altitude, pour s'assurer qu'il n'était pas occupé par des yétis ou d'autres démons des montagnes, le démontage des tentes (une grande tente Whymper et trois petites Meade) et le chargement des toiles, des mâts et des piquets. Ensuite, il avait fallu convaincre les Sherpas inquiets qu'ils ne risquaient rien sur le trajet de huit kilomètres pour remonter au camp III. Finalement, seul le fait que Semchumbi soit en possession du lourd revolver Webley les persuada de reprendre le chemin du glacier : leurs amis et parents restés au camp III attendaient leur protection.

Au camp II, le Diacre demanda à Nawang Bura de descendre avec nous au camp de base puisqu'il était le seul survivant ayant affirmé avoir assisté à l'attaque des yétis. Avant de repartir, nous utilisâmes le grand Primus dans la tente servant de cantine pour nous préparer un déjeuner réconfortant composé d'un chocolat – nous n'avions rien bu d'aussi chaud depuis des jours –, d'une soupe de petits pois, de biscuits, de jambon, de fromage et de carrés de chocolat en guise de dessert.

Après ce repas du milieu d'après-midi, j'étais sûr que nous avions tous envie de nous glisser dans l'une des tentes et de dormir toute la journée. Mais c'était impossible.

Quatre kilomètres séparaient le camp II du camp I, à 5 400 mètres d'altitude. Si la piste qui traversait l'Auge était assez facile à suivre grâce aux repères de bambou, nous préférâmes l'éviter, ce mardi, pour emprunter un chemin deux fois plus long sur une moraine surplombant l'Auge et contiguë au glacier. Cet itinéraire était aussi beaucoup plus ardu que l'autre, mais nous refusions de nous faire surprendre si quelque chose ou quelqu'un nous attendait au camp I ou en montait. Nous voulions *les* voir avant qu'ils nous voient.

Rien ni personne ne nous attendait au camp I. Les tentes étaient vides, les appareils à oxygène et les vivres toujours dissimulés là où nous les avions laissés plusieurs jours plus tôt en montant au col nord. Nous examinâmes les champs de neige autour du camp, à la recherche d'empreintes de bottes inconnues – ou, comme je ne l'avouai qu'à moi-même, des gigantesques traces de pas d'un yéti –, mais hormis l'absence des quelques Sherpas qui devaient stationner là, il n'y avait rien à voir d'inhabituel. Simplement, après des jours et des nuits passés à très haute altitude, l'air à 5 400 mètres me paraissait assez épais pour y nager.

Cinq kilomètres nous séparaient du camp de base, à 5 000 mètres d'altitude, et nous évitâmes une fois encore la piste principale – ce qui rallongea le trajet et alimenta mon anxiété. Lorsque nous arrivâmes à une crête de moraine surplombant une arête donnant sur le camp de base, nous avions tous sorti nos pistolets de détresse. Celui du Diacre paraissait énorme par rapport au modèle allemand dont nous autres étions munis. De son côté, Nawang avait apporté du camp II un grand couteau à découper.

Personnellement, je regrettais que le Diacre n'ait pas gardé son foutu revolver.

Nous trouvâmes un endroit où nous pûmes tous nous allonger à plat ventre le long de la crête et examinâmes le camp de base avec nos jumelles.

« *Sainte Mère de Dieu** », murmura Jean-Claude.

Je restai sans voix. Bouche bée, je dus lutter pour empêcher les jumelles de trembler dans mes mains.

Le camp de base était jonché de cadavres. Toutes les tentes étaient effondrées et déchirées, dont les grandes Whymper qui servaient de cantine et d'infirmerie, et même les bâches en toile surmontant les sangas de pierre avaient été arrachées.

Les corps étaient éparpillés au hasard, et aucun ne semblait intact. Ici, un torse décapité, là un corps avec sa tête et ses membres, mais éviscéré ; plus loin dans la plaine, là où le torrent de montagne se transformait en maigre rivière, des vautours tournoyaient au-dessus de deux autres cadavres. À travers les jumelles, nous vîmes qu'ils portaient des vêtements de Sherpa, mais ne pûmes les identifier – d'autant moins que les nuages bas se déplaçaient au-dessus du sol tel un épais brouillard, cachant les corps à notre vue pour nous les révéler de nouveau, un instant plus tard, dans toute leur horreur. La quantité de sang versé au camp de base était… *absurde* – tel fut le seul mot qui me vint à l'esprit sur le moment.

Incapables de reconnaître quiconque de là où nous nous trouvions, nous en étions réduits à contempler le spectacle disgracieux de la mort, alors que chaque corps meurtri, chaque membre sectionné, chaque tête coupée gisait dans une mare de sang.

Je ne parvenais pas à croire à ce que je voyais. Baissant mes jumelles, je m'essuyai les yeux, avant de regarder une fois encore. Le champ du carnage demeurait le même.

Pasang se leva pour descendre au camp, mais le Diacre le retint en silence derrière la ligne de crête. « Nous allons attendre un peu, murmura-t-il.

— Des blessés ont peut-être besoin de soins en bas.

— Ils sont tous morts. »

Nous restâmes assis, adossés à un rocher, tandis que les brumes s'ouvraient puis se refermaient autour de nous. Nous surveillâmes le camp à tour de rôle avec les jumelles, jusqu'à ce que l'obscurité commence à tomber.

« Il y a peut-être des blessés que nous ne distinguons pas d'ici », murmura encore une fois Pasang. Jamais je n'avais vu le Sherpa aussi tendu. « Je dois y aller. »

Le Diacre secoua la tête. « Semchumbi avait raison à propos du nombre de corps. Ils sont tous là, et manifestement tous morts. Attendez. » Ce n'était pas une demande. Et c'était la première fois que j'entendais la voix de commandement militaire de l'ancien capitaine de l'armée anglaise Richard Davis Deacon.

Le temps passa. Les nuages continuaient de cacher puis de révéler les corps, avant de les cacher de nouveau. Le froid s'intensifiait. Aucun être vivant ne bougeait, à l'exception d'un gorak fondant par moments sur l'un des corps ravagés. Le jour avait beaucoup baissé quand le Diacre finit par annoncer : « C'est bon. »

Il suggéra – ordonna à voix basse – que nous nous dispersions en approchant du site de la tuerie. Il rangea son pistolet dans sa poche, mais nous fit signe de garder les nôtres à la main. Plus tard seulement, je compris que si un ennemi se cachait dans les rochers, il aurait facilement pu prendre nos pistolets Very de calibre 12 pour des vrais ; le tromblon au canon évasé du Diacre ne faisait pas illusion.

Ce fut une inspection étrange et troublante. Mon premier réflexe fut d'examiner chaque corps ensanglanté mais intact pour y chercher une trace de vie – après tout, Pasang n'avait-il pas ranimé Lobsang Sherpa avec sa seringue d'adrénaline géante ? Mais le Diacre nous obligea à nous hâter, nous intimant le silence quand nous poussions une exclamation en reconnaissant nos amis parmi les morts, puis il nous fit signe, à J.-C. et moi, de le rejoindre dans la grande tente Whymper qui abritait les caisses contenant les fusils.

La tente était déchirée et des rubans de toile pendaient comme les lambeaux de chair que nous avions vus sur certains corps. Toutes les caisses avaient été forcées, manifestement à coups de piolet (ou de griffes ? me demandai-je), mais celles qui contenaient les fusils et toutes les boîtes de balles avaient simplement disparu.

Le Diacre s'accroupit, afin que les sangas de pierre que les Sherpas avaient érigés autour de cette tente nous protègent un peu de tout assassin armé qui aurait pu se tenir dans les rochers et les collines alentour. Pour l'instant, le nuage de brume en mouvement permanent était notre meilleur (et seul) allié.

« Bon, les yétis sont maintenant armés, si ce n'était pas déjà le cas plus tôt », dit le Diacre, s'adressant à J.-C. et moi. Reggie, Pasang et un Nawang Bura terrifié étaient toujours dehors dans le brouillard, allant d'un corps à l'autre, s'agenouillant un instant avant de passer au suivant.

« Ne restez pas groupés, ordonna l'ancien capitaine du Yorkshire Regiment. Il vaut mieux élever la voix à une certaine distance si l'on doit se parler, plutôt que de former des groupes susceptibles de servir de cible.

— Aucun être humain ne ferait une chose pareille », dit Reggie. Elle se tenait au-dessus du corps d'un Sherpa, à qui on avait arraché le cœur et les organes internes. Son visage couvert de sang était pourtant reconnaissable. Et il portait les chaussures faites sur mesure par notre Sherpa cordonnier pour un homme récemment amputé des orteils.

« Ang Chiri, dis-je doucement, sans m'approcher à moins de quatre ou cinq mètres de Reggie et du cadavre.

— Je dois procéder à une rapide autopsie sur une ou deux dépouilles, afin de déterminer la véritable cause de leur mort, dit Pasang. Monsieur Perry, monsieur Clairoux, lady Bromley-Montfort, pourriez-vous m'aider à transporter le corps d'Ang Chiri et celui de Norbu Chedi que je crois malheureusement reconnaître à côté ? La table d'opération est intacte dans ce qu'il reste d'infirmerie et j'ai vu une lanterne en état de marche dans les décombres. »

Déterminer la véritable cause de leur mort ? marmonnai-je. Ces hommes avaient été écorchés, mordus, dépecés, réduits en lambeaux de chair sanguinolents et os brisés. Qu'est-ce qu'une autopsie pourrait bien montrer ?

« Vous voulez allumer une lanterne et faire des examens post-mortem alors que ces tueurs sont peut-être encore dans les parages ? » demanda le Diacre, accroupi à côté du corps décapité de Lhakpa Yishay. Je savais qu'il s'agissait de Lhakpa parce que sa tête coupée était posée entre ses côtes cassées dans sa poitrine évidée. Je pensai aux briseurs de morts.

« Oui, j'ai besoin de lumière, répondit Pasang. Et si vous pouviez m'apporter la tête de Lhakpa Yishay, monsieur Deacon... oui, seulement la tête. Une fois que les corps seront à l'intérieur du sanga de pierre de l'infirmerie, vous pourrez tous vous disperser comme vous l'avez demandé. »

Le Diacre me demanda de couvrir Pasang avec mon pistolet Very, pendant que le médecin s'absorbait dans sa tâche, à la lumière de la lanterne accrochée à un piquet de tente qu'il avait planté à côté de la table d'opération. Je m'efforçai de regarder ailleurs – fixant le nuage de brume qui se déplaçait entre les séracs, les arêtes de la moraine et nous, et croyant voir une immense chose grise surgir de l'obscurité à chacun de ses mouvements. Mais je ne pouvais empêcher mes yeux de retourner par moments vers l'endroit où Pasang examinait l'intérieur vide du torse d'Ang Chiri. Il utilisait un scalpel et des pinces qu'il avait pris dans sa trousse – la plupart du matériel médical dans l'ancienne infirmerie avait été éparpillé, mais pas emporté – pour disséquer la moelle épinière de ce pauvre Ang.

M'empressant de détourner la tête, je regardai de nouveau vers l'obscurité qui tombait tout autour de nous. Dans les gros anoraks gris imperméables qu'ils portaient par-dessus leurs vestes en duvet, Reggie, Jean-Claude, le Diacre et Nawang Bura ressemblaient beaucoup à des yétis se déplaçant dans le nuage de brouillard. Il se remit à neiger.

Au son d'un cliquetis métallique derrière moi, je me tournai juste à temps pour voir Pasang faire tomber une petite chose sombre dans une cuvette blanche en métal sur la table d'opération tachée de sang.

« Monsieur Perry, pourriez-vous m'aider à enlever le corps de M. Ang Chiri – nous allons le poser là, par terre – et à placer M. Chedi sur la table ? »

J'obéis, enfilant mes moufles pour ne pas avoir de sang sur les mains. C'était une erreur : je n'ai jamais pu retirer le sang sur les moufles.

J'avoue que je ne pus m'empêcher de regarder Pasang soulever la tête de Lhakpa Yishay, l'approcher de son propre visage et la faire tourner sous la lumière comme s'il examinait un cristal rare. Toute la partie gauche avait été creusée – ou plutôt évidée – comme par la patte griffue d'un ours énorme. J'aperçus une substance grise et brillante dans les profondeurs de cette terrible cavité.

Je dus me détourner, luttant contre un accès de nausée, quand le médecin reposa la tête sur la table, la couchant sur le côté droit. Puis Pasang prit une scie fine, mais d'aspect redoutable. Je résistai au réflexe de me boucher les oreilles en entendant le grincement de la scie sur le crâne de Lhakpa. Une minute plus tard, il y eut un autre « clic » métallique, et quand je regardai par-dessus mon épaule, Pasang avait écarté la tête de Lhakpa et s'affairait au-dessus du corps éviscéré de Norbu Chedi.

Bon sang de bois, songeai-je. *Est-ce vraiment nécessaire ? Ne pouvons-nous pas simplement enterrer ce qui reste de ces pauvres gars ?*

Pasang avait enfilé de longs gants de caoutchouc, mais il avait les bras couverts de sang jusqu'aux coudes.

Soudain, j'entendis un bruit de pas pressés à ma droite. Levant mon pistolet Very, je m'apprêtais à presser la détente quand je vis Reggie, Jean-Claude et Nawang Bura courir vers nous en courbant le dos derrière le Diacre. Une fois dans l'enceinte du sanga, ce dernier indiqua d'un geste à chacun où se placer le long du muret de pierre. Les sahibs avaient toujours leur pistolet Very à la main. Son couteau à sa ceinture, Nawang Bura tenait en plus un couperet de boucher qu'il avait dû ramasser au milieu du carnage du camp de base.

« Vous avez trouvé quelque chose ? demandai-je à voix basse.

— Douze morts, comme Nawang Bura nous l'avait dit, murmura le Diacre, de sa position à l'opposé de l'ouverture dans le sanga qui avait servi d'entrée à l'infirmerie.

— Et les deux dans la plaine ?

— Morts. Le crâne défoncé. Le cœur arraché.

— Qui est allé voir ?

— Moi. »

Je tentai d'imaginer le courage qu'il fallait, même sous couvert du brouillard et de l'obscurité, pour parcourir seul ces centaines de mètres dans la plaine jusqu'à l'endroit où gisaient les corps. Je ne m'en croyais pas capable. Puis je me rendis compte que le Diacre s'était sûrement exposé de cette façon au feu de l'ennemi des centaines de fois pendant les quatre ans de guerre.

« On sait de qui il s'agit, en plus d'Ang Chiri, Lhakpa Yishay et Norbu Chedi ? » demandai-je.

Avant de me répondre, le Diacre s'adressa aux autres, accroupis le long de la paroi du sanga. « Restez vigilants. Essayez de regarder du coin de l'œil – de cette façon, on repère plus facilement les petits mouvements. » Puis il se tourna vers Pasang : « Vous en avez encore pour longtemps avec cette foutue lanterne ? »

Pasang secoua la tête, fit tomber une dernière pièce en métal dans la cuvette et éteignit la lumière. Le soulagement de ne plus être une cible éclairée... un repas visible ?... me fit soupirer de manière audible.

Reggie longea le muret côté nord pour se rapprocher de moi. « Nous avons identifié tout le monde, me dit-elle à voix basse. Ce n'était pas facile. Les morts sont Nyima Tsering, Namgya Sherpa, Uchung Sherpa, Chunbi Sherpa, Da Annullu, Tshering Lhmao – c'était le jeune prêtre bouddhiste novice, vous vous souvenez peut-être de lui... »

Je me remémorai ce tigre Sherpa, mince et souriant, qui avait passé beaucoup de temps à parler avec les prêtres au monastère du Rongbuk.

« ... et Kilu Temba, Ang Tshering et Ang Nyima. Ce sont ces deux derniers qu'on a retrouvés de l'autre côté du ruisseau.

— Les deux Ang étaient frères ? » demandai-je dans un murmure.

Il faisait encore tout juste assez jour pour que je voie Reggie secouer la tête.

« *Ang* est un diminutif, Jake. Cela peut vouloir dire “petit et bien-aimé”. *Ang tshering* signifie “bien-aimé longue vie”. *Ang nyima*, “bien-aimé né un dimanche”. »

Mon chagrin se teinta de honte. Je n'avais même pas compris les noms de ces hommes. Pour moi, ce n'étaient que des porteurs – un moyen d'arriver à nos fins, c'est-à-dire celles du Diacre, de Jean-Claude et de moi-même –, et je ne m'étais jamais donné la peine d'apprendre plus de quelques mots de leur langue, et encore, surtout des ordres.

Je fis le serment, si je ressortais d'ici vivant, de devenir quelqu'un de meilleur.

Je remarquai que le Diacre avait retiré sa surveste Shackleton et l'avait drapée, à la manière d'une cape, au-dessus de Pasang et lui. Puis l'une des petites lampes de mineur s'alluma et, à travers les plis de leur mini-tente de blackout, je vis qu'ils examinaient de petits objets gris en métal – au nombre de trois – dans la cuvette du médecin.

« Des balles, dit Pasang juste assez fort pour que nous l'entendions tous. Retrouvées dans le corps des deux hommes. L'une a traversé le cœur d'Ang Chiri – il a été arraché, vous vous le rappelez –, pour aller se loger dans la colonne vertébrale. Elle a été déformée par l'impact, mais je crois que vous la reconnaîtrez, monsieur Deacon. Elle est identique à celle-ci, que j'ai extraite de la cervelle de Lhakpa Yishay ; celle-là n'a pas traversé d'os et n'est pas déformée.

— Neuf millimètres Parabellum, murmura le Diacre, levant la plus grosse balle. J'en ai vu beaucoup, retirées des corps de soldats anglais durant la guerre.

— Moi aussi », dit Pasang. Je me souvins qu'il avait travaillé dans des hôpitaux britanniques pendant le conflit.

« Des cartouche tirées en général par des pistolets allemands Luger, reprit le Diacre. Chargeur de sept coups. Vers la fin de la guerre, elles étaient parfois utilisées avec le M17, une variante du Luger Parabellum – une espèce de fusil-mitrailleur à trente coups, au canon plus long.

— Nous n'avons entendu aucun coup de feu », murmura Jean-Claude. Il était accroupi, pistolet de détresse à la main, et surveillait l'obscurité brumeuse de son côté. Il ne tourna même pas la tête vers nous en parlant.

« Compte tenu de la direction du vent et de la neige qui tombait..., commença le Diacre. L'acoustique est étrange dans la montagne.

— Nous avons entendu Lobsang Sherpa crier hier soir, murmura Reggie. Par-dessus les fortes rafales de vent.

— Qui soufflaient droit sur nous en montant du camp V, dit le Diacre. Avec tous les séracs et les pénitents entre le camp de base et les camps II et III, et le vent qui venait de l'ouest et du nord-ouest hier soir, je ne serais pas surpris que personne n'ait entendu la moindre détonation, pas même les Sherpas encore au camp II.

— Donc, nous cherchons des yétis armés de Luger ? » demandai-je, espérant alléger l'atmosphère. Ou du moins me remonter le moral.

Personne ne répondit.

À l'abri sous la surveste Shackleton, Pasang prit la troisième balle qu'il avait extraite. « Celle-ci, prélevée sur le corps de Norbu Chedi, est étrange. Bien qu'elle soit intacte, je n'arrive pas à l'identifier. Ce n'est pas du 9 millimètres.

— Huit millimètres, murmura le Diacre. Principalement utilisée par les Autrichiens et les Hongrois avec des pistolets fabriqués avant la guerre par Karel Krnka et Georg Roth. Le plus courant était le pistolet semi-automatique Roth-Steyer M 1907 – qui a d'abord équipé la cavalerie austro-hongroise, avant d'être produit par les Allemands pour les officiers de cavalerie. J'en ai eu un pointé sur le visage un jour dans une tranchée, mais le chien a percuté un chargeur vide.

— Il contient combien de cartouches ? demandai-je.

— Dix », répondit le Diacre. Il éteignit la petite lampe, rendossa sa veste et nous fit signe à tous de se rapprocher.

« Je préférerais qu'on ait affaire à des yétis, mais ce n'est pas le cas, chuchota-t-il. Nous sommes face à plusieurs tueurs tout à fait humains – peut-être les sept hommes que Nawang Bura a vus de loin – dont certains au moins sont armés de pistolets semi-automatiques, voire d'armes automatiques.

— Des mitrailleuses ? dis-je stupidement.

— Des pistolets-mitrailleurs, corrigea le Diacre. On ne sait pas. Mais ce qui est sûr, c'est qu'on doit retourner au camp III le plus vite possible – au cas où ces monstres essaieraient de s'en prendre à nos Sherpas.

— Et les corps suppliciés de nos tigres ? demanda Reggie. Les membres coupés, les décapitations, les cœurs arrachés…

— Probablement réalisés à l'arme blanche ou avec des outils spécialisés – une griffe de jardin très aiguisée par exemple, murmura Pasang. Ils ont dépecé et profané les corps pour instiller la peur dans le cœur de nos Sherpas.

— Ils ont réussi à instiller la peur dans le mien », murmura Jean-Claude, même s'il avait un léger sourire. *Bon sang, comment peut-il sourire ?* me demandai-je.

« Nous n'allons pas nous encorder, annonça le Diacre, prenant le temps de nous regarder l'un après l'autre dans les yeux. Mais nous allons avancer en file indienne, aussi silencieusement que possible – restez à portée de la personne devant vous, posez un doigt sur son épaule au besoin. Ceux qui ont des pistolets Very, chargez-les, gardez-les en main et mettez les cartouches supplémentaires dans une poche facilement accessible.

— Mais ce sont les Sherpas qui ont votre Webley, fit remarquer Reggie. C'est nous qui n'avons pas de vraies armes. Ne serait-ce pas plutôt à eux de descendre nous porter secours ? »

Le Diacre sourit. « Je récupérerai mon pistolet quand nous serons au camp III. Pour l'instant, je n'aime pas l'idée d'un seul cuisinier armé contre six ou sept meurtriers lourdement équipés. Nous savons ce dont ces prédateurs sont capables. » Le Diacre montra le carnage d'un mouvement de tête. Je sentis l'odeur cuivrée du sang et la légère puanteur de la chair et de la cervelle en décomposition.

« Qui sont-ils ? » demanda J.-C. dans un murmure.

Le Diacre ne répondit pas. Il nous fit signe de nous tenir prêts à quitter la protection de pierre que nous offrait le sanga.

« Nous allons donc traverser l'Auge, murmura Reggie.

— Oui, répondit le Diacre. Mais sans suivre la piste. En allant d'un pinacle de glace à l'autre, d'une arête à l'autre. Avancez quand j'avance ; arrêtez-vous quand je m'arrête. Si vous devez tirer une fusée, soyez sûrs de votre cible avant de tirer. N'oubliez pas, ces pistolets Very ne sont pas censés être utilisés comme des armes. À plus de trois mètres, vous n'avez aucune chance de toucher qui que ce soit. Ne gaspillez pas vos fusées. »

N'ayant rien à ajouter à ça, nous partîmes donc en file indienne – le Diacre en tête, suivi de Reggie, moi, Pasang, Nawang Bura et enfin J.-C. Le bras gauche tendu pour toucher celui ou celle qui nous précédait, le pistolet Very dans la main droite, nous nous enfonçâmes dans l'obscurité enneigée pour traverser la vallée du glacier du Rongbuk en direction de l'Everest.

5.

Tandis que nous remontions l'Auge obscure, passant vite de l'abri théorique d'un pinacle de glace ou d'une arête de roche à l'autre (et nous accroupissant quand le Diacre levait le bras pour nous donner l'ordre de nous arrêter), je commençai à me demander quand cette expédition avait passé la frontière du fantastique pour entrer dans le territoire de l'incroyable.

Notre petite file, qui trottinait d'un pénitent de quinze mètres de haut au suivant, me rappela mon enfance et mes deux sœurs que j'obligeais à jouer avec moi aux cow-boys et aux Indiens sur la petite colline boisée derrière notre maison familiale de Wellesley, un vieux faubourg de Boston. Cachés derrière un arbre, nous vérifiions d'un coup d'œil que la voie était libre avant de courir nous dissimuler derrière un autre tronc. Quand j'apercevais leur jupe ou leur tablier dans la lumière tachetée de la forêt, je leur tirais dessus avec mon revolver en bois. Mais mes sœurs, qui ne voulaient pas se salir, refusaient toujours de tomber par terre ou de rouler au bas de la colline, alors qu'il était évident que je les avais tuées. Quant à moi, je tombais raide mort de manière si théâtrale et roulais si complaisamment dans la pente que nous avions fini par abandonner les cow-boys et les Indiens au profit d'un jeu que je qualifiais plus simplement de « tuer Jacob et le regarder mourir et dévaler la colline ».

En pensant à mes sœurs, je m'avisai qu'aucun de nous n'avait écrit à des amis ou de la famille depuis que nous avions quitté l'Angleterre. Cette expédition dans l'Everest étant censée être un secret – notre secret –, il ne pouvait y avoir de lettres ou de cartes postales portant le cachet de la poste de Colombo, de Port-Saïd, de Calcutta ou de Darjeeling. Rien à voir avec les expéditions de 1921, 1922 et 1924, durant lesquelles des coursiers faisaient la navette entre l'Everest et Darjeeling pour porter le courrier, de sorte que les alpinistes étaient restés en contact intermittent, mais constant, avec le reste du monde. Si quelqu'un comme Henry Morshead ou Howard Somervell écrivait chez lui pour dire qu'il avait envie de gâteau au chocolat, il en recevait quelques semaines plus tard.

Je savais que Jean-Claude avait écrit à Anne-Marie, sa bonne amie – étaient-ils déjà fiancés ? – tous les jours. Ils avaient l'intention de se marier en décembre, une fois J.-C. promu au statut de guide de Chamonix de première classe, ce qui lui assurerait une augmentation de son maigre salaire.

J'ignore si le Diacre rédigea des lettres personnelles durant cette aventure ; je ne le vis jamais écrire autre chose que des courriers officiels en rapport avec l'expédition et des notes dans son carnet de voyage relié de cuir. Pendant les premières semaines, j'écrivis plusieurs lettres à mes parents, une à une ancienne petite amie de Harvard et même une à ma sœur Eleanore, mais j'en eus vite assez de les transporter avec moi, et je réservai dès lors mes talents d'écrivain à mon journal.

La conclusion de mes pensées lors de cette traversée de l'Auge fut : *Si nous mourons sur ce fichu glacier ou dans cette satanée montagne, personne ne le saura.*

Après une heure de ce jeu de cache-cache entre les pinacles de glace, sans jamais suivre le chemin marqué par des baguettes de bambou et des drapeaux rouges, mais sans jamais trop s'en éloigner, nous atteignîmes le camp I.

Intact quand nous l'avions traversé quelques heures plus tôt, il était maintenant dévasté. Toile déchirée, piquets arrachés, caisses forcées donnaient la même impression de saccage qu'au camp de base. Mais Dieu merci, il n'y avait pas de cadavres. Nous cherchâmes des empreintes dans la neige, mais hormis des traces de bottes ferrées – et beaucoup de nos Sherpas en portaient – il n'y avait rien à voir.

Puis Jean-Claude siffla pour attirer notre attention. Là, sur une plaque de neige de quatre mètres et demi, se trouvaient trois gigantesques empreintes de yéti. Elles ne différaient des empreintes de pas humains que par leur taille – quarante-cinq centimètres environ – et par le fait que le gros orteil s'incurvait vers l'intérieur, un peu comme un pied de gorille ou d'autre grand primate.

« Un grand bonhomme si l'on en juge par sa foulée, murmura le Diacre. Au moins deux mètres dix. Peut-être même deux mètres vingt.

— Vous ne croyez tout de même pas…, commença Reggie.

— Pas une seconde. On voit que les empreintes de yéti ont été plaquées sur des traces de bottes très humaines.

— La ruse me paraît inutilement compliquée s'ils ont l'intention de tous nous tuer », dit Reggie.

Le Diacre haussa les épaules. « Je soupçonne que le carnage au camp de base et cette sinistre mise en scène avec les empreintes visaient à effrayer et à faire fuir nos Sherpas. Ou alors ils ont l'intention de tous nous tuer, les Sherpas compris, et de servir cette histoire de yéti aux gens du coin. Mais qu'on ne s'y trompe pas : ce ne sont pas les Sherpas que ces meurtriers veulent supprimer : c'est nous quatre. Ou nous cinq en comptant le docteur Pasang. »

Je trouvai ça *très* rassurant.

Le camp II était en feu. Ils avaient incendié tout ce qu'ils avaient pu trouver, mais n'avaient pas découvert l'endroit où nous avions caché les appareils à oxygène, derrière des blocs rocheux couverts de neige dans le labyrinthe de séracs et de pénitents en contrebas du camp, côté glacier.

« Le feu doit être visible depuis le camp III, dit Reggie. Ils ne font même plus semblant d'être des yétis.

— Ce sont des yétis équipés d'allumettes et de briquet, dit Jean-Claude.

— Vous croyez que les quatorze hommes que nous avons laissés au camp III vont aller se réfugier au col nord ? demanda Pasang.

— J'en doute, répondit le Diacre. Ils auraient trop l'impression de se retrouver dans un cul-de-sac.

— Ils vont peut-être se disperser, dit Reggie. Escalader les arêtes de moraine avant de descendre. Essayer de retourner au camp de base puis de repartir dans les plaines seuls ou par petits groupes.

— Ils auraient raison, fit remarquer Jean-Claude.

— Vous pensez que c'est ce qu'ils feront, monsieur Deacon ? demanda Pasang.

— Non. »

Je regardais les bouteilles d'oxygène, dont la plupart étaient pleines, d'après leur cadran. « Qu'est-ce qu'on fait de ça ? demandai-je.

— On les emporte avec nous, répondit le Diacre.

— Pour quoi faire ? Ne va-t-on pas simplement chercher les Sherpas au camp III, avant de filer en vitesse au monastère du Rongbuk, à Chobuk ou à Shekar Dzong ? » Des trois endroits mentionnés, seul le dernier, Shekar Dzong, me semblait suffisamment grand et éloigné pour offrir un sentiment de sécurité temporaire, même s'il se trouvait à un peu moins de cent kilomètres du camp de base par la piste, soixante à vol de gorak.

À cet instant, il ne m'aurait pas déplu d'être un gorak. Puis l'image du rectum évidé et des intestins de Mallory me revint avec une netteté écœurante ; il y avait ce qui ressemblait à des graines dans la cavité abdominale du célèbre alpiniste, et je m'étais dit que je voyais sans doute son dernier repas lors de son dernier jour de vie.

Je secouai la tête pour chasser ce souvenir et la nausée. Cela ne nous aidait en rien dans la situation présente. Nous étions accroupis en cercle autour de nos appareils à oxygène.

« ... les Sherpas ne monteront pas jusqu'au camp IV par les cordes fixes et les échelles parce qu'ils savent que ces... tueurs... les coinceront là-haut, disait Jean-Claude. Mais c'est pareil pour nous. Le volet alpinisme de notre expédition est terminé, n'est-ce pas, Richard ? Pourquoi remporterions-nous ces lourds appareils à oxygène sur le glacier ? »

Le Diacre soupira.

« Nous devrons encore grimper si nous en avons la possibilité, murmura Reggie.

— Pourquoi ? demandai-je. Vous n'espérez tout de même pas que nous continuerons à chercher votre cousin après ça, si ? Enfin... réfléchissez, je vous en prie, lady Bromley-Montfort... quatorze de nos Sherpas sont morts, dont douze aux mains de bouchers sadiques. Comment pourrions-nous seulement envisager de retourner dans la montagne ? Et pour quoi faire ?... pour atteindre le sommet ?

— Non, pas le sommet, insista Reggie. Mais il est plus crucial que jamais que nous retrouvions le corps de Percy.

— Elle a raison », dit le Diacre. Reggie parut surprise par son rapide acquiescement.

Je ne comprenais rien, mais vis que Jean-Claude hochait la tête. Son regard allait de Reggie au Diacre. « Cette expédition n'a jamais eu seulement pour but de retrouver Percival pour votre famille, n'est-ce pas, Reggie ? »

Elle se mordit la lèvre inférieure jusqu'au sang, qui parut noir à la lumière des étoiles. « Non, c'est vrai », finit-elle par admettre. Puis elle se tourna vers le Diacre : « Vous savez pourquoi il importe de retrouver le corps de Percy ? Ou de s'assurer que personne d'autre ne le retrouve ?

— Je crois, murmura le Diacre.

— Mon Dieu, dit Reggie. Avons-nous un ami commun ? Quelqu'un qui signe beaucoup de chèques ? »

Le Diacre sourit. « Mais qui les préfère adossés à l'or. Oui, madame.

— Mon Dieu, répéta Reggie, passant les doigts sur son front comme si elle avait chaud. Jamais je n'aurais deviné que vous seriez aussi…

— Je ne comprends rien à ce que vous racontez, dit J.-C. Mais je dois vous informer que Nawang Bura a profité de l'obscurité pour nous fausser compagnie. »

Le Diacre acquiesça. « Il y a environ deux minutes. Il a pris la direction du nord, vers le camp de base, peut-être pour s'enfuir.

— Ce n'est pas un lâche, dit Pasang.

— Non, aucun des Sherpas n'est lâche, affirma le Diacre. Ils comptent parmi les hommes les plus courageux que j'aie rencontrés, ce qui n'est pas peu dire après la guerre. Mais Nawang et les autres sont face à une chose extraordinaire, que leur foi et leur éducation incitent à voir comme une menace réelle.

— Que savez-vous de leur foi, Richard ? » demanda Jean-Claude d'un ton irrité.

Ce fut Reggie qui répondit : « Vous ignorez que le capitaine Deacon est bouddhiste ? »

Je réprime un éclat de rire. « C'est ridicule. Le Diacre n'a même pas voulu venir à la bénédiction de Dzatrul Rinpoché.

— Il y a des bouddhistes qui ne croient pas aux démons et qui ne vénèrent pas les statues du Bouddha », dit le Diacre.

Mon sourire disparaît. « Vous n'êtes pas sérieux.

— Vous n'avez pas vu votre ami assis dans la posture du lotus, en silence, tous les matins durant notre randonnée jusqu'ici ? demanda Pasang.

— Si, répondit Jean-Claude, apparemment aussi choqué et incrédule que je l'étais. Mais je croyais qu'il… réfléchissait.

— Moi aussi, renchéris-je. Qu'il organisait la journée.

— Les gens qui réfléchissent à la journée à venir ne fredonnent pas *Om mani padme hum*, assis en position du lotus, dit Reggie.

— Eh bien, que la crique me croque ! » dit Jean-Claude.

J'avoue que je ne peux m'empêcher de lâcher un ricanement. Où diable J.-C. a-t-il appris cette expression ?

« J'aimerais savoir pourquoi nous perdons du temps à discuter de mes possibles particularités philosophiques, dit le Diacre, alors que nous devons décider si nous rassemblons les Sherpas au camp III et continuons avec eux à partir de là – ou si nous les renvoyons vers le nord et remontons tous les cinq au col nord avant que nos yétis armés de Luger l'atteignent ? Ou devons-nous, nous aussi, prendre la fuite et redescendre dans la vallée ?

— Une question d'abord, Richard…, demande J.-C.

— Laquelle ?

— Depuis quand êtes-vous bouddhiste ?

— Depuis le 1er juillet 1916, murmura le Diacre. Mais heureusement pour nous tous en cet instant, je suis un très mauvais bouddhiste. Si j'ai la possibilité de tuer les salauds qui ont assassiné nos amis Sherpas, je le ferai sans la moindre hésitation et sans le moindre scrupule. Vous pouvez donc m'appeler un bouddhiste dévoyé. »

Pour la deuxième fois en moins de vingt-quatre heures, je sentis la chair de poule sur mes bras et les poils se dresser dans ma nuque. *Tuer tous ces salauds ? Comment serait-ce possible alors que c'étaient eux qui avaient les armes, tandis que nous ne disposions que de misérables pistolets de détresse ?*

« Je vous suivrai n'importe où, déclara Jean-Claude.

— Moi aussi », murmurai-je. Est-ce que je le pensais ? Oui.

« Quant à moi, je resterai avec lady Bromley-Montfort où qu'elle aille, dit Pasang. Et j'obéirai aux ordres de qui *elle* suit. »

Le Diacre se frotta le front, comme s'il ne voulait pas prendre encore une fois le commandement dans une situation où des gens allaient tuer ou se faire tuer. Mais il dit : « Une fois que nous remonterons sur le glacier et prendrons la route du camp III, il n'y aura peut-être pas de retour en arrière possible. Vous devrez nous faire confiance… à Reggie et moi. Elle reste à la tête de l'expédition. Je serai le chef de l'escalade et du combat.

— Pouvez-vous nous dire pourquoi il est si important de retrouver le corps de Percy ? » murmura J.-C. à Reggie.

Elle se mordit la lèvre une fois encore et regarda le Diacre.

« Si nous arrivons sains et saufs au col nord, nous vous le dirons, dit-il. Si nous sommes obligés de fuir vers Shekar Dzong, il est préférable de ne pas en parler.

— D'accord », dit J.-C., comme si le Diacre avait expliqué quoi que ce soit.

Bien que complètement perdu, je ne discutai pas.

Très loin au-dessus de nous et à l'est, une lumière rouge apparut soudain. Nous la regardâmes pendant plusieurs minutes.

« C'est sur le glacier, dit Reggie. Plus près de nous que du camp III. Une fusée de détresse ?

— Elle a duré trop longtemps, répondit le Diacre, même pour un feu de Bengale.

— Une lumière sinistre, murmura Reggie.

— Comme si quelqu'un ouvrait les portes de l'enfer devant nous, commenta Jean-Claude.

— On sait que c'est un piège, ajouta Pasang. Un moyen de nous attirer.

— Oui, dit le Diacre, mais nous devons faire quelques prisonniers pour savoir ce qui se passe et contre qui nous nous battons. Nous serons prudents, mais nous devons avancer vers leur piège. Considérons que nous sommes une patrouille de nuit dans le no man's land.

— Les hommes envoyés patrouiller la nuit dans le no man's land survivaient-ils ? demandai-je.

— En général, non », répondit le Diacre. Il nous fit signe de retirer quinze des dix-huit bonbonnes d'oxygène de leur châssis en aluminium, avec leurs valves, leurs tuyaux en caoutchouc et leur masque, et de les ranger dans nos sacs à dos presque vides. Nous obéîmes en tentant d'économiser nos gestes et de faire le moins de bruit possible.

Sur un signe du Diacre, nous repartîmes en file indienne derrière lui à travers le labyrinthe de pénitents, avançant courbés, quoique à vive allure, dans un crissement de crampons, jusqu'à l'étendue exposée du glacier du Rongbuk est.

6.

La lumière rouge provenait de la forêt de pénitents et des parois de glace verticales contiguës du côté sud de la grande crevasse que nous avions franchie, d'abord grâce à une échelle, puis, après l'effondrement de celle-ci, en descendant et en remontant par le précipice à quelques centaines de mètres à l'est. Les reliefs de glace, à l'est de notre chemin, ressemblaient plus à de hauts et fins fourreaux transparents, aiguisés comme des rasoirs, qu'aux pinacles de l'Auge, et c'est de ce labyrinthe qu'émanait le rougeoiement surnaturel.

Sans un mot, le Diacre fit signe à Jean-Claude de passer en tête, et nous suivîmes notre guide de Chamonix à travers un réseau de crevasses recouvertes de neige. Nous savions qu'elles étaient là parce que nous les avions vues en plein jour chaque fois que nous avions traversé le glacier entre les camps II et III. J'ignorais comment J.-C. réussissait à les éviter de nuit ; les nuages étaient encore bas, le brouillard s'enroulait autour de nous comme des tentacules gris, et il n'y avait aucune lumière en provenance de la lune ou des étoiles. Le Diacre avait navigué jusqu'ici en partie à l'instinct, en partie grâce à ses souvenirs et en allumant, l'espace de quelques secondes, la lampe de mineur qu'il avait attachée à sa cheville droite, le temps d'éclairer la glace, la neige ou le roc juste devant lui. Presque chaque fois qu'il avait allumé la petite lampe, il y avait eu une baguette surmontée d'un drapeau rouge dans les trois mètres.

Il n'utilisa pas sa lampe de mineur quand nous approchâmes des arêtes de glace rougeoyantes, mais nous les fit contourner par le sud. La brume mouvante diffusait l'éclat brillant, au point que l'air était cramoisi.

Le Diacre nous fit signe de nous baisser et nous obtempérâmes, répondant aussi vite que des chiens de guerre bien dressés. Il pointa le doigt vers J.-C., puis vers un pinacle bas, à gauche de l'ouverture dans l'arête de glace, toucha sa poitrine et montra l'arête à droite. J.-C. hocha la tête. Les deux hommes s'élancèrent au même instant, semblant courir sur les pointes de leurs crampons, projetant des éclats de glace qui étincelaient une seconde telles des gouttes de sang gelées dans l'air froid de la nuit.

Tous deux se collèrent contre leur colonne de glace comme s'ils s'apprêtaient à fracasser une porte pour pénétrer dans une pièce dangereuse. Puis, sur un mouvement de tête presque imperceptible du Diacre, ils s'engouffrèrent par l'ouverture, pistolets au poing.

Aucune cartouche ne fut tirée. L'espace de quelques secondes angoissantes, ils furent hors de vue, puis J.-C. réapparut et nous fit signe de les rejoindre. Pasang passa le premier, puis moi, puis Reggie. Nous avançâmes avec prudence dans l'obscurité teintée de rouge, tentant de suivre les empreintes du Diacre et de J.-C. dans la neige. En arrivant devant l'ouverture dans l'arête de glace, nous vîmes que la lumière rouge venait d'une lanterne électrique moderne – une boîte noire avec une ampoule à l'intérieur – et qu'une lentille rouge avait été posée sur la lentille transparente. Le sol de l'espace délimité par les piliers de glace était quadrillé d'empreintes de pas.

« Un piège… », commença Pasang.

Une haute forme sortit en tourbillonnant de derrière un pénitent, pour se ruer vers Reggie. J'eus juste le temps d'apercevoir une silhouette couverte de longs poils gris, avec une face gris-blanc aux traits acérés, comme un crâne humain retourné. Ensuite seulement je vis l'objet en acier noir dans sa main droite.

Je demeurai figé sur place, mais pas Reggie. Elle mit un genou à terre et, quand la forme poilue, le bras brandi, ne fut plus qu'à deux mètres d'elle, tira avec son pistolet Very.

La fusée rouge ricocha sur la poitrine de l'assaillant et l'atteignit dans la chair tendre sous son menton, tandis que son vêtement de fourrure s'enflammait. L'homme releva brusquement son masque de squelette, révélant une deuxième bouche très humaine et grande ouverte, qui parut lâcher des flammes rouges plutôt qu'un cri. Il tourna sur lui-même une fois, deux fois, trois fois – le feu sur sa poitrine illuminant le double visage grimaçant, telle une chandelle rouge à l'intérieur d'une citrouille de Halloween –, puis… se volatilisa.

Il ne disparut pas derrière une arête ou un pinacle de glace : un instant il se consumait en tournoyant et en projetant des étincelles, et l'instant d'après… plus rien.

Puis je vis l'éclat rouge montant de l'intérieur du glacier. Je me précipitai vers Reggie. « Vous allez bien ?

— Oui, merci, Jake. » Son haleine aussi était rouge dans la lumière qui semblait émaner de la glace sous nos pieds. Elle introduisait calmement une nouvelle cartouche dans son pistolet de détresse. Me tournant, je voulus m'élancer vers cet éclat à nos pieds, mais Jean-Claude m'arrêta en posant une main solide sur ma poitrine.

« Crevasse », dit-il. Il me tendit l'extrémité de la corde qu'il avait nouée autour de lui et, à plat ventre, rampa jusqu'au bord du trou circulaire dans la neige. Je vis le dernier éclat du feu moribond se refléter sur son visage.

« Le bord est solide », murmura-t-il par-dessus son épaule, et il nous fit signe d'approcher. Le Diacre et moi avançâmes à plat ventre, en nous aidant de nos coudes, et regardâmes vers le fond de la crevasse de deux mètres de large. Le Diacre avait apporté sa torche électrique – qui projetait un faisceau bien plus lumineux que les lampes de mineur. Il la tint à bout de bras à l'intérieur de la crevasse avant de l'allumer, sans doute pour éviter qu'elle soit vue par d'autres qui auraient pu se trouver sur le glacier.

Je faillis détourner les yeux, tant était choquante la face blanche de squelette qui semblait nous regarder, dix mètres plus bas. Puis je compris qu'il s'agissait du masque porté par l'assaillant, qui avait dû glisser sur le haut de son crâne pendant la chute. Sa tête pendait en avant, dissimulant son visage. La longue veste de fourrure se consumait encore sur son torse et son cou, et une ignoble odeur de chair brûlée montait avec la fumée jusqu'à nous. Je me félicitai que Reggie ne se soit pas approchée.

L'homme avait basculé en arrière dans la crevasse et s'était coincé là où elle ne mesurait plus que trente centimètres de large. Il était évident qu'il avait la colonne vertébrale brisée ; les semelles cloutées de ses bottes nous faisaient face, tout comme le masque de yéti sur le haut de son crâne et, à la lueur du feu et de la lampe électrique du Diacre, nous vîmes ses mains gantées, inertes, dans son giron. Avec un Luger noir de 9 millimètres.

La compression de la chute avait plié son corps en une forme de V qui s'était logée dans l'entonnoir de la crevasse ; elle s'élargissait de nouveau en dessous jusqu'à des abysses noirs en apparence insondables.

Le Diacre éteignit sa lampe et nous nous éloignâmes du bord du trou pour rejoindre Pasang et Reggie.

« Il nous faut ce pistolet, murmura le Diacre.

— J'y vais, proposa Jean-Claude. Je suis le plus léger. Et j'ai mes piolets marteaux. Richard et Jake, vous pourrez m'assurer.

— Non, Jean-Claude, répondit le Diacre après une infime pause. Nous assurerons Jake. Je ne veux pas qu'on entende le bruit du piolet, et Jake a les jambes les plus longues et les plus robustes – il pourra remonter de la crevasse comme si c'était une cheminée. »

Je vis la surprise sur le visage de J.-C.

« Nous devons récupérer ce pistolet, reprit le Diacre, mais ça va nous retarder pour prévenir les Sherpas au camp III. Il est peut-être même déjà trop tard. Mais il faut essayer. Jean-Claude, vous êtes le meilleur grimpeur sur le glacier. Prenez Pasang pour vous servir d'interprète, et montez tous deux au camp III aussi vite que possible. Évitez d'utiliser les lampes frontales, sauf absolue nécessité. Si vous arrivez là-bas avant ces salauds, établissez un périmètre de sécurité avec les Sherpas… vous ne disposerez que de mon Webley et de vos pistolets de détresse à tous deux. Nous viendrons vous prêter main-forte dès que possible – avec le Luger, j'espère. »

Jean-Claude hocha la tête, mais Reggie intervint : « Non, Richard, laissez-moi plutôt accompagner Jean-Claude. Pasang est bien plus fort que moi, il vous aidera à assurer Jake. Et je pense que les Sherpas m'obéiront un petit peu plus vite. »

Le Diacre prit une seconde pour évaluer la suggestion et hocha la tête. « Vous avez raison. Allez-y… et soyez prudente. »

Reggie et J.-C. échangèrent un coup d'œil, puis s'éloignèrent vers le nord-ouest et la piste marquée par les baguettes de bambou, sans un regard d'adieu. Une seconde, ils étaient encore visibles dans la lumière rouge sang de la lampe électrique de notre assaillant ; la seconde d'après, ils avaient disparu dans l'obscurité brumeuse.

Le Diacre sortit un long rouleau de corde de son lourd sac à dos et me tendit l'extrémité. Puis il retourna en rampant jusqu'au bord de la crevasse et enfonça la panne du long piolet de Pasang de manière à ce qu'il soit perpendiculaire au trou. À trente centimètres en retrait, il enfonça son piolet marteau aussi profondément qu'il put dans la neige dure, puis coupa une longueur de corde et la fixa autour de la tête du marteau, qui servirait d'ancre à celui de Pasang.

Pendant ce temps, j'avais attaché une double longueur de corde miracle autour de ma taille et du haut de mes cuisses pour former une sorte de baudrier, puis noué la corde une seconde fois avec un nœud à friction.

À environ deux mètres cinquante du bord de la crevasse, le Diacre planta son piolet dans la glace, enroula deux fois la longue corde autour, la passa sur l'épaule de Pasang pour l'assurage puis l'enroula autour de sa propre épaule.

« Tirez deux fois pour qu'on arrête de vous descendre, me dit-il. Une fois pour avoir un peu plus de mou. Trois fois pour remonter.

— Vous voulez autre chose que le Luger ? »

Le Diacre secoua la tête. « J'aimerais avoir le corps entier pour pouvoir l'examiner et découvrir contre qui et contre nous nous battons. Mais il est coincé, et nous perdrions trop de temps à le remonter. Si vous avez accès à ses poches, en revanche, fouillez-les – cherchez une boîte de cartouches et les documents ou papiers d'identité qu'il peut avoir sur lui. Mais ne prenez pas de risques inutiles. Avec sa colonne vertébrale cassée, il n'est plus qu'une masse molle et risque à tout instant de tomber dans les profondeurs. »

Je fis signe que j'avais compris, fixai ma lampe frontale, l'allumai et m'approchai du bord du trou. Une fois que Pasang et le Diacre furent bien campés en position d'assurage, je me penchai en arrière et commençai à descendre en rappel dans la crevasse fumante, mes crampons mordant dans la paroi tandis que le faisceau de ma lampe me montrait des fragments de glace bleutés dans le mur, aussi coupants que des poignards.

Une fois au niveau du cadavre – que j'évaluai à présent à moins de quinze mètres de l'ouverture –, je tirai deux fois sur la corde au-dessus du nœud à friction, me retournai, collai mon sac contre la paroi que je venais de descendre en rappel et passai une jambe de chaque côté du corps, en enfonçant mes crampons dans la paroi opposée. Le cadavre et moi étions tout près l'un de l'autre. Il n'y avait plus de flammes sur la peau de mouton ou la fourrure qui recouvrait sa veste, mais quelque chose brûlait encore en dessous. Je compris que c'était la chair, sur la poitrine et le cou du bonhomme.

Je me penchai autant que possible vers son visage, bougeant au ralenti afin de ne pas risquer de faire tomber le Luger dans l'abîme, et tendis lentement les doigts gantés de ma main gauche vers l'arme.

Je l'avais !

Avec précaution, je le fourrai à l'intérieur de ma chemise, sous mon pull, mon duvet et ma veste Shackleton. Je tomberais peut-être au fond de cette crevasse – la lumière de ma lampe ne m'avait pas révélé de fond, seulement des parois de glace déchiquetées et des centaines de mètres d'obscurité –, mais ce pistolet ne m'échapperait pas.

J'examinai le masque sur la tête du type. Il semblait sculpté dans une sorte de bois blanc léger, et des rides exagérées avaient été peintes dessus. Les dents dans l'ouverture pour la bouche étaient des vraies – des dents de loup ou de gros chien. Je vis qu'elles avaient été collées dans des encoches creusées dans le bois.

Je tapotai les poches du pantalon – large, il avait été recouvert d'une espèce de peau de mouton hirsute teinte en gris pour ressembler à de la fourrure –, mais ne sentis rien d'assez solide pour être une boîte de cartouches. Je devinai la présence de papiers, mais ne pensais pas pouvoir les atteindre sans déplier le cadavre et risquer de le faire tomber. Merde.

Puis je braquai le faisceau de la lampe sur son visage, et j'eus le souffle coupé. À première vue, on aurait dit que des goraks lui avaient mangé les yeux et qu'on lui avait versé de la cire liquide sur les joues, puis je compris que ses yeux avaient explosé puis partiellement fondu dans la chaleur du feu. C'était l'humeur vitrée de ses cavités oculaires qui avait coulé sur ses joues telle de la cire chaude.

Il avait la bouche grande ouverte – comme en une ultime parodie de surprise face à sa mort terrible –, et de la fumée, provenant de la fusée de Reggie qui lui avait traversé la mâchoire, en sortait telle l'haleine répugnante d'un charognard. Je dus détourner la tête et poser la joue contre la paroi glacée pendant une minute pour respirer de l'air plus sain et ne pas vomir.

Mon changement de position ou un mouvement du glacier lui-même déplaça légèrement le cadavre. Les bottes de l'homme se rabattirent sur ses épaules, et il se mit à glisser, passant par un goulet de moins de trente centimètres, son corps démantibulé se repliant comme quelque accordéon obscène.

Puis il disparut. L'espace de quelques secondes terribles, les pointes de mes crampons glissèrent sur la paroi opposée – le cadavre avait dû me frôler en tombant, mais j'eus plutôt l'impression qu'il m'avait saisi par la cheville dans une tentative de m'entraîner dans sa chute. Mon cœur battait à toute allure, et je n'arrivais pas à inhaler assez d'air dans la crevasse froide pour me remplir les poumons. Et soudain, je ne tins plus que par la corde, mes crampons ayant perdu toute prise sur le mur de glace. Je descendis de quarante ou cinquante centimètres, avant que Pasang et le Diacre ne me retiennent grâce à leur assurage. La corde miracle ne rompit pas, mais je la sentis se tendre plus que ne l'eût fait une de nos vieilles cordes.

Sans perdre de temps, je me retournai, plantai les pointes de ma botte droite dans le mur ouest, j'enfonçai mes crampons gauches dans le mur est, j'écartai les bras pour l'équilibre et je commençai à escalader comme dans une cheminée, après avoir tiré trois fois sur la corde. À n'importe quel moment, l'un des tueurs pouvait apparaître sur le glacier, là-haut, et je ne tenais pas à rester coincé dans cette crevasse.

Enfin, j'émergeai du froid glacial de la crevasse et je roulai à l'extérieur. L'espace d'une seconde, je sentis dans mon dos le piolet de Pasang qui avait empêché la corde de s'enfoncer dans la neige du bord du trou. Me mettant à genoux, je dégageai les deux piolets, me levai puis m'écartai de quelques pas, tournant toujours le dos à mes deux amis. Tous deux haletaient ; assurer un homme de presque cent kilos est un exercice difficile en soi, et sacrément éprouvant à 6 000 mètres d'altitude.

Me penchant en avant, je posai les mains sur mes genoux et me mis à cracher mes poumons sur le glacier.

« Cette toux a empiré, monsieur Perry », dit Pasang. Il s'éloigna dans l'obscurité rougeoyante et fouilla dans son sac à dos.

« Nous n'allons sûrement pas surprendre d'autres yétis si vous continuez à tousser comme ça, dit le Diacre. Vous avez le pistolet ? »

Je fourrai la main dans ma chemise, là où le métal froid semblait me brûler à travers plusieurs couches de soie et de coton, sortis le Luger et le tendis au Diacre.

Il soupesa le semi-automatique comme s'il savait s'en servir – je ne doutais pas que ce fût le cas – puis il appuya sur un bouton près du pontet (j'appris plus tard que c'était le cran de sûreté… que le type avait débloqué), attrapa le petit cylindre sur le dessus de l'arme, le souleva et le tira en arrière, vérifia la chambre ouverte, puis procéda à une manipulation qui fit tomber le chargeur dans sa paume.

« Bon sang ! »

Le Diacre sortit deux balles… il n'y en avait pas plus.

« Vous n'avez pas trouvé d'autres cartouches dans ses poches ? me demanda-t-il.

— Non. Ni sous la veste de yéti. Mais je n'ai pas réussi à fouiller ses poches arrière. »

Le Diacre secoua la tête. « À moins qu'ils n'aient utilisé toutes leurs munitions pour leur carnage au camp de base, il doit y en avoir d'autres quelque part – peut-être dans le sac à dos de ce *yéti*, caché au milieu des pinacles ou des arêtes de glace. Quel idiot dresse une embuscade pour cinq ou six personnes en ne gardant que deux cartouches dans son chargeur et aucune dans la culasse ? »

Ne sachant quoi répondre, je restai silencieux. Je n'étais même pas très sûr d'identifier une culasse.

« Nous allons fouiller les environs immédiats pour essayer de retrouver son sac. Vous pouvez utiliser vos lampes frontales. Je vais me servir de la grosse lampe électrique. Mais nous n'y passerons pas plus de cinq ou dix minutes. Jean-Claude et Reggie ont besoin de nous. »

Une fois encore, je me pliai en deux, secoué par une nouvelle quinte de toux. Quand je me redressai, je sentis la main de Pasang sur mon épaule.

« Tenez, buvez ça, monsieur Perry, dit-il en me tendant une petite bouteille. *Tout.* »

J'avalai le breuvage, qui me brûla le gosier comme du feu liquide. En trente secondes, le besoin de tousser était passé, de même que la sensation d'avoir un bréchet de dinde coincé dans la gorge.

« Qu'est-ce que c'est que ce truc ? » demandai-je à Pasang dans un murmure, alors que nous suivions le Diacre hors du cercle de lumière rouge projeté par la lampe électrique du yéti.

« De la codéine, chuchota-t-il en réponse. Je vous en redonnerai si la toux revient. »

Nous allumâmes nos lampes frontales et cherchâmes pendant presque un quart d'heure, mais si nous vîmes des empreintes de bottes derrière des arêtes et des piliers de glace, nous ne trouvâmes aucun sac à dos contenant des cartouches. Enfin, le Diacre nous fit signe d'abandonner et nous repartîmes. Je sentais la frustration de notre leader brûler comme une flamme bleue dans l'obscurité. À quoi pouvait bien servir un pistolet semi-automatique allemand avec seulement deux cartouches ?

C'est mieux que pas de pistolet et aucune cartouche, me dis-je. Je crois que j'essayais de me persuader que mes efforts pour descendre dans cette crevasse n'avaient pas été vains.

Une fois que nous nous fûmes éloignés de la crevasse et que nous eûmes repris l'ascension du glacier, le Diacre se retourna, posa la main sur mon épaule et demanda : « Jake… Je ne voulais pas en parler à Jean-Claude… mais je préférais que ce soit vous qui descendiez dans la crevasse dans l'espoir que vous reconnaîtriez peut-être le type sans son masque de yéti. Est-ce le cas ?

— C'est possible. Peut-être. Oui… je crois. » Le visage d'un mort, avais-je appris, ne ressemble pas toujours à ce qu'il était, vivant.

« Bon, alors dites-moi qui c'est, bon sang !

— Karl Bachner, répondis-je. Le camarade alpiniste de Bruno Sigl – le plus vieux, celui qui était célèbre et présidait ou avait fondé tous ces clubs d'alpinisme allemands. Il était à la table avec nous, le soir où nous avons rencontré Sigl à Munich, à l'automne dernier. »

Le Diacre était suffisamment proche de moi pour que je distingue ses traits dans la pénombre ; il ne paraissait pas étonné.

7.

Nous vîmes le flamboiement des flammes et entendîmes les coups de feu alors que nous étions encore à presque deux kilomètres du camp II.

« Bon Dieu ! » dit le Diacre. Il redoutait, je le savais, que Reggie et J.-C. soient arrivés juste à temps pour être pris dans un carnage.

Les détonations qui résonnaient dans la longue vallée glaciaire me parurent étrangement anodines – comme les derniers grains de maïs éclatant au hasard dans une poêle –, puis soudain le volume augmenta. Au milieu des tirs de pistolet retentit un bruit semblable à la déchirure d'une longue bande de tissu épais.

« Qu'est-ce que… », murmurai-je.

Le Diacre leva un doigt, m'intimant le silence, et nous tendîmes l'oreille. Aucun de nous ne prenait d'oxygène, et nous étions pantelants après avoir avancé si vite à 6 400 mètres d'altitude. Le bruit de déchirure se fit de nouveau entendre.

« Ça pourrait être un pistolet-mitrailleur Bergmann-Schmeisser, dit enfin le Diacre. Prions pour que ce ne soit pas le cas.

— Ça tire à quelle vitesse ? demandai-je, même si je ne voulais pas vraiment savoir.

— Quatre cent cinquante coups par minute, répondit le Diacre. Et encore, le rythme est limité par le temps qu'il faut au tireur pour fixer un nouveau chargeur-escargot de trente-deux cartouches. À cause de ce gros chargeur le Schmeisser MP-18/I est malcommode et imprécis, mais qu'importe la précision avec une telle vitesse de feu. Il suffit d'arroser. Les

Allemands adoraient leurs foutus Schmeisser pour le combat rapproché dans les tranchées.

— Oh, ciel, dis-je dans un souffle.

— Dépêchons-nous », lança Pasang, avant de partir au trot, ses crampons étincelants dans le faisceau de nos lampes frontales orienté vers le bas.

« Ils ne jouent… même plus… aux yétis », haleta le Diacre en courant à côté du Sherpa. Nous portions encore plus de treize kilos de matériel dans nos sacs à dos.

« Non, il n'y a plus que des assassins », acquiesça Pasang.

J'accélérai l'allure pour ne pas me faire distancer, mais la sensation d'avoir quelque chose coincé dans la gorge revint, m'obligeant par moments à m'arrêter et à me plier en deux, les mains sur les cuisses, pour tousser jusqu'à en avoir des haut-le-cœur. Puis je m'élançai encore plus vite pour rattraper les autres. Aucun d'eux ne m'attendait dans le noir.

Les flammes illuminaient la vallée entière, dont la face du Changtse et le mur de glace menant au col nord. Nous étions à moins de deux cents mètres du camp III quand deux formes sombres se dressèrent soudain devant nous, comme pour nous bloquer le passage.

Ma main se leva et je faillis tirer, avec mon mini-pistolet Very, sur la silhouette la plus proche, quand le Diacre s'écria « Non ! » et abaissa mon bras.

C'était Reggie, suivie de près par Jean-Claude.

« Par ici », dit J.-C. à voix basse, et nous le suivîmes à l'écart de la piste marquée d'empreintes. Il nous conduisit vers le nord, le long d'une rangée de pinacles et de séracs. Au bout de quelques minutes, je compris qu'il avait choisi cet itinéraire parce que la couche de glace était si épaisse ici que nous ne laissions pas de traces.

« Il faut aller tout de suite au camp III », chuchota le Diacre, avec une urgence douloureuse dans la voix. La fusillade s'était arrêtée quelques minutes plus tôt. Le Diacre tenait le Luger 9 millimètres de Bachner dans sa main et non pas son pistolet Very.

J.-C. et Reggie nous firent longer les pénitents et les séracs pendant environ deux cents mètres vers le nord, puis traverser ce labyrinthe vers l'est, jusqu'à un endroit d'où l'on surplombait le camp III. Ceux qui avaient des jumelles dans leur sac les sortirent.

« Oh, bon… sang ! » murmura le Diacre.

Toutes les tentes du camp III étaient en feu. Les corps des Sherpas étaient disséminés partout – nous en comptâmes au moins neuf, révélés par la lumière des flammes. Les piles de caisses et les tas de provisions qui n'avaient pas été incendiés avaient été réduits en miettes à coups de hache. Il n'y avait aucun faux yéti en vue, mais chaque fois que la brume s'élevait suffisamment, je distinguais des empreintes de pas ensanglantées partant vers la forêt de pénitents au sud du camp.

Nous nous baissâmes tous les cinq derrière l'arête de glace et nous regardâmes.

« Nous sommes arrivés trop tard pour les aider, expliqua J.-C. à voix basse. Et *sacrebleu**, c'est ma faute !

— Que s'est-il passé ? » demanda le Diacre.

Jean-Claude émit un son étouffé, qui aurait pu être un sanglot ou un soupir. « Je suis tombé dans une foutue crevasse. *Moi** ! Le grand expert de Chamonix !

— Vous aviez des lampes ? demandai-je.

— Non, répondit J.-C., abattu.

— Vous étiez encordés ?

— Non. » Il prit une longue inspiration haletante. « Je marchais devant en essayant de rester sur ou à côté de la piste. Soudain, la neige a cédé et je suis tombé d'environ six mètres dans le glacier. Mon piolet s'est coincé là où la crevasse rétrécissait, et je me suis retrouvé pendu au manche. Puis j'ai commencé à escalader grâce à mes crampons, et Reggie m'a lancé une corde. Elle tirait et je me hissais. Mais il m'a fallu au moins un quart d'heure pour me sortir de là, et j'ai failli perdre mon sac à dos dans l'abîme. Je suis tombé dans une crevasse comme un bleu.

— Vous n'avez rien à vous reprocher, Jean-Claude, murmura le Diacre. Il fait trop noir ce soir, et nous sommes tous épuisés. Aucun de nous n'a dormi plus d'une heure ou deux la nuit de lundi au camp V, et nous n'avons pas arrêté depuis. Nous sommes montés à plus de 8 200 mètres dimanche et lundi, avons passé trop de nuits en haute altitude, sans avoir assez d'eau pour nous hydrater, nous avons descendu plus de trois mille mètres en un jour, et ce soir, nous avons de nouveau gravi mille cinq cents mètres. C'est un miracle que nous soyons encore en état de fonctionner.

— Les Sherpas... », commença Jean-Claude, avant de s'interrompre. Il sanglotait.

« Ils n'avaient aucune chance de s'en sortir, dit le Diacre. Et c'est ma faute, pas la vôtre. En tant que chef de l'escalade dans cette expédition, je suis responsable de la sécurité de tous. Il se peut que tous les Sherpas soient morts, et c'est ma faute. J'assurais le commandement.

— Nous avons vu neuf corps, murmura Reggie. Il aurait dû y avoir treize Sherpas au camp III, en comptant les cinq qui nous ont accompagnés au camp II. Et Nawang Bura était avec nous avant de disparaître. Nous pouvons au moins espérer qu'il a réussi à quitter la vallée sain et sauf.

— Avec son couteau de boucher face à des pistolets-mitrailleurs Bergmann-Schmeisser et des pistolets semi-automatiques Luger », dit le Diacre d'un ton amer. Il gratta la barbe naissante sur sa joue.

« Comment sont morts les deux porteurs qui avaient presque réussi à fuir le camp de base ? demanda Pasang.

— Par un tir de carabine longue portée, murmura le Diacre. Une de celles qu'on nous a volées, à mon avis.

— Lady Bromley-Montfort et moi avons apporté des carabines à verrou Mannlicher-Schönauer de 1920 pour la chasse. Et vous, monsieur Deacon ? Vous aviez une Lee-Enfield modifiée, c'est ça ?

— Oui. Équipée d'une lunette de visée de la Periscopic Prism Company. La lunette est décalée d'environ sept centimètres à gauche à cause du verrou. On vise avec l'œil droit, mais on peut passer à l'œil gauche durant l'action si nécessaire. Je l'utilisais sur le front. Elle n'a pas l'air pratique – elle ne l'était pas – mais elle fonctionnait bien.

— Vous avez eu le droit de la conserver après la guerre ? demandai-je.

— C'était illégal, mais je l'ai fait. J'avais acheté la lunette moi-même.

— Mais, Richard... » Jean-Claude s'interrompit une seconde. « Vous étiez officier, non ? Votre seule arme n'était-elle pas le revolver Webley que vous avez prêté à Semchumbi ce soir ?

— Oui et non, répondit le Diacre d'un ton pesant, comme un catholique confessant un très noir secret. J'étais officier, mais je me suis porté volontaire pour recevoir une formation de tireur d'élite. Je suis devenu très bon pendant les semaines passées dans les tranchées entre les attaques. »

Je ne savais pas comment réagir à cette révélation. D'après ce que j'avais entendu dire après la guerre, les *deux camps* détestaient les tireurs d'élite sur le champ de bataille. Même les leurs.

« Un tireur d'élite bouddhiste…, commenta Reggie, rompant enfin le silence. Quoi qu'il en soit, nous allons devoir récupérer l'un de ces fusils pour que vous puissiez l'utiliser.

— Nous avions l'intention d'essayer, dit Jean-Claude. Reggie a suggéré que nous tendions une embuscade à ces yétis – ces yétis allemands – ici, au milieu des séracs, quand ils reviendraient dans cette partie du glacier. Son idée était bonne. Tirer les fusées de détresse sur ceux qui portaient nos fusils ou le pistolet-mitrailleur Schmeisser, profiter de l'obscurité et de la confusion pour récupérer les armes puis battre en retraite dans le labyrinthe de glace.

— Ils vous auraient tués tous les deux », dit le Diacre.

Jean-Claude haussa les épaules. « Nous avons besoin d'armes, *mon ami**. Avez-vous mis la main sur le pistolet du yéti mort ? »

Le Diacre montra le Luger. « Deux cartouches, aucune dans la culasse. Bachner n'était pas un soldat.

— C'était Bachner ? demanda J.-C. L'homme qui se trouvait avec Sigl à Munich quand vous êtes allés là-bas ?

— Qui est Bachner ? » demanda Reggie.

Je lui murmurai une explication, puis le Diacre nous interrompit. « Avez-vous vu les Allemands pendant l'attaque du camp III ? Combien étaient-ils ? Y a-t-il une chance pour que certains de nos Sherpas s'en soient sortis ?

— Nous avons vu au moins huit Allemands dans leurs vestes à poil, répondit Reggie. Ils ont retiré les masques après avoir massacré tous nos hommes. Et ils les ont jetés dans les flammes, avec les déguisements de yéti, après avoir mis le feu aux tentes et à nos affaires.

— Je crois que quelques-uns des nôtres, blessés, se sont traînés dans la forêt de séracs, dit J.-C. Les empreintes de pas montrent que les Allemands ont dû suivre les traces de sang. Pour les achever.

— J'espérais que certaines traces de sang appartenaient aux Allemands, dis-je. Semchumbi avait le revolver du Diacre. Je ne sais plus combien il contenait de cartouches…

— Seulement six, répondit le Diacre. Et c'est un revolver à double détente. Mais doté d'un extracteur automatique. Quand on en maîtrise le maniement, et qu'on dispose de cartouches supplémentaires, on peut tirer vingt ou trente coups par minutes.

— Semchumbi en maîtrisait-il le maniement ? demanda J.-C.

— Non.

— Disposait-il de cartouches supplémentaires ?

— Non.

— Bon, j'espère tout de même qu'il a tué quelques-uns de ces salopards, dis-je.

— Amen », murmura J.-C.

Par moments, l'un de nous se redressait et regardait par-dessus l'arête avec les jumelles, mais le terrible spectacle demeurait le même – sauf les feux qui commençaient à s'éteindre. Les Allemands n'étaient pas revenus. Aucun des corps dans la neige n'avait bougé.

« Il faut y aller », déclara Reggie. Sa voix était plus ferme que n'eût pu l'être la mienne.

« Pourquoi ? demandai-je. Pourquoi prendre ce risque ?

— Nous avons besoin de nourriture, d'essence, d'un réchaud Primus ou Unna, de tablettes de Méta à brûler, de sacs de couchage, de vêtements de rechange et de toute chose utile que les Allemands n'auront pas détruite.

— On ferait mieux de quitter le glacier sans tarder, dis-je. C'est trop risqué de s'approcher des flammes. Les Allemands attendent peut-être qu'on le fasse. Ils *nous* attendent.

— Probablement, admit le Diacre, mais Reggie a raison. On doit récupérer tout ce qu'on peut au camp III. Nous avons besoin de vivres, de carburant et de réchauds si nous voulons survivre.

— Pourquoi resterait-il quoi que ce soit là-bas ? Il n'y avait plus rien dans les autres camps. » J'entendis le désespoir et la pointe de panique dans ma propre voix.

« N'oubliez pas que nous avons une cache au camp III – à environ quarante-cinq mètres à l'ouest, là où les blocs de roche sont dentelés à la base du Changtse. La neige tombée aujourd'hui a dû recouvrir la bâche. Les Allemands ne l'ont peut-être pas vue – ils ont attaqué après la nuit tombée.

— Avant d'essayer de sauver quoi que ce soit, nous devrions décider de ce que nous ferons ensuite, déclara Jean-Claude. Où allons-nous ? Quel est le plan ?

— Il n'y a rien à discuter, dis-je. L'expédition est terminée. La seule question qui se pose est la suivante : est-ce qu'on part par l'ouest et qu'on escalade l'arête du Changtse pour rejoindre le Népal par le col de Lho La, ou est-ce qu'on passe par l'est, en franchissant l'arête nord-est – non, ça ne marchera pas –, enfin, en trouvant un moyen de quitter la vallée et de franchir le Windy Pass, le Lhakpa La, puis le col du Karpo La pour redescendre au Tibet. D'après moi, la première option est la meilleure.

— Nous discuterons de tout ça après avoir fouillé le camp, déclara le Diacre avec sa voix de commandement. Il y a des éléments à prendre en compte que vous ignorez encore, Jake, et vous aussi, Jean-Claude. Mais d'abord, on doit trouver un réchaud et du combustible et récupérer tout ce dont on pourra avoir besoin. Une fois en bas, nous chercherons aussi des survivants.

— Sherpas ou allemands ? demandai-je.

— Les deux, répondit le Diacre. Mais je donnerais mon testicule gauche pour faire prisonnier un de ces Allemands.

— Et je donnerais votre testicule droit pour ce même résultat », dit Reggie.

Malgré notre position précaire près de la piste du glacier menant au camp II, nous éclatâmes de rire tous les cinq. Puis le Diacre demanda : « Qui veut descendre avec moi dans le camp ?

— Je vous accompagne, répondit aussitôt J.-C.

— Je vais rester ici avec lady Bromley-Montfort », dit le docteur Pasang.

J'eus la surprise de m'entendre dire : « Je descends avec vous deux. »

8.

Avant de trouver quoi que ce soit à sauver, le Diacre, J.-C. et moi découvrîmes les corps de deux autres Sherpas. Cette fois, les Allemands ne les avaient pas mutilés à coups de couteau, de râteau aiguisé ou quel que soit l'outil qu'ils avaient utilisé au camp de base pour simuler une attaque de yétis : tous les Sherpas que nous vîmes à la lueur des flammes qui brûlaient encore avaient été tués par balle. Par plusieurs balles, pour la plupart. Quelques-uns en avaient même été criblés, visés à bout portant par des pistolets-mitrailleurs.

Semchumbi avait manifestement tenté de s'enfuir vers l'est et reçu une balle dans le dos derrière les tentes Whymper incendiées. Le revolver n'était pas sur lui, ni à côté. Nous ignorions s'il s'en était servi avant de mourir. L'arme, en tout cas, avait disparu.

Plutôt que de passer par la forêt de pénitents qu'avaient empruntée les Allemands après leur dernier accès de folie meurtrière, nous prîmes un chemin plus difficile par le nord, en montant presque jusqu'au mur de glace puis en faisant le tour par la base du Changtse. Le Diacre avait deviné juste : les Allemands n'avaient pas repéré notre dernière cache, couverte de neige, à environ quarante mètres du camp. Nous glissâmes, lui et moi, sous la bâche puis allumâmes nos lampes frontales pour faire l'inventaire, tandis que Jean-Claude montait la garde à l'extérieur.

Nous eûmes de la chance : il y avait six sacs à dos et un tas d'autres besaces dans la cache, un poêle Primus, deux réchauds Unna et douze tablettes de Méta. Nous chargeâmes le Primus et le reste dans un sac à dos vide, bien que nous ayons découvert dans la douleur qu'ils ne fonctionnaient pas bien à très haute altitude. Mais ça valait le coup de porter ce poids supplémentaire pour avoir une meilleure chance de faire fondre de la neige.

À ce moment-là, je ne voyais toujours pas de raison de remonter au col nord. Il me semblait beaucoup plus judicieux de nous diriger vers le nord et l'est jusqu'au Lhakpa La – l'endroit où le Diacre avait fini par conduire Mallory, en 1921, pour découvrir la voie d'approche évidente par le glacier du Rongbuk est. Si nous réussissions à éviter ces tueurs allemands avant d'atteindre le Lhakpa La, nous pourrions ensuite partir vers l'est le long du glacier de Kharta (que l'expédition de 1921 avait soigneusement cartographié) puis grimper jusqu'au Karpo La, à 6 000 mètres d'altitude, avant de redescendre par le nord du Tibet, en tournant tout de suite vers l'est pour éviter le glacier de Kangshung qui menait au pied de l'arête nord-est (presque verticale sur sa face sud). Certes, le Karpo La était un col dangereux à passer, avec ses blizzards soudains, ses vents terribles et ses chutes de neige estivales – raison pour laquelle les expéditions anglaises ne l'avaient pas emprunté pour venir dans la région de l'Everest –, mais il m'apparaissait maintenant comme une bonne (et rapide) issue de secours.

Et je voulais désespérément trouver une issue à proposer à mes camarades. Je ne doutais pas de réussir à convaincre Reggie et le Diacre, quels que soient les « faits » qu'ils n'avaient pas encore partagés avec nous. Le « fait » essentiel, c'était que ces hommes armés qui avaient assassiné presque tous nos Sherpas étaient maintenant à nos trousses.

Une autre possibilité – moins ardue, mais nécessitant une plus longue marche au Tibet – consisterait à attendre l'aube puis à escalader assez haut sur l'épaulement du glacier du Rongbuk est jusqu'à ce qu'on puisse couper à l'est pour franchir le Lhakpa La, puis suivre le grand mur que forme l'Himalaya sur quelques kilomètres, avant de passer par le Serpo La pour redescendre dans la verdoyante vallée de la Teesta, puis à Gangtok et ensuite droit sur Darjeeling. Ce serait une sacrée randonnée – je n'étais pas sûr qu'un homme blanc l'eût jamais effectuée –, mais c'était forcément moins dangereux qu'un face-à-face avec des tueurs fous équipés d'armes automatiques.

Il restait une dernière possibilité, quoique un peu hasardeuse. Le col Lho La, à l'ouest, était le plus proche – juste derrière le Changtse, qui jouxtait notre glacier du Rongbuk est. Cela nécessiterait une longue traversée latérale autour du Changtse, une descente de difficulté inconnue, puis une nouvelle ascension assez raide pour gagner le Lho La, tout ça pour finir dans une prison népalaise, où nous risquions de croupir pendant des années pour être entrés dans le pays sans autorisation… le Népal ne donnait jamais d'autorisation d'entrée à des étrangers – K. T. Owings étant la seule exception à ma connaissance. Mais cet Owings était un ami du Diacre ; il pourrait peut-être nous aider…

Je plaiderais donc pour qu'on affronte le mauvais temps du Karpo La ou pour la sécurité relative d'une longue randonnée par le Serpo La – les deux itinéraires se trouvant à l'est du charnier qu'était devenu notre camp de base. Là-dessus, je fouillai notre cache avec détermination et remplis chaque sac à dos vide que je trouvai.

Des tentes incendiées ne restaient que des braises quand nous repartîmes par le même chemin qu'à l'aller, afin de rejoindre Pasang et Reggie. À mi-parcours, le Diacre nous dit : « Lâchez les sacs ici. »

Ça n'avait pas de sens. Nous nous trouvions près du mur de glace menant au col, où nous avions accroché des cordes fixes et – beaucoup plus haut – l'échelle de spéléologue. Mais il n'était pas question que je monte par ces cordes ou cette échelle, même si les Allemands surgissaient à notre poursuite. C'était une impasse. Grimper au col nord reviendrait à signer notre arrêt de mort. Il n'y avait pas d'issue là-haut, puisque le côté sud était un précipice de plusieurs milliers de mètres jusqu'à une vallée profonde derrière le Changtse. Et monter plus haut, sur l'Everest ou le Changtse – qui n'avait jamais été gravi, bien qu'il culminât « seulement » à 7 582 mètres (moins que notre camp IV) – revenait à reculer l'inéluctable. Je voulus protester, mais le Diacre ne m'en laissa pas le temps. « Faites-moi confiance, Jake, dit-il. Laissez les sacs ici. Faites-moi confiance. S'il vous plaît. »

Nos trente Sherpas vous faisaient confiance, capitaine *Deacon, et ils sont tous morts*, faillis-je rétorquer. Tel était mon degré de fatigue. Mais je ne le dis pas. Et grâce à ce silence, notre amitié, si c'était bien cela qui nous liait – et j'ai eu soixante-cinq ans pour décider que oui – fut préservée.

Et puis le Diacre – le capitaine Richard Davis Deacon, qui avait donné des milliers d'ordres à ses hommes durant les quatre ans de la pire guerre que le monde eût jamais connue – venait de me dire « s'il vous plaît ».

Taisant tous mes arguments logiques en faveur d'une retraite par les cols, je laissai tomber mes charges dans la neige, et nous repartîmes en pataugeant dans la neige retrouver Pasang et Reggie.

Au camp IV-bis, ainsi que nous l'appelâmes, assis en cercle sur nos sacs à dos pour éviter de nous geler les fesses, nous tentâmes de faire le point. Bien que le Diacre nous eût ordonné d'inhaler de l'air anglais, au plus fort débit, pendant trois minutes – il chronométra avec sa montre –, nos voix parurent traînantes, ivres ou simplement stupides. Nous avions tous dépassé les limites de l'épuisement total. Le simple fait d'essayer de former des mots dans ma tête me rappela un film d'actualités que j'avais vu dans un cinéma anglais, montrant des pilotes de la RAF obligés de résoudre des problèmes mathématiques dans une chambre barométrique à basse pression – comme s'ils étaient dans un avion prenant de l'altitude ; une altitude à laquelle nous nous trouvions depuis soixante-douze heures. Tous les pilotes avaient non seulement arrêté les calculs, mais piqué du nez sur leur bureau.

La différence, c'est qu'ils se trouvaient sous la surveillance de médecins et de scientifiques, prêts à remonter la pression dans la chambre hermétique à l'instant où ils tournaient de l'œil.

Hors de notre « chambre barométrique », nous n'avions que l'espace extérieur ou un peloton d'exécution de fritz fous.

Je ronflais doucement, tête baissée, quand le Diacre me secoua pour me réveiller. J.-C. était en train de parler.

« Jake avait raison, mes amis. À moins qu'il y ait quelque chose que nous ignorons, la seule solution raisonnable est de quitter cette vallée maudite demain à la première heure et de grimper le col le plus proche vers le Tibet ou le Népal. Comme je tiens presque autant à ma liberté qu'à ma vie, je suggère que nous passions par le Karpo La ou le Serpo La pour rejoindre le Tibet. Le Népal n'est pas tendre avec les intrus.

— Il y a effectivement des choses que vous ignorez, mon ami, dit Reggie. Richard ne connaît peut-être pas les détails précis, mais je crois qu'il en a deviné certains… Difficile à dire. Pasang est au courant dans les grandes lignes.

— De quoi parlez-vous, bon sang ? réussis-je à m'exclamer.

— De la raison pour laquelle nous devons monter au col nord ce soir, répondit le Diacre.

— C'est ri… cule, bredouillai-je. Je suis trop fatigué pour grimper ailleurs que dans un sac de couchage. » Nous avions récupéré cinq autres sacs en duvet dans la cache au camp III. Ils étaient restés accrochés aux sacs à dos que nous avions bêtement laissés dans la neige à des centaines de mètres d'ici, au pied du mur de glace.

« Je pense aussi que nous devrions monter au col nord ce soir, monsieur Perry, dit Pasang. Permettez à lady Bromley-Montfort et au capitaine Deacon de s'expliquer. »

Reggie tourna son visage fatigué vers l'ancien capitaine d'infanterie. « Vous voulez expliquer, Richard ?

— Je ne suis pas sûr d'en savoir assez, répondit-il d'une voix paraissant aussi lasse que la mienne. Enfin, je connais le qui, le quand et le pourquoi, mais je ne suis pas certain du quoi.

— Mais vous avez admis connaître – et peut-être travailler pour – notre ami qui signe des chèques mais préfère l'or, dit Reggie.

— J'ai une idée de ce qu'il cherche à faire, oui, admit le Diacre. Je ne travaille pour lui – avec lui – que de temps en temps.

— Merde alors, ça vous ennuierait de parler anglais, tous les deux ? » dis-je, d'un ton un peu plus brusque que je ne l'aurais voulu.

Reggie hocha la tête. « Mon cousin Percival, vous l'avez tous entendu dire, je présume, avait la réputation d'être un bon à rien, une déception pour sa famille, un déshonneur pour son pays durant la guerre – il ne s'est pas engagé, n'a jamais combattu, et il a passé toute la durée du conflit en Suisse ou dans d'autres endroits protégés comme – sa mère avait honte de l'admettre – les régions paisibles d'Autriche. Mon cousin Percy semblait bien près d'être un traître à la Grande-Bretagne. Et, pour couronner le tout, il passait pour un débauché aussi bien en Angleterre que sur le continent. Et un inverti. Un homosexuel, pour utiliser ce nouveau mot. »

Comme il n'y avait rien à dire, nous restâmes silencieux.

« Tout cela était faux, reprit Reggie. C'était une couverture. Fabriquée. Délibérément. »

Je regardai le Diacre, en quête d'une explication au discours de Reggie – un cas sévère de lassitude des montagnes, peut-être, accompagné de délire ? –, mais ses yeux gris restèrent braqués sur elle.

« Mon cousin Percy était un agent du renseignement avant, pendant et après la guerre, assena-t-elle. D'abord pour les services secrets de Sa Majesté, puis pour le service de renseignement de la marine britannique, et enfin pour… eh bien, pour un réseau dirigé par un membre très haut placé de notre gouvernement.

— Percy était un putain d'espion ? m'écriai-je, trop fatigué pour surveiller mon langage.

— Oui, dit Reggie. Et le jeune Kurt Meyer – qui n'était pas un alpiniste – était l'un de ses contacts autrichiens les plus précieux. Huit mois avant qu'ils se retrouvent dans le village tibétain de Tingri, au nord-est d'ici, Meyer avait été contraint de fuir l'Autriche. Il était parti par l'est, et avait continué dans cette direction jusqu'à ce qu'il arrive en Chine et enfin au Tibet.

— Une très longue fuite, fit remarquer Jean-Claude.

— Il avait une meute d'Allemands à ses trousses. Vous avez vu ce soir de quoi ces monstres sont capables.

— Qu'avait donc Meyer en sa possession, que les Allemands voulaient tant récupérer ? demanda le Diacre. C'est une des pièces du puzzle qui me manque.

— Je l'ignore, dit Reggie. Tout ce que je sais, c'est que l'avenir de nos pays – la France autant que la Grande-Bretagne, Jean-Claude – en dépend peut-être.

— Ce qui apparemment nous exclut, les États-Unis et moi », dis-je. Il y avait presque de la colère dans ma voix.

Reggie me regarda. « C'est vrai, Jake. Et je suis désolée que vous ayez été embarqué dans cette histoire, mais je ne savais pas comment vous empêcher de venir avec vos amis anglais et français. Quoi que nous fassions ensuite – du moins, pour ceux qui m'accompagneront –, je crois que vous devriez redescendre la vallée glaciaire vers le sud-est et repartir en Inde par le Sherpo La. Des deux cols orientaux, c'est le plus sûr et le plus direct. Avec de la chance et en voyageant léger, vous pouvez être à Darjeeling en trois semaines. »

J'ouvris la bouche pour parler, mais aucun mot n'en sortit.

« Les Allemands ne vous poursuivront pas, Jake. Vous ne les intéressez pas. Ils sont venus ici pour la deuxième année consécutive parce qu'ils n'ont pas réussi à récupérer ce que détenait Kurt Meyer et qu'il a donné à mon cousin Percy. Ils pensent qu'il y a une infime chance que nous l'ayons trouvé ou qu'ils pourront mettre la main dessus dans la montagne.

— Ils ont tué trente Sherpas, trente *hommes*, dis-je, cillant pour chasser des larmes de colère et de frustration. Pour récupérer… quoi ? Les plans d'un cuirassé, d'une mitrailleuse de bombardier plus efficace ou je ne sais quelle connerie de ce genre ? »

Reggie secoua la tête. « Ces Allemands, quel que soit leur nombre – je suis convaincue qu'ils n'étaient que sept l'année dernière, sous le commandement de Bruno Sigl, et qu'ils ont vraiment assisté à la chute de Percy et de Meyer quelque part sur cette montagne, voire qu'ils l'ont provoqué –, n'ont pas pu récupérer la chose que Meyer voulait remettre entre des mains anglaises. Dans les mains de l'agent anglais qu'était mon cousin. Souvenez-vous seulement que ces types ne représentent pas la République de Weimar. Ils ne représentent pas l'Allemagne. Du moins pas encore. Mais ce sera peut-être le cas un jour… tous ces monstres qui suivent ce monstre nommé Hitler… or ce que Meyer voulait confier à Percy était de nature à leur nuire. À nuire à leur chef. Et c'est tout ce qui m'importe. »

J'étais trop fatigué pour suivre.

« Tout ce que je sais, dis-je, c'est que si nous remontons sur le col nord, nous sommes coincés. Faits comme des rats. Même s'ils ne sont que quatre ou cinq, ils ont des armes, pas nous. Ils ont des fusils. Quelle est la portée de votre Lee-Enfield, Richard ?

— Sa portée utile approche les cinq cents mètres. La portée maximale est de neuf cents mètres.

— Presque un kilomètre, dis-je.

— Oui. Mais pas très précis à cette distance. »

J'ignorai sa remarque. « Assez précis pour qu'ils nous descendent sur le col nord et même la partie basse de l'arête nord-est sans que le tireur ait besoin de grimper au col. »

Le Diacre haussa les épaules. « Probablement. Tout dépend du vent et des conditions météo.

— Eh bien, ces foutus vents et ces conditions météo ne nous ont pas été très favorables jusqu'ici ! » m'écriai-je.

Personne ne répondit.

Finalement, Jean-Claude dit à Reggie : « Je suis d'accord avec Jake : ce serait de la folie de sacrifier nos vies pour les plans d'une mitrailleuse ou d'un navire que d'autres espions voleront de toute façon tôt ou tard. En plus, nous ne sommes pas en guerre avec l'Allemagne. J'ai déjà perdu trois frères, deux oncles et cinq cousins dans le combat contre les *boches**, Reggie. Il faudrait que vous m'assuriez que ce que ce Meyer a volé aux Allemands ou aux Autrichiens est, d'abord, unique, irremplaçable, et ensuite, que la survie de mon pays et du vôtre en dépend. »

Reggie poussa un profond soupir. Ce fut la seule fois où je la vis au bord des larmes. « Pour le deuxième point, je ne peux en être sûre, Jean-Claude. Mais je peux vous garantir que cette chose que Meyer a mis presque un an à essayer de transmettre à mon cousin est *unique*. Ça, au moins, Percival me l'a assuré avant de partir au-devant de sa mort tragique l'année dernière. Ce n'était rien d'aussi banal que des plans pour une nouvelle mitrailleuse ou une nouvelle bombe.

— Percy vous a avoué qu'il était un espion ? » dis-je. Je ne savais pas si c'était ou non une question.

Reggie esquissa un léger sourire. « Je le savais depuis des années, Jake. Percy m'aimait énormément. Je vous ai déjà dit que nous nous considérions plus comme des frère et sœur que des cousins. Nous jouions ensemble, enfants, et nous avons plus tard grimpé ensemble dans les Alpes et sur les contreforts de l'Himalaya. Il ne pouvait pas me laisser penser qu'il était un traître à l'Angleterre... pas plus, d'ailleurs, qu'un débauché.

— Mais vous n'avez aucune idée de ce que Meyer a transporté à travers toute l'Europe de l'Est, le Moyen-Orient et même la Chine... jusqu'au Tibet ? insistai-je. Cette chose était suffisamment importante pour que votre cousin soit prêt à donner sa vie pour elle, mais vous ignorez ce que c'est ?

— Non, je sais seulement que c'était facile à transporter, dit Reggie. C'est tout ce que Percy a consenti à me révéler. Il était censé être revenu à Darjeeling avec en juillet. Sir John Henry Kerr, le gouverneur du Bengale par intérim, et sir Henry Rawlinson, le commandant en chef, à la tête des services de renseignement britanniques en Inde, ont tous deux été informés par Londres – du moins savent-ils que Percy essayait de récupérer une chose de la plus haute importance – et ils attendent encore que je les contacte.

— Je ne comprends pas, dis-je. Pourquoi choisir les pentes de l'Everest pour procéder à un tel échange ? C'est dingue. Il n'y a pas d'issue une fois qu'on est en haut. »

Reggie me regarda. « Percy et Meyer n'ont pas choisi l'Everest, Jake. Ils se sont retrouvés à Tingri Dzong. Mais Bruno Sigl et ses hommes de main n'étaient pas loin derrière Meyer. À la fin, Percy a dû emprunter l'échelle laissée par l'expédition de Mallory – pour monter d'abord sur le col nord, et ensuite, d'après Kami Chiring, beaucoup plus haut, peut-être même jusqu'à l'arête nord-est. Il a dû prier pour que les Allemands ne puissent pas escalader aussi haut – peut-être pensait-il qu'avec les caches de nourriture que l'expédition Mallory-Norton avait laissées derrière elle, ils pouvaient attendre que les Allemands repartent, ou s'échapper pendant les tempêtes de mousson qui n'allaient pas tarder à éclater. Percy s'est trompé. Sigl avait dû se faire accompagner par de très bons alpinistes allemands… tous des fanatiques politiques. Et ils sont de retour. »

Le silence retomba, rompu seulement par le bruit étouffé du vent passant entre les murs de glace autour de nous.

Enfin, le Diacre demanda à Reggie : « Vous êtes prête à risquer – même sacrifier – votre vie pour récupérer ce pour quoi votre cousin Percy est mort ?

— Oui.

— Je grimperai au col nord avec vous ce soir, dit-il d'un ton neutre. Nous poursuivrons l'ascension jusqu'à ce que nous retrouvions Percy ou… » Il s'arrêta, mais nous savions tous ce qui suivait.

« Je viens aussi, déclara Jean-Claude. Je hais ces saloperies de boches. Rien ne me plairait davantage que de les narguer. »

Avant que j'aie pu parler, Reggie dit : « Je suis sérieuse, Jake, quand je vous suggère de repartir à Darjeeling. En tant qu'Américain, vous êtes neutre dans toute cette histoire.

— Vous voulez rire ! m'écriai-je. “Lafayette, nous sommes là !” La bataille du bois Belleau. La bataille de Cantigny. La deuxième bataille de la Marne. La bataille de Château-Thierry. L'offensive Meuse-Argonne. La… la… » J'étais si fatigué que je me retrouvai à court de batailles américaines. « Tippecanoe et Tyler, également », ajoutai-je, bien qu'elles n'aient aucun rapport. Mais ça sonnait bien dans ma tête bourdonnante.

« Je viens avec vous, les gars, ajoutai-je. Essayez de m'en empêcher ! »

Personne ne dit quoi que ce soit, ni ne me tapa dans le dos. Peut-être étions-nous tous trop fatigués.

« Une chose, dit Jean-Claude. Pensez-vous qu'il nous reste assez d'énergie pour escalader ce mur de neige de trois cents mètres et l'échelle de corde jusqu'au col nord, puis traverser le col jusqu'au camp IV ? Ce soir ?

— Nous le découvrirons assez tôt », répondit le Diacre.

Très loin derrière et en dessous de nous, quelque part dans la forêt de séracs, de pénitents et de pinacles de glace de vingt mètres de haut, trois coups de feu retentirent. Puis le silence.

9.

Il y a quelques années, la directrice de cet hôtel pour personnes âgées et résidence médicalisée du Colorado où je vis et où j'écris ces Mémoires – une femme merveilleuse du nom de Mary Pfalzgraf – m'a demandé de tenir le rôle du « conférencier invité » du mercredi dans la salle commune et de faire un petit discours sur l'alpinisme. C'est ce que j'ai fait – un « petit discours » (sept minutes, montre en main) – devant six autres pensionnaires. Je leur ai surtout parlé de l'escalade de nuit dans les Andes et l'Antarctique et de la beauté du ciel étoilé (avec l'*aurora australis* qui chatoyait et dansait en rideaux de lumière au pôle Sud). Mon maigre public, composé de mes contemporains, ne m'a posé que deux questions. Howard Herbert, surnommé Herb, mon plus fidèle adversaire aux dominos, m'a demandé : « Où avez-vous perdu ces deux doigts de la main gauche, Jake ? » (J'ai deviné qu'il voulait m'interroger depuis longtemps, mais qu'il était trop poli pour le faire.) « En Alaska », ai-je répondu. (Je ne suis pas entré dans les détails des neuf jours passés dans une grotte de neige à 4 800 mètres d'altitude ; neuf jours qui avaient coûté la vie à deux de mes camarades d'escalade.) Mme Haywood, qui, je le crains, était déjà perdue dans les brumes d'Alzheimer, m'a demandé : « Vous pouvez escalader des montagnes en dormant ? Je veux dire, dans votre sommeil ?

— Oui », ai-je répondu sans hésiter. Je le savais, parce que jusqu'à ce jour je n'ai aucun souvenir de nos quarante-cinq minutes d'escalade jusqu'au col nord, aux petites heures du jour, ce mercredi 20 mai 1925. Je dormais en grimpant.

Je me réveillai d'un coup, sur la paroi abrupte, quand ma tête et mes épaules émergèrent au-dessus de l'épaisse couverture nuageuse. J'eus la même impression que si j'avais soudain fendu l'eau pour me retrouver à l'air libre.

Mon Dieu, c'était magnifique. Si le dernier croissant de lune était encore caché quelque part derrière les arêtes nord et nord-est de l'Everest, le sommet de notre montagne bien-aimée, autant que haïe, et son plumet de neige omniprésent étaient merveilleusement éclairés par l'intense lumière des étoiles. Même quand, étudiant, j'étais parti grimper dans l'Ouest des États-Unis, à des centaines de kilomètres de la civilisation, je n'avais jamais vu d'étoiles aussi brillantes. Ni aussi nombreuses. Même au fin fond des Alpes, lorsque j'avais bivouaqué sur un pic, protégé des lumières des villes ou des fermes par d'innombrables autres sommets, elles ne m'étaient jamais apparues plus scintillantes. Ce ciel himalayen n'avait pas d'équivalent. La Voie lactée s'arquait au-dessus du sommet de l'Everest, comme une route solide traversant le ciel nocturne ; le nombre et la clarté des étoiles ne diminuaient pas près de l'horizon, il y avait seulement une brusque séparation entre les milliers d'étoiles et les centaines de champ de neige, glaciers et sommets illuminés.

Le vent était tombé. Pour la première fois depuis des jours, l'air était immobile. Les cimes – les Changtse, Cho Oga, Makalu, Lhotse, Ama Dablam, Lho La et d'autres que je ne réussis pas à identifier dans mon état d'épuisement – semblaient suffisamment proches pour être cueillies comme des échinacées blanches.

Quand nous atteignîmes le haut de l'échelle de corde mouvante et posâmes le pied sur l'étroit rebord de glace du col nord, je m'aperçus que le Diacre n'était pas avec nous. Avait-il chuté pendant que je grimpais dans mon sommeil ? Lui avait-on tiré dessus ?

« Il est resté en bas pour accrocher les charges, m'expliqua J.-C.

— Les accrocher à quoi ?

— À la corde continue passant par les poulies reliées à la bicyclette. Vous avez oublié ? C'est par ce moyen que nous allons hisser la douzaine de sacs que vous avez trouvés au camp III. »

Je m'obligeai à me réveiller et les souvenirs me revinrent. Quand le Diacre avait dit qu'il resterait en bas de la paroi et attacherait les charges jusqu'à ce qu'elles aient toutes été remontées, j'avais trouvé ça dingue – n'importe quel boche pouvait entendre le bruit de la corde et des poulies, saisir le Diacre dans le faisceau d'un projecteur ou d'une puissante torche électrique depuis le camp III et lui tirer dessus avec un des fusils en leur possession – mais je n'avais pas réagi. J'étais trop occupé à me rappeler comment fixer le jumar aux cordes, relâcher la gâchette pour le faire glisser vers le haut et me hisser, avec mon trop lourd paquetage, sur les trente derniers mètres de l'échelle de corde sans basculer en arrière dans le brouillard.

Nos crampons et les éclats de glace qu'ils soulevaient étincelèrent à la lumière des étoiles, alors que J.-C., Pasang, Reggie et moi nous hâtions le long de la corniche glissante, vers l'endroit où Jean-Claude avait fixé sa drôle de bicyclette.

J'eus l'impression d'être dans un rêve. À cause du poids des charges que le Diacre accrochait à la corde dans les nuages mouvants en bas, J.-C., Pasang, Reggie et moi dûmes nous relayer sur la bicyclette-grue. C'était épuisant. L'un pédalait, deux autres lui faisaient signe de s'arrêter le moment venu, se penchaient vers le précipice et utilisaient leur piolet pour attacher la charge et la ramener vers le rebord, tandis que le quatrième la détachait et la portait ou la tirait vers le côté opposé de la corniche.

Cet intense effort dura presque une demi-heure, puis il y eut quatre pressions rapides sur la corde – le signal préétabli du Diacre nous indiquant que toutes les charges étaient hissées, qu'il coupait la corde en bas et montait à son tour. Nous récupérâmes la longue corde, l'attachâmes à l'un des sacs à dos, nous assurâmes que toutes les charges étaient bien arrimées en retrait de la corniche, puis nous retournâmes en haut de l'échelle de corde pour patienter.

Après une attente infinie, durant laquelle nous sentîmes l'échelle et les cordes fixes se tendre et bouger dans nos mains comme si un gros poisson y était ferré, mais sans jamais savoir s'il s'agissait de notre ami ou de dix Allemands grimpant vers nous en bas dans le nuage, le Diacre émergea du brouillard, escalada les dix derniers mètres dans l'air dégagé, laissa tomber l'énorme rouleau de corde fixe qu'il avait remonté avec lui et se hissa laborieusement au-dessus du rebord où nous l'attendions, mains tendues pour l'aider.

« Est-ce que nous tirons l'échelle derrière vous ? » demanda Reggie.

Encore trop fatigué pour parler, le Diacre secoua la tête. Un instant plus tard, après avoir inhalé un peu d'air anglais, il expliqua : « Laissez-la en place. J'ai apporté une hache et deux hachettes du camp III, qui sont dans une des charges. Quand les Allemands commenceront à grimper à l'échelle demain matin, nous attendrons… attendrons… qu'ils soient suffisamment haut, puis nous la sectionnerons d'ici. »

C'était donc pour ça qu'il avait remonté la corde fixe que nous avions installée pour nous servir de prise de main tout le long de la section verticale, et en particulier à côté de l'échelle de corde. Sans elle, il n'y aurait plus rien à quoi se raccrocher si l'échelle cédait soudain.

« Nous devrons poster une sentinelle ici toute la nuit, dit Jean-Claude. Les *boches** peuvent monter à tout moment. À moins qu'ils ne rusent en taillant des marches dans la pente et sur le mur de glace.

— Non », répondit le Diacre. Il s'interrompit le temps de réguler son souffle, avant d'ajouter : « Je ne crois pas qu'ils monteront ce soir. C'était si nuageux en bas ces deux derniers jours que je ne suis même pas sûr qu'ils aient vu l'échelle et les cordes fixes.

— Mais ils suivront nos empreintes qui y mènent », dit Pasang.

Le Diacre eut un hochement de tête fatigué. « Exact. Mais pas avant qu'il fasse jour, à mon avis. Et Sigl enverra quelqu'un sur l'échelle pour la tester.

— Vous êtes donc certain qu'il s'agit de Sigl ? demanda Reggie.

— Sigl ou un type dans son genre. Ça ne change pas grand-chose. Ce sont des alpinistes et des fanatiques d'extrême droite ; espérons seulement que leur fanatisme politique surpasse leur bon sens de grimpeurs. Mais pas de sentinelle ce soir. Nous allons porter autant de charges que possible de l'autre côté du col jusqu'au camp IV, essayer de nous réchauffer et de dormir un peu. C'est un risque calculé, mais nous avons tous besoin de repos.

— Mais si Sigl et ses tueurs montent cette échelle de corde ce soir… », commençai-je. Heureusement, le Diacre m'interrompit : je détestais entendre ma voix trembler comme ça.

Il posa la main sur mon épaule. « Nous sommes déjà trop fatigués, Jake. Nous avons passé trois jours et trois nuits à cette altitude presque sans dormir. Et nous devrons recommencer à grimper demain matin, quel que soit le temps. Je propose donc qu'on dorme maintenant, et on s'occupera des Allemands demain matin, quand ils tenteront de monter. »

Personne ne dit rien pendant un instant, puis nous hochâmes la tête l'un après l'autre. « Reggie, docteur Pasang, reprit le Diacre, si vous voulez bien emporter ces deux charges au camp IV et installer nos sacs de couchage là-bas. Vous en trouverez d'autres à l'intérieur de ces ballots en cas de besoin. Le réchaud Unna est dans celui qui porte le numéro 1… il faudrait le sortir ce soir et l'installer dans le vestibule de la tente, même si nous ne l'utilisons pas avant demain matin. Pasang, vous pourriez aussi enrouler ces centaines de mètres de corde que nous avons récupérés et les porter au camp IV. Laissez-les à l'extérieur d'une des tentes, avec toutes les charges que vous pouvez tirer jusque là-bas. »

Puis, se tournant vers nous : « Jake, Jean-Claude, je vous propose de retourner avec moi à ce magnifique monte-charge à pédale. Nous allons couper toutes les attaches, retirer toutes les ancres et les piquets, et tirer ce monstre de métal jusqu'à cet endroit de la corniche.

— Pour quoi faire ? Nous avons déjà coupé la longue corde qui passait dans la poulie. Pourquoi apporter l'engin ici ?

— Parce que nous n'avons pas d'huile bouillante sous la main », répondit le Diacre.

10.

Nous dormîmes relativement bien, même si tout le monde souffrait de migraine et que ma terrible toux était revenue. À mon avis, aucun de nous ne rêva que les Allemands mitraillaient nos tentes avec leurs Schmeisser : nous étions beaucoup trop fatigués pour ça.

Quand je me réveillais dans la nuit froide, je tournais la valve pour inhaler un peu d'oxygène qui me réchauffait les pieds et les doigts, puis je me rendormais. Les autres faisaient de même, sauf Pasang, qui, me sembla-t-il, dormit toute la nuit sans air anglais. Je ne me réveillai complètement qu'à sept heures du matin.

Pasang et Reggie réchauffaient du café et quelque chose à manger sur le réchaud Unna juste à l'entrée de la tente. La matinée était ensoleillée. L'air froid, mais calme. Le ciel, au-dessus des arêtes nord et nord-est, était d'un bleu sublime.

« Où sont J.-C. et le Diacre ? demandai-je, inquiet.

— Ils sont partis monter la garde près de l'échelle vers quatre heures trente ce matin, répondit Reggie. Juste avant le lever du jour.

— Je vais aller les voir, avant de revenir prendre un café », dis-je entre deux quintes de toux. J'étais en train de fixer mes crampons.

« Ah, dit Reggie, le Diacre nous a demandé de porter la parka de Finch par-dessus nos autres vêtements. Si vous voulez vraiment mettre l'anorak Shackleton, il faut le glisser en dessous. Quant au pantalon de duvet que je vous ai fait, il faut le mettre sur l'envers. Et toujours garder votre capuche de duvet. »

Je m'aperçus alors que Pasang et elle étaient vêtus de cette façon, et avaient leur capuche relevée.

« Pourquoi ? demandai-je.

— D'après le Diacre, nous sommes à portée de tir de trois fusils, répondit Pasang. Surtout de son Lee-Enfield à lunette. Le tissu blanc des parkas est plus difficile à distinguer sur la neige du col nord et de la première partie de l'arête nord que nos vestes Shackleton grises. »

Nous passions donc à la tenue de camouflage. Je me demandai quelle autre surprise nous réservait cette journée.

« Tenez, me dit Reggie. Deux Thermos de café modérément chaud. Vous partagerez avec Jean-Claude et Richard. »

Les Thermos fourrées dans les grandes poches de ma veste de duvet, mon long piolet dans une main et le pistolet Very dans l'autre, je traversai le col nord en vitesse jusqu'à la corniche de glace, en veillant à garder la tête baissée. Je me sentais un peu idiot de me dandiner de cette façon, mais l'idée d'être la cible d'un tireur me contractait les testicules.

J.-C. et le Diacre n'étaient pas sur la corniche, mais couchés à plat ventre derrière un muret de glace et de neige sur le col nord lui-même, à environ douze mètres du haut de l'échelle. Je m'installai à côté d'eux et leur tendis les Thermos.

« Elles sont les bienvenues, merci, Jake », dit le Diacre. Il attrapa l'une des bouteilles qu'il cala dans la neige, puis il reprit ses jumelles à deux mains. J'avais oublié d'apporter les miennes.

« Ils s'agitent depuis ce matin, dit J.-C. en me prêtant les siennes. Ils enterrent les morts et dispersent les cendres des tentes.

— Ils enterrent les... », commençai-je en regardant par les jumelles.

À l'emplacement du camp III, en bas, huit hommes en parkas blanches, le visage dissimulé sous des écharpes et des foulards, déplaçaient les derniers corps de nos Sherpas assassinés. D'autres pelletaient les cendres et les restes calcinés du campement qu'ils entassaient sur de grandes bâches.

« Je donnerais cher pour avoir ma Lee-Enfield, murmura le Diacre.

— Pourquoi est-ce qu'ils...

— Ils ignorent si une autre expédition britannique ne viendra pas dans l'Everest l'année prochaine ou dans deux ans », dit le Diacre, baissant enfin ses jumelles et dévissant le bouchon de sa Thermos. Jean-Claude buvait déjà son café fumant, et il me tendit sa tasse pour que nous partagions. « Ils ne veulent pas laisser de trace du massacre. Les Allemands sont en général très bons pour couvrir leurs exactions.

— Où est-ce qu'ils les enterrent ? » chuchotai-je. J'essayais de me rappeler le nom de *tous* les Sherpas.

« Probablement dans la profonde crevasse au bord de la moraine, sur le côté ouest, derrière les pinacles de glace, là-bas, dit le Diacre. Il est bon, ce café.

— Quand ils auront fini d'enterrer et de disperser les… preuves, ils se lanceront à nos trousses.

— Très certainement », acquiesça le Diacre.

Je me démanchai le cou pour regarder le ciel bleu et l'air transparent et immobile. La face nord de l'Everest se dressait au-dessus de nous telle une muraille de carton-pâte. « Nous avons perdu l'avantage que nous donnaient le vent et les nuages. » J'avais exprimé tout haut ma pensée.

« Oui, c'est vrai, dit le Diacre. Mais c'est une journée idéale pour tenter le sommet. »

Je n'étais pas sûr qu'il plaisantât, mais ça ne m'amusait pas.

« Ils ont nos deux fusils de chasse plus votre carabine, repris-je. Et vous nous avez dit que votre Lee-Enfield modifiée avait une portée utile de cinq cents mètres, mais qu'elle pouvait atteindre les neuf cents mètres.

— Oui.

— Eh bien, le col nord n'est qu'à environ trois cents mètres d'eux, dis-je avec colère. C'est-à-dire à portée de ce fusil. Et nous le serons aussi si nous escaladons l'arête nord. »

Le Diacre hocha la tête. « Mais ils n'ont pas le bon angle de tir, Jake. À mon avis, l'Allemand qui détient mon fusil se trouve sur le glacier sous le camp III – au point le plus haut du glacier – pour essayer d'avoir un point de mire dégagé. Mais le col nord est juste assez haut pour qu'il ne nous voie pas, surtout si nous nous tenons à l'écart du rebord. Tant que nous ne passons pas la tête au-dessus de cette ligne, je ne crois pas qu'ils tenteront de tirer.

— Mais est-ce que ce n'est pas précisément ce qu'on est en train de faire ? demandai-je d'un ton légèrement surexcité. Dresser la tête comme des canards au stand de tir d'une fête foraine ? Ne vont-ils pas apercevoir un reflet de soleil sur les lentilles de nos jumelles ? »

Le Diacre pointa le doigt vers l'est. « Pas tout de suite, Jake. Le soleil est encore en train de passer au-dessus de l'arête nord-est et du sommet, derrière nous et à droite. Le soir, nous devrions faire très attention au moment et au lieu où nous utiliserions les jumelles. Quant à voir nos têtes... vous avez peut-être remarqué les petits tunnels de neige et de glace que Jean-Claude et moi avons construits. Ça réduit notre champ de vision, mais grâce à eux nous restons dans l'ombre et demeurons plus ou moins invisibles à quiconque ne regarde pas pile dans cette direction.

— Vous avez l'air tellement sûrs de vous tous les deux, rétorquai-je.

— Absolument pas, dit J.-C. Mais je crois que le Diacre a raison sur ce point. Nous ne serons pas des cibles pour leurs fusils, du moins pas avant de commencer à remonter le champ de neige sur l'arête nord pour aller au camp V.

— Pourquoi ne l'avons-nous pas fait cette nuit, si c'est si dangereux de le tenter en plein jour ? exigeai-je de savoir.

— Parce que nous voulons éliminer quelques Allemands avant d'abandonner le col nord », répondit le Diacre de sa voix sans timbre.

Je faillis éclater de rire. « Comment ? En utilisant les deux cartouches du Luger volé contre huit ou dix Allemands ? Et leur tirant dessus avec nos pistolets de détresse lorsqu'ils monteront cette échelle que nous leur avons si obligeamment laissée ?

— Pas tout à fait, dit le Diacre.

— Comment allons-nous procéder, alors, pour “éliminer quelques Allemands” ? En leur lançant des cailloux ?

— Vous vous rapprochez. »

Soudain, une pensée me contracta l'estomac. « Pendant que vous les surveillez par vos petits tunnels, comment savez-vous que les fritz ne sont pas en train de tailler des marches dans le mur de glace à quelques centaines de mètres à l'est ? » L'image s'imposa avec clarté dans mon esprit.

« Nous les entendrions, dit J.-C. En plus, ils sont trop occupés à faire disparaître les preuves de leurs crimes. Transporter et enterrer des corps, même avec des crevasses à disposition, est un travail difficile à 6 000 mètres d'altitude. Et il leur faut aussi dissimuler le massacre au camp de base, sans parler des décombres aux camps I et II. Nous pensons, Richard et moi, qu'ils en auront pour la matinée et une partie de l'après-midi.

— Mais il y a tout de même un tireur qui observe et attend qu'on se montre, dis-je.

— Oui », admit le Diacre.

Je le regardai droit dans les yeux. « Si vous étiez ce tireur, qu'auriez-vous fait ? Où vous seriez-vous posté ? »

Le Diacre sortit sa pipe de sa poche et la coinça entre ses dents blanches. Il ne l'alluma pas. Je ne l'avais jamais vu fumer sa pipe à haute altitude.

« J'aurais commencé à gravir la pente du Changtse au milieu de la nuit, répondit-il tranquillement. J'aurais trouvé un poste de tir caché au sommet ou à côté, à 7 500 mètres environ. Au lever du jour, nous aurions tous été à sa portée et dans sa ligne de mire au col nord. Mon Lee-Enfield a un chargeur de dix cartouches. Je nous aurais tous éliminés sans même avoir besoin d'en changer. »

Je crus que j'allais vomir. Je redressai brusquement la tête et scrutai les hautes pentes enneigées du Changtse qui nous dominait à l'ouest.

« Comment savez-vous qu'il n'est pas là-bas, en ce moment même, en train de nous viser ? demandai-je.

— Parce que nous sommes ici depuis quatre heures et demie du matin, à surveiller le Changtse, et que nous n'avons vu aucune lumière, expliqua J.-C. Et même les super héros de Herr Hitler ne peuvent pas escalader cette dangereuse pente dans le noir.

— Mais depuis l'aube…

— Nous surveillons, insista J.-C. Rien. Nous avons vu l'un des *boches** – le grand portant la carabine à lunette de Richard – disparaître entre les pénitents, dans la direction de la piste du glacier. Les autres se sont seulement occupés de débarrasser les corps de nos amis et de balayer la cendre et les vestiges de nos tentes et de nos caisses. »

Je secouai la tête. N'ayant jamais été soldat, je n'y entendais rien à la tactique, encore moins à la stratégie. Mais jamais je n'avais eu aussi peur de ma vie – pas même lorsque j'avais effectué les manœuvres les plus risquées sur les montagnes ou sur la glace. Comme s'il lisait dans mes pensées – ou sur mon visage –, le Diacre posa une fois encore la main sur mon épaule.

« Nous avons un plan, Jake. Je vous le promets. N'oubliez pas que ce sont des Allemands. Des gens arrogants. Ils viendront droit sur nous, à un moment de la journée – en utilisant cette échelle que nous leur avons laissée, et avec la quasi-certitude que nous n'avons pas d'armes à leur opposer. C'est là que nous en tuerons le plus possible. Après seulement, nous commencerons notre retraite tactique en haut de la montagne. »

Cette fois, je m'esclaffai franchement. Assez fort, peut-être, pour être entendu du camp III, où des hommes en parkas blanches disposaient des cadavres de nos compagnons. Et ce n'était même pas un rire nerveux.

« Quoi ? » demanda Jean-Claude.

Je réprimai mon rire, mais souriais toujours. « Seul mon ami Richard Davis Deacon, comte de Watersbury, qu'il le veuille ou non, pourrait appeler l'escalade du sommet de l'Everest une "retraite tactique". »

11.

Les Allemands vinrent vers cinq heures cet après-midi-là. Ils avaient gravi la première section de pente en taillant des marches – sans crampons douze pointes et sans les cordes fixes que nous avions remontées, il leur avait fallu presque trois heures pour parvenir en bas de l'échelle.

Le Diacre croyait toujours qu'ils l'utiliseraient pour monter à toute vitesse puis prendraient pied sur le col nord en nous canardant avec leurs fusils et leurs armes automatiques. Après nous avoir tous descendus, ils brûleraient notre campement, se débarrasseraient des cendres (et de nos cadavres) dans la crevasse la plus proche, puis retourneraient dans leur camp invisible au milieu des pinacles de glace sous notre ancien camp III avant la nuit. Pour leur dîner.

Tel était leur plan, d'après le Diacre.

La première partie s'était déroulée comme prévu. Six d'entre eux avaient taillé des marches le long de la pente, restant hors de portée de notre pistolet à deux coups – le Diacre n'aurait pas gâché ses deux cartouches en tirant au hasard – pour se retrouver bientôt en bas de l'échelle. Nous le savions, parce que j'avais été dépêché pour creuser des petits trous dans l'arête de neige à environ vingt mètres à l'est de la corniche, et Jean-Claude avait fait la même chose de l'autre côté. De sorte que nous avions maintenant une bonne vue à l'est et à l'ouest : au moins, personne n'allait nous surprendre en taillant des marches ailleurs sur cette pente de trois cents mètres menant au col nord.

J.-C. siffla, et je vis la tête du Diacre encapuchonnée de blanc se dresser – derrière une berme de neige au bord du précipice. J.-C. leva ses deux mains gantées, montra six doigts puis mima l'escalade.

Ils étaient donc bien en train de monter. Tous armés, bien sûr.

De notre côté, nous n'avions pas chômé pendant cette journée. Pasang et Reggie, suivant les instructions du Diacre – ou du moins le plan qu'ils avaient conçu ensemble ce matin-là –, avaient levé le camp et rangé les affaires indispensables dans nos cinq sacs à dos. Puis ils avaient cherché une crevasse, plus haut sur le col, et y avaient descendu les cinq ballots que nous avions hissés la veille, ainsi que la grande tente Whymper démontée, recouvrant les piquets d'ancrage avec de la neige. Les Allemands pourraient découvrir la cachette s'ils la cherchaient et suivaient nos empreintes sur le col Nord, mais ils n'avaient aucune raison de le faire – nous avions laissé un peu de matériel et deux tentes Meade sur le site du camp IV exprès – et le col était quadrillé d'empreintes de bottes.

Quand j'avais demandé au Diacre ce que faisaient Pasang et Reggie, et pourquoi, il avait seulement dit : « Nous aurons besoin de nourriture, de matériel et d'ustensiles de cuisine si nous repassons par ici après avoir trouvé le corps de Percy. »

Si ?? avais-je pensé, avec une certaine consternation. *Par ici ??* Quel autre chemin y avait-il pour redescendre de l'Everest ?

J'avais gardé ces questions pour plus tard.

À cet instant, j'enfonçai la tête et le corps dans la neige, alors que les trois fusils volés et ce qui, à l'oreille, ressemblait à un pistolet-mitrailleur Schmeisser ouvraient le feu sur nous. Les Allemands ne savaient pas précisément où nous étions, si bien que leurs cartouches s'écrasaient sur le mur de glace ou les bermes de neige tout le long d'un front de cinquante mètres de part et d'autre de l'endroit où l'échelle était fixée à la corniche. D'autres balles passèrent en sifflant au-dessus de ma tête.

Je trouvai étonnant que personne ne m'ait jamais dit – ou que je n'aie jamais lu – que le bruit des balles filant à proximité ressemblait beaucoup au bourdonnement des abeilles un jour d'été dans un champ de ruches blanches.

Me faire tirer dessus pour la première fois de ma vie, même si aucune cartouche ne passait très près de l'endroit où je me dissimulais, suscitait en moi d'étranges et intéressantes réactions physiques : j'avais le désir pressant de me cacher derrière quelque chose ou quelqu'un, voire à l'intérieur de moi-même ; ma première impulsion, que je commençai aussitôt à mettre en pratique, fut de m'enfouir dans la neige du col nord jusqu'à disparaître.

Voilà ce qu'on ressent à la guerre, pensai-je. *Et c'est ce que fait un lâche en temps de guerre.*

J'arrêtai de creuser, me forçai à relever légèrement la tête et à observer.

J.-C., le Diacre et moi n'avions pas été inactifs non plus. Sans cesser de surveiller les Allemands en bas – nous avions délégué cette tâche à Pasang et Reggie quand ils nous avaient rejoints en fin de matinée –, et en restant baissés autant que possible, nous avions roulé les plus gros blocs de glace que nous avions pu trouver juste derrière la berme de neige au-dessus de la corniche où Mallory et les précédentes expéditions avaient planté les tentes de leur camp IV. Et où arrivait maintenant notre échelle de corde.

La nuit précédente, alors que les nuages emplissaient encore la vallée, le Diacre avait pris le temps d'épisser trois mètres de sa corde miracle à chaque extrémité de l'échelle, qu'il avait attachée à de nouveaux piquets plantés près du mur de la corniche. Ç'avait été une tâche terriblement difficile pour un homme exténué, même sans considérer l'altitude débilitante ; le Diacre avait été seul à soulever et attacher les lourdes charges que nous avions hissées en pédalant sur l'engin de J.-C.

À présent, les Allemands qui montaient à l'échelle utilisaient leur main libre pour tirer avec leurs pistolets – surtout des Luger, d'après ce que je voyais par mon œil-de-bœuf, même si certains avaient des semi-automatiques que je ne parvenais pas à identifier. Ils savaient leur position précaire, mais avec les tireurs qui les couvraient et leur propre mitraille qui empêchait quiconque d'approcher du haut de l'échelle, ils devaient se sentir en sécurité.

Je pensai à des chevaliers du Moyen Âge grimpant des échelles pour franchir les murailles d'un château assiégé. Certes, le col nord était notre château fort, mais ces nazis n'avaient rien de chevaliers. C'étaient plutôt des barbares.

Jean-Claude utilisait ses mains pour indiquer au Diacre, à Reggie et Pasang, tapis derrière la berme juste au-dessus de la corniche et de l'échelle, la progression des Allemands. Un poing et cinq doigts signifiaient quinze mètres. Un poing et cinq doigts… un poing et quatre doigts… un poing et trois doigts…

L'échelle de corde mesurait trente-cinq mètres. Ils se rapprochaient, ouvrant le feu sur chaque mouvement imaginaire. Les tireurs visaient à présent les bermes près du haut de l'échelle. J'ignorais totalement où allaient les pruneaux du Schmeisser, mais leurs sifflements quasi permanents me rendaient presque malade de peur. J'entendais le fusil d'ancien tireur d'élite du Diacre tirer depuis un point sur le glacier.

J'avoue que j'étais terrifié.

Pas assez, cependant, pour ne pas faire ce que j'avais à faire quand le Diacre siffla deux fois. Jean-Claude et moi, toujours accroupis, reculâmes de quelques pas sur le col, puis nous précipitâmes là où Pasang et Reggie attendaient, au milieu des énormes blocs de glace que nous avions roulés jusqu'à la berme en surplomb de la corniche.

J.-C. s'arrêta juste avant cette berme pour regarder par le trou de souris qu'il avait percé un peu plus tôt. Un poing levé nous indiqua que les Allemands grimpaient toujours, et huit doigts qu'ils n'étaient plus qu'à huit mètres du haut de l'échelle.

C'était à moi de jouer – même si je n'étais pas sûr d'en être capable avant de l'avoir fait. Je m'élançai par-dessus la berme et roulai jusqu'à la corniche de glace en dessous, puis rampai aussitôt pour me coller contre la paroi.

Des balles percutèrent le mur à un ou deux mètres au-dessus de moi, projetant des éclats de glace coupants sur mon visage. D'autres frappèrent le bord de la corniche devant moi. Mais le Diacre avait eu raison : même le tireur armé du Lee-Enfield à lunette ne pouvait m'atteindre si je restais baissé. *Évidemment*, pensai-je, *il faudra bien que je quitte cette foutue saillie à un moment.*

Mais cela aussi était prévu.

« Allez, dit le Diacre, se plaçant derrière l'énorme tas formé par le monte-charge avec sa selle et son guidon de vélo, sa poulie, ses supports et son long bras de métal. Nous n'avons que quelques secondes. »

Je hochai la tête, et nous nous adossâmes tous deux au mur de glace derrière nous. Pliant les jambes, nous plantâmes nos crampons à l'endroit déterminé et poussâmes de toutes nos forces.

La massive machine glissa sur la glace entre les deux sillons que nous avions creusés avec nos piolets. Nous avions même versé quatre Thermos de notre précieuse neige fondue sur cette rampe pour créer un toboggan. Les cent kilos de métal glissèrent assez facilement – mon ami se levant pour guider leur trajectoire, au risque de se faire tirer dessus – et basculèrent par-dessus bord.

Le Diacre eut juste le temps de se coucher avant qu'une rafale de balles percute le mur derrière nous et la berme de neige au-dessus.

Des hurlements nous parvinrent d'en dessous, dont les échos s'éloignèrent de nous. Les tirs continuèrent, mais moins d'hommes faisaient feu.

J.-C. leva trois doigts. Sa machine bien-aimée avait emporté trois Allemands avec elle. C'était une sacrée chute du haut de cette échelle – pas seulement les trente mètres du mur de glace, mais toute l'étendue de la pente abrupte en dessous. Les cris cessèrent, et le soudain silence me parut presque violent. Mais J.-C. brandit de nouveau trois doigts, nous signifiant que trois autres Allemands continuaient de grimper vers nous. *À moins qu'ils ne battent en retraite*, songeai-je ; une pensée qui ressemblait beaucoup à une prière.

Puis Jean-Claude brandit le poing de là où il était caché.

Les trois Allemands continuaient de grimper, s'aidant à présent des deux mains puisque leurs tirs précédents n'avaient servi à rien.

« Chevilles », dit le Diacre.

Je plantai mes crampons aussi profondément que possible dans la glace de la corniche et attrapai fermement les chevilles du Diacre – j'avais les mains et les poignets *très* puissants après des années de varappe, pourtant ça m'avait paru plus facile quand nous nous étions entraînés sur du plat un peu plus haut sur le col.

Tel un acrobate de cirque, le Diacre se projeta à plat ventre et glissa sur la rampe de glace lisse que nous avions creusée pour lancer la bicyclette de J.-C. Malgré mes efforts, je fus entraîné vers l'avant et manquai passer par-dessus bord, jusqu'à ce que mes crampons trouvent une accroche plus profonde. Les muscles et les ligaments de mon bras droit se tendirent presque à se déchirer, mais je réussis à arrêter la folle glissade du Diacre, alors que la partie supérieure de son corps pendait horizontalement au-dessus du vide.

Prenant son temps, il pointa son Luger, attendit encore deux ou trois secondes – j'imaginai le visage d'un Allemand aux yeux bleus levé vers lui, six mètres plus haut –, puis tira. Des balles de fusil frappèrent le mur de glace – même si les tireurs craignaient manifestement de toucher un de leurs compagnons encore sur l'échelle –, mais le Diacre attendit tout de même quelques interminables et terrifiantes secondes supplémentaires avant de tirer sa deuxième et dernière cartouche.

« Arrière ! » cria-t-il, et je le tirai comme un fou par les chevilles, puis j'empoignai les puissants muscles de ses mollets sous les hautes chaussettes de laine, ses cuisses et son postérieur, jusqu'à ce qu'il se retrouve à la base du mur avec moi.

« Ils sont tombés », dit-il en haletant. Puis, plus fort : « Les boules de neige ! »

Chaque « boule de neige » était en fait un bloc de glace pesant au moins quinze kilos. Nous avions eu un mal fou, pendant cette longue journée d'attente, à les trouver et les rouler jusqu'au « dépôt de munitions » juste derrière la berme.

Au signal, Reggie et Pasang firent tomber une boule sur la corniche, le Diacre et moi ralentîmes sa glissade, nous plaçâmes derrière et la lançâmes sur le toboggan.

Le dépôt de munitions contenait douze boules de glace. Nous les balançâmes toutes. Les deux cent soixante-dix mètres de pente abrupte sous le bas de l'échelle étaient très propices aux avalanches.

Jean-Claude se hâta d'aller regarder dans son œil-de-bœuf. Le Schmeisser ne tirait plus – le Diacre avait dit que son canon chauffait très vite en position automatique. À présent, seuls quelques tirs sporadiques perturbaient le calme de cette fin d'après-midi himalayenne.

« Quatre Allemands de moins. Un des types a fait un arrêt d'urgence. Il est retourné vers l'échelle en courant et il a recommencé à grimper, nous cria J.-C. Il monte vite. Il est environ à mi-chemin… aux deux tiers. »

Le Diacre hocha la tête, attrapa la hache qu'il avait plantée le long du mur de la corniche, compta jusqu'à dix, puis, en deux mouvements vifs et assurés, coupa les deux cordes qui tenaient l'échelle.

Le long cri qui nous parvint d'en bas nous parut très gratifiant.

« Maintenant ! » dit le Diacre, et je courus vers l'extrémité ouest de la corniche, sautai puis plongeai dans le terrier que nous avions creusé, avant de rouler derrière la berme à l'instant où des tirs retentissaient. Quelques secondes plus tard, le Diacre faisait de même par le côté est.

Retrouvant J.-C., Pasang et Reggie derrière la haute berme, le Diacre et moi fîmes signe que nous n'avions pas été touchés.

« J'ai surveillé, dit Pasang. Cinq hommes, dont celui qui est tombé avec l'échelle, sont morts. Un autre bougeait encore, mais je suis à peu près sûr qu'il s'est cassé la colonne vertébrale. D'autres sont blessés, mais celui qui tenait le Schmeisser et un autre sont sortis des pinacles pour venir les aider à se mettre à couvert.

— S'ils étaient bien douze, comme on l'a vu ce matin, dit le Diacre, ils ne sont plus que cinq, en comptant Bachner que Reggie a rayé de la carte hier. Et certains des cinq ne doivent plus être en grande forme à l'heure qu'il est.

— Vous croyez qu'ils vont abandonner et s'en aller ? » demandai-je, mon cœur battant si fort que j'avais du mal à m'entendre parler.

Le Diacre me regarda comme si j'avais proféré une énormité.

Reggie répondit : « Ils ne renonceront pas, Jake. Ils ignorent si nous avons déjà retrouvé Percy et Meyer et récupéré l'objet de leur convoitise, mais ils ne peuvent pas l'exclure. En cas de nouvel échec, ils ne pourraient pas retourner en Allemagne… ni même en Europe. Leur propre parti les ferait tuer. Leur prétendu Führer, d'après ce que m'a dit Percival, n'est pas le genre d'homme à oublier ou pardonner. Ces alpinistes nazis seront tous en danger de mort s'ils rentrent bredouilles.

— Mon Dieu, murmurai-je. Qu'est-ce donc que Meyer a refilé à votre cousin, Reggie ? Un viseur de bombardement révolutionnaire ? Un morceau de la Vraie Croix ?

— Je ne sais pas, Jake. Mais je sais que c'est beaucoup plus important pour la faction politique de Bruno Sigl que le serait un viseur de bombardement ou même le Saint Graal.

— Les *boches** reviendront à la charge, dit Jean-Claude. Ils tenteront de grimper à différents endroits sur la paroi du col nord. Et ils sont peut-être plus de cinq. Manifestement, ils sont venus en force cette année. Le tireur d'élite restera en arrière pour couvrir les autres pendant qu'ils tailleront des marches sur la face. C'est un redoutable fusil avec une redoutable lunette télescopique, Richard. »

Le Diacre grommela. Je savais qu'il s'en voulait d'avoir laissé les fusils au camp de base avancé.

« Vous pensez qu'ils vont revenir bientôt, monsieur Deacon ? demanda Pasang.

— Je ne crois pas, non. »

Nous nous passions une bouteille d'oxygène avec son masque, que nous avions laissée ici précisément pour ce moment de récupération, et le Diacre prit le temps d'inhaler quelques bouffées d'air anglais avant de poursuivre :

« Tailler des marches dans une pente de glace vierge va leur prendre des heures – jusque bien après la tombée de la nuit. Et il leur faudra encore résoudre le problème des trente derniers mètres de paroi verticale. Je ne suis pas sûr qu'ils le tentent dans le noir.

— Les *boches** ne savent sans doute pas que Richard n'avait que deux cartouches dans le Luger de Bachner, dit Jean-Claude. Les tirs ont dû les surprendre, non ?

— Raison de plus pour qu'ils escaladent la nuit », dis-je. Je continuais d'alterner bouffées d'air anglais et gorgées d'eau d'une des Thermos. Après ma première bataille, aussi modeste qu'elle ait été, je me sentais... bizarre. J'ignorais qu'un homme pouvait alors se sentir tout à la fois joyeux, déprimé et vidé. Une réaction, cependant, dominait : j'étais sacrément content d'être en vie.

« Mais ils devraient attacher des torches électriques autour de leur cou pour les parties difficiles de l'escalade », dit le Diacre. Sa voix était presque aussi rauque que la mienne. « Si je les attendais avec huit balles dans le chargeur du Luger de Bachner, ce serait une mauvaise nouvelle pour huit d'entre eux.

— Vous êtes si bon tireur que ça ? demanda Reggie. Faire mouche huit fois dans le noir, en vous repérant à de petites lumières vacillantes, en vous penchant au bord du vide par ce froid ?

— Oui », répondit le Diacre.

Je les vis échanger un étrange sourire. Quelque chose était dit, ou admis, qui ne m'était pas destiné. Je sentis la morsure de la jalousie, et me le reprochai aussitôt.

« Donc on s'en tient au plan qu'on a défini ? demanda J.-C.

— Oui... sauf si quelqu'un a une objection », dit le Diacre.

Personne n'en avait.

« Les sacs à dos et le matériel supplémentaire sont prêts, n'est-ce pas ?

— Ils le sont, dit Reggie.

— Nous allons donc nous mettre en route tout de suite pour le camp V. »

Je levai la main comme un écolier demandant la permission d'aller aux toilettes. « Il ne fait pas encore nuit. L'Allemand qui manie votre Lee-Enfield en bas a montré un certain talent. Est-ce qu'il ne va pas nous descendre un par un quand nous arriverons au champ de neige sur l'arête nord et serons visibles du glacier ? »

Le Diacre regarda le sommet et les arêtes de l'Everest bloquant le couchant – la Bande jaune, les hauts blocs rocheux et l'arête nord étincelaient, tandis que le reste de la montagne et tout le col nord étaient plongés dans l'ombre.

« Il fera presque nuit quand nous atteindrons les pentes neigeuses de l'arête nord. Nous ne serons pas encordés. Comme nous en avons discuté ce matin, nous avancerons de manière erratique, à des allures différentes et en zigzag, jusqu'aux cordes fixes, et sans lumière, même pas nos lampes frontales.

— Et quand nous serons sur les cordes fixes ? insistai-je. À ce moment-là, on sera bien obligés d'allumer les lampes – il fera trop noir pour grimper et assurer nos prises de pied sans lumière. On ne sera plus à portée du tireur sur le glacier ?

— Si, à l'extrême limite, dit le Diacre. Mais nous n'utiliserons pas nos lampes frontales, même dans les passages abrupts où nous attendent les cordes fixes, Jake. Nous nous servirons de la lumière des étoiles, de notre mémoire corporelle et des jumars de Jean-Claude.

— Formidable, maugréai-je.

— Ce sera formidable, *mon ami**, acquiesça J.-C. Si on excepte votre toux incessante, nous avons tous l'air d'aller bien. Nous nous sommes acclimatés – du moins pour cette partie de l'escalade. Et gravir l'Everest à la lumière des étoiles est sûrement l'apogée d'une vie d'alpiniste.

— Tant que ça n'en est pas le terme, ironisai-je entre deux quintes de toux.

— Je vais vous redonner un peu de sirop antitussif, dit le docteur Pasang. Mais pas trop. Il ne faudrait pas que la codéine vous rende somnolent et distrait. Par chance, j'ai aussi une pilule qui vous aidera à rester éveillé.

— Nous en aurons peut-être tous besoin avant la fin de la nuit, renchérit le Diacre.

— Nous montons donc jusqu'au camp V dans le noir ? demandai-je, sentant le poids de la fatigue après une journée à tousser entre deux poussées d'adrénaline.

— Non, mon cher Jake, dit Reggie, prenant ma main gantée entre les siennes. Rappelez-vous, nous nous arrêterons au camp V pour nous reposer un moment et démonter la grande tente, mais nous grimperons jusqu'au *camp VI* avant l'aube. »

Le plan me revenait à présent. *Bordel de merde*, manquai-je dire. Mais parce que nous étions en présence d'une dame et que j'étais un ancien élève de Harvard et un gentleman – et surtout parce que nous étions en 1925 –, je le gardai pour moi.

Nous soutenant les uns les autres, gardant la tête baissée, nous partîmes d'un pas traînant vers le camp IV où nous attendaient nos charges et une escalade absolument sans précédent.

12.

À l'exception peut-être de mon ascension nocturne, en solo, du volcan Erebus dans l'Antarctique, dans les années 1930, aucune escalade ne me parut aussi belle et agréable que celle de cette nuit de mai de 1925, sur l'arête nord de l'Everest entre le camp IV, à 7 000 mètres d'altitude, et le camp VI, à 8 200 mètres. Elle présentait sans doute le plus parfait mélange entre le plaisir physique de l'exercice à la lumière des étoiles, dans un cadre d'une stupéfiante beauté, et le plaisir intellectuel de le faire avec des amis qui m'étaient chers.

Plus tard, bien sûr, je me demandai si ma profonde sensation de bien-être n'était pas liée au cocktail de codéine et de Benzedrine que le docteur Pasang m'avait fait avaler. J'avais vaguement conscience d'avoir encore la gorge irritée, comme si j'avais avalé un objet en acier pointu, mais puisque ma toux s'était calmée au point que je pouvais facilement utiliser un masque à oxygène, cette sensation bizarre n'était plus si dérangeante.

Nous grimpâmes sans être encordés et nous dispersâmes sur cette première portion de l'arête constituée de roche couverte de neige juste au-dessus du col nord, puis nous nous remîmes en ligne – mais sans allumer nos lampes, ni les torches –, et utilisâmes nos jumars pour nous cramponner aux nombreuses cordes fixes que nous avions installées sur toutes les parties abruptes faites de dalles inclinées.

Au lieu de nous relayer à la tête du convoi, comme nous l'aurions fait si nous taillions une voie dans la neige épaisse, nous fermions la marche à tour de rôle, puisque le dernier assumait la tâche fatigante de détacher chaque longueur de corde de son piquet, de l'enrouler et de la porter sur son épaule jusqu'à la longueur suivante.

« Ah…, dit Jean-Claude, au cours d'une de nos pauses pour changer de place. Je comprends… la nécessité d'empêcher… les *boches**… d'utiliser nos cordes fixes… quand ils se lanceront à notre poursuite. Mais… est-ce que ça ne compliquera pas… notre descente ?

— Nous en discuterons lorsque nous nous reposerons cinq minutes au camp V », dit le Diacre. D'après ce que j'avais pu voir, il n'avait pas encore utilisé son masque à oxygène depuis le début de l'escalade. Nous portions tant de bonbonnes que je ne comprenais pas pourquoi il semblait vouloir les économiser.

Nous repartîmes. Aucun de nous ne prenait d'air anglais, même si nous avions des appareils supplémentaires dissimulés aux camps V et VI. C'était comme si, selon quelque accord tacite, nous le réservions pour… quelque chose.

Par deux fois nous entendîmes l'écho lointain d'un coup de feu en provenance de la vallée, mais il n'y eut pas de ricochet sur les rochers autour de nous et je ne perçus pas non plus ce bruit nouveau et inquiétant d'abeilles cuirassées passant en bourdonnant à côté de moi. Même grâce à la lunette télescopique que le Diacre avait obligeamment fixée sur son Lee-Enfield pour que les Allemands pussent s'en servir contre nous, il était quasiment impossible (dixit notre leader) de distinguer des formes humaines vêtues de gris – nous avions remis nos vestes Shackleton au-dessus de nos parkas et enfilé nos pantalons coupe-vent par-dessus ceux en duvet – sur du rocher et de la neige sale, la nuit, à plus d'un kilomètre de distance. Nous avions moins de chance de recevoir une balle, nous avait-il assuré, que d'être frappé par la foudre, renversé par un camion, emporté par une chute de pierres ou une avalanche. (Ces deux dernières hypothèses constituant des menaces bien réelles, je me serais probablement inquiété un peu plus si je n'avais pas été dans un état de quasi-béatitude pharmaceutique.)

Nous nous arrêtâmes au camp V pour les cinq minutes de repos et la bonne dose d'oxygène promises, mais passâmes ensuite un quart d'heure à démonter la grande tente de Reggie et répartir les piquets, la toile, la bâche anti-pluie et la toile de sol dans nos différents sacs à dos. Il y avait plus d'appareils à oxygène que nous pouvions en transporter, si bien que nous perdîmes encore plus de temps à les traîner laborieusement cent cinquante mètres plus loin dans le champ d'éboulis de la face nord, pour les cacher derrière un gros bloc de roche triangulaire. Sa forme distinctive serait notre seul repère si nous devions retrouver cet air anglais lors de notre descente – au cas où nous redescendrions vivants –, vu que nous ne pouvions prendre le risque de marquer cette cachette avec des bambous ou des drapeaux.

Nous dissimulâmes au même endroit la plus grande partie de la corde que nous avions trouvée dans ce camp V. Chacun de nous portait environ quarante-cinq mètres de corde miracle sur les épaules ou dans son sac à dos, en espérant que ce serait suffisant lorsque nous rencontrerions des passages vraiment difficiles.

De retour sur l'arête nord, nous étions tous pantelants après ces efforts quand enfin je posai la question qui me trottait dans la tête depuis un moment. « Comment fera-t-on pour redescendre sans les cordes fixes ? Ou est-ce qu'on les récupérera dans les caches, avant de les réinstaller ? On sera sans doute *très* fatigués.

— C'est une possibilité », dit le Diacre entre deux bouffées d'oxygène. Enfin, il prenait de l'air anglais, comme nous autres, à l'exception de Pasang. « *Si* les Allemands abandonnent – ou si nous réussissons à tous les éliminer – et *si* nous redescendons par cette voie.

— Quelle autre voie y aurait-il ? demanda J.-C. L'arête nord-est vers le Lhakpa La est impossible, Richard. C'est une arête en lame de couteau, émaillée de corniches, de pinacles et de précipices. De l'autre côté de l'arête nord, c'est un mur vertical de 3 000 mètres jusqu'au glacier de Kangshung. Alors, à part la chute, vous pensiez à quelle autre voie ? »

Le Diacre s'appuyait sur son piolet, son énorme charge montant plus haut que sa tête. Il adressa à J.-C. un sourire de loup. « J'envisageais une traversée », dit-il. L'absence de vent lors de cette incroyable nuit nous permettait de parler normalement.

« Une traversée », répéta J.-C. Il regarda la face, le sommet puis de nouveau la face où le Grand Couloir étincelait sous les étoiles. « Pas par le Grand Couloir, n'est-ce pas ? Il se transforme en à-pic à une centaine de mètres en dessous d'ici, mais les avalanches nous emporteraient bien avant ça. Aucune traversée sur la face nord ne pourra nous amener en bas, Richard.

— Exact, dit le Diacre. Mais que pensez-vous d'une traversée du sommet nord au sommet sud, avant de descendre au col sud, et jusqu'à ce que Mallory nommait le “cirque occidental” ? »

Sa suggestion fut ponctuée par un instant de silence, mais je vis les dents de Reggie briller à la lueur des étoiles. Entre le Diacre et lady Katherine Christina Regina Bromley-Montfort, on avait soudain l'impression d'être entraînés en haut de la plus haute montagne du monde par deux loups affamés.

« C'est... de la folie, dis-je enfin. Nous n'avons aucune idée de ce à quoi ressemble l'arête entre les sommets nord et sud... ou même, d'ailleurs, entre le premier ressaut et le sommet nord de ce côté. Même si nous réussissons, je ne sais comment, à atteindre le plus haut sommet de l'Everest et à traverser jusqu'au sommet sud – et je doute que ce soit possible –, la descente du sommet au col sud est probablement doublement impossible. Personne n'a jamais vu cette portion d'arête, encore moins tenté de l'escalader ou d'en descendre.

— C'est vrai, mes amis, lâcha Jean-Claude d'un ton grave.

— Nous en reparlerons lorsque nous serons au camp VI, proposa le Diacre.

— Je vois des petites lumières là où se trouvait notre camp III, dit Reggie.

— Les *boches** vont commencer à tailler des marches dans le mur montant au col nord durant la nuit et ils escaladeront à l'aube », prédit J.-C.

J'aurais voulu continuer cette conversation à propos de la traversée impossible des deux sommets de l'Everest, mais le temps manquait. Nous endossâmes nos sacs à dos, laissâmes la tente Meade effondrée et l'autre, en lambeaux, là où elles gisaient dans la neige, et recommençâmes à monter pesamment la pente abrupte. Heureusement pour nous tous, il y avait de nouvelles cordes fixes à environ soixante mètres au-dessus du camp V. Le Diacre se plaça en queue de cortège pour enlever et enrouler les cordes à mesure que nous grimpions, se chargeant de la tâche pénible, tandis que nous autres serrions les jumars pour nous aider à monter, nous arrêtant tous les quatre pas pour aspirer de l'air.

Nous avions tous adopté la « technique Mallory » que nous avait enseignée le Diacre : prendre l'inspiration la plus profonde possible – tout en sachant qu'elle n'était pas suffisante compte tenu de la faible pression à cette altitude supérieure à 8 000 mètres –, l'utiliser pour parcourir quatre pas puis s'arrêter pour souffler et recommencer.

Et c'est ainsi que nous continuâmes à grimper tous les cinq en direction de l'aube.

13.

L'unique tente Meade deux places que Reggie avait dressée en guise de camp VI demeura invisible pendant l'ascension ; elle se trouvait beaucoup plus loin sur la face nord que dans mon souvenir, mais Reggie nous y conduisit tout droit. Nous y avions laissé quelques bouteilles d'oxygène, deux sacs de couchage et une petite réserve de nourriture, avant de nous séparer pour entamer la recherche des corps sur la face nord ce lundi qui semblait déjà si loin. Nous apportions maintenant de l'eau, du thé, du café et d'autres liquides tièdes après avoir fait fondre de la neige au camp V avant de quitter le col nord.

« Ça m'a l'air très confortable », dit le Diacre en contemplant la tente minuscule plantée à un angle de 40 degrés sur un bloc rocheux et coincée entre deux autres. La plus grande partie de cette section d'escalade sur l'arête nord, à peu de distance sous la Bande jaune, s'était faite à travers des goulottes et des dédales de gros rochers. Mais quatre jours plus tôt – une éternité –, Reggie avait décidé d'installer notre camp VI à plus d'une centaine de mètres de la ligne de crête. Il n'y avait pas non plus de zones plates sur l'arête, quand bien même les vents violents auraient permis de l'envisager.

La lumière indirecte d'avant l'aube éclairait lentement le ciel derrière l'arête nord-est – qui n'était plus très loin au-dessus de nous – et le soleil ne tarderait pas à frapper le sommet de l'Everest à environ un kilomètre et demi à l'ouest et quelque six cents mètres au-dessus de nous.

Nous posâmes nos sacs à dos pour la première fois depuis le départ du camp V et nous laissâmes tomber dessus, en prenant garde à ne pas dégringoler sur les dalles en pente de la face. Nous étions tous très fatigués, et je sentais se dissiper l'effet de la codéine et de la Benzedrine. La toux était revenue de plus belle.

Seul J.-C. portait ses jumelles au-dessus de ses nombreuses couches de vêtement, et il me les passa pour que je surveille à mon tour les hommes qui voulaient nous tuer. J'examinai le col nord et l'arête nord et jusqu'au léger éclat de notre tente verte écroulée au camp V, mais ne vit aucune forme bouger.

« Ils ont peut-être abandonné et sont rentrés chez eux », dis-je entre deux accès de toux à me tordre les tripes.

Reggie secoua la tête et pointa le doigt, le bras presque tendu vers le bas. « Ils sont en train de quitter le camp IV, Jake. Je vois cinq hommes.

— Moi aussi, confirma le Diacre. L'un d'eux semble porter un sac et mon fusil à l'épaule. Il y a une chance que ce soit Sigl, à moins qu'il n'ait amené un tireur plus expérimenté avec lui… ce qui est une possibilité bien réelle.

— *Merde**, murmura J.-C.

— Je suis parfaitement d'accord », dis-je. Je m'aperçus que le Diacre n'orientait plus ses jumelles vers le bas, mais examinait quelque chose par-delà le sommet nord – le plus haut et l'authentique sommet de l'Everest. « Vous cherchez cette traversée mythique ? demandai-je, regrettant aussitôt mon ton sarcastique.

— Oui. Ken Owings m'a dit qu'il y avait un très méchant ressaut sur la ligne de crête entre les deux sommets – il le voit d'aussi loin que Thyangboche dans la vallée de Khumbu, où il vit. Un sacré obstacle, comme le deuxième ressaut un peu plus haut sur l'arête nord-est, de ce côté-ci, qu'on dit infranchissable. D'après Ken, ce ressaut entre les deux sommets mesure environ quinze mètres.

— Ce qui serait impossible à gravir à cette altitude, fit remarquer J.-C.

— Peut-être. Mais nous n'aurons pas à le gravir. Si nous réussissons à atteindre ce premier sommet, nous entamerons la descente. Il nous suffira de franchir ce foutu ressaut en rappel puis de continuer par le côté sud. »

Personne ne dit rien, mais je soupçonnais les autres de penser la même chose que moi : je n'avais absolument pas l'énergie de parcourir un kilomètre et demi sur l'arête nord-est et d'escalader deux grands ressauts – dont le deuxième, jugé « infranchissable », au-dessus de nous et à droite –, encore moins de gravir la pyramide sommitale et le sommet lui-même. C'était inenvisageable.

« Devrons-nous bientôt craindre que Sigl, ou celui qui détient votre carabine, nous tire dessus ? demandai-je, ne serait-ce que pour changer de sujet.

— Je crois qu'ils feront très attention au lieu et au moment où ils feront feu.

— C'est très rassurant. Et pourquoi ces précautions ?

— Parce qu'ils cherchent la même chose que nous, répondit le Diacre.

— Échapper à des nazis fous ? »

Le Diacre secoua la tête. « Ce que détenaient Percy et Meyer. L'année dernière, Bruno Sigl a commis l'erreur de tirer sur Percival, ou Meyer, ou les deux – je suis désolé, Reggie, mais je crois que c'est ce qui s'est passé –, et les corps ont été emportés dans une avalanche ou sont tombés dans un endroit inaccessible.

— Je suis d'accord, dit Reggie. C'est conforme à ce que Kami Chiring a vu l'année dernière du camp III, avec les jumelles des Allemands. Il a cru distinguer trois silhouettes sur l'arête nord-est... puis, soudain, il n'y en a plus eu qu'une seule. Et il a entendu ce qui pouvait être l'écho de coups de feu.

— C'est donc là que nous chercherons, dit le Diacre. Le long de l'arête. L'arête nord-est – où peu de gens se sont aventurés, à part Mallory et Irvine.

— Ainsi que Sigl, Percival et le jeune Meyer, si votre théorie est juste, *mon ami**, dit J.-C.

— Exact. Je ne pense pas que Sigl commettra deux fois la même erreur. S'ils nous avaient tiré dessus sur l'arête nord ou durant la traversée jusqu'au camp VI, nos corps auraient pu facilement tomber par une des goulottes vers le glacier du Rongbuk, ou dévaler toute la face nord jusqu'au glacier du Rongbuk est à mille huit cents mètres en dessous. Les chances de retrouver ce qu'ils cherchent après une chute pareille, même s'il s'agit d'un document, seraient infimes.

— Quelle idée encourageante, dit J.-C.

— Ils hésiteront à tirer, à moins d'être sûrs que nous ne tomberons pas bien loin, poursuivit le Diacre, ignorant l'interruption. Je suggère donc qu'on garde notre avance sur ces salauds. »

Reggie frotta son front pâle. Je me demandai si sa migraine était aussi douloureuse que la mienne. Au moins, elle ne toussait pas.

« Que voulez-vous dire, Richard ? demanda-t-elle. Nous sommes déjà venus assez loin. Nous sommes très fatigués.

— Je propose qu'on continue de grimper jusqu'à la nuit », dit le Diacre, se tournant vers la Bande jaune et l'arête nord-est au-dessus de nous. Le vent soulevait un panache de neige sur l'arête, ainsi que sur les deux ressauts et la pyramide sommitale, qui paraissaient proches bien qu'ils soient terriblement inaccessibles. Nous avions à présent de la neige sous les pieds – ou sous les crampons, devrais-je dire. Nous pénétrions dans un monde différent. Un monde qui ne tolérait presque aucune forme de vie.

« Nous escaladerons ou contournerons ce premier ressaut – on pourrait même l'éviter en tentant une traversée de cette étroite ligne de crête en haut de la Bande jaune – puis remonterons vers l'arête et attaquerons ce fichu deuxième ressaut, poursuivit le Diacre. Nous resterons juste en dessous de la ligne de ce côté, de manière à ce que le tireur en bas ne nous voie pas en ombres chinoises, puis nous planterons la grande tente de Reggie dans le premier camp VII franco-américano-britannique sous la pyramide sommitale.

— Et ça nous avancera à quoi, Richard ? demanda J.-C. N'est-ce pas repousser l'inévitable ? Inutile de vous rappeler que les *boches** sont armés, et que nous avons… des pistolets de détresse.

— D'abord, dit Reggie, parlant pour le Diacre qui était à bout de souffle, monter sur l'arête nord-est est la meilleure façon de chercher mon cousin et la chose que Kurt Meyer a mis des mois à sortir d'Europe. C'est important. C'est la vraie raison de notre présence ici.

— Mais les chances de la retrouver…, commençai-je.

— Vous avez retrouvé George Mallory », dit Reggie.

Je soupirai. « Dans cet immense espace ouvert en bas. Et je suis presque littéralement tombé dessus. Ça fait dix minutes que je regarde par mes jumelles, et je ne vois même pas son corps d'ici. Alors que je sais où il est. »

Je m'en voulais encore de ne pas avoir pris le temps d'enterrer Mallory.

« Eh bien, il y a toujours une chance pour qu'on tombe sur Herr Meyer ou mon cousin. Au moins, si nous montons jusqu'à l'arête nord, nous serons à l'endroit où Kami Chiring l'a vu pour la dernière fois. Mais camper au-dessus du deuxième ressaut, Richard… si les vents se lèvent, je ne suis pas sûre que ma tente ronde puisse y résister. Et il fera *très* froid là-haut, si près de 8 800 mètres.

— Vous oubliez tous quelque chose, croassai-je entre deux quintes de toux.

— Quoi donc, Jake ? demanda le Diacre.

— Norton et vous avez comparé le deuxième ressaut à la proue d'un cuirassé, parvins-je à dire avant de me remettre à tousser. Trente mètres de roche quasi verticale. Aucun homme vivant – pas même Mallory – ne serait capable de l'escalader. Pas à cette altitude impie. Et la face nord sous ce deuxième ressaut paraît trop raide pour tenter une traversée.

— Vous vous trompez, Jake, dit le Diacre. Il y a un homme vivant capable d'effectuer cette escalade libre du deuxième ressaut. »

Dans ma tête, je tentai de passer en revue tous les grands rochassiers européens et américains, mais aucun nom ne me vint.

« *Vous, Jake,* reprit le Diacre. Vous, mon ami. Allons-y. »

Il passa une fois encore les lanières de son lourd sac à dos sur ses épaules. Cette fois, il plaça son masque à oxygène sur son visage. Nous fîmes tous de même. Le Diacre avait mis les deux bouteilles pleines que nous avions cachées au camp VI dans son sac à dos déjà surchargé. Puis il ouvrit la marche sur la face parsemée de blocs de roche, en direction des goulottes très pentues qui nous mèneraient à la Bande jaune puis à d'autres goulottes et labyrinthes de rochers, avant de pouvoir atteindre l'arête nord-est battue par les vents.

14.

Cette escalade de la face nord par la Bande jaune pour rejoindre l'arête nord-est fut la plus technique et la plus exigeante que nous ayons effectuée jusqu'ici sur l'Everest. Malgré la plus forte pente, le terrain plus difficile et le risque encore plus terrifiant d'une chute dans un précipice de 2 500 mètres, nous ne nous étions toujours pas encordés. Il y avait de nombreuses voies possibles dans ce labyrinthe de surplombs de roches et de masses de neige, dont la plupart consistaient à remonter des goulottes se terminant en cul-de-sac. Le Diacre avait choisi celle qui, d'après lui, aurait la meilleure chance de déboucher non loin de ce gros affleurement nommé le premier ressaut. Je suppose que nous ne nous étions pas encordés à la fois par habitude après des heures de grimpe en parallèle, et parce que nous étions concentrés sur l'ascension de cette goulotte pentue : nous enfoncions la pointe de nos crampons, plantions notre piolet devant nous, nous appuyons dessus le temps de reprendre notre souffle (nous n'inhalions de l'oxygène que par intermittence, ce qui ajoutait à notre engourdissement mental), puis montions laborieusement d'un pas ou deux. Tous ces coups de crampons dans la paroi libéraient des morceaux de neige – susceptibles en théorie de provoquer des avalanches –, si bien qu'on ne voulait pas grimper les uns derrière les autres. Nous étions dispersés sans que personne soit en tête, sans ordre de passage préétabli, et sans possibilité de se raccrocher à un autre en cas de glissade. Mais chaque fois que je regardai, je vis que le Diacre était le plus haut, celui qui faisait la piste ; Jean-Claude suivait, puis moi, Pasang et enfin lady Bromley-Montfort, à environ quatre mètres plus bas que notre ami sherpa.

Reggie chuta quand nous fûmes presque aux deux tiers de la partie la plus raide de la goulotte de neige.

Appuyé sur mon piolet, j'étais en train de regarder en bas et je la vis tomber. Sa botte droite se posa sur de la pierre qui aurait dû être la partie émergée d'un solide rocher sous la neige – nous en avions utilisé beaucoup comme prises de pied dans cette goulotte –, mais ne l'était pas. Le caillou roula sous son pied, Reggie tomba sur le côté avec un « whouf » quand l'air quitta ses poumons, et commença aussitôt à glisser.

À sa décharge, elle s'était agrippée à son piolet durant la chute, avait roulé sur le ventre et planté la panne de l'outil pour procéder à un arrêt d'urgence, le tout accompli avec la grâce et l'assurance d'une alpiniste accomplie.

Mais les fichus crampons douze pointes – qui nous avaient été tellement utiles pour l'ascension ces derniers jours – s'enfoncèrent dans la neige pendant la glissade : brusquement, elle se retrouva sur le dos tandis que son piolet volait dans les airs.

À présent, elle dévalait la goulotte la tête la première vers les précipices et les rochers acérés en bas. Pasang fit volte-face et se mit à descendre la pente à grands pas, bien qu'il n'eût aucune chance d'arrêter la chute de notre amie. Elle avait parcouru la moitié de la goulotte et continuait de prendre de la vitesse vers un à-pic de trente mètres se terminant au sommet du vaste bassin de drainage en bas duquel j'avais retrouvé le corps de Mallory. Mieux valait ne pas imaginer ce qui arrivait à un corps au-delà de ce point.

C'est alors que lady Katherine Christina Regina Bromley-Montfort fit une chose extraordinaire.

Au lieu de tenter vainement de se raccrocher à la neige avec ses mains gantées, comme la plupart d'entre nous l'auraient fait, elle leva les bras pour attraper les deux petits piolets marteaux, attachés avec des sangles au-dessus des poches latérales de son sac à dos.

Juste avant d'être projetée sur la partie la plus verticale de la face nord, Reggie réussit à passer les dragonnes à ses poignets et à utiliser la tête d'un des marteaux pour se retourner et se retrouver la tête en haut. Puis elle leva les bras pour planter les deux lames dans la neige. Grâce à trois frappes en succession rapide, elle parvint à ralentir sa glissade.

Deux impacts supplémentaires, et la force de tout le haut de son torse pour enfoncer les lames si profond dans la neige qu'on ne voyait plus ses moufles, et elle s'arrêta à quelques mètres de l'à-pic.

Le Diacre et Pasang continuèrent de descendre la goulotte en bonds périlleux, perdant en quelques minutes les innombrables mètres que nous avions mis une heure pénible à gravir. Ils arrivèrent auprès de Reggie – toujours à plat ventre, bras et jambes écartés dans la neige, crampons levés – presque en même temps. J.-C. et moi nous tournâmes dans l'intention de les rejoindre, mais le Diacre nous cria de rester où nous étions.

Une minute plus tard, Reggie était assise – la botte à crampons de Pasang lui servant de repose-pied pour éviter de glisser – et buvait du thé dans le gobelet de la Thermos que le Diacre venait de sortir.

En l'absence de vent, J.-C. et moi entendîmes parfaitement la voix de Reggie trente mètres plus bas. « Idiote, idiote, quelle idiote », ne cessait-elle de marmonner.

Pasang l'examinait – glissant les mains sous les couches de vêtements pour ausculter ses bras, ses jambes et sa poitrine, d'une manière qui me fit regretter de ne pas être médecin –, et il nous cria qu'en dehors de quelques bleus et contusions, lady Bromley-Montfort semblait aller bien.

« Et les chevilles ? » demanda le Diacre d'un ton inquiet. À cause des crampons, ce genre de chute en glissade causait souvent des entorses ou des fractures, comme nous l'avions clairement vu sur le cadavre de George Mallory – et il ne portait même pas de crampons. Sa fracture ouverte du tibia avait été causée par ses lourdes bottes.

Aidée des deux hommes, Reggie se releva et chancela un peu, avant que la main puissante de Pasang ne la stabilise. « Elles sont endolories, dit-elle, mais pas foulées. Rien de cassé. »

Pasang s'agenouilla alors devant elle et, l'espace d'un instant, je crus qu'il priait ; puis je m'aperçus qu'il lui rattachait ses crampons.

« Tenez, votre piolet », dit le Diacre en le lui tendant.

Reggie le prit et le regarda. « Ce n'est pas le mien.

— Je l'ai pourtant trouvé là où il a rebondi, à environ six mètres du bas de cette goulotte, là, sur votre droite. »

Reggie pointa le doigt. « Mon vieux piolet est là-bas, à moitié enseveli au milieu de la pente. Je me sens idiote de l'avoir lâché. Ça, c'est un Schenk tout neuf.

— Vous ne l'avez pas lâché, dit le docteur Pasang. Il vous a été arraché des mains. Et si vous aviez enfilé la dragonne, le moment de torsion vous aurait très certainement cassé le poignet.

— Oui, dit Reggie d'une voix distraite. Mais à qui est ce piolet ? Il a l'air neuf, le bois du manche est plus foncé que le mien et il a trois encoches aux deux tiers.

— Trois encoches ? » répéta le Diacre d'une voix étrange. Il lui prit le piolet des mains et l'examina attentivement. Puis il sortit les jumelles de son sac et se mit à scruter la goulotte plus étroite à droite de celle où J.-C. et moi nous tenions toujours. À chaque minute d'immobilité, je ressentais plus intensément le froid, surtout dans les pieds.

« Il y a quelque chose là-haut, dit Pasang, tendant le doigt.

— Oui, acquiesça le Diacre. Un homme. Ou un corps. »

Les deux hommes aidant Reggie à faire ses dix premiers pas, tous trois commencèrent à grimper résolument – non pas vers la goulotte que nous avions presque fini d'escalader et où J.-C. et moi nous tenions toujours, mais vers l'autre, plus étroite et plus raide, à droite. Quelque chose ou quelqu'un nous y attendait.

15.

J'arrivai le premier à l'homme du couloir voisin, parce que je trichai un peu ; au lieu de redescendre la goulotte et de remonter dans celle d'à côté, comme le fit sagement Jean-Claude, je gaspillai mon énergie déclinante à escalader le bloc rocheux de trois mètres séparant les deux, puis sautai dans la neige, battant frénétiquement des bras puis plantant mon piolet pour ne pas glisser. Mon effort idiot et risqué me permit au moins d'arriver devant le cadavre quelques minutes avant les autres.

Car il s'agissait bien d'un cadavre, comme je le vis immédiatement. Un cadavre des plus étranges.

L'homme, grand et musclé, semblait avoir basculé de la roche plate, quelques mètres au-dessus, sur laquelle il devait être assis.

C'était un alpiniste anglais, il n'y avait aucun doute là-dessus. Comme Mallory, il n'avait pas de bouteilles d'oxygène sur le dos – uniquement un anorak déchiré par le vent par-dessus une veste Norfolk et plusieurs épaisseurs visibles de pulls de laine. Les vestiges d'un casque en cuir, de motard ou d'aviateur, étaient bizarrement remontés sur le côté droit de sa tête, ainsi que les lambeaux d'une grande capuche de laine. Il ne portait pas de lunettes, et son visage était offert aux éléments.

Ce qui rendait sa posture bizarre, c'est qu'il était figé en position assise, les mains serrées l'une contre l'autre, comme s'il avait été en prière ou en train d'essayer de se réchauffer. Ces mains étaient pressées entre les genoux, tellement collés l'un à l'autre qu'ils paraissaient former une unique masse gelée.

M'armant de courage, je m'accroupis pour regarder son visage de plus près.

Ç'avait été un beau visage, et sans doute très jeune, bien qu'une année passée à la merci des vents et du soleil à cette altitude l'ait altéré d'étrange façon. Je distinguai les marques profondes laissées par un masque à oxygène près de l'arête du nez et de chaque côté de la bouche bien dessinée. Cette bouche offrait un spectacle dérangeant, puisqu'elle était ouverte comme sur un dernier cri, ou à cause d'une crispation des tendons à l'instant de la mort. Ses lèvres ridées découvraient ses dents blanches et des gencives brunes.

Il avait les paupières fermées – les yeux eux-mêmes paraissaient creusés, comme si les globes oculaires manquaient –, et de la neige et du givre s'étaient déposés dans les fosses occipitales. Le côté droit de ce jeune visage autrefois si beau semblait presque intact, s'il n'y avait eu d'étranges lambeaux de peau translucides pendant sur ses joues, son front et son menton. Ce que je pris d'abord pour une blessure causée par la chute, une déchirure dans la peau du côté gauche, était en réalité la cavité creusée par les goraks dans la chair gelée, pour atteindre les tissus plus mous en dessous. De sorte que la pommette du pauvre homme était exposée, ainsi que toutes les dents du côté gauche et du tissu musculaire brunâtres. C'était comme si ce côté du visage du cadavre me souriait largement, et j'avoue que l'effet me troubla beaucoup.

La moitié du front et du cuir chevelu était dégagée, et je vis qu'il avait les cheveux courts et si blonds qu'ils paraissaient presque blancs à travers mes lunettes Crooke. Les retirant un instant pour mieux voir, je m'aperçus que les cheveux, encore peignés en arrière, étaient vraiment blancs – sans doute décolorés par un an d'exposition aux rayons ultraviolets à cette altitude. Il y avait des poils blancs sur sa joue droite intacte, mais sa barbe était encore blonde le long de la mâchoire du côté abîmé du visage.

Je cherchai des yeux un sac à dos ou autre, mais le cadavre ne portait qu'un étui de masque à gaz en toile autour du cou, comme George Mallory. Refoulant un soudain accès de nausée, je raccrochai mon masque à oxygène à mon casque de cuir, tournai le régulateur sur le débit minimal et inhalai un peu d'air anglais pour relancer mes neurones.

Je m'écartai du corps au moment même où mes quatre compagnons parcouraient les derniers mètres de la goulotte pour me rejoindre. Il y eut un moment de silence partagé, plus pour permettre à nos poumons de faire un plein d'oxygène que par respect pour le défunt à nos pieds. Ça viendrait plus tard… Pour l'heure, je m'abreuvais de l'air riche de ma bouteille pressurisée et clignais des paupières pour chasser les points noirs qui dansaient dans mon champ de vision rétréci. Cette escalade libre de l'arête de roche, à plus de 8 500 mètres, n'était pas la chose la plus intelligente que j'avais faite au cours de cette interminable semaine.

Je baissai mon masque. « Est-ce votre cousin Percival, Reggie ? »

Elle me jeta un regard, semblant se demander si j'étais sérieux ou non. Puis elle vit que je l'étais et secoua la tête. À cause de sa roulade sur la pente, quelques mèches de ses exquis cheveux bleu-noir s'étaient échappées de son bonnet d'aviateur en cuir doublé de fourrure. Elle venait de remonter ses lunettes pour mieux examiner le corps, et ses yeux ultramarins étaient plus ravissants que jamais.

« Cet homme avait à peine plus de vingt ans quand il est mort, dit-elle. Mon cousin Percival a eu trente-quatre ans l'année dernière. En plus, Percy est – était – brun, il avait les cheveux plus longs que ça et une fine moustache à la manière de Douglas Fairbanks.

— Qui est-ce, alors ?

— Messieurs, reprit Reggie d'une voix triste, vous contemplez la dépouille mortelle d'Andrew Comyn, dit "Sandy", Irvine. »

Jean-Claude se signa. C'était la première fois que je le voyais faire ce geste.

Je baissai mon masque suffisamment longtemps pour dire : « Je ne comprends pas. J'ai retrouvé Mallory deux cents ou deux cent cinquante mètres plus bas… mais Irvine aussi a une corde autour de lui. Et coupée assez près du corps… » Je m'interrompis.

Le Diacre regarda autour de lui. « Vous avez raison, Jake. » Il ne soufflait encore qu'une infime brise ici, à plus de 8 500 mètres. « Mallory n'est pas tombé de cette hauteur, sans quoi son corps aurait été beaucoup plus abîmé après avoir dégringolé la Bande jaune et roulé sur ces arêtes et tous ces rochers.

— Ils descendaient donc séparément ? » demanda J.-C. On devinait le guide de Chamonix dans son ton désapprobateur.

« Je ne crois pas, dit le Diacre. Je pense que l'accident – la chute – s'est produit beaucoup plus bas, sous la Bande jaune et cette ligne de crête, quelque part dans ces goulottes rocheuses. L'un d'eux est tombé le premier, et, aussi difficile à croire que ce soit, je pense que c'était Mallory.

— Pourquoi ? demandai-je.

— À cause de la blessure sur le genou d'Irvine », répondit Pasang en haletant.

Je ne l'avais pas remarquée. Au-dessus des bandes molletières à la blancheur sale, le tissu déchiré et raidi par du sang séché laissait voir une espèce de bouillie de cartilage.

« Qu'est-ce que ça prouve ? demandai-je avant de remettre mon masque.

— Ça prouve qu'Irvine a fait une petite chute, et Mallory une plus longue, répondit le Diacre. Mais remarquez la corde d'escalade sectionnée à seulement trois mètres du corps d'Irvine – comme pour Mallory –, je suppose qu'elle s'est rompue sur un rocher tranchant, mais pas avant que les deux hommes ne subissent des lésions internes.

— Qui sont responsables de leur mort ? demanda Reggie.

— Non, répondit Pasang. M. Mallory est mort des suites de sa chute et de la température glaciale. Mais à mon avis, il a perdu connaissance dans les premières minutes, voire les premières secondes, en raison de sa terrible blessure à la tête, ou de la douleur causée par sa jambe cassée. M. Irvine, qui devait se trouver en position d'assurage sur un rocher un peu plus bas, a dû perdre l'équilibre et se briser le genou dans sa chute – très, très, douloureux, d'ailleurs ; la fracture du genou compte parmi les blessures les plus difficilement soutenables. Entendant le bruit de la longue chute de M. Mallory et ses cris qui diminuaient, M. Irvine a dû remonter la pente en rampant pour venir ici, où il s'est assis dans le noir, avant de mourir de froid.

— Pourquoi serait-il remonté ? demanda Jean-Claude. Leur camp VI se trouvait à plusieurs centaines de mètres plus bas et à l'est.

— N'oubliez pas qu'aucun des deux n'avait de boussole. M. Mallory conduisait la descente à travers le dédale de rochers sous la Bande jaune lorsqu'il est – peut-être – tombé et a – sûrement – provoqué la chute de M. Irvine et la fracture de sa patella.

— Sa patella ?

— La rotule, précisa Pasang.

— Ça n'explique pas pourquoi Irvine se serait traîné vers le haut de la pente, alors que Mallory l'avait dévalée.

— Peut-être y avait-il une dernière bande de soleil ici, près de l'arête. Sandy devait avoir très, très froid, et il a peut-être voulu profiter de quelques minutes supplémentaires de chaleur et de vie, suggéra Reggie. En tout cas, voici son carnet. »

Elle venait de le sortir de la poche de poitrine de la veste Norfolk d'Irvine. Nous nous regroupâmes autour d'elle. Comme nous le savions déjà, Irvine avait une orthographe épouvantable – sans doute une sévère dyslexie, comme je le compris des années plus tard –, mais là il avait écrit en abréviations avec un crayon mal taillé, si bien que sa lecture s'apparenta à une séance de déchiffrage d'un code allemand.

Je baissai une fois encore mon masque. « Qu'est-ce que ça veut dire – *Jté 1e btle 3 h 48 aps avr kté cp V ss 1er rst, rgé ht dbt 2.2/l tt du lg* ? »

Jean-Claude répondit. Il n'était pas meilleur que nous en déchiffrage, mais expert en ce qui concernait les bouteilles d'oxygène. « Jeté la première bouteille 3 heures et 48 minutes après avoir quitté le camp V sous le premier ressaut, réglé sur le haut débit de 2,2 par litre tout du long.

— C'est cohérent, dit le Diacre à voix étouffée. S'ils ont utilisé le haut débit sans discontinuer du camp V jusqu'ici ce matin-là, ils ont dû vider la première bouteille juste avant le premier ressaut.

— Combien de bouteilles avaient-ils ? » demanda Reggie.

Le Diacre haussa les épaules. « Personne ne le sait exactement. Je dirais cinq à eux deux.

— Mon Dieu, murmura Reggie. Avec cinq bouteilles, et sachant qu'ils sont partis à l'aube, ils auraient pu atteindre le sommet de l'Everest et avoir assez d'oxygène dans la descente jusqu'au deuxième ressaut.

— Que dit-il d'autre ? demanda le Diacre.

— *M. mis fto R. dns 1 bl endt. Ts 2 ts fier. Accdt ps evtble. M. glis. Cde cas. Ml o gnou ms – qu'avt. Vsge blé. Nt. Pl1 étles. Mgnfque. Ts ts fd. Ad Ma. Jva, Pa, H. et Tte T.D. Dsl.* »

Le Diacre réfléchit un instant et tenta de claquer des doigts sous ses grosses moufles. « Mallory a laissé la photo de Ruth dans un bel endroit. Tous deux très fiers. Accident pas évitable. Mallory a glissé. La corde a cassé.

— Et ce passage, là ? » demanda Pasang, désignant « *Ml o gnou ms – qu'avt. Vsge blé + dlreux. Nt. Pl1 étles. Mgnfque. Ts ts fd* ».

« Mal au genou, mais moins qu'avant, traduisit Reggie, qui avait saisi le système de sténo du défunt. Visage… » Elle réfléchit au *blé*.

« Visage brûlé ? suggéra le Diacre.

Reggie hocha la tête et soupira. « Visage brûlé plus douloureux. Nuit. Plein d'étoiles. Magnifique. Très, très froid. »

Comme je ne voulais pas me mettre à pleurer, je me concentrai sur le visage du mort. Il était sans émotion.

« Et là ? demanda J.-C. en montrant la fin. *Ad Ma. Jva, Pa, H. et Tte T.D. Dsl.* »

Le Diacre et Reggie échangèrent un regard, et Reggie traduisit d'une voix tendue mais ferme : « Adieu maman. Je vous aime, papa, Hugh – son frère aîné – et… tante T. D. » Elle marqua une pause. « Tante T. D., j'en suis presque certaine. Prénom Christina. Il en a parlé deux fois lors du dernier dîner à la plantation. Et il finit par… "*désolé*". »

« Il devait faire très noir, quand ils ont tenté de trouver leur chemin pour descendre à travers ces vires et ces goulottes, dit le Diacre, presque comme s'il se parlait à lui-même. Raison pour laquelle ils ne portaient pas leurs lunettes.

— Ce ne sont que des… des hypothèses, dit Jean-Claude.

— Oui, mon ami. Mais Jake a peut-être trouvé la preuve qu'ils ont atteint le sommet.

— Ah bon ? m'étonnai-je.

— La note de Sandy Irvine disant que Mallory a laissé la photo de Ruth, sa femme, dans un bel endroit. Et qu'ils étaient tous deux très fiers. Pour moi, ça ressemble à un aveu de victoire.

— À moins que Mallory n'ait laissé la photo au point le plus haut qu'ils aient atteint, fit remarquer Reggie. Là où ils ont fait demi-tour, par crainte d'être piégés par l'obscurité. La vue de n'importe où, au-dessus du deuxième ressaut, est sûrement très belle.

— Nous ne le saurons jamais », dis-je.

Le Diacre me regarda. « Sauf si nous atteignons le sommet et trouvons la photo de Ruth là-haut. »

Après ça, personne ne parla pendant un instant. Je m'aperçus que nous avions tous les mains jointes, comme si nous priions pour Sandy Irvine. Nous lui offrions ce moment de silence respectueux que j'ai mentionné plus haut.

« Je suis désolé que ces foutus corbeaux se soient attaqués à son visage, dis-je soudain.

— Pas de ce côté-ci », dit Pasang. Il retira ses deux épaisseurs de moufles et montra de son doigt ganté les étranges lambeaux translucides qui pendaient du côté droit du visage de ce pauvre Irvine. « C'est la peau qui a pelé à cause du terrible coup de soleil qu'il a attrapé vivant, dit-il. Ça a dû le faire souffrir atrocement au cours des derniers jours et des dernières heures de sa vie, surtout avec le masque à oxygène qui s'enfonçait dans sa chair brûlée et à vif.

— Irvine ne se serait pas plaint », dit Reggie.

Le Diacre cligna des paupières. « J'avais presque oublié que vous l'aviez rencontré l'année dernière sur votre plantation. »

Reggie hocha la tête. « Il m'a semblé être un jeune homme merveilleux. Il m'a fait bien meilleure impression que George Mallory. » Elle montra le fourre-tout qu'il portait et sa grosse veste Norfolk. « Regardons ce qu'il transportait.

— Si vous voulez bien nous pardonner, monsieur Irvine », dit le Diacre. Là-dessus, il ouvrit le rabat de l'étui de masque à gaz et commença à le vider.

Comme avec Mallory, il y avait des choses personnelles – une boîte en fer-blanc de pastilles contre la toux, des papiers, la même lanière de cuir pour fixer son masque à oxygène –, et aussi un petit appareil photo.

« Je crois que c'est le Kodak Vest Pocket de George Mallory, annonça le Diacre.

— Vous avez raison, confirma Reggie. Il l'a montré à lady Lytton et au frère d'Hermione, Tony Knebworth, lors du dîner que j'ai donné à la plantation la veille de leur départ, au mois de mars l'année dernière.

— Mettons tous nos lunettes, dit le Diacre. La neige est brillante. » Il passa l'appareil photo à la ronde en disant seulement : « Ne le faites pas tomber, s'il vous plaît. »

L'objet, noir, n'était pas plus grand qu'une boîte de sardines. Il aurait facilement tenu dans la poche de poitrine d'un des deux hommes, même si Irvine l'avait rangé dans son fourre-tout. J.-C., plus hardi que moi, le déplia en tirant sur le soufflet attaché à un X en métal articulé. Le mécanisme s'ouvrit sans difficulté, comme s'il n'avait pas subi un été de mousson, un hiver interminable et un rude printemps à plus de 8 000 mètres d'altitude.

Il n'y avait pas de viseur. Pour prendre une photo, on tenait l'appareil déployé à hauteur de la poitrine, en baissant les yeux vers un tout petit prisme, et on appuyait sur un petit levier pour déclencher l'obturateur. En termes de fonctionnement, il n'y avait pas plus simple et plus infaillible que le Kodak Vest Pocket.

Tenant l'appareil devant son torse, J.-C. s'éloigna d'un pas de nous cinq – cinq en comptant le corps d'Irvine. « L'image est à l'envers », dit-il. Puis il ajouta : « Tout le monde dit *cheese.* »

Le Diacre commença à protester, mais J.-C. avait déjà appuyé sur l'obturateur.

« Ça marche, dit-il. On doit féliciter l'entreprise Kodak. Je vais peut-être leur envoyer une recommandation pour leur publicité.

— Comment pouvez-vous plaisanter en un moment pareil ? » demanda Reggie. Elle avait parlé d'une voix douce, mais J.-C. baissa la tête comme un enfant qui vient de se faire gronder. Aucun de nous ne voulait perdre les faveurs de lady Bromley-Montfort.

« S'il y avait quelque chose sur cette image, dit le Diacre d'un ton las, vous l'avez peut-être gâché par surimpression.

— Non, dit J.-C. en remettant ses lunettes. J'ai réarmé avant de prendre notre photo de groupe. C'est fou que le mécanisme n'ait pas gelé. » Il regarda le Diacre en face. « Si c'est l'appareil de Mallory, qu'est-ce qu'il fait dans le sac de M. Irvine ? Ou est-ce que chaque homme en avait un ?

— D'après Norton et John Noel, seul Mallory avait un Kodak Vest Pocket. Irvine est censé avoir emporté deux appareils les deux derniers jours, dont une des caméras miniatures de Noel, mais ils ne sont pas dans ses poches, ni dans son fourre-tout. »

Le Diacre secoua la tête, l'air sinistre – la présence du corps de Sandy Irvine semblait beaucoup l'affecter, bien qu'il n'ait jamais rencontré le jeune homme –, puis son visage s'éclaira et il nous regarda les uns après les autres. « Vous vous souvenez de ce qu'a dit Pasang il y a quelques jours ? Quand vous voulez qu'on vous prenne en photo, que faites-vous ? » Il paraissait tout ragaillardi.

« Le prêter à quelqu'un pour qu'il la prenne », répondit Reggie du tac au tac. (Son cerveau fonctionnait bien plus vite que le mien, pourtant fortifié par l'air anglais.)

« S'ils ont atteint le sommet, intervint J.-C., Mallory a sûrement pris une photo d'Irvine, avant de lui passer l'appareil pour qu'il fasse de même. Ensuite, Irvine l'a peut-être rangé dans son fourre-tout. Ce n'est pas illogique.

— Nous devons garder cet appareil, dit le Diacre.

— Et prendre aussi ces dernières notes d'Irvine, pour les envoyer à sa famille.

— Tout à fait, acquiesça le Diacre. Mais seulement si nous ne retrouvons pas votre cousin Percival, Meyer et leur… je ne sais pas quoi… et ne sommes pas obligés de garder le secret sur cette expédition. Mais prenez le carnet,

Reggie. Si nous survivons à cette aventure et que nous sommes autorisés à en parler après, j'aurai envie – bon sang, tout le monde aura envie – de savoir si Mallory et Irvine ont vaincu le sommet l'année dernière. Tenez, Jake, ajouta-t-il. Gardez l'appareil photo. Je parie que dedans, il y a les négatifs qui répondront à toutes nos questions sur leur ascension.

— Pourquoi moi ? » demandai-je. L'idée de transporter l'appareil de Mallory me troublait, même si j'ignorais pourquoi.

« Parce que vous portez la charge la plus légère, et que je crois que vous survivrez peut-être à cette ascension. »

16.

À la vérité, je n'avais jamais cru que nous atteindrions l'arête nord-est de l'Everest, à 8 800 mètres d'altitude, mais chaque fois que j'avais rêvé cet instant, je nous avais imaginés tous les trois, nous serrant la main solennellement, nous tapant dans le dos fraternellement, ou contemplant seulement le monde de l'un de ses points les plus hauts.

Quand nous arrivâmes sur l'arête, nous étions en fait trop fatigués pour avoir la moindre réaction. La seule vint de Jean-Claude, qui tituba jusqu'à un rocher à proximité, tira sur son masque et vomit. Pasang contempla le sud comme si quelque chose l'attendait là-bas. Quand nous fûmes un peu reposés et que nous eûmes inhalé de l'air anglais, réglé sur le haut débit, le Diacre, Reggie et moi sortîmes nos jumelles pour examiner les pentes en bas, cherchant à repérer les Allemands qui voulaient tant nous rattraper et nous tuer.

« Les voici, dis-je en pointant le doigt. Tous les cinq. Ils grimpent vers les fissures de sortie au-dessus de la Bande jaune, à environ cent mètres au nord-ouest de notre camp VI. Ils auront atteint notre arête d'ici à quarante minutes. Vous les voyez ?

— Oui. »

Le grimpeur de tête – le plus puissant des cinq, à en juger par sa progression et la brièveté de ses arrêts – portait un fusil en travers de la poitrine. « Vous croyez que c'est Bruno Sigl ? demandai-je au Diacre.

— Comment voulez-vous que je le sache, Jake ? répliqua-t-il. Ils ont tous des anoraks blancs de camouflage à capuche, et des foulards ou des masques blancs sous leurs lunettes. Impossible d'identifier Sigl à cette distance.

— Mais vous *pensez* que c'est lui ? insistai-je.

— Oui, répondit le Diacre en baissant ses jumelles qu'il laissa pendre sur sa poitrine. C'est leur leader. Leur meilleur grimpeur. Et le plus déterminé à nous trouver et nous éliminer. Et il grimpe avec une espèce d'agressivité anormale. Oui, je crois que c'est lui.

— Il y a quelque chose que je ne comprends toujours pas, Richard, madame Reggie », dit J.-C. Il avait pris un peu d'eau de sa gourde, se rinça la bouche et cracha dans la neige. « Qu'est-ce que ce Kurt Meyer – ou votre cousin Percy – aurait pu prendre au gouvernement allemand qu'ils veuillent à ce point récupérer ? Après tout, la France et l'Angleterre sont en paix avec l'Allemagne... pour le moment. »

Reggie soupira. « Ce n'était pas sur le gouvernement allemand actuel que Percy avait pour mission de... s'informer, dit-elle. La République de Weimar est faible et irrésolue. C'est sur ce groupe de nationalistes extrémistes que notre... ami commun... à Richard et moi a demandé à Percival de rassembler des renseignements.

— L'Allemagne est remplie de groupuscules d'extrême droite et d'extrême gauche, dit J.-C.

— Oui, mais seuls les nazis, le groupe auquel Bruno Sigl et ses compagnons appartiennent, représentent une grave menace pour la Grande-Bretagne... et la France... pour les années et les décennies à venir. Du moins d'après notre ami qui signe tant de chèques mais préfère l'or.

— J'en ai par-dessus la tête de vous entendre parler en langage codé, tous les deux », dis-je entre deux terribles quintes de toux. J'étais en colère. « Les espions – même de notre côté – sont censés travailler pour des gouvernements, des ministres, des services secrets, pas pour des individus qui aiment l'or. Bon sang, dites-nous de qui vous parlez et comment un seul homme peut envoyer des espions en Allemagne. Nous risquons nos vies ici ! Nous avons tout de même le droit de savoir qui est ce maître espion britannique.

— Dans ce cas précis, il a envoyé des espions en Autriche, corrigea Reggie. Et vous le rencontrerez peut-être un jour, Jake. D'ici là, nous devons décider quoi faire, et vite. Ces sal... – ces Allemands – seront sur l'arête nord-est dans quarante minutes, et nous serons bientôt dans leur ligne de mire. »

On n'entendit plus que le mugissement du vent dans le silence qui suivit. Si le temps avait été calme sur la face et dans les goulottes, le vent soufflait fort ici, sur l'arête nord-est, et projetait sur nous une écume de *spindrift* depuis le sommet, à moins de trois cents mètres au-dessus. Nous devions désormais crier pour nous faire entendre, ce qui était encore plus douloureux pour ma gorge irritée et comme obstruée. Je décidai de me taire et de laisser les autres se débrouiller. En fait, je me fichais complètement de l'identité de ce chef espion britannique. Tout ce que je savais, c'est qu'à cause de lui, Bromley et Meyer s'étaient fait tuer, et que nous allions sans doute y laisser notre peau, nous aussi.

À environ cent mètres sous l'arête, Jean-Claude m'avait tapé sur l'épaule en disant : « Jake, vous avez toujours le piolet de M. Irvine. »

Il avait raison. Nous avions décidé qu'il valait mieux laisser le cadavre où il était, puisqu'une autre expédition britannique passerait certainement par là un an plus tard, deux ans tout au plus. Si nous l'enterrions – et que notre expédition devait rester secrète pour quelque mystérieuse raison –, les autres alpinistes ne le retrouveraient jamais.

Tel était le raisonnement du Diacre. Mais j'avais distraitement emporté le piolet de Sandy Irvine, avec ses trois encoches caractéristiques, alors, quand J.-C. me l'avait fait remarquer, je le posai sur un rocher, sa pointe de métal orientée vers le bas et vers le corps invisible dans la goulotte, où des ascensionnistes pourraient le voir.

Comment aurions-nous pu deviner qu'aucune expédition britannique ne tenterait plus l'Everest avant 1933, et que s'ils allaient retrouver le piolet là où je l'avais posé, ils ne descendraient pas la pente à la recherche d'Irvine lui-même ?

« Nous devons escalader le premier ressaut ou le contourner, disait le Diacre. Mettre cet obstacle entre les Allemands et nous. Qu'en pensez-vous, Jake… vous êtes notre rochassier. On grimpe ou on fait une traversée à la base ? Et si on grimpe, on essaie par les gros blocs rocheux, ou plutôt les rochers du côté gauche de l'arête, plus près de la face du Kangshung ? »

Je me forçai à sortir de ma rêverie et m'approchai de quelques pas du rebord sud de l'arête. Nous nous étions habitués, en gravissant la face nord, à nous exposer à des chutes de plusieurs milliers de mètres, mais du moins avions-nous l'illusion d'une pente graduelle avant que tout devienne vertical. Du côté sud de cette arête nord-est singulièrement étroite, il y avait un précipice de plus de trois mille mètres et, tout en bas, la mâchoire de requin du glacier du Kangshung. Et rien entre les deux à part le hurlement du vent.

« Bon Dieu de merde, m'entendis-je dire en jetant un coup d'œil vers le précipice.

— On ne saurait mieux dire », confirma Jean-Claude. Il se tenait près de mon épaule droite. Sa présence juste derrière moi me gêna en cet instant. Je fis un pas en arrière, levai les yeux vers l'obstacle de pierre que constituait le premier ressaut et l'examinai un long moment. Une inquiétante couronne de cirrus blancs se formait au sommet de l'Everest.

« S'il fallait gravir ce premier ressaut en escalade libre, comme Mallory et Irvine ont dû le faire, dis-je, avec plus d'assurance dans la voix que je n'en ressentais, je conseillerais de rester à gauche, près de la face du Kangshung. Plus facile. Davantage de prises de main. Mais nous disposons de bonnes cordes et des jumars de J.-C. Je recommanderais donc qu'un grimpeur, débarrassé de son sac et de ses bouteilles d'oxygène, escalade ces blocs difficiles à droite et pose des cordes fixes jusqu'en haut pour que les autres puissent monter plus aisément en s'aidant des jumars. »

J'étais certain que le Diacre allait me demander d'effectuer l'escalade – j'étais leur spécialiste de la roche, c'était la raison pour laquelle ils m'avaient amené avec eux sur le toit du monde. Ils ignoraient cependant qu'une langouste aux pinces coupantes avait élu domicile au fond de ma gorge et en haut de ma trachée. Chaque fois qu'elle bougeait, elle me bloquait la respiration presque complètement.

« Je vais prendre la tête de cette longueur, déclara le Diacre. Nous gardons Jake pour le deuxième ressaut. C'est là que les choses sérieuses commenceront. »

Je ne discutai pas.

Nous avions avancé jusqu'au pied de l'amoncellement de blocs sur le côté sud du premier ressaut, et préparions des cordes. Le Diacre avait enlevé son sac à dos et ses moufles quand je m'exclamai soudain : « Attendez ! Et si nous cherchions le corps de Bromley sur cette face nord du premier ressaut ? Je croyais que c'était le plan. »

Reggie m'agrippa le haut du bras. « On l'a déjà fait, Jake. Nous avons trouvé Sandy Irvine à la place. Il nous faudrait des heures, des jours pour fouiller toutes ces goulottes – et vous voyez qu'il n'est pas sur la face sud de cette arête. De plus, je crois que Kami a raison – quoi qu'il ait vu… trois silhouettes puis une seule… ça s'est passé sur cette arête entre le premier et le deuxième ressaut, à côté d'un bloc rocheux ressemblant à un champignon. C'est là que nous allons regarder à présent. Une fois que nous aurons passé ce premier ressaut.

— De toute façon, Herr Sigl et ses amis avancent trop vite pour qu'on s'attarde ici, dit le Diacre.

— Mais… », commençai-je. Je dus m'interrompre le temps que ma toux passe.

Reggie me posa une main dans le dos. « Pasang, dit-elle au Sherpa silencieux, pouvez-vous donner quelque chose à notre ami ?

— Pas de codéine, répondit-il. L'effet serait trop soporifique à cette altitude. Mais j'ai un ancien remède hindou dans mon sac, si vous voulez bien l'essayer.

— D'accord », dis-je, et je tendis ma moufle pendant que le docteur Pasang fouillait dans sa petite trousse médicale.

Pasang posa dans ma main une boîte de pastilles pour la toux Smith Brothers – parfum menthol, sorti seulement deux ou trois ans plus tôt.

Reggie regarda par-dessus son épaule et rit, mais j'ouvris la boîte et gobai trois pastilles.

« Je suis prêt à grimper, annonça alors le Diacre, s'attachant à une corde et passant un gros rouleau autour de son épaule. Qui veut m'assurer ?

— Moi », répondirent Reggie et J.-C. en même temps. Tous deux passèrent la corde par-dessus leur épaule, et Jean-Claude l'accrocha autour d'un fin bloc vertical. Tous deux dirent de concert : « Quand vous voulez ! »

Le Diacre secoua son extrémité de la corde d'assurage pour lui donner du mou, observa un instant l'affreux amoncellement de blocs abrupts, et commença à grimper de cette manière déliée d'araignée électrifiée qui lui était propre. Son style, quoique inélégant, était indéniablement efficace sur la plupart des parois. Il déroulait la longue corde à mesure qu'il grimpait d'une prise de main, à une prise d'orteil, à une autre prise de main précaire, montant toujours, bras et jambes écartés, en se servant de la vitesse qui permettait aux grimpeurs de rester accrochés à la roche verticale ne serait-ce que par la plus infime friction.

Je me détournai et levai mes jumelles. À moins de huit cents mètres derrière nous, les Allemands prenaient pied sur l'arête nord-est – à la même altitude que nous. Je les vis s'arrêter un long moment pour reprendre leur souffle, puis leur leader, le fusil en travers de son torse, dit quelque chose, fit un geste, et tous les cinq se remirent en route vers nous.

« Dépêchez-vous ! » criai-je au Diacre.

17.

Escalader le premier ressaut, même à l'aide des cordes fixes installées par le Diacre, se révéla épuisant – toute action était épuisante, à plus de 8 500 mètres d'altitude –, mais une fois en haut, nous avions au moins la satisfaction de ne plus être dans le champ de vision des cinq alpinistes allemands qui nous suivaient. Juste après que nous eûmes remonté nos cordes de la face du ressaut, Reggie ne put s'empêcher de baisser son masque pour doucher mon soulagement tout neuf.

« Bien sûr, dit-elle, si Sigl a vraiment affronté mon cousin Percy et Kurt Meyer sur cette portion de l'arête nord-est, comme Kami Chiring a cru le voir, ça signifie que Sigl est déjà monté jusqu'ici. Il détient peut-être le record d'altitude – pour une personne vivante, je veux dire. Si ça se trouve, il connaît une voie plus rapide pour contourner ce premier ressaut.

— À quelle altitude est monté le colonel Norton lors de son ascension du Grand Couloir ? demanda Jean-Claude. La même que sur cette arête où nous sommes… dans les 8 500 mètres, non ?

— Norton a fait demi-tour à 8 572 mètres, dit le Diacre. Somervell a atteint les 8 530 mètres, derrière Norton, mais en traversant la face nord, sans s'aventurer très loin dans le Grand Couloir.

— Qu'importe les records d'altitude, si Sigl et les autres Allemands connaissent une voie plus rapide pour contourner le ressaut », dis-je, haletant par-dessus mon masque.

Le Diacre m'ignora et pointa le doigt vers l'abrupte face nord : le Grand Couloir ressemblait à une balafre blanche et verticale sur cette face sombre. « Norton et Somervell sont montés là-haut, à plusieurs centaines de mètres à l'ouest de là où nous nous trouvons, dans l'alignement du sommet, avant de faire demi-tour. Nous battrons le record de Norton si nous continuons à escalader, le long de cette arête, jusqu'à la base du deuxième ressaut... à 8 620 mètres.

— À deux cent vingt mètres du sommet », murmura J.-C. Ses mots étaient presque inaudibles dans le vent qui nous faisait pencher et agitait chaque pan libre de nos vêtements comme du linge sur une corde dans la tempête.

« Environ deux cent vingt mètres, acquiesça le Diacre. Mais à une certaine distance à l'ouest, soit entre trois et cinq heures d'escalade à partir d'ici. Allez. J'aperçois le champignon, pas vous ? »

Nous tentâmes de voir quelque chose au milieu des rafales de neige – qui cinglaient douloureusement les rares parties de peau exposées de nos visages. À peu près à mi-chemin entre ce premier ressaut et le deuxième, beaucoup plus imposant et terrifiant, il y avait un bloc bas dont la forme évoquait en effet un champignon.

« On ne peut pas rester sur cette ligne de crête ! cria Jean-Claude. Trop étroite. Trop venteuse. Trop exposée aux tirs des Allemands s'ils gravissent ou contournent le premier ressaut. »

Le Diacre hocha la tête et commença la traversée en descendant sur la face nord, où il tenta de trouver des prises de pied et une voie vers l'ouest. Nous nous étions divisés en deux cordées – le Diacre, Reggie et Pasang sur la première ; Jean-Claude et moi sur la seconde. Avant que nous entamions cette traversée périlleuse, je criai à Reggie : « Que fait-on pour tenter de repérer lord Percival dans cette partie ?

— Tâchez seulement de ne pas tomber, me cria-t-elle en réponse. D'après ce que j'ai vu avec les jumelles, il semble y avoir un endroit relativement plat au niveau du champignon. Nous ferons une pause là-bas pour examiner les environs. À mon avis, si Percy et Meyer sont tombés de l'arête nord-est, c'était de là. »

Nous descendîmes donc sous la ligne de crête pour y chercher une voie de traverse. La perspective, sur ce passage de rochers friables et de bandes de neige, était terrifiante : les tentes sur le col nord, mille cinq cents mètres plus bas, m'apparaissaient comme des petits points. Entre nous, il n'y avait qu'un kilomètre et demi de vide, bien que je ne puisse pas voir s'il s'agissait des nôtres ou de celles des Allemands. J'étais sûr, en revanche, qu'en cas de chute, nos corps, en rebondissant dans la pente, seraient déchiquetés en mille morceaux qui s'éparpilleraient sur le glacier du Rongbuk est, à l'est de notre ancien camp III.

Pour rajouter à notre sentiment de vulnérabilité, trois d'entre nous arrivèrent à la fin de leur première bouteille d'oxygène, et nous dûmes nous arrêter sur ce sol inégal et nous aider les uns les autres à sortir les cylindres vides de nos sacs à dos et à débrancher les tubes et accessoires. D'un geste délibéré, Reggie brandit alors sa bouteille en métal et la lança. Elle atterrit soixante mètres plus bas puis continua de rebondir en dévalant la face nord longtemps après avoir disparu de notre vue. Ce foutu cylindre sembla résonner pendant un temps infini. Je conclus à cet instant que lady Reggie Bromley-Montfort avait un côté sadique.

J.-C. et moi lançâmes aussi nos bouteilles, mais comme ça me perturbait de regarder la chute sans fin de la mienne, je me retournai vers la paroi rocheuse et posai mon front coiffé de cuir contre la roche froide. Ayant branché un nouveau cylindre, Jean-Claude et moi vérifiâmes que la valve de débit de nos appareils était bien réglée sur 1,5 litre par minute et le régulateur ouvert. J'avais besoin d'oxygène sur cette partie : je ne voulais rien faire d'idiot, ni que mes mouvements soient plus maladroits que nécessaire. Je fus tenté de passer au débit supérieur, mais savais que je devais économiser l'air anglais qui restait.

Ce qui rendait cette traversée si périlleuse était le sol instable – toute la pente, sur cinquante mètres sous l'arête, était formée de petites dalles inclinées et branlantes, de roches concassées et glissantes et de véritables gravières – on aurait dit du schiste fracassé par des siècles de gel et de dégel. Il y avait aussi, entre les blocs, ce qui ressemblait à d'innocentes plaques de neige, mais étaient en fait des puits profonds. « Des pièges à tigre », les appela Reggie, et je supposai qu'elle savait de quoi elle parlait après tant d'années passées en Inde. Je doutais pourtant que les éminents membres du Raj piégeaient les tigres dans des fosses de neige. On pouvait s'enfoncer jusqu'à la poitrine dans ces trous, et les autres auraient un mal fou à sortir celui (ou celle) qui y tomberait.

Le Diacre évita ces pièges, tâtonnant toujours devant lui avec son long piolet, puis pointant l'instrument pour nous montrer ces puits ainsi que les passages glissants. Jusqu'ici, personne n'était tombé dedans, ni n'avait basculé de côté.

C'est alors que nous arrivâmes dans un cul-de-sac.

« Enfer et damnation », entendis-je le Diacre chuchoter à dix mètres devant moi. Comme tout le reste ici, les mots étaient projetés d'ouest en est.

Ce n'était pas exactement un bloc qui obstruait le passage, mais plutôt une longue extension de granit lisse, qui partait de l'arête au-dessus jusqu'à un point à environ six mètres sous notre chemin de traverse. Je vis tout de suite qu'il n'existait pas de manière facile de passer sous, au-dessus ou *sur* cet obstacle. Au-dessus de nous, la masse de roche lisse se transformait en arête aérienne – un haut pinacle cranté et friable qui se confondait avec l'arête nord sur ces quelques mètres fatals. Personne n'était en état d'escalader ça ce jour-là. Du moins pas en partant de là où nous nous trouvions.

Notre ligne de traverse, à ce niveau sous l'arête, offrait la meilleure solution au problème posé par cet obstacle, mais comme souvent les meilleures solutions aux problèmes d'alpinisme, celle-là puait à plein nez.

C'était un pas à l'aveugle... un saut dans l'inconnu... le genre de mouvement que tente un grimpeur dans les Alpes, six mille mètres plus bas que notre altitude actuelle, lorsqu'il doit contourner une dalle lisse, en espérant que la simple adhérence de son corps déployé contre le roc vertical l'empêchera de tomber pendant les trois ou quatre secondes dont il aura besoin pour poser le pied de l'autre côté – un côté invisible à cause de la courbure de ce foutu rocher. L'alpiniste ne peut donc que prier pour qu'il y ait une prise de main ou de pied de l'autre côté. Parfois, c'est le cas. Trop souvent – comme le prouve le nombre de morts tous les ans chez les alpinistes – il n'y en a pas.

Ce genre de pas aveugle était dangereux dans les Alpes, mais on pouvait réchapper d'une chute si le partenaire disposait d'un relais solide.

Aucun de nous, sur cette traversée glissante, n'avait de relais digne de ce nom. Et si nous nous mettions à quatre pour assurer le Diacre – ou celui qui serait assez fou pour tenter le coup –, une chute nous arracherait sûrement tous les cinq de cette face nord. Il y avait bien quelques protrusions de roche à nos pieds et au-dessus de nos têtes, mais aucune assez grosse ou solide pour servir d'assurage – et même la corde miracle du Diacre risquait de casser sur un relais aussi tranchant.

« Bon, alors, qu'est-ce qu'on fait ? criai-je de l'arrière. On retourne au premier ressaut pour réfléchir ? On lance des cailloux sur les Allemands ?

— Pas question de faire demi-tour », cria le Diacre en réponse.

Il se désencorda, puis retira sa veste Shackleton et son duvet Finch, avant de remettre la gabardine. Il fourra sa parka et ses deux paires de moufles dans son sac à dos qu'il tendit avec précaution à Reggie pour qu'elle le pose entre elle et la paroi. Le voyant baisser les yeux sur son pantalon de duvet et ses bottes rigides, je compris qu'il envisageait de retirer ses crampons douze pointes. Finalement, il choisit de les garder.

Il reprit ensuite la corde et la noua autour de sa taille. Je crus que seuls J.-C. et moi avions remarqué qu'il avait fait un nœud coulant, sûr de se défaire sans imprimer de tension sur l'assureur en cas de chute. Je compris et ne dis rien ; Jean-Claude fit comme moi. Ce fut sans doute à cet instant que je mesurai pleinement le courage de Richard Davis Deacon.

Reggie s'écria : « Non ! Nous devons au moins essayer de vous assurer ! Je vous en prie, Richard ! »

Le Diacre ne lui adressa même pas un regard. « Il n'y a aucun relais possible sur cette piste où je vous ai entraînés », dit-il, contemplant déjà la paroi lisse qu'il lui fallait franchir. Je sentis qu'il passait en revue ses mouvements dans sa tête, répétant mentalement ce qu'allait devoir faire son corps quelques secondes plus tard.

« Très bien », dit-il. Il tendit la jambe droite aussi loin que possible et se projeta sur la surface lisse du contrefort.

Aussitôt il se mit à glisser, et plutôt que de suivre l'instinct humain consistant à serrer les doigts à la recherche d'une prise – alors qu'il n'y en avait aucune –, le Diacre les écarta et pressa les paumes, ainsi que le ventre, le pubis et le tissu de montgolfière de son pantalon contre la roche lisse. Il ralentit et s'arrêta presque. Il n'était plus relié à la montagne que par l'infime force d'adhérence. Je savais d'expérience que ce n'était pas suffisant pour l'empêcher de glisser et de tomber.

Et il tombait. Son épouvantable glissade vers le surplomb ralentit, puis reprit inexorablement.

Le Diacre n'attendit pas. L'adhérence et la vitesse étaient ses seules armes, et des deux la vitesse était la plus importante. Il se déporta vers la droite en glissant, bras et jambes toujours écartés, les paumes, la joue, le ventre, les cuisses et les pointes de ses crampons collés au rocher, luttant avec toute la force de son corps épuisé pour ne pas être emporté, et quand il eut glissé jusqu'à l'extrémité de la colonne arrondie, il se laissa tomber de l'autre côté du renflement, comme s'il était sûr qu'une vire ou une prise de main ou de pied l'y attendait.

Évidemment, il n'en savait rien puisqu'il ne voyait pas ce qu'il y avait de l'autre côté de la colonne rocheuse. Il aurait pu simplement y avoir une autre colonne tout aussi lisse.

Le Diacre disparut, et pendant un long moment, il n'y eut aucun son et aucun mouvement. Mais la corde ne s'était pas défaite, le nœud coulant ne s'était pas dénoué. Pour l'instant. Surtout, il n'y avait pas eu le cri accompagnant la chute d'un corps humain.

Je me demandai si le Diacre crierait en cas de chute.

Enfin, une voix ferme retentit de l'autre côté du renflement de roche. « Merveilleuse vire de ce côté. Relais parfait avec assurage sur roc. Et je vois par où nous pourrons facilement grimper vers le champignon. »

Nous relâchâmes tous notre souffle, sans dire un mot. Quelque part, au fond de mon esprit fatigué, demeurait la question primordiale – *Que se passera-t-il quand nous devrons revenir par le même chemin ?* Normalement, dans ce genre de situation, un grimpeur utiliserait une ou plusieurs cordes fixes ; un alpiniste-quincaillier allemand trouverait peut-être la plus infime fissure où planter des pitons en guise de prise de pied.

Mais on ne pouvait pas installer de corde fixe ici. Cela ne ferait qu'aider nos poursuivants. (Et j'espérais, je l'avoue, qu'au moins un des Allemands ferait une chute mortelle sur cette colonne aveugle.)

Mais non, si Kami Chiring disait la vérité, le grand alpiniste allemand Bruno Sigl avait déjà résolu ce problème une fois.

« Je prends seul le relais », reprit le Diacre de l'autre côté de la colonne. J.-C. et moi comprîmes ce que ça voulait dire, et Reggie sûrement aussi. Ça signifiait qu'il nous interdisait d'essayer d'assurer de notre côté.

Les bottes de Reggie glissèrent mais elle résista, la corde se tendit du côté du Diacre et il la tira littéralement pour qu'elle passe la colonne et le rejoigne de l'autre côté. Pasang déploya son grand corps et franchit l'obstacle avec l'aisance d'une araignée. Jean-Claude réussit grâce à l'adhérence et une vitesse record. J'y parvins aussi, quoique en toussant dans ma précipitation.

Nous nous retrouvâmes tous les cinq sur la vire, de l'autre côté, et j'aperçus la voie dont le Diacre nous avait parlé, qui montait entre les rochers en surplomb.

« C'est assez près de l'endroit où l'arête s'élargit au niveau du champignon, d'après vous ? demanda Reggie.

— Oui », répondit seulement le Diacre. Ensuite, encordés tous ensemble – cette fois, le Diacre fit un solide nœud de huit gansé –, nous grimpâmes en plantant nos crampons jusqu'à l'arête.

Le soleil avait dépassé son zénith. Le vent était plus fort et plus froid qu'avant. La couronne lenticulaire autour du sommet de l'Everest formait une grande masse grise penchée sur la montagne : elle me rappela le bonnet de laine effiloché posé de guingois sur le cadavre de Sandy Irvine.

Nous étions trop occupés à souffler pour nous en préoccuper. Après des kilomètres de dalles inclinées et glissantes, cette partie plus large et surtout plus plate de l'arête, de part et d'autre du champignon de pierre – qui mesurait environ deux mètres cinquante de large sur quatre mètres cinquante de long –, nous apparut comme un grand terrain de football.

« L'endroit idéal pour un camp, fit remarquer le Diacre.

— Vous plaisantez », dis-je. Je devais retirer mon masque à oxygène à chaque quinte de toux. « Nous sommes à plus de 8 800 mètres. » Nous avions le cœur dilaté et les muscles affaiblis ; nos reins, notre estomac et nos autres organes internes ne fonctionnaient plus correctement ; notre sang épaissi menaçait de provoquer des embolies ; nos globules rouges manquaient de l'oxygène qui leur était nécessaire, tout comme nos neurones, qui fonctionnaient comme une automobile consumant ses dernières gouttes d'essence. Nous étions métaphoriquement à deux doigts de l'hypothermie – qui, avant l'endormissement fatal, se manifestait par de terribles symptômes, tels qu'une folle agressivité ou un besoin de retirer ses vêtements alors même qu'on gelait – et très concrètement à quelques centimètres d'un précipice de deux mille sept cents mètres côté sud et de trois milles mètres côté nord.

Pour l'heure, cependant, nous étions très heureux. Il n'y avait pas encore d'Allemands armés en vue, et nous avions atteint notre objectif temporaire.

De plus, le Diacre avait peut-être raison. Ce serait un sacré camp VII. Grâce aux bouteilles d'oxygène, des alpinistes pourraient passer une relativement bonne nuit de sommeil – surtout dans la tente coupe-vent de Reggie –, se mettre en route de très bonne heure avec les lampes frontales de mineurs et, après deux heures ou deux heures et demie d'escalade, atteindre le sommet du monde.

Sauf, bien sûr, si les vents se levaient pendant la nuit. Ou si les Allemands ouvraient le feu. Ou si nous mourions de froid avant.

Peu importait. Nous nous laissâmes tomber sur une solide petite plate-forme de neige sur le côté nord du champignon, réglâmes nos appareils pour profiter de cinq minutes d'oxygène à haut débit, le regard vague derrière nos lunettes. Seule Reggie s'activait, même si je ne comprenais pas du tout ce qu'elle fabriquait.

À l'extrémité nord de notre plate-forme, il y avait une petite extrusion de roche qui s'était transformée en corniche de neige au fil des années, voire des décennies. Même dans notre hébétude, nous savions tous que cette corniche était synonyme de mort – un pas dessus, et elle céderait sous le poids de l'homme (ou de la femme), qui tomberait en chute libre jusqu'au glacier du Kangshung.

Mais Reggie rampait vers le bord de cette dangereuse corniche de neige.

J.-C. fut le premier à comprendre que nous étions sur le point de perdre notre grimpeuse. Il baissa son masque et s'écria : « Reggie, arrêtez ! Que faites-vous ? Stop ! »

Elle nous jeta un coup d'œil par-dessus son épaule. Elle avait remonté ses lunettes, et son visage – du moins le peu qu'on en voyait autour de ses yeux – ne trahissait aucune démence. Il est vrai que les victimes d'hypothermie ont rarement l'air folles, même quand elles se lancent dans leurs dangereuses facéties.

« Il manque un morceau de la corniche, vous voyez, là ? » demanda-t-elle. Sa voix paraissait légèrement excitée et haletante, mais pas forcément déraisonnable.

C'est alors que nous vîmes le morceau manquant – à moins de deux mètres à gauche du plongeoir de Reggie pour l'enfer.

« Et alors ? dis-je. Revenez, Reggie. S'il vous plaît.

— Oh, la ferme, Jake », répliqua-t-elle par-dessus le mugissement du vent. Elle pointa du doigt l'arc de cercle d'un mètre cinquante environ qui semblait avoir été arraché de la corniche.

« Lady Montfort-Bromley suggère que quelqu'un est peut-être tombé de là, expliqua Pasang avec son accent distingué d'Oxford. Peut-être l'année dernière.

— Si c'était le cas, dis-je entre deux accès de toux, la corniche se serait reformée.

— Pas forcément, dit le Diacre. Allez-y, Reggie, mais faites attention. »

Elle continua à ramper sur cette petite saillie surplombant le vide – qui n'aurait sûrement pas supporté mon poids – puis attrapa ses jumelles qu'elle avait passées derrière son dos. Regardant en bas, elle balaya lentement la pente deux fois, puis se figea.

« Ils sont là, dit-elle.

— Qui ? » m'écriai-je. Ma première pensée fut que les Allemands nous attaquaient par la paroi verticale du côté sud.

« Meyer et mon cousin Percival, répondit Reggie d'une voix plate.

— Comment pouvez-vous voir jusqu'au glacier avec ces jumelles ? » demanda Jean-Claude.

Reggie soupira, secoua la tête et cria pour se faire entendre malgré le vent : « Ils ne sont pas tombés aussi loin, et ils sont toujours encordés. La corde s'est accrochée à une aiguille de roche à environ trente mètres sous cette arête. Le corps de Meyer pend, la tête en bas du côté, gauche de l'aiguille, et Percy est accroché de l'autre côté et tourne dans le vent.

— La fine corde de Mallory a résisté à la chute sur un rocher coupant, puis à une année d'usure à cette altitude ? » murmura Jean-Claude.

Reggie ne put l'entendre dans le vent, mais le Diacre répondit : « Qui sait ? » Puis il ajouta plus fort : « Maintenant, nous devons trouver un moyen de les remonter tous les deux avant que cette corde ne finisse par se rompre. »

Je songeai aux Allemands toujours à nos trousses. Avaient-ils déjà atteint le premier ressaut ? La colonne rocheuse sur la traversée ? Le Diacre avait dit que Bruno Sigl n'abandonnerait jamais. Le nazi avait un Luger et la carabine du Diacre. Et d'autres fascistes armés avec lui.

Je décidai de ne pas mentionner les Allemands. Ni de penser à eux.

« Déroulez les cordes, dit le Diacre. Reggie, restez où vous êtes. Nous allons venir vers vous. Quelqu'un doit descendre pour enrouler une corde autour des deux hommes.

— J'y vais, dit J.-C. Je suis le plus léger. »

Le Diacre hocha la tête.

Dieu merci, ce ne sera pas moi, pensai-je, puis j'eus aussitôt honte.

18.

La mise en place de la corde, des nœuds, du baudrier, du mousqueton, et la logistique de l'assurage pour tenter de récupérer les deux corps suspendus à l'aiguille furent un peu compliquées – du moins pour des esprits fatigués et en manque d'oxygène, luttant pour rester cohérents au-dessus de 8 500 mètres.

D'abord, nous fixâmes quatre cordes au champignon de pierre, dont le pied paraissait assez solide pour soutenir quatre pianos à queue. L'une d'elles fut reliée à Reggie qui – sur l'insistance de Pasang et du Diacre – dut mousquetonner son baudrier à une corde supplémentaire. Malgré ces précautions, c'était angoissant de la regarder à plat ventre sur la saillie, sa tête et ses épaules dans le vide au-dessus du précipice.

Une fois la corde d'assurage accrochée au champignon et deux piolets posés sur le bord de la corniche pour éviter que la corde ne morde dans la neige et la glace, le Diacre et moi fîmes lentement descendre Jean-Claude le long de l'à-pic. Reggie était nos yeux.

« Doucement… bien… bien… doucement… bien… il est à quatre mètres cinquante de l'aiguille… bien… doucement… stop… à peine plus… là ! »

Je me réjouissais de ne pas voir mon ami français suspendu à côté de cette dent de roche cariée, où s'était amarrée une vieille corde de 9,5 millimètres effilochée d'où pendaient deux cadavres qui tournaient lentement dans les vents incessants.

« Il nous fait signe qu'il veut commencer par Percival, dit Reggie. Il demande un mètre quatre-vingts de mou et la deuxième corde. »

Pasang, qui avait préparé deux cordes supplémentaires, avec des nœuds de lasso, s'approcha tranquillement du bord de la saillie, à côté de Reggie, et en lâcha une destinée à attacher le corps du cousin. Puis il revint vers moi et me donna l'autre extrémité. D'après notre plan, le Diacre continuerait d'assurer J.-C., pendant que je remonterais le corps de Bromley et Pasang se chargerait de hisser celui de Meyer.

Mais d'abord, J.-C. devait enfiler les deux cordes autour des cadavres et les attacher solidement sous les bras.

« Jean-Claude a les pieds posés sur l'aiguille, et il est penché presque à l'horizontale pour tirer vers lui le corps de Percy », rapporta Reggie.

Le simple fait d'*entendre* cette description me rendit légèrement nauséeux. La corde miracle du Diacre avait fait ses preuves au cours de notre expédition – elle nous avait en particulier permis de hisser de lourdes charges avec la bicyclette de J.-C. –, mais aucune vie n'avait dépendu d'elle comme celle de J.-C. en cet instant. Tous les alpinistes de notre expédition – dont Reggie (Pasang, quant à lui, semblait être un grimpeur-né) – s'étaient formés à une époque où les cordes, telle celle de Mallory et d'Irvine, se cassaient le plus souvent quand elles étaient soumises à la tension d'une lourde charge ou d'une chute.

« Encore un peu », me dit Reggie, alors que je faisais descendre la corde. « Très bien, il l'a... encore un mètre ou un mètre cinquante de mou, s'il vous plaît, Jake... il essaie de faire passer la corde sous les bras de Percy... les bras ne bougent pas.

— *Rigor mortis ?* murmurai-je à Pasang, qui se tenait à côté de moi avec la deuxième longueur de corde.

— Non, ça, c'était il y a un an, répondit le médecin à voix basse pour éviter que Reggie ne l'entende. Lord Percival est congelé depuis longtemps.

— Ah, d'accord, dis-je, regrettant d'avoir posé la question.

— Il a passé la corde, mais il a du mal à serrer le nœud coulant », dit Reggie.

Du coin de l'œil, je vis le visage du Diacre trempé de sueur. La corde d'assurage était fixée au champignon par sécurité, mais il l'avait passée autour de sa taille et sur son épaule et c'était lui qui supportait le poids de J.-C. Il avait retiré ses moufles et ne portait plus que ses fins gants de soie ; je vis qu'ils étaient imprégnés de sang.

J'avoue que j'étais anxieux. L'expression « poids mort » prend une terrible réalité quand on doit concrètement soulever un cadavre. Rien ne paraît plus... lourd.

« C'est bon, Jake... il a attaché le corps de Percy... », dit Reggie.

Je commençai à tirer sur la corde quand elle cria : « Stop ! »

J'avais oublié que J.-C. devait attacher le cadavre de Meyer avec la corde tenue par Pasang, avant de pouvoir couper celle à laquelle les deux cadavres étaient pendus depuis un an. Nous perdrions plus que les corps si ces quatre cordes s'emmêlaient ou se rompaient.

« Le pied de Jean-Claude a glissé de l'aiguille, annonça Reggie. Il essaie de le reposer sur le roc. »

Je fermai les yeux pour tenter d'imaginer ce qu'on ressentait quand on se balançait au bout d'une seule corde, assurée par un seul homme, au-dessus d'un précipice de cette taille.

Le Diacre grogna, plus à cause de l'effort que lui imposait son relais qu'en réaction aux paroles de Reggie. La brusque tension exercée sur la corde par J.-C., quand il avait perdu sa prise de pied sur l'aiguille à cause de mon mouvement prématuré, avait mis à rude épreuve les mains, les épaules et la taille du Diacre.

« C'est bon, ses bottes ont repris appui sur la roche », dit Reggie.

De la sueur coulait sur le menton du Diacre. Nous n'avions plus pris d'oxygène depuis un moment. Nos sacs à dos étaient posés contre le côté sud du champignon.

Pasang avait commencé à descendre la deuxième corde, avant même que Reggie le lui ait demandé. Quand il eut lâché quinze mètres, il passa à quatre pattes sous ma corde tendue et celle du Diacre, afin de se placer à gauche de notre ligne de trois relayeurs.

« Encore un peu… encore… doucement maintenant, disait Reggie. Ça y est, il l'a. Donnez-lui encore deux petits mètres, Pasang. »

Pasang obtempéra calmement.

« Zut…, dit Reggie. Il ne peut pas atteindre Meyer depuis l'aiguille. Il va devoir se balancer pour pouvoir l'attraper.

— Oh, mon Dieu », murmurai-je. Quand plusieurs cordes pendaient ainsi tout près les unes des autres, ça risquait toujours de mal tourner – et ça tournait mal en général.

« Vous avez besoin d'aide ? » demandai-je au Diacre, qui avait calé ses bottes contre une petite arête de roche à un mètre au nord du champignon.

Il secoua la tête, envoyant des gouttes de sueur voler dans le vent.

« Il se balance… se balance… raté, dit Reggie. Là, il se tient presque à l'horizontale de l'aiguille pour réessayer.

— Mon Dieu », répétai-je à voix basse. Je crois que cette fois, c'était une prière. Je me rendais compte que si la vieille corde effilochée se rompait avant que J.-C. ait pu arrimer le corps de Meyer, et si notre ami essayait de retenir l'Autrichien, comme j'étais sûr qu'il le ferait, leurs deux poids combinés pèseraient au bout de la ligne qu'assurait le Diacre. Même si l'extrémité de la corde était attachée au champignon, je doutais qu'elle résiste à une telle charge.

La corde d'assurage de J.-C. était plus tendue que jamais et appuyait fort contre les deux piolets plantés au bord de la saillie. Nous les avions sécurisés avec plusieurs ancrages et deux cordes supplémentaires fixées au champignon.

Le Diacre grognait en supportant le poids de J.-C.

« Meyer a la tête en bas, rapporta Reggie. Jean-Claude essaie de le retourner. »

La corde miracle pourra-t-elle résister à cette pression ? me demandai-je encore. Eh bien, nous serions fixés dans les minutes suivantes. En attendant, je tenais fermement la corde reliée à lord Percival Bromley, l'homme qui, s'il avait vécu, serait devenu le sixième marquis de Lexeter.

« Il l'a ! s'écria Reggie. Il passe la boucle sous les aisselles de Meyer. Et il essaie de reprendre appui sur l'aiguille. »

Le Diacre poussa un grondement. La corde était tellement tendue qu'il semblait en train d'essayer de remonter un marlin géant à la seule force de ses mains ensanglantées, de son dos arqué et de son corps gainé.

« Jake, Pasang, préparez-vous, nous cria Reggie. Jean-Claude s'apprête à rompre la vieille corde. Il a ouvert son canif. »

J'avais trouvé une arête de roche sur laquelle caler mes bottes – j'avais gardé mes crampons, n'étant pas sûr d'avoir assez de dextérité pour les remettre ensuite sinon –, et je me penchai en arrière, me préparant à supporter l'impact du poids mort.

La corde se tendit… mais il n'y eut presque pas de pression et peu de sensation de poids. Les goraks avaient-ils vidé le corps de Bromley, de la même façon qu'ils avaient grignoté la cavité abdominale de George Mallory par le rectum du malheureux cadavre ? Mon Dieu, par égard pour Reggie, j'espérais que ce ne fût pas le cas.

« Tirez ! cria Reggie – sans nécessité, pensais-je, puisque Pasang et moi hissions déjà nos charges, une main après l'autre. Seul le Diacre demeurait en position passive d'assurage. Nous avions décidé dès le début que nous remonterions les cadavres les premiers, avant de récupérer notre ami.

Bromley atteignit la corniche, et son corps se coinça sous le surplomb de neige et de glace.

« Une seconde », dit Reggie. Elle se pencha par le bord de la fragile corniche qui avait déjà cédé une fois, et mania son piolet comme un pêcheur utiliserait une gaffe pour ramener un gros poisson de sous la coque de son bateau.

Elle crocheta la corde. La tête et les épaules de Bromley apparurent, et je tirai de toutes mes forces.

« Revenez sur le roc ! » gronda le Diacre, et je m'aperçus qu'il parlait à Reggie. C'est ce qu'elle fit, rampant doucement en marche arrière.

Le corps de Meyer, que tirait Pasang, remonta à son tour sur l'arête nord-est, la tête et les épaules du mort glissant sans difficulté par le trou en forme de croissant que Percival et lui avaient créé l'année précédente. Je remarquai – vaguement, puisque toutes mes impressions sensorielles semblaient m'arriver de très loin – les mètres de vieille corde effilochée qui pendaient de la taille des deux alpinistes.

Une fois que nous eûmes mis les corps en sécurité aussi près que possible du champignon, tout en gardant de la place pour nous, Pasang et moi allâmes aider le Diacre. Reggie retourna sur la corniche, sa tête et ses épaules de nouveau penchées dans le vide. Elle fit signe à J.-C. que nous étions prêts à le remonter.

Ce serait là, je le savais, le véritable test pour la corde miracle. Je regrettais que nous n'ayons pas pu passer une deuxième corde autour de Jean-Claude, mais nous avions utilisé les soixante mètres dont nous disposions pour remonter les corps.

Nous nous mîmes à tirer tous les trois – lentement, de manière régulière et parfaitement coordonnée –, voyant la corde glisser sur les piolets plantés à l'horizontale. Reggie nous indiquait la distance restante.

« Douze mètres… dix… sept… Les pieds de Jean-Claude n'arrivent pas à toucher la paroi, il est toujours dans le vide… »

Ça, nous le savions par le poids que nous sentions dans nos épaules et nos mains.

« Sept mètres… cinq… trois… attention ! » Reggie se tut, tendit les bras, attrapa la parka de notre ami et le tira par les épaules. Tandis que nous trois continuions à hisser la corde, J.-C. posa les mains, puis les genoux sur la corniche et s'en éloigna aussitôt à quatre pattes. Reggie avait failli basculer par le précipice quand J.-C. avait pris pied sur la saillie, mais Pasang avait saisi la corde d'assurage de sa main droite et tiré un bon coup dessus, ramenant brutalement Reggie sur la neige ferme. Elle aussi revint vers nous à quatre pattes. Après avoir défait tous les nœuds, récupéré toutes les cordes et les avoir enroulées et posées près du champignon, nous nous accroupîmes en cercle autour des cadavres.

« Voici mon cousin Percival », dit Reggie juste assez fort pour être entendue par-dessus le vent. Elle retira ses moufles et ses gants et posa sa main nue sur la poitrine de son cousin.

On ne sentait aucune odeur de décomposition. Les parties exposées du visage et des mains des deux hommes – et un endroit du torse de Meyer sous une déchirure dans ses vêtements – étaient devenues presque blanches sous l'effet des ultraviolets, comme le dos de Mallory ; leur peau paraissait momifiée ; leurs yeux et leurs joues s'étaient creusés, mais ils n'avaient pas été attaqués par les goraks. J'ignorais pourquoi. Il y avait une blessure par balle visible dans l'épaule gauche de Meyer – pas une blessure fatale, dit le Diacre ; quant à Bromley, nous eûmes beau retourner son corps, nous ne vîmes aucune entrée ou sortie de balle.

« Les Allemands n'ont donc pas tué lord Percival ? dis-je, la voix rendue pâteuse par la fatigue, l'altitude et l'émotion.

— Ils l'ont tué, mon ami, dit Jean-Claude. Mais pas par balle. Ils ont dû tirer sur Meyer, obligeant lord Percy à sauter plutôt que de subir le même sort.

— Remettez vos gants, Reggie », lui dit gentiment le Diacre. Je l'avais vu remettre sa paire en laine sur ses gants de soie ensanglantés.

« Lady Bromley-Montfort, dit Pasang, nous allons fouiller lord Percival pour vous. »

Reggie secoua la tête. « Non, je vais le faire. Vous voulez bien m'aider, Pasang ? Ensuite, vous examinerez la blessure par balle de Meyer. Vous autres, fouillez les vêtements de Meyer.

— Que cherchons-nous ? demanda Jean-Claude.

— Je ne sais pas exactement, dit Reggie. Une chose que Meyer a transportée sur des milliers de kilomètres à travers l'Europe, le Moyen-Orient, la Perse et la Chine. »

Nous manipulâmes les corps avec délicatesse, suivant peut-être l'exemple de Reggie.

La première chose que je remarquai concernant Meyer, malgré les dommages causés par une année passée suspendu dans les airs sur l'Everest, c'est qu'il paraissait très, très jeune.

« Quel âge avait-il ? demandai-je à la cantonade.

— Dix-sept ans, je crois », répondit Reggie. Elle était occupée à fouiller les poches de son cousin.

Aucun des deux n'avait de sac à dos. Nous examinâmes les nombreuses poches de ce qu'il restait de leurs vêtements. Dans la veste de Meyer se trouvaient plusieurs lettres en allemand – je ne réussis pas à déchiffrer l'écriture gothique sur les enveloppes –, ainsi que son passeport autrichien, tamponné à une dizaine de postes-frontières.

Il y avait aussi un gros tas de billets.

« Mon Dieu, dis-je. Ils sont vrais ? »

Le Diacre les feuilleta. Les liasses étaient entourées de leurs bagues, sur lesquelles on lisait encore : NATIONAL PROVINCIAL BANK LTD. LONDON.

« C'est une vraie banque, Richard ? demanda J.-C.

— J'espère bien, répondit notre ami. Le peu d'argent qui me reste y est déposé. » Il comptait les billets. « Il y a quinze mille livres.

— Donc votre cousin Percy payait pour obtenir cette information », dit J.-C. à Reggie.

Elle leva les yeux de la poche qu'elle était en train de fouiller. « Probablement. C'est ce qu'il faisait avec ses sources qui acceptaient de risquer leur vie et celle de leur famille pour trahir leurs maîtres allemands ou autrichiens. D'après le peu que m'a raconté Percy – en général après un bon dîner très arrosé –, l'espionnage consiste souvent à payer des personnes peu ragoûtantes.

— Cet Autrichien, dis-je en montrant du doigt le corps du jeune homme, était donc un personnage peu ragoûtant.

— Je ne crois pas, dit Reggie, dont les mots furent presque couverts par le vent d'ouest. Regardez son passeport, et vous comprendrez pourquoi il a probablement fait ce qu'il a fait, et a tout risqué pour réussir. »

J'ouvris de nouveau le passeport autrichien, mais je n'y trouvai rien de particulièrement intéressant. NOM : Kurt Abraham Meyer. DATE DE NAISSANCE : 4 oct. 1907. PROFESSION : apprenti typographe.

« Là », dit le Diacre, et il montra la case RELIGION. Dessous, dans l'écriture impeccable de quelque fonctionnaire, il était écrit : *israélite.*

« Il a espionné au profit de votre cousin parce qu'il était juif ? » demandai-je à Reggie, mais elle ne me répondit pas.

Elle venait de sortir une épaisse enveloppe en papier kraft de la poche de poitrine de la veste Norfolk de son cousin, et faisait écran avec son corps pour la protéger des rafales de vent.

À l'intérieur de la grande enveloppe se trouvaient cinq petites. Chacune paraissait contenir le même nombre de photos : sept. Je ne voyais pas ce qu'elles représentaient, puisque Reggie était toujours penchée dessus, mais je me disais qu'au prix de quinze mille livres en cash, elles avaient intérêt à montrer les photostats du dernier dirigeable militaire du comte von Zeppelin.

« Ah ! » s'exclama Reggie – comme si on lui avait brusquement coupé le souffle et qu'on l'eût confrontée à une révélation. « Voulez-vous voir pour quoi Percy et Meyer sont morts, messieurs ? »

Pasang fut le seul à ne pas hocher la tête : il était occupé à découper le tissu du gilet et de la chemise de Meyer pour examiner la blessure par balle sur l'épaule, juste au-dessous de la clavicule.

« Faites attention, dit Reggie. Il y a cinq séries identiques, mais celle-ci contient les négatifs. Ne les laissez pas s'envoler. » Elle tendit un des tas de photos au Diacre, qui les regarda l'une après l'autre, hocha la tête et les passa avec précaution à J.-C.

Contrairement au Diacre, J.-C. réagit autant physiquement que vocalement à ce qu'il découvrit : il recula la tête comme s'il venait d'être assailli par une mauvaise odeur, tout en tendant les bras pour éloigner de lui les photos. « Mon Dieu, elles sont… c'est… *abominable**. »

Je me penchai pour voir les clichés par-dessus son épaule, mais n'aperçut que des silhouettes blanches sur un fond sombre.

« *Abominable** ! répéta J.-C. en secouant la tête. *Parfaitement abominable** ! »

Il me tendit les photos. Je dus les tenir à deux mains, à cause du vent, et baisser la tête pour les voir. Puis je m'aperçus que j'avais toujours mes lunettes, et je les repoussai sur mon front, avant de regarder les sept clichés en noir et blanc.

Chaque photo montrait un homme d'une trentaine d'années, mince et pâle, en plein acte sexuel avec des jeunes gens – non, pas des jeunes gens, des jeunes garçons. J'en dénombrai quatre différents. Le plus âgé devait avoir treize ans. Le plus jeune, pas plus de huit ou neuf ans. Les photos étaient parfaitement nettes, la chair nue très blanche sur un fond noir ou le flou gris de draps emmêlés. La pièce ressemblait à une chambre d'hôtel minable, européenne, peut-être autrichienne, avec du mobilier lourd et des murs peints de couleur foncée. Le photographe avait dû utiliser un flash ou une pose longue, parce que les rideaux étaient tirés devant la seule fenêtre qu'on devinait dans la pièce. La netteté des clichés et la profondeur de champ prouvaient que l'appareil photo était de bonne qualité. Chaque tirage mesurait environ douze centimètres sur dix-sept, et les négatifs se trouvaient dans une chemise en papier au fond de l'enveloppe.

En sept clichés seulement, une incroyable variété de perversités était présentée. Je suis sûr que mon visage refléta la profondeur du choc que j'éprouvai. Par pudeur, j'aurais dû détourner les yeux après la première photo, mais je *devais* voir – selon le même réflexe qui me saisit aujourd'hui quand je passe devant des voitures gravement accidentées sur l'autoroute.

L'homme adulte était très maigre et apparemment sous-alimenté ; ses côtes et ses os iliaques saillaient, et quelques croûtes étaient visibles sur sa peau. Un bourgeois, probablement, à en juger par ses cheveux courts, séparés par une raie sur le côté et coiffés en arrière avec de la brillantine – quand ils n'étaient pas dressés en touffes grasses dans le tumulte de l'instant. Il avait les lèvres fines, aux plis sévères, sur la seule photo où il n'ouvrait pas la bouche dans le feu de la passion ou pour pratiquer des actes sexuels déplaisants.

Sur un cliché, il sodomisait le plus petit des garçons tout en léchant en même temps le sexe dressé du jeune de treize ans. Sur un autre, un enfant qui n'avait pas plus de dix ans masturbait l'adulte, tandis que celui-ci jouait avec le sexe des deux plus jeunes, sous le regard vide du plus âgé, qui se tenait debout, nu, et paraissait avoir été drogué.

Le visage de ce dernier me sembla étrangement familier, puis je compris avec un choc : c'était Kurt Meyer ! Environ quatre ans avant de mourir sur l'Everest.

« Oh… mon Dieu », murmurai-je.

Sur l'une des photos, les protagonistes étaient presque impossibles à distinguer – dans l'enchevêtrement obscène de leurs cinq corps émaciés sur les draps froissés, formant un tableau presque insoutenable pour mon innocent esprit d'Américain protestant. Le seul visage clairement visible était celui de l'adulte. Je me concentrai sur ce visage, tentant d'ignorer le reste, et m'aperçus que je l'avais déjà vu, lui aussi. Une fois. Sur une affiche de propagande nazie dans une brasserie de Munich. Le visage était alors un petit peu plus âgé, plus plein, mais l'intensité sombre du regard était la même, ainsi que cette ridicule moustache à la Charlot. En cet instant, je ne parvins pas à me rappeler son nom.

Je rangeai les photos dans l'enveloppe et levai les yeux vers Reggie, J.-C. et le Diacre. « C'est pour *ça* que votre cousin est mort ? demandai-je, le souffle court. Pour ça que nous risquons notre vie… pour ces… ces *obscénités* ?

— C'est abominable, répéta doucement Jean-Claude, le regard toujours détourné.

— Abominable ? criai-je. C'est de la folie furieuse ! Je n'ai jamais rien vu de pareil et ne veux plus jamais voir ça. Mais qu'est-ce qu'on en a à fiche des perversions de cet Allemand ? Qui peut bien se soucier de ces photos ?

— L'adulte qui abuse de ces enfants n'est pas allemand, dit Reggie. Il est autrichien, même s'il a perdu la nationalité autrichienne en s'installant en Allemagne il y a quelques années. Et vous savez que c'est le chef du Nationalsozialistische Deutsche Arbeiterpartei – un groupe terriblement dangereux, Jake.

— Il est en prison ! m'écriai-je. Le Diacre et moi l'avons appris en novembre dernier, quand nous avons rencontré Sigl dans cette fichue brasserie de Munich !

— Il a été relâché en décembre dernier, dit le Diacre. Au moment où nous achetions des bottes et des cordes à Londres.

— Je me fous qu'il soit socialiste ! criai-je encore, me levant et tournant autour du champignon de pierre dans mon agitation. Bon sang, mais qui s'intéresse à ces socialistes – on en a des milliers à New York, sans doute des centaines à Boston, où je vis. Pourquoi lord Percival a-t-il risqué sa vie… est-il mort ? » Je montrai du doigt le cadavre à mes pieds. Cette fois, je remarquai sa moustache à la Douglas Fairbanks et l'ombre de barbe sur ses joues et son menton. L'espace d'une seconde, je manquai tourner de l'œil en me remémorant que les poils continuaient de pousser après la mort.

« Tout ça pour des photos cochonnes d'un putain de socialiste ? terminai-je d'une voix faible.

— Ce n'est pas un socialiste, Jake, dit Reggie. C'est un nazi. Le chef des nazis. » Elle cherchait quelque chose dans son sac à dos.

« Et alors ? Il y a des centaines de groupuscules politiques de cinglés dans l'Allemagne de Weimar. Même moi, je le sais, alors que je fais à peine la différence entre un républicain et un démocrate ! Dire qu'on est montés aussi haut sur l'Everest... pour que tout soit gâché par ça... qu'on a souffert autant pour ne récolter que les photos pornographiques d'un pédéraste pervers et de ses victimes ? En plus, bon sang, vous voyez bien qu'une des victimes – l'un des gamins dans cette chambre – était le jeune Kurt Meyer. Le type qui a vendu ce tas d'immondices à votre cousin Percy ! » Dans ma fureur, je brandis l'enveloppe entre deux doigts dans le vent. « Je vais jeter ces horreurs !

— Jake ! » cria Reggie.

Je baissai les yeux vers elle. Elle tenait son pistolet de détresse à deux mains et le pointait droit sur mon visage ébahi.

« Si vous lâchez ces photos, dit-elle d'une voix contrôlée, je vous jure que je vous tue. Je vous aime beaucoup, Jake. Je vous aime tous beaucoup. Mais si vous ne me rendez pas ces clichés, j'ouvre le feu. Je n'ai pas hésité avec cet Allemand sur le glacier. »

En cette seconde, je savais qu'elle disait la vérité – qu'elle m'aimait beaucoup (comme un frère, hélas, ou comme un cousin), mais qu'elle mettrait sa menace à exécution si je lançais ces photos. Je me remémorai la cartouche rouge qui avait explosé dans la bouche ouverte de Karl Bachner et le liquide, pareil à de la cire fondue, qui avait coulé de ses yeux.

Je lui tendis précautionneusement l'enveloppe contenant les photos et les négatifs.

« Ce que j'aimerais savoir, dit le Diacre d'un ton neutre, c'est qui a pris ces photos. Pas... Bromley.

— Non », répondit Reggie. Sa voix sembla soudain infiniment lasse. « Bien que Percival ait dû fréquenter certains de ces... établissements et de ces cercles... sous son déguisement d'expatrié britannique dissolu et pro-allemand. C'est Kurt Meyer qui les a prises. Avec un petit appareil assez sophistiqué, muni d'un retardateur. Percy le lui avait confié précisément dans ce but. »

Tous nos regards se concentrèrent sur le corps de l'Autrichien. Il était si jeune. Pour la première fois, je remarquai une ombre rousse sous son nez, là où l'adolescent avait manifestement voulu faire pousser une moustache d'homme.

« Meyer était donc lui aussi un espion ? demandai-je, sans vraiment espérer de réponse.

— Il était dans les fichiers des services de renseignement britanniques, dit Reggie. Et Kurt Meyer était juif », ajouta-t-elle, comme si ça expliquait tout.

Je n'avais jamais rencontré de Juifs à Harvard ou dans mon milieu bostonien, bien sûr, mais je savais que les nazis les détestaient – même les Juifs allemands ou autrichiens. Pourtant, cette ordure d'Hitler couchait avec de jeunes garçons juifs. Rien n'avait de sens. Tout était seulement… *dégoûtant.* Je secouai la tête.

« Kurt Meyer était l'un des hommes les plus courageux avec qui mon cousin eût jamais travaillé, reprit Reggie. Et Percy avait travaillé avec des centaines d'hommes courageux, dont beaucoup ont payé ce courage de leur vie. »

Je n'avais rien à dire à cela.

« Le voici », déclara Reggie, qui avait recommencé à fouiller les poches de son cousin après avoir posé le pistolet Very avec lequel elle avait menacé de me tuer.

Elle sortit un carré de soie vert plié, que je pris d'abord pour un mouchoir délicat – un peu comme celui que nous avions trouvé sur le corps de George Mallory –, mais qui se révéla être un drapeau d'un peu moins d'un mètre sur un mètre, représentant un griffon terrassant un aigle au-dessus d'une lance d'aspect médiéval.

J'avais déjà vu ce drapeau – un modèle plus grand – flottant au-dessus de Bromley House le jour où nous avions rendu visite à lady Bromley.

« Votre cousin pensait-il vraiment pouvoir atteindre le sommet de l'Everest avec ce… ce garçon ? demanda le Diacre.

— Apparemment, ils étaient acculés à grimper s'ils voulaient échapper à leurs poursuivants nazis, dit Reggie d'un ton acide. Les cordes fixes laissées par l'expédition de Mallory et d'Irvine leur donnaient une chance. Mais les Allemands étaient de meilleurs alpinistes. Cependant… Percy menait toutes ses entreprises avec une détermination absolue, de sorte qu'il aurait peut-être atteint le sommet, en partant du camp le plus élevé de Mallory, si Sigl ne l'avait pas rattrapé. Même si ce n'était pas l'intention de mon cousin en entreprenant cette ascension. » Elle replia le drapeau et le rangea dans les épaisseurs de ses vêtements. « Mais je vais l'escalader pour lui.

— Personne n'escaladera quoi que ce soit si on ne se dépêche pas », s'écria Jean-Claude par-dessus le grondement du vent.

Pendant que nous étions occupés à regarder des images pornographiques, à discuter, à se menacer de mort, etc., J.-C. avait sorti ses jumelles de son sac à dos et s'était approché du dangereux bord oriental de l'arête nord-est pour scruter le chemin par lequel nous étions arrivés.

« Les *boches** s'attaquent à la colonne aveugle, cria-t-il à notre intention. Ils seront là dans trente minutes ou moins, en fonction de l'agilité de Sigl. Je suggère qu'on en finisse ici et qu'on s'en aille.

— Pour aller où ? » demandai-je au milieu d'une terrible quinte de toux. Je savais que je devais redescendre là où l'air était suffisamment riche pour pouvoir respirer, même avec les piquants de la carapace et les pinces de la langouste que j'avais dans la gorge.

Le Diacre tourna la tête à droite puis la leva – regardant l'impressionnant deuxième ressaut qui se dressait à moins d'une centaine de mètres. Pas beaucoup plus haut – semblait-il –, le sommet de l'Everest paraissait exhaler un plumet de trente kilomètres d'une neige poudreuse emportée par le vent.

19.

La deuxième moitié du parcours entre les premier et deuxième ressauts fut aussi aléatoire et effrayante que la première.

Une série de soulèvements irréguliers, de rochers glissants et de pics de neige rendant la ligne de crête impraticable, le Diacre – à la tête de la cordée qui nous reliait tous – ouvrit une voie à environ trois mètres en dessous de cette arête venteuse surplombant la face nord et le Grand Couloir, du côté du glacier du Rongbuk est. Le précipice paraissait de plus en plus vertigineux, et chaque fois que le Diacre avançait d'un pas et que la neige s'affaissait sous lui, avant de former une plate-forme instable tout juste capable d'arrêter sa glissade, nous retenions notre souffle. Aucun de nous ne pouvait offrir de relais efficace.

Nous ne jetâmes aucun coup d'œil derrière nous pour surveiller la progression des Allemands, mais nous sentions leur haleine dans nos nuques froides. La dernière fois que J.-C. avait regardé dans ses jumelles, pendant que nous autres préparions Percy et Kurt Meyer pour leurs « obsèques », le grimpeur de tête – nous pensions toujours qu'il s'agissait de Bruno Sigl – avait réussi à franchir la colonne aveugle et fixait des cordes pour ses quatre camarades. Manifestement, Sigl était le meilleur alpiniste du lot, et nous nous réjouissions que les autres le ralentissent, ne serait-ce qu'un peu.

Mais pas suffisamment.

Puis J.-C. était revenu vers nous, et nous nous étions recueillis un instant devant les dépouilles de Meyer et de Bromley.

Reggie avait dit une prière, et j'avais été surpris d'entendre le Diacre prononcer les mots avec elle. Des années plus tard, en consultant les prières des services funèbres anglicans, je me rendis compte que Reggie avait fait quelques modifications, mais le Diacre avait dû répéter ces phrases si souvent pour des camarades tombés au champ d'honneur qu'il suivit facilement malgré les ellipses et adaptations de notre amie. Cette prière me parut juste – quoique un peu trop longue, pensai-je, sachant que les Allemands gravissaient la face nord –, alors que nous étions assis là, devant les deux corps disposés sur le petit éperon rocheux, au-dessus du bord septentrional de l'à-pic. Reggie avait déplié son petit mouchoir en soie vert et or, portant les armoiries des Bromley, et l'avait noué autour du visage de son cousin. Celui de Kurt Meyer était à présent recouvert d'un mouchoir blanc sorti de la poche du Diacre.

Reggie baissa la tête et commença :

Je lève les yeux vers les montagnes, d'où me viendra le secours. Le secours me vient du Seigneur, qui a fait le ciel et la terre.

Il ne permettra pas que ton pied chancelle ; celui qui te garde ne sommeillera pas.

Voici, il ne sommeille ni ne dort, celui qui garde la gloire de ce monde de hautes montagnes.

Le Seigneur est celui qui te garde ; le Seigneur est ton ombre à ta main droite ;

Pendant le jour le soleil ne te brûlera pas, ni la lune pendant la nuit.

Le Seigneur te gardera de tout mal ; c'est lui qui préservera ton âme.

Le Seigneur gardera ton départ et ton arrivée, dès maintenant et à jamais.

C'est ainsi que nous recommandons au Seigneur tout-puissant les âmes de nos frères ici disparus, nos frères de cordée et des hautes altitudes – Percival Bromley et Kurt Meyer – et nous rendons leur corps à la terre, à l'air et à la glace ; dans la certitude et l'espoir de la résurrection et de la vie éternelle, par la foi de Percival en son Seigneur Jésus-Christ, et par l'amour de Kurt Meyer pour le Seigneur Dieu Yahvé, à l'avènement duquel, dans la majesté glorieuse, pour juger le monde, la terre, la mer et ces hautes cimes rendront leurs morts.

Nous n'avons rien apporté dans le monde, et il est évident que nous n'en pouvons rien emporter. Le Seigneur a donné, et le Seigneur a pris ; béni soit le nom du Seigneur. Amen.

Nous répétâmes « Amen », puis Jean-Claude, Pasang et moi poussâmes les bottes des deux hommes jusqu'à les voir basculer du bord de l'éperon et dégringoler en tournoyant pour aller se fracasser en silence quelque part sur le glacier du Kangshung, plus de trois kilomètres plus bas. Aucun de nous ne regarda tomber les corps. Sans perdre de temps, nous refîmes nos sacs à dos. Je vis Reggie fourrer son enveloppe de photos dans une poche de sa veste intérieure – nous nous étions distribué les copies avant la prière –, et je glissai la mienne dans un endroit sûr contre le dos de mon sac. Puis nous récupérâmes nos piolets et nous mîmes en route vers le deuxième ressaut.

Le soleil nous avait réchauffés quand nous nous étions assis un instant du côté est du champignon de pierre, mais dès que nous quittâmes l'arête pour la traversée sur la face nord, le vent qui soufflait sur des kilomètres de neige et de glace aspira toute notre chaleur. Nous devions continuer de bouger sous peine de geler.

Aucun ne parla avant que nous fussions remontés sur la ligne de crête, au pied du deuxième ressaut. L'obstacle était terrifiant à regarder, même sans la certitude que des Allemands à la gâchette facile surgiraient bientôt derrière nous.

« Si vous arrivez là-haut, Jake..., dit le Diacre après avoir abaissé son masque à oxygène. Enfin, quand vous arriverez là-haut, sa surface plate avec ses gros blocs de roche constituera une parfaite position défensive, même pour une armée équipée seulement de pistolets Very. »

Je levai les yeux vers la pente de neige abrupte qui montait jusqu'à un impossible amas de rochers débouchant sur une paroi verticale. *Parle-lui de l'obstruction dans ta gorge, de tes difficultés à respirer,* m'exhorta la partie oxygénée de mon cerveau moribond. *Il assumera ses responsabilités et escaladera lui-même ce putain de truc. Ou alors, Jean-Claude n'a qu'à s'en charger. Merde, à l'instant présent, même Reggie et Pasang sont de meilleurs rochassiers que toi, Jake Perry.*

« Ouais, un vrai fort Alamo, dis-je.

— C'est quoi, un "fort Alamo" ? » demanda J.-C. Il paraissait bien trop guilleret pour les circonstances.

Comme je m'étais remis à tousser, Reggie lui résuma en quatre phrases succinctes l'histoire du siège de fort Alamo.

« Une glorieuse bataille, apparemment, commenta J.-C. Comment s'est-elle terminée ? »

Je soupirai. « Les Mexicains ont envahi le fort et massacré tous les assiégés », répondis-je entre deux accès de toux. « Parmi lesquels mes héros,

Davy Crockett et son copain Jim Bowie, celui qui a inventé le couteau portant son nom.

— Aaah, dit Jean-Claude, puis il sourit. Dans ce cas, remercions Dieu de n'avoir à affronter que des Allemands, et pas des Mexicains. »

J'étais en train de retirer ma veste Shackleton, mes épaisseurs de duvet d'oie et mes deux paires de moufles pour ne garder que mes fins gants de soie.

Nous avions escaladé en crampons aussi haut que possible sur la pente neigeuse, jusqu'au pied du deuxième ressaut, et examinions maintenant la paroi, à la recherche d'une voie possible. La falaise mesurait presque trente mètres, et les grandes dalles qui la constituaient semblaient infranchissables, mais il y avait une fissure – ou plutôt une « diaclase » – sur la gauche de sa masse centrale. J'avais remonté mes lunettes pour mieux voir.

Le problème – comme on qualifie avec coquetterie des défis mortels dans les cercles d'alpinistes – était tout bonnement trop dur à résoudre. Surtout à cette altitude. Et surtout pour un homme ayant des éclats de verre dans la gorge. Tout le deuxième ressaut était constitué d'amalgames de rochers qui s'érodaient beaucoup plus lentement que le schiste et autre pierre en dessous.

Les dix premiers mètres de la paroi seraient sans doute franchissables, parce qu'il y avait des amoncellements de blocs et des extrusions de roche, et de plus petites fissures. Une rainure entre le plus gros de ces blocs et la paroi orientée vers l'est serait utilisable, avec une technique d'escalade parfaite et une bonne réserve d'énergie, mais je devrais faire un écart et me tenir en équilibre sur ce fichu bloc avant d'attaquer la deuxième section de cette ascension en trois parties.

Cette première section seule aurait constitué un défi amusant pour un après-midi de varappe près de Pen-y-Pass au pays de Galles, mais je n'imaginais même pas la quantité d'énergie qu'elle exigerait à 8 610 mètres d'altitude.

Je n'en continuai pas moins d'examiner la paroi, en tentant de déterminer la meilleure voie. S'il existait une « meilleure voie ». Aucun des deux rochassiers à côté de moi n'interrompit ma réflexion. À mon avis, ni J.-C. ni le Diacre ne trouvaient de solution non plus.

De ce gros bloc, neuf mètres plus haut, il faudrait monter une haute et dangereuse marche pour arriver sur une bande de neige abrupte – ou plutôt un cône de neige abrupt – et la traverser pour rejoindre la fissure centrale où la falaise rejoignait la face presque à angle droit. Dieu seul savait si ce cône de neige tiendrait le coup, ou glisserait sous mon poids et m'entraînerait dans sa chute. Ensuite, si je réussissais à atteindre un point plus élevé dans la fissure centrale, je devrais apprendre à léviter comme un saint bouddhiste pour parvenir à la base de cette dernière et encore plus difficile troisième section de l'ascension.

La fissure n'était pas suffisamment large pour que je puisse y glisser mon corps : tout juste pouvais-je y loger le plat de la main dans la plus grande partie de sa longueur. Une autre faille, plus petite, montait en arborescence à des angles probablement inutilisables à partir du point où il faudrait sauter de la bande de neige.

Cette dernière partie de l'ascension était mortelle – au sens propre du terme.

Elle serait classée dans la catégorie « extrêmement difficile » quelle que soit l'échelle de cotation considérée – à l'heure où j'écris, au printemps 1991, elle serait évaluée entre 5,9 et 5,10 dans la classification américaine –, c'est-à-dire requérant non seulement une grande expertise, mais aussi un engagement total. *Un engagement total ou un simple désir de mort.*

Et encore cette classification était-elle entendue pour une escalade au niveau de la mer. Qu'en était-il à 8 600 mètres d'altitude ?

Comment aurais-je pu dire à mes compagnons cette simple phrase : « Je n'en suis pas capable » ? Pas seulement parce que je ne faisais passer qu'un tiers de la quantité d'air dont j'avais besoin dans ma gorge obstruée et douloureuse et mon système respiratoire gelé, mais parce que je n'aurais pas été foutu de résoudre le problème de ces six derniers mètres un jour d'été dans le Massachusetts, si la paroi avait été à trois mètres du sol, et avec des matelas disposés tout autour.

Personne n'en était capable. En cet instant, j'étais certain que George Leigh Mallory n'aurait pas pu réussir – qu'il ne l'avait pas fait. J'étais sûr que Mallory et Irvine avaient examiné la paroi et fait demi-tour ici, au deuxième ressaut. Quelle que soit la raison pour laquelle ils avaient dû descendre les vires de pierre sous la Bande jaune après la nuit tombée, ce n'était sûrement pas l'ascension puis la descente du deuxième ressaut qui les avaient retardés.

C'était impossible.

« Comment voyez-vous les choses, mon ami ? » me demanda Jean-Claude.

Je toussai et m'éclaircis la gorge. « Je vais partir du haut de la pyramide de neige, dis-je, à deux ou trois mètres de la face et de la grande fissure.

Escalader les blocs jusqu'au gros du milieu, puis effectuer un jeté pour atterrir sur la bande de neige. J'essaierai ensuite de retraverser jusqu'à la fissure centrale, que j'utiliserai, avec les autres fractures, là-haut, pour atteindre l'endroit vertical, et là... eh bien, j'aviserai. »

Ma tirade était beaucoup moins assurée qu'elle ne le paraît, ainsi rapportée : j'avais dû m'interrompre trois fois pour tousser et me plier en deux lors des derniers spasmes.

« Je suis d'accord sur la voie, dit le Diacre. Mais vous sentez-vous d'attaque pour y aller, Jake ? Votre toux est épouvantable et ne cesse d'empirer. Je serais heureux d'essayer. »

Je sentis que je secouais la tête. Jusqu'à ce jour, je ne sais toujours pas si je disais *Bon Dieu, non, je ne me sens absolument pas d'attaque pour faire cette impossible escalade libre, ni pour mourir*, ou si j'insistais au contraire pour me lancer.

Mes amis choisirent la seconde interprétation.

Je ne portais plus à présent que ma veste Norfolk, mon pantalon de laine et mes fins gants de soie, ayant fourré tout le reste dans mon sac à dos. J'avais enfoncé mon bonnet de laine sur mon casque en cuir, au point qu'il recouvrait les lunettes que j'avais remontées sur mon front. Durant cette escalade – l'escalade suprême – je devais pouvoir voir mes pieds. Le masque à oxygène et les lunettes réduisaient mon champ de vision et créaient une trop grande distance entre le monde et moi. Je grimperais donc sans sac, sans oxygène, sans masque et sans piolet : je n'aurais rien sur le dos qui risquerait de me faire perdre l'équilibre. Je gardais les crampons, parce que je m'étais habitué à escalader les rochers avec, mais pour le reste, rien ne devrait entraver mon contact avec la roche ; rien, excepté la maladie, l'épuisement et une peur presque paralysante.

« Vous savez..., dis-je au Diacre et à Reggie d'un ton presque décontracté – l'effet fut cependant ruiné par ma toux et mes reniflements –, j'ai pensé à un moyen qui nous permettrait à tous de nous en sortir sans pertes humaines supplémentaires de part et d'autre. »

Tous deux haussèrent un sourcil et attendirent.

« Je pourrais brandir un drapeau blanc quand Sigl et ses hommes arriveront, et aller leur donner les photos. Et peut-être même les négatifs.

— *Pardon** ? » s'exclama Jean-Claude. Il paraissait choqué et déçu.

« Mais nous ne leur donnerions que quatre enveloppes et cacherions la cinquième quelque part dans une de ces fissures..., m'empressai-je d'ajouter – pour autant qu'on pût se presser quand on avait si peu d'oxygène. On s'en garderait une série, vous voyez.

— Et vous donneriez les négatifs aux Allemands ? » demanda Reggie. Je ne sus comment interpréter son expression.

Je haussai les épaules, ce qui était plus facile sans mon anorak en duvet. Mais je me refroidissais vite.

« J'en connais assez en photographie pour savoir qu'on peut obtenir de nouveaux négatifs à partir des tirages… des duplicatas, dis-je, comme s'il s'agissait d'une idée en passant et pas d'un sujet crucial. De cette façon, Sigl et ses acolytes considéreront qu'ils ont rempli leur mission, et nous, nous resterons en vie avec les sept photos à partager avec… eh bien, votre homme mystère, celui qui adore les chèques et l'or. Les Allemands n'auront plus aucune raison de nous tuer s'ils obtiennent ce qu'ils veulent… ce qu'ils sont venus chercher deux années de suite. »

Le Diacre secoua la tête – tristement, trouvai-je. « Ils nous tueraient quoi qu'il arrive, Jake. Même s'ils pensaient avoir récupéré toutes les photos. N'oubliez pas qu'ils ont assassiné tous nos Sherpas cette année, après avoir tué lord Bromley et ce jeune Autrichien l'année dernière. Ils ne prendraient pas le risque qu'on ébruite l'affaire en nous laissant la vie sauve.

— Et les *boches** n'ont pas besoin de raison pour tuer, ajouta Jean-Claude. C'est dans leur nature. »

Je fis oui de la tête comme si j'avais compris ça tout seul. Et j'aurais fini par comprendre… du moins en ce qui concernait les arguments du Diacre. Pour l'heure, mon cerveau était encore sur les fissures, les failles, les blocs, les champs de neige et la face abrupte dressée devant moi. Et il n'aimait pas du tout y être.

« Mais utiliser des photos pareilles… » Je sentais que je devais le dire, même si c'étaient les derniers mots que je prononçais. Je regardai mes quatre compagnons. « Même pour gagner une guerre ou préserver la paix… et ce ne sont que des conjectures aujourd'hui… utiliser ces photos, ce genre de choses, pour faire chanter quelqu'un… ce ne serait pas… enfin, ce ne pourrait pas être… *honorable.* »

Pendant une minute, on n'entendit plus que le vent entre les rochers et la falaise.

Puis le Diacre reprit : « Si des Allemands comme Herr Sigl et ses amis prennent le pouvoir, Jake, il y aura une nouvelle guerre. C'est inévitable. Et il n'y a rien d'honorable dans la guerre. *Rien.* Je sais de quoi je parle.

La seule façon de préserver un minimum d'honneur quand la guerre menace, c'est d'éviter le combat – et des gens plus intelligents que vous et moi estiment que ces photos *obscènes*, *ignobles* pourraient y contribuer. Une fois les hostilités déclenchées, on peut seulement tenter de rester digne malgré la peur qui nous tenaille à chaque seconde, et faire tout ce qu'on peut pour préserver la vie de nos hommes.

— C'est ce que vous avez fait pendant quatre ans, Richard, dit J.-C. Vous avez œuvré à préserver la vie de vos hommes. C'est ce que vous continuez à faire, ici, sur cette montagne. »

Étonnamment, le Diacre lâcha un éclat de rire sans joie. « Mon cher ami, dit-il en effleurant l'épaule de J.-C. Mes chers amis. » Il remonta ses lunettes pour nous regarder les uns après les autres, et le vent froid fit aussitôt monter des larmes à ses yeux gris. « Mes amis, j'ai échoué lamentablement à préserver la vie de mes soldats. Je n'ai même pas réussi à protéger nos trente Sherpas durant cette expédition en temps de paix. Ils étaient sous *mon* commandement dans cette montagne. La plupart d'entre eux sont morts. Mon Dieu, je me suis même fait voler ma carabine. Si tous les hommes respectables que j'ai tués ou contribué à faire tuer pendant la Grande Guerre devaient venir ici, ils formeraient une ligne de Darjeeling jusqu'au sommet de l'Everest. »

Il se tut.

« Bon, dis-je, quand j'en eus assez du vent et du silence. Je ferais mieux d'y aller avant de geler sur place. C'est un point de relais correct, je resterai donc encordé jusqu'à ce que j'arrive en haut et à gauche de cette bande de neige, à environ quatorze mètres. L'un d'entre vous pourrait monter et m'assurer à partir de là. J'aménagerai une petite plate-forme de neige si nécessaire. Quoique non, l'endroit n'est pas sûr pour un relais – si je tombe de la paroi, j'entraînerai aussitôt le relayeur. J'aiderai plutôt l'un de vous à monter jusque-là avec des cordes fixes, et j'escaladerai ensuite sans m'encorder, pour que quelqu'un d'autre puisse essayer si je tombe.

— Je vous suivrai là-haut quand vous aurez trouvé un relais sur les blocs », dit le Diacre.

Jean-Claude était penché au-dessus du bord de la face nord, examinant nos empreintes de pas avec ses jumelles. « Les Allemands montent vers le champignon, dit-il dans le vent. Nous devons nous dépêcher si nous voulons atteindre notre fort Alamo à temps. »

20.

Je ne connaissais absolument rien à la méditation zen, si, comme l'avait suggéré Reggie, c'était bien là ce que pratiquait le Diacre quand il s'asseyait tous les matins en tailleur et semblait se perdre dans ses pensées, et je n'avais eu ni le temps ni l'envie de l'interroger sur la question au cours de cette folle ascension.

Mais je soupçonnai alors et je sais à présent que l'alpinisme – et plus particulièrement l'escalade sur roche dans des conditions extrêmes, où l'erreur n'est pas permise – est un étrange et bel équivalent du zen. Le grimpeur fait le vide dans son esprit, où il ne reste plus que les mouvements qu'il projette de faire, les prises qu'il voit, sent ou espère, la vitesse dont il aura besoin pour rester attaché à la face abrupte ou verticale. On imagine – on visualise, on répète, on éprouve – les gestes et les étirements qu'on s'apprête à faire, les prises de main ou de pied qu'il faudra trouver, la friction salvatrice qu'il faudra créer là où elle manquait.

Après avoir noué la corde d'assurage autour de ma taille pour la première section de cette escalade impossible, j'attaquai la paroi – gravissant d'abord vers la gauche et la fissure *off-width* où les faces se rejoignaient à un angle aigu, la diaclase commençant juste sous cette jonction et s'élargissant pour devenir une faille d'environ quatre ou cinq centimètres, quatorze mètres plus haut. Cette fissure était remplie de roches et de cailloux et, d'en bas, ne semblait pas présenter de difficulté spécifique.

Ce n'était pas tout à fait vrai, car en traversant rapidement vers la gauche et cette fissure, je me retrouvai dans l'ombre et l'air fut soudain douloureusement froid. Je devais m'éloigner le plus vite possible de ces zones d'ombre, sous peine d'abandonner plus tard des doigts, des orteils, des mains et Dieu sait quoi au scalpel du chirurgien.

Je grimpai par l'étroite rainure près de la jonction des deux faces puis déviai sur la droite, mes doigts trouvant des prises invisibles à mes yeux, les pointes de mes crampons prenant appui sur des fissures d'un centimètre. Puis une petite escalade verticale, ma main gauche enfoncée profondément et douloureusement dans une fissure juste sous le cône de neige à mi-parcours, mes pieds tâtonnant à gauche et à droite avant de trouver la moindre traction, et enfin je fus en équilibre sur un maigre bloc de dix centimètres de large, où je toussai et pantelai. Dix centimètres, c'était un boulevard, ici… une prairie du Kansas.

C'était la « haute marche » qu'il fallait gravir pour rejoindre la bande de neige que j'avais vue d'en bas et dont j'avais décidé de me préoccuper quand j'y serais.

Eh bien, j'y étais. Il n'y avait rien contre quoi caler mes crampons ou mes mains pour pouvoir me hisser sur la marche d'un mètre vingt et atteindre la dalle pentue et couverte de neige. (Elle n'était pas suffisamment plane pour mériter le nom de vire.)

La mort peut vite advenir lors de ce genre d'escalade quand on s'arrête pour réfléchir. Parfois, il faut faire confiance à son instinct, son expérience et le bref avantage que donne l'adrénaline sur la pensée rationnelle.

Sachant que le Diacre ne pourrait pas m'assurer si je chutais en faisant ce pas de géant – ce saut, plutôt – et voyant les deux mille quatre cents mètres de vide sous mes bottes et entre mes jambes, au moment où je me jetai vers le haut je regrettai, l'espace d'une seconde, de m'être attaché à la corde même pour cette partie « facile » de l'escalade. Je n'avais vraiment pas envie d'entraîner le Diacre avec moi si je faisais une chute mortelle.

J'atterris à plat ventre sur la neige glissante. La corniche était exposée au soleil depuis des heures et sa surface mouillée par endroits… mes doigts s'enfonçaient dans la neige sans trouver de prise. Je me mis à glisser vers la droite et l'à-pic.

Puis la pointe de mes crampons réussit à s'accrocher dans les trois centimètres de neige de la dalle. Ma glissade ralentit, puis s'arrêta. Bougeant au ralenti, poussant sur mes bottes rigides, je parvins à hisser mon corps centimètre par centimètre vers la gauche. Enfin, malgré l'angle de la pente et le vide abyssal en dessous, je me levai et j'attrapai un rocher plus haut pour garder l'équilibre.

Puis je marchai jusqu'à l'extrémité gauche de cette saillie en forme de cône, trouvai un coin où je pus former une petite plate-forme de neige et j'enroulai la corde autour du seul relief pouvant servir de point d'assurage – une aiguille rocheuse de sept centimètres de haut et pas plus large que mon nez. Après avoir secoué la corde et avalé le mou, je la passai sur mon épaule comme je l'avais fait des milliers de fois et criai : « Relais !

— C'est parti ! » répondit le Diacre. Utilisant parfois la corde tendue pour ne pas être catapulté en arrière, il grimpa vers moi dans le style de George Mallory – comme une araignée électrique.

En quelques minutes, il m'avait rejoint. Je savais que je devais bouger – à l'ombre, je gelais sans mes couches de duvet et mes moufles et je tremblais déjà (peut-être à cause de l'adrénaline en plus du froid) –, si bien que je me décalai d'environ un mètre vers la fissure *off-width* et cédai ma place à Richard Davis Deacon sur la petite plate-forme merveilleusement plane que j'avais créée. (Une fissure *off-width*, en langage de grimpeur, est une fissure trop large pour y effectuer un verrou d'une main, beaucoup trop large pour y planter un piton – si l'on est l'un de ces quincailliers allemands –, mais foutrement trop petite pour qu'on y passe le corps entier. En conclusion, sauf pour y balancer des bouteilles comme dans une poubelle, les fissures *off-width* sont souvent inutilisables.) Mon pied se trouvait à présent dans cette fissure, et je me maintenais à moins d'un mètre au-dessus de la tête du Diacre, dans l'angle où les deux faces de la falaise se rejoignaient, grâce à la pression des crampons sur la roche calcaire et à mes deux bras écartés. C'était une position épuisante à cette altitude : je savais que je ne tiendrais pas plus d'une minute.

« Restez encordé », me dit le Diacre dans un souffle. Il était livide après son ascension, alors même qu'il s'était aidé par moments de ma corde tendue. Je n'osais pas imaginer à quoi ressemblait mon visage, mais en cet instant, je me sentais tel Moïse descendant du mont Sinaï avec deux cornes de lumière émanant de ses tempes. Sauf que moi je montais – du moins l'espérais-je.

« Non », dis-je. Tenant en équilibre grâce à ma botte, mon dos et une main tendue, je détachai la corde d'assurage de mon baudrier et l'enroulai deux fois par-dessus la ceinture de toile de ma veste Norfolk afin qu'elle reste accrochée à moi tant que je grimperais, mais se défasse si je me détachais de la paroi. Puis je recommençai à grimper tant qu'il restait encore un minimum de chaleur, d'énergie et de volonté dans mon corps tremblant.

21.

À l'instant où je m'attaquai à cet impossible deuxième ressaut je sus que, dussé-je vivre trois minutes – y compris le temps où je serais conscient dans ma chute de deux kilomètres – ou soixante-dix ans, cette tentative d'ascension resterait ma plus grande fierté.

Je respirais mal à cause de la constriction de ma gorge, mais ne m'en souciais plus. J'avais pris une profonde, mais insuffisante goulée de cet air glacial au-dessus de 8 570 mètres, et je terminerais cette ascension grâce à ce seul afflux d'oxygène. Ou pas.

Le bon sens et l'expérience m'incitaient à essayer de rester à l'extrême gauche de cette paroi de presque huit mètres, en utilisant comme je pouvais cette fissure *off-width*.

Mais j'en décidai autrement. Je sentais dans mes tripes que je signerais mon arrêt de mort en faisant ça. Je choisis plutôt une étroite branche de l'arborescence de petites failles à droite.

Les plus grandes fissures verticales à droite étaient presque remplies de petits cailloux. Là encore, trop risqué d'y mettre la main ou la botte.

Des verrous de main et de doigts sur des prises inexistantes – et la vitesse, le plus de vitesse dont j'étais capable – me hissèrent aux deux tiers de la face plate. J'aurais sûrement rigolé si j'avais regardé en bas – la courbure de la Terre était visible depuis que nous avions atteint le premier ressaut ; là, sur le deuxième, les cimes de montagnes distantes de plus de trois cents kilomètres pointaient au-dessus de cette courbure brumeuse, et le sommet de tous les pics himalayens de 8 000 mètres était maintenant *en dessous* de moi –, si bien que je me gardai d'admirer le paysage et continuai de grimper tel un lézard sur une roche chaude.

Sauf que celle-ci ne l'était pas : il faisait un froid d'un autre monde. Cette fichue face, orientée au nord, ne voyait quasiment jamais le soleil. Mes mains et chaque partie de mon corps entrant en contact avec elle – et je voulais que tout mon corps l'épouse – absorbaient ce froid engourdissant plus vite que je ne pouvais grimper.

Je mettais mes mains gelées là où je savais d'instinct qu'il y aurait des prises invisibles. Les extrémités d'acier de mes crampons lançaient des étincelles au contact du granit et du calcaire.

J'approchais du sommet – un foutu surplomb, évidemment, qu'il aurait été impossible d'escalader même au pays de Galles, par une journée d'été, à moins d'avoir plein de nœuds de Prussik, une solide corde à laquelle se suspendre et un des jumars de J.-C. à faire glisser dessus. Je continuai donc à progresser, une pointe de crampon trouvant une prise, tout en glissant vers la gauche et cette fissure *off-width* jusqu'ici inutile.

Bon. La fissure était encore trop large pour que j'y cale la main ou l'avant-bras, et trop étroite pour mon corps entier, mais je pouvais toujours y enfoncer mon coude, verrouiller le bras et, une fraction de seconde plus tard, coincer mon pied gauche et la jambe dedans. C'était ça, mon plan, comme je m'en rendis compte.

Et quel plan.

Il n'y avait aucune prise de main ou de pied solide près de la fissure, bien sûr – Dieu n'allait tout de même pas me faciliter la tâche –, mais dans ce genre d'escalade, l'adhérence et la vitesse sont Dieu, si bien que je les priai toutes les deux, et les utilisai pour gagner encore plusieurs dizaines de centimètres.

Les poumons en feu, la vision tunnelisée, ignorant la douleur dans mes jambes égratignées par la roche, je m'aidai de mes genoux pour progresser d'un mètre supplémentaire et rencontrai… un autre surplomb.

Une fois encore, je dus me retenir de rire, pour ne pas risquer de gâcher le peu d'oxygène qui restait dans mes poumons.

Le surplomb se terminait à environ un mètre quatre-vingts à ma droite. Je tendis donc ma jambe droite aussi loin que possible, faisant crisser mes crampons, jusqu'à ce que ma botte trouve une vire à peu près aussi grande qu'un crayon cassé. J'y déportai tout mon poids, cherchai en vain une prise pour ma main droite tâtonnante et m'en remis une fois encore à l'adhérence contre une partie de la dalle un peu moins inclinée qu'à la verticale.

Un autre replat, moins d'un mètre plus haut, pour ma botte gauche, quelques secondes supplémentaires à vaciller au-dessus du vide, et la partie supérieure de mon corps fut sur le bord du surplomb, ma main droite trouvant toutes les prises nécessaires. J'étais en haut du deuxième ressaut.

Je m'y hissai complètement et roulai pour m'écarter de quelques centimètres du bord, afin que le précipice de deux mille quatre cents mètres ne soit plus directement sous ma tête, mes épaules, mes pieds ou mon derrière.

Je ne pouvais toujours pas respirer, mais je pouvais me lever, et c'est ce que je fis. À quelques mètres de la falaise du deuxième ressaut, il y avait un joli banc de calcaire d'un mètre vingt sur quatre-vingt-dix centimètres, avec plein d'arêtes et d'ondulations de roche et même quelques minces bornes de pierre auxquelles accrocher des cordes d'assurage.

Merci, mon Dieu.

Souffrant le martyre à chaque inspiration et expiration, je prévins pourtant les autres d'une voix calme et assurée – d'après ce que me dit plus tard Pasang – qu'ils pouvaient commencer à monter. J'avais apporté trente-six mètres de corde miracle ; après l'avoir arrimée au banc et aux bornes de pierre, j'en utilisai trente mètres.

Le Diacre prit son temps, tâchant de parcourir la plus grande partie de la voie en escalade libre lui aussi, mais en évitant deux ou trois fois la chute grâce à la corde tendue. Je m'en fichais et jamais ne le mentionnai ensuite. Ce n'était pas une compétition.

Les autres – sauf Jean-Claude – utilisèrent à plein la tension de la corde, assurés par deux, trois, puis quatre d'entre nous pour réussir cette escalade impossible.

Personne ne résista à l'envie de regarder le panorama depuis le deuxième ressaut. Il y en avait un troisième, un peu plus haut sur l'arête nord-est et juste avant la pyramide sommitale enneigée de l'Everest, mais ce dernier ressaut ressemblait à un marshmallow comparé à celui que nous venions de gravir. D'autant qu'on pouvait apparemment le contourner par une traversée du champ de neige à ses pieds, si nous ne voulions pas escalader les blocs rocheux.

Derrière ce troisième ressaut – paraissant à un jet de pierre de nous –, une pente de neige d'abord graduelle puis très raide menait au sommet. Ce serait une ascension difficile, mais loin d'être aussi technique que le passage du deuxième ressaut.

Enfin se dressait le sommet enneigé et ses dangereuses corniches, toutes parfaitement visibles au soleil et dans l'air cristallin. Un vestige du nuage lenticulaire flottait vers l'ouest, mais il n'annonçait pas de changement de temps. Le vent soufflait très fort, toujours du nord-ouest, mais nous nous penchâmes en avant pour lui résister et criâmes notre joie.

Du moins, les autres le firent.

Je finis par m'apercevoir que je ne respirais plus du tout. Tandis que mes amis faisaient quelques pas vers l'ouest, je tombai à genoux juste derrière le banc de pierre.

J'étais incapable de respirer ; incapable même de tousser. L'air ne circulait plus dans mes poumons douloureux et meurtris. La pince de langouste au fond de ma gorge – qui me faisait maintenant l'effet d'une masse coupante de métal froid – bloquait tout. J'étais en train de mourir. Je *savais* que je mourais. Mes quatre amis criaient, se tapaient dans le dos et regardaient le sommet de l'Everest dans le soleil de midi, pendant que j'agonisais. Déjà ma vision se modifiait et les points noirs dansants cédaient la place à un tunnel obscur.

Le docteur Pasang se retourna et, en trois enjambées, fut à mes côtés. Il posa un genou à terre, et je fus vaguement conscient que les trois autres m'entouraient aussi. Jean-Claude et le Diacre me contemplaient, déroutés, et Reggie s'était agenouillée près de moi sans savoir que faire. *C'est vrai*, pensai-je et appris-je en cette seconde. *Même quand on est entouré, on meurt complètement seul.*

J'entendis Pasang dire : « Aidez-moi à le redresser », tandis que les canaux du son et de la vue se refermaient déjà. De très loin je sentis des mains me relever brutalement et me faire tenir à genoux.

Peu importait. Cela faisait maintenant presque deux minutes que je n'avais plus inspiré ou expiré. Ce qui m'obstruait la gorge la tranchait de l'intérieur. Je me noyais. J'étais déjà noyé. Mais sans même le cadeau empoisonné de l'eau pour remplir mes poumons à la place de l'air. J'émis quelques ultimes bruits d'étranglement et je tentai de basculer vers l'avant, mais des mains me tenaient toujours par les épaules, m'obligeant à mourir à genoux. Je regrettais seulement vaguement de mourir – j'aurais aimé aider encore un peu mes quatre amis.

Mais je les ai conduits en haut du deuxième ressaut. Ce fut ma dernière pensée consciente.

La paume de Pasang – je *crois* que c'était la large main du médecin – appuya si fort sur ma poitrine que je fus sûr qu'il me cassait les côtes et le sternum.

À la même seconde, il me frappa si violemment dans le dos que ma colonne vertébrale faillit se briser.

En une puissante poussée sanglante – comme si j'accouchais par la gorge et la bouche d'une terrible créature aux membres pointus –, l'obstruction monta et sortit.

Enfin, Reggie me laissa tomber en avant sur la chose que j'avais expectorée – on aurait dit un morceau de colonne vertébrale plein de sang, une espèce de super trilobite cramoisi qui avait dû s'insinuer dans ma gorge pendant mon sommeil au camp V quelques nuits plus tôt. Mais je me fichais de la nature de ce monstre : je pleurais presque dans ma joie de pouvoir respirer de nouveau. Respirer douloureusement, certes, mais respirer. De l'air entrait et sortait. Le tunnel de vision s'élargit et disparut. Je clignai des paupières dans l'éclatante lumière, jusqu'à ce que Reggie me remette délicatement mes lunettes. J'avais escaladé le deuxième ressaut sans lunettes pour pouvoir voir mes pieds, mais je ne souhaitais pas souffrir autant que le colonel Norton de cécité des neiges.

Je vais vivre, pensai-je, tout étourdi. Je me raclai la gorge, crachai beaucoup et répandis encore un peu de sang sur la chose épineuse que j'avais vomie sur la pierre.

« Qu'est-ce que c'est ? demanda J.-C. au docteur Pasang.

— C'est… c'était… la muqueuse entourant son larynx.

— Mais c'est aussi solide et piquant qu'un crabe, fit remarquer le Diacre.

— Elle a gelé au fil des jours, expliqua Pasang. Et grossi petit à petit dans sa gorge et son œsophage jusqu'à bloquer ses voies respiratoires.

— Il peut vivre sans ? » demanda le Diacre. Il paraissait seulement curieux, trouvai-je. Je décidai de l'interroger là-dessus plus tard.

« Bien sûr, répondit Pasang. Sa respiration restera douloureuse pendant quelques jours, et nous devrons le ramener à une altitude où l'air est plus riche, mais il s'en sortira. »

J'étais agacé de les entendre parler de moi comme si je n'étais pas là ; comme si j'étais bel et bien mort. Avec un peu d'aide, je réussis à me remettre sur pied. Dieu tout-puissant, le visage de mes amis, la grandiose pyramide sommitale, le bleu si intense du ciel, les cimes blanches et la stupéfiante courbure de la Terre… tout était magnifique. J'en pleurai presque de joie.

« Pas un geste ! » s'écria Bruno Sigl, à deux mètres derrière nous. Je jetai un coup d'œil par-dessus mon épaule, le temps de voir son pistolet noir braqué sur nous. Le Luger dans la main droite et la carabine Lee-Enfield à l'épaule, il se tenait sur le banc de pierre, bien campé sur ses jambes écartées, trop loin de nous pour qu'on puisse tenter de se ruer sur lui. Triomphant.

« Au moindre mouvement, reprit Sigl, je vous tue tous. Je n'ai plus besoin de vous. Et merci encore, Herr Perry, pour les cordes fixes sur cet intéressant deuxième ressaut. »

22.

Le vent nous poussait dans le dos. Nous étions alignés au sommet du deuxième ressaut, les mains en l'air face à Bruno Sigl comme il nous l'avait ordonné.

Le Diacre a encore le Luger de Bachner, songeai-je désespérément. Mais il avait tiré les deux cartouches, et l'arme était vide. Le pistolet de Sigl était sûrement plein. Combien de cartouches le Diacre nous avait-il dit que contenait le chargeur ? Huit ? Assez pour nous atteindre tous, recharger et donner le *coup de grâce** si nécessaire.

Nous avions parcouru beaucoup de chemin pour arriver à cet épilogue absurde et pathétique. Et tout ça parce que, distraits par ma crise de suffocation, nous n'avions pas remonté les trente mètres de corde d'assurage encore accrochés au banc de pierre en haut du ressaut. Telle une phalène affolée, mon cerveau passait d'une idée à une autre pour trouver une issue, en vain.

« Dites-moi où sont les photographies, dit Sigl. Pour m'épargner le temps et l'effort de vous fouiller, vos sacs à dos et vous.

— Quelles photographies ? » demanda Jean-Claude.

Sigl lui tira dessus. La détonation sembla très sonore, malgré le vent. J.-C. s'écroula sur la pierre couverte de neige. Je vis du sang couler de son flanc droit, mais pas en un flot suggérant qu'une artère était touchée. Qu'est-ce que j'en savais cependant ? Sinon que toute blessure ou maladie graves à cette altitude signifiait la mort.

Nous voulûmes tous aller vers notre ami, mais un mouvement du Luger nous immobilisa, et nous remîmes les mains en l'air. « Puis-je l'examiner et le soigner, Herr Sigl ? demanda Pasang. Je suis médecin. »

L'Allemand éclata de rire. « Non. Vous êtes un nègre et vos mains ne devraient jamais toucher la chair aryenne… même celle d'un Français mort. »

Je serrai les dents. Mais ne bougeai pas. Je ne me ruai pas sur mon sac à dos, à deux mètres de moi, pour y chercher mon pauvre pistolet Very non chargé. Je ne baissai pas les mains. Je me rendis compte que j'avais très envie de vivre, ne serait-ce que quelques minutes de plus.

« Je vous ai vus, à travers mes jumelles, prendre ces photos sur les corps, dit Sigl. Cinq enveloppes. N'insultez plus jamais mon intelligence.

— Herr Sigl, demandai-je d'une voix rauque. Puis-je cracher ?

— Quoi ? » Il braqua son Luger sur mon visage.

« Du sang, Herr Sigl. Puis-je cracher le sang que j'ai dans la bouche, avant qu'il me fasse vomir ? »

Comme l'Allemand ne répondait pas, je me tournai de côté à cause du vent et crachai le caillot de sang qui s'était formé dans ma gorge endolorie. « Merci », lui dis-je. *Merci de ne pas nous tuer, monsieur.* Pathétique.

« Ça ne va pas fort, monsieur Perry, dit Sigl en riant une fois encore. Vous souffrez peut-être d'embolie pulmonaire. » Il agita son pistolet vers nous. « Déshabillez-vous tous. Laissez tomber vos vêtements à vos pieds, puis reculez. N'essayez pas de jouer les héros ou vous mourrez tous sur-le-champ.

— Moi d'abord », dit Reggie, faisant un pas en avant. En quelques secondes, elle avait posé son sac à dos – hors de sa portée –, retiré son anorak, son duvet Finch et son pantalon de duvet, les coinçant sous son pied, alors que le vent la poussait fort dans le dos. Quinze secondes plus tard, elle ne portait plus qu'une chemise en laine au-dessus de ce qui semblait être des sous-vêtements de soie. Sigl l'observait en ricanant, mais sans jamais nous quitter des yeux, nous non plus. Si Reggie comptait distraire l'Allemand pour nous donner une chance de nous ruer sur lui, son plan ne fonctionnait pas. Il était trop loin, et nous étions alignés, si bien qu'aucun de nous ne pouvait bloquer un tir avec son corps.

Reggie laissa tomber sa chemise sur le tas de vêtements, qu'elle bloqua avec sa botte, puis enleva des épaisseurs de coton et de soie. À présent, elle était en caleçon de laine de la taille jusqu'en bas, et ne portait plus qu'un soutien-gorge en haut. Elle passa les bras dans son dos pour le dégrafer.

J'avais envie de pleurer. Des parties délicates du corps de Reggie seraient atteintes de gelures d'ici à quelques minutes, ou plus probablement quelques secondes. Jean-Claude continuait de se tortiller sur la neige en perdant du sang.

« Désolé, Frau Bromley-Montfort, dit Sigl dans un rire, mais j'ai déjà vu des seins anglais. *Sogar die Titten von englischen Mädchen !* Et de plus gros. Mais quand vous serez nue, je vous tuerai peut-être en dernier... à moins que je ne vous laisse vivre le temps que mes hommes s'amusent un peu avec vous. » Puis son visage se déforma en un rictus bestial et il jeta : « Où sont les photos, espèce de putain anglaise ?

— Dans mon sac à dos. Je peux les prendre si... »

Sigl secoua la tête.

C'est alors que Jean-Claude se releva d'un bond et, sans même tenir son flanc blessé, se précipita vers Sigl.

L'Allemand recula d'un demi-pas et tira deux fois. Et toucha deux fois J.-C. à la poitrine ou dans le ventre. Notre ami continua à chanceler vers lui.

Sigl fit deux pas vers la gauche, vers la face sud, mais encore loin de la corniche de neige, et tira deux cartouches supplémentaires. La quatrième traversa le corps de Jean-Claude et transperça la bouteille d'oxygène dans son sac à dos. Un flot d'air anglais se répandit en sifflant dans le vent et enveloppa les deux hommes dans une brume de cristaux de glace.

Nous en profitâmes tous pour nous déplacer, mais ce fut Jean-Claude qui entoura l'Allemand de ses bras et le força à faire un pas en arrière, puis deux, puis quatre...

« *Nein, nein, nein !* » hurla Sigl en frappant la tête de Jean-Claude avec la crosse de son Luger. Tous deux titubèrent encore de trois pas sur la neige de la corniche.

« *Sale boche** », haleta Jean-Claude, crachant de grandes quantités de sang sur l'anorak blanc de Sigl. Même avec cinq balles dans le corps et l'oxygène qui gelait dans l'air autour d'eux, J.-C. ceinturait Sigl de son bras gauche et semblait, de sa main droite ensanglantée, vouloir lacérer le flanc gauche de l'Allemand.

La corniche se déroba sous eux, et ils disparurent par le trou dans la neige. Nous tous, sauf Reggie, nous approchâmes autant que possible du bord de la face sud. Sigl hurla un long moment, son cri se modifiant sous l'effet Doppler, alors que les deux hommes enlacés tombaient, tombaient en un plongeon sans fin. Aucune aiguille miracle ne vint arrêter leur chute comme pour Percival et Meyer ; de plus ils n'étaient pas encordés, mais seulement liés par l'étau puissant des bras de J.-C. Bientôt, ils ne furent plus que des points, qui disparurent à leur tour de notre vue quelque part sur le glacier du Kangshung, trois mille mètres plus bas.

Je n'entendis pas Jean-Claude crier. Je crus – et j'ai choisi de croire jusqu'à ce jour – qu'il était mort avant de comprendre qu'il tombait, même si son plan consistait précisément à basculer de la corniche avec Sigl.

Le Diacre baissa les yeux et, en suivant son regard, je compris pourquoi J.-C. avait furieusement griffé de sa main droite le flanc de l'Allemand.

Il avait arraché la carabine Lee-Enfield de l'épaule de Sigl et l'avait lâchée une seconde avant la chute.

Je la ramassai. « La lunette télescopique s'est brisée sur la roche, dis-je.

— Ça n'a pas d'importance », dit le Diacre en me prenant l'arme des mains. Il retira le chargeur trapézoïdal, placé devant le pontet, le vida dans sa main et compta les longues cartouches chemisées de cuivre. Puis il les remit dans le chargeur en utilisant son pouce. J'en avais compté dix. Leur extrémité en plomb paraissait très lourde et pointue.

Reggie se rhabillait avec l'aide de Pasang. Les lèvres bleues, elle tremblait de manière incontrôlable à cause du froid. Contrairement à ce qu'avait prétendu Bruno Sigl, elle avait réussi à le distraire juste assez pour permettre à Jean-Claude d'agir.

Je traversai le ressaut avec le Diacre jusqu'au banc de pierre dominant l'à-pic de trente mètres. Il mit un genou à terre derrière le banc et posa les coudes et le fusil sur la pierre. Je m'agenouillai à côté de lui et pris les jumelles qu'il venait de sortir de son sac.

« Vous serez mon observateur, dit-il. Vous ouvrez l'œil et vous me dites si je tire trop haut ou trop bas, trop à gauche ou trop à droite. Si je manque ma cible, dites-moi de combien et dans quelle direction. J'ajusterai en fonction de ce que vous m'annoncerez. » Sa voix était aussi calme que s'il discutait de l'horaire des trains à la gare de Paddington.

« Compris », dis-je, et je levai les lourdes jumelles.

Les quatre autres Allemands n'étaient qu'à mi-chemin entre le champignon et le deuxième ressaut. Ils avaient dû faire une pause derrière le gros bloc de pierre, à l'abri du vent, pendant que Sigl partait devant.

Avant que Reggie et Pasang nous aient rejoints, le Diacre – utilisant seulement la mire métallique – avait inspiré, retenu son souffle et tiré sa première cartouche. La détonation me fit sursauter et m'assourdit pendant un instant.

Le premier Allemand de la file, sur l'arête, bascula en arrière comme si quelqu'un l'avait tiré par les jambes. À travers les jumelles, je vis la tache rouge s'étendre sur son anorak blanc et couler sur la neige.

« Et de un, dis-je. Touché en plein dans la poitrine. »

Deux autres Allemands se retournèrent pour s'enfuir, oubliant qu'ils étaient encordés et encore reliés à l'homme qui venait de s'effondrer. Son corps fut traîné sur quelques mètres. La scène, digne d'un film burlesque avec les Keystone Kops, eût presque pu me paraître drôle si tout le reste n'avait pas été si atrocement triste.

Les deux Allemands partis en courant trébuchèrent et tombèrent, tandis que le troisième, toujours debout, se tourna vers nous, sortit un pistolet de la poche de son anorak et fit feu dans notre direction. J'entendis un bourdonnement d'abeille distant, mais aucune balle ne passa près de nous. Le bruit de ses tirs se perdit dans le vent.

Le Diacre inspira de nouveau, retint une fois encore sa respiration et visa l'Allemand au visage. À travers mes jumelles, je vis trop bien l'explosion de sang, de chair et de fragments de crâne. Le pistolet lui tomba des mains, et il s'écroula sur le sol de roche et de neige, ses longues jambes encore agitées par l'influx nerveux. La matière grumeleuse et grise de sa cervelle dégoulina de son casque de cuir.

« Mort, dis-je. Une balle dans la tête. » J'ignorais si ce genre d'annonce faisait partie du travail de l'observateur, mais je n'avais servi à rien jusqu'ici.

Les deux derniers hommes essayaient de se relever. L'un d'eux regarda dans notre direction, tête penchée en arrière pour nous apercevoir en haut du deuxième ressaut ; soudain, il leva les bras en l'air en un geste universel de reddition.

Le Diacre tira deux fois et l'atteignit deux fois dans la poitrine au-dessus du cœur. Je notai, en observant avec les jumelles, que les deux impacts mortels étaient contenus dans une surface pas plus grande que celle de ma main ouverte.

Le dernier se contenta de retirer sa capuche, sa cagoule et son masque à oxygène – révélant un visage imberbe qui semblait très allemand et terriblement jeune –, puis tomba à quatre pattes en pleurant. J'eus envie de dire : *C'est encore presque un petit garçon !*

Je ne dis rien. Kurt Meyer était encore presque un enfant, lui aussi.

Le Diacre tira trois fois ; une fois avant que l'homme en anorak de camouflage blanc tombe à terre, puis deux autres fois, jusqu'à ce qu'il s'immobilise.

Plus rien ni personne ne bougeait sur cette portion de l'arête nord-est, à part quelques morceaux de tissu déchiré sur les vêtements des morts.

Reggie et Pasang se tenaient derrière nous et regardaient en bas. Personne ne parla. Comme mus par la même pensée, nous nous retournâmes et fîmes quelques pas vers le sud, nous arrêtant avant la corniche effondrée. Le glacier, si loin en contrebas, paraissait désert.

« Merde, dit doucement le Diacre.

— Oui », murmura Reggie.

Nous reculâmes et allâmes nous asseoir sur nos sacs à dos, à l'abri du banc de roche – jonché de sept douilles que le Diacre ramassa par habitude et fourra dans une de ses poches. Tête basse et épaules rentrées à cause du vent, nous nous mîmes à discuter tous les quatre de ce que nous allions faire ensuite.

23.

Blottis derrière le banc de pierre, côté est, en haut de la face, nous nous accordâmes cinq bonnes minutes d'air anglais, réglé au débit maximal. L'afflux d'oxygène me fit du bien, et je cessai de tousser et d'expectorer pendant un moment.

Enfin, nous posâmes nos masques, et la discussion commença.

« Je n'arrive pas à croire que Jean-Claude soit parti », dit Reggie. Nous nous penchâmes plus près pour l'entendre, quoique le vent parût se calmer, comme si l'Everest nous offrait un bref moment de répit pour honorer le souvenir de notre ami.

Malgré cette accalmie, plus personne ne dit rien pendant une minute ou deux. « L'heure de la décision est arrivée », déclara enfin le Diacre.

Je ne comprenais pas. « Quelle décision ? Une douzaine d'Allemands sont morts, dont Sigl. Plus rien ne nous empêche de redescendre de la montagne, de faire une halte à ce qui reste du camp de base puis de nous tirer d'ici. De rentrer à Darjeeling. » C'était un long discours pour un homme ayant la gorge si irritée, et j'étais désolé d'infliger ma voix éraillée à mes amis.

« À mon avis, Sigl est venu en force, cette année, fit remarquer le Diacre. Douze hommes sont peut-être morts, mais ça m'étonnerait qu'un type aussi rusé que lui n'en ait pas laissé un ou deux de plus sur le glacier, dans l'Auge ou au camp de base. Pour être sûr qu'aucun de nous n'en sortirait vivant.

— Nous devons faire parvenir ces photos et les négatifs à Londres, dit Reggie. C'est la priorité. La raison pour laquelle Jean-Claude et les Sherpas sont morts, même si ces derniers ne le savaient pas. »

Le Diacre hocha la tête une fois, deux fois, puis la secoua. Ensuite il leva les yeux et regarda au-dessus de ma tête, vers l'ouest. « Je veux gravir cette montagne, dit-il. Mais je n'ai jamais abandonné un alpiniste en détresse, et je ne vais pas commencer aujourd'hui, Jake. »

J'en fus sidéré. « Si vous voulez continuer à grimper, je suis prêt à venir avec vous », mentis-je. J'avais l'impression que ce fichu trilobite que j'avais recraché m'avait grignoté de l'intérieur – comme les goraks avaient vidé le corps de Mallory.

« Non, monsieur Perry, vous n'êtes pas en état de l'accompagner », intervint Pasang.

Je lui jetai un regard noir. De quel droit me priverait-il du rêve de ma vie ?

De son droit de médecin, répondit la partie suffisamment oxygénée de mon cerveau.

« Le sommet devrait se trouver à deux heures d'escalade d'ici – peut-être deux heures et demie en progressant lentement dans la neige profonde de la pyramide, dit le Diacre. Mais nous disposons d'assez d'oxygène pour l'aller et le retour.

— Non, dis-je de ma voix rauque. Nous en avons à peine une bouteille pleine chacun.

— Vous n'avez pas remarqué les cylindres que portaient Sigl et les Allemands que nous avons tués ? C'étaient nos appareils – les appareils de Jean-Claude. Ils ont dû trouver notre cache au camp de base. Ils n'ont probablement pas utilisé plus de deux bouteilles chacun pour grimper jusqu'à l'arête nord-est… ce qui nous laisse au moins huit bonbonnes supplémentaires. Pleines. »

Je compris alors que nous avions une chance unique de pouvoir tenter le sommet – une bien meilleure chance que Mallory et Irvine lors de leur dernier jour. Ils avaient dû grimper depuis le camp VI, à 8 230 mètres d'altitude, avec deux ou trois bouteilles chacun. Et leurs appareils étaient bien plus lourds que les nôtres. Nous avions déjà franchi le deuxième ressaut – et n'étions plus qu'à deux heures du sommet, à seulement deux cent cinquante mètres verticaux. En plus des appareils à oxygène supplémentaires, nous disposions de la grande tente de Reggie… dont nous pourrions nous servir si le mauvais temps nous contraignait à bivouaquer. Pour toutes les expéditions précédentes, un bivouac à cette altitude aurait signifié une mort certaine. Pour la nôtre, avec la tente de Reggie, nos vêtements de duvet et nos réserves d'oxygène, ce serait seulement une première. Une des nombreuses premières pour l'expédition Deacon-Bromley-Montfort-Pasang-Perry-Clairoux.

La pensée de J.-C. et de sa détermination joyeuse à gravir cette satanée montagne fit geler des larmes sur mes cils.

« Je veux y aller, dis-je. Nous irons tous. Nous poserons le pied au sommet en même temps.

— Non, dit Pasang. Monsieur Perry – excusez-moi, monsieur –, vous n'avez pas perdu beaucoup de sang lorsque vous avez expectoré la muqueuse gelée. Mais si vous poursuivez l'ascension, si vous restez ne serait-ce que quelques heures de plus à cette altitude, vous risquez l'embolie pulmonaire, voire pire. Une autre nuit ici vous serait sûrement fatale.

— Je prends le risque », dis-je de ma voix grinçante. Mais je sentais déjà la léthargie tenter de me clouer au sol.

« Pouvons-nous atteindre le sommet et être de retour avant la nuit ? demanda Reggie. Ou faudrait-il dresser ma tente dans un endroit exposé, comme à côté du champignon ? »

Le Diacre inspira et secoua la tête. « Je compte y aller seul. Et je ne compte pas revenir. »

Je tentai de crier, mais ma gorge me faisait trop mal. À la place, je pris une bouffée d'air anglais.

« Vous comptez commettre un suicide là-haut juste pour grimper cette montagne ? s'écria Reggie. Vous êtes un *lâche*, quoi que m'en ait dit mon cousin Charles et malgré toutes vos médailles rutilantes ! »

Le Diacre sourit.

Je me souviens d'avoir pensé : *Qu'est-ce qu'il y a de drôle ?* Je n'arrêtais pas d'entendre et de réentendre le sifflement de la bouteille d'oxygène de J.-C., après que la balle avait transpercé mon ami et le cylindre de métal. J'avais eu l'impression que c'était l'âme de Jean-Claude qui sortait de son corps.

« Si monter au sommet et ne pas en redescendre n'est pas du suicide, qu'est-ce donc ? » demanda Reggie au Diacre. Elle semblait prête à le frapper.

« Vous vous souvenez de la visite de Ken dans le Sikkim ? demanda le Diacre.

— K. T. Owings ? m'exclamai-je. Qu'est-ce qu'il a à voir là-dedans ?

— Oui. Ken vit au Népal, dans une ferme située au pied de l'approche sud de l'Everest, dans la vallée de Khumbu, depuis qu'il a décidé de se retirer du monde après la guerre. Il est toujours poète, sauf qu'il ne montre plus ses écrits. Et il est toujours alpiniste, même si plus personne n'entend parler de ses escalades.

— Êtes-vous en train de nous dire que votre copain Ken Owings a gravi l'Everest, et qu'il vous attend là-haut avec un dirigeable ou je ne sais quel engin ? » demanda Reggie avec humeur.

Le Diacre sourit encore. « Rien d'aussi spectaculaire, Reggie. Mais Ken a reconnu les approches, les cols et les arêtes menant à l'Everest par l'autre côté – par le sud – et il m'a promis que ses amis sherpas et lui laisseraient des piquets pour baliser la voie et des échelles sur les crevasses jusqu'à la cascade de glace du glacier du Khumbu. D'après lui, c'est sans doute le passage le plus dangereux, et tout près du camp de base côté sud.

— Il n'y a pas de camp de base du côté sud », coassai-je, et ma voix rappela le grattement de longs ongles sur un tableau noir.

« Maintenant, il y en a un. Ken n'a pas fait que de l'escalade la semaine dernière – il a aussi installé des cordes fixes et laissé des tentes sur le col sud à mon intention. » Il regarda Reggie. « À notre intention.

— Le col sud », répétai-je, tressaillant de douleur. J'avais entendu et pensé « col nord » tant de milliers de fois ces neuf derniers mois qu'il me semblait presque impossible qu'il y ait un col sud de l'Everest – ou qu'il serve à quoi que ce soit.

« Les étrangers sont interdits de séjour au Népal, dit Reggie. On vous jetterait en prison, Richard. »

Le Diacre secoua encore la tête. « Owings a des amis. Il emploie des centaines de personnes dans sa ferme de la vallée du Khumbu, il est respecté. Il s'est converti au bouddhisme en 1919 – une vraie conversion, pas comme moi qui médite le matin et tue des Allemands l'après-midi –, et beaucoup, au Népal, le considèrent comme un saint homme. Il me trouvera un endroit où habiter. »

Reggie le dévisagea pendant un long moment de silence. « Pourquoi voulez-vous vous éloigner de tout, Richard ? Abandonner tout ce que vous connaissez ? »

Quand il finit par répondre, ce fut d'une voix chargée d'émotion. « J'ai le sentiment, comme vous l'avez si joliment dit un jour, Reggie, que le monde actuel me pèse, et pas forcément dans un sens bouddhique. La meilleure partie de moi n'est jamais revenue de la guerre. »

Reggie se frotta la joue, puis leva les yeux vers la pyramide sommitale blanche qui étincelait derrière la tête du Diacre. « J'ai rempli mon devoir de Bromley et de Britannique depuis que je suis arrivée en Inde à l'âge de neuf ans, dit-elle. À quatorze, j'ai pris la tête de la plantation et je l'ai dirigée depuis lors. Le revenu que nous en tirons assure le train de vie de la maison Bromley en Angleterre. À vingt-six ans, j'ai épousé un homme âgé que je n'aimais pas – pour obtenir un apport de capitaux nécessaire à la plantation. Lord Montfort est mort avant que j'aie vraiment pu le connaître… et il n'a jamais fait l'effort d'essayer de me connaître. Je suis lasse de faire mon devoir.

— Que voulez-vous dire, Reggie ? demandai-je.

— Je veux dire que j'adorerais poser le pied au sommet de l'Everest, et qu'il ne me déplairait pas de voir, pendant quelques années, le Népal interdit.

— Dans ce cas, je grimperai avec vous », annonça Pasang.

Elle lui posa la main sur le bras. « Non, mon ami. Cette fois, vous ne venez pas avec moi. Jake doit retourner au camp de base puis à Darjeeling. Nous devons faire parvenir ces photos aux bonnes personnes. Je ne vous ai jamais ordonné de faire quoi que ce soit, mon très cher Pasang, mais je vous supplie de ramener Jake en lieu sûr et de retourner à la plantation. »

Pasang la regarda une seconde comme s'il était sur le point d'argumenter, puis se contenta d'incliner la tête. Ses yeux noirs paraissaient humides, mais c'était peut-être à cause du vent.

« Vous savez où je range mon testament, lui disait-elle quand j'ai eu fini de prendre une nouvelle bouffée d'air anglais. Vous connaissez la combinaison du coffre. Vous découvrirez que je vous ai légué la plantation, à vous et à votre famille. Il y a une clause dans le testament. Un codicille, précisant que si je meurs ou si je disparais, un tiers des profits de la plantation devront continuer à être versés à lady Bromley, dans le Lincolnshire… jusqu'à sa mort. Ensuite, tous les profits seront pour vous, vous pourrez en faire ce que bon vous semblera, mon cher Pasang. »

Il hocha de nouveau la tête, sans lever les yeux vers elle.

« Attendez, dit le Diacre. Personne ne tentera d'atteindre le sommet cet après-midi – encore moins d'effectuer la traversée jusqu'à l'endroit où Ken aura laissé des cordes fixes, des tentes et des vivres – tant que nous ne sommes pas absolument sûrs que Jake puisse redescendre sans danger avec le seul Pasang.

— Pas si vite, coassai-je. Nous pouvons passer la nuit dans la grande tente de Reggie près du champignon et décider de tout ça demain matin. Je serai sûrement en pleine forme à ce moment-là. Nous tenterons le sommet tous ensemble, et rien ne vous empêchera de suivre cette folle idée de passer au Népal si ça vous chante – tous les deux ! Pasang et moi redescendrons par ici. »

Pasang secouait la tête. Il s'exprima d'un ton doux, mais ferme. « Non, monsieur Perry, je suis désolé, mais vous devez redescendre aujourd'hui. » Il se tourna vers le Diacre et Reggie. « M. Perry peut marcher presque sans assistance – je pense qu'il en sera capable encore un certain temps, surtout en descente. Quand il n'y arrivera plus, je le porterai. Dès que sa respiration s'améliorera, je l'escorterai au monastère du Rongbuk, d'où j'organiserai notre retour à Darjeeling.

— Eh ! Je n'ai pas mon mot à dire… »

Manifestement pas.

Nous nous levâmes tous les quatre. Le vent s'était calmé, mais le nuage lenticulaire coiffait de nouveau le sommet de l'Everest.

Le Diacre sortit son gros pistolet Very et tira une fusée très haut dans le ciel en direction du sommet. Une fusée blanche, dont l'éclat phosphorescent était beaucoup plus vif que celui de nos fusées habituelles.

Blanc, vert et rouge… je me souvenais de ce que K. T. Owings avait dit au Diacre dans le Sikkim, dix mille ans plus tôt.

« Je crois, déclara ce dernier, d'une voix où la tristesse le disputait à une sorte d'exaltation lasse, que je… que nous… – il regarda Reggie, qui hocha la tête –, que nous pouvons atteindre la cime, traverser la ligne de crête entre les deux sommets, descendre en rappel le grand ressaut dont Ken m'a parlé, et rejoindre l'endroit où les Sherpas et lui ont installé des cordes fixes sur l'arête de l'approche sud vers… avant… minuit. Si nous ne pouvons pas descendre avec nos torches et nos lampes frontales, nous bivouaquerons dans la grande tente de Reggie, quelque part par-delà le sommet sud, et laisserons la tente sur place avant de reprendre la descente le lendemain matin.

— C'est de la folie, dis-je. La première ascension de l'Everest – à notre connaissance –, et vous voulez faire une fichue traversée pour repartir vers le sud. De la folie pure. »

Le Diacre et Reggie se contentèrent de me sourire. Le monde ne tournait plus rond.

« Une faveur, dit le Diacre. Gardez votre corde d'assurage et les rouleaux supplémentaires – et celui de J.-C. également –, mais laissez les trente mètres de corde descendant du deuxième ressaut. Si nous sommes contraints de faire demi-tour, nous en aurons besoin. D'accord ? »

Je hochai la tête, ahuri.

Le Diacre sortit d'une poche intérieure un papier plié et me dit : « Voici le nom et l'adresse de l'homme à qui vous devez donner ces photos à Londres, Jake. Je compte sur vous pour les lui remettre en main propre. À personne d'autre. Pour l'amour du ciel, ne les perdez pas. »

Je rangeai le papier dans la poche, fermée par un bouton, de la chemise de laine que je portais sous mes autres épaisseurs de vêtements. Je ne le dépliai pas et ne songeai même pas à regarder le nom, tant j'étais sonné et déprimé à la pensée que j'allais devoir descendre et non pas monter... alors que j'avais escaladé tout seul le deuxième ressaut !

Mais je crois que cet accès de dépression venait du terrible sentiment de perte que m'inspirait la mort brutale de Jean-Claude. La vérité commençait seulement à s'imposer dans mon esprit et mon âme : jamais plus je ne verrais mon ami de Chamonix et jamais plus je n'entendrais son rire.

« Pasang, dit Reggie, si pour une raison ou pour une autre, c'est vous qui vous rendez à Londres à la place de Jake pour remettre le jeu de photos, vous savez qui vous devez voir et où aller, n'est-ce pas ?

— Oui, madame. »

Le Diacre me tendit la main. Je la serrai, ne réussissant toujours pas à croire que nous nous quittions.

« Restez en vie, m'entendis-je lui dire.

— J'y compte bien. N'oubliez pas que mon destin est de mourir sur la face nord de l'Eiger... pas sur l'Everest. Et vous, Jake, remettez-vous vite. »

Puis lady Katherine Christina Regina Bromley-Montfort m'embrassa. Sur la bouche. Fort. Elle recula d'un pas pour se placer à côté du Diacre, et je contemplai une dernière fois ses incomparables yeux bleu outremer.

« N'oubliez pas de remettre vos lunettes », lui dis-je bêtement.

Peu après, jumar dans la main, Pasang et moi glissâmes le long de la corde que nous avions si obligeamment laissée à Bruno Sigl et atterrîmes dans la neige au pied du deuxième ressaut. Je vis le Diacre hisser la longue corde et, en un clin d'œil... il avait disparu. Ils étaient partis. Remontant sans doute l'extrémité occidentale de l'arête nord-est pour rejoindre les champs de neige menant à la pyramide sommitale.

Et moi, je descendais.

Marchant sur l'arête en lame de couteau vers les corps des Allemands gisant dans la neige, je me mis à pleurer comme un bébé. Pasang me donna une petite tape dans le dos et me serra l'épaule. « C'est le contrecoup de votre suffocation, me dit-il.

— Non. »

Je n'avais pas entendu le Diacre donner des ordres ou des conseils au docteur Pasang, mais une fois près des quatre cadavres, il parut savoir exactement quoi faire. J'avoue que je me contentai de le regarder, appuyé contre mon piolet, en tentant de respirer avec ma gorge lacérée.

Il commença par fouiller chacun, récupérant certains documents, et surtout les armes qu'ils portaient. L'un avait un pistolet-mitrailleur Schmeisser sous son anorak et un autre le revolver Webley du Diacre, que Pasang me tendit. Je le glissai dans la poche de mon duvet, sous ma veste Shackleton. Pasang leur retira à chacun son appareil à oxygène, avant de fouiller leurs sacs à dos et leurs besaces, prenant tout ce qui aurait pu nous être utile ou qui aurait pu avoir de l'importance en termes de renseignement, et le rangeant dans son propre sac. Il remplit un des fourre-tout de toile et me le passa.

« Nous allons enfiler les cadres métalliques des appareils à oxygène, me dit-il, et laisser les sacs à dos plus lourds. Nous porterons nos autres affaires dans ces besaces. »

Mon esprit était tellement embrumé que j'eus du mal à faire le calcul, mais j'étais presque sûr que trois bouteilles d'oxygène pleines nous suffiraient pour descendre au camp de base – ou, au moins, jusqu'à l'un des camps inférieurs où nous avions caché certains des nouveaux appareils de Jean-Claude. Je doutais que les Allemands les aient tous trouvés.

« Vous êtes d'accord avec le plan, monsieur Perry ? »

Je hochai la tête, incapable de parler.

Avant que nous repartions, Pasang sortit un canif, coupa les cordes reliant les quatre hommes morts et les traîna un par un jusqu'au bord sud de l'arête, d'où il les précipita. Je ressentis une forte émotion, au milieu de mon engourdissement général, mais je n'aurais su dire si c'était de l'indignation à l'idée que les Allemands allaient souiller le glacier où devait se trouver la dépouille de J.-C., ou la joie brute et impie de savoir qu'ils avaient payé pour le crime de Sigl.

Je compris seulement beaucoup plus tard la nécessité de se débarrasser des cadavres. En 1925, nous estimions tous que d'autres expéditions ne tarderaient pas – peut-être dès 1926. Laisser une piste pavée d'Allemands morts, *a fortiori* tués avec un fusil de sniper anglais, aurait pu donner lieu à d'embarrassants câbles diplomatiques entre Berlin et Whitehall. Et il n'aurait pas été judicieux de pousser les cadavres du côté de la face nord : n'y avions-nous pas retrouvé les corps de Mallory et d'Irvine par hasard ? Mieux valait que ces Allemands ne soient jamais retrouvés.

En regardant Pasang se débarrasser des corps, je me rendis compte d'une chose importante. Cette muqueuse gelée qui m'avait rendu malade pendant des jours, puis sa spectaculaire expectoration m'avaient bien plus affaibli que je n'avais voulu l'admettre. Debout sur l'arête, alors que Pasang faisait le ménage, je sentis l'énergie qui grâce à une poussée d'adrénaline m'avait propulsé en haut du deuxième ressaut refluer comme de l'eau dans un tuyau d'évacuation.

Le docteur Pasang avait raison. Si j'avais essayé de pousser jusqu'au sommet ou même passé une nuit de plus à cette altitude, je serais mort. Cette vérité m'apparut alors que je me tenais sur l'arête nord-est, tout près du sommet, mais désormais prêt à redescendre ; je voulais seulement survivre et faire mon devoir pour Reggie et le Diacre, pour Percy et Kurt Meyer – et aussi pour nos amis sherpas qui étaient morts. Et pour Jean-Claude. Surtout pour Jean-Claude.

Descendre, survivre, et transmettre ces photos aux autorités britanniques qui en avaient besoin.

Quand nous quittâmes la ligne de crête par-delà le champignon, j'étais certain que je n'aurais pas la force de franchir l'extension de granit incrustée dans la face nord. Mais à observer Pasang, l'obstacle paraissait facile – le fait de savoir où se trouvaient les saillies et les prises de l'autre côté changeait tout. Il m'assura et je passai sans problème, ce qui ne m'empêcha pas de glisser à la réception ; il dut me hisser sur la saillie comme si j'étais un ballot de linge sale.

J'étais trop fatigué et abattu pour ressentir la moindre gêne. Je n'arrêtais pas de jeter des coups d'œil vers le sommet et, à un moment, je crus voir deux petits points avancer l'un à côté de l'autre en haut de la pyramide enneigée.

Je n'eus pas la force de sortir mes jumelles de mon sac de toile. Depuis lors, je me suis toujours demandé si j'aurais pu distinguer Reggie et le

Diacre – si c'étaient vraiment eux qui cheminaient sur cette ultime arête sommitale.

Pourvus en oxygène grâce aux bouteilles que les Allemands avaient dû trouver au camp de base ou à l'est du camp V, là où nous les avions cachées, Pasang et moi continuâmes notre descente dans le soleil de l'après-midi. Il ne me soutenait pas à proprement parler, mais la plupart du temps, nous marchâmes côte à côte et son bras constituait un appui sûr dans mon hébétude croissante.

Il me guida ainsi pendant toute la traversée le long de l'arête, puis se rappela précisément par où descendre à travers les fissures de sortie pour rejoindre la face inférieure et notre pitoyable camp VI, où l'unique tente était toujours debout (et toujours penchée). Manifestement, les Allemands ne l'avaient pas vue pendant leur ascension. Il restait quelques provisions (du chocolat, une boîte de sardines, une Thermos d'eau que nous n'avions pas emportée avec nous), que nous rangeâmes dans les fourre-tout déjà débordants.

Ce fut à ce camp VI, juste avant que le ciel ne se couvre et que la neige ne se remette à tomber, que je sortis mes jumelles et les braquai sur le sommet de l'Everest. Assis sur le bloc de roche au-dessus de la tente, j'avais posé les coudes sur mes genoux et, quelques secondes avant que les nuages ne me bouchent la vue, je vis une chose vert et or battre, juste à l'endroit où devait se trouver la pointe enneigée de l'arête sommitale.

Vert et or ? Le vent forcissait là-haut et le temps se dégradait comme ici, au camp VI, à seulement 8 200 mètres d'altitude, mais le Diacre et Reggie n'auraient sûrement pas planté la tente pile au sommet. Ç'aurait été suicidaire.

À moins qu'ils n'aient eu l'intention de se suicider ensemble là-haut, pelotonnés l'un contre l'autre, peut-être, sous leurs deux sacs de couchage, ou bien enlacés, comme les retrouverait la prochaine expédition qui atteindrait le sommet.

Avaient-ils été amants pendant tout ce voyage ? me demandai-je avec une douleur très réelle au cœur et au ventre. S'étaient-ils fait le serment dément de mourir ensemble au sommet ?

Je me souvins alors qu'il n'y avait pas de doré sur la tente de Reggie. C'était le drapeau portant les armoiries des Bromley – aigle et griffon se battant pour une lance – qui était vert et or. Le drapeau de soie apporté par Percy sur la montagne, et que Reggie avait pris dans la poche du mort.

La bannière de Percival et de Reggie au sommet !

Mais ce que j'avais vu pendant cette fraction de seconde m'avait paru flotter à un mètre ou deux du sol de neige. Comment avaient-ils pu...

Puis je me souvins. Quand nous nous étions séparés, Reggie avait emporté le piolet de J.-C., le nouant à son sac à dos avec les deux courts piolets marteaux.

Je souris et, de ma voix toujours rauque, décrivis à Pasang ce que je venais de voir. Il m'emprunta les jumelles pour regarder à son tour, mais les nuages s'étaient épaissis et je ne crois pas qu'il ait pu distinguer la même chose que moi. L'image éphémère de ce tissu vert et or battant à l'horizontale dans le vent du sommet ne me quitterait plus jamais de ma vie.

J'avais du mal à respirer à présent, et quand j'eus remis mon appareil à oxygène sur mes épaules, je restai à côté de ce bloc de roche pendant un long moment, plié en deux par une quinte de toux. Je m'aperçus que j'avais décoré la pierre noire de crachats de sang rouge vif.

« Est-ce que j'ai encore un truc gelé dans la gorge ? » demandai-je à Pasang une fois passée une deuxième quinte.

Il me fit ouvrir la bouche et en éclaira l'intérieur avec l'une des petites lampes frontales.

« Non, monsieur Perry, répondit-il. Plus d'obstruction. Mais la paroi de votre gorge est tellement irritée et enflée qu'elle risque de boucher complètement vos voies respiratoires si nous ne redescendons pas très vite à basse altitude.

— Et dans ce cas... je mourrai ? » Pour preuve de ma lassitude, la réponse à cette question ne m'intéressait pas tant que ça.

« Non, monsieur Perry. Si ça arrive, je pratiquerai une simple trachéotomie... ici. » Son doigt ganté se posa près du creux de ma gorge. « Nous avons plein de tubes de verre et de tuyaux de caoutchouc sur les appareils à oxygène. »

Je pratiquerai une simple trachéotomie – la portée de cette phrase ne me frappa que plus tard.

« Et si ça ne marche pas, docteur Pasang ? » Ma voix rauque et affligée ressemblait beaucoup à une lamentation.

« Dans ce cas, pour éviter le collapsus pulmonaire, je ferai un petit trou ici, pour permettre à votre poumon de se regonfler et à vous de respirer, dit-il en plaçant le doigt du côté gauche de ma poitrine. Comme je vous le disais, les différents tuyaux et valves dont nous disposons feront très bien l'affaire. Le seul problème serait de les stériliser avec une eau qui bout à si basse température. »

Je baissai les yeux sur ma poitrine : un trou ici avec un morceau de tuyau en caoutchouc d'un des appareils à oxygène ? Pour regonfler mon poumon effondré ?

Je remontai l'appareil plus haut sur mon dos, resserrai les lanières, préparai le masque facial et déclarai de la voix la plus ferme que je pus : « J'ai assez de force pour descendre. »

24.

Sur l'Everest, certaines pistes qu'on met des jours, voire des semaines à gravir peuvent souvent être descendues en quelques heures seulement – un long après-midi.

Du moins lorsqu'il y a des cordes fixes. Nous avions retiré presque toutes celles que nous avions précédemment installées, afin de ne pas faciliter l'ascension des Allemands. Nous avions également enlevé les piquets et drapeaux qui séparaient la bonne voie de dangereuses impasses se terminant en mur de neige vertical et en longue chute sur le glacier du Rongbuk ou du Rongbuk est.

Pasang semblait connaître le chemin. Les nuages se refermaient maintenant sur nous et le grésil lacérait les petites parties de mes joues dénudées à l'extérieur du masque à oxygène. J'avais réglé le flux sur 2,2 litres par minute – la plupart du temps, mon compagnon semblait ne même pas utiliser son appareil –, mais je ne réussissais pas à faire passer assez d'air par ma gorge enflée. Et chaque inspiration me causait un mal de chien.

Des choses étranges se produisirent pendant ces quelques heures.

Quand nous fûmes sur le site de notre ancien camp V – où les Allemands avaient incendié la dernière tente Whymper –, Pasang me fit asseoir sur un rocher près des vestiges calcinés et y noua ma corde d'escalade pendant quelques minutes, comme si j'étais un enfant ou un poney tibétain, le temps d'aller chercher les appareils à oxygène et les réserves de nourriture que nous avions cachés derrière les blocs de roche à l'est, vers l'arête nord. Du moins si Sigl et ses comparses ne les avaient pas trouvés et accaparés.

Pendant que j'étais assis là, retirant mon masque à oxygène à intervalles réguliers dans des tentatives désespérées de puiser de l'air et de l'oxygène dans l'atmosphère, Jean-Claude descendit de la pente neigeuse pour venir s'asseoir près de moi.

« Je suis très heureux de vous voir, lui dis-je de ma voix rocailleuse.

— Moi aussi, je suis heureux de vous voir, Jake. » Il me sourit et se pencha en avant pour poser le menton sur ses mains gantées, appuyées sur la panne de son piolet. Il ne portait pas d'appareil à oxygène, ni de masque. Je supposai qu'ils avaient été arrachés pendant sa chute sur le glacier.

« Attendez », dis-je en m'efforçant de penser clairement. Je savais que quelque chose n'était pas logique, mais pendant une minute, je ne parvins pas à déterminer quoi. « Comment se fait-il que vous ayez votre piolet ? demandai-je finalement. Je l'ai vu attaché au sac à dos de Reggie quand le Diacre et elle ont pris la direction du sommet. »

Jean-Claude me montra le fin manche de bois. Il y avait trois encoches aux deux tiers. « J'ai emprunté celui de Sandy Irvine là où vous l'aviez laissé sur le rocher, répondit J.-C. Sandy m'a dit que ça ne le gênait pas. »

Je hochai la tête. C'était donc ça.

Finalement, je rassemblai le courage de demander : « Qu'est-ce que ça fait d'être mort, mon ami ? »

J.-C. haussa les épaules, de cette manière désinvolte qu'il avait, et m'adressa ce sourire que je connaissais si bien. « *Être mort, c'est un peu comme être vivant, mais pas si lourd** », répondit-il en français.

— Je ne comprends pas. Pouvez-vous m'expliquer, J.-C. ?

— Bien sûr. » Il replanta la pointe de son piolet dans la neige pour pouvoir se reposer dessus en me faisant face. « Ça veut dire… »

« Jake ! » La voix de Pasang me parvint au milieu des rafales de neige.

« Je suis là ! répondis-je aussi fort que je pus sans crier de douleur. Je suis là avec Jean-Claude. »

J.-C. sortit sa montre de la poche de son duvet Finch. « Je dois partir devant, pour vous baliser le chemin. À plus tard, mon cher ami.

— OK », dis-je.

Pasang émergea du nuage de neige tourbillonnante avec deux nouvelles bouteilles d'oxygène pleines et un sac contenant des vivres, de l'eau et d'autres provisions.

« Je ne vous ai pas entendu, monsieur Perry. Que disiez-vous ? »

Je souris et secouai la tête. J'avais trop mal à la gorge pour répéter. Pasang inséra la bouteille pleine dans mon harnais, régla la valve sur le débit maximum, s'assura que l'air circulait puis m'aida à attacher les lanières de cuir de mon masque à oxygène à mon casque de motard.

« La température baisse, dit-il. On ne doit pas s'arrêter avant d'être arrivés au camp IV sur le col nord. Je vais vous attacher avec une petite longueur de corde, d'accord ? Disons… quatre mètres cinquante. Je veux pouvoir vous voir – ou vous entendre si vous avez besoin d'aide.

— Bien sûr », répondis-je dans mon masque, même si mes syllabes étaient sûrement inintelligibles. Une fois qu'il eut noué la corde, je me levai, chancelai, recouvrai l'équilibre grâce à l'aide du Sherpa et commençai à marcher vers l'abrupte face nord à gauche plutôt que vers l'arête nord. Pasang me tapa sur l'épaule et m'arrêta. « Il vaut peut-être mieux que je prenne la tête de la cordée pendant un moment, monsieur Perry. »

Je haussai les épaules, d'une manière que j'espérais aussi désinvolte que J.-C. un moment plus tôt – mais sans y parvenir, évidemment. Je piétinai sur place pour me réchauffer les pieds le temps que Pasang me dépasse, puis je le suivis de très près.

25.

L'arête nord était toujours constituée de dalles négatives, couvertes de neige pour la plupart. Je l'avais presque oublié. Si Reggie et le Diacre avaient réussi leur traversée jusqu'au sommet sud puis descendu en rappel le gros rocher que j'appelais dans ma tête le « ressaut de K. T. Owings » (je sourirais, trente ans plus tard, quand il serait rebaptisé le « ressaut Hillary »), ils devaient maintenant être en train de descendre les dalles positives de l'arête sud-ouest, un escalier de pierre plus facile menant au col sud et, en dessous, au cirque occidental.

Mais était-ce seulement possible ? Il leur aurait fallu réussir la traversée de l'arête enneigée, en lame de couteau, entre les deux sommets – que nous avions aperçue de plusieurs endroits lors de notre approche. Était-elle praticable, ou s'agissait-il du piège mortel qu'avait été l'arête nord-est pour Bromley, Kurt Meyer et Jean-Claude ? Non, pas pour J.-C., songeai-je. Notre ami savait que la corniche était fragile et qu'elle ne supporterait pas le poids de deux hommes, et il y avait entraîné Sigl délibérément.

Mais le Diacre et Reggie pouvaient-ils déjà se trouver sur l'arête sud-ouest, là où Owings leur avait promis des cordes fixes ? J'avais le vague souvenir d'avoir vu deux autres fusées dans le ciel au-dessus du sommet de l'Everest, avant notre arrivée à l'ancien camp VI. Vert et rouge. Blanc, puis vert et rouge.

Quel message le Diacre voulait-il transmettre à son vieil ami Owings ? Mets le Bovril à chauffer sur le Primus, nous serons là dans quelques heures ?

J'en doutais. Le Diacre n'avait jamais aimé le Bovril.

À moins que le Diacre et Reggie n'aient atteint le sommet puis pris la décision la plus raisonnable : revenir par où ils étaient arrivés. Seraient-ils alors déjà à la tente du camp VI ? Non, attendez... le Diacre avait emporté la lourde tente de Reggie, et Reggie avait un réchaud Unna. Ils pouvaient donc s'arrêter n'importe où.

Quelle heure était-il ? Combien de temps s'était-il écoulé depuis que Pasang et moi avions quitté le deuxième ressaut ?... Le camp VI ?... Le camp V ? Je fouillai sous mes épaisseurs de vêtements, sans trouver ma montre. L'avais-je prêtée à Jean-Claude quand il était venu me voir un moment plus tôt ? Je n'en avais pas le souvenir.

Il ferait bientôt sombre, dès que le soleil serait éclipsé par le sommet du Lhotse. Nous étions sortis d'une couche nuageuse et nous trouvions dans un air froid, mais dégagé. Je distinguai deux tentes vertes dans le lointain, tout en bas sur le col nord.

Regardant à droite, je remarquai trois objets d'aspect insolite flottant dans le ciel à environ 10 degrés au-dessus de l'angle de l'arête nord. Bizarre.

Ils avaient une vague forme de cerf-volant ou de dirigeable, mais paraissaient beaucoup plus organiques. Des êtres vivants, manifestement. Qui flottaient un peu à la manière de méduses, mais restaient parallèles à nous tandis que nous poursuivions notre descente. Tous trois étaient translucides et traversés par des flux, un peu comme une circulation sanguine, quoique de couleur pâle – rouge, jaune, bleu, blanc. L'un d'eux possédait des sortes de moignons, évoquant des ailes vestigiales. Un autre une extension sur la tête qui ressemblait à un bec d'oiseau, mais presque transparent. Le troisième abritait un tourbillon de particules lumineuses en son centre, comme une brillante tempête de neige intérieure.

Les trois entités pulsaient à l'unisson, mais pas au même rythme que mon cœur fatigué, notai-je de manière clinique. Alors que Pasang me guidait, sans jamais se tourner vers la droite pour les regarder, les trois objets flottants au-dessus de la ligne de crête avançaient à la même allure que nous – bien que transparents, ils étaient aussi étonnamment sombres, surtout quand un nuage passait derrière eux.

Je détournai les yeux. Ils ne restèrent pas dans mon champ de vision.

Pour savoir si j'étais le jouet de mon cerveau, altéré par la maladie ou l'altitude, je regardai les cimes semblant alignées à nos pieds et tentai de me rappeler leur nom et leur hauteur – le Changtse, derrière le col nord, culminait à 7 582 mètres, le Khartaphu de l'autre côté du col menant au glacier du Kharta, à 7 282 mètres, l'épaulement et les champs sommitaux du Pumori, à l'extrême gauche, à 7 164 mètres, et à sa droite, adossé au glacier du Rongbuk, le sommet du Lingtren à seulement 6 444 mètres.

Mon cerveau et ma mémoire paraissaient fonctionner correctement.

Je reportai mon regard sur la droite. Les trois objets organiques flottaient toujours parallèlement à nous. Ils restaient au même angle au-dessus de la ligne de l'arête nord, mais intervertissaient leur place : la créature au bec d'oiseau se trouvait à gauche, puis ce fut celle dotée des petites ailes de pingouin, avant que la troisième, au cœur scintillant, ne prenne la tête de la triade descendant en même temps que nous.

Des âmes ? Les âmes pouvaient-elles ressembler à cela ? Était-ce à cela que nous ressemblions – une fois libérés de nos corps ?

Je me remémorai que je ne croyais pas en Dieu, au ciel, à l'enfer, ni à une quelconque vie après la mort, pas même à la jolie théorie bouddhique de la réincarnation.

Elles étaient trois, cependant. Quelles âmes, au nombre de trois, nous suivraient dans l'obscurité ce soir-là ?

Jean-Claude. Reggie. Le Diacre.

Je retirai mon masque et tentai de parler, mais ne réussis qu'à émettre une toux... à moins que ce ne soit un sanglot. Suffisamment sonore pour que Pasang, qui avançait avec précaution sur les dalles, trois mètres devant moi, s'arrête et se retourne.

Conscient que des larmes gelaient sur mes joues, je ne pus que pointer le doigt vers les trois objets flottants. Pasang tourna la tête vers l'endroit que j'indiquais. Quelques secondes plus tard, je suivis son regard.

Un nouveau ruban de nuage de neige passait. Les trois entités avaient disparu. D'autres nuages les avaient dissimulées à ma vue un peu plus tôt, mais elles étaient toujours réapparues. Cette fois j'eus la certitude qu'elles étaient parties pour de bon. Je ne me trompais pas.

Quel que soit le message apporté par ces... créatures... elles ne voulaient le partager qu'avec moi.

Je secouai la tête, signalant à Pasang que ce n'était rien et que j'allais bien, puis je remis mon masque, et nous reprîmes notre longue et dangereuse descente.

Il y avait trois tentes près de l'ancien site du camp IV sur le col nord – deux de nos Whymper vertes et une plus petite tente allemande marron. Toutes trois étaient vides. Pasang fouilla cette dernière, en ressortit avec seulement quelques documents, puis la démolit à coups de pied.

Il dénoua la corde qui nous reliait l'un à l'autre, me fit signe de m'asseoir sur une caisse vide pendant qu'il allait voir si notre cache – la crevasse dans laquelle nous avions dissimulé du matériel – avait été découverte.

Je me passai d'oxygène pendant un moment et restai assis là, pantelant, souffrant à chaque inhalation, et plus encore à l'expiration. Je tentai de profiter de la chaleur d'un réchaud Primus que Pasang avait allumé.

Le crépuscule était tombé quand mon compagnon revint, avec deux nouvelles bouteilles d'oxygène et de la nourriture à faire réchauffer dans l'eau qui bouillonnait. Tout le col nord et la plus grande partie de l'arête nord que nous avions descendue se trouvaient à présent dans l'ombre. Seuls les arêtes supérieures, le haut de la face nord et le sommet de l'Everest brillaient encore, rouge, orange et blanc, dans les derniers rayons du soleil couchant.

Jamais je n'avais vu le plumet de neige au sommet s'étirer aussi loin vers l'est. Les vents là-haut devaient être terribles – inhumains –, fatals à toute chose vivante.

Ils sont tous deux sur l'arête sud-ouest ou déjà blottis sous la grande tente de Reggie, dans leurs sacs de couchage, sur le col sud, me dis-je. Mais je n'y croyais pas. J'imaginai leurs corps gelés et raidis, comme ceux de Mallory et d'Irvine, gisant quelque part là-haut sur ce côté du sommet ou sur la terrible arête de neige de l'autre côté. Ou pendus, morts, à leur corde d'escalade, comme l'avaient été Percival et Meyer. En attendant que les goraks les trouvent.

Je sus en cette seconde que si je survivais à cette journée, à cette retraite de la montagne, et si je refaisais un jour de l'alpinisme, jamais, en aucune circonstance, je ne reviendrais sur l'Everest.

Notre échelle de spéléologue ne descendait plus le mur de glace de trente mètres sous le col nord, bien sûr – nous avions sectionné ses amarres pour la faire tomber en même temps que plusieurs alpinistes allemands –, mais nos poursuivants l'avaient remplacée par une longueur de leur corde d'escalade, attachée à deux nouveaux corps-morts enfoncés dans la neige au bord du col.

Pasang et moi prîmes le temps d'en ajouter un troisième – en remplissant de neige un sac à dos récupéré au camp IV, que nous enterrâmes aussi profondément que possible, avant de tasser davantage de neige dessus –, et j'utilisai un mousqueton des Allemands et un anneau de sangle noué en tête d'alouette pour ajouter notre propre ancre aux deux autres.

Mais nous n'avions toujours pas confiance dans leur fichue corde à linge. Par chance, nous portions tous les deux trente-six mètres de corde miracle que Pasang avait sortis de notre cache dans la crevasse au camp IV ; nous les nouâmes à nos baudriers de corde avec des nœuds de huit gansés, puis je fis les nœuds de friction pour le rappel. Nous n'avions plus les jumars de J.-C. Je me dis que j'aurais dû lui en demander lorsqu'il était venu discuter avec moi au camp V.

Nous disposions donc de deux cordes pendant sur le mur, dont une fiable, pour descendre en rappel en même temps. Juste avant de nous élancer, nous sortîmes nos lampes de mineur de nos besaces et passâmes en revue les petites batteries que nous avions apportées pour en trouver quelques-unes encore en état de marche.

Pour une fois, je me jetai le premier par-dessus le bord du col nord pour quitter l'Everest proprement dit, et nous descendîmes en vitesse la paroi, jusqu'à la pente de deux cent soixante-dix mètres qu'il nous faudrait ensuite parcourir.

Nous envisageâmes de bivouaquer pour la nuit quelque part après le camp III – nous avions chacun un sac de couchage –, puis préférâmes continuer d'avancer. Même à une allure ralentie à cause de l'obscurité, en nous aidant de nos petites lampes frontales pour éclairer la piste entre les crevasses sur le glacier, nous pensions arriver au camp de base avant l'aube.

Pasang menait notre courte cordée quand, juste après avoir dépassé le site désert du camp III, je chutai dans une crevasse dissimulée sous la neige.

Entendant mon cri, Pasang réagit immédiatement, comme tout alpiniste expérimenté, en plantant son piolet dans la neige ferme à ses pieds et en se mettant en position d'assurage, si bien que je ne tombai que de quatre mètres et demi environ. Mon piolet, qui s'était coincé entre les parois opposées, m'offrit une prise solide à laquelle m'accrocher pendant que je formais des nœuds de Prussik avec ma main libre pour remonter.

Je commis alors l'erreur de regarder vers le fond de la crevasse.

À six mètres en dessous de moi, ma lampe frontale éclaira des visages bleus – des dizaines de visages gelés, de bouches béantes et d'yeux grands ouverts. Des bras et des mains émergeaient de la neige pour se tendre vers mes bottes.

Je hurlai.

« Jake, qu'y a-t-il ? cria Pasang. Vous êtes blessé ?

— Non, ça va, répondis-je aussi fort que je pus compte tenu de ma gorge enflée et de mon larynx abîmé. Remontez-moi…

— Vous ne voulez pas remonter au Prussik ?

— Non… remontez-moi… vite ! »

Pasang obtempéra, ignorant la friction dangereuse de la corde contre le bord gelé de la crevasse. Il était très puissant. De mon côté, j'avais dégagé mon piolet et je taillais des prises en remontant. Enfin, je ressortis.

Je rampai jusqu'à Pasang, me levai, le souffle court, et pantelai en décrivant ce que j'avais vu.

« Ah, dit-il. Nous avons trouvé la crevasse que Herr Sigl et ses acolytes ont utilisée comme charnier pour nos amis sherpas. »

Je me mis à trembler de manière incontrôlable. Pasang sortit une couverture de l'un de ses sacs et la posa sur mes épaules.

« Vous ne voulez pas… aller voir ? demandai-je.

— Y a-t-il une chance que l'un d'eux soit vivant ? » Le faisceau de notre lampe frontale dansait sur le torse de l'autre.

Je songeai un instant aux visages bleus, aux yeux et aux mains gelés, aux corps entassés que j'avais vus là en bas. « Non, répondis-je.

— Dans ce cas, je préfère ne pas voir. Je crains de m'être éloigné de quelques mètres de la bonne piste. Vous voulez bien prendre la tête de la cordée pendant un moment, pour tenter d'éviter les crevasses ?

— Bien sûr », dis-je. Je replaçai mon masque à oxygène et me remis en route. La plupart de nos baguettes de bambou avaient disparu, mais les comparses de Sigl avaient laissé des empreintes de pas visibles entre les crevasses. Je baissai la tête pour braquer la lumière sur la neige et me concentrai sur le chemin en oubliant tout le reste. Je savais que si je m'écartais de la bonne piste, Jean-Claude reviendrait me guider.

Le camp II, à 6 000 mètres, et le camp I, à 5 400 mètres, n'existaient plus. Quoi que les Allemands aient fait des tentes et des caches, Pasang et moi n'en retrouvâmes nulle trace. En raison de notre prudente descente – et surtout de mon allure lente –, c'était presque la fausse aube lorsque nous parcourûmes le dernier kilomètre et demi séparant le camp I du site du camp de base, à 5 000 mètres. Si des Allemands nous y attendaient, comme le craignait le Diacre, nos lampes de mineur auraient fait de nous des cibles faciles, mais malgré notre épuisement, Pasang et moi préférâmes continuer à marcher pour sortir enfin de cette maudite vallée.

Des images de Reggie et du Diacre ne cessaient de m'assaillir – ils étaient peut-être coincés tout là-haut, au camp VI ou V, un univers différent de celui de la vallée glaciaire, coincés, malades ou blessés, et attendant qu'on vienne à leur secours, Pasang et moi.

Un sauvetage qui ne viendrait pas. J'avais tant de mal à respirer que je tenais à peine debout, et je titubais plutôt que je ne marchais sur la longue pente de la moraine entre de hauts pénitents et des murs de glace. J'aurais été incapable de remonter au camp II, même pour sauver ma propre vie.

Nous sortîmes avec précaution des arêtes de la moraine et des pinacles pour rejoindre le camp de base. Il n'en restait plus rien. Tous les corps avaient été dispersés, toutes les tentes emportées ou plus probablement brûlées. C'était comme si l'expédition Deacon-Bromley n'était jamais venue ici.

Le ciel s'éclairait – l'obscurité de la nuit laissait place à l'éclat gris précédant l'aube. Décrivant un grand arc de cercle pour contourner l'endroit où s'étaient trouvés les tentes et les sangas du camp de base, Pasang et moi, toujours encordés, nous retrouvâmes sur le plateau de gravier derrière les dernières arêtes de la moraine. Nous éteignîmes nos lampes et les rangeâmes dans nos besaces, que nous portions maintenant sur notre dos, au-dessus des appareils à oxygène. J'en avais quatre, de ces étuis de masque à gaz, bourrés à craquer de tout un tas de trucs allant d'un réchaud Unna à des casseroles.

« Et maintenant ? demandai-je dans un murmure. Puis-je me délester des deux dernières bouteilles d'oxygène ?

— Pas encore, monsieur Perry, chuchota Pasang en réponse. Vous avez encore trop de difficulté à respirer. Sauf absolue nécessité, je préfère éviter de procéder à une trachéotomie.

— Amen. » Même mes murmures étaient rauques. « On va par où ? Le monastère du Rongbuk se trouve à dix-huit kilomètres, et nous pourrons y demander de l'aide. Mais je doute fortement d'être capable d'aller plus loin.

— Herr Sigl a peut-être laissé des hommes au monastère, fit remarquer Pasang.

— Oh, merde.

— Comme vous dites. Mais essayons tout de même de nous en rapprocher. Ensuite, j'irai en reconnaissance à Rongbuk pendant que vous m'attendrez dans les rochers, à la base de l'approche. S'il n'y a pas d'Allemands là-bas, nous nous placerons sous la protection du bon Dzatrul Rinpoché, réincarnation de Padma Sambhava et saint lama du monastère.

— D'accord. Mais nous devrions d'abord… »

Je n'entendis pas les coups de feu avant de sentir l'impact des balles.

La première projeta la tête de Pasang en avant dans une giclée de sang qui éclaboussa mon visage et le masque à oxygène que j'avais baissé. Une seconde plus tard, je sentis la deuxième balle traverser mon paquetage et l'appareil à oxygène pour aller se loger au-dessus de mon omoplate gauche.

Pasang était déjà tombé en avant sur le sol de pierres, apparemment mort. Avant de pouvoir ouvrir la bouche pour crier, je reçus un nouvel impact en haut du dos et m'effondrai à côté de lui. Je perdis connaissance sans même avoir eu le temps d'amortir ma chute avec mon avant-bras.

26.

Je repris vaguement conscience quelque temps plus tard en entendant deux hommes parler à voix forte. Ils se tenaient à environ trois mètres de nous, en aval, et je distinguais les mots allemands malgré le vent qui soufflait du glacier du Rongbuk avec une intensité redoublée.

Pasang gisait sur le ventre, si près que nos visages se touchaient presque. Son casque de cuir et son bonnet de laine avaient été arrachés, et une affreuse raie blanche, que je supposais être son crâne ou son cerveau, séparait ses cheveux. Son visage était entièrement couvert de sang. Je voulus lever la main pour le toucher – et m'assurer qu'il était vraiment mort – quand il chuchota sans remuer les lèvres : « Ne bougez pas. » Son murmure était presque inaudible, donc j'étais sûr que les Allemands, qui se disputaient à trois mètres de nous, contre le vent, n'avaient pas pu l'entendre.

« Je vais traduire, chuchota-t-il.

— Votre tête…

— Les blessures au cuir chevelu saignent toujours beaucoup. J'aurai mal à la tête, rien de plus – si nous survivons. Ils ne nous ont pas fouillés. Écoutons-les, pour savoir quand sortir nos pistolets. »

J'avais presque oublié le Webley, fourré dans une des poches de ma parka, et le Luger chargé que Pasang avait rangé dans sa veste en duvet.

Étrangement, je reconnus les voix pour les avoir entendues à Munich. La plus basse appartenait à ce garde du corps fasciste… quel était son nom, déjà ?… Ulrich Graf.

L'autre homme aussi se trouvait à la table de la brasserie ce soir-là – il avait peu parlé, mais je reconnus son léger zézaiement. C'était Artur Wolzenbrecht.

Ulrich Graf disait, gémissant presque : « *SS-Sturmbannführer Sigl… hat gesagt, dass ich sie aufhalten soll, und ich habe sie aufgehalten.* »

Les yeux fermés, le sang sur son visage dissimulant presque le mouvement de ses lèvres, Pasang dit : « SS-Sturmbannführer Sigl a dit de les arrêter, donc je les ai arrêtés. »

Il me fallut une seconde pour comprendre qu'il venait de traduire les propos de Graf – j'ignorais ou j'avais oublié qu'il parlait allemand – et une autre pour saisir que c'était *nous* qu'il fallait arrêter.

« *Idiot !* aboya Wolzenbrecht. *Sturmbannführer Sigl hat gesagt, dass du sie aufhalten sollst, bevor sie das Tal verlassen können. Aber nicht, sie zu erschiessen.* »

Pasang murmura : « Idiot ! Sturmbannführer Sigl a dit de les arrêter avant qu'ils quittent la vallée. Pas de les tuer ! »

La voix d'Ulrich Graf ressemblait à celle d'un enfant idiot et boudeur. « *Na ja, mit meinen Schüssen habe ich sie doch angehalten, oder ?* »

« Eh bien, je les ai arrêtés, pas vrai ? » traduisit Pasang à travers ses lèvres collées par le sang.

J'entendis Wolzenbrecht soupirer. « *Sturmbannführer Sigl hat befohlen, sie zu verhören und sie dann nach Fotos zu durchsuchen. Aber keiner von ihnen sieht so aus, als ob wir sie noch verhören könnten.* »

« Sturmbannführer Sigl nous a ordonné de les interroger, puis de les fouiller pour retrouver les photos. Mais on ne peut plus interroger personne. » Ce qui me redonna espoir une seconde. J'étais tombé sur ma main droite, que je déplaçais millimètre par millimètre pour la passer sous mon anorak Shackleton puis vers la poche droite de mon duvet Finch, où le revolver me rentrait douloureusement dans les côtes basses.

« *Was sollen wir jetzt machen ?* dit Graf. *Warten, bis einer wieder zu sich kommt ?* »

Je perçus un léger mouvement du côté de Pasang et m'aperçus que lui aussi tentait de saisir son arme. Sa traduction chuchotée fut presque inaudible : « Que fait-on, alors ? On attend que l'un d'eux reprenne conscience ? »

La réponse de Wolzenbrecht sonna comme une mauvaise imitation d'un berger allemand se gargarisant avec des gravillons. « *Nein, vergiss das Verhör.*

Töte sie erst, und dann durchsuchen wir sie. Aber mit Kopfschuss, nicht auf den Körper zielen. »

« Non, oubliez l'interrogatoire, traduisit très vite Pasang. Tuez-les d'abord et on les fouillera ensuite. Mais visez la tête, pas le corps. »

Ça suffit à me convaincre de sortir le Webley de ma poche en restant couché dessus. Mon doigt trouva le pontet, puis la détente. Mon pouce trouva le chien. Le Diacre m'avait dit qu'il n'y avait pas de cran de sûreté sur un revolver. Je vis le léger mouvement de Pasang qui s'emparait du Luger.

« *Warum denn ?* » demanda Graf.

« Pourquoi ? » murmura Pasang, et je compris que le garde du corps à moitié demeuré ne demandait pas pourquoi il fallait nous tuer, mais pourquoi il fallait nous tirer dans la tête.

« *Damit wir keine Fotos beschädigen, falls sie welche bei sich haben, du Trottel,* répliqua Wolzenbrecht. *Sturmbannführer Sigl kommt sicher bald aus den Bergen zurück. Stell die Schmeisser auf einnen Schuss ein.* »

Vu qu'ils venaient déjà dans notre direction, je compris la teneur du propos avant que Pasang ne traduise : « Pour ne pas abîmer les photos s'ils les portent sur eux, imbécile. Sturmbannführer Sigl devrait redescendre la montagne très bientôt, donc préparez votre Schmeisser et qu'on en finisse… »

Un Schmeisser ! Ce foutu pistolet-mitrailleur ! Ces ordures de nazis allaient nous tirer dans la tête pour éviter de faire des trous dans les photos obscènes que nous portions – moi dans ma besace, Pasang dans la grande poche de sa veste en laine. Ils comptaient fouiller nos cadavres dans les secondes suivantes, après nous avoir descendus. Fin de la partie.

Au même instant, Pasang et moi roulâmes dans la direction opposée et nous mîmes à genoux, pistolets brandis.

Ce qui se passa ensuite demeure flou. Deux Allemands avançaient vers nous à grands pas ; puis ce fut soudain le chaos tout autour d'eux. Des silhouettes massives surgirent. De la fourrure grise dans la neige tourbillonnante. *Des poils partout.*

Je vis la tête d'Ulrich Graf voler dans les airs, arrachée du reste de son corps. J'eus le temps de voir et d'entendre Artur Wolzenbrecht pousser un cri aigu quand une chose immense et toute grise se dressa devant lui au milieu des bourrasques de neige.

Puis quelque chose me frappa à la tempe. Je pressai la détente du Webley – sans rien toucher puisque mon coup partit en l'air – et n'eus que le temps de voir Pasang basculer en avant, les yeux fermés dans son visage ensanglanté, avant de m'écrouler sur les cailloux et de perdre connaissance une fois encore.

27.

Je revins à moi dans une tente en soie, allongé sur le ventre, le visage enfoui dans des coussins de soie à l'odeur douteuse. J'avais les poignets attachés à des pieux plantés par terre entre des tapis persans, qui recouvraient presque tout le sol de la tente. J'avais terriblement mal à la tête. Et une intense douleur dans le haut du dos – je sentais l'endroit où la balle allemande était entrée, quand Pasang et moi nous étions fait tirer dessus la première fois. Je tournai la tête pour regarder d'un côté et de l'autre – des tapis, de hauts piquets de tente, beaucoup de coussins, pas de Pasang. Il était peut-être mort. Je l'étais peut-être aussi.

Non, je souffrais trop pour ça. Torse nu dans le froid – les couvertures avaient glissé quand j'avais remué –, j'avais quelque chose de solide et collant dans le dos. Je me demandai distraitement si la balle était logée dans mon poumon, ma colonne vertébrale ou près du cœur. J'avais trop mal à la tête pour réfléchir à la question avec l'effort intellectuel nécessaire.

Entendant un bruit derrière moi, je pivotai la tête, trop vite, et mon crâne m'élança si fort que je manquai m'évanouir de nouveau. J'eus le temps de voir un Tibétain aux traits asiatiques, ou peut-être un Mongol à l'air tibétain, entrer dans la tente, un bol fumant dans les mains, avant de battre en retraite en s'apercevant que j'étais conscient.

Des bandits, compris-je. Je pouvais seulement espérer qu'il s'agissait de la bande que connaissait lady Bromley-Montfort et qu'elle avait déjà soudoyée avec des pistolets et des chocolats. Quel était le nom de leur chef, déjà… ?

Jimmy Khan. Comment l'oublier ?

Le petit homme vêtu de fourrure rentra par la haute ouverture de la tente, accompagné cette fois de Pasang et de Jimmy Khan. Pasang s'était manifestement bandé la tête tout seul et lavé le visage. Il avait l'air parfaitement vivant. Je distinguai une cicatrice blanche sur la peau sombre de sa tempe gauche.

Le bandit prononça une phrase en tibétain que Pasang traduisit à mon intention. « Khan dit qu'il est content de vous voir en vie. »

D'après mes souvenirs de notre rencontre, un mois plus tôt, Jimmy Khan comprenait et parlait un peu anglais. « Pourquoi suis-je attaché, Pasang ? Suis-je prisonnier ?

— Non. Vous étiez un peu délirant. J'ai décidé de retirer la balle de votre dos pendant que vous étiez inconscient, et les cordes avaient seulement pour but de vous empêcher de vous retourner sur vos pansements. » Il sortit son canif courbe de sa poche et coupa les liens à mes poignets.

« J'ai reçu une balle dans le dos et je suis encore vivant ? » m'étonnai-je. La tête me tournait.

« Nous nous sommes fait tirer dessus par un certain M. Ulrich Graf – il portait des papiers sur lui. La balle qui m'a atteinte a seulement déchiré le cuir chevelu et laissé un sillon dans mon crâne. Je ne suis resté inconscient qu'un court moment. En ce qui vous concerne, la balle a traversé vos deux bouteilles d'oxygène, une pièce de métal du régulateur, le réchaud Unna et deux casseroles que vous portiez sur le dos. Oh, et elle est aussi passée à travers le cadre de métal de votre appareil à oxygène avant de vous atteindre. Elle avait donc perdu la plus grande partie de son énergie cinétique, Jake. Quand je l'ai retirée, elle n'avait pénétré que dans deux centimètres et demi de chair et une fine couche des muscles de votre épaule. »

Je me redressai sur les coussins et oscillai un peu, étourdi. « Qu'est-il arrivé à Graf et à Wolzenbrecht ? » demandai-je. Je me souvenais seulement d'avoir levé le pistolet Wembley, puis d'un tourbillon de gris et de masses sombres s'agitant sous la neige en criant.

« Bonne question », dit Pasang. Sa voix semblait contenir une sorte d'avertissement, mais j'avais trop mal pour y prendre garde.

« Si vous pouvez vous lever, Jake, je vais vous aider à sortir, reprit-il. Vous devez voir quelque chose avant l'arrivée des vautours.

— Vous, expliquez », dit Jimmy Khan à Pasang, et il me donna une tape dans le dos juste sur mon pansement. Je réussis à ne pas hurler.

Sur la grande roche plate à côté de laquelle nous nous trouvions lorsqu'on nous avait tiré dessus – manifestement, les deux Allemands étaient cachés derrière un rocher à environ dix-huit mètres en retrait du cairn élevé l'année précédente en mémoire de Mallory, d'Irvine et des sept Sherpas disparus en 1922 –, les têtes décapitées d'Ulrich Graf et d'Artur Wolzenbrecht étaient plantées côte à côte sur des piquets. Leurs yeux – qui commençaient tout juste à se vitrifier – semblaient braqués sur nous, écarquillés de surprise. À côté des têtes, il y avait quatre bras coupés avec leurs mains, les deux bras droits à la gauche de Graf, les deux bras gauches à la droite de Wolzenbrecht.

« Dieu tout-puissant », murmurai-je à Pasang. Voyant Jimmy Khan, tout sourire, à quelques mètres, j'ajoutai : « Khan et ses hommes ont fait un sacré boulot sur ces pauvres diables. »

Le docteur Pasang me regarda sans ciller. Sa voix me parut trop forte quand il reprit la parole. « M. Khan m'a expliqué que ses cinquante-cinq hommes et lui étaient arrivés environ une demi-heure après les événements. Ils sont très impressionnés par la façon dont quatre ou cinq yétis, furieux contre la présence des Allemands, ont réglé leur compte à nos ennemis.

— C'est ridicule… », commençai-je, avant de comprendre enfin la mise en garde dans le ton de Pasang. Les bandits voulaient nous faire croire que c'étaient des yétis qui avaient tué les Allemands au milieu de toute cette neige tourbillonnante. Si j'ignorais pourquoi ils désiraient nous faire gober cette histoire, j'avais maintenant l'esprit suffisamment clair pour me taire. Ces bandits vêtus de fourrure m'avaient déjà tapé sur la tête une fois.

Le vent venu de l'Everest qui balayait l'étendue de l'Auge sifflait en passant entre les blocs de roche et ébouriffait les cheveux courts sur les deux têtes empalées. Les vautours arrivaient maintenant en force, et je détournai le regard lorsqu'ils commencèrent leur repas par les yeux des morts.

« Combien de temps suis-je resté inconscient ?

— Environ cinq heures. »

Je consultai ma montre, qui marchait encore. (Mon père n'offrait jamais de cadeaux de mauvaise qualité.) Midi passé. Jimmy Khan et deux de ses lieutenants s'avancèrent, croisèrent les bras et grognèrent de satisfaction en regardant les têtes décapitées, aux bras tranchés et aux mains à l'aspect bizarrement racorni. À quinze mètres environ derrière la grande roche plate, je remarquai pour la première fois une grosse pile de ce qui ne pouvait être que les intestins des deux hommes. Je ne vis aucune autre trace des corps.

« Metohkangmi, déclara Jimmy Khan, et ses deux lieutenants acquiescèrent. Les yétis.

— D'accord. » D'un pas chancelant, je m'éloignai de ces trophées sur leur pieu et trouvai un petit rocher où m'asseoir. « Si vous le dites, monsieur Khan.

— Je n'ai trouvé aucune blessure par balle dans les crânes ou les membres arrachés », dit Pasang, comme pour apporter une preuve médico-légale à la ridicule théorie du yéti.

Jimmy Khan sourit, et je lançai à Pasang un regard qui aurait dû le liquéfier, mais non. Mes pouvoirs de liquéfaction étaient peut-être entravés par mon terrible mal de tête.

« Et maintenant ? demandai-je.

— Eh bien, M. Khan m'a permis de monter une tente afin que je puisse extraire la balle logée dans votre épaule et que vous puissiez vous reposer quelques heures, dit-il, mais ils ne veulent pas dresser leur camp dans les environs. Ils craignent la réaction de Dzatrul Rinpoché, le gourou du monastère du Rongbuk, lorsqu'il aura vent de la violence qui s'est déchaînée ici aujourd'hui.

— Je croyais que le gourou Rinpoché aimait bien répandre des histoires de yétis dans la vallée du Rongbuk, dis-je. Vous vous souvenez de la fresque murale au monastère ? Elle visait à éloigner son peuple et ses moines de ces montagnes.

— Eh bien, M. Khan et ses hommes insistent pour qu'on reprenne la route dès cet après-midi. Ils ont prévu des poneys de Mongolie pour nous deux.

— Nous ne pouvons pas partir, dis-je, choqué. Reggie et le Diacre…

— Ne redescendront pas… du moins pas de ce côté. De cela, je suis certain. Nous devons donc partir avec Jimmy Khan et ses aimables bandits, Jake. Ils ont proposé de nous escorter vers l'est puis vers le sud pour passer le haut Sherpo La. Cela nous conduira en Inde. Et comme nous voyageons très léger, si le temps demeure clément lors du passage du col, nous pourrions faire le voyage du retour en trois semaines, au lieu des cinq semaines de l'allée. Jimmy Khan et son groupe chevaucheront avec nous et nous protégeront jusqu'à Darjeeling, et vous offriront un palanquin si vos blessures ou vos maux de tête l'exigent.

— Il doit sûrement exiger quelque chose en échange de cette aide amicale, dis-je. Même sa vieille amie Reggie a dû le payer pour que nous puissions traverser son territoire.

— J'ai promis de lui verser mille livres sterling quand nous serons en sécurité à la plantation de lady Bromley-Montfort.

— Quoi ? m'écriai-je. Nous n'avons pas mille livres à donner à ces bandits ! À nous deux, on n'en a même pas cent !

— Vous oubliez, monsieur Perry, dit tristement Pasang, que lady Bromley-Montfort m'a laissé sa plantation de thé – en pleine propriété si elle ne revient pas, et croyez bien que je prie notre Seigneur pour qu'elle revienne. Elle a seulement stipulé que je devais verser un tiers des profits annuels à lady Bromley, jusqu'à la fin de sa vie. Me voici donc à la tête d'une fortune – temporairement, j'espère. Quoi qu'il en soit, vu l'importance qu'accordaient M. Deacon et lady Bromley-Montfort à ce que vous devez livrer directement à Londres, j'ai considéré que mille livres étaient une somme raisonnable en échange de la protection de Khan et de ses poneys pour notre voyage de retour. Les hommes de Khan ne s'aventurent jamais aussi loin en territoire indien – il nous fait donc bel et bien une faveur. Il laissera même deux de ses hommes ici, à proximité du camp de base, pendant deux semaines, au cas où nos amis redescendraient de ce côté. »

Je n'avais rien à opposer à ça.

Je tournai le regard vers l'Everest – presque entièrement dissimulé par des nuages de neige, alors que le vent soufflait furieusement en descendant du col et de l'arête nord – puis le reportai sur la tête des deux Allemands sur le bloc rocheux. Les vautours s'en donnaient à cœur joie.

« Puisque nous n'attendrons pas ici pendant des jours ou des semaines, au cas où Reggie et le Diacre reviendraient, dis-je, en tentant de penser clairement, autant prendre la route de Darjeeling le plus tôt possible. Allons voir les poneys qu'ils ont choisis pour nous. »

28.

Il arrive, en de rares occasions, que Londres soit étouffant à la mi-août, mais il y avait ce jour-là une fraîcheur dans l'air qui me rappela notre visite à la Royal Geographical Society dix mois plus tôt. Certes, les feuilles des arbres ne changeaient pas encore de couleur, mais il flottait déjà comme un parfum d'automne… une odeur de fumée de feu de bois ou de charbon dans les maisons et les immeubles. Je portais mon deuxième plus beau costume – le trois-pièces en lainage épais, puisque mon complet sur mesure avait disparu pendant mon absence – et j'espérais qu'à cause du bref front froid, mon choix vestimentaire détonnerait moins.

L'immeuble était bruni par l'âge et la suie, et son entrée très imposante. Des bruits de pas résonnaient sur les dalles et le marbre. Je prévins le planton que j'avais rendez-vous avec le chancelier de l'Échiquier, et il m'emmena jusqu'à un réceptionniste, qui m'emmena jusqu'à un employé, qui m'emmena jusqu'au secrétaire particulier, qui me fit asseoir sur un canapé de cuir usé dans une antichambre, où j'attendis deux ou trois minutes avant d'être introduit dans le bureau du grand homme.

Le chancelier de l'Échiquier. Comme c'était malin, de la part de Reggie et du Diacre, de parler de leur « ami commun qui signe beaucoup de chèques », mais qui « préfère l'or ». Cette dernière expression, comme je l'avais appris en posant des questions durant ma longue traversée solitaire entre l'Inde et l'Angleterre, était une référence à la décision du chancelier de l'Échiquier, le ministre des Finances du gouvernement Baldwin, de rétablir l'étalon-or pour l'économie britannique.

Cela remontait au mois de mai, pendant que mes amis et moi escaladions l'Everest – si Reggie et le Diacre n'avaient pas appris la nouvelle, ils connaissaient la préférence du monsieur pour ce système monétaire. J'avais aussi lu des articles sur ce retour à l'étalon-or – sur le tollé qu'il provoquait et l'opposition qu'il suscitait chez de nombreux économistes – durant mon voyage de retour.

Le secrétaire me laissa dans une vaste pièce au tapis usé, meublé d'un grand bureau avec son fauteuil, vide de son occupant. Au fond, un très gros bonhomme me tournait le dos. Il fumait un cigare devant la fenêtre couverte de suie, les jambes écartées presque en position de lutteur, ses mains grassouillettes jointes dans le dos.

Environ une minute après que le secrétaire, l'assistant ou quel que soit son titre m'eut annoncé, le gros homme se retourna, me regarda de bas en haut, fronça légèrement les sourcils – à cause de mon costume de laine ? – et déclara : « Perry, c'est bien ça ?

— Oui, monsieur.

— C'est gentil à vous d'être venu, monsieur Perry. » Il me montra une chaise d'aspect inconfortable pendant qu'il prenait place dans le fauteuil rembourré derrière son bureau.

J'avais entendu le nom de Winston Churchill pendant les mois que j'avais passés à Londres avant le début de notre expédition, mais je ne me souvenais pas d'avoir vu des photos de lui. Je me rappelais vaguement les remous qu'avait causés dans la presse son retour chez les conservateurs, qu'il avait quittés quelques années plus tôt pour rejoindre les libéraux. Un jour où nous triions notre matériel d'alpinisme dans une chambre d'hôtel, le Diacre avait ri en lisant le *Times* et nous avait cité Churchill : « Tout le monde est capable de retourner sa veste, mais il faut une certaine ingéniosité pour la retourner deux fois. »

Manifestement, il possédait cette qualité : Churchill avait été élu député tory de la circonscription d'Epping et nommé chancelier de l'Échiquier dans le gouvernement conservateur de Baldwin. La seule autre chose que j'avais apprise à propos de ce poste, c'est qu'il valait à Churchill le titre honorifique de « très honorable » et un logement de fonction au numéro 11 Downing Street, à côté du meublé du Premier ministre.

« Vous êtes américain, monsieur Perry ? »

Était-ce une question ? « Oui, monsieur le chancelier. »

J'avoue que si cet homme était le chef des services de renseignement pour lequel était mort Percival Bromley – et très probablement aussi l'ancien capitaine Richard Davis Deacon et lady Katherine Christina Regina Bromley-Montfort –, il n'avait pas le physique de l'emploi. Il m'évoquait un gros bébé en costume trois-pièces à fines rayures, avec un cigare aux lèvres.

« Vous autres Américains me mettez – ainsi que le gouvernement de Sa Majesté – dans une position des plus effrayantes », tonna-t-il de l'autre côté de son vaste bureau. Il ouvrit une boîte à cigares et la poussa vers moi. « Un cigare, monsieur Perry ? Ou une cigarette, peut-être ?

— Non, merci, monsieur le chancelier. » Je n'avais aucune idée de ce à quoi il faisait allusion. Ça n'avait sûrement rien à voir avec l'enveloppe contenant les sept photos compromettantes et leurs négatifs qui se trouvait dans la grande poche de mon veston et que je devais lui remettre. En ce qui me concernait, je voulais en finir avec ça et quitter au plus vite ce bureau, et cette ville.

« C'est la dette de guerre, expliqua ce Churchill. La Grande-Bretagne vous doit la ridicule somme de quatre milliards, neuf cent trente-trois millions, sept cent mille six cent quarante-deux livres. Rien que les intérêts annuels se montent à plus de trente-cinq millions de livres. Et votre président, votre secrétaire d'État et votre secrétaire au Trésor exigent d'être payés en temps et en heure. Je vous le demande, monsieur Perry, comment cela serait-il possible tant que la France n'a pas remboursé au gouvernement de Sa Majesté ce qu'elle lui doit au titre de *sa* dette de guerre ? Dieu sait pourtant que la France obtient le paiement des réparations et sa part de l'acier allemand de la vallée de la Ruhr, mais les Français sont aussi lents à payer qu'un locataire qui dépense son salaire à la loterie plutôt que de le donner à son propriétaire. »

Je hochai vaguement la tête. Ma gorge avait suffisamment guéri durant les semaines que j'avais passées en Inde puis en mer pour que je puisse parler d'une voix à peine plus rauque que la normale, mais j'ignorais quoi dire. Tout ce que je savais, c'était que l'enveloppe contenant les photos semblait creuser un trou dans la partie droite de ma poitrine, et que si ce gros bonhomme ne se taisait pas et n'arrêtait pas de souffler sa fumée de cigare dans ma direction, j'allais bondir par-dessus ce trop large bureau pour l'étranger, et au diable l'amitié anglo-américaine.

« Enfin, vous n'y êtes pour rien, vous n'y êtes pour rien, dit le chancelier de l'Échiquier. Vous avez les éléments sur vous ? »

Violant sans doute cinquante règles de l'espionnage, je demandai : « Vous parlez des photographies et des négatifs de lord Percival, monsieur ?

— Oui, oui. » Il écrasa son cigare et croisa ses doigts grassouillets sur sa poitrine.

Je sortis l'enveloppe et la posai sur son bureau, aussi loin qu'il m'était possible sans avoir à me lever. À ma grande consternation, Churchill n'accorda même pas un regard à l'enveloppe, avant de la saisir et de la glisser dans un attaché-case rouge posé à ses pieds.

« Eh bien, voilà », dit-il.

J'y vis sa manière de me congédier, et je me levai.

« Nous sommes vendredi », dit Churchill, sans même prendre la peine de se lever pour me serrer la main. Et je savais quel jour on était : c'était moi qui avais fixé le jour du rendez-vous avec ses sbires.

« Je crois que nous devrions discuter des circonstances entourant l'achat de ces éléments, ajouta-t-il. Vous avez des choses sur le feu demain ? »

Des *choses sur le feu* ? Qu'est-ce que c'était que ces façons de parler ? Je ne m'étais jamais senti aussi seul et perdu que ces derniers jours passés à attendre, à Londres, sans Jean-Claude et le Diacre. Ces Britanniques parlaient un anglais étrange et ténébreux.

Churchill dut remarquer mon air ahuri, parce qu'il précisa : « Pour le dîner.

— Non, monsieur le chancelier », répondis-je avec un sentiment de découragement. Je ne voulais pas avoir de relation mondaine avec ce… ce monsieur… à cause de qui, j'en étais sûr, trois de mes amis les plus chers s'étaient fait tuer, ainsi que le cousin d'une amie.

« Nous comptons donc sur vous pour faire un saut à Chartwell dans l'après-midi, dit-il, comme si l'affaire était entendue. Clemmie est absente ce week-end, mais nous avons quelques invités très amusants et, bien sûr, les enfants seront là. Venez partager un bon dîner, monsieur Perry, restez pour la nuit, et nous parlerons plus longuement quand nous aurons un peu d'intimité. Nous nous habillons pour dîner », précisa le chancelier de l'Échiquier.

J'avais lu quelque part qu'il avait cinquante ans, mais son embonpoint, ses joues roses de bébé et son énergie le faisaient paraître beaucoup plus jeune. « Avez-vous apporté smoking et cravate blanche à Londres ?

— Non, monsieur le chancelier. » J'en avais déjà plein le dos d'appeler « monsieur le chancelier » ce rien du tout. « Uniquement le costume que j'ai sur moi. »

Churchill pencha la tête d'un air entendu, puis pressa un bouton sur son bureau. Le secrétaire qui m'avait fait entrer apparut comme par magie. « Colonel Taylor, dit Churchill, pourriez-vous emmener ce jeune homme chez mon tailleur de Savile Row pour qu'il lui procure une tenue de soirée convenable, ainsi qu'un ou deux costumes d'été, peut-être un pyjama et quelques chemises et cravates… pour midi demain, s'il vous plaît. Et dites-lui que la facture sera réglée par le Trésor de Sa Majesté. »

Je ne savais que penser de tout cela, et encore moins que dire – la seule réponse spontanée qui me venait, c'était : *Je n'ai pas besoin d'une cravate blanche, ni d'un smoking et, bon sang, je n'ai pas besoin de votre charité.* De sorte que je me contentai de hocher la tête vers Churchill, qui avait allumé un nouveau cigare et parcourait déjà des papiers.

Juste avant de quitter le bureau, je me retournai et lançai : « Attendez ! Encore une chose. »

Churchill leva vers moi son visage rond, au petit sourire de chérubin, et attendit.

« Qu'est-ce que Chartwell et où le trouver ? » m'entendis-je demander.

29.

Chartwell était la propriété de campagne de Churchill près de Westerham, dans le Kent, à environ quarante kilomètres de Londres. Je passai chercher mes nouveaux vêtements chez le tailleur à midi, je les essayai et j'écoutai le verdict favorable du couturier. Gardant sur moi une des chemises blanches qu'il m'avait choisies et le costume de lin beige qu'il m'avait confectionné – et qu'il assortit d'une discrète cravate vert et bordeaux –, je m'engouffrai dans la voiture envoyée par le ministère (quel « ministère », je n'en avais pas la moindre idée) pour aller prendre le train de 13 h 15. Une autre voiture avec chauffeur m'attendait à la gare de Westerham et m'emmena jusqu'à Chartwell, à quelques kilomètres de là.

Je m'attendais à un gigantesque domaine semblable à celui de lady Bromley ou à celui auquel Richard Davis Deacon avait renoncé après la guerre, mais Chartwell ressemblait davantage à une confortable maison de campagne du Massachusetts. J'appris beaucoup plus tard que, loin d'avoir appartenu à la famille depuis une dizaine de générations, Chartwell – une maison de brique enlaidie par des extensions et un affreux aménagement paysager dans les années 1800 – avait été acheté assez récemment et plus ou moins rebâti par les ouvriers engagés par Churchill.

Et par Churchill lui-même.

Un domestique me conduisit à une chambre et me laissa le temps de me « rafraîchir », puis un autre vint m'avertir que M. Churchill désirait me voir et demandait si le moment était propice. Je répondis par l'affirmative.

Au lieu de m'emmener dans quelque grande bibliothèque, comme je m'y étais attendu, le vieux domestique – qui, lorsque je m'enquis de son nom, répondit simplement « Mason, monsieur » –, m'escorta dehors, sur le côté de la maison, où Winston Churchill, coiffé d'un feutre blanc et vêtu d'un bleu de travail maculé de mortier, montait un mur.

« Ah, bienvenue, monsieur Perry », s'écria-t-il, aplanissant le mortier à la truelle avant de poser une nouvelle brique.

C'était un long mur.

« Je passe dix heures par jour dans mon bureau, à Londres, mais mon véritable travail, c'est ça », poursuivit-il. Je m'étais déjà rendu compte que le monologue était son mode de conversation favori. « Ça, et l'écriture d'ouvrages historiques. J'ai pris soin de contacter le syndicat des maçons avant de m'attaquer à mon premier mur. Ils m'ont fait membre honoraire, mais je ne me repose pas sur mes lauriers. Cette semaine, j'ai écrit deux mille mots et posé deux cents briques. »

Il lâcha sa truelle et, me prenant soudain par le coude, me guida vers l'arrière de la maison.

« Je l'appelle le "Cochon douillet", dit Churchill.

— Quoi donc, monsieur le chancelier ?

— Eh bien, la maison, évidemment. Chartwell. Et puisque je vous appelle M. Perry, appelez-moi M. Churchill. Oubliez le "chancelier". »

Nous nous arrêtâmes sur une terrasse au milieu d'un jardin à la française, mais ce n'était pas lui que Churchill m'avait amené voir. « Voici la raison pour laquelle j'ai acheté la propriété il y a trois ans », dit-il.

Il parlait de la vue de cette colline. C'était – et cela reste – le plus beau et verdoyant panorama campagnard qu'il m'ait été donné d'admirer. Il y avait des forêts de hêtres, de châtaigniers et de chênes au loin, d'innombrables prairies et d'immenses pentes herbeuses.

« Le Cochon douillet se trouve au milieu de trente-deux hectares de terres, mais c'est la vue de la combe et du Weald qui m'a convaincu d'acheter la propriété, bien que Clementine l'ait jugée trop chère pour moi. Pour nous. Et c'est vrai qu'avec les travaux, elle l'a été.

— C'est très beau, dis-je, en mesurant à quel point le terme était insuffisant.

— Pas aussi beau que l'Everest, je suppose », répondit le petit homme corpulent. Ses yeux brillants me regardaient attentivement.

« C'est une beauté différente, monsieur le... monsieur Churchill. Là-bas, il n'y a que de la roche, de la glace et une lumière impitoyable. Presque tout, même l'air, est si froid qu'il en devient tranchant. Il n'y a pas la moindre verdure au-dessus du camp de base, pas même de lichen. Rien de vivant, à part les alpinistes et quelques corbeaux. Pas d'arbres, pas de feuilles, pas d'herbe… presque rien de doux. Que du roc, de la glace, de la neige et le ciel. Ici, tout est infiniment plus… délicat. Plus… humain. »

Après m'avoir écouté attentivement, Churchill hocha la tête. « Je ferais bien de me remettre au travail. Quand j'aurai fini ce mur pour ce qui sera la terrasse de la chambre de Clementine, je devrai construire un autre barrage. » Il agita sa main grassouillette vers la gauche. « C'est moi qui ai creusé ces étangs. J'ai toujours aimé regarder l'eau et les choses qui se plaisent à y vivre. »

Les étangs étaient magnifiques et semblaient naturels.

« Mettez-vous à l'aise, comme vous dites, vous, les Yankees, reprit Churchill. Si vous avez faim, prévenez Mason ou Matthews, ils demanderont à la cuisinière de vous préparer un sandwich. Vous trouverez des alcools dans le salon, et il y a du bon whisky – du scotch, comme je crois que vous l'appelez de votre côté de l'étang – dans votre suite. Il y a aussi des livres dans votre chambre, mais sentez-vous libre d'en emprunter dans la bibliothèque. Nous prendrons un xérès ou un whisky à dix-huit heures, et le dîner sera servi à 19 h 30 – de bonne heure, parce qu'un de nos invités a fait apporter un projecteur et un film qu'il veut nous montrer. Ou plutôt, qu'il veut montrer aux enfants. Je pense que vous trouverez tous nos convives amusants, mais surtout trois en particulier. À plus tard, monsieur Perry. »

Le premier invité que je rencontrai fut T. E. Lawrence – celui que le journaliste américain Lowell Thomas surnomma « Lawrence d'Arabie » pendant et après la guerre – qui descendait l'escalier en même temps que moi pour rejoindre le salon. Il portait la panoplie complète du prince arabe, jusqu'au poignard à la lame courbe et au manche orné de pierres passé à sa ceinture.

« Idiot, je sais, dit-il quand nous nous fûmes présentés et serré la main, mais les enfants adorent. »

Nous fûmes bientôt rejoints par un homme plus âgé, que Churchill appelait « Prof ». C'était le professeur F. A. Lindemann. Plus tard, Lawrence me glissa qu'en 1916, quand d'innombrables pilotes de la RAF périssaient, faute de pouvoir redresser leurs fragiles coucous en papier et en bois à la suite d'un décrochage, le professeur Lindemann avait mis au point, grâce à des calculs mathématiques, une manœuvre qui d'après lui permettrait de reprendre le contrôle de tout avion tombant en vrille. Quand les gradés de la RAF et les pilotes avaient décrété que la manœuvre ne fonctionnerait pas – me raconta Lawrence, qui portait toujours sa coiffe et son bandeau de coton blanc plutôt efféminés –, Lindemann avait appris à piloter. Prenant les commandes d'un SPAD sans parachute, il l'avait placé dans une dangereuse position de décrochage et l'avait habilement redressé – en utilisant sa manœuvre fondée sur les mathématiques – avec des centaines de mètres de marge. Le secret, apparemment, consistait à lâcher le manche à balai – l'avion, affirmait le professeur Lindemann, *voulait* voler droit et se redressait de lui-même si le pilote le laissait faire. C'étaient toutes les procédures de correction qui transformaient un décrochage en vrille mortelle. Ensuite, toujours à en croire Lawrence, le professeur était monté dans un biplan plus ancien pour réitérer sa démonstration.

Après ça, la RAF avait ordonné à tous ses pilotes d'apprendre la manœuvre du professeur Lindemann.

Au dîner nous étions une douzaine à table, dont les enfants : Diana, âgée de seize ans ; Randolph, qui paraissait en avoir quatorze ; Sarah, onze ans, ainsi que deux cousins, dont j'ai oublié les prénoms, une fille et un garçon de l'âge des aînés. Au cours du repas, Churchill mit le professeur au défi de « nous expliquer en monosyllabes et en moins de cinq minutes son ânerie de théorie quantique ».

Pendant que le chancelier gardait un œil sur sa montre de gousset, le professeur Lindemann s'exécuta en quatre minutes et vingt secondes. Je ne fus pas le dernier à l'applaudir. J'avais même compris son explication.

L'autre « invité spécial » au dîner m'avait pris au dépourvu lorsque je l'avais vu dans le salon, acceptant une coupe de champagne.

C'était Adolf Hitler. Je m'étais souvenu de ce nom pendant mon mois de convalescence – d'attente, en vérité, dans l'espoir de voir réapparaître Reggie et le Diacre – avec Pasang à la plantation. J'avais alors lu – d'abord à Darjeeling puis sur le bateau pendant les quelques semaines de traversée – tout ce que j'avais pu sur ce Hitler.

Et il était là… L'espace d'un instant, je fus saisi d'une terrible indécision (non pas à propos de ce que je *devais* faire, mais du *moyen* de le faire, ici et maintenant). Puis je remarquai l'ondulation des cheveux et l'air aimable, le visage légèrement plus long, et m'aperçus que c'était la fausse moustache – qu'il retira après avoir amusé les enfants, mais avant le dîner – qui faisait toute la ressemblance. Cet homme, que Churchill nous présenta, était Charlie Chaplin, né en Angleterre même s'il vivait désormais aux États-Unis.

Voilà donc la raison pour laquelle nous dînions tôt et avec les enfants – Chaplin avait apporté son dernier film (avec un projecteur de cinéma portatif), qu'il passerait après le repas.

Mais aussi aimable et souriant que fût Chaplin, il agaça notre hôte, avant même que nous ayons fini nos verres et rejoint la vaste salle à manger. Prenant très au sérieux la politique, il n'eut de cesse de savoir pourquoi le chancelier de l'Échiquier et le gouvernement Baldwin avaient tant œuvré pour le retour à l'étalon-or. « Ce sera préjudiciable à votre économie, vous savez, dit-il. Et les pauvres en seront les premières victimes, puisque tous les prix augmenteront. »

Manifestement, Churchill détestait qu'on lui dise qu'il avait tort, *a fortiori* dans sa propre maison, de sorte qu'il était d'humeur silencieuse et renfrognée quand nous passâmes à table.

Mais Chaplin trouva le moyen de détendre l'atmosphère. « Puisque je dois rentrer à Londres ce soir et que nous n'aurons sans doute pas le temps de bavarder après le visionnage du film, je vais vous en donner un premier aperçu ici, à table », dit-il. Il avait apporté une copie de son nouveau long métrage, *La Ruée vers l'or*, qui était sorti aux États-Unis en juin, mais n'était pas encore arrivé en Angleterre.

Chaplin prit deux fourchettes et les planta dans deux petits pains. « Mon petit vagabond, commença l'acteur, est parti en Alaska chercher de l'or et tente d'impressionner une jeune femme qu'il a rencontrée. Du moins, il rêve qu'il est avec elle et tente de l'impressionner. Et comme il ne peut pas parler, il communique avec elle de cette manière. »

Là-dessus, le Charlie Chaplin sérieux et passionné de politique disparut, et une version adorable et souriante de Charlot, son petit vagabond, apparut, les épaules voûtées au-dessus des fourchettes et des pains, devenus ses jambes et ses pieds. Il leur fit exécuter une petite danse en fredonnant un air, levant les jambes et exécutant le grand écart, pour finir par une révérence et le sourire timide du petit vagabond.

Tout le monde applaudit une nouvelle fois. La bonne humeur était revenue. Churchill, qui de nous tous avait ri le plus fort, redevint un hôte accueillant, et tout signe d'animosité se dissipa.

Il y eut un seul autre instant d'embarras au cours de ce dîner spirituel et charmant. À un moment, T. E. Lawrence se pencha vers Chaplin, assis de l'autre côté de la table, au point que les pans de sa coiffe manquèrent tremper dans le sorbet, et dit : « Chaplin, Chaplin. Est-ce que c'est juif ? Vous êtes juif, monsieur ? »

Le sourire de Chaplin ne faiblit pas. Il leva son verre de vin blanc vers Lawrence et répondit : « Hélas, monsieur Lawrence, je n'ai pas eu cet honneur à la naissance. »

Plus tard, quand les enfants et les invités se ruèrent dans le salon où des chaises et le projecteur avaient été installés, je m'excusai – disant que j'étais fatigué, ce qui était vrai –, serrai la main de Chaplin en exprimant l'espoir de le revoir un jour. Avec une chaleureuse poignée de main, il me souhaita la même chose.

Puis je montai dans ma chambre et tentai de dormir malgré les éclats de rire qui me parvinrent pendant environ quatre-vingt-dix minutes.

Je fus réveillé – doucement, mais avec insistance, par le dénommé Mason – en plein milieu de la nuit, me sembla-t-il. La montre de mon père m'indiqua qu'il était presque quatre heures du matin.

« Si l'horaire ne vous gêne pas, monsieur, murmura Mason, une bougie à la main, M. Churchill est dans son bureau, où il vient de finir son travail, et il aimerait s'entretenir avec vous. »

Ça me gênait. Pas seulement l'horaire et cette convocation dans le bureau du grand homme selon son bon plaisir, mais aussi tout le reste. Le dîner et la conversation de la veille ne manquaient pas d'intérêt – rencontrer Charlie Chaplin était une expérience dont je n'aurais même pas pu rêver –, mais aucune mondanité ne pouvait compenser la colère et le désespoir que j'éprouvais encore à la pensée de ce qui s'était passé sur l'Everest et des raisons qui avaient conduit mes amis là-bas. Le cœur lourd, je n'étais pas d'humeur à supporter une discussion spirituelle ou autre réjouissance de ce genre. Je résolus de demander de but en blanc au chancelier de l'Échiquier de quel droit il disposait de la vie de gens tels Percival Bromley, Jean-Claude Clairoux, Richard Davis Deacon ou lady Bromley-Montfort, de celle de Sherpas extraordinaires ou du jeune Autrichien Kurt Meyer qui – comme j'avais envie de le crier à la face de T. E. Lawrence – était juif. Et plus courageux que n'importe quel dandy anglais déguisé en arabe.

J'avais sûrement l'air furieux en rejoignant Churchill dans son bureau. Malgré mon humeur sombre, je dus admettre que ce dernier étage de la maison était impressionnant. Mason me fit entrer par une porte Tudor (une architrave, je l'appris plus tard), puis se retira en silence et en refermant derrière lui. Je regardai autour de moi et vers le haut. La charpente en bois, voûtée et apparente, semblait aussi vieille et solide que l'Angleterre elle-même. De grands tapis usés recouvraient le sol de la vaste pièce, dont le centre était presque vide. Les rayonnages montant jusqu'au plafond débordaient de volumes (alors que la bibliothèque du rez-de-chaussée aurait déjà suffi à satisfaire les besoins de lecture d'une ville moyenne du Midwest américain). Quelques fauteuils étaient dispersés çà et là, ainsi que deux bureaux, dont un superbe, en acajou sculpté, avec un confortable fauteuil en tapisserie. Churchill se trouvait derrière un pupitre en vieux bois brut, sur lequel il écrivait.

« Un bureau Disraeli, aboya-t-il. Nos prédécesseurs victoriens aimaient travailler debout. » Il effleura la surface tachée d'encre, presque comme s'il la caressait. « Ce n'est pas le bureau de Disraeli, bien sûr. Un menuisier du coin me l'a fabriqué. »

Je me sentais ridicule, dans ma robe de chambre et mes pantoufles. Mais j'avais tout de suite vu que Churchill était dans la même tenue : sa robe de chambre en soie ressemblait à une explosion de fils verts, or et rouge écarlate. Ses chaussons trop petits émettaient un bruit – *pff, pff, pff* – chaque fois qu'il se déplaçait, comme en cet instant pour nous servir à chacun un verre de whisky bien tassé. Je pris le verre, mais ne bus pas.

Churchill me vit lever les yeux une fois encore vers les poutres au plafond et les vieux tableaux sur les murs.

« Nous sommes dans la partie la plus ancienne de Chartwell, dit-il. Elle date de 1086, soit vingt ans avant la bataille de Hastings. C'est ici que j'écris. Savez-vous que je gagne ma vie en tant qu'écrivain ? D'ouvrages historiques, principalement. En général, je dicte à une secrétaire, qui doit être habile en sténographie pour suivre le rythme. Ce soir, comme je prépare deux volumes en même temps, j'ai donné la dictée à deux jeunes femmes. J'ai aussi deux employés qui m'aident pour les recherches. Vous avez dû les manquer de peu dans l'escalier. »

Je hochai la tête, mais demeurai silencieux. Nous nous faisions face. Churchill sirotait son whisky. J'ignorai le mien.

« Vous êtes en colère, monsieur Perry. » Ses petits yeux vifs remarquaient tout, et ils ne cessaient de bouger d'un côté à l'autre, comme pour s'assurer que personne ne le soumettait à une surveillance comparable.

J'essayai d'imiter le haussement d'épaules désinvolte de J.-C.

Churchill sourit. « Je ne vous le reproche pas. Mais qu'est-ce qui suscite le plus votre colère, jeune homme ? Le caractère sordide des photos que vous m'avez remises hier, ou le fait que vos amis aient sacrifié leur vie pour mettre la main sur ces horreurs ? »

Nous nous avançâmes vers deux fauteuils près du grand bureau d'acajou – dont la surface était dégagée et manifestement inutilisée par l'écrivain dont les livres et les feuillets étaient posés sur le long pupitre Disraeli. Mais nous restâmes debout.

« Je me demande, monsieur Churchill, assenai-je, comment un politicien renégat, incapable de décider à quel parti appartenir – tant qu'il conserve le pouvoir – peut décider que qui que ce soit devrait mourir pour quelque cause que ce soit. »

Churchill rejeta la tête en arrière, et parut me voir pour la première fois. L'espace d'un instant, on n'entendit plus, dans toute la demeure, qu'une horloge sonnant quatre heures. Nous ne cillâmes ni l'un ni l'autre pendant cet intervalle.

Enfin, le grassouillet chancelier de l'Échiquier dans sa robe de chambre flamboyante dit : « Saviez-vous, monsieur Perry, que ma mère était américaine ?

— Non, répondis-je d'un ton plat visant à lui signifier que je m'en fichais complètement.

— C'est peut-être la raison pour laquelle je me suis toujours intéressé à la politique américaine autant qu'anglaise, sans parler de ce qui passe pour de la politique sur le continent. Voudriez-vous connaître la principale différence entre la politique de votre pays et celle du Royaume-Uni, monsieur Perry ? »

Pas vraiment, pensai-je, mais je demeurai silencieux.

« Je ne prétends pas connaître les conseillers du président Coolidge, dit Churchill, ignorant mon silence. Au début, il a peut-être gardé certains des proches de Harding, après la mort subite de votre ancien président en Californie. Mais je vous garantis, monsieur Perry, qu'après son élection l'année dernière où il a battu Davis, ce faible démocrate, et le dénommé La Follette, un progressif assez intéressant, Calvin Coolidge n'est pas seulement devenu président à part entière, mais il s'est aussi entouré d'hommes à lui. Vous comprenez, jeune homme ?

— Non. » Je pensais à J.-C., aux prises avec le Sturmbannführer Sigl, à l'oxygène qui sortait des bouteilles perforées de mon ami, quand les deux hommes étaient tombés par la corniche dans un vide de trois mille mètres. Je pensais à la dernière fois où j'avais vu le visage de Reggie et du Diacre, juste avant qu'ils ne gravissent l'extrémité de l'arête nord-ouest, en route vers la pyramide sommitale de l'Everest.

« Ce que je veux dire, Jake… vous permettez que je vous appelle Jake ? »

Une fois encore, je ne répondis pas, me contentant de dévisager froidement le gros homme à la tête de bébé.

« Ce que je veux dire, c'est qu'en Angleterre, les choses ne fonctionnent pas de cette façon, monsieur Perry. Différents partis gagnent les élections et différents Premiers ministres se succèdent à Downing Street, mais le noyau de la classe politique – les politiciens, pourrait-on dire – reste au pouvoir pendant des décennies. J'aurai cinquante et un ans en novembre prochain, et au cours de quelques dizaines d'années de vie publique, j'ai été président de la commission du Commerce, secrétaire d'État à l'Intérieur, premier lord de l'Amirauté… jusqu'au fiasco qu'a été Gallipoli… puis j'ai combattu un temps dans l'armée sur le front, avant de retrouver les couloirs du pouvoir en tant que ministre des Munitions, secrétaire d'État à la Guerre, puis secrétaire d'État de l'Air, et aujourd'hui chancelier de l'Échiquier. »

J'attendis. Finalement, je bus une gorgée de whisky. Il était fort et onctueux. Il ne fit rien pour calmer mes nerfs ou apaiser ma colère.

« Un politicien comme moi se doit d'entretenir un réseau d'amis – et même d'adversaires –, poursuivit Churchill, même quand il n'est pas au pouvoir. Et ceux qui ont dirigé des opérations de renseignement dans l'armée, la marine ou au gouvernement – les trois, en ce qui me concerne – n'abandonnent pas ce réseau. L'information est synonyme de pouvoir, monsieur Perry, et le renseignement, quelle que soit la manière dont il est collecté, peut signifier la vie ou la mort d'une nation ou d'un empire.

— Un exposé tout à fait impressionnant, dis-je, tentant de faire ressortir le sarcasme dans chaque mot. Mais je ne vois pas en quoi cela justifie qu'un civil comme vous envoie des hommes et des femmes risquer leur vie pour voler des… photographies obscènes. »

Churchill soupira. « J'admets que toute cette affaire… cette opération de renseignement visant à obtenir ces images de Herr Meyer était sordide, monsieur Perry. Comme la plupart du travail de renseignement. Mais ce sont parfois les éléments les plus sordides de la vie qui font les armes les plus efficaces en matière de guerre ou de paix. »

Je ne pus m'empêcher de lâcher un rire sans joie. « Vous ne réussirez pas à me convaincre que quelques clichés de cet Allemand… de ce *clown* moustachu… pèseront dans la sécurité future de l'Angleterre ou de tout autre pays. »

Churchill haussa les épaules. Sur un homme de sa corpulence, vêtu d'une robe de chambre raffinée, le mouvement m'évoqua Oliver Hardy. « Ces photographies pourraient peser très lourd », dit Churchill, et sa voix changea. Je sentis qu'il utilisait sa voix d'homme public – sa fichue voix de radio. Il prit le livre qu'il était en train de lire à mon entrée et qu'il avait posé à l'envers sur une table près du grand bureau d'acajou. « J'ai là un exemplaire du livre que Herr Adolf Hitler a écrit en prison, puis qu'il a corrigé pendant que vous étiez dans l'Himalaya, à l'intention d'un lectorat certes réduit, mais fanatique. Il voulait intituler cette monstruosité – c'en est une, croyez-moi, monsieur Perry – *Vierinhalb Jahre Kampf gegen Lüge, Dummheit und Feigheit*, c'est-à-dire quelque chose comme “Quatre ans et demi de lutte contre les mensonges, la bêtise et la lâcheté”. En tant qu'écrivain, monsieur Perry, j'aurais pu dire à ce Hitler qu'un tel titre ne ferait pas vendre. Par chance – pour lui – son éditeur allemand l'a réduit à *Mein Kampf*, “Mon combat”. »

J'attendis la chute. Manifestement il n'y en avait pas.

Churchill me tendit le livre. « Prenez-le, monsieur Perry. Lisez-le. Et sentez-vous libre de le garder. Il sera peut-être en vente en Angleterre et aux États-Unis dans quelques années. En Allemagne, dans quelques années, ce sera peut-être même une lecture obligatoire. Vous verrez les projets déments que Herr Hitler et ses nazis ont pour l'Allemagne, pour l'Europe, pour les Juifs et pour le monde.

— Je ne parle ni ne lis l'allemand », répondis-je froidement. Je tenais le livre dans ma main libre. Je pris une autre gorgée de whisky. J'avais très envie de lui renvoyer son bouquin à la figure et d'aller faire mon sac pour quitter cette maison de malheur. Et tant pis si je ne trouvais pas de taxi dans la campagne au beau milieu de la nuit. Je marcherais.

Mais j'hésitai, le livre de Hitler dans une main et mon verre dans l'autre. « De toute façon, même en tant qu'écrivain, dis-je, vous devriez savoir que les livres n'ont aucune importance. C'est la vie des gens qui importe. »

Les pantoufles de Churchill émirent leur *pff, pff* quand il fit un pas vers moi. « Sachez au moins une chose, avant de partir, monsieur Perry. J'ai connu et j'admirais le père de Richard Davis Deacon, et je connaissais Richard lui-même bien avant la guerre. Il comprenait ce que je… ce que nous faisions. Richard Deacon avait vu le prix de l'agression violente.

» Sachez aussi, poursuivit-il sans aucune animosité dans sa voix lente à l'accent presque chantant, que j'ai connu la jeune Reggie Bromley et que je l'appréciais beaucoup. Son cousin Percy n'était pas seulement cher à mon cœur, c'était aussi la pièce maîtresse de mon réseau de renseignement naval pendant et après la Grande Guerre. Il a sacrifié beaucoup – à commencer par sa réputation – pour notre nation. Et aujourd'hui je pleure, au sens littéral du terme, monsieur, de ne pouvoir louer ouvertement sa bravoure et son sacrifice… mais telles sont les règles des services de renseignement, monsieur Perry. »

Je posai mon verre vide sur le sous-main de cuir du bureau d'acajou – qui avait appartenu au père de Churchill, comme je l'appris des années plus tard –, mais pas le gros livre qu'il m'avait donné. D'un côté, j'avais envie de laisser éclater ma rage contre ce petit homme rondouillet, de le blesser avec des mots comme les souvenirs de mes amis me blessaient le cœur, mais d'un autre côté, je voulais partir d'ici et réfléchir à ce que Churchill venait de me dire. Pour le rejeter à la fin, j'en étais sûr, mais après y avoir réfléchi.

« Voulez-vous nous quitter ce matin – quand il fera jour, évidemment, et que les trains recommenceront à circuler – ou rester à Chartwell pour le week-end, afin que nous ayons encore le loisir de parler ?

— Je pars, dis-je. Mes affaires seront prêtes à huit heures.

— Votre petit déjeuner sera servi à sept heures, et mon chauffeur vous déposera à la gare quand vous le souhaiterez. Je crains de ne pas vous voir avant votre départ, puisque je me réveille tard et que je m'acquitte d'une bonne partie de mon travail quotidien dans mon lit avant de me lever. Comptez-vous rester à Londres encore longtemps, monsieur Perry ?

— Non, je quitte Londres et l'Angleterre dès que possible.

— Vous retournez dans les Alpes, peut-être ? demanda-t-il avec son sourire de bébé aux joues roses.

— Non. Chez moi. En Amérique. Loin de l'Europe.

— Je vous souhaite un bon voyage, alors, et je vous remercie pour les choses extraordinaires que vous avez accomplies et pour tout ce que vous avez sacrifié, en même temps que nos chers amis communs », dit Churchill. Puis il me tendit la main.

J'hésitai quelques brèves secondes, avant de la serrer. Il avait une poigne étonnamment ferme et même calleuse, peut-être à force de poser des briques, de creuser des étangs et d'ériger des barrages.

Plus tard dans la matinée, tandis que la voiture descendait presque en silence la longue allée qui m'éloignait de Chartwell, dépassant les vieux chênes et les ormes, les lauriers et les rhododendrons taillés, puis les derniers bosquets de conifères près du portail d'entrée, qui tous étincelaient de rosée dans la lumière matinale, je résistai à l'impulsion de me tourner pour regarder derrière moi.

30.

La deuxième semaine de mai 1941 – sept mois avant Pearl Harbour et l'entrée des États-Unis dans la guerre qui faisait rage en Europe depuis deux ans –, j'étais parti faire de l'escalade dans le massif du Grand Teton avec Charlie, mon ami médecin, et sa jeune épouse, Dorcas (leur suite nuptiale, à Jenny Lake, nous tenait lieu de camp de base), lorsque je lus que Rudolf Hess, l'« adjoint » du Führer et deuxième personnage le plus puissant du IIIe Reich après Hitler (et l'homme silencieux aux sourcils mobiles, qui se trouvait à notre table, dans la brasserie munichoise, à côté du SS Sturmbannführer Bruno Sigl), avait volé un appareil de l'aviation allemande pour rejoindre la Grande-Bretagne et sauté en parachute au-dessus de l'Écosse.

Les faits rapportés dans le journal étaient sommaires et confus.

Le Messerschmitt Bf 110D de Hess avait été spécialement équipé de réservoirs largables, lui permettant de parcourir une plus grande distance. L'homme était seul dedans. Repéré par des radars britanniques et suivi par des Spitfire et autres avions de chasse envoyés pour l'intercepter, Hess avait volé à très basse altitude – échappant ainsi aux radars et à ses poursuivants –, puis de manière erratique au-dessus de l'Écosse : il avait rasé Kilmarnock, était remonté en survolant le Firth of Clyde puis avait viré pour repartir vers l'intérieur des terres avant de finir au-dessus de Fenwick Moor. Le radar d'interception britannique – un appareil encore top secret à ce stade – avait signalé que l'appareil s'était écrasé quelque part au sud de Glasgow, mais Hess avait eu le temps de sauter en parachute, atterrissant dans le village d'Eaglesham en se blessant la cheville dans sa chute.

Hess avait été arrêté et jeté en prison : c'est tout ce qu'on avait su de son étrange fuite en Grande-Bretagne ce printemps 1941.

Après Pearl Harbour, mon ami Charlie s'était engagé comme médecin dans l'aviation. À trente-huit ans et sans compétence particulière à offrir, à part celles acquises durant mes voyages et mes expéditions en montagne, j'avais été rejeté de plusieurs branches de l'armée avant d'être accepté dans un service de renseignement du nom d'OSS – l'Office of Strategic Service. Là, on m'enseigna le grec, avant de me parachuter sur des îles du nom de Céphalonie, Thasos, Kos, Spetses et – ma préférée – Hydra. Ma modeste mission consistait à organiser et armer les résistants pour déstabiliser autant que possible les occupants allemands.

J'ai honte d'avouer que « déstabiliser » signifiait la plupart du temps tendre des embuscades à des généraux et autres hauts gradés nazis puis les assassiner. Je suis fier d'ajouter que je suis devenu assez bon dans mon domaine.

C'est dans le cadre de l'OSS, pendant la guerre, que je tombai sur de nouvelles informations, alors classées secret-défense (elles le sont toujours aujourd'hui), à propos de la folle fuite de Rudolf Hess en Grande-Bretagne en 1941.

Lorsqu'il avait été interrogé par des officiers du Royal Observer Corps à Giffnock, après sa capture près d'Eaglesham, Hess avait affirmé qu'il apportait un « message secret de la plus haute importance de la part du Führer, Adolf Hitler », mais qu'il ne parlerait qu'au duc de Hamilton.

Hess avait été emmené à la caserne militaire de Maryhill Barracks, à Glasgow, où il avait obtenu un entretien particulier avec le duc de Hamilton. Tout de suite après cette conversation, le duc avait été emmené par un avion de la RAF à Kidlington, près d'Oxford, puis conduit en voiture à Londres, où dans le plus grand secret il avait rencontré le Premier ministre, Winston Churchill, à Ditchley Park.

Cela se passait, ne l'oubliez pas, pendant les heures les plus sombres de la bataille d'Angleterre. Sévèrement battue à Dunkerque, l'armée anglaise avait dû évacuer par la mer, laissant derrière elle la plus grande partie de ses armes lourdes et de trop nombreux soldats morts sur les plages alentour. La France vaincue était occupée depuis le début de l'été 1940. L'Allemagne avait rassemblé plus de deux mille quatre cents chalands pour convoyer ses troupes et ses divisions de Panzer de l'autre côté de la Manche. Le plan de bataille nécessitait des centaines de milliers de soldats allemands pour envahir l'Angleterre : des *Fallschirmjägern* – des parachutistes – devaient être largués près de Brighton et de Douvres quelques heures avant que les chalands et des embarcations de débarquement, protégées par des destroyers et des appareils de la Luftwaffe, ne partent de Boulogne vers Eastbourne, de Calais vers Folkestone, de Cherbourg vers Lyme Regis, du Havre vers Ventnor et Brighton, de Dunkerque et Ostende vers Ramsgate.

Mais, murmurait-on, Winston Churchill avait envoyé un ultimatum secret à Hitler ce printemps, par l'intermédiaire de l'ancien roi Édouard VIII, qui avait abdiqué pour pouvoir épouser Mme Simpson, une Américaine divorcée. Celui qu'on appelait désormais le duc de Windsor et la duchesse, connue pour ses bouderies, vivaient aux Bahamas – je savais, par l'OSS, que les services de renseignement anglais et le gouvernement de Churchill se méfiaient tellement des sympathies pronazies du couple qu'ils leur avaient interdit de séjourner en France et en Espagne juste avant le déclenchement de la guerre. Tous les services secrets (dont les agences américaines) savaient que, même aux Bahamas, le cercle d'amis et l'entourage du duc de Windsor étaient infestés d'espions allemands issus d'une demi-douzaine de services de renseignement nazis.

D'après la rumeur que j'entendis en 1943 – je me trouvais en Thesprotie, occupé à organiser l'assassinat d'officiers italiens, bulgares et allemands et à zigouiller des Albanais tcham et des membres du parti national-socialiste grec qui aidaient et soutenaient les occupants –, Churchill avait envoyé à Hitler, par l'intermédiaire du duc de Windsor aux Bahamas, des preuves que le gouvernement britannique détenait des photos compromettantes du jeune Adolf : les clichés ne seraient pas rendus publics si le Führer annulait l'invasion imminente (et sinon inévitable) de l'Angleterre.

D'après mon contact à l'OSS – qui achevait une tournée à Londres, à Cuba et aux Bahamas, et qui connaissait tous les gens impliqués dans cette difficile opération (dont, me dit-il, l'écrivain américain Ernest Hemingway, à Cuba, qui en jouant lui-même à l'espion, s'était retrouvé au milieu des négociations et faisait l'objet d'une surveillance du FBI, de l'OSS et des services de renseignement de la marine américaine) –, Hitler aurait pris la menace tellement au sérieux qu'il avait dépêché en Angleterre son adjoint et premier homme de main, Rudolf Hess, pour ce voyage secret et sans retour. L'offre de Hitler, telle que me la rapporta mon officier de liaison, était simple : pas de publication des photos (quoi qu'elles puissent montrer), pas d'invasion de l'Angleterre.

Personne ne savait exactement comment la réponse positive de Churchill avait été transmise à Berlin – pas par le duc ou la duchesse de Windsor aux Bahamas, de cela mon contact était sûr ; toujours est-il qu'elle avait été reçue. À la fin de l'été, *Unternehmen Seelöwe*, l'opération *Loup de mer* – visant l'invasion de l'Angleterre par la mer et par les airs, selon les plans complexes élaborés par Hitler –, avait été annulée. D'après l'explication officielle donnée par le gouvernement de Sa Majesté, les Allemands auraient fait machine arrière après l'échec de la Luftwaffe de Hermann Göring à détruire les défenses aériennes anglaises, bien que l'aviation allemande eût presque établi sa supériorité au-dessus de la Manche et détruit la plupart des aérodromes de la RAF quand Hitler avait donné son contre-ordre. De sorte que le sauvetage de l'Angleterre avait toujours été porté au crédit de la bataille d'Angleterre, et non pas à l'existence de sept photos compromettantes datant de 1921, remises aux Britanniques après être passées de l'Autriche au Tibet en passant par la Chine et l'Inde.

Dans une grotte d'une montagne de la région grecque de Thesprotie, en 1943, je souris, versai quelques larmes et levai ma tasse d'ouzo Barbayanni – un alcool anisé que je déteste en général – en hommage à trente vaillants Sherpas, à un très jeune et très courageux Juif autrichien du nom de Kurt Meyer, à lord Percival Bromley, à lady Katherine Christina Regina Bromley-Montfort, au docteur Sushant Rabindranath Pasang, à Richard Davis Deacon et à Jean-Claude Clairoux, ces derniers étant les quatre meilleurs amis que j'avais jamais eus et que j'aurais jamais.

Épilogue

Note d'avril 1992 à l'intention de Dan Simmons :

Je reste un lecteur suffisamment assidu pour savoir que les « épilogues » sont passés de mode dans les romans à peu près en même temps que les guêtres dans l'habillement. Mais je souhaitais tout de même mentionner quelques faits sans rapport direct avec mon histoire de 1925, si bien que j'utilise ce maladroit « épilogue » pour vous les faire connaître. Je compte sur vous – au cas où vous seriez arrivé jusqu'ici dans votre lecture de mon interminable tas de carnets – pour le retirer si jamais vous décidez de partager mon récit avec d'autres lecteurs et trouvez cet épilogue mièvre ou inintéressant. Ou les deux.

Après mon retour en Amérique, à l'automne 1925, il m'a fallu quelques années avant de songer à reprendre l'alpinisme. Quand enfin j'ai recommencé à grimper, je me suis limité aux montagnes Rocheuses dans le Colorado – j'ai bossé pendant deux ans dans la région de Colorado Spring –, où les plus hauts sommets culminent à environ 4 200 mètres, puis dans les Grands Tetons, sans doute la plus belle chaîne de montagnes en Amérique. C'est là, à Jackson Hole, que j'ai rencontré Charlie et sa femme, bien avant que la station devienne le lieu de rendez-vous des gens riches et célèbres. Nous partagions tous les trois une même passion pour le ski.

Quand j'ai repris l'alpinisme en dehors des États-Unis, à la fin des années 1920, je suis d'abord allé dans les Andes, en Amérique du Sud, où se trouvaient de nombreux pics encore invaincus. Pour me rendre dans les pays où je souhaitais grimper, je me faisais embaucher comme matelot sur un cargo ou un yacht de luxe, et c'est cette expérience qui m'a aidé à décrocher le boulot dont je vous ai parlé lors de notre rencontre – mes deux ans dans l'Antarctique avec l'amiral Byrd, au milieu des années 1930.

En 1929, quatre ans environ après mes derniers jours dans l'Everest avec mes camarades disparus, j'ai reçu une carte postale du Népal.

Je dois d'abord préciser qu'à partir de 1928 il est devenu de plus en plus difficile d'obtenir l'autorisation d'entrer au Tibet et de tenter de gravir l'Everest ; la première expédition anglaise, après celle de Mallory et d'Irvine en 1924, a été conduite par Hugh Ruttledge en 1933. Les alpinistes sont montés suffisamment haut pour retrouver le piolet de Sandy Irvine là où je l'avais déposé sur un bloc rocheux, sous le premier ressaut, mais contrairement à ce que j'avais espéré, ils n'ont pas compris qu'il pointait dans la direction du corps d'Irvine un peu plus bas. À moins qu'entre-temps, la longue pente de cailloux sur laquelle nous avions laissé le cadavre – mains jointes serrées entre ses genoux gelés – n'ait glissé beaucoup plus bas, voire dans le précipice.

Quoi qu'il en soit, en 1933, la quatrième expédition britannique, sous la direction de Hugh Ruttledge, n'a même pas atteint l'altitude à laquelle était parvenu Teddy Norton en 1924. Pas plus que l'expédition d'Eric Shipton, en 1935, qui a suivi la même voie que Ruttledge, même si elle a découvert et photographié de nouvelles empreintes de yétis. Nombre de ces mêmes alpinistes, parmi lesquels Eric Shipton et Bill Tilman, sont retournés à l'Everest en 1936 et 1938 – la tentative de 1936 se voulant dans le fameux « style alpin » que le Diacre avait planifié pour nous en 1925 –, mais le mauvais temps a empêché Shipton, Tilman et leurs hommes de monter très haut.

Le dalaï-lama n'a pas officiellement fermé les frontières du Tibet avant 1947, quand un horoscope l'a informé que son pays serait menacé par les étrangers. Jusqu'en 1950, il a transformé le Tibet en un « royaume interdit », comme le Népal l'avait été pour nous dans les années 1920. Ce qui n'a pas empêché les Chinois de planifier leur agression, qui s'est soldée par le meurtre de cinq millions de Tibétains, la destruction de plus de trente mille monastères et lieux saints bouddhiques – dont le monastère du Rongbuk – et la traque des prêtres et des religieuses – du moins ceux qui n'avaient pas fui en Inde – par l'armée chinoise.

Cependant, au moment où le Tibet se fermait, le Népal s'ouvrait aux alpinistes étrangers.

En octobre 1929 – la semaine suivant l'effondrement de la Bourse –, j'ai reçu une carte postale du Népal ; elle portait d'exotiques timbres népalais, pratiquement jamais vus par des Britanniques et des Américains, mais recouverts de cachets indiens et anglais, puisqu'elle m'avait été réexpédiée par des fonctionnaires à New Delhi puis par la Royal Geographical Society à Londres. Au dos figurait un bref message manuscrit :

Jake,

Nous espérons que vous allez bien. Ici, dans la vallée de Khumbu, la ferme est très prospère et nous sommes tous les deux très heureux. Nos petits Charles et Ruth-Anne vous embrassent.

Vos amis pour toujours

Il n'y avait pas de signature. Une ferme dans la vallée du Khumbu ? Le seul Occidental de ma connaissance qui vivait dans une ferme au Népal était K. T. Owings, mais il avait à peine remarqué mon existence lors de sa visite dans notre camp au Sikkim, en 1925.

Qui d'autre, alors, que le Diacre et Reggie ? Si les « petits Charles et Ruth-Anne » étaient les enfants qu'ils avaient eus après avoir disparu dans la montagne à la fin du mois de mai 1925, je comprenais le choix du prénom Charles : c'était celui du cousin de Reggie, le frère aîné de Percy et ami d'enfance du Diacre, si cruellement blessé durant la Grande Guerre. Quant à Ruth-Anne… il m'avait fallu fouiller dans des archives, à Londres, bien des années plus tard, pour découvrir que Richard Davis Deacon avait eu une jeune sœur, Ruth-Anne, morte un mois après sa naissance, en 1899.

J'ai donc voulu croire que Reggie et le Diacre s'étaient mariés – ou du moins étaient restés ensemble – et avaient choisi de vivre au Népal, loin du monde, pendant les années 1920 et 1930. Mais le Diacre aurait-il vraiment pu rester à l'écart de la deuxième guerre contre l'Allemagne ? Peut-être estimait-il qu'il avait déjà assez donné à sa patrie.

J'ai occupé plusieurs vrais boulots, mais ma passion pour l'alpinisme m'a conduit à participer à plusieurs expéditions en Alaska (avec un autre ancien de Harvard, Brad Washburn), au mont Crillon en 1933, puis au mont Foraker en 1934. C'est au cours de la troisième, à la fin des années 1940, que j'ai passé neuf jours coincé avec quatre camarades dans une petite grotte de glace à 5 450 mètres d'altitude. Deux de mes compagnons sont morts d'hypothermie ; j'ai eu la chance de ne perdre que deux doigts à la main gauche pour cause de gelures.

Je suis retourné pour la première fois – et avec une certaine appréhension – dans l'Himalaya, après mon aventure en Antarctique avec Byrd, pour effectuer une reconnaissance du Nanda Devi, une magnifique montagne entourée de ce qui est devenu un parc naturel, protégé par des falaises presque infranchissables, une expérience extraordinaire que j'ai partagée avec mon ami Charlie, Bill Tilman, Ad Carter et d'autres, en 1936. En 1938, j'ai aussi tenté le K2, culminant à 8 610 mètres – le deuxième plus haut sommet du monde et, d'après moi, bien plus dangereux que l'Everest –, avec d'anciens membres du club d'alpinisme de Harvard. (J'ai déjà dit, je crois, que le club n'existait pas encore quand j'étais étudiant là-bas.) Personne n'a atteint le sommet cette année-là.

J'ai aussi mentionné mon travail pour l'OSS durant la Seconde Guerre mondiale, et je ne vous ennuierai pas davantage avec ça, sauf pour préciser que j'ai utilisé quelques canaux secrets pour chercher des renseignements sur Reggie et Richard Davis Deacon – et même sur lord Percival Bromley, Kurt Meyer et Bruno Sigl –, sans résultat.

En 1953, à l'âge avancé et décrépit de cinquante et un ans, j'ai accompagné mon ami Charlie dans une dernière aventure himalayenne – en tant qu'alpiniste de soutien, dans une deuxième tentative de conquête du K2. Personne n'a atteint le sommet cette année-là non plus – le K2 est une maîtresse encore plus tyrannique que l'Everest, qui garde jalousement ses secrets –, mais j'ai eu l'occasion unique de voir un homme, Peter Schoening, assurer quatre de ses camarades de cordée (dont mon ami Charlie), qui avaient glissé et chuté sur une pente d'une raideur mortelle, leur sauvant ainsi la vie. À ma connaissance, une telle prouesse était – et reste – inédite.

Hélas, l'un des hommes qui nous accompagnaient – Art Gilkey – s'est blessé à la descente. Alors que nous tentions de l'évacuer de la montagne, nous l'avions solidement attaché, enveloppé dans son sac de couchage, sur une pente raide, le temps pour nous de traverser un passage dangereux en taillant des marches. Mais une avalanche silencieuse, ou Gilkey lui-même ayant défait les attaches qui le maintenaient, avait provoqué sa chute, mortelle.

Ce genre de chute n'est pas propre, je l'ai déjà dit : elle laisse presque toujours une traînée de sang, de chairs arrachées, de vêtements déchirés, de membres sectionnés, de matière cérébrale et autre. Charlie ne s'est jamais réellement remis de ces heures passées à redescendre de la montagne à côté du sillage de sang et des restes de son ami proche. Des années plus tard, il avait encore des accès de dépression et était la proie d'hallucinations, voyant l'autoroute se remplir de sang devant sa voiture – certainement la conséquence de ce que les médecins qualifient aujourd'hui, en 1992, de « trouble de stress post-traumatique ».

Après cette seconde aventure dans le K2 et la mort d'Art Gilkey, j'en ai eu fini pour de bon avec l'Himalaya.

Mais j'oubliais l'événement le plus important de ces décennies. Vous parlez d'un épilogue !

En 1948, en mission à Berlin pour l'OSS (où j'interrogeais d'anciens dignitaires nazis), je suis tombé sur un article de presse allemand (j'avais appris la langue pendant la guerre) qui m'a laissé songeur devant ma bière.

Quatre brillants alpinistes allemands tentaient une ascension hivernale de l'Eiger, en suivant la voie ouverte par Heinrich Hart sur l'Eigerwand – l'ogresse qu'est la face nord –, lorsqu'ils étaient tombés sur le corps gelé d'un alpiniste, au sommet de ce qu'on surnomme l'Araignée, au-dessus du réseau blanc de dangereux champs de neige verticaux et juste sous les goulottes de sortie menant à l'ultime arête de cette montagne tueuse de 3 960 mètres.

L'alpiniste – la cinquantaine passée, un âge trop avancé pour tenter l'Eigerwand – avait manifestement été arrêté dans la dernière longueur de l'ascension par une terrible tempête qui avait balayé la face nord. Coincé dans son bivouac solitaire sur une vire de quinze centimètres de large, l'homme, qui ne pouvait plus ni monter ni descendre à cause du mauvais temps, était mort de froid. Il n'avait pas de papiers, pas de portefeuille et rien qui permette de l'identifier, et personne, dans le village voisin ou à l'hôtel Kleine Scheidegg dans la vallée, au pied de la face nord de l'Eiger, ne se rappelait son passage. Les alpinistes allemands avaient raconté qu'il y avait un petit sourire sur le visage gelé du quinquagénaire.

Richard Davis Deacon aurait eu cinquante-neuf ans au cours de l'hiver 1948 – un âge invraisemblable pour s'attaquer à toute montagne un peu sérieuse, *a fortiori* en solo, et en particulier l'Eigerwand. Bien que le cadavre n'ait jamais été identifié (et jamais revu, une avalanche l'ayant emporté avant qu'une autre équipe de grimpeurs monte à cette altitude à la fin de l'été cette même année), et que les Allemands n'aient pas eu d'appareil photo avec eux, je vois distinctement le visage du Diacre. Et j'imagine même ses pensées au moment où la tempête a stoppé son ascension si près du sommet et où il a commencé à ressentir les effets de l'hypothermie. Il n'en aurait pas voulu à la montagne.

Son destin était de mourir sur la face nord de l'Eiger, il l'avait toujours dit.

Le Diacre – si c'était bien lui (et je n'en avais pour preuve que mon intime conviction) – s'était-il lancé dans cette tentative solitaire après la mort de Reggie, ou attendait-elle son retour au Népal ou même en Inde ? Je n'en savais rien. J'imaginais mal Reggie le laissant tenter l'Eigerwand en plein hiver, seul, si peu de temps après la fin de la guerre ; d'un autre côté, rien n'arrêtait le Diacre quand il avait une idée en tête. Les Allemands avaient témoigné que l'homme avait les cheveux gris, mais que son corps congelé paraissait en grande forme athlétique – celui d'un alpiniste chevronné.

Pour finir, je suis resté en contact avec le docteur Pasang pendant des dizaines d'années après notre aventure de 1925, et je suis allé le voir en Inde deux fois, en 1931 puis durant l'été 1948. Ce deuxième voyage avait avant tout pour but de lui montrer l'article de journal à propos de l'alpiniste solitaire mort sur l'Eigerwand cet hiver-là.

Devenu l'un des hommes les plus riches d'Inde – les maharajas mis à part –, Pasang faisait bon usage de sa fortune. À la mort de lady Bromley, en 1935, la pleine propriété des plantations de thé Bromley leur était revenue, à sa famille et lui – il avait sept enfants, qui tous ont réussi dans la vie (deux de ses fils et une de ses filles ont été élus au Parlement indien). Pasang a largement fait profiter le peuple indien de sa fortune, finançant des hôpitaux, des dispensaires, des cliniques, et octroyant des bourses et des prêts à de jeunes étudiants désireux de devenir médecins. L'hôpital et centre de recherche lady Bromley-Montfort – spécialisé dans la recherche de nouveaux traitements pour les blessures de guerre, telles celles causées par les mines antipersonnels dont ont été victimes tant d'enfants du tiers-monde – a acquis une grande renommée.

Pasang est mort en 1973. Son nom et sa mémoire sont encore très respectés non seulement à Darjeeling, mais dans toute l'Inde.

Notre correspondance, au fil des décennies, a été intermittente mais riche en souvenirs et en émotion – j'ai laissé des instructions pour que nos lettres vous soient envoyées, Dan, avec ces carnets et l'appareil photo Kodak Vest Pocket.

Ah, oui, l'appareil photo. *L'appareil de George Mallory.* J'ai rapporté deux choses importantes de mon voyage de 1925 dans l'Everest – le revolver

Webley du Diacre, dont je me suis servi dans les îles grecques et ailleurs pendant la Seconde Guerre mondiale, et le petit Kodak Vest Pocket de Mallory que nous avions retrouvé sur le corps de Sandy Irvine au-dessus de 8 220 mètres ce jour de mai.

Je n'ai jamais fait développer la pellicule – je ne l'ai même jamais sortie de l'appareil. Il y a quelques années (en 1975, je crois), j'ai cependant parlé à un chercheur de la compagnie Kodak avec qui j'ai fait de l'alpinisme dans les environs d'Aspen, au Colorado, et je lui ai demandé s'il serait possible de développer une pellicule de ce type d'appareil resté dans l'Himalaya (« à haute altitude », ai-je seulement précisé)... et s'il pouvait encore y avoir des images dessus.

« Très certainement, m'a répondu l'expert. Surtout s'il a passé beaucoup de temps dans l'air froid et sec de l'Himalaya. » Puis il m'a adressé un clin d'œil et il a ajouté : « Je parie que vous parlez du Kodak Vest Pocket qu'avait George Mallory lors de sa disparition et qui n'a jamais été retrouvé, n'est-ce pas ? Je sais, même si vous ne le dites pas, que vous êtes allé dans l'Himalaya – au K2, c'est bien ça ? Vous vous demandez si, dans le cas où l'appareil serait retrouvé, on pourrait récupérer des images de Mallory et d'Irvine au sommet... allez, Jake, crachez le morceau. Vous pensiez à cet appareil, n'est-ce pas ? »

J'ai avoué d'un ton penaud que c'était le cas. J'ai seulement omis d'ajouter que l'appareil en question se trouvait dans mon petit appartement à Aspen, à deux kilomètres de là où nous nous trouvions.

Je vous lègue donc l'appareil photo de George Mallory, Dan Simmons, avec toutes mes excuses pour ne pas l'avoir laissé dans les bonnes conditions de conservation que constituent les températures négatives à 8 500 mètres d'altitude. J'avoue que je suis curieux de savoir ce que montreront les clichés, quoique pas assez pour les faire développer moi-même. Mallory et Irvine ont-ils vaincu le sommet ? J'ai ma petite idée sur la question, comme j'ai un avis sur la tentative effectuée l'année suivante par le Diacre et lady Bromley-Montfort. Je déteste confronter une solide conviction à la simple réalité.

Mes excuses également pour la longueur infinie de ce manuscrit – ces dizaines de carnets gribouillés sur lesquels vous allez vous abîmer les yeux –, mais au cours de ces six ou huit derniers mois, j'ai découvert qu'une sentence de mort, pour cause de cancer ou autre, permet de se concentrer efficacement sur les choses et les gens qui ont compté dans sa vie et d'oublier l'inutile. J'ai eu la chance de vivre de nombreuses expériences et de rencontrer beaucoup de gens – certaines expériences ont été terriblement douloureuses sur le moment, puisqu'elles ont impliqué de perdre des êtres chers, mais aucune n'a été inutile.

Les trois hommes et la femme dont j'ai parlé dans ces pages ont énormément compté pour moi, comme les courageux Sherpas dont je n'ai pas oublié les noms jusqu'à ce jour.

Et je préfère mettre un point final à cette lettre-épilogue larmoyante qu'il me peine trop d'écrire.

Votre ami,
Jacob (Jake) Perry,
le 28 avril 1992

Postface

Avant même d'avoir terminé la lecture des carnets de Jake Perry, j'ai passé un coup de fil désespéré à M. Richard A. Durbage (Jr.), à Lutherville-Timonium, Maryland – le fils de la dame à qui le paquet contenant les carnets et l'appareil photo avait été envoyé par erreur presque vingt ans plus tôt, en 1992.

M. Durbage s'est montré très aimable et désireux de m'aider par téléphone, même si je sentais que je le détournais d'un important programme télé – un match de foot, m'a-t-il semblé entendre en fond sonore. M. Durbage Jr. se souvenait-il d'un appareil photo qui se serait trouvé dans le colis malencontreusement expédié à sa mère, Lydia, la petite-nièce de Jake Perry ? lui ai-je demandé d'une voix presque tremblante. Il devait être avec les carnets. Et il m'était destiné lui aussi, ai-je ajouté, percevant la note possessive – presque obsessionnelle – dans ma propre voix. Je ne dis pas à ce monsieur du Maryland que l'appareil photo envoyé à sa mère révélerait sans doute au monde si Mallory et Irvine avaient atteint le sommet de l'Everest en juin 1924.

M. Durbage Jr. se souvenait en effet de l'appareil photo, rangé dans le carton avec les carnets, à la cave – un vieux truc semblant dater du XIXe siècle, m'a-t-il dit –, mais il était sûr de ne plus l'avoir en sa possession. Il avait quitté cette maison cette année, en 2011, et sa fille et son gendre avaient jeté beaucoup de bazar pour préparer son emménagement dans un « logement plus petit ». Cependant M. Durbage Jr. était presque certain que sa mère, Lydia Durbage, avait vendu l'appareil à l'un de ses vide-greniers hebdomadaires, au début des années 1990. Il se souvenait très bien que le carton contenait aussi un vieux revolver – pas chargé, Dieu merci –, que sa mère avait apporté en personne au commissariat de Lutherville-Timonium pour que les policiers la débarrassent de cet affreux objet.

Oui, plus il y pensait, plus M. Durbage Jr. était sûr que sa mère avait vendu le vieil appareil photo cet été 1992, quand le colis était arrivé de la maison de retraite du Colorado. Il n'avait aucune idée de la personne qui l'avait acheté à ce vide-grenier, même s'il croyait se souvenir que sa mère en avait tiré deux dollars. Pouvait-il m'aider en quoi que ce soit d'autre ?

« Non, ai-je dit. Merci. » Et j'ai raccroché.

Quelques recherches sur les dates de ses expéditions en Alaska, au Nanda Devi et au K2, m'ont appris que l'ami alpiniste de Jake, le médecin qu'il surnomme « Charlie », devait être le docteur Charles Houston, un célèbre ascensionniste américain de onze ans son cadet, mort en septembre 2009. Houston avait été l'un des quatre hommes sauvés par la manœuvre d'assurage désormais légendaire de Pete Schoening, en 1953, après une chute sur une pente du K2. Ce relais est magnifiquement décrit dans *K2. Montagne sans pitié*, le livre, devenu un classique, que Houston et son camarade Robert H. Bates ont consacré à cette expédition.

Cet ouvrage mis à part, Houston a surtout écrit et publié des manuels médicaux portant sur les effets de l'hypoxie – à haute altitude – sur le corps et l'esprit humains.

Bien que je sois très doué pour obtenir du gouvernement des renseignements en vertu de la loi sur la liberté de l'information (c'est ainsi que j'ai réussi à faire ouvrir des archives concernant les exploits d'Ernest Hemingway dans son rôle d'espion à Cuba pendant la guerre, pour mon roman *Les Forbans de Cuba*), je n'ai pas retrouvé ne serait-ce qu'une page d'un dossier officiel expurgé, relatif aux années de service de Jake Perry dans l'OSS pendant et juste après la Seconde Guerre mondiale. S'il m'est très difficile d'imaginer le vieux monsieur dans la peau d'un assassin, je ne doute pas une seconde qu'il ait été là où il a prétendu être et fait ce qu'il a affirmé avoir fait.

Enfin, cet automne, alors que j'avais commencé à dactylographier et annoter les nombreux carnets de Jake en vue d'une possible publication – même si peu d'éditeurs ouvriraient un livre de cette taille (de surcroît écrit par un amateur) et que je n'étais pas sûr de réussir à convaincre mon agent de le lire en entier –, j'ai décidé de retourner à Delta pour voir la tombe de Jake.

POSTFACE

Jacob Perry avait demandé à être enterré non pas dans le cimetière de Delta, mais dans celui de Ridgway, à soixante-dix-sept kilomètres au sud, une bourgade de 924 âmes au recensement de 2010, dans le comté d'Ouray, Colorado. Quand je suis arrivé dans ce petit cimetière perché en haut d'une colline, en ce jour froid et clair de la fin de l'automne, j'ai compris pourquoi il l'avait choisi.

Du cimetière ce jour-là, on voyait le mont Sneffels et tous les hauts sommets de la chaîne du même nom, dont Mears Peak qui dressait sa masse blanche sur la toile bleue du ciel, et, derrière les dernières feuilles jaunies des trembles, les spectaculaires monts San Juan, le pic Uncompahgre et l'ensemble de son parc naturel à l'ouest, la route d'Owl Creek Pass avec ses dalles verticales de dolomite et ses arêtes, la montagne Teakettle et sa face nord d'une raideur terrifiante, et jusqu'à l'impressionnant Chimney Rock. Outre l'Uncompahgre et le mont Sneffels, on distinguait divers autres sommets de plus de 4 000 mètres : les monts Wilson, El Diente, Eolus, Windom Peak, Sunshine Peak, Recloud Peak… Un spectacle incroyable.

Je ne suis pas croyant, mais j'avais apporté une bouteille de scotch Maccalan single-malt de vingt-cinq ans d'âge et deux verres. J'ai rempli les deux verres, j'en ai posé un sur la petite pierre tombale disant seulement JACOB WILLIAM PERRY, 2 avril 1902-28 mai 1992, et j'ai levé l'autre.

Il y a très longtemps, pour m'amuser, j'avais appris par cœur quelques vers de *L'Énéide* de Virgile. Levant mon verre en direction des cimes des monts San Juan, éclairées par les derniers rayons du soleil de cette journée d'automne, j'ai récité ces vers qui me restaient en mémoire…

Tant que les fleuves couleront vers la mer, que les ombres effleureront les pentes des montagnes et que les étoiles illumineront la voûte céleste, ta gloire, ton nom et tes louanges vivront.

Et j'ai bu mon whisky d'un trait. Laissant la bouteille et l'autre verre sur la pierre tombale, j'ai repris la route et me suis éloigné des hauts sommets enneigés pour rentrer chez moi.

Colorado,
mai 2011-septembre 2012

Cet ouvrage a été composé et mis en pages
par ÉTIANNE COMPOSITION
à Montrouge.

MIXTE
Papier issu de
sources responsables
FSC® C003309

L'Éditeur de cet ouvrage s'engage
pour la préservation de l'environnement
et utilise du papier issu de forêts gérées de manière responsable.

Imprimé en France par CPI
en octobre 2019
N° d'édition : 59297/01
N° d'impression : 3034686